Lliwiau'r Eira

ALUN JONES

Gomer

Cyhoeddwyd yn 2012 gan
Wasg Gomer, Llandysul, Ceredigion SA44 4JL
www.gomer.co.uk

ISBN 978 1 84851 551 2

Dymuna'r cyhoeddwyr gydnabod cymorth
Cyngor Llyfrau Cymru.

Argraffwyd a rhwymwyd yng Nghymru gan
Wasg Gomer, Llandysul, Ceredigion.

i
HYWYN
ac i
TEGID *a* LOIS

Cyfarfyddiad

Cwta funud o gerdded oedd rhwng y ddau drum ym mhen ucha'r cwm. Codai'r graig olau i'r wyneb bob hyn a hyn yn gymysg â'r grug amryliw a'r coed llus yn y pant rhyngddyn nhw. Ymestynnai'r goedwig am y'i gwelid i'r gorllewin, gan orffen yn stribyn tenau rhwng y ddau drum a Mynydd Agnar a hawliai'i le yn y gogledd, mynydd nad oedd dringo arno. Islaw i'r de-ddwyrain roedd Llyn Sigur, llyn tro eang yn cael ei gyflenwi yn ei ben gogleddol cul gan afon fywiog o'r coed ac un arall dawelach o'r dwyrain yn nes at ei ganol. Tarddai afon letach o'i lan ddeheuol gan lifo bron yn unionsyth i Lyn Helgi Fawr daith dridiau i'r dwyrain.

Eisteddai'r hogyn ar y trum uchaf, a'i gefn at y coed. Roedd wedi agor ei gôt yn yr awyr lonydd gan fod ei gorff wedi cael digon o wres wrth iddo ddod i fyny'r cwm heb oedi yn unman. Bu'n gwylio eryr yn ei wylio o wrth iddo ddynesu, yn gobeithio mai ei eryr o oedd o. Cododd ddwy law i'r entrychion i'w gyfarch rhag ofn, ond rhyw funud ar ôl iddo setlo ar ei drum roedd yr eryr wedi mynd ar ei hynt. Odano, roedd carw newydd fentro o'r goedwig i bori a chodi'i ben gwyliadwrus bob hyn a hyn. Câi'r carw'r lle iddo'i hun gan fod y defaid a'r geifr dof newydd gael eu symud i lawr am y gaeaf. Oddi yma, nid oedd na thŷ na thwlc i'w weld ac ar wahân i'r adar dim ond y carw oedd yn symud. Dim ond darn gogleddol y llyn a welid oddi yma hefyd gan fod esgair y cwm yn cuddio'r gweddill a'r gymdogaeth ar ei lan. Roeddan nhw wedi deud wrtho am gadw draw o'r cwm heddiw gan fod yr eira ar eu gwarthaf. Os oedd hwnnw am ddod, o'r gogledd y deuai, a throai ei ben bob hyn a hyn rhag ofn bod yr awyr uwchben Mynydd Agnar yn troi'r llwydni annadlennol yn rhybudd. Os oeddan nhw'n deud y gwir, châi o ddim dod yma i eistedd ar y trum eto tan y gwanwyn, a doedd ganddo ddim dewis felly ond anwybyddu'r ddoethineb dorfol a manteisio ar hynny o sicrwydd a gynigiai haul gwan y pnawn iddo.

Roedd yr adar a'r anifeiliaid wedi hen arfer ag o. Daeth hebog o'r coed i hofran uwchben a chwibanodd yntau'n ysgafn arno i geisio'i ddenu'n nes. Ond aeth sylw'r aderyn yn ebrwydd ar rywbeth arall a saethodd i lawr i'r ddaear o dan y trum isaf a chodi ar ei union wedyn a'r leming yn ei grafanc. Daeth ag o i ben y trum a dechrau ar ei ffidan yn ddiymdroi, gan blycian y cnawd cynnes oddi ar y corff yn ddiymdrech. Gwyliodd yr hogyn o'n plycian a llyncu, yn teimlo'n braf am fod yr hebog yn ei dderbyn drwy ei anwybyddu, ac yn ceisio penderfynu a oedd wedi dirnad yr union eiliad yr oedd wedi gweld ei brae. Roedd o wedi deud yn yr haf ei fod wedi gweld hebog yn bwyta leming ac wedi cael cerydd gan yr Hynafgwr am greu chwedlau. Doedd hebogiaid byth yn dal lemingiaid, dim ond anifeiliaid mwy ac adar, meddai'r Hynafgwr, oedd yn ddiadell o chwedlau ynddo'i hun. Roedd yr hogyn wedi dechrau achub ei gam ei hun ond buan y rhoddwyd taw arno. Rhoddodd yntau'i law am ei addurn a chau ei geg yn dynn.

Toc, wedi gorffen ei bryd, aeth yr hebog ar hynt hamddenol i lawr at y llyn. Cododd y carw ei ben unwaith yn rhagor ac aros felly am ennyd cyn troi a dychwelyd ar beth brys i'r coed. Gwaniai'r haul ond roedd ei gylch gwyn yn dal yn y golwg. Tynnodd yr hogyn damaid o gig carw o'i boced. Carw gwyllt oedd hwn hefyd a dyna un peth y gallai gytuno â'r Hynafgwr ynglŷn ag o, sef bod carw gwyllt yn wahanol ei flas i'r ceirw dof. Roedd pesgi'r ceirw yn cynyddu swmp y cig ar eu cyrff ac yn newid ei flas yr un pryd, ond nid pawb oedd yn gallu sylweddoli hynny. Bwytaodd y cig i gyd. Roedd yn llawer llai seimlyd ei flas na chig y geifr. Roedd wedi ystyried am eiliad daflu peth ohono i'r hebog pan ddaethai uwch ei ben ond roedd wedi gwrthod y syniad am mai llwgrwobrwyo fyddai hynny. Rhoes y cadach oedd am y cig yn ôl yn ei boced a thynnu afal ohoni. Bwytaodd o'n araf i lawn werthfawrogi ei flas, gan ganolbwyntio ar y cwm odano yr un pryd. Doedd dim i'w weld yn symud rŵan.

Chwiliodd yr awyr eto am yr eryr, ond nis gwelai. Ei dad oedd wedi'i ddysgu sut i dynnu eryr o fagl heb frifo'r deryn na fo'i hun. Ac wrth ymguddio, roedd o wedi darganfod ble'r oedd Mab yr Hynafgwr wedi gosod magl eryr, a thrannoeth roedd o wedi sleifio yno o flaen y trapiwr ac wedi gweld yr eryr caeth. Doedd o ddim yn flwydd, a'i lygaid a'i ben a phob pluen yn batrwm o fywyd iach. Roedd yr hogyn wedi siarad hefo fo am dipyn i'w dawelu ac yn y gobaith o'i gael i'w nabod, ac wedi llwyddo i'w ryddhau. Bob tro y gwelai eryr ifanc wedyn roedd o'n gobeithio mai ei eryr o oedd o. Doedd 'na ddim cymaint â chymaint ohonyn nhw prun bynnag. Ond roedd Mab yr Hynafgwr wedi codi helynt am ei fod yn argyhoeddedig na fedrai'r eryr ddianc heb gymorth ac nad oedd nam ar y magl. Yn gwybod fod llawer llygad amheus arno fo, ac wrth weld a chlywed Mab yr Hynafgwr yn bytheirio ac yn bygwth uwchben y magl diddefnydd, roedd yr hogyn wedi amau tybed a oedd gan ei dad fwy nag un cymhelliad wrth ddangos iddo sut i drin y magl. Wedyn yr aeth o i feddwl pam tybed oedd ei dad yn ei annog fwy na heb i anufuddhau i'r drefn ar y slei. Doedd ei fam ddim yn gwneud hynny, nid yn uniongyrchol beth bynnag, ond deuai'n fwy amlwg o ddydd i ddydd fod gan y straeon a

lifai'n feunyddiol o'i genau am yr anifeiliaid a'r adar eu
harwyddocâd a theimlai ei fod yn dod i ddallt yn raddol pam
na fyddai hi fyth yn ei geryddu am ryddhau creduriaid o
faglau pobl. Roedd helynt yr eryr wedi'i gyhoeddi ym mhob
rhyw fan a daeth i glustiau ei dad ac yntau'n glaf yn ei wely.
Roedd o yno hefo fo wrth yr erchwyn pan gyrhaeddodd
y stori y tŷ. Roedd ei dad wedi rhoi cip arno fo ac yntau'n
gwybod fod y cip yn gwneud iddo gochi, ond roedd ei dad
wedi gwenu chydig. A chysgodd y ddau yn fodlon yn eu
cyfrinach. Erbyn bore trannoeth roedd ei dad wedi marw.
Doedd neb wedi deud wrth yr hogyn ei fod mor wael.

Tynnodd ei addurn o'i boced. Roedd yn gwneud
hynny'n amlach yn ddiweddar. Hanner addurn oedd o.
Roedd yr hanner arall, yr hanner mwyaf, yn ddiogel yn y
cwpwrdd adra. Roedd yr addurn wedi bod yn gyfa ar hyd y
blynyddoedd, ond wrth chwarae a baglu roedd o wedi taro
yn erbyn y silff a'r addurn wedi disgyn i'r llawr a thorri'n
ddeuddarn glân. Roedd ei dad wedi syllu ar y darnau am
hir, ac yna roedd o wedi'u rhoi'n ôl wrth ei gilydd cyn eu
datgysylltu drachefn a rhoi'r darn lleiaf yn ei law o a chau
ei law yn dynn amdano. Mae'n rhaid i ni gadw'r darn mwya
'ma'n ddiogel, meddai wrtho, ond mae isio i ti gario hwn
hefo chdi bob amser, a gofalu na cholli di mohono fyth. Bob
tro y bydd rhywun yn deud neu'n gorchymyn rhywbeth
amheus wrthat ti, gwasga fo yn dy law ac mi fyddi'n gwybod
wedyn ai doeth ai ynfyd fydd y sylw neu'r gorchymyn. Ac
os byddi di'n ei wasgu o ac yn deisyfu rhywbeth call, mi
fyddi di'n ei gael o. Roedd ei dad yn iawn hefyd. Ar ôl iddo
farw roedd yntau'n mynd yn fwy a mwy hoff o'r addurn a'i
gyfrinach. Rŵan wrth edrych arno a gwerthfawrogi'r mân
gerfiadau eto fyth roedd arno isio'i wasgu yn ei law a dyheu
am gael ei dad yn ôl. Ond sarhau'r addurn oedd dymuniad

o'r math hwnnw. Rhoes fwythiad bychan iddo a'i roi'n ôl yn ei boced. Ei dad oedd wedi ei ddysgu hefyd sut i ddigwydd bod yn ddigon pell pan fyddai'r Hynafgwr yn penderfynu rhoi gwledd i bawb wrth ailadrodd yn helaeth ddiarbed o'r Chwedl, neu o'i gasgliad dihysbydd o straeon oedd mor wahanol i straeon ei fam.

Gwyddai wrth edrych arno fod y blaidd wedi bod yno ers meitin. Roedd wedi anghofio cadw golwg ar awyr y gogledd, a dim ond wrth droi unwaith yn rhagor y gwelodd y blaidd, yn sefyll yn llonydd ym mhen arall y trum yn ei wylio. Ac am fod y blaidd mor llonydd ddaru o ddim dychryn, nid am fod ei dad wedi deud droeon mai pobl ac nid bleiddiaid oedd y rhai i'w hofni, ond am ei fod wedi tybio yn yr ennyd honno mai Leial oedd o, ac mai dyna pam roedd yn ei wylio.

Leial oedd y trydydd blaidd iddo fod mewn cysylltiad agos ag o, a'r unig un iddo fod mewn cysylltiad ystyrlon ag o. Y tro cyntaf iddo weld bleiddiaid mor agos oedd ar ryw bnawn ar ddechrau'r gaeaf fel hyn a'i dad ac yntau'n ymlafnio yn erbyn y rhewynt wrth gerdded i lawr y cwm. Roeddan nhw'n cadw'n agos at y coed ar yr ochr orllewinol, a'u pennau wedi plygu i arbed eu hwynebau. Roedd ei dad wedi ceisio'i berswadio i gadw y tu ôl iddo i arbed rhywfaint arno'i hun ond roedd o'n mynnu cerdded ochr yn ochr. Pan ddaethant i olwg mymryn o bant o'u blaenau yno'r oedd y ddau flaidd, yn gwledda ar afr ac yn canolbwyntio'n llwyr ar eu ffidan. Ond unwaith y daeth ei dad ac yntau ar eu gwarthaf ac aros yn stond i'w gwylio mewn edmygedd a llaw gadarnhaol ei dad ar ei ysgwydd, dyma'r bleiddiaid yn codi'u pennau a chymryd y goes a diflannu i'r coed gan adael yr afr at eto.

Nid felly y bu yr eildro. Roedd y cyfarfyddiad hwnnw'n llawer iawn nes nag ychydig gamau oddi wrth ei gilydd, ac yn llawer mwy personol, mor bersonol fel y bu iddo roi enw i'r blaidd. Dim ond fo oedd yn gwybod am y cyfarfyddiad hwnnw a barodd rai oriau rhwng popeth. A fedrai o ddim deud am hwnnw wrth neb, hyd yn oed wrth ei fam, er mai hi fyddai'r unig un a fyddai'n barod i'w goelio.

Roedd hyn eto bron yr un fath. Dim ond fo a'r blaidd; neb yn bod ar yr ennyd hon ond nhw ill dau. Roedd yr hogyn yn prysur argyhoeddi'i hun mai Leial oedd o. Roedd y cysylltiad llygaid yn bendant ac yn fyw, ac roedd un pâr o lygaid yn goleuo. Syllodd yr hogyn mewn edmygedd ar y pawennau anferth braf ac ar raen y blew. Roedd pawen y troed de blaen wedi'i throi fymryn at allan, a hynny'n rhoi'r argraff mai dim ond wedi dod ar ei sgawt oedd y blaidd er mor unionsyth y safai, yn cadarnhau ei hawl i'w gynefin. Roedd y cynefin hwnnw fymryn yn ddiogelach iddo y dyddiau hyn oherwydd doedd neb wedi cael ei ddal am falu'r maglau bleiddiaid chwaith ac roedd Mab yr Hynafgwr a'r lleill yn mynd yn gandryll o'r herwydd. Roedd rhai'n deud mai Pobol y Gogledd oedd yn gollwng eryrod yn rhydd ac yn malu maglau bleiddiaid ond roedd y lleill yn deud fod Pobol y Gogledd wedi peidio â bod yn niwsans ers blynyddoedd ac na fyddan nhw'n meiddio ailddechrau'u castiau, yn enwedig ar ôl y cwrbins gawson nhw ddau gan mlynedd ynghynt. Ond doedd neb yn y Gogledd nac yn unman arall yn gwybod mor falch oedd yr hogyn rŵan ei fod wedi mynnu cerdded ochr yn ochr â'i dad y pnawn hwnnw, oherwydd roedd yn argyhoeddedig na fyddai o ddim wedi gallu gwneud yr hyn y daru o ei wneud yr eildro tasai o wedi swatio y tu ôl i'w dad yn hytrach na chydgerdded ag o. A rŵan yng nghyfoeth y gyfathrach gyfrin roedd yn llawn sylweddoli mor wir oedd geiriau ei dad.

'Tyd. Tyd yma. Tyd, Leial.'

Ailadroddodd ei ymbil bychan ychydig yn uwch, yn mynd yn fwy argyhoeddedig o eiliad i eiliad mai Leial oedd o. Roedd ei gorff a'r bywyd oedd yn llond ei lygaid yn cadarnhau ei fod yr un mor ifanc, beth bynnag. Aros yn llonydd ddaru'r blaidd, gan ddal i'w wylio. Yn araf, estynnodd yntau ei fraich allan a lledu'i fysedd yr un pryd.

'Paid â bod ofn, Leial,' meddai, a'i lais bron yn gân. 'Dydi ofn yn dda i ddim.'

Dal i aros yn ei unfan ddaru'r blaidd, gan gadarnhau nad oedd neb yn twyllo neb. Roedd braich yr hogyn yn syth allan yn ei gwahoddiad. Yn y man, ar ôl tynnu'i lygaid oddi arno a chymryd cip ar y graig rhyngddyn nhw, troes y blaidd, a rhedeg yn ôl i'r coed. Ni welsai'r hogyn erioed symudiad mor osgeiddig. Cododd, chwibanodd yn dawel, a chychwyn ar ei ôl. Ond roedd yr hin yn oeri'n ebrwydd a gwynt yn codi ac yn dechrau chwipio.

Nid o'r gogledd ond o'r de-ddwyrain a'r de y duodd yr awyr, gan brysuro i orchuddio cylch yr haul. Rhoes yr hogyn y gorau i'w fwriad. Caeodd ei gôt yn dynn amdano a thynnodd ei gwfwl yn isel dros ei dalcen. Dechreuodd yr eira droelli o'i amgylch. Daeth yntau o'r trum a phrysuro i lawr y cwm.

1

Newydd orffen bwyta oeddan nhw. Pysgod eto fyth, gan fod y llong yn bwrw rhwyd yn aml ar ei thaith. Roedd mymryn o lysiau ar fin drewi wedi'u gorferwi mewn llawer o ddŵr a halen i wneud cawl a hwnnw wedi'i gynnig fel amrywiaeth ar yr arlwy, a phawb yn ôl yr arfer wedi bwyta hwnnw hefyd rhag ofn na fyddai dim i'w gael am hir wedyn.

Tybiai Eyolf mai rhyw gant o filwyr oedd ar y llong. Roeddan nhw arni ers tridiau a doedd neb am ddeud wrthyn nhw i ble'r oeddan nhw'n mynd nac am faint oedd y siwrnai i fod i bara, ond tystiai'r awyr a'r haul pan ddeuai i'r golwg mai tua'r gogledd oedd eu taith. Roeddan nhw wedi clywed digon o weiddi ac arthio fod yn rhaid i'r llong wichlyd fynd yn gyflymach, sut bynnag oedd hynny'n mynd i ddigwydd. Ond o leiaf roeddan nhw ill pedwar wedi llwyddo i gadw gyda'i gilydd. Ac roedd tri o'r pedwar wedi llwyddo i argyhoeddi'i gilydd fod mynd trwy ddŵr yn rhyw fath o newid o gropian a llithro a sleifio drwy goedwigoedd diddiwedd.

Eyolf oedd yr hynaf, yn bump ar hugain oed ac wedi llusgo'i arf ar ei ôl am saith mlynedd. Roedd Tarje ddwy flynedd yn ieuengach ac yn filwr llawer mwy uniongred a cheryddgar. Tua'r deunaw oedd Linus a Jalo, yn llawer nes at Eyolf o ran ysbryd a chan hynny roedd o'n dipyn o arwr iddyn nhw, yn enwedig i Linus. Roedd llawer yn taeru fod Eyolf a Linus yn frodyr, prun bynnag.

Tarje oedd y cyntaf i symud. Cododd a mynd at y cawg wrth y drws i olchi'i lestr a'i lwy a'i fforc. Dychwelodd, a'u cadw'n daclus yn ei sachyn.

'Mae'n dod yn niwl,' meddai.

'Ydi ers meitin,' atebodd Eyolf, 'ac yn dod yn nos. A mae'r llong 'ma'n dal i fynd nerth hynny o begla truan sydd gynni hi, a hynny mewn dŵr diarth i bawb. A mae 'na rywun wedi gweld tir i'r gorllewin meddan nhw gynna. Pobol gall ydi'r Uchbeniaid.'

'Paid â bod mor ddifrïol,' ceryddodd Tarje.

'Dydi o ddim gwahaniaeth, debyg,' meddai Linus wrth godi. 'Os cawn ni'n chwalu ar greigia, fyddan nhw ddim chwinciad yn cael cant yn ein lle ni.'

'Mi fasai gofyn iddyn nhw gael coed o rwla i wneud llong arall llawn cricmala,' ategodd Jalo.

'Dyna fo,' cariodd Tarje ymlaen â'i gerydd wrth syllu ar ôl y ddau ieuengaf yn mynd i olchi'u celfi, 'dwyt ti'n dangos dim ond agwedda sy'n ddylanwad drwg arnyn nhw.'

'Welis i rioed angan i mi wneud hynny,' atebodd Eyolf wrth godi a chychwyn at y cawg. 'Pan dechreuan nhw ddeud clwydda, mi...'

Daeth clec. Daeth sgrytiad a sŵn rhwygo. Chwalwyd popeth rhydd wrth i ochr y llong gael ei naddu fel pric. Doedd gan neb oedd yn sefyll obaith o'u harbed eu hunain. Cafodd Jalo ei hyrddio yn erbyn congl cilbost y drws ac wrth i Linus gael ei daflu yn ei erbyn aeth yr archoll ar ei dalcen yn ddeublyg. Roedd Tarje ar ei hyd ar lawr a milwr arall ar draws ei goesau ond llwyddodd Eyolf i lamu am bostyn cynnal a dal ei afael. Roedd y dŵr yn rhuthro drwy hollt o dan a thu cefn i'r fainc yr oedd newydd fod yn eistedd arni. Am eiliad credodd iddo weld craig. Pan deimlodd y sgrytiad yn gwanhau gollyngodd ei afael yn y postyn a llamodd yn groes i bob rhuthr arall ac i'w caban cysgu. Gwisgodd ei gôt a'i gapyn a mynd â'r tair côt a'r tri chap arall hefo fo yn ôl i'r caban bwyta. Roedd Tarje a'r milwr arall yn codi. Taflodd Eyolf ei gôt a'i gap i Tarje.

'Tyd â'n sacha ni,' meddai wrth frysio heibio iddo tuag at y drws.

Dychrynodd o weld yr archoll ar ochr talcen Jalo. Roedd Linus yn ceisio gwneud rhywbeth iddo ond doedd ganddo ddim gobaith. Taflodd Eyolf y ddwy gôt a'r capiau eraill iddo a rhuthro'n ôl i'r caban cysgu a phlycian cynfas oddi ar wely. Erbyn hyn doedd dim ond gweiddi i'w glywed. Pan ddychwelodd roedd Linus yn gwisgo'i gôt ac yn dal i afael yn Jalo yr un pryd.

'Fydd y cotia 'ma'n dda i ddim inni yn y dŵr!' gwaeddodd Tarje.

'Dydw i ddim ar feddwl mynd iddo fo.'

Rhedodd Eyolf i'r dec, yn gobeithio nad oedd neb arall yn gallu meddwl. Baglodd ar draws cawg bychan gwag. Rhoes gic iddo o'r neilltu ond ailfeddyliodd a'i godi a mynd ag o hefo fo. Roedd y llong eisoes yn gam, ei holl ogwydd i'r dde a'i starn yn suddo. Mymryn o olau dydd oedd ar ôl a'r niwl yn ei bylu fwyfwy. Roedd y gweiddi'n cynyddu ac Uchbeniaid yn gweiddi'n uwch ac yn arthio gorchmynion i rywun rywun ac i rywle rywle. Daeth llais y Capten yn gweiddi'n grochach. Roedd y rhuthro i gyd i gyfeiriad y pen blaen, ond trodd Eyolf tua'r starn.

'Dowch!' ymbiliodd, heb weiddi.

Rhedodd tua'r starn. Doedd ei obaith ddim yn ofer. Tynnodd ei gyllell a waldio'r rhaff oedd yn dal y cwch bach. Y tu ôl iddo gadawodd Linus Jalo i ofal Tarje a rhedodd ato i'w helpu. Daeth y cwch yn rhydd a doedd dim angen i'r un amneidio ar y llall i'w hanner cario hanner llusgo i'r ochr a'i ollwng i'r dŵr. Gan nad oedd gwynt na thonnau mawr chafodd Linus ddim trafferth i lithro i'r cwch.

'Dowch â Jalo i mi,' meddai y munud y sadiodd ei draed.

'Be wyt ti'n 'i wneud?' gofynnodd Tarje mewn ofn.

'Tyd â fo!'

Doedd Jalo ddim mewn cyflwr i wneud dim drosto'i hun. Doedd Tarje ddim chwaith er nad oedd yr un anaf ar ei gorff. Rhegodd Eyolf a rhoes ei freichiau am Jalo a'i godi dros ochr y llong. Derbyniodd Linus o a'i dynnu tuag ato i'r cwch.

'Mae o gen i. Dowch,' meddai.

Bu raid i Eyolf bwnio Tarje a'i hysio drosodd. Roedd fel postyn o gyndyn a hyd yn oed yn yr argyfwng doedd Eyolf ddim yn synnu. Daeth ar ei ôl i'r cwch. Rhoes gymaint ag a fedrai o hyrddiad i'r llong i gael y cwch i symud, cymaint o hyrddiad fel bu bron iddo ddisgyn i'r dŵr. Ond o leiaf roedd Tarje wedi gallu rhagweld hynny ac wedi gafael ynddo i'w ddal yn ôl.

'Rhwyfwch hefo'ch dwylo,' gwaeddodd Linus.

'Drycha ar ôl Jalo,' meddai Eyolf wrth Tarje.

Llwyddodd i gamu heibio iddo i flaen y cwch at Linus. Roedd o eisoes wedi mynd ar ei liniau ar y sedd ac wedi dechrau rhwyfo hefo'i ddwy law. Gwnaeth yntau'r un peth gan wneud symudiadau'i ddwylo mor rymus ag y medrai. Y tu ôl iddo roedd Tarje'n taer annog Jalo, ond doedd dim ymateb i'w glywed. Rhoes gip yn ôl. Roedd pen Tarje'n cuddio wyneb Jalo. Ond roedd y cwch yn dechrau pellhau oddi wrth y llong.

'Dal i fynd,' anogodd, 'dydan ni ddim digon pell.'

'Ers pa bryd wyt ti wedi paratoi at hyn?' gofynnodd Linus ar ôl ennyd arall o rwyfo cadarn.

'Yr eiliad y dois i ar y llong a gweld y cwch 'ma.'

'Finna hefyd. Dyna pam maen nhw'n cadw'r rhwyfa yn ddigon pell oddi wrtho fo. Sut mae Jalo?' gofynnodd heb droi ei ben.

'Dydi o ddim yn ymatab,' atebodd Tarje. 'Jalo?' anogodd unwaith yn rhagor. 'Dw i'n trio cau'r archoll. Mae o'n ddyfn.'

Daeth gwaedd glir goruwch y gweiddi o'r llong.

'Y cwch bach! Torrwch o'n rhydd!'

Ymhen eiliadau daeth gwaedd arall uwch y gweiddi.

'Mae o wedi mynd!'

Dyna'r gweiddi dealladawy olaf a glywsant. Erbyn hyn, rhwng y niwl a'r nosi a'r rhwyfo, doedd y llong ddim yn y golwg. Daliodd Eyolf a Linus ati er bod eu dwylo'n dechrau fferru ac amser ganddyn nhw bellach i ystyried hynny. Yn y man daeth llais arswydlon Tarje.

'Does gynnon ni ddim hawl!'

Roedd ei lais yn dangos yn amlwg ei fod wedi anghofio hynny yn ei banig cychwynnol a'i ofal wedyn am Jalo. Rŵan roedd yn ôl yn fo'i hun.

'Dos yn d'ôl 'ta,' meddai Linus, ac Eyolf yn falch mai fo oedd wedi deud hynny.

'Rydan ni'n dengid!'

'Be arall fedrwn ni'i wneud?' atebodd Eyolf. 'Gad iddo fo ddrifftio rŵan,' meddai wrth Linus. 'Rydan ni'n ddigon pell.'

Troes yn ôl i eistedd, gan wynebu Tarje a Jalo. Rhannodd y gynfas hefo Linus i sychu a cheisio cynhesu'i ddwylo cyn tynnu'i fenig o boced ei gôt a'u gwisgo. Gwnaeth Linus yr un modd. Roedd Tarje eisoes wedi gwisgo'i fenig o ac wedi rhoi rhai am ddwylo diallu Jalo. Ceisiodd Eyolf gael golwg ar Jalo. Doedd y tywyllwch ddim yn ddudew gan fod y lleuad wedi troi'i hanner uwchben y niwl. Ond roedd yn amlwg nad oedd Jalo'n cymryd sylw o neb na dim. Roedd yn amlwg hefyd fod gwaed yn dal i lifo hyd ei wyneb.

'Ffeiria le gan bwyll,' meddai Eyolf wrth Tarje.

Roedd yn beryg, ond llwyddasant. Eisteddodd Eyolf wrth ochr Jalo a cheisio cael gwell golwg ar ei archoll. Rhwygodd ddarn o'r gynfas a'i wasgu'n lwmp cyn ei roi mor dyner ag y gallai ar wyneb Jalo. Daeth gwaedd fechan ingol.

'Tria'i ddal o dy hun 'ta,' meddai.

Ond doedd Jalo'n cymryd dim sylw. Ceisiodd Eyolf gau rhywfaint ar yr archoll hefo'i fysedd ond doedd o fawr gwell. Cododd y gynfas a rhwygo darn hir ohoni. Lapiodd y rhwymyn am ben Jalo.

'Tria gau rhywfaint ar y briw i mi gael clymu hwn,' meddai.

Linus blygodd ymlaen i wneud hynny.

'Jalo?' meddai.

Ni chafodd ateb. Ceisiodd gau'r archoll mor dyner ag y medrai tra bu Eyolf yn clymu'r rhwymyn. Doedd dim y gellid ei wneud wedyn ond rhoi'r gynfas am Jalo. Tynnodd Eyolf o ato a gafael amdano i geisio'i gadw'n gynnes. Roedd Linus wedi mynd yn ôl i eistedd, a'i ben ymhlyg.

'Gafaelwch yn eich gilydd,' meddai Eyolf. 'Mi gadwch eich gwres yn well.'

Roedd yn amlwg fod y cwch yn drifftio rhywfaint, oherwydd roedd y sŵn wedi pellhau ac yn dal i bellhau. Roedd y gweiddi'n dal i fod, ac yna'n sydyn daeth fel côr, bron yn waedd gyfansawdd, a sŵn rhyfedd dŵr fel tasai'n taro ac yn sugno yr un pryd. Bloeddiadau unigol oedd i'w clywed wedyn. Yna cododd y cwch ar don, yna ar un arall, cyn llonyddu drachefn. Ni ddywedwyd yr un gair.

Lle i ddau oedd yn y cwch. Cwch cyrchu bychan oedd o. Hefo pedwar ynddo dim ond cwta led llaw oedd rhwng ei ymyl a wyneb y dŵr a tasai un arall yn dod iddo byddai'n suddo. Roedd ar Eyolf ofn am ei fywyd iddyn nhw ddod ar draws nofiwr oedd wedi mentro'r oerddwr y munud y tarodd y llong y graig. Ond ni ddaeth neb.

Tarje oedd y cyntaf i ddeud rhywbeth.

'Mi gawn ni'n dienyddio am hyn.'

Cododd Linus ei ben. Dim ond Jalo oedd wedi bod ar ei feddwl.

'Well i ni beidio â chael ein dal felly 'tydi?' meddai.

'Mi fydd yn rhaid i ni roi eglurhad,' daliodd Tarje ati, a'i argyfwng yn cynyddu gyda phob gair. 'Be ddudan ni?'

'Mi ddown ni drwyddi,' meddai Eyolf, yn penderfynu wrth eu deud fod yn rhaid i'w eiriau fod yn wir ac yn sylweddoli nad oedd wedi clywed gwaedd ers rhai munudau. 'Os oes 'na Uchbeniaid wedi mynd o dan y dŵr mi roith 'u cyrff nhw yr un faint o faeth i'r pysgod â'n cyrff ni. Mwy, debyg,' ychwanegodd, 'o ystyried y bwyd y maen nhw'n ei gael.'

'Paid â bod mor sarhaus!'

'Mae 'na ddau gwch mawr ar y llong,' atebodd Eyolf, 'a rhwyfa ynddyn nhw'n barod gan na chawn ni'r truains fynd ar gyfyl dec y mawrion. Pwy sydd yn y cychod yna y munud yma?'

'Mae'r Uchbeniaid wedi profi'u hawl i gael bod ynddyn nhw.'

'Rydan ninna hefyd,' atebodd Linus, 'drwy feddwl yn gyflymach na'r un ohonyn nhw. Ddaru ni ddim ymladd neb na thwyllo neb i gael y cwch 'ma. Tasan ni wedi aros wrth y llong mi fyddai'r panig a'r cwffio wedi suddo hwn cyn i'r llong gael cyfle i fynd ag o i lawr hefo hi.'

'Does 'na ddim sy'n sicrach,' ategodd Eyolf.

'A mi elli fentro dy fywyd fod lle i bob Uchben yn y cychod mawr,' aeth Linus ymlaen. 'Wnân nhw ddim gadael 'i gilydd ar ôl. Paid â phoeni, Tarje,' ychwanegodd yn sobrach, 'mi fydd yn haws meddwl pan glirith y niwl 'ma. 'Dawn ni ddim yn brae i'n Huchbeniaid ein hunain. 'Da i ddim, beth bynnag,' meddai wedyn. 'Cheith hwn ddim bod yn gwch dienyddio i mi.'

Eyolf oedd wedi deud y stori honno. Ychydig ddyddiau wedi iddo ddod yn filwr roedd o wedi'i roi ar long, ac roedd cwch cyrchu bychan ar honno hefyd. Roedd cyd-filwr wedi troi'r drol. Roedd o wedi cael ei glymu wrth bwysau a'i roi i orwedd yn y cwch ar ôl tynnu'r plwg oddi ar ei waelod a'r ddwy styllen oedd yn seddi. Roedd y cwch wedi'i ostwng i'r dŵr, a rhaff wrth ei ben rhag ofn ei golli. Roedd corff y milwr yn atal y dŵr rhag llifo'n rhy gyflym i'r cwch. Yn ôl rhai gallai gymryd dros awr i'r dŵr godi digon i suddo'r cwch. Roedd y milwr yma'n hollol lonydd, wedi derbyn y drefn. Doedd dim gorchudd dros ei lygaid ac roedd Eyolf wedi'i roi ar flaen y dyrfa ac yn gorfod gweld y llygaid tawel yn derbyn y dŵr. Tua hanner awr oedd hynny wedi'i gymryd. Roedd o bron yn sicr mai arno fo y rhoes y llygaid eu hedrychiad olaf. Drannoeth roedd y cwch yn cael ei ddefnyddio i gyrchu Uchben o long arall.

Erbyn hyn roedd griddfan bychan Jalo wedi tawelu, ac erbyn hyn hefyd gallai Eyolf ddal y lwmpyn cynfas yn erbyn y rhwymyn i geisio atal y gwaed oedd yn dal i ddod drwyddo. Roedd y niwl yn oeri hefo'r noson ac roedd yn amlwg ei bod yn rhewi a cheisiodd Eyolf gau'r gynfas yn dynnach am Jalo. Bellach roedd wedi rhoi'r gorau i ddisgwyl clywed gwaedd arall, ac roedd Tarje a Linus yr un mor dawel ag yntau. Doedd dim rŵan i ddarfu ar feddyliau neb nac i atal pendroni ynghylch tynged neb. Roedd rhai'n deud fod boddi'n farwolaeth llawer brafiach na thrawiad gelyn.

'Triwch gysgu,' meddai Eyolf toc. 'Mi gadwa i wyliadwriaeth, pa haws bynnag fydda i.'

'Waeth i titha drio cysgu chwaith,' meddai Linus. 'Jalo?' gofynnodd, gan blygu ymlaen.

'Waeth i ti heb,' meddai Eyolf. 'Dydi o ddim hefo ni.'

Rhoes Linus ei law ar ben glin Jalo ac ysgwyd mymryn arni.

'Jalo?' meddai drachefn.

Griddfaniad bychan oedd yr unig ymateb a dim ond Eyolf a'i clywodd.

Eisteddodd Linus yn ôl. Gwyddai Eyolf ei fod yn wylo.

Weithiau wrth i'r nos dawel fynd rhagddi, a dim ond y mymryn lleiaf o sŵn dŵr yn erbyn y cwch yn awr ac yn y man, deuai pytiau o awyr oleuach uwchben, fel tasai'r niwl am glirio a'r lleuad am ddod i'r fei. Yna duai drachefn. Roedd Tarje a Linus wedi derbyn y cyngor i gadw'n gynnes yn ei gilydd, a chysgai Linus â'i ben ar ysgwydd Tarje. Cysgai Tarje â'i ben wedi plygu'n syth ymlaen. Pendwmpiai Eyolf hefyd, gan ddeffro'n herciog bob hyn a hyn. Ar un o'r pyliau effro hynny a'r niwl yn bygwth clirio unwaith yn rhagor y clywodd glec fechan yn erbyn y cwch yn union odano. Craffodd i'r dŵr, a gwelodd siâp tywyll. Rhoes ei law i'w gyffwrdd, a'i godi y munud hwnnw. Styllen oedd hi, rhyw ddau hyd braich o hyd. Fe wnâi well rhwyf na dwylo. Cadwodd hi wrth ei ochr. Tynnodd Jalo'n ôl ato a rhwbio'i law i fyny ac i lawr ei fraich i geisio cynhesu rhywfaint arno. Cyn hir daeth un ochenaid fechan o geg Jalo.

Ni allodd gysgu wedyn. Gwyddai, wrth weld y mymryn o'r dŵr tywyll odano. Gwyddai, wrth syllu ar yr awyr yn araf oleuo ymhell o'i flaen. Wrth iddi oleuo rhagor a'r niwl fygwth clirio gwelai fwy o'r dŵr o'i gwmpas a gwelodd mor unig oeddan nhw ill pedwar a'u cwch. Canolbwyntiodd am ychydig ar y siâp o'i flaen yn araf ddatgelu'i hun yn wyneb tawel Linus. Gwyddai, ond daliodd i afael yr un fath.

'Mae o wedi marw 'tydi?' meddai llais Linus cyn hir.

Nodio ddaru Eyolf. Doedd Linus ddim wedi codi'i ben oddi ar ysgwydd Tarje.

Yn raddol, dechreuodd awel godi a dechreuodd y dŵr ysgwyd. Deffrôdd Tarje. Gwelodd Eyolf yr ofn a ruthrodd i'w lygaid wrth iddo orffen deffro. Cymedrolodd yr ofn bron ar ei union ac wedi rhoi cip o'i amgylch pwyntiodd yn ôl dros ei ysgwydd.

'Ffor'cw mae hi'n g'luo,' meddai. 'Rydan ni'n mynd tua'r dwyrain.'

Yna gwelodd Jalo.

'Os codith hi'n donna,' meddai Eyolf yn araf, 'mi fydd yn rhaid i ni roi Jalo i'r dŵr. Neith hwn ddim dal pedwar mewn tonna.'

Roedd Linus yn wylo.

'Neith y cawg 'ma fyth sbyddu'r cwch yn ddigon cyflym os daw tonna drosodd a phedwar ynddo fo,' meddai Eyolf wedyn.

'Well i ni aros nes g'luith hi'n iawn,' meddai Tarje. 'Ella clirith y niwl. Ella gwelwn ni dir. Ella . . .'

Tawodd, ar goll. Roedd o droeon wedi mynegi fod ei fryd ar haeddu dyrchafiadau nes cyrraedd Uchben. Hynny aeth drwy feddwl Eyolf wrth wrando arno ac ar ei ansicrwydd disyfyd trawiadol. Milwr o'r milwyr oedd ei hanes hyd yma. Os oedd ganddo hiraeth, ni ddangosai hynny, yn enwedig gan ei fod i'w weld yn rhy brysur yn ofer geisio llwytho pennau Jalo a Linus hefo'r un uchelgais, a daethai Eyolf i'r casgliad ei fod yn filwr rhy fwriadus a chydwybodol i'r gair hiraeth fod yn berthnasol ganddo. Dull Linus o fygu'i hiraeth ysol oedd parablu'n ddiddiwedd am ei blentyndod. Gwyddai'r lleill bob manylyn am ei gartref a'i deulu a'i fagwraeth. Amdano'i hun, ni wyddai Eyolf oedd ganddo hiraeth ai peidio. Oedd, debyg, meddyliodd yr un munud, ond roedd y bwriad oedd wedi tyfu ac yn dal i dyfu wedi gorchfygu bron bob teimlad arall ynddo ers blynyddoedd.

Gwyddai rŵan ei bod yn adeg troi'r bwriad yn weithred ar y cyfle cyntaf a ddeuai. Am Jalo, ei ddull o o fygu'i hiraeth oedd dychanu pawb a phopeth. Er ei fod wedi deud mai unig blentyn oedd o, yn byw hefo'i rieni a'i nain, mam ei dad, ni soniai ddim am ei gartref na'i fagwraeth, ar wahân i grybwyll ei fam weithiau wrth ategu llif Linus.

Roedd Eyolf wedi gafael mewn cyrff o'r blaen, a'u cario. Roedd rhai'n gydnabod, un neu ddau'n gyfeillion. Y tro cyntaf iddo wneud hynny roedd wedi dychryn gormod i wylo. Doedd neb i fod i wneud hynny prun bynnag. Ond roedd gafael am Jalo'n wahanol. Roedd sôn am ei roi i'r dŵr a rhoi taw am byth ar y parabl difyr oedd yn arfogaeth mor fyw yn erbyn y bygythiadau beunyddiol fel sôn am rywbeth diarth ac amherthnasol. Ond wrth iddo ddal i afael amdano, a'i afael wedi mynd yn dynnach yn ddiarwybod iddo, roedd y wawr wedi torri yn y byd o'i amgylch a dechreuasai'r awel droi'n wynt yn bur gyflym.

Daeth brig ton i'r cwch. Edrychodd Eyolf ar Linus.

'Mae'n rhaid i ni wneud.'

Llyncodd Linus lwmp. Nodiodd.

'Dos di trwy'i bocedi fo,' meddai.

Llaciodd Eyolf ei afael a thynnodd y gynfas oddi ar gorff Jalo cyn mynd i chwilio'r pocedi. Roeddan nhw'n wag, a doedd dim yn ei sachyn ond y pethau arferol. Doedd ganddo ddim i awgrymu ei bersonoliaeth. Tynnodd garrai esgid dde Jalo a'i defnyddio i glymu'i ddwy ffêr wrth ei gilydd. Rhwygodd Tarje rimyn o'r gynfas i glymu'r breichiau wrth ei gorff. Dechreuodd Linus roi pethau a fyddai o fudd iddyn nhw ill tri o sachyn Jalo yn ei sachyn ei hun.

'Waeth i ti heb,' meddai Tarje. 'Cad bob dim. Mi allan nhw fod o fudd i ni.'

Cymerodd Eyolf y stribyn cynfas gan Tarje a chlymu

breichiau Jalo am ei gorff. Eisteddodd yn ôl wedyn, a gafael yn Jalo fel cynt. Ni wyddai pam. Ond gwyddai hefyd. Roedd Tarje'n edrych dros ochr y cwch ar y dŵr. Roedd Linus yn syllu at i lawr.

Daeth ton arall drosodd. Cododd Linus yn ofalus.

'Ga i wneud?'

Nodiodd Eyolf. Newidiodd Linus le hefo Tarje.

'Ydan ni am 'i lapio fo yn y gynfas?' gofynnodd Tarje. 'Mi fedrwn ni wneud hynny.'

Petruso ddaru Linus, ac edrych yn llawn ymbil ar Eyolf.

'Ia, os wyt ti'n dymuno, Linus,' ategodd yntau. 'Mi wneith Tarje a minna os 'ti isio.'

Cododd Linus y gynfas. Syllodd arni. Gadawodd y ddau arall lonydd iddo. Cadwai ei lygaid yn llwyr ar y gynfas.

'Na. Dydi Jalo ddim yn hunanol,' meddai. 'Mae'n well i ni'i chadw hi. Dydi hi'n dda i ddim iddo fo.'

'Dyna chdi, 'ta,' meddai Eyolf.

Cododd Linus draed Jalo a'u rhoi yn ofalus dros ochr y cwch. Eisteddodd Eyolf ar ymyl y cwch yr ochr arall i gadw'r cydbwysedd. Gwnaeth Tarje yr un modd cyn codi 'i law dde yn syth i fyny a sgwario'i fraich chwith nes bod ei law bron â chyffwrdd ei wasg.

'Paid,' meddai Eyolf yn dawel.

'Mae'n ddyletswydd,' atebodd Tarje. 'Yr anrhydedd.'

'Werthfawrogodd Jalo rioed mo hwnnw.'

Roedd Linus am ddeud rhywbeth ond doedd ganddo mo'i lais. Gafaelodd am Jalo o dan ei ysgwyddau a'i godi a'i sgwario. Gwelodd Eyolf o'n sibrwd ei eiriau i'r glust farw. Yna llaciodd Linus fymryn ar ei afael i adael i Jalo lithro'n araf i'r dŵr. Plygodd hefo fo nes bod ei ddwylo'n cyffwrdd y tonnau. Gollyngodd ei afael. Llithrodd Jalo o'r golwg. Syllodd Linus ar y dŵr lle bu. Trodd, ac eistedd.

'Diolch,' meddai ei ddarn llais wrth Eyolf yn y man.

Roedd y niwl bron wedi clirio heb iddyn nhw sylweddoli hynny. Daeth haul isel y wawr arnyn nhw. Edrychasant o'u cwmpas. Dim ond y dŵr a'r awyr oedd i'w gweld. Doedd dim arwydd fod neb arall wedi goroesi'r drylliad a doedd dim arwydd o froc chwaith. Cryfhâi'r gwynt a chyn pen dim doedd dim angen i neb gyfiawnhau tynged corff Jalo. Aeth Linus i'r pen blaen i gael rhywbeth i'w wneud. Defnyddiodd y styllen i gadw trwyn y cwch hefo'r tonnau a safodd ar flaenau'i draed ar y sedd i chwilio am dir neu ryw arwydd o rywbeth. Daeth i lawr. Roedd Eyolf yn sbyddu hefo'r cawg.

'Pan ddown ni i dir mi neith hwn fel crochan i ni,' meddai.

'Dyna pam cipist ti o?' gofynnodd Tarje.

'Na. Dim ond i sbyddu.'

'Ylwch,' meddai Linus yn sydyn.

Roedd smotyn pell yn yr awyr yn tyfu wrth ddynesu. Hedfanai'n syth tuag at y cwch. Pan ddaeth uwchben, trodd yr eryr unwaith a hedfan yn ôl yn unionsyth.

'Ar 'i ôl o,' penderfynodd Eyolf ar amrantiad.

Dechreuodd Linus rwyfo. Chwiliodd Eyolf y dŵr yn y gobaith o weld mymryn o froc a wnâi rwyf arall, ond doedd dim i'w weld. Roedd Linus yn newid ochr gyda phob rhwyfiad yn ddigon taclus, prun bynnag, ac roedd y cwch yn symud yn hwylus er bod Linus yn gorfod anelu ychydig bach yn groes i'r tonnau i ganlyn llwybr yr eryr, a hynny'n tynnu mwy o ddŵr i'r cwch.

'Un rwyfo, un sbyddu, un orffwys. Y rhwyfwr i ddeud pa bryd i newid,' meddai Eyolf.

Cododd Tarje ar ei union.

'Tyd,' meddai wrth Linus. 'Stedda.'

Cymerodd y styllen oddi arno a dechrau rhwyfo.

Eisteddodd Linus wrth ochr Eyolf yn y cefn. Y munud yr eisteddodd dechreuodd wylo eto. Trodd Tarje ei ben i roi cip arno a throi'n ôl i rwyfo.

'Yn y fyddin,' meddai, 'y milwr sy'n dod gynta, ac yn benna. Cyfeillgarwch wedyn. Mae pawb sy'n newid y drefn yna'n gorfod talu am wneud hynny yn hwyr neu'n hwyrach.'

'Cau hi,' griddfanodd Eyolf.

'Dim ond y gwir. Dwyt titha ddim wedi gwneud 'run ymdrech i roi'r esiampl a ddylat ti iddyn nhw.'

'Rhwyfa.'

O deimlo'r crynu yn ei ymyl, rhoes Eyolf ei fraich am Linus a'i dynnu ato. Doedd dim llawer o waith sbyddu a gallai wneud hynny ag un llaw pan oedd angen. Chwiliodd am yr eryr, ond roedd wedi mynd yn rhy bell. Gadawodd lonydd i Linus ymollwng yn iawn. Rŵan roedd ei benderfyniad wedi'i wneud.

Linus roddodd y waedd. Roedd wedi rhesymol ddod ato'i hun ac ar ei bedwaredd sifft o rwyfo. Safodd ar y sedd a chraffu i gyfeiriad yr haul. Roedd yn anodd eu gweld ond roedd clogwyni yn y pellter. Daeth i lawr. Roedd y ddau arall wedi codi ac yn fodlon gadael i'w rhyddhad fod yn ddieiriau. Gadawodd Linus i'r cwch arafu cyn ailddechrau rhwyfo'n llawer mwy gofalus na chynt, tra aeth y ddau arall ati i chwilio am arwyddion o graig dan y dŵr. Yna'n sydyn roedd dwy law Eyolf yn plymio i'r dŵr ac yn codi ar eu hunion. Roedd yr eog yn rhy lithrig a neidiodd o'i ddwylo wrth iddo droi ei freichiau tuag at y cwch, ond llwyddodd i roi swadan iddo â'i law chwith a disgynnodd yn glep ar lawr y cwch wrth draed Tarje. Rhuthrodd Tarje arno hefo'i ddwy law i gymedroli'r walpian a'r munud y dechreuodd y llonyddu gafaelodd yn gadarn ynddo a rhoi un waldiad i'w ben yn erbyn ymyl y cwch.

'Hawdd iawn,' meddai Eyolf, yn gwenu mymryn am fod Linus wedi gwenu mymryn.

Cyn hir roedd y clogwyni'n cuddio'r haul ac roedd rhimyn o draeth graean i'w weld o'u blaenau a rhaeadr i'r chwith iddo. Anelodd Linus y cwch i gyfeiriad y traeth. Cododd eryr o ben y clogwyn y tu hwnt iddo a mynd ar ei daith.

Ychydig eiliadau a barodd y profiad rhyfedd arferol o gael tir cadarn dan eu traed. Tynasant y cwch i fyny'r traeth ar eu holau. Gwaith cerdded yn hytrach na dringo oedd ar y clogwyn a Linus oedd y cyntaf i gyrraedd ei ben.

'Be weli di?' gofynnodd Eyolf.

'Afon fwy na hon yn fan'cw. Coed, tir gwyllt, mynyddoedd yn y pen draw 'cw'n llawn eira. Mae 'na fwy o eira ffor'cw,' ychwanegodd gan bwyntio tua'r gogledd. 'Go brin mai ynys ydi hi. Does 'na ddim golwg o neb arall.'

Cyrhaeddodd Eyolf, a Tarje wrth ei sodlau. Edrychodd y tri o'u cwmpas. Doedd dim pobl na'u hôl i'w gweld. Chwiliodd Eyolf y dŵr mawr. Doedd na milwr na chwch nac Uchben i'w gweld, dim ond ambell aderyn yma a thraw. Doedd dim broc chwaith.

'Roedd y mawrion yn gwybod i ble'r oedd y llong yn mynd â ni, 'toeddan?' meddai Linus, 'ac felly'n gwybod y ffor' i fynd hefo'r cychod. Mi ddaethon ni y ffor' anghywir.'

'Do, ella,' meddai Eyolf. 'I'r gorllewin roeddan nhw wedi gweld tir meddan nhw.'

'Da iawn,' canlynodd Linus arni. 'Mi gawn ni lonydd oddi wrth y giwad.'

'Linus!' ceryddodd Tarje.

Gwelai Eyolf fod llygaid Linus wedi'u hoelio i'r cyfeiriad y daethon nhw ohono.

'Pam nad ei di i edrach be weli di tra bydd Tarje a minna'n

gwneud tân?' meddai wrtho gan adael i'w lygaid fynegi'i longyfarchion tawel. 'Ella cawn ni dderyn ne' lastorch hefo'r sgodyn.'

'Iawn.'

'Ella bod yr eryr 'na'n dal i fusnesa,' meddai Tarje. 'Mi gawn ni hwnnw i ginio.'

'Dydi'r eryr ddim i gael 'i ladd,' cyhoeddodd Eyolf fel mellten.

'Fo ddangosodd y tir inni'r twlpyn,' meddai Linus.

'Mae o wedi gwneud hynny o waith sydd angan iddo fo felly, 'tydi?' meddai Tarje.

'Ladda i mono fo!' arthiodd Linus.

Trodd a mynd.

'Gad iddo fo gael 'i lonydd am chydig,' meddai Eyolf wrth droi'n ôl tuag at y clogwyn. 'A phaid â malu am ryw urddas a rhyw anrhydedd yn 'i ŵydd o i wneud petha'n waeth. Dydyn nhw ddim yn bod, prun bynnag.'

'Ydyn maen nhw,' mynnodd Tarje.

'Mi wnawn ni dân ar y traeth. Llai o waith cario.'

'Cario be?'

'Tanwydd. Cheith y cwch 'na ddim bod yn gwch dienyddio i Linus na neb arall.'

'Dwyt ti ddim yn mynd i losgi'r cwch, debyg.'

'Dydi o fawr o werth heb rwyfa call. Mi awn yn gyflymach dros y tir, mi gadwn ein hunain yn gynhesach wrth gerddad ac wrth lochesu dros nos. A mi fedrwn ni gadw o'r golwg os bydd angan. Yr unig fwyd gawn ni yn y cwch 'ma ydi pysgod a fedrwn ni wneud dim â nhw heb ddod i'r lan prun bynnag. A dw i isio bwyd.'

Brasgamodd at y cwch. Gan fod y coedwigoedd yn rhan mor ganolog o'r rhyfela roedd o wedi gofalu o'r dechrau bron fod bwyell yn rhan o offer ei sachyn. Doedd neb am ofalu hynny drosto. Tynnodd y pedwar sachyn a'r cawg a'r gynfas o'r cwch. Agorodd ei sachyn a thynnu'r fwyell ohono.

'Eiddo'r fyddin ydi'r cwch 'na!' llefodd Tarje.

'Wel ia hefyd.'

Roedd y cwch yn hollti'n daclus. I fyny ar ben y clogwyn trodd Linus i edrych am y rheswm am y sŵn. Doedd o ddim wedi symud llawer, dim ond wedi cael pwl arall o wylo y munud y cefnodd y ddau arall arno. Clywodd lais ceryddgar Tarje a llais poeni dim Eyolf yn ei ateb. Gwelodd y cwch yn dechrau peidio â bod. Aeth i chwilio am ragor o fwyd.

Safodd yn ebrwydd. Roedd wedi mynd yn wyliadwrus i fyny glan yr afon, gan aros y tu ôl i bob llwyn i sbecian. Roedd pwll go helaeth yn yr afon o flaen un llwyn ac alarch yn bwydo arno. Rhythodd. Gwyrodd bron o'r golwg i ymguddio rhag yr aderyn cysegredig.

Nid i'r fyddin lwyd nac i'r fyddin werdd yr oedd yr alarch yn aderyn cysegredig, ond i bawb drwy'r holl diroedd, i bawb erioed, cyn bod byddinoedd, cyn bod brwydro. Dyma'r aderyn a ddeuai â phurdeb i'r byd, a gwybodaeth i'w bobl. Yn ei gwisg wen, yr alarch oedd wedi achub yr haul rhag cael ei gipio gan y Pum Seren Grwydrol. Yn ei gwisg ddu, yr alarch oedd yn cadw'r byw rhag croesi afon angau at y meirw ac yn cadw'r meirw rhag croesi'r afon yn ôl at y byw, a chan hynny'n cadw'r ddau fyd ar wahân. Fyddai neb, neb, yn gwneud dim i darfu ar alarch, pa liw bynnag oedd i'w phlu.

Yn y dŵr mawr y tu ôl iddo roedd corff Jalo.

Ychydig gamau y tu ôl iddo roedd pinwydden newydd.

Cododd yr alarch ei phen o'r dyfnder.

Roedd hyd yn oed Eyolf yn methu cuddio'i ddychryn pan welodd yr alarch yn hongian gerfydd ei thraed o law Linus a'r ddwy adain wen wedi ymledu ohonyn nhw'u hunain. Roedd y pastwn newydd yn ei law arall.

'Be wyt ti wedi'i wneud?' llefodd Tarje.

'Plua honna.'

Daliodd Linus yr alarch led braich oddi wrtho dan drwyn Tarje.

'Wyddost ti ddim be wyt ti wedi'i wneud?' llefodd Tarje.

'Mi'i plua i hi fy hun 'ta.'

Aeth Linus ar ei gwrcwd ar gerrig mân y traeth a dechreuodd arni'n ddi-lol.

'Ddysgodd neb ddim i ti rioed?' llefodd Tarje.

'Do, hyd at syrffad,' atebodd Linus, yn dal i bluo, ei lygaid yn canolbwyntio'n llwyr ar ei waith. 'Mi fyddai hi'n ffrae pwy oedd y coeliwr gora a ffrae arall prun oedd y dewin clyfra. Dydi o ddim ots bod Jalo'n gorwadd neu'n symud yn farw yn y dŵr 'na. Clec ar y fawd ac mi ddaw 'na ddewin yn unswydd o'r Chwedl i ddeifio o ben y mynydd ucha 'cw yn syth i'r dŵr i'w godi o a thrwsio'i ben o a'i atgyfodi fo a hip hip hwrê byd y cewri a'r dduwies wen. Galwa di ar y Chwedl ac ar dy gawr ddewin i wneud hynny i Jalo a mi wna inna roi'r plu 'ma'n ôl fesul un ac atgyfodi hon a thynnu wya o gopor pur o'i thin hi a phlygu iddi hi tra bydda i.'

Roedd y dagrau wedi dychwelyd i'w lygaid, a dim ond Eyolf a'u gwelodd. Roedd o'n dechrau dod ato'i hun. Doedd Tarje ddim. Doedd Eyolf ddim yn canolbwyntio ar hynny chwaith, oherwydd roedd o'n dechrau cael rhyw deimlad braidd yn euog eto fyth wrth glywed Linus yn bwrw drwyddi. Câi Linus byliau cyson o ddeud pethau am y Chwedl na feiddiai neb ond Jalo ac yntau eu deud, a theimlai Eyolf yn ei grombil fod llwfrdra'n llawn cymaint o reswm â dim arall am ei rybuddion cyson o i'r ddau i gadw'u barn yn ddilafar rhag i glustiau eraill eu clywed. Weithiau teimlai mai tynnu ar Tarje oedd prif ddiben Linus a Jalo pan fyddai'r ddau am y gorau'n difrïo'r Chwedl, er mwyn iddyn nhw gael dathlu'i geryddon cyfrifol. Ond dim ond ceryddu a wnâi Tarje; byddai'r syniad o achwyn yn rhy ddiarth i'w gyfansoddiad ei ystyried.

Rhoes Eyolf ei deimladau heibio a dychwelodd at ei waith, yn barod i amddiffyn Linus pe bai Tarje rŵan yn llwyddo i ddad-ddelwi. Wrthi'n paratoi at dân oedd o cyn i Linus gyrraedd hefo'i alarch. Roedd wedi torri twll bychan fel gwniadur mewn darn o ymyl y cwch ac wedi naddu pren yn grwn i'w ffitio. Dychwelodd at y gwaith ar ôl rhoi cip arall ar Tarje a Linus yn eu tro. Rhoes un pren yn y llall a dechrau ei droelli'n gyflym rhwng ei ddwylo. Ymhen dim roedd ganddo fwg. Chwythodd yn ysgafn. Daliodd i droelli a chwythu mymryn eto. Trodd y mwg yn fflam fechan. Ymhen dim roedd y fflam yn fflamau. Roedd yntau wedi dod ato'i hun yn iawn erbyn hyn.

'Y peth calla,' meddai heb edrych ar Tarje, 'ydi gwneud y bwyd i gyd rŵan. Chawn ni ddim gwell cyfla na hwn. Mi'i cadwn ni o mewn darna o'r gynfas. Y sgodyn a'r deryn ar wahân.'

'Dydan ni ddim yn mynd i fwyta honna!' llefodd Tarje, yn dechrau dad-ddelwi.

'Dos i chwilio am lastorch ne' rwbath 'ta,' meddai Linus gan luchio'r pastwn iddo, ac yn falch o gael dynwared Eyolf hefo'i lais naturiol. 'Mae Mam yn deud,' ychwanegodd i bwysleisio nad oedd dim o'i le, 'fod berwi cadacha cyn cadw bwyd ynddyn nhw'n cadw'r bwyd yn well ac yn iachach ac yn hirach.'

'Dynas gall,' meddai Eyolf, 'yn enwedig gan na wyddon ni ddim o hanas y gynfas 'ma. Mae 'ma ddigon o fwyd inni am o leia ddau ddiwrnod.'

Roedd Tarje eisoes wedi cychwyn hefo'r pastwn.

'Paid â gwastraffu dy egni prin i drio chwilio am yr eryr yn dy ddicllonedd,' meddai Eyolf yn ysgfan.

Chafodd o ddim ateb. Distawodd sŵn traed Tarje wrth iddo adael y traeth a'r unig sŵn oedd ar ôl oedd y tonnau a'r rhaeadr a chlecian bychan priciau'n llosgi, a phlu'n cael eu plycian oddi ar gorff yr alarch.

'Mi wnest yn iawn,' meddai llais tawel Eyolf.

2

Troai'r tywysydd ei ben i roi cip ar yr ieuengaf o'r tri y tu ôl iddo bob hyn a hyn. Roedd hwnnw'n amlwg yn gwaelu o funud i funud gan rywbeth heblaw'r oerfel. Roedd y ddau filwr arall yn siarad yn ddi-baid, ond gan na ddeallai'r un gair o'u heiddo ni chymerai'r tywysydd sylw ohonyn nhw.

Roeddan nhw wedi bod yn cerdded am yn agos i ddwyawr. Roedd o wedi'u gweld ers awr cyn hynny ac wedi'u dilyn o hirbell gan adael llonydd iddyn nhw am eu bod yn mynd i'r cyfeiriad iawn fwy na heb, er ei bod yn amlwg eu bod ar goll. Milwyr gwisgoedd llwydion oeddan nhw ond doedd wahaniaeth ganddo fo. Pan ddechreuodd ddod yn amlwg eu bod ar fin mynd ar gyfeiliorn roedd wedi'i ddangos ei hun iddyn nhw a dynesu. Roedd y ddau hynaf wedi codi'u harfau tuag ato ond roedd o wedi'u hwfftio gydag un symudiad braich. Roeddan nhw wedi siarad a holi ar draws ei gilydd ac yntau'n ysgwyd ei ben. Yna, wedi ymgynghori â'i gilydd a'r trydydd yn deud dim, roedd y ddau drwy ystumiau a rhyw fath o fygwth gan un wedi ceisio cyfleu eu picil iddo. Roedd yntau wedi amneidio arnyn nhw ac wedi cychwyn o'u blaenau, gan eu tywys at lwybr annelwig a âi gydag ochr y dyffryn. Roedd hwnnw'n mynd â'r milwyr yn groes i'w bwriad yn eu tyb nhw ond ni chymerai'r tywysydd sylw o hynny. Ymhell uwchben troellai eryr wrth wylio'u hynt.

Ar ôl tramwyo llwybr y dyffryn a dringo drwy goedwig oer i ben uchaf dyffryn arall a chroesi hwnnw gan droedio sarn lithrig afon lawn roeddan nhw wedi dod at lwybr lletach na'r un o'r rhai cynt, a chryn dipyn mwy o draul arno. Gan mwyaf roedd yn las a thyllog ond yn troi'n goch yma a thraw gydag olion llifogydd yn ei wneud yn arw ac yn hawdd troi troed arno. Cynyddu'r drafferth i'r ieuengaf a wnâi hynny, ac erbyn hyn âi'r cip a roddai'r tywysydd arno'n amlach. Go brin ei fod yn hŷn na deunaw oed, tybiodd. Roedd golwg fengach na hynny arno. Gwyddai nad oedd fymryn o bwys gan y gwyrddion pa mor ifanc oedd hogyn yn dod neu'n cael ei wneud yn filwr, ac ella bod y llwydion yr un fath. Ond wrth i'w llygaid gyfarfod ar ganol un cip gwelodd y tywysydd y penderfyniad trist yn y llygaid a chanlynodd ymlaen. Roedd y milwr hynaf i'w weld yn cadw golwg ar yr un araf hefyd ac yn dod i siarad hefo fo bob hyn a hyn, yn amlwg i'w annog. Wrth roi cip arall arnyn nhw hefo'i gilydd tybiai'r tywysydd y gallai'r ddau fod yn frodyr.

Roedd yr haul wedi ymddangos ac yn taro braidd yn annodweddiadol o'r tymor, ond ymhell draw i'r gogledd roedd arwyddion eraill. Roedd yn anodd ceisio prysuro gan fod pob cam yn mynd yn fwy a mwy o draul i'r ieuengaf. Doedd dim dewis ond dal ati, ac ymhen rhyw hanner awr arall o ddilyn y llwybr oedd yn troelli i osgoi creigiau a mân lwyni daeth sŵn afon arall i'w clustiau. Daethant at ei glan. Edrychodd y ddau filwr hynaf yn amheus arni. Roedd golwg beryclach ar y sarn o'u blaenau na'r un cynt ac roedd yr afon yn ddwywaith lletach na'r llall. Roedd y dŵr yn gochach a ffyrnicach hefyd ac yn codi dros gerrig y sarn yn amlach na pheidio, yn amlwg yn ddŵr storm. Trodd y talaf at y tywysydd a'r cwestiwn yn llond ei wyneb. Dim ond codi aeliau a mymryn ar ei ysgwyddau ddaru'r tywysydd cyn troi at yr ieuengaf a gafael yn ei ddwy ysgwydd.

Astudiodd ei wyneb. Roedd cudyn o wallt golau wedi ymryddhau o'r cap trwchus. Ni chodai'r milwr ei lygaid. Rŵan roeddan nhw'n amddifad o benderfyniad. Daeth y byrraf o'r ddau arall ato a chodi'i arf. Ysgydwodd y tywysydd fraich ddilornllyd ar y bygythiad a dal i astudio'r wyneb o'i flaen.

'Waeth i ti heb ddim,' meddai'r talaf.

'I lle mae o'n mynd â ni?' arthiodd y llall.

'Mi ŵyr o, siawns. Mae'n rhaid i ni drio rhyw fath o gysylltiad bellach, debyg,' ychwanegodd. Daeth at y tywysydd, oedd yn dal i astudio'r wyneb o'i flaen, ond yn mynegi dim i neb arall. 'Eyolf,' meddai, gan bwyntio ato'i hun. 'Tarje, Linus,' meddai wedyn gan bwyntio at y ddau yn eu tro.

Nodiodd y tywysydd. Disgwyliai Eyolf iddo ddeud ei enw'i hun, ond ddaru o ddim. Tybiai Eyolf ei fod dros ei ddeugain oed, er ei bod yn anodd dyfalu'n iawn gan fod olion yr allan fawr ar ei wyneb. Doedd dim dichell na chyfrwystra yn ei lygaid. Lledodd yntau fymryn ar ei ddwylo mewn ystum o anobaith, ac yna eilwaith mewn ystum o gwestiwn. Ystyriodd y tywysydd am ennyd. Yna, yn hytrach na chynnig ei enw, pwyntiodd â'i fraich chwith yn syth i'r cyfeiriad y daethon nhw ohono. Roedd olion oes o dywydd garw ar ei law. Yna pwyntiodd ymlaen. Gan ddal ei fraich yn syth allan, rhoes fys ei law dde ar ei ysgwydd chwith a'i symud i flaen y bys a bwyntiai. Pwyntiodd eilwaith i'r cyfeiriad cychwynnol ac yna i lawr i'r llwybr odano. Rhoes fys ei law dde ar ei ysgwydd chwith a'i symud at ryw chwarter y ffordd rhwng garddwrn a migyrnau ei law chwith. Pwyntiodd eto i lawr ac yna ymlaen. Rhoes ei fys ger y garddwrn ac yna ar flaen yr ewin. Nodiodd Eyolf.

'Chwartar awr eto, ella,' meddai.

'A be wedyn?' gofynnodd Tarje.

'Cymryd be gawn ni. Mae'n rhaid i ni groesi hon, mae'n amlwg.'

Edrychodd o'i gwmpas, i fyny ac i lawr y dyffryn, i chwilio am arwydd o fywyd. Roedd hebog uwchben ac os oedd adar eraill o gwmpas roeddan nhw wedi mynd i lechu. Doedd dim pobl nac arwydd o'u gwaith, a gallai'r sarn o'i flaen fod wedi bod yno cyn i undyn ei gweld erioed.

Nid am nad oedd haws â gwrando'r oedd y tywysydd yn eu hanwybyddu. Roedd yn gafael eto yn ysgwyddau Linus, ac yn ysgwyd ei ben. Heb gymryd arno, roedd wedi astudio digon ar y ddau arall i weld nad oeddan nhw mewn cyflwr i gario neb ar eu cefnau. Tynnodd ei sachyn oddi ar ei gefn a'i roi i Eyolf cyn amneidio arnyn nhw i roi Linus ar ei gefn o. Plygodd i'w dderbyn. Teimlodd y pwysau'n dod ar ei gefn ac Eyolf yn helpu Linus i roi ei freichiau a'i ddwylo am ei wddw. Cododd, a sythodd. Roedd wedi cario pethau trymach. Croesodd y sarn fel tasai hi'n bont. Trodd i wylio'r ddau arall yn croesi. Ceisiodd Eyolf ei efelychu o gan groesi ar yr un cyflymder. Roedd Tarje yn arafach ac yn fwy ansad. Yr un oedd y canlyniad. Erbyn iddyn nhw gyrraedd ato roedd pedair troed yn socian a'r oerfel i'w weld yn dechrau gafael. Ysgydwodd yntau'i ben a phwyntio at eu hesgidiau cyn troi ei ddyrnau'n groes wrth ochrau'i gilydd mewn ystum gwasgu dŵr o ddillad.

'Twt!' wfftiodd Tarje a thaflu'i law allan yn ddiamynedd.

Daeth rhywbeth tebyg i reg o eiriau'r tywysydd. Ailadroddodd ei ystum, yn gyflymach. Roedd Eyolf eisoes wedi dechrau ar garrai ei esgid dde ac roedd cudyn o'i wallt melyn wedi ymryddhau o'i gap yntau erbyn hyn. Rhwng hynny a thebygrwydd llygaid a siâp wynebau roedd y tywysydd yn prysur benderfynu mai brodyr oedd Linus ac yntau. Roedd Tarje yn fwy amharod i ufuddhau. Roedd y ddau'n cael trafferth hefo'u hesgidiau a Tarje yn gyndyn o ollwng ei arf o'i law. Doedd o ddim am wneud chwaith nes i Eyolf fynd ato a thynnu'r arf oddi wrtho.

'Mae'n iawn, 'sti,' meddai. 'Does gan hwn ddim arf prun bynnag.'

Chwyrnu oedd Tarje, ond bodlonodd i'r drefn. Gwagiasant eu hesgidiau a gwasgu hynny a fedrid o ddŵr o'r sanau. Roedd yr haul yn isel uwchben erchwyn yr esgair a'i wres yn pylu'n gyflym. Yna brysiodd cwmwl drosto a tharodd yr oerfel newydd nhw ar ei union. Tynnodd y tywysydd fenig o'i boced a'u gwisgo. Ar ôl rhoi ei esgidiau'n ôl am ei draed, estynnodd Eyolf fenig o boced ei gôt, ond cyn eu gwisgo daeth at Linus a thynnu rhai o'i boced o a'u rhoi am ei ddwylo. Nid aeth y tywysydd i edrych oedd Tarje am wisgo rhai hefyd. Trodd, a chychwyn. Cymerodd Tarje sachyn Linus a'i roi ar ei gefn hefo'i sachyn ei hun.

Aethant ymlaen. Daliai Tarje i fwrw amheuon rif y gwlith a daliai Eyolf i gymedroli. Rŵan roedd y tywysydd yn symud yn gyflymach na chynt fel tasai o wedi gollwng yn hytrach na derbyn ei bwn, a sylweddolodd Eyolf mai wedi gadael i Linus benderfynu'u cyflymder yr oedd wedi'i wneud cynt. Roedd y cyflymder newydd yn dechrau deud yn bur gyflym ar y ddau arall, ond nid oedd yr un am gymryd arno.

Cyfarth ddynododd derfyn eu taith. Cyfarthiad un ci oedd ei ddechreuad, ond ymunwyd ag o gan amryw eraill yn ddi-oed. Distawodd yr un mor ddi-oed ar waedd gan y tywysydd. Roedd y llwybr yn troi dros gefnen fechan ac roedd tri adeilad pren isel yn llechu yr ochr arall iddi. Erbyn hyn credai'r tywysydd fod y milwr ar ei gefn yn anymwybodol, gan fod ei ben yn drwm a llonydd dros ei ysgwydd chwith. Prysurodd i lawr. Ailddechreuodd y cyfarth, ond yn llawer llai brwd na'r tro cyntaf. Deuai o gefn yr adeilad isaf, ond ni ddaeth yr un ci i'r golwg.

Agorodd drws yr adeilad mwyaf oedd yn syth o'u blaenau. Daeth greddf ar waith ac arhosodd Eyolf a Tarje yn stond, a chodi'u harfau. Roedd tri milwr yn dod allan o'r adeilad, ac nid gwisg lwyd oedd am eu cyrff.

'Mae croeso i chi fod yn ynfyd,' gwaeddodd yr un ar y blaen wrth i ragor o filwyr gwyrddion ddod allan.

Chwilfrydedd oedd yn eu hwynebau un ac oll. Doedd y tywysydd yn cymryd unrhyw sylw, dim ond dynesu hefo'i bwn diymadferth.

'Does dim isio i chi herian,' meddai'r un ar y blaen eto, 'dydach chi ddim mewn peryg o fath yn y byd.' Gofynnodd rywbeth i'r tywysydd mewn iaith ddiarth i'r ddau arall a chael ebychiad cynnil yn ateb. Trodd ei sylw'n ôl at Eyolf a Tarje. 'Waeth i chi roi'r arfa 'na i lawr ddim,' meddai drachefn fel tasai ddim ots ganddo, 'go brin y gwelwch chi unrhyw ddefnydd iddyn nhw yma, os na fydd arnach chi ffansi carw gwyllt i ginio.'

Roedd yn dal ei ddwylo allan fymryn i ddangos nad oedd am fygwth. Roedd ganddo wisg Uchben ond doedd o ddim yn cyfarth fel un, nac yn drahaus ei olwg na'i lais. Sylwodd Eyolf fod y milwyr i gyd yn llawer hŷn na nhw ill tri. Rhoes ei arf i lawr, ond nis gollyngodd. Arhosodd Tarje yn union fel roedd o. Ond ni chymerodd yr Uchben sylw o hynny oherwydd roedd yn brysio at Linus.

'Hei, wyt ti hefo ni?' gofynnodd wrth ddod yn nes fyth i astudio'r wyneb diymateb. 'Be 'di enw fo?' gofynnodd.

'Linus,' meddai Eyolf.

'Linus? Wyt ti'n 'nghl'wad i?' Cododd ben Linus oddi

ar ysgwydd y tywysydd, ond doedd o'n cael dim ymateb wedyn chwaith. 'Cerwch ag o i mewn a gwaeddwch ar Mikki,' meddai'n gyflym wrth ddau o'r tu ôl iddo.

Anwybyddodd y tywysydd gynnig y ddau i fynd â Linus o'i afael. Aeth heibio iddyn nhw a mynd ag o drwy ddrws yr adeilad mawr. Roedd milwr arall eisoes wedi agor drws yr adeilad nesaf ac yn gweiddi drwyddo. Daeth dyn mewn dillad cyffredin a golwg bron mor ifanc â Linus arno allan a brysio tuag atyn nhw.

'Y llall sydd d'angan di,' meddai'r hynaf gan amneidio at ddrws yr adeilad mwyaf.

'Mae'r rhein yn iawn,' dyfarnodd yr un ifanc ar ôl astudio wynebau Eyolf a Tarje am ychydig eiliadau. 'Molchiad, bwyd a gwely. Mi fyddan nhw'n iawn fory.'

Trodd a phrysuro at ddrws yr adeilad mwyaf. Rhoes orchymyn i lenwi'r baddonau wrth fynd drwy'r drws. Ymhell uwchben trodd yr eryr a dychwel ar ei hynt tua'r gogledd.

'Aarne ydw i,' meddai'r hynaf. 'Does dim angan teitla a rhyw gybôl yma. Dowch.'

Roedd Tarje yn codi'i arf eto.

'Yn enw'i dduw o, deud wrtho am ddŵad,' meddai Aarne wrth Eyolf.

'Mae'n well i ni gael hwn 'tydi?' meddai milwr arall clên wrth Tarje gan amneidio at ei arf, 'er dy fwyn di.'

Daliodd ei law allan. Roedd Aarne eisoes wedi troi oddi wrthyn nhw ac wedi cychwyn yn ôl i mewn.

'Doro fo iddo fo,' meddai Eyolf.

Rhegodd Tarje, ac ildio. Aethant i lawr hefo'r milwyr at ddrws y cwt mwyaf, a'r milwyr yn llwyddo y munud hwnnw i roi'r argraff eu bod yn fwy o gyd-deithwyr nag o warchodwyr. Wrth ddynesu digwyddodd Eyolf edrych tuag at y drws y daeth yr un ifanc drwyddo a gwelodd siâp du yn llonydd rhwng y ddau gwt. Arafodd ei gamre, bron yn ddiarwybod iddo. Y llonyddwch oedd yn tynnu sylw. Am eiliad roedd Eyolf yn credu mai wyneb dynes a welai yn y cwfwl. Roedd yr wyneb yn eu hastudio. Cafodd Eyolf deimlad yr un munud mai ei astudio o a wnâi, nid Tarje. Dynes oedd hi. Yn ddi-frys, roedd hi'n troi ac yn astudio'r awyr i'r cyfeiriad roedd yr eryr wedi hedfan iddo, ac yna'n troi i'w hastudio nhw eto. Pan oeddan nhw ar gyrraedd y drws trodd hi yr un mor ddi-frys a mynd o'r golwg. Aethant hwythau drwy'r drws ac i mewn i'r cwt mwyaf. Rhoes Eyolf ebychiad anfwriadol o deimlo'r cynhesrwydd. Roedd y tywysydd wrth y drws yn barod i fynd allan.

'Gwisgoedd gwyrddion felltith!' poerodd Tarje arno. 'Sglyfath,' ychwanegodd, 'bradwr y fall!'

Ni chymerodd y tywysydd sylw ohono, er ei fod yn amlwg ei fod wedi dallt, iaith ddiarth ai peidio. Roedd Aarne yn gwrando.

'Cadw dy ddyfarniada tan y bora,' meddai wrth Tarje.

Trodd oddi wrthynt i siarad â'r tywysydd. Er na ddeallai Eyolf na Tarje'r un gair, roedd yn amlwg fod yr holl stori'n cael ei harllwys, gyda phob manylyn yn ei le. Ac nid gwrando er mwyn busnesa oedd Eyolf, ond i geisio cael gafael ar un neu ddau o eiriau a allai fod yn gyfarwydd. Ni chlywodd yr un er bod Aarne yn holi'n ddi-baid ac yn amlwg yn cael ateb llawn bob tro. Cyn hir sylweddolodd mai gwrando ar sŵn yr iaith ddiarth oedd o. Gwelai hefyd oes o brofiad yn cynnal ymateb digyffro Aarne.

Gorffennwyd y sgwrs, a chyda chip arall ar y ddau, ar Tarje yn bennaf, aeth y tywysydd allan a throi tuag at y cytiau eraill. Daeth Aarne at y ddau.

'Mae'n well i chi ymlacio a dadflino chydig mewn digon

o ddŵr poeth cyn meddwl am wneud dim arall,' meddai. 'Mi fydd yn haws i chi fwyta wedyn. Be 'di'ch enwa chi?' gofynnodd yn sydyn.

'Eyolf.'

Sythodd Tarje.

'Milwr T Rhif Pedwar o Seithfed Rheng Maes Trigain.'

'Sut wyt ti'n dod o hyd i dy le d'wad?' Roedd golwg bron yn dosturiol ar Aarne. 'Ehanga ar yr T,' ychwanegodd. 'Mi neith hynny'r tro i ni yma.'

'Milwr T Rhif Pedwar o Seithfed Rheng Maes Trigain.'

'Dyna chdi 'ta. Dowch.'

Roedd aroglau dymunol tân pinwydd yn llenwi'r lle. Aeth Aarne o'u blaenau ar hyd cyntedd cul. Roedd milwr yn goleuo llusern uwchben a milwr arall y tu allan yn cau caeadau pren dros y ffenestri. Roedd cymylau wedi cyflymu ar draws yr awyr gan fyrhau'r cyfnos a chodai gwynt a wnâi i'r milwr gyflymu'i waith. Agorodd Aarne ddrws ym mhen draw'r cyntedd. Daeth mymryn o ager drwyddo.

'Dyma chi.'

Dychrynodd Eyolf. Roedd tri baddon yn un pen ar y dde iddyn nhw, a dŵr poeth hyd at hanner dau. Roedd mainc ager ar hyd yr ochr gyferbyn. Roedd y llawr yn gerrig gwastad glân, a'r parwydydd a'r nenfwd yn brennau llyfn wedi'u hasio i'w gilydd. Edrychai Eyolf yn syfrdan o'i gwmpas. Doedd Uchbeniaid ddim yn cael moethusrwydd fel hyn yn unman a welsai o erioed, heb sôn am neb arall. Trodd at Tarje, ond doedd o'n dangos unrhyw ymateb.

'Mi wneith dŵr gyflymach gwaith arnoch chi nag ager,' meddai Aarne. 'Ymlaciwch yn iawn ynddo fo. Dydach chi ddim mewn unrhyw fath o beryg. Taflwch eich dillad a'ch sgidia i'r cyntedd. Gwagiwch eich pocedi yn gynta a 'drychwch ar ôl eich petha. Mi fydd 'na ddillad glân i chi mewn munud. Rydw i'n awgrymu'n gry iawn eich bod chi'n gwisgo dillad cyffredin tra byddwch chi yma.'

Sythodd Tarje.

'Dydw i ddim yn bradychu fy ngwisg.'

'Dyna chdi.' Roedd Aarne yn ddigynnwrf. 'Mi fydd raid i ti fod yn noeth am heno felly. Mae'r dillad yna'n mynd i gael eu diheintio a'u golchi prun a wyt ti'n dymuno hynny ai peidio.'

Aeth at un o'r baddonau hanner llawn ac arogli uwch ei ben am eiliad. Yna aeth at gwpwrdd bychan ger y drws a thynnu potyn ohono. Tywalltodd beth o'r cynnwys gwyrddlas i'r ddau faddon.

'Dydw i ddim yn mynd ar gyfyl hwnna,' cyhoeddodd Tarje, yn dal yn syth.

'Rhochiad y mochyn!' Plygodd Aarne dros faddon a throchi'i ddwylo ynddo. Rhwbiodd nhw yn ei gilydd. Rhoes nhw yn y baddon drachefn a'u codi a molchi'i wyneb. 'Dyna fo, yli. Dim arlliw o wenwyn. Os ydach chi'n chweina neu'n lleua rŵan fyddwch chi ddim ar ôl hwn.'

'Dydw i ddim yn chweina.'

'Rwyt ti wedi crafu o leia unwaith ers pan wyt ti yma.' Sychodd Aarne ei wyneb yn y llian glân wrth ochr y baddon. 'Cofiwch olchi'ch gwalltia'n drwyadl.' Trodd a mynd at y drws. Ailfeddyliodd. Daeth at Tarje. 'Faint ydi d'oed di?'

'Tair ar hugian ers yr ha,' atebodd Eyolf yn ei le, 'ers noson y diffyg ar y lleuad.'

'Ro'n i'n agos ati felly,' meddai Aarne, yn dal i edrych ar Tarje. 'Mae gen i fab ar drothwy ei dair ar hugian. Mae o'n filwr hefyd, nid o'i wirfodd mwy na chitha a finna.'

'Mi fyddwn i'n filwr, gorfodaeth neu beidio,' cyhoeddodd Tarje.

'A, wel. Wn i ddim ydi fy mab i'n ymladd, 'ta ydi o wedi'i

ddal. Wn i ddim a ydi o'n fyw. Os ydi o, ac os ydi o wedi'i ddal, dw i'n gobeithio'i fod o'n cael 'i drin fel y byddi di, Milwr T Rhif Pedwar o Seithfed Rheng Maes Trigain ac Eyolf a Linus yn cael eich trin yma.'

'Lle mae Linus?' gofynnodd Eyolf.

'Mi wnawn ein gora iddo fo. Mi ddaw rhywun i'ch nôl chi pan fydd y bwyd yn barod. Fydd o ddim yn hir.'

Aeth at y drws drachefn. Ailfeddyliodd drachefn.

'Mae'r lleuad yn llawn eto heno. Ond fydd o ddim yn y golwg i'r un ohonon ni. Cofiwch wagio'ch pocedi.'

Aeth, gan gau'r drws ar ei ôl. Ni ddaeth sŵn cloi.

'Caethiwad rhyfadd,' oedd unig sylw Eyolf wrth dynnu amdano.

'Thrystia i mono fo,' ysgyrnygodd Tarje. 'Mi fasa dalfa gaethion iawn yn gwneud synnwyr. Dydi fa'ma ddim. Thrystia i'r un enaid yma.'

Doedd o ddim am dynnu amdano chwaith. Safai yn ei unfan, a'i lygaid yn chwilio am dyllau ysbïo ym mhobman.

'Mi ddaeth y dyn tawal 'na â ni i'r lle 'gosa oedd ar gael, debyg. Go brin 'u bod nhw'n disgwyl caethion yma.' Gorweddodd Eyolf yn y dŵr a chau'i lygaid i werthfawrogi. 'Nac yn gwybod be i'w wneud hefo nhw, os dyma'r driniaeth sy ar ein cyfar ni.' Agorodd ei lygaid, a dechrau molchi. 'Os bydd y bwyd cystal â hyn, fydd hi ddim yn ddrwg arnon ni.'

'Nhw ydi'r gelyn!'

'Cau dy hop am eiliad a dowcia dy hun yn hwnna.'

'Mymryn o ddŵr cynnas yn ddigon i dy brynu di.'

'Be?'

'Wnei di ymladd iddyn nhw hefyd?'

Cododd Eyolf ar ei eistedd. Edrychodd yn sobr ar y gwrid ar wyneb Tarje.

'Dw i'n cario arf ers bron i wyth mlynadd a dydw i

rioed wedi gweld neb na dim yr ydw i'n ymladd drosto fo,' meddai. Ailddechreuodd molchi. 'Ond ella 'i fod o ne' nhw wedi marw droso i ac wedi anghofio deud hynny.'

'Sut medri di fod mor sarhaus?'

Griddfanodd Eyolf.

'Yn enw rhyw dduw ne' leming, dos i'r cafn 'na.'

Agorodd y drws a dychwelodd Aarne i mewn. Rhoes gip ar Tarje.

'Wyt ti'n ymatab i sgwrs a chyngor 'ta dim ond i orchmynion?' gofynnodd.

Sythodd Tarje.

'Mi gei di fwyd ar ôl i ti molchi a newid,' meddai Aarne. 'Chei di ddim mymryn cyn hynny, a fydd 'na ddim dŵr cynnas o'r newydd os ydi hwnna'n oeri.' Trodd at Eyolf. 'Sut cafodd Linus archoll?'

'Pa archoll?' gofynnodd Eyolf yn gyflym.

'Ar 'i ystlys chwith.'

'Wyddwn i ddim...'

'Syrthio ar graig,' meddai Tarje ar ei draws.

'Pa bryd?'

'Echdoe. Doedd o ddim am gymryd arno,' ychwanegodd ar beth brys wrth Eyolf, 'roedd o'n taeru nad oedd o'n ddim. Pan oeddan ni'n mynd ar ochr y llyn hwnnw,' meddai wedyn. 'Dyna sut collodd o sachyn Jalo.'

'Oedd 'na rwbath yn glynu ar y graig?' gofynnodd Aarne.

'Dim hyd y gwn i.'

'Ydach chi'n deud y gwir?' gofynnodd Aarne wedyn cyn iddo orffen bron. 'Ydach chi'n siŵr nad ydi o wedi cael 'i drywanu?'

'Naddo!' atebodd Tarje, ei lais yn llawn sioc.

'Pam?' gofynnodd Eyolf.

'Mae Mikki'n credu'i bod hi'n bosib 'i fod o wedi'i

wenwyno. Mi fedra llafn fod yn cario gwenwyn. Ond mae'n bosib fod y briw wedi'i heintio oddi ar 'i ddillad o. Ydach chi wedi bod mewn cysylltiad â rhywun?'

'Dydan ni ddim wedi gweld neb ers dyddia lawar,' meddai Eyolf.

'Pryd cawsoch chi fwyd?' gofynnodd Aarne ar ei union wedyn.

'Ddoe.'

'O?' Roedd yn amlwg bod yr ateb fymryn yn annisgwyl iddo. 'Fwytoch chi'r un peth â'ch gilydd?'

'Do,' atebodd Tarje.

'Be?'

'Pysgod a chydig o alga.'

'Wedi'u gwneud uwchben tân?'

'Wedi'u berwi'n iawn,' meddai Eyolf. 'Dw i wedi cael gwenwyn sgodyn unwaith.'

'A does gynnoch chi ddim poen stumog na dim?'

'Dim ond poenau stumog wag.'

'Mi fwytwch yn iach heno felly.'

Trodd am y drws.

'Fydd Linus yn iawn?' gofynnodd Tarje, heb arlliw o her y milwr yn ei lais.

'Dydi gobeithio'n costio dim i neb.' Rhoes Aarne law gynnil, gyfeillgar neu dadol, ar ei ysgwydd am ennyd. 'Tyd rŵan, molcha.'

Aeth, a chaeodd y drws ar ei ôl. Roedd Eyolf yn llonydd yn y dŵr, yn syllu beth yn syn i gyfeiriad ei draed. Edrychai Tarje ar y llawr odano, yn cnoi'i wefus, a'i edrychiad bron yn bwdlyd. Rhoes gip i gyfeiriad Eyolf a dechreuodd dynnu amdano.

'Waeth gen i,' dadleuodd Tarje, 'gwisogedd gwyrddion ydyn nhw, a gwisgoedd gwyrddion fyddan nhw.'

'Cysga bellach.'

'Mae'n ddyletswydd arnan ni i ddengid.'

'A Linus?'

'Wel ia, fedar o ddim, na fedar?'

Roedd gwelyau wedi'u darparu iddyn nhw mewn stafell fechan, heb glo ar y drws. Y rheswm am hynny meddai Tarje oedd bod gwylwyr yn y cyntedd yn disgwyl y cyfle i'w lladd ar yr esgus lleia, a byddai i Eyolf neu fo agor y drws yn fwy na digon o esgus iddyn nhw. Roedd eu tri sachyn ar lawr ger y drws ac roedd Eyolf wedi synnu braidd o weld ei fwyell yn ei sachyn o o hyd. Roedd digon o ddillad ar y ddau wely, ac roedd eu hangen. Roeddan nhw wedi cael eu bwyd, digonedd o gawl pysgod a bara, a chig carw a llysiau wedyn. Roedd deuddeg i gyd yn y gegin fwyta, saith mewn gwyrdd, a phob un yn llawer hŷn na nhw. Roedd Tarje wedi gwisgo'i ddillad newydd yn ymddangosiadol ddirwgnach a dibrotest a bu Aarne yn ddigon hirben i ofalu nad oedd milwr yn eistedd wrth ei ochr ar y bwrdd. Doedd dim golwg o'r tywysydd. Wedyn cawsant fynd i weld Linus, er nad oeddan nhw haws â mynd o'i ran o beth bynnag. Roedd o'n anymwybodol ac roedd Eyolf wedi sylwi ar y cip pryderus a roes Aarne ar Mikki. Pan oeddan nhw'n mynd o'r stafell daeth hen wraig i'w cyfarfod, yn ddu o'i chorun i'w sawdl ac yn siarad yn ddwys wrthi'i hun. Edrychodd ennyd ar y ddau a sibrwd rhywbeth arall wrthi'i hun. Gwyddai Eyolf ar amrantiad mai hi a welsai wrth y cytiau. Ac am eiliad cafodd y teimlad fod ganddo rywbeth i'w ddeud wrthi. Dim ond am eiliad. Yna aeth hi at wely Linus a phlygu uwch ei ben a dal i siarad cyn eistedd a rhoi llaw ar y talcen anymwybodol a dal i siarad.

'Mae'n rhaid i ni ddengid,' pwysleisiodd Tarje wedyn.

Roedd briwsyn o olau wedi bod yn treiddio o'r cyntedd heibio i ymylon y drws, ond diffoddodd yn ddirybudd. Daeth sŵn annelwig traed yn pellhau a drws arall yn cau. Os oedd unrhyw fath ar olau y tu allan roedd caeadau'r ffenest yn ei gadw i gyd yno ac roedd y stafell bellach mewn tywyllwch dudew. Roedd Eyolf wedi rhoi ei gorff i gysgu ers meitin ond eisteddai Tarje benderfynol yn y tywyllwch.

'Hyder stumog lawn. A be wnaet ti wedyn?' gofynnodd Eyolf.

'Be wyt ti'n 'i feddwl?'

'Mi fasai'n rhaid i ti ddeud wrthyn nhw lle buon ni a mi fasai'n rhaid i ti ddŵad yn ôl hefo'r fyddin.'

'Be wyt ti'n 'i feddwl, rhaid?'

Ar amrantiad, wrth glywed y cwestiwn, cadarnhawyd penderfyniad Eyolf.

'Wel?' gofynnodd Tarje.

'Mi fasai'n rhaid i ti ddŵad yn ôl i ymosod ar y lle 'ma a lladd pawb.'

Wrth i Eyolf syllu ar y tywyllwch a sylweddoli'i eiriau'i hun diffoddodd hynny o gynnwrf yr oedd y penderfyniad wedi'i greu. Swatiodd yn ddyfnach i'w obennydd.

'Gwisgoedd gwyrddion ydyn nhw 'te?'

'Lladd Aarne, Mikki, y dyn tawal, pawb. Pwy greda fod Aarne yn Uchben?'

Ben bore trannoeth byddai'r penderfyniad yn cael ei gyhoeddi. Roedd pob oedi ar ben.

'Faswn i ddim yn mynd yn unswydd i chwilio amdanyn nhw, na faswn?' meddai Tarje'n bigog.

'Ond mi ddeuat ti yma hefo'r lleill.'

'Rhyfal 'di rhyfal. Nid fi ddechreuodd o. Be wnaet ti 'ta?'

Byddai'r peryglon newydd a ddeilliai o'i benderfyniad

yn waeth na'r hen rai, yn waeth na wynebu neu geisio osgoi'r gwisgoedd gwyrddion. Gwyddai hynny; gwyddai pawb oedd wedi gweithredu yn yr un modd hynny. Ond roedd y rhyddhad o gael y penderfyniad wedi'i wneud yn llawer dyfnach nag ystyried peryglon.

'Be wnaet ti?' gofynnodd Tarje, o beidio â chael ateb.

'Cysgu yn gynta.'

'Osgoi'r cwestiwn ydi hynna,' meddai Tarje ar ei union, yr un mor bigog, 'osgoi'r cyfrifoldab.'

'Naci.' Gwnaeth Eyolf osgo i godi ar ei eistedd ond ailfeddyliodd. Roedd yn rhaid iddo beidio â chymryd arno. 'Aros tan y bora i weld sut le sy 'ma. Mae'n amlwg nad ydi o'n wersyll. Synnwn i damaid nad oes mwy na'r tri chwt yma. Rhyw orsaf anhygyrch a dinad-man i brofi perchnogaeth ella. A doedd 'na ddim mymryn o ryfalgarwch heb sôn am ryfal wrth y bwrdd bwyd 'na. Chawson ni mo'n holi'n dwll na'n harteithio am nad oedd yr atebion yn plesio. Dyna fasan ni wedi'i wneud iddyn nhw. Does gan y rhein ddim mwy o ddiddordab yn y rhyfal na sydd . . .' Ymataliodd. Ildiodd. 'Na sydd gen i,' meddai ar ei ben. 'Wyt ti wedi sylwi o dy gwmpas?' meddai wedyn mewn llais ymgyfiawnhau braf o glywed y bytheirio anadlog o'r gwely arall.

'Be?'

'Naddo, m'wn. Mi fentra i fod y lle 'ma'n dibynnu arno'i hun nid yn unig am y gaea, ond ar hyd y flwyddyn fwy na heb a hynny am fod raid iddo fo. Mae o mor anhygyrch fel nad oes neb o'r uchel rai'n dŵad yma o un pen i'r flwyddyn i'r llall i luchio'u pwysa a'u gorchmynion. Ac am eu bod nhw'n cael llonydd maen nhw wedi gwneud y lle 'ma'n fwy cyffyrddus iddyn nhw'u hunain na holl gyrchfanna'r Uchbeniaid. Welist ti le mor lân rioed? Pryd cawson ni gystal bwyd ddwytha?' Swatiodd. 'Mae'r rhein yn cael llonydd i fyw. Tasan ni'n dengid fyddai 'na ddim angan iddyn nhw ddŵad i chwilio amdanon ni.'

'Dw i'n mynd o'ma gynta medra i.'

Chafodd y datganiad croyw ddim ateb. Daliodd Tarje ar ei eistedd. Daliodd i syllu i'r tywyllwch.

'Ddaw dim inni o fod ynghanol y rhein. Ddaw dim o fod ymysg y gwyrddion.'

Doedd hi ddim mor dawel ag yr oedd hi o dywyll. Roedd sŵn gwynt i'w glywed. Roedd ei ias i'w deimlo, er nad oedd Tarje'n ymwybodol o hynny ar y funud.

'Mae'n rhaid i ni ymdrechu i fynd o'ma. Hyd eitha'n gallu.'

Chafodd o ddim ateb. Roedd Eyolf ynghwsg, wedi ildio i flinder dyddiau a'i benderfyniad wedi'i wneud.

Aarne oedd y cyntaf iddyn nhw'i weld drannoeth, yn cario'i lusern efo fo. Roedd caeadau'r ffenest heb eu hagor ac ni welid mymryn o olau drwyddynt na heibio i'w hymylon.

'Sut mae Linus?' oedd cwestiwn brysiog Eyolf.

'Dim mymryn gwell, dim gwaeth chwaith. Mae Mikki wedi gallu tynnu llafn bychan o graig o'i gnawd o. Ond mae'n beryg amdano fo, ac mae'n rhaid i chi ddygymod â hynny. Gwisgwch amdanoch a dowch hefo fi. A chditha hefyd, Milwr T Rhif Pedwar o Seithfed Rheng Maes Trigain,' ychwanegodd o weld Tarje'n swrth. 'Weli di ddim llawar o rengoedd na meysydd i fynd ar goll yn 'u canol nhw y tu allan 'na heddiw, beth bynnag. Be ddudis i wrthat ti am y lleuad neithiwr?'

'Na fyddai o ddim i'w weld,' atebodd Tarje heb ystyried.

'Dowch hefo fi i chi gael gweld pam a pham nad ydi caeada'r ffenast 'ma wedi'u hagor.'

Roedd y stafell a ddarparwyd ar eu cyfer ar yr un cyntedd

â stafell y baddonau. Deuai oglau bwyd yn gymysg â'r tân coed o'r gegin fwyta. Trodd Aarne a mynd at y drws allan.

'Dyma chi.'

Agorodd gil y drws a'i gau bron ar ei union. Ond roedd digon o oerfel ac o blu eira wedi rhuthro i mewn yn yr eiliadau prin.

'Tasach chi allan neithiwr mi fyddach wedi rhewi i farwolaeth cyn i'r eira gael gafael arnoch chi.' Trodd Aarne drachefn ac anelu tua'r gegin fwyta. 'Ble treulioch chi echnos?'

'Mewn ogof,' atebodd Eyolf.

'Paid â deud dim wrtho fo,' sibrydodd Tarje.

'Fyddai hi ddim wedi bod o lawar o fudd i chi neithiwr,' meddai Aarne. Trodd at Tarje. 'Wyt ti'n dal i alw Baldur yn fradwr?' gofynnodd.

Nid atebodd Tarje.

'Baldur ydi'i enw fo?' gofynnodd Eyolf.

'Ia,' meddai Aarne, yn synnu braidd gan gyflymdra'r cwestiwn. 'Pam?'

Doedd ateb Eyolf ddim mor gyflym.

'Dw i ddim yn siŵr,' meddai ar ôl pendroni ennyd. 'Mae 'na rwbath ynglŷn â'r enw.'

'Mi fuo fo'n dduw un adag.'

'Mi wn i. Nid hynny.'

'Mae enwa'n gallu chwara mig hefo ni o bryd i'w gilydd, amball un bob tro mae o'n codi'i ben. Ond, Milwr T Rhif Pedwar o Seithfed Rheng Maes Trigain,' meddai gan droi at Tarje, 'mi gei dy gyfla rŵan i ddiolch i Baldur. Dim ond deud þakka wrtho fo.'

Sythodd Tarje.

'Neith 'na neb 'y ngorfodi i i ddiolch i'r gelyn.'

'Callia bellach!' gwylltiodd Eyolf.

Ysgwyd ei ben oedd Aarne. Rhoes ei fys ar ysgwydd Tarje a'i adael yno.

'Dydi Baldur erioed wedi bod yn filwr, erioed wedi rhoi gwisg ymladd o unrhyw liw amdano. Dydi o erioed wedi byw y bywyd sy'n gofyn am egwyddorion. Mae o wedi treulio'i oes yn meindio'i fusnas, yn helpu'r anghenus pan mae'r angan ac yn achub 'u bywyda nhw pan mae'r angan. Does 'na fawr o ddeunydd duw yn hwn. Mae'r Baldur arall yn dal i fod yn un, medda rhai.' Trodd oddi wrtho. 'Dowch i fwyta.'

Cerddodd Eyolf ochr yn ochr ag o, a Tarje'n llusgo o'u hôl.

'Oes 'na rywun 'blaw chi'n dallt Baldur?' gofynnodd Eyolf.

'Aino.'

'Pwy?'

'Hi welsoch chi'n dod at Linus neithiwr. Mae hi a Baldur yn dallt 'i gilydd am reswm 'blaw iaith. Aino druan,' meddai wedyn yn dawel.

'Pam?'

Roeddan nhw wedi cyrraedd drws y gegin fwyta a daeth Baldur drwyddo i'w cyfarfod cyn i Aarne gael cyfle i ateb. Cododd Baldur fymryn ar un ael i gydnabod adnabyddiaeth cyn syllu'n fwy dyfal ar wyneb Eyolf a thrachefn ar Tarje, ac amneidio'n fyr i gymeradwyo'u cyflwr. Rhoes Eyolf ei ddwy law iddo.

'Þakka', meddai'n syml.

Daeth y gwerthfawrogiad cynilaf i'r llygaid o'i flaen. Roeddan nhw'n llygaid tawel, trist, ond er hynny'n syllu'n hyderus i'w lygaid o. Cadarnhawyd y gwerthfawrogiad gan wasgiad tynnach ei ddwylo, a dechreuodd Baldur ddeud ei eiriau digyffro'i hun.

'Dysg i mi dy iaith,' torrodd Eyolf ar ei draws.

Doedd ganddo ddim syniad pam y tarodd y syniad o. Trodd Baldur ei lygaid at Aarne. Cyfieithodd yntau mewn peth syndod. Dyfnahodd y gwerthfawrogiad fwyfwy. Ond yna roedd Aarne yn rhoi ei law uwchben ysgwydd Tarje.

'Milwr T Rhif Pedwar o Seithfed Rheng Maes Trigain,' cyhoeddodd yn rhadlon.

Roedd Eyolf yn sicr ei fod yn gweld rhywbeth tebyg i ddireidi'n dod i'r llygaid trist. Sythodd Tarje. Ni chynigiodd ei ddwylo.

'Diolch,' meddai.

Nodiodd Baldur. Dotiodd Eyolf at y direidi.

'Roedd yr ymdrech i'w chl'wad yn cracio dy ymennydd di,' meddai Aarne wrth Tarje writgoch. 'Dowch. Mae Baldur newydd fwyta.'

'Ga i weld Linus yn gynta?' gofynnodd Eyolf. 'Dim ond am eiliad.'

'Cei, debyg. Peidiwch â bod yn ddistaw yn 'i ŵydd o am 'i fod o'n anymwybodol. Siaradwch ddigon hefo fo.'

Nid dyna ddigwyddodd. Pan ddaethant at Linus roedd y ddynes dillad duon yno o hyd. Eisteddai wrth erchwyn y gwely bychan, yn gafael yn llaw Linus ac yn siarad yn dawel a di-baid, y siarad yn troi'n sibrwd ar ddim. Prin gymryd sylw o'r ddau ddaru hi. Dynesodd Eyolf.

'Aino?' gofynnodd yn dyner.

Rhoi'r gorau i siarad am eiliad oedd ei chydnabyddiaeth, a rhoi cip ar y ddau yn eu tro. Dim ond am eiliad y parodd y tro hwn hefyd, ond yr ennyd honno roedd Eyolf yn sicr o rywbeth, rhyw wybodaeth, rhyw deimlad. Doedd ganddo'r un syniad beth oedd o er ei fod os rhywbeth yn gryfach teimlad na'r un a gawsai y noson cynt. Ond roedd yn amlwg iddo nad oedd Aino'n rhannu'r profiad, oherwydd roedd tristwch dwys y llygaid yn ôl ar Linus. Daeth yntau fymryn yn nes at y gwely.

'Tarje,' meddai, a phwyntio at Tarje, ac yntau'n sythu mymryn. 'Eyolf,' meddai drachefn, gan bwyntio ato'i hun. 'Linus,' meddai wedyn, rhag ofn.

Ysgydwai Aino'i phen. Yna daeth gair arall prin glywadwy o'i genau, y dioddef yn ei llais yn drech na'r llythrennau. Roedd Eyolf bron yn sicr mai 'Baldur' oedd o.

Ond roedd sylw Aino wedi dychwelyd i gyd at Linus.

'Paid â gadael i'w gwenwyn nhw dy orchfygu di,' meddai Eyolf yn ei lais cliriaf wrth blygu mymryn uwchben Linus.

Nid dyna oedd wedi bwriadu'i ddeud, ond dyna'r geiriau a ddaeth.

Doedd dim i'w weld yn addas wedyn ond gadael Linus yng ngofal Aino. Dychwelasant i'r gegin fwyta. Roedd dau neu dri yn fwy ynddi na'r noson cynt, a doedd yr un o'r rhai nad oeddent yno bryd hynny o fewn oedran Eyolf a Tarje. Amneidiodd Aarne iddyn nhw ddod ato.

'Oes cysylltiad heblaw am y fyddin a'i gwisgoedd rhyngoch chi'ch tri?' gofynnodd wrth ddechrau bwyta.

'Does dim rhaid i ni atab dim,' cyhoeddodd Tarje.

Griddfanodd Eyolf. Gallod Aarne wneud yr un peth heb i'r un sŵn ddod o'i enau.

'Siawns nad wyt ti'n sylweddoli bellach nad ydach chi'n cael eich ystyried yn gaethion yma,' dechreuodd.

'Rydach chi'n trio deud rŵan nad chi ond y tywydd ydi'r gelyn,' torrodd Tarje ar ei draws.

'Paid â meddwl fel'na am y tywydd ne' mi fydd wedi dy ddifa di mewn chwinciad,' atebodd Aarne yn ddigon siort. 'Do, rydan ni wedi cadw'ch arfa chi. Nid er mwyn dangos pwy ydi'r mistar chwaith, ond rhag ofn i ddos o ddewrder fynd ati i gynnal cyrch ar amball i ymennydd yn ein plith ni.'

Aeth wyneb Tarje'n bwdlyd eto. Nid fod Eyolf yn sylwi chwaith, oherwydd dyna pryd y cofiodd am ei benderfyniad.

'Oes 'na gysylltiad rhyngoch chi 'ta?' gofynnodd Aarne.

'Y rhyfal ddaru'n gwneud ni'n ffrindia,' atebodd Eyolf, yn ceisio anwybyddu'r cynnwrf newydd. 'Doeddan ni rioed wedi gweld ein gilydd cynt. Flwyddyn union yn ôl y dechreuodd Linus arni.'

'Oes cymaint â hynny?' Ond roedd yn amlwg bod rhywbeth arall ar feddwl Aarne. 'A doeddach chi rioed wedi cyfarfod cynt, medda chdi?'

'Na. Pam?'

Cyn i Aarne gael ateb daeth milwr cringoch atynt a deud wrtho fod yr eira a'r gwynt yn cymedroli a'u bod am ddechrau clirio, a bod Baldur wedi dechrau arni eisoes. Gwenodd Aarne. Nodiodd y milwr ar y ddau arall i gydnabod bodolaeth a dychwelodd i'w waith.

'Ydi Baldur yn byw yma?' gofynnodd Tarje, ac Eyolf yn ddisymwth falch ei fod o'n gallu gofyn cwestiwn lled waraidd.

'Nac'di,' atebodd Aarne, a'r un gwerthfawrogiad fel tasai o wedi'i daro yntau. 'Mi ddaw o bryd i'w gilydd, un ai ar 'i sgawt neu pan fo'r angan, fel ddoe. Ond deith o ddim o'ma heb dalu am 'i le drwy'i waith, faint bynnag fydd hyd yr arhosiad. Hyd yn oed pan fydd o'n cael dim ond pryd o fwyd yma, mi dorrith goed ne' rwbath i dalu amdano fo. Does yr un mymryn o ddeunydd cardotyn ynddo fo.'

Daeth Mikki i mewn.

'Dydach chi ddim wedi cael digon o orffwys,' dyfarnodd wrth edrych ar y ddau.

Trodd i fynd.

'Linus?' gofynnodd Tarje.

'Peidiwch â gadael i'ch disgwyliada fynd yn fwy na'ch gobeithion.'

Aeth.

'Chewch chi fyth fwy o eiria na sy'n angenrheidiol gynno fo,' meddai Aarne. 'Ond mae o'n deud y gwir. Dydach chi ddim wedi dadflino.'

'Ga i fynd?' gofynnodd Tarje, heb edrych ar neb.

'Cei debyg.'

Cododd Tarje. Ni throdd i edrych a oedd Eyolf am ei ddilyn.

'Mae o'n filwr, 'tydi?' dyfarnodd Aarne dosturiol. 'Be ydi'r T?'

'Tarje.'

'Yr un enw â 'mrawd. Am be wyt ti'n meddwl?' gofynnodd wedyn ar ei union.

'Chi,' meddai Eyolf ar ôl ennyd.

'Pam felly?'

'Ers faint ydach chi yma?'

'Tair blynadd a hannar. Pam?'

'Yn filwr ffyddlon ers pan ydach chi'n llefnyn, un dyrchafiad ar ôl y llall yn 'u tro, a phopeth yn mynd yn iawn. Yna am ryw reswm rydach chi'n piso'n gam. Ond mae arnyn nhw ormod o ofn eich lladd chi na'ch caethiwo chi. Yn hytrach maen nhw'n eich dympio chi yma. Eich cosbi chi, eich diraddio a'ch sarhau chi, a'ch gwneud yn angof yr un pryd. Ac i ddial arnyn nhw rydach chi'n rhoi wfft wastadol a diddrama ar 'u gwerthoedd nhw un ac oll. Dydi'r milwyr erill 'ma ddim yn gorfod moesymgrymu ger eich bron chi na gorfod sefyll fel boncyffion mewn mwrllwch wrth siarad hefo chi. Rydach chi wedi creu'ch gwerthoedd eich hun drwy wneud y lle 'ma'n gyffyrddus a diddos i bawb, ac nid i chi eich hun yn unig. Mae hynny ynddo'i hun yn groes i bob rheol a phrofiad y gwn i amdanyn nhw. I goroni'ch dirmyg a'ch dial rydach chi'n trin y gelyn fel gwesteion.'

Roedd Aarne'n chwerthin yn dawel braf.

'Dw i'n iawn, 'tydw?' mynnodd Eyolf.

'Mae dy ddamcaniaetha difyr di'n anghywir un ac oll. Mi dduda i gwaetha'r modd os plesith hynny chdi. Dŵad yma o 'ngwirfodd ddaru mi.'

'I gael llonydd am eich bod wedi laru arnyn nhw a'u petha.'

'Pawb â'i farn am hynny. Mi fasai Leif a thitha'n siwtio'ch gilydd i'r dim,' chwarddodd yn ysgafn wedyn.

'Pwy ydi Leif?'

'Fy mab. Mae 'na rwbath yn debyg ynoch chi'ch dau. Ne' fel'na'r oedd o, beth bynnag.'

'Pryd gwelsoch chi o ddwytha?'

Daeth saib fechan.

'Sbelan dros bedair blynedd.'

Roedd y chwarddiad wedi peidio, a'r wên wedi mynd.

'Rwyt ti'n dal â dy feddwl ar rwbath,' meddai Aarne wedyn mewn ennyd.

'Ga i wneud fel Baldur?'

'Be felly?'

'Talu drwy 'ngwaith.'

'Does dim angan i ti dalu am dy lety yma.'

'Nid hynny.' Arhosodd. Cynyddai'r cynnwrf. Plymiodd. 'Am fy nillad.'

Sythodd Aarne. Yna plygodd ymlaen gan sodro'i ddau benelin ar y bwrdd a phwyso'i ên ar ei ddwylo. Cadwai ei olygon dyfal ar Eyolf.

'Wyt ti wedi ystyried hyn yn drwyadl?'

'Do. Drwy'r adag. Ers blynyddoedd. O'r dechra,' meddai wedyn.

Daliai Aarne i gadw'i holl sylw arno.

'Wyt ti am fynd gam ymhellach?'

'Ydw,' atebodd ar ei union.

'Ac rwyt ti am wisgo'r gwinau?'

Roedd y geiriau wedi'u deud fesul un.

'Ydw.'

Gwyddai Eyolf pam roedd Aarne wedi mynnu gofyn y cwestiwn hwnnw.

O'r dechrau roedd rhai wedi cicio yn erbyn y tresi ac wedi lluchio'u gwisg, boed lwyd neu werdd, a threulio gweddill eu bywydau orau y medran nhw, fel arfer ynghudd. Ni wneid llawer o ymdrech i chwilio amdanyn nhw. Roedd y gwisgwyr gwinau, fodd bynnag, yn wahanol. Nid dianc i ymguddio oeddan nhw, ond ymwrthod ger bron y byd. I'w gwneud eu hunain yn frawdoliaeth, brawdoliaeth oedd o fwriad ac o anghenraid yn un ddigon llac, roeddan nhw wedi cymryd ati i wisgo neu i gario rhywbeth gwinau hefo nhw gydol yr adeg, waeth pa mor fach a disylw oedd o. Ond câi ei ddangos pan fyddai gofyn. Doedd neb yn sicr o'r tarddiad, ond y traddodiad oedd mai cadach gwinau oedd wedi'i roi dros lygaid yr ymwrthodwr cyntaf cyn ei ddienyddio. Pan ddeuai gwisgwr gwinau i gwrdd â dieithryn, y peth cyntaf y byddai'n ei wneud cyn amled â pheidio fyddai dangos y lliw. Roedd ysbïwyr y llwydion a rhai'r gwyrddion wedi hen ddod i wybod hynny ac i fanteisio'n llawn arno. Ond doedd hynny'n mennu dim ar y gwisgwyr gwinau; roeddan nhw'n ymhyfrydu ynddo ac yn herian yn llwyr ddi-ofn gan ddatgan eu hargyhoeddiad yn glir a diatal ger bron pawb. Neu dyna a wnâi'r dewraf, neu'r mwyaf gwallgof a di-feind o'u hoedl. Y canlyniad oedd ei bod yn ddyletswydd ar bawb ym mhobman ac ar boen eu bywydau i wrthod unrhyw gysylltiad â'r gwisgwyr gwinau, neu'r Gwineuod, i roi'r enw poerllyd arnyn nhw. Roedd eu harddel a'u llochesu'n drosedd drwy'r holl diroedd. Doedd eu lladd ddim.

'Fydda i ddim dicach wrthach chi am wneud yr hyn sydd raid i chi,' meddai Eyolf yn dawel.

Dim ond ysgwyd mymryn ar ei ben ddaru Aarne. Daliodd Eyolf i syllu'n syth i'w lygaid. O'i ôl, deuai synau brecwasta a mân siarad i'w glustiau. Daeth clec sydyn a golau newydd i'r gegin wrth i gaeadau'r ffenest gael eu hagor oddi allan, a wyneb Baldur i'w weld yn canolbwyntio ar sicrhau'r caeadau. Cip arno a roddodd Eyolf cyn rhoi'i sylw i gyd yn ôl ar Aarne.

'Tawn i'n gwisgo'r gwinau,' meddai Aarne yn y diwedd, a rhyw synfyfyrio i'w glywed yn ei lais, 'fyddan nhw ddim yn traffarth dod i chwilio amdana i, a Leif o fewn 'u gafael nhw.' Dwysaodd ei lygaid. 'Wyt ti'n siŵr na fydd gynnyn nhw neb i ddial arno fo? Ne' arni hi,' ychwanegodd, 'iddyn nhw gael mwy o hwyl?'

Ysgydwodd Eyolf ei ben.

'Neb,' meddai'n dawel.

Doedd y distawrwydd bychan wedyn ddim yn annifyr. Plymiodd Eyolf drachefn.

'Gwrthodwch ar eich pen os ydw i'n gofyn gormod wrth ofyn oes gynnoch chi fymryn o liw gwinau ga i.'

'Os nad oes, fydda i ddim chwinciad yn gwneud peth.'

'Þakka.'

'Þakka.' Eisteddodd Aarne yn ôl. 'Ac rwyt ti am ddysgu'r iaith.'

'Ydw.'

Roedd y rhyddhad o gael gwared â'r tyndra'n hyglyw. Rŵan gallai Eyolf edrych drwy'r ffenest a gwylio mymryn ar Baldur yn prysur glirio eira.

'Iaith Baldur ac Aino,' meddai Aarne, a thinc ei lais fel tasai o â'i feddwl ar ddirgelwch.

'A'ch iaith chitha?'

'Iaith magwraeth fy nhad, ond doedd hi ddim yn iaith fy magwraeth i. Dydw i ddim yn gyffyrddus o rugl ynddi hi.'

'Hynny'r ydw i wedi'i gl'wad ohoni, wel, dw i'n hoffi'r sŵn, yn hoffi'r dinc. Roedd o yn eich llais chi hefyd pan oeddach chi'n siarad hefo Baldur neithiwr.'

'Chei di ddim cyfla i ymarfar llawar arni hi hefo fawr o neb arall. Does dim ond ychydig gannoedd yn 'i siarad hi bellach.'

'Mi fydd 'na ychydig gannoedd ac un wedyn, yn bydd? Pam cyn lleiad?'

'Rhyfela. Trechaf treisied,' atebodd Aarne, yn synfyfyrgar eto. 'Ne' dim ond dŵad i derfyn 'i hoes, fel llawar o ieithoedd hyd y tiroedd 'ma. Pwy a ŵyr?'

'Dim ond un iaith sy 'na yn 'y nghymdogaeth i. Ydi Leif yn un o'r ychydig prin?'

'Ydi,' atebodd Aarne ar ei union. Gwenodd. 'Taidaddoliad yr un mor gyfrifol â dim arall am hynny.' Cododd. 'Mae gen i waith rŵan.'

'Ga i fynd i helpu Baldur glirio?'

Roedd Eyolf yn methu cuddio'r gwerthfawrogiad yn ei lygaid.

'Na chei rŵan.' Roedd Aarne'n bendant. 'Ddaru Mikki rioed falu awyr. Dos i orffwys.'

Aeth ei gyngor yn ddianghenraid y munud hwnnw, oherwydd roedd y ffenest yn llenwi gan eira newydd. Agorodd y drws allan a daeth Baldur a dau arall drwyddo ar frys a chau ar eu holau ar eu hunion. Cododd Eyolf.

'Gyda llaw,' meddai Aarne wrth iddyn nhw fynd drwy'r

drws, 'ella byddai'n well i ti anghofio egwyddor y gwinau yn erbyn y byd am y tro.'

'Does 'na neb i'w weld yn elyniaethus yma,' atebodd Eyolf, yn llwyddo'n ddiymdrech i gadw unrhyw her o'i lais. 'Hollol groes.'

'Os felly,' atebodd Aarne ar ei union, 'dw i'n nabod Milwr T Rhif Pedwar o Seithfed Rheng Maes Trigain yn well nag wyt ti.'

'Tarje?'

'Ia, dyna chdi. Ddoe gwelis i o gynta rioed.'

Doedd Eyolf ddim am ystyried.

'Na, dw i ddim yn meddwl. Mi geith gathod ac mi bwdith. Dim byd gwaeth.'

'Be am Linus? Be fydda'i ymatab o?'

'Mae Linus wedi casáu pob eiliad o'i fywyd ers blwyddyn.'

'Er mwyn y Bywyd Gwell. Rydach chi i gyd yn haeddu amgenach na hwnnw. Faint ydi oed Linus?'

'Deunaw, medda fo.'

'Medda fo? Roedd 'na sôn a siarad hyd y lle 'ma dy fod yn frawd iddo fo.'

'Nac 'dw,' gwenodd Eyolf. 'Nid chi ydi'r cynta i awgrymu 'mod i chwaith.'

'Damcaniaeth Baldur oedd hi. A Mikki. Ac un ne' ddau arall yma.'

'Mae Linus yn mygu'i hiraeth a'i siom drwy siarad,' meddai Eyolf, a'r gofid yn dychwelyd i'w lais. 'Mae'i straeon o'n llawn o'i blentyndod, straeon naturiol gwyngalchu dim. Ond dw i'n meddwl 'i fod o'n awgrymu mwy wrtha i nag y mae o wrth Tarje hefyd.'

'Mi fydd o'n dallt dy benderfyniad di felly, os daw o drwyddi.'

'Bydd.'

Daethai teimlad euog dros Eyolf y munud y clywodd gymal olaf Aarne, teimlad o ganolbwyntio gormod ar ei bethau'i hun ar draul popeth arall. Roedd y gwinau'n bwysig, ond nid er ei fwyn ei hun. Doedd dim ystyr iddo fo felly. Nid er eu mwyn eu hunain yn unigol yr oeddan nhw wedi bod yn cydgynnal a chydfytheirio a chydymlusgo am flwyddyn gron.

Ond roedd Aarne yn siarad eto.

'Tyd â Leif yn ddiogel i mi a fydd gen i'r un gwrthwynebiad iddo ynta wisgo'r gwinau os dyna fydd 'i ddymuniad o.'

'Mi wn i hynny', meddai Eyolf ymhen ennyd, yn teimlo'i lais yn llawn ofn. 'A ddoe y gwelis inna chi gynta rioed.'

Aeth Aarne. Fedrai Eyolf ddim dychwelyd at Tarje heb fynd i weld Linus eto. Brysiodd at y stafell. Safodd yn y drws. Roedd Linus yn llonydd, yn welw, yn anymwybodol. Roedd Aino'n eistedd wrth ochr y gwely, yn gafael yn ei law hefo'i dwy law hi ac yn canu.

O ran y llais a'r naws alaethol, gallai'r gân fod yn alarnad. Gallai hefyd yr un mor hawdd fod yn stori fechan, neu hyd yn oed yn eiriau syml o gysur. Symlrwydd oesol oedd yn yr alaw. Rŵan roedd cymal yn cael ei ailadrodd, bron air am air, a'i ailadrodd eilwaith, gydag un neu ddau o eiriau newydd eto. Ella mai hwiangerdd oedd hi.

Gwyddai Aino fod Eyolf yn y drws, ond ni thawodd. Roedd ei threm yn wastadol ar wyneb llonydd Linus. Roedd Eyolf yn ceisio dal y geiriau, yn ceisio dysgu'r iaith. Roedd arno eisiau deud mwy na þakka wrth ddiolch i Baldur ac wrth ddiolch i Aino. Ond dim ond y gair hwnnw oedd ganddo.

'Þakka,' meddai.

Symudodd Aino un llaw oddi ar Linus i wasgu mymryn ar arddwrn Eyolf.

'Ki mara po goþe,' meddai wrtho, a dychwelyd at ei chân.

Roedd wedi edrych i fyw ei lygaid wrth ddeud y geiriau.

'Ki mara po goþe,' meddai Eyolf yn ei lais cliriaf wrth Linus a gafael ennyd yn yr ysgwydd ddiffrwyth.

Mynd i chwilio am Aarne ddaru o y munud y daeth o'r stafell, yn hytrach na dychwelyd at Tarje. Roedd yn ailadrodd geiriau Aino drosodd a throsodd. Ond roedd y cwt yn ddiarth iddo ac ni wyddai a fyddai iddo grwydro hyd y lle'n cael ei oddef. Gwelodd filwr.

'Aarne?' gofynnodd.

Pwyntiodd y milwr at ddrws. Cymerodd Eyolf hynny fel caniatâd ac aeth at y drws, a churo cyn ei agor rhag ofn. Stafell fechan oedd hi. Eisteddai Aarne y tu ôl i hen fwrdd derw tywyll.

'Dyma ti.'

Gwthiodd botyn bychan at ymyl y bwrdd. Roedd hylif gwinau trwchus ynddo.

'Þakka.' Ar y funud, roedd rhywbeth pwysicach. 'Be ydi ki mara po goþe?' gofynnodd.

'Geiria pwy?' gofynnodd Aarne mewn peth syndod.

'Aino. Rŵan hyn.'

'Ac mi cofist nhw? Rwyt ti'n haeddu'r ymdrech i dy ddysgu di felly. Rwbath fel cheith gobaith ddim bod yn ofer ydi'r cyfieithiad agosa ati, am wn i. Aino druan,' ychwanegodd yn dawel synfyfyriol.

'Dyna'r eildro i chi ddeud hynna.'

'Ia? A, wel, mi eglura i i ti ryw ddydd.' Amneidiodd ar y potyn. 'Wyt ti'n hollol siŵr?'

'Ydw.'

'Dyna ti. Mae gen ti fwy o feddwl o Linus na sy gen ti o Milwr T Rhif Pedwar o Seithfed Rheng Maes Trigain,' dyfarnodd.

'Be dach chi'n 'i feddwl?'

'Mae Linus wedi casáu pob eiliad o'i fywyd ers blwyddyn. Ki mara po goþe.'

Ymhen hanner awr, dychwelodd Eyolf at Tarje. Roedd o'n eistedd yn llonydd ar erchwyn ei wely bychan, yr un mor bwdlyd benderfynol â'r arfer.

'Lle buost ti?' gofynnodd yn siort.

'Yma a thraw. Hefo Linus ac Aino. Hefo Aarne.'

'Dw i isio fy ngwisg.'

'Waeth i ti heb. Dydyn nhw ddim wedi dŵad â nhw i mewn eto, heb sôn am 'u golchi nhw.'

'I mewn be?'

'Maen nhw wedi bod allan dros nos er mwyn i bob lleuan a chwannan oedd yn gwersylla ynddyn nhw gael rhewi'n ronyn o graig yn lle'u bod nhw'n cael modd i fyw wrth gael molchiad a dowc mewn dŵr cynnas.'

'Dydi o fymryn o bwys gen ti, nac'di?'

'Y?'

'Dw i isio fy ngwisg!'

'Mi gei di dy wisg.'

Petrusodd Eyolf. Roedd cyngor Aarne. Roedd argyhoeddiad.

'A gwisg dros ben.'

'Linus?' sibrydodd Tarje mewn dychryn.

'O, ia, Linus,' meddai Eyolf heb gyffro yn ei lais. 'Dydi o ddim yn mynd i farw. Mae Aino wedi deud. Ki mara po goþe. Ella bydd 'i wisg o ar gael iti hefyd.'

Dangosodd. Rhythodd Tarje ar y darn bychan gwinau yn ei law.

3

Gan nad oedd ganddo syniad ym mhle'r oedd nac i ble'r oedd yn mynd, doedd waeth iddo fynd ar goll mewn tywydd garw mwy na mewn hindda. Neu mewn geiriau eraill, meddai Tarje wrtho'i hun eto fyth, doedd y syniad o fod ar goll ddim yn berthnasol. Yr hyn oedd yn berthnasol oedd nad oedd golwg o neb yn ei ddilyn.

Daliodd ymlaen. Roedd coed i'r dde ac roedd o'n llwyddo i fynd gyda'u cyrion yn lled ddidrafferth. O'r hyn a welai pan gliriai'r cawodydd eira, honno oedd y ffordd gallaf hefyd. Doedd o erioed wedi gwisgo cystal esgidiau eira o'r blaen ac roedd yn gwirioni o deimlo cyn lleied o rwystr iddo oedd yr eira dan draed. Roedd o wedi aros ar ganol un gawod i weld faint o amser a gymerai'r eira newydd i orchuddio'i olion, a pharodd ei arhosiad ddim ond munud neu ddau, os hynny. Roedd yn gorfod mynd i gysgod y coed bob hyn a hyn pan ddeuai cawod fwy egr na'i gilydd, ond hyd yn oed ar yr adegau hynny roedd yn dal i allu ymlwybro rhyngddyn nhw. Doedd o ddim am gadw'n llonydd, ac o dipyn i beth aeth y cawodydd yn llai aml, ac yn raddol dechreuodd y cymylau uwchben ysgafnu tipyn. Yna daeth rhywbeth i godi mwy fyth ar ei galon. Ymhell draw o gyfeiriad yr awel gwelai'r awyr yn glasu damaid.

Tybiai ei bod bellach tua chanol y bore. Rŵan doedd y tywydd ddim yn cyfyngu'r olygfa, a gwelai ei fod yn mynd i lawr dyffryn neu gwm pur eang. Os oedd afon yn llifo ar hyd-ddo roedd wedi rhewi ac ynghudd, ond yna wrth graffu mymryn gwelodd siâp yn yr eira oedd yn is na'r tir o boptu iddo a hwnnw'n ceimio ar hyd y canol. Gallai fod yn llwybr nant wedi rhewi. Os medrai gadw hwnnw mewn golwg byddai gobaith na fyddai'n mynd ar chwâl. Ond rŵan roedd yn ganol y bore a'r stumog yn galw. Trodd i gysgod y coed a thynnu'r sgrepan oddi ar ei gefn. Bodlonodd ar un cip i'r cyfeiriad y daethai. Go brin bod wahaniaeth bellach nad oedd eira newydd i guddio dim, ac erbyn hyn roedd yn ddigon clir iddo benderfynu mai mewn cwm oedd o.

A go brin y byddai neb wedi dychmygu y byddai'n cymryd y goes mor fuan. Go brin fod neb heblaw am Eyolf ella wedi dychmygu y byddai'n cymryd y goes o gwbl. Ond roedd o wedi penderfynu y munud y gwelodd Eyolf yn rhoi ei ddernyn gwinau yn ôl yn ei boced. Ddaru o ddim dychmygu chwaith y byddai popeth mor hwylus. Ychydig funudau a gymerodd i weld popeth oedd angen iddo ei weld cyn paratoi. Roedd wedi bwyta'n dda drwy'r dydd ac wedi gorffwys yn dda drwy'r dydd. Roedd ei sgwrs wedi bod yn gyfeillgar, ac roedd wedi ffarwelio am y nos yr un mor gyfeillgar cyn mynd i'w wely cynnar. Ond roedd o'n effro cyn y plygain. Roedd Eyolf wedi ymlâdd ac mewn trwmgwsg gan iddo anwybyddu cyngor Aarne a threulio'r pnawn yn helpu Baldur i glirio eira a dechrau dysgu'i iaith. Roedd yntau wedi sleifio o'i wely a mynd â'i sachyn hefo fo i'r stafell y drws nesaf i'r gegin lle'r oedd ei wisg lân yn cynhesu'n braf. Yn y stafell nesaf roedd ei arf. Ynddi hefyd roedd dewis o gotiau trwchus a phlancedi wedi'u clymu'n rholiau a sgrepan oedd yn llawer hwylusach na'i sachyn o, ac ar y llawr yn y gornel roedd parau o esgidiau eira a llwyth o ffyn. Doedd o ddim wedi rhagweld y fath gyfoeth. Wedyn yn y gegin roedd wedi brecwasta'n ddiwyd ac wedi llenwi'r sgrepan hefo digon o fwyd i bara am o leiaf bedwar diwrnod heb gynilo. Roedd yn rhy beryg iddo fynd i weld Linus cyn ymadael. Doedd ganddo ddim amser chwaith, a doedd dim pwrpas mynd prun bynnag.

Bwytaodd ei ddogn o gig a bara. Diolch i'r esgidiau a'r

ffyn doedd o ddim wedi gorfod ymlusgo a theimlai ei hun yn dderbyniol gynnes. Doedd dim chwipwynt chwaith a gwyddai ei fod wedi mynd yn llawer pellach o'r cytiau nag y byddai fyth wedi gallu ei ragweld. Ond pella'n y byd, gora'n y byd oedd hi i fod, ac ar ôl ychydig orffwys ailgychwynnodd ar ei daith, ei stumog yn gymedrol lawn a'i feddwl yn glir.

Daeth dau beth i'r awyr. Eryr oedd y cyntaf. Roedd wedi hedfan i lawr y cwm a dechreuodd droelli uwch ei ben i'w astudio. Hwn oedd y creadur byw cyntaf i Tarje ei weld ar ei daith, er iddo weld olion carnau yn yr eira yn y coed ar un o'i gyfnodau mochel. Roedd yr eira'n rhy newydd i olion cynharach. Wedi troelliad neu ddau bygythiol yr olwg i Tarje dynesodd yr eryr, a'i fygythiad rŵan yn ddigamsyniol. Taflodd Tarje ei ffyn wrth ei draed a rhuthro i'w arf a'i godi. Cododd yr eryr yntau a dychwelyd ar daith unionsyth i fyny'r cwm. Daliodd Tarje i edrych arno nes iddo fynd o'r golwg. Roedd wedi gweld digon o eryrod, a dal ambell un, ond doedd o erioed wedi'i fygwth gan un o'r blaen. Roedd arno eisiau dial. Gwyddai sut i wneud magl, a tasai'r bwyd yn y sgrepan yn darfod cyn terfyn y daith ni fyddai ar ben arno.

Yna daeth yr haul i'r awyr, a'i wres gydag o. Daeth â theimlad o ryddid hefyd. Trodd Tarje i roi cip arall i fyny'r cwm gwag. Cadwodd ei arf a chododd ei ffyn ac aeth ar ei daith. Eryr neu beidio, taith na wyddai i ble neu beidio, roedd yn dechrau argoeli'n burion.

Cwta ddwyawr o fynd da a barodd hynny. Roedd rhediad y cwm a llwybr y nant, oedd yn amlycach erbyn hyn, yn anelu i gyfeiriad yr haul. Yn awr ac yn y man gwelai aderyn neu ddau yn y pellter a thoc roedd olion newydd pawennau llwynog yn croesi'i lwybr o'i flaen. Wedi iddo fynd ymlaen ryw fymryn gwelodd y llwynog yn prancio mewn pant bychan. Roedd yn neidio ac yn plymio i'r eira cyn codi ac ailberfformio. Ar ddiwedd y pedwerydd cynnig cododd â'r leming yn ei geg a gwledda arno y munud hwnnw. Doedd Tarje ddim wedi bwyta llwynog er y gwyddai am amryw oedd wedi gwneud hynny. Doedd neb yn brolio rhyw lawer ar y cig, ond roedd yn dda gwybod bod rhai ar gael tasai arno'u hangen.

Pan ddechreuodd yr annifyrrwch gwyddai'n union beth oedd o'i le. Doedd o ddim wedi rhagweld hyn o gwbl. Roedd wedi rhagweld y gwyrddion yn ei ymlid, a'r cŵn hefo nhw, ac roedd wedi rhagweld pob math ar anawsterau teithio a phob un hyd yma'n broffwydoliaeth wag. Prysurodd i'r coed ac o olwg yr haul. Rŵan ar amrantiad roedd yn cofio'r diwrnod yr aed â'i nain i'r gladdfa, pan fu'n rhaid iddo gilio i'r tŷ pan ddaeth haul cry ar yr eira y tu allan, a'i hen fodryb yn deud wrtho mewn llais doeth fod gwendid llygaid eira yn y teulu. Ciliodd yr annifyrrwch, ond osgôdd y demtasiwn i rwbio'i lygaid. Gwyddai ei fod wedi darganfod mewn da bryd ac nad oedd wedi gwneud llanast. Tasai ei lygaid yn gryfach ella y byddai wedi gallu teithio tridiau cyn i eira'r haul ddial arnyn nhw, a byddai'r llanast yn llawer gwaeth. Gwyddai hefyd y gallai'r clwy waethygu prun a oedd haul ai peidio os daliai i fynd heb gymorth i ddofi'r golau.

Chwiliodd yn ei sgrepan, ond doedd dim yn ei gynnig ei hun yn honno. Chwiliodd wedyn o'i amgylch, yn fwy mewn penbleth na dim arall. Dim ond eira a choed oedd ei amgylchfyd yn ei gynnig iddo. Ond châi methiant ddim digwydd. Roedd y syniad o fethiant mor wrthun â'r gwinau. Doedd o ddim i ddigwydd.

Wrth iddo droi i chwilio eto am waredigaeth, gwelodd y goeden eto. Roedd wedi'i gweld wrth iddo frysio o'r haul. Ond rŵan safodd ger ei bron. Llafnas oedd hi. Doedd ei rhisgl ddim yn galed a lympiog fel y lleill. Ond nid pinwydden na bedwen nac onnen oedd hi.

Hon oedd y goeden gysegredig.

Safodd yno, o'i blaen.

Doedd dim pwrpas cyhoeddi fod difwyno coeden gysegredig y Chwedl yn drosedd am nad oedd neb ar gael i feddwl gwneud y fath beth.

Safodd yno, o'i blaen, ei lygaid yn dyfrio mymryn. Osgôdd y demtasiwn i'w rhwbio. Pan oedd o'n hogyn roedd mellten wedi taro a llosgi coeden gysegredig, a'r rhai doeth wedi darogan pob math ar erchyllterau. Bu farw pobl, ond mae'n debyg y byddai'r rheini wedi marw prun bynnag. Bu damweiniau, ond byddai'r rheini hefyd yn digwydd yn eu tro.

Doedd dim arwydd fod neb ar gael i ddod yma i gydnabod y goeden hon. Roedd y cwm y tu hwnt i'r goedwig yn wag, yn eiddo i'r eira a'r llwynogod a'r carnolion yn y gaeaf, ac o bosib i anifeiliaid dof yn y tymhorau tyner. Siawns nad oedd neb i wybod bod y gwynt wedi dod â'r hedyn i'r fan hon, neu fod anifail neu aderyn wedi bod yn gludwr diarwybod iddo. Ond roedd y goeden yn rhy ifanc i'w boncyff fod yn ddigon trwchus i dynnu digon o risgl oddi arno heb dorri'n gyfan gwbl o'i amgylch. Byddai hynny'n angau i'r goeden, yn angau i'r goeden gysegredig. Ni fyddai torri darn o risgl ar hyd y boncyff yn gwneud y tro gan na fyddai hwnnw'n plygu'r ffordd iawn.

Fedrai'r goeden gysegredig ddim gwneud heb ei rhisgl a fedrai yntau ddim gwneud heb ei lygaid.

Roedd Linus wedi lladd alarch ac wedi'i bwyta ac yn gorwedd ar ei wely angau yng ngwersyll y gwyrddion.

Roedd Eyolf wedi bwyta'r alarch ac wedi gwisgo'r gwinau yng ngwersyll y gelyn gwyrdd.

Trodd oddi wrth y goeden. Aeth i'r eira.

Ymhen eiliad neu ddwy dychwelodd.

Tynnodd ei gyllell o'i gwain. Torrodd drwy'r rhisgl o amgylch y goeden. Torrodd drachefn led bys yn nes i lawr. Torrodd yn union at i lawr rhwng y ddau a daeth y strapyn rhisgl yn rhydd yn ddiffwdan wrth gael ei annog gan lafn y gyllell. Teimlodd o. Roedd yn hyblyg braf.

Cymerodd ddigon o amser i'w ffitio yn iawn a thorri siâp ei drwyn ynddo, gan ei roi'n ôl ar ei wyneb yn aml a theimlo â'i fysedd. Pan oedd yn fodlon na allai weld dim drosto na thano torrodd sbrigyn main a chryf oddi ar y goeden a thorri dau dwll yn neupen y rhisgl a defnyddio'r sbrigyn fel llinyn i'w glymu am ei ben. Pan gafodd o'n ddigon cadarn a llonydd, tynnodd o a thorrodd ddau hollt main ym mlaen y rhisgl, un i bob llygad. Clymodd o'n ôl am ei ben a llonnodd yn ei lwyddiant.

Rhoes ei sgrepan ar ei gefn a dychwelodd i'r haul, a gadael y goeden i'w thynged. Y tu ôl iddo, cododd yr eryr oddi ar frig coeden a hedfan i fyny'r cwm.

Roedd yn hen bryd i'r oes coelio popeth ddod i ben. Cerddodd ymlaen.

'Fedrwn i ddim gwadu,' meddai Eyolf. 'Pan ddychwelis i ato fo bora ddoe a'i weld o'n gori cymaint ar 'i surni mi ruthrodd oferedd i 'ngwasgu i'n dafall.'

'Mi fydda fo wedi mynd prun bynnag,' atebodd Aarne, yn dal i ganolbwyntio ar y ci. 'Nid mor sydyn ella, ond doedd aros hefo ni ddim yn 'i gyfansoddiad o.'

'Be ddigwyddith rŵan?'

'Nid ni fydd yn penderfynu hynny.' Rhoes fwythiad bychan i wddw'r ci. 'Wyt ti wedi lladd ci erioed?'

'Dim hyd y gwn i. Mae hi wedi canu ar hwn, 'tydi?'

'Ydi.'

Ci ifanc oedd o, slabyn o gi iach yr olwg. Ond roedd o wedi cael rhyw 'fadwch, ac am ryw reswm roedd y cŵn eraill wedi penderfynu ymosod arno gan fanteisio ar ei wendid. Tra parodd o, roedd y cythrwfwl hwnnw wedi mynd â'r sylw a'r sylwadau oddi ar ddiflaniad Tarje, a rŵan roedd y ci wedi'i roi i orwedd ar damaid o hen sach o flaen y cytiau.

'Cad 'i lygaid o rhag gweld y gyllall,' meddai Aarne.

Ni fu raid iddo'i defnyddio. Llonyddodd y cyhyrau o gwmpas ceg y ci a threngodd. Astudiodd y ddau y llygaid difywyd am ennyd a chadwodd Aarne ei gyllell.

'Mi awn ag o i fyny cyn iddo fo rewi a chyn i fwy o eira ddŵad,' meddai.

'I ble?'

'I ben y graig 'na. Dydw i ddim yn credu mewn bwydo cŵn i gŵn. Mi geith yr adar a'r bleiddiaid o.'

'Dydach chi ddim yn lladd bleiddiaid?'

'Roedd 'na rai'n gwneud hynny nes daeth Mikki. Mae o'n 'u hastudio nhw. Does 'na neb wedi meiddio lladd un wedyn.'

Roedd y graig yn uwch a fymryn i'r dwyrain o'r gefnen y daethai Baldur â nhw drosti y diwrnod cynt. Cariasant y ci i fyny a'i ollwng ar y copa.

'Mi fydd pob blaidd o fewn tri chwm wedi ffroeni'r gwaed mewn chwinciad,' meddai Aarne.

'A'n ffroeni ninna.'

'Maen nhw wedi hen arfar â ni. Mi fydd ogla'r gwaed yn fwy o dynfa. O'r gora,' meddai wrth sythu ac edrych o'i gwmpas. 'Y cyn-gydymaith. O'r hyn y medrwn ni'i gasglu, mwy na thebyg 'i fod o wedi mynd tua'r de.' Pwyntiodd dros y cytiau a thros goed. 'Mae 'na chydig o olion yn awgrymu hynny. Tyd. Mi wnawn ni le i'r gwleddwyr.'

Cychwynasant yn ôl. Edrychai Eyolf o'i gwmpas. Hwn oedd y tro cyntaf iddo weld rhywfaint ar yr amgylchedd. Y cwt byw oedd y mwyaf o ddigon, hefo lle i ddeg ar hugain ynddo heb i neb orfod gwasgu yn erbyn ei gilydd, yn ôl Aarne. Deunaw oedd yno cyn iddyn nhw gyrraedd ddau ddiwrnod ynghynt. Storfa oedd y cwt uchaf gan mwyaf, a gweithdy a stafell weithio Mikki oedd y rhan fwyaf o'r llall. Roedd cytiau eraill islaw i'r cŵn. Rŵan roedd y cawodydd eira wedi peidio a'r awyr wedi clirio. Deuai awel o'r de ac awyr las i'w dilyn. Dim ond eira a choed oedd i'w gweld yn y cyffiniau, ac ambell graig yma a thraw. Draw yn y pellter maith roedd copaon mynyddoedd yn dod yn gliriach o dan yr awyr las, ac un pigfain trawiadol yn eu canol. Dychwelodd ei drem at y cytiau odano. Os oedd ffordd hwylus i ddod yno heblaw am y llwybr y daethai Baldur â nhw ar hyd-ddo roedd yn llwyr dan eira. Tybiai wrth ddal ati i astudio fod y lle bron yn gudd. Bellach doedd wahaniaeth ganddo o gwbl am faint y byddai'n aros yno, ond i Linus gael adferiad. Roedd pawb a gyfarfyddasai hyd yma'n gyfeillgar a di-lol. Roedd pob un ar wahân i Mikki'n llawer hŷn na Tarje ac yntau, ac Aino oedd yr unig ddynes ar gyfyl y lle. Roedd Eyolf yn dyheu am gael ei hanes a sut y daeth hi yno ond nid oedd wedi cael cyfle i holi neb yn iawn hyd yma. Roedd o hefyd yn argyhoeddedig fod distawrwydd y milwyr ynglŷn â'r rhyfela a'r brwydrau yn deillio o'u hir brofiadau un ac oll ac roedd yr un mor argyhoeddedig fod eu distawrwydd yn fynegiant o'u barn. Byddai pawb yn ei dro yn cael ei adegau o ddistawrwydd yn y gwersylloedd ac wrth deithio, ond distawrwydd gwahanol oedd hwnnw. Câi byliau o ddychryn wrth feddwl am y gweddill ar y llong, ond câi byliau eraill mwy gobeithiol. Doedd yr un ohonyn nhw ill pedwar wedi bod ar y dec y diwrnod hwnnw, ac felly roedd yn ddigon posib fod y tir a welwyd i'r gorllewin yn llawer nes at y llong na'r lle'r oeddan nhw wedi glanio ynddo drannoeth. Doedd hi ddim yn amhosib fod pawb wedi goroesi. Ond sut bynnag oedd hi, doedd ganddo ddim cydwybod euog.

Yn union odanyn nhw roedd milwyr yn clirio eira o amgylch y storfa.

'Taflwch raw,' gwaeddodd Eyolf arnyn nhw. 'Mi ddo i i'ch cwfwr chi.'

Cododd Aarne yntau ei law a glaniodd dwy raw yn yr eira. Dechreuasant glirio.

'A mae Tarje'n gwybod nad oedd fawr ddim iddo tua'r gogledd, gan mai y ffordd honno y daethoch chi,' ychwanegodd Aarne. 'Sut daethoch chi yno?' gofynnodd wedyn. 'Nid cwestiwn milwr,' prysurodd i ychwanegu.

Gwenodd Eyolf. Yna adroddodd y stori o'i chwr. Roedd yn haws ei deud wrth wneud rhywbeth nag wrth orfod ei hail-fyw'n llonydd.

'Mae Linus wedi bod drwyddi'n fwy na chi'ch dau felly,' meddai Aarne yn y diwedd, wedi gwrando ar y cyfan heb ymyrryd dim.

'Do. Dim ond fo oedd yn cl'wad y geiria'r oedd o'n 'u sibrwd yng nghlust Jalo wrth 'i roi i'r dŵr. Ond mae'n debyg ein bod ni i gyd yn 'u gwybod nhw.'

'Cod dy galon. Mae Mikki'n fwy ffyddiog heddiw.'

'Wir?' cynhyrfodd Eyolf, yn rhoi'r gorau i glirio y munud hwnnw.

'Pwyll. Mwy ffyddiog, nid ffyddiog.'

Ailddechreuodd Eyolf glirio.

'Ki mara po goþe.'

Roedd wedi bod yn edrych am Linus cyn ac ar ôl brecwast, a'i gael yr un mor llonydd, yr un mor welw, yr un mor anymwybodol. Roedd Aino'n dal yno, yn dal i siarad, yn dal i ganu cân fechan. Nid ar yr un alaw chwaith. Roedd alaw'r diwrnod cynt yn llond pen Eyolf wrth iddo ddeffro ben bore, yn gymaint llond ei ben nes iddo benderfynu mai'r alaw oedd wedi'i ddeffro. Hynny neu gofio edrychiad annirnadwy Aino arno. Wrthi'n ceisio ystyried pam dylai'r alaw a'r edrychiad fod mor fyw iddo oedd o pan sylwodd ar y gwely gwag wrth ei ochr. Hwnnw oedd popeth wedyn. Ond pan ddaeth at Linus cyn brecwast roedd, gydag Aarne yn gyfieithydd, wedi cynnig gwarchod yn ei lle am y bore i Aino gael gorffwys, ond roedd hi'n mynnu aros. Doedd ganddo yntau'r un bwriad i segura a gori.

'Gyrhaeddith Tarje rwla?' gofynnodd ar ôl munud neu ddau arall o glirio.

'A chymryd mai'r ffor'na'r aeth o,' atebodd Aarne, 'mi ddaw i gwm ac mi fedar fynd i lawr hwnnw'n ddigon hwylus. Ond cwm crog ydi o, ac mi geith dipyn o draffarth i fynd ohono fo. Mae 'na ddau lwybr o fath, ond mae'r eira wedi mynd i'r afael â'r rheini yn ddigon sicr. Wêl o mohonyn nhw.'

'Ydi o mewn peryg, felly?'

'Dim o anghenraid. Mae'n debyg 'i fod o'n un i gymryd pwyll. Os medar o fynd i lawr o'r cwm mi ddylai fod yn iawn arno fo. Mi ddaw at bobol wedyn yn hwyr neu'n hwyrach, ffor' bynnag yr eith o.'

'Fydd gynno fo ddim diddordab ynddyn nhw. Chwilio am y fyddin y bydd o.'

'Eith o adra?'

'Na,' atebodd Eyolf heb betruso, 'mae o'n ormod o filwr.'

'Lle mae'ch cartrefi chi? Dydi hwnna ddim yn gwestiwn milwr chwaith,' prysurodd Aarne i gadarnhau.

'Ro'n i'n byw mewn tŷ ar ochr bryn mewn dyffryn bychan ar odre Mynydd Tarra, gwta awr o'r gymdogaeth agosa.'

'O? Rwyt ti yn yr un tiroedd â chartra Aino. Ar waelod Cwm yr Helfa ger Llyn Sigur mae hi. Glywist ti am hwnnw?'

'Am y llyn? Do. Mae Linus yn byw ar lan Afon Cun Lwyd dri ne' bedwar diwrnod o daith i'r dwyrain o 'nghartra i. Mae Tarje ymhell i'r de, ger Llyn Sorob.'

'Mae cartra Aino rhyngoch chi felly. Croesi Llyn Sigur fyddai'r ffordd hwylusaf i fynd o dy ardal di i gartre Tarje.'

'Rydach chi'n gyfarwydd â'r tiroedd?'

'Crwydro, 'sti,' atebodd Aarne fel tasai'r gorchwyl wedi bod yn orfodaeth arno, 'crwydro.'

Roedd Mikki'n dod tuag atyn nhw ar beth brys. Straffagliodd drwy'r eira oedd heb ei glirio.

'Jalo?' meddai wrth Eyolf.

'Be?'

'Mae Linus yn dechra dod ato'i hun, meddai Aino. Mae o wedi deud Jalo wrthi.'

'Dos ato fo,' meddai Aarne ar ei union wrth Eyolf.

'Ydi'r enw'n golygu rwbath?' gofynnodd Mikki.

'Ydi.'

'Tyd 'ta. Pwy ydi Jalo?'

'Y pedwerydd.'

Rhoes Eyolf grynodeb o'r stori ar eu ffordd i lawr.

'Os daw o ato'i hun, dydi hynny ddim yn golygu y daw o drwyddi,' meddai Mikki.

'Mae 'na well gobaith, 'toes?'

'O'r hannar.'

Roedd ambell symudiad i'w weld o dan amrannau Linus. Roedd llaw Aino'n mwytho'i dalcen a hithau'n dal i siarad yn ddi-baid hefo fo. Pan welodd Eyolf cododd a phwyntio at y gadair. Eisteddodd Eyolf, ac aeth hithau o'r stafell, yn dal i siarad.

'Gafael ynddo fo,' cynghorodd Mikki.

Cododd Eyolf law Linus a phlygu mymryn ymlaen i'w dal rhwng ei ddwylo.

'Mae Eyolf yn gafael yn dy law di fel tasat ti'n dair oed ac yn frawd bach iddo fo, Linus,' meddai Mikki. 'Mi gawn ni sgwrs rŵan. Sôn am dair oed,' meddai wedyn ar ei union, 'dw i'n cofio ymhellach yn ôl na hynny. Mae gen i go ohono i fy hun yn gorwadd yn 'y nghrud, a 'chwaer fawr yn plygu drosta i. Wn i ddim o'n i'n flwydd. Ond mae'r co gen i.'

Roedd y symudiadau'n dal i fod o dan yr amrannau. Yna agorodd y gwefusau ychydig cyn cau drachefn.

'Oes gen ti go cynnar, Eyolf?' gofynnodd Mikki.

'Fi?' rhusiodd Eyolf, yn ddiarwybod. 'Wel,' cynigiodd, 'dim mor glir â d'un di. Does gen i . . . Tyd, 'rhen foi,' meddai wrth Linus yn y llais hapusaf a feddai. 'Mae Tarje wedi cymryd y goes a dim ond ni'n dau sydd ar ôl. Doedd y lle 'ma na'i drigolion ddim yn plesio rhyw lawar. Doedd un o'r gwesteion ddim chwaith, mae arna i ofn.'

Roedd y gwefusau'n symud ychydig eto. Arhosodd Eyolf.

'Wn i ddim ddaeth o yma i ddeud 'i fymryn ffarwél wrthat ti cyn mynd.'

Ysgydwodd Linus fymryn bach ar ei ben. Gwasgodd Eyolf fwy ar ei law.

'Gawsoch chi'ch dau'ch magu yn yr un lle 'ta?' gofynnodd Mikki.

'Naddo.'

'Beth am Jalo? Oedd o'n debycach 'i agwedd i chi'ch dau nag i Tarje?'

'Oedd.'

'Pedwarawd go ryfadd felly, Linus.'

Roedd y gwefusau'n symud eto. Roedd Mikki'n nodio'n fodlon.

'Wyt ti am ddeffro rŵan? Sut oeddach chi'n cyd-dynnu?' gofynnodd i Eyolf ar ôl saib fechan.

'Iawn,' atebodd Eyolf, gan wasgu chydig ar law Linus. ''Tydan Linus?' Arhosodd eiliad, ond doedd Linus ddim am agor ei lygaid. Aeth ymlaen. 'Mae Tarje'n anobeithio hefo ni drwy'r adag, a ni hefo fo weithia. 'I gymryd o fel mae o rydan ni gan amla, chwerthin weithia, tynnu arno fo weithia. 'Dan ni'n cael hwyl pan mae cracia'n ymddangos yn yr argyhoeddiad o bryd i'w gilydd. Mae 'na rwbath yn hoffus yn y cracia ac yn y ffor' mae o'n trio'u cuddiad nhw.'

'Y ffordd oedd o, ia?' cywirodd Mikki. 'Go brin y gwelwch chi o eto.'

'Gawn ni weld. Ond mae o wedi mynd, Linus,' cyhoeddodd, 'a mae arna i ofn mai fi sy'n gyfrifol.'

'Gwinau.'

Roedd y gair yn glir. Llaciodd Eyolf ei afael yn ddiarwybod. Plygodd Mikki ymlaen.

'Be ddudist ti, Linus?' gofynnodd.

Agorodd y llygaid, a chau drachefn.

'Does 'na ddim brys,' meddai Eyolf, yn gwasgu'r llaw unwaith eto ac yn gweld dim ond y golau.

'Sach Jalo.'

'Paid â phoeni am hwnnw,' meddai Eyolf ar frys mawr, bron yn ei glywed ei hun yn gweiddi. Cymedrolodd. 'Mae hwnnw wedi mynd. Does arnon ni mo'u hangan nhw yma.'

Cododd Linus ychydig ar ei fraich chwith, a'i gostwng drachefn.

'Gwisgo'r gwinau,' meddai, ei lais rŵan ychydig yn wannach.

'Pwy?' gofynnodd Eyolf yn gyflym.

'Fi.'

Agorodd Linus ei lygaid eto, a'r tro hwn nis caeodd wedyn.

'Yli,' meddai Eyolf.

Tynnodd ei ddarn gwinau o'i boced a'i ddal o flaen wyneb Linus.

'Mi wn i,' meddai Linus, ei lais yn cryfhau. 'Rwyt ti wedi deud unwaith yn barod.'

Tywynnai'r haul o hyd, a thybiai Tarje mai am ryw hanner awr arall y byddai'n gwneud hynny. Cawsai bnawn o deithio dygn a dirwystr, heb unrhyw arwydd arall o lygaid eira. Roedd holltau'i fwgwd braidd yn gul, yn gulach na holltau'r un mwgwd eira a welsai o erioed, ond doedd o ddim am eu lledu chwaith, rhag ofn.

Yna, yn annisgwyl, darfu'r cwm. Er mwyn arbed ei lygaid, ychydig iawn o edrych o'i gwmpas yr oedd wedi'i wneud, dim ond rhoi cip bob hyn a hyn i gadarnhau ei fod yn mynd fel y dylai ac nad oedd rhwystr o'i flaen. Weddill yr amser roedd yn cadw'i lygaid at i lawr gymaint ag y gallai. Ond darfod ddaru'r cwm, nid ymledu i dir gwastad nac i gwm na dyffryn arall. Gwelodd ar unwaith mai cwm crog oedd o, ac nad oedd dim o'i flaen ond dibyn.

Ystyriodd. Trodd yn ôl i atsudio'r cwm. Roedd yn gwm llydan, braf. Roedd yn amhosib credu ei fod yn annhoreithiog yn nyddiau haf ac nad oedd pobl yn dod â'u hanifeiliaid yma. Roedd yn rhaid bod llwybr i gyrraedd ato. Penderfynodd ar amrantiad gadw'r broblem tan drannoeth. Roedd arno eisiau bwyd, ac roedd wedi blino. Roedd yn ddigon hyderus hefyd nad oedd neb ond fo ar gyfyl y cwm.

Aeth i'r coed. Roedd yn oerach, ond byddai hynny o wres oedd yno'n cadw'n well yn y nos. Penderfynodd wneud ei nyth cyn bwyta. Tynnodd y fwyell yr oedd wedi'i chymryd o sachyn y Gwineuyn ben bore o'i sgrepan a thorrodd ganghennau pinwydd yn fatres a phlethodd rai eraill yn babell uwch ei phen. Wedi'i fodloni'i hun ar ei grefftwaith byrfyfyr, bwytaodd ei ddogn o fwyd. Yna, rhag sefyllian ac oeri, lapiodd ei hun yn ei blancedi a llithrodd i'w nyth canghennog am y nos.

4

Roedd yn rhynllyd, ond roedd yn fyw. Roedd yn rhydd, ac roedd wedi cysgu'n well nag yr oedd wedi'i ragdybio y noson cynt. Gwrandawodd Tarje ar ddistawrwydd y coed cyn ymlithro o'i nyth. Roedd y canghennau oedd wedi'i gadw rhag fferru wedi rhewi i'w gilydd ond roedd wedi cadw'i sgrepan yn ei gôl er mwyn cadw'i fwyd rhag rhewi. Bwytaodd, gan bwyso'i gefn ar goeden. Y tu hwnt i'r coed roedd y dydd i'w weld yn un clir. Aeth i gyrchu ei ffyn a sathrodd un a'i thorri'n ddeuddarn wrth chwilio amdani. Doedd wahaniaeth am hynny. Ffyn eira oeddan nhw, o werth i fawr o ddim arall. Chwiliodd am goeden a gynigiai'r ffon bastwn orau iddo ac fe'i cafodd heb lawer o drafferth. Torrodd y coedyn i'w blesio a gwisgodd ei fwgwd cyn mynd i olwg y dydd.

Roedd y cwm mor wag â'r diwrnod cynt. Doedd neb am ei ymlid ac roedd ganddo ddigon o amser i benderfynu'r ffordd orau o fynd o'r cwm. Tynnodd ei fwgwd i gael gweld yn iawn gan nad oedd haul ar yr eira. Roedd yn amlwg ar unwaith nad oedd ganddo fawr o ddewis. Roedd y cwm yn cau arno'i hun cyn cyrraedd y dibyn. Gyferbyn â'r coed, codai'r ochr ddwyreiniol yn greigiau ac wedyn yn fynydd yn y pellter. Roedd y goedwig ar godiad tir arall mwya tebyg, yn gwadd yr anghyfarwydd i fynd yn llwyr ar goll ynddi. Ceisiodd astudio'r dibyn, ond gan fod yr eira

79

wedi'i chwythu i fyny'r cwm roedd o hefyd wedi'i chwythu yn erbyn y dibyn ac yn cuddio'i natur. Troes, a cherdded yn ofalus gan ddefnyddio'i ffyn at ymyl y dibyn. O'r hyn a welai roedd y dibyn yn llawer rhy serth i'w gerdded. Os oedd llwybr byddai raid iddo droi arno'i hun droeon cyn cyrraedd y gwaelod ac i'r wlad oedd yn ehangach a mwy addawol na'r cwm.

Ella bod ganddo ddewis arall. Roedd y goedwig y bu'n dibynnu byliau arni'n mynd i lawr y dibyn yr holl ffordd i'r gwaelod hyd y gallai weld. A hyd y gallai weld roedd hi'r un mor drwchus ag yr oedd hi ar ochr y cwm ei hun. Ella y medrai fynd i lawr drwy'r coed, o goeden i goeden, o foncyff i foncyff neu hyd yn oed o gangen i gangen. Chwiliodd y dibyn clir unwaith yn rhagor. Roedd rhywbeth tebyg i siâp a allai fod yn llwybr i'w weld yma a thraw, ond yn yr eira roedd yn llawer rhy beryg i wneud dim ond edrych a dyfalu. Ella y byddai Baldur gyfarwydd yn gallu'i drin. Ond Baldur oedd hwnnw, cyfaill y gwyrddion. Aeth yn ôl i'r coed. Cadwodd ei fwgwd yn ofalus yn ei sgrepan gan y byddai arno angen ei lygaid i gyd rŵan. Torrodd ffon bastwn arall gan fod y gyntaf yn plesio a thynnodd ei esgidiau eira a'u clymu yn ei sgrepan. Dechreuodd ar ei siwrnai ofalus gudd.

Dechreuodd yn well na'r ofnau. Roedd yr ochr yn serth, ond roedd posib ei throedio cyn amled â pheidio, yn enwedig gyda chymorth y ddwy ffon. Weithiau roedd yn gorfod llithro neu lamu a gorfod dibynnu ar y coed i'w atal, ond gan nad oedd tir gwerth sôn amdano i'r gwreiddiau doedd y coed ddim yn tyfu boncyffion trwchus ac roedd yn hawdd gafael amdanyn nhw bob tro'r oedd gofyn. Doedd dim prinder boncyffion noeth a'u canghennau isaf yn llawer uwch na'i daldra o chwaith. Roedd yn gorfod mynd ar hytraws cyn amled â pheidio ond ceisiai newid y cyfeiriad fel nad oedd yn mynd yn rhy bell i grombil y goedwig nac ar gyfyl y darnau tywyll ohoni, lle'r oedd coed yn rhy agos at ei gilydd a'u canghennau'n rhy drwchus i lawer o olau dreiddio drwodd. Doedd o erioed wedi bod yn un i sylwi llawer ar y byd o'i amgylch ond roedd yn amhosib peidio ag aros yn dynn wrth ambell foncyff, nid i gael ei wynt ato ond i wrando ar y distawrwydd, distawrwydd mwy terfynol na dim a brofasai cynt. Doedd o ddim yn rhyfeddu na gwerthfawrogi, dim ond gwrando am na fedrai beidio. Yr unig werthfawrogi a wnâi oedd bod trwch y canghennau wedi atal y rhan fwyaf o'r eira rhag cyrraedd y tir a'r graig odano, a hefyd yn ei atal yntau rhag cael ei weld tasai rhywun o'r gwyrddion neu eu hysbiwyr yn penderfynu dod i chwilio amdano. Ond drwg bod ynghudd oedd nad oedd ganddo'r un amcan faint o'r dibyn oedd yn weddill wrth iddo symud yn y dull gorau y medrai o'r naill goeden i'r llall.

Yna aeth i gaethgyfle. Roedd wedi gorfod anelu i gyfeiriad y tywyllwch braidd, ac wedi llithro fwy na heb at goeden i'w gynnal. Wedi iddo sadio'i hun symudodd i'r ochr i benderfynu'r symudiad nesaf a llithrodd y tir odano gan fynd ag o i lawr hefo fo.

Yr eira ddaru'i arbed. Roedd ar ei hyd a bron wedi'i gladdu ynddo. Wrth iddo godi'i ben ac edrych i fyny gwelodd fod y tir yr oedd wedi llithro arno yn union ar ben clogwyn o graig lefn unionsyth yn disgyn o leiaf bedair gwaith ei daldra. Cododd, yn boenus, a churodd yr eira oddi ar ei gorff. Gwelodd ar unwaith ei fod wedi cyrraedd y gwaelod. Roedd y coed yn llawer prinnach a'r eira wedi'i chwythu yn erbyn y graig a'r lluwch wedi'i arbed rhag gwaeth. Ond roedd wedi mynd drwy'r lluwch ac wedi glanio ar ochr ei droed chwith a'i throi a brifo'i goes yr un pryd. Roedd un ffon bastwn wedi disgyn hefo fo ond roedd y llall ar goll.

Roedd ei sgrepan a'i blancedi'n gyfa ac yn dal ar ei gefn. Dechreuai ei droed gynhesu yn ei esgid ac ofnai nad oedd ond un ystyr i hynny. Rhoes ei bwys yn raddol arni, a gallodd ei ddal. Yna edrychodd o'i flaen. Roedd y ddaear bron yn wastad, ac ymhellach o'i flaen gwelai'r eira'n llachar yn yr haul. Aeth ymlaen, gan ddefnyddio'r ffon bastwn i arbed ei droed.

Arhosodd yng nghysgod coeden. Roedd gwlad eang o'i flaen, yn eira drosti. Tynnodd ei sgrepan oddi ar ei gefn a'i hagor. Estynnodd ei fwgwd eira. Edrychodd mewn braw arno.

Roedd wedi difa'r goeden gysegredig i'w arbed ei hun. Roedd Linus wedi lladd yr aderyn cysegredig ac wedi'i daro gan salwch marwol. Roedd y llall wedi bwyta'r aderyn cysegredig ac wedi gwaeth na marw. Rŵan roedd y goeden gysegredig am fynnu dangos, am fynnu'i dialedd. Doedd hi ddim wedi'i ladd. Doedd hi ddim wedi torri'i droed, dim ond ei throi. Ond roedd yn rhaid iddo fynd ar ei daith, a'i droed angen gorffwys. Byddai ei droed yn chwyddo wrth iddo gerdded. Os byddai'n gorffwys byddai'n rhewi. Os byddai'n mynd byddai'n diffygio cyn rhewi. Roedd wedi difwyno, wedi difa'r goeden gysegredig.

Ella ei bod yn bryd i'r oes coelio popeth ddod i ben. Roedd wedi dod i lawr o gwm crog anhygyrch, heb gymorth llwybr, heb gymorth neb i'w dywys. Arno'i hun yr oedd o wedi dibynnu a llwyddo, nid ar neb arall, na dyn na dewin na duw. Sythodd i adfeddiannu'r hyder. Chwiliodd am frigyn a wnâi ffon bastwn arall a'i dorri. Wedi cael hwnnw i siâp, gwisgodd ei fwgwd eira a'i glymu'n daclus. I'r de'r oedd y waredigaeth a chychwynnodd ar ei daith dros y tir gwag. Roedd yr haul i ddangos y cyfeiriad iddo ac i ddeud wrtho ei bod yn bryd i'r oes coelio popeth ddod i ben. Cerddodd ymlaen. Ymhen rhai oriau daeth o hyd i goeden oedd â'i boncyff isaf yn ddigon isel iddo allu eistedd arno i arbed mymryn ar ei droed a chymerodd hoe ar hwnnw i fwyta'i ginio. Golygai hynny amser i ori ar y boen yn ei glun ac ochr ei ben-glin hefyd. Ond roedd yn gallu symud, ac roedd ei esgidiau eira wedi ei alluogi i symud yn hwylusach. Ac roedd yn cael llonydd. Doedd yr un arwydd o fywyd dynol yn yr ehangder o'i gwmpas. Tarai'r haul beth yn gynnes ac roedd hwnnw hefyd o'i blaid. Gwyddai bellach ei fod wedi llwyddo i ddianc a gwyddai y deuai o hyd i'r fyddin. Gorffwysodd am ychydig yn rhagor cyn paratoi i ailgychwyn.

Roedd poen yn well na gorwedd ar wely angau. Roedd gorwedd ar wely angau'n well na gwisgo'r gwinau. Cododd. Rhoes ei bwn dros ei gefn a chychwyn. Roedd mynydd pigfain yn y pellter i gyfeiriad haul y pnawn cynnar a gwnaeth cyrraedd ei odre'n nod. Roedd y llong wedi bod yn hwylio tua'r gogledd ac felly wrth fynd tua'r de roedd yn rhaid iddo fod yn dynesu tuag at y fyddin a'r gwareiddiad. Ac roedd dewis cyfeiriad pendant a chadw ato fo hyd y gallai yn sicrhau na fyddai'n dychwelyd i le'r oedd wedi bod ynddo cynt. Aeth ymlaen. Ymhen tridiau gwelodd fwg.

Roedd ei fwyd wedi'i gynnal a'r eira wedi'i ddisychedu am y tridiau. Roedd ei blancedi a phebyll brigau o fân lwyni wedi'i gadw'n fyw drwy'r deirnos. Tybiai fod yr esgidiau eira wedi arbed ei droed, er ei bod yn dal i fod yn boenus. Roedd wedi croesi llwybr blaidd ond roedd olion digamsyniol ei bawennau llydan yn gymysg ag olion carnau elc. Gwelsai rai elciaid a cheirw llai. Ar wahân i'r adar a fo'i hun, dyna'r unig fywyd a welid yn symud.

Roedd y mynydd yn llawer pellach nag a dybiasai a chymerodd ddeuddydd a hanner i gyrraedd ato. Roedd yn wlad agored a lled wastad, gydag ambell fryncyn yma a thraw a sypynnau o goed a llwyni yr un mor wasgaredig. Roedd ei lwybr wedi mynd ag o rhwng dau fryncyn, y ddau dan drwch o eira. Cawsai gysgod y llwyni i oroesi dwy storm eira ond o'r diwedd roedd wedi cyrraedd troed y mynydd. Yno roedd afon lydan yn llifo o'r gorllewin ac yn troi tua'r de ac i ddyffryn. Roedd haen o rew ar wyneb ambell bwll llonydd ynddi ac o dan ambell dorlan yma a thraw ond roedd un warrog hefo'r pastwn yn ddigon i'w dorri. Canlynodd ymlaen i lawr y dyffryn hefo'r afon, a'r tir yma'n llawer mwy coediog, a lled yr afon yn creu gobaith.

Wedi llenwi'r sach â digon o fwyd am ddyddiau rhag ofn oedd o, nid wedi rhagweld na dychmygu y byddai ar siwrnai unig am gyhyd. Ond doedd o ddim yn digalonni. Byddai ei ymdrech a'i fenter yn sicr o gael eu cydnabod. Os gallai ei arwain ei hun, gallai arwain eraill. Byddai'r Uchbeniaid yn sicr o gydnabod hynny.

Roedd wedi cerdded y dyffryn yn hwylus a dirwystr am beth amser cyn iddo ddechrau clywed sŵn yr afon yn rhaeadru. Roedd y dyffryn hefyd yn culhau a'r afon bellach yn llifo'n ddigon cyflym i atal rhew rhag ffurfio ar yr wyneb. Roedd y sŵn yn awgrymu clamp o raeadr. Ond doedd Tarje ddim am ruthro o flaen gofidiau. Roedd y dyffryn yn culhau fwyfwy wrth iddo ddynesu at y sŵn ac yn y man gwelai ben y rhaeadr o'i flaen. Gwelodd hefyd nad oedd ganddo na choeden na llwyn i ymguddio tasai angen. Dynesodd. Yna, rhag ofn, aeth ar ei fol a chropian ymlaen at yr ymyl. Daeth ati. Cododd ei ben yn araf i edrych dano a gwelodd ar unwaith nad oedd mewn gormod o gaethgyfle.

Roedd y rhaeadr yn dri, y cwymp uchaf yn union uwchben yr ail a'r afon wedyn yn troi fymryn i'r chwith cyn plymio i waelod y dyffryn. Ar y gwaelod roedd yn troi fymryn eto i'r chwith a'r dyffryn yn troi hefo hi ac yn ymagor drachefn. Ond roedd y graig ar ochr y rhaeadr i'w gweld yn rhesymol rwydd a chan mwyaf roedd yn ddieira er y byddai angen iddo brofi pob troedle rhag rhew. Tynnodd ei fwgwd eira a'i gadw'n ofalus.

Daeth i lawr. Gyda gofal, roedd beth yn haws na'r daith o'r cwm crog a chyn hir ar ôl ambell lithriad dim gwerth sôn amdano roedd yn gyfochrog â gwaelod yr ail raeadr. Rhoes un cam i gyrraedd y lle gwastad ac roedd y floedd a roes yn llawn o anadl ei ddychryn. Roedd yr afr wedi'i codi'i phen o'i phorfa brin i weld ei droed yn cyrraedd y gwastad ac yn sgrealu'n swnllyd ar hyd astell cyn llamu dringo i ddiogelwch. Pwysodd yntau ei gefn yn erbyn y graig a chau'i lygaid am ennyd i geisio cael ei wynt ato. Ond roedd mewn lle rhy amlwg i ymdroi a gorffennodd ei daith betrus i lawr. Roedd coed ar lawr y dyffryn lle gallai ymguddio ac wrth iddo droi fymryn i'r chwith i ganlyn yr afon roedd y mwg yn golofn gul o'i flaen.

Llechodd. Roedd coed rhyngddo a'r mwg. Gwrandawodd. Dim ond sŵn y rhaeadr o'i ôl a glywai. Tynnodd ei arf. Dynesodd yn araf o goeden i goeden a daeth to i'r golwg. Codai'r mwg o'i ganol ac o'i gefn. Dynesodd. Daeth oglau baedd yn rhostio i'w ffroenau, yn ddigon i atal pob cam. Er ei waethaf, anadlodd o cyn ddyfned ag y gallai. Calliodd. Roedd dŵr cynnes heb sôn am fwyd wedi bod yn ddigon i brynu'r Gwineuyn.

Dynesodd, yr oglau'n dal yn llond ei ffroenau. Arhosodd ynghudd y tu ôl i'r goeden agosaf at y tŷ bychan o'i flaen. Roedd drws yn y gornel agosaf at yr afon wedi'i gau, a llwyth o ddodrefn o flaen y gornel arall, i gyd wedi malu. Mwya sydyn daeth pen bronwen i'r golwg o ymyl bwrdd ar ganol y llwyth. Trodd y pen prysur i fusnesa yma a thraw am ychydig eiliadau. Yna roedd yr anifail yn troi yr un mor ddisymwth ac yn dychwelyd i grombil y llwyth. Daliodd Tarje i syllu ar ei ôl am ennyd.

'Chdi sydd wedi dŵad i orffan?'

Llamodd. Daethai'r llais o'r tu ôl iddo. Safai'r dyn yn ddigon agos ato i fod wedi rhoi ergyd iddo hefo'r fwyell yn ei law.

'Doro'r arf 'na i lawr,' meddai'r dyn ar ei union.

'A be wnewch chi os gwna i?' llwyddodd yntau i ofyn.

'Doro fo i lawr. Taswn i isio dy ladd di mi fyddwn wedi gwneud hynny ers meitin.'

Doedd gan Tarje ddim dewis ond coelio hynny. Roedd wedi canolbwyntio ar y mwg ar draul popeth arall, ac wedyn ar yr oglau. Rŵan, yn gwybod ei fod wedi'i ddal, roedd blinder yn taro. Ni fedrai wneud dim ond edrych ar y dyn. Safai'n llonydd o'i flaen, a'i fwyell ddifygythiad at i lawr. Roedd yn anodd gwybod faint oedd ei oed. Yr unig beth a welai Tarje oedd ei fod yn llawer hŷn na fo. Roedd gwallt a barf yn cuddio'r rhan helaethaf o'i wyneb. Roedd ei gôt drwchus a'i gap a'i esgidiau'n tynnu at derfyn eu hoes ac roedd digon o ôl defnydd ar ei fwyell.

'Mi gei dy fwydo,' meddai drachefn. 'Does dim angan i ti fygwth.'

Roedd oglau'r cig yn dal i lenwi ffroenau Tarje. Rhoes ei arf i lawr wrth ei draed.

'Be oeddach chi'n 'i feddwl, gorffan?' gofynnodd.

'Y lladd.'

'Pa ladd?'

'Pawb.' Doedd yr un teimlad i'w weld yn ei ddatgelu'i hun yn ei lygaid wrth iddo ateb. 'Mae pawb ond ni'n dau a'r hogan wedi'u lladd.'

Gwelodd Tarje'r llygaid yn rhoi'r gorau i ganolbwyntio wrth i'r dyn wrando ar ei eiriau ei hun.

'Pa bryd?' gofynnodd.

'Pa bryd?' Roedd gwacter wedi dod i'r llygaid, a Tarje'n dychryn o'i weld. 'Ddyddia lawar yn ôl. Does 'na neb i gladdu'r cyrff na chafodd 'u llosgi. Mae'r bwystfilod yn pesgi arnyn nhw.'

Roedd y dyn erbyn hyn yn edrych yn syth i'w lygaid, ond ni wyddai Tarje a oedd o'n eu gweld.

'Be ddigwyddodd?' gofynnodd.

'Y milwyr 'te. Lladd pawb. Mynd â phopeth.' Dychwelodd rhyw fath o ganolbwyntio i'r llygaid. 'Mi lwyddon ni'n dau i ymguddiad yn y coed rhagddyn nhw er na ddaeth 'na ddim ond rhyw ddau ne' dri ohonyn nhw yma, a dim ond malu ddaru'r rheini. Ond wedi'n lladd fasan ni.'

'Pa fyddin oedd hi?' Bron nad oedd ar Tarje ofn gofyn.

'Be wn i pa fyddin?'

'Pa liw oedd 'u gwisgoedd nhw?'

'Does gan y nos ddim lliwia. O ble doist ti?'

'Llongddrylliad.'

Roedd y fwyell yn symud mymryn.

'Ers pa bryd mae'r afon 'na'n ddigon llydan i gynnal llong?'

'Rydw i wedi cerddad ddyddiau lawer. O'r gogledd.'

'Ac i ble'r ei di?'

Clywai Tarje edliw lond y cwestiwn.

'Mae'n rhaid i mi ddychwelyd,' atebodd, yn gobeithio fod ei ddiffuantrwydd yn weladwy, 'ne' mi gaf fy nienyddio.'

'Mi fedra i roi bwyd i ti i dy gynnal ar dy daith.' Doedd dim golwg ei fod wedi ystyried yr ateb arno er ei fod bellach yn cadw'i lygaid yn wastadol ar lygaid Tarje. 'Fedra i ddim dy atal di rhag dychwelyd hefo dy filwyr i'n lladd ni a'i gorffan hi unwaith ac am byth.'

Doedd nac angerdd na theimlad yn ei lais.

'Mi fasat yn deud wrthyn nhw,' meddai drachefn.

'Mae'n fwy na phosib mai'r gwyrddion oeddan nhw,' oedd yr unig beth y medrai Tarje ei ddeud.

'Dydi posibiliada ddim yn bod mwyach. Mi bwydwn ni di. Os digwyddith, mi ddigwyddith.'

Roedd y dihidrwydd yn ei lais yn sobri Tarje. Doedd amodau'r fyddin ddim yn caniatáu cysylltiad â neb o'r tu allan, heb sôn am ei hwyluso. Gwersylla, teithio, rhuthro, llyfu briwiau, claddu. Dysgu bygwth oedd pob hyfforddiant. Ni wyddai sut i ymateb i hyn.

'Hyd yn oed os mai ein byddin ni oedd hi, fasai dim angan i mi achwyn arnoch chi,' ceisiodd. 'Does 'na ddim sicrwydd y cyrhaedda i, prun bynnag,' ychwanegodd ar frys. 'Wn i ddim ymhle mae neb. Wn i ddim ble'r ydw i na dim.'

'Yma'r wyt ti. Yng nghanol y cyrff.'

Agorodd drws y tŷ. O glywed y sŵn, trodd Tarje. Roedd dynes yn y drws, ac am eiliad roedd ei syndod o o weld ei gwallt bron cymaint â'i dychryn hi o'i weld o.

'Be sy gen ti?' gofynnodd y ddynes i'r dyn.

Er byrred y cwestiwn, clywai Tarje goethder yn gymysg â'r sioc yn y llais. Ond nid hynny oedd yn tynnu sylw. Roedd gwallt y ddynes at ei choesau. Doedd yr un rhesen yn ei phen, dim ond y gwallt llawn a chlaerwyn yn tyfu ac yn troi at i lawr o boptu'r wyneb cadarn, heb na chyrlan na thon ar ei gyfyl.

'Crwydryn medda fo,' atebodd y dyn yn yr un llais di-hid â chynt.

'Dw i ar goll,' ategodd Tarje, yn gwneud ymdrech i beidio â rhythu. 'Does 'na neb arall hefo fi.'

Gwelodd y dychryn yn gostegu yn y llygaid gleision mawr wrth iddyn nhw ddal i'w astudio. Yn ei le daeth tristwch oedd yn codi mwy o ofn arno.

'Wyt ti'n 'i fwydo fo?' gofynnodd hi i'r dyn.

Coethder ac anobaith oedd yn y llais rŵan.

'Mae o wedi hir gerddad.'

'Tyd â fo 'ta.'

Trodd hi a dychwelyd i'r tŷ. Amneidiodd y dyn ar Tarje i fynd i mewn o'i flaen, ac aeth yntau gan fynd â'i arf hefo fo.

Trodd yr hogan fach i edrych arno'n dod i mewn. Nid ataliodd ei ddyfodiad mo'i sigl na'i chân na'i gwên.

Ni welsai Tarje erioed blentyn mor lân. Roedd yn union fel plentyn y Chwedl. Roedd tua deg oed, ei gwefusau a'i hwyneb crwn yn llawn dan gnwd o wallt melyn tonnog a dillad o liw glas awyr glir y gaeaf amdani. Ond nid cân plentyn y Chwedl a ganai hi. Dim ond yr un gair a ddeuai o'i cheg, drosodd a throsodd. Â-mo, yr â yn cael ei dal yn hir, a'r mo yn llawer byrrach, ddwy dôn yn is, a'r pen a'r ysgwyddau'n siglo i gyfateb. Ceisiodd Tarje beidio â rhythu. Ni wyddai beth i'w wneud â phlant iach, heb sôn am rai na fedrent ymgynnal.

'Mi gei eistedd,' meddai'r dyn.

Dyna'r pryd y gwelodd Tarje'r dodrefn ac arwyddocâd y dodrefn maluriedig y tu allan. Doedd dim angen iddo ofyn. Roedd pob dodrefnyn yn y tŷ wedi dod iddo fesul un, wedi'u cludo iddo o dai eraill mwya tebyg, meddyliodd, heb yr un dodrefnyn yn cyfateb ag unrhyw un arall. Dewisodd y stôl yn y lle mwyaf didramgwydd yr olwg. Eisteddodd. Roedd y dyn wedi mynd at yr hogan a'i chodi a'i chario at y bwrdd, ei glendid yn cyferbynnu'n annaturiol â phopeth arall hyd y lle heblaw am wallt y ddynes.

'Drannoeth y daethon ni o hyd iddi hi,' meddai. 'Wn i ddim sut llwyddodd hi i oroesi.'

Rhoes y dyn hi i eistedd ar stôl gyferbyn â Tarje, a hithau'n dal i ganu a dal i siglo a dal i wenu. Ceisiodd Tarje wenu'n ôl arni. Darfu'i wên pan ddaeth y ddynes â'r cawl pysgod iddo mewn penglog.

Rhythodd. Penglogau oedd y tair desgil arall a ddaeth ar y bwrdd hefyd. Roedd ôl dannedd y lli fras a ddefnyddiwyd i'w troi'n ddysglau yn amlwg ar eu hymylon, ynghyd ag olion y crafu a wnaed i dynnu'r darnau miniocaf ymaith. Cododd Tarje ei ben mewn braw. Roedd y dyn wedi dechrau bwyta ac wedi codi'i ben am ennyd i roi cip ar y braw.

'Chei di ddim gwenwyn,' meddai. 'Rhein ne' lwgu ydi hi. Mi falon nhw bopeth na ddaru nhw'i ddwyn.'

Gwelodd Tarje ar unwaith ei fod yn deud y gwir, oherwydd roedd y llwy a roed iddo yn newydd. Llwy bren oedd hi, heb na cheinder na cherfiad ar ei chyfyl, dim ond wedi'i thorri a'i siapio a'i llyfnu efo cyllell.

'Nid y pengloga newydd ydyn nhw,' meddai'r dyn drachefn. 'Hen rai, o'r gladdfa. Wyddon ni ddim be oedd 'u hanas nhw na'u cyfnod nhw na meddylia pwy oedd yn cythryblu y tu mewn iddyn nhw. Roedd hynny o gnawd oedd yn dal i fod yn sownd yn amball un yn berwi o'na'n ddigon hwylus.'

Daeth y ddynes i eistedd wrth ochr yr hogan fach a dechrau'i bwydo.

'Fyddai'r pengloga newydd yn dda i ddim prun bynnag,' meddai'r dyn, 'a'r rhan fwya o'r rhai na chafodd 'u llosgi wedi'u malu gan yr arfau. Wyt ti am fwyta?' gofynnodd ar ganol llwyaid.

Roedd y cawl pysgod yn fwy blasus fyth wrth nad oedd wedi cael tamaid poeth ers ei bryd olaf yng ngwersyll y gwyrddion. Roedd bron mor flasus â'u cawl nhw, ac yn llawer gwell na dim a gawsai ar y llong. Roedd y ddynes yn bwydo'r fechan bob yn ail â'i bwydo'i hun a phob hyn a hyn clywid clec fechan pren yn erbyn penglog gwlyb. Ceisiai

Tarje beidio â chyffwrdd ochrau ei ddesgil hefo'r llwy. Adra roedd penglog blaidd yn addurn o oruchafiaeth, a hanes ei ddyfodiad yn cael ei ail-greu i bawb a ddeuai dros y trothwy. Asgwrn oedd hwnnw, asgwrn oedd hwn. Bwytaodd. Roedd y tameidiau bras o faedd a ddaeth wedyn yn fwy blasus fyth. Rŵan ceisiai beidio â llowcio. Roedd y dyn yn dawel iawn wrth fwyta, ei lygaid yn wastadol ar y bwrdd o'i flaen, a dim ond pan oedd y geg fechan hardd yn cnoi oedd y canu gyferbyn ag o'n tewi.

'Does gen i ddim i dalu i chi,' meddai ar ganol y saig olaf.

'Does yma ddim a fyddai'n gwneud dy dâl di o fudd i ni,' meddai'r ddynes.

Roedd o'n gwrando lawn cymaint ar y llais ag ar y geiriau.

'Rydach chi'n garedig,' cynigiodd. Yna cofiodd am Baldur. 'Ga i wneud rwbath i'ch helpu chi cyn mynd?'

'Mi gei beidio dod â dy fyddin yma,' meddai'r dyn, yn dal i edrych ar y bwrdd.

'Fydd dim rhaid i mi ddeud dim wrth neb,' prysurodd yntau. 'Dim o gwbwl. Mi dorra i goed i chi. Cheith neb wybod.'

'Nes cei di dy groesholi. Wyt ti'n tybio na wn i ddim o'u petha nhw?'

'Pam nad ewch chi o'ma?' archodd yntau. 'Gan nad oes yma ddim ar ôl.'

'I ble?' gofynnodd y ddynes.

'At bobol,' atebodd yntau'n ffrwcslyd. 'I rwla â phobol ynddo fo.'

'Sut fyddai modd i ni gael tyladaeth yn unman a'r milwyr wedi bod yno o'n blaena ni?' gofynnodd hithau, a'r llais coeth yn dawel.

'Mae 'na rwbath o'i le,' mynnodd Tarje, a'i lygaid yn

dychwelyd eto ar y penglog gwag o'i flaen. 'Dw i ddim wedi rheibio neb na nunlla. Dim ond ymladd yn erbyn y gwyrddion. Dydi o ddim i fod yn rhyfal yn erbyn pobol, dim ond yn 'u herbyn nhw.'

'Yn d'ôl y doi di,' meddai'r dyn, a'r terfynoldeb yn dychryn Tarje.

'Aros!'

Rhusiodd Tarje. Roedd y llais bron yn ei glust. Y munud nesaf roedd dwylo'n gafael amdano ac yn cipio'i arf a'i ffyn oddi arno.

'Milwr T Rhif Pedwar o Seithfed Rheng Maes Trigain!' gwaeddodd.

'Os felly, be ydi'r sachyn 'ma?' gwaeddodd llais yn ei wyneb. 'Tynnwch o oddi arno fo!' gwaeddodd drachefn.

Bron nad oedd y sgrepan yn cael ei rhwygo oddi ar ei gefn.

'Atab!' gwaeddodd yr Isben.

'Wedi'i ddwyn o o wersyll y gwyrddion wrth ddianc ydw i. Dw i wedi bod drwyddi. Yn fwy na fuo'r un ohonoch chi rioed.'

Roedd Tarje wedi llwyddo i ddeud hynny heb weiddi.

'Wyt ti'n siarad fel'na hefo fi?' bygythiodd yr Isben.

'Dw i wedi bod drwy longddrylliad. Dw i wedi rhwyfo'r dŵr hefo styllan, wedi dianc o gadarnle'r gwyrddion. Dw i wedi cerddad dyddia di-ri a 'nhroed wedi'i throi i chwilio am wersyll, wedi cysgu mewn canghenna i f'atal fy hun rhag rhewi.'

'Wyt ti, yn wir?'

'Do.'

Doedd o ddim am dynnu'i lygaid oddi ar lygaid yr Isben. Roedd o'n ei nabod, o ran ei weld beth bynnag, ac felly dylai'r Isben ei nabod yntau. Teimlai Tarje'r siom i'r byw. Ond doedd o ddim am ei dangos.

'A pha bryd digwyddodd dy longddrylliad di, 'sgwn i?' gofynnodd yr Isben.

'Tua deunaw diwrnod yn ôl. Ella ugian,' ymbalfalodd Tarje.

'A sut doist ti o hyd inni felly?'

'Mi ddaru mi ddarganfod ble'r o'n i, dridia yn ôl,' atebodd Tarje, yn adfeddiannu'i hyder. 'Mi nabodis i aber yr afon sy'n rhaeadru i lyn ar yr afon arall ffor'cw,' ychwanegodd gan bwyntio wysg ei gefn. 'Mi wyddwn i fod 'na wersyll tuag yma. Dw i wedi bod yma o'r blaen, tua phedair blynedd yn ôl.'

'O'r gora,' penderfynodd yr Isben yn araf heb dynnu'r bygythiad o'i drem. 'Cerdda o'n blaena ni. Un cam gwag ac mi fyddi'n farw.'

Sythodd Tarje, a throi. Am y tro cyntaf yn ei fywyd doedd ganddo ddim ofn Isben. Ac am y tro cyntaf ers dyddiau cerddodd heb gymorth ffon bastwn.

'Deud dy stori,' meddai'r Uchben ymhen yr awr.

Roedd Tarje wedi gweld yr Uchben hwn o'r blaen. Pan oedd o yn y gwersyll cyn mynd ar y llong roedd hwn a dau Uchben arall wedi dod i'r gwersyll. Y sôn oedd bod rhai Isbeniaid mewn gwersylloedd eraill yn bygwth gwrthryfela ac yn ceisio gwthio'u syniadau ar y milwyr a throi grwgnach yn rebela. Roedd yr Uchben hwn wedi annerch milwyr y gwersyll i gyd, ryw hanner cant ar y tro, ac wedi pwysleisio'r brad, a hynny mewn llais tawel a chymedrol oedd yn mynnu gwrandawiad. Ar ddiwedd ei anerchiad roedd o wedi siarad hefo ambell filwr. Roedd Tarje'n un. Wyddai o ddim oedd yr Uchben yn cofio hynny rŵan.

Dechreuodd ei stori. Roedd wedi gorfod ei deud i gyd wrth yr Isben pan ddaethant i'r gwersyll a gwyddai fod yr

Uchben wedi cael crynodeb cyn iddo gael ei alw ger ei fron. Wrth wrando arno'n ei hailadrodd dechreuodd yr Uchben browla yn ei sgrepan. Ceisiodd Tarje guddio'i ddychryn a daliodd ymlaen, ond ymhen dim rhoes yr Uchben y gorau i'r prowla. Edrychodd ar Tarje, yna ar y lleill.

'Mae'n iawn,' meddai. 'Mi gewch chi fynd. Paratowch fwyd iddo fo.'

Aeth yr Isben a'r lleill o'r stafell. Roedd Tarje'n ymbaratoi am y gwaethaf.

'Stedda,' meddai'r Uchben mewn llais naturiol, bron yn gyfeillgar.

Doedd neb yn cael eistedd ger bron Uchben. Eisteddodd Tarje syfrdan. O weld nad oedd yn ymddangos fod yr Uchben am wneud dim ond edrych i lawr ar ei sgrepan, ailafaelodd yn betrus yn ei stori. Yna arhosodd yn stond. Roedd yr Uchben wedi tynnu ei fwgwd eira o'r sgrepan. Roedd distawrwydd llwyr.

'Dydi milwr dall yn dda i ddim i neb, Uchben,' meddai, a'i lais yn dangos yr ofn, 'hyd yn oed i'r gwyrddion.'

'Cywir.'

Dim ond y gair hwnnw. Daliai'r Uchben i astudio'r mwgwd.

'Os ydi hi'n goeden gysegredig i'r gwyrddion hefyd – a'r Gwineuod,' ychwanegodd Tarje ar frys wrth i'r syniad ruthro i'w ben, 'go brin fod y cysegredigrwydd yn llawar o gopsan.'

Doedd ganddo ddim hawl i siarad felly hefo Uchben. Doedd ganddo ddim hawl i siarad felly hefo neb.

'Dydi honna ddim yr un math o ddadl,' meddai'r Uchben, a rhyw olwg na fedrai Tarje ei dirnad yn dod i'w lygaid. Eisteddodd, ac edrych yn ddyfal ar Tarje. 'Nid ni sydd i benderfynu petha felly.'

'Na, Uchben.'

Aeth yn ddistawrwydd eto. Roedd ar Tarje ofn gorffen ei stori heb ganiatâd.

'Y peth gora,' meddai'r Uchben yn y man, 'ydi cadw hwn o'r golwg.'

'Ia, Uchben.'

'Ond mi fyddan nhw'n ama dy stori di pan welan nhw chdi'n methu mynd drwy'r eira heb fwgwd.'

'Doedd gen i ddim dewis, Uchben. Mi chwiliais bobman.'

'Dyna fo.' Roedd yr Uchben yn chwarae hefo'r sbrigyn carrai, yn ei droi'n araf rhwng ei fysedd. Yna cododd ei ben. 'Pan fyddan nhw'n gofyn, deud dy fod wedi blingo glastorch a gwneud mwgwd o'i chroen hi.'

'Diolch, Uchben.'

Roedd Tarje ar chwâl. Roedd newydd adrodd am Linus yn marw oherwydd iddo ddifwyno'r cysegredig a'r llall yn gwaeth na marw am wneud yr un peth, ond doedd yr Uchben i'w weld yn cynhyrfu dim oherwydd hynny mwy nag oherwydd y mwgwd. Roedd hyn yn rhy newydd i Tarje. Linus a Jalo oedd yr unig ddau anghredadun iddo'u gweld erioed. A'r llall ella.

Cadwodd yr Uchben y mwgwd o'r golwg. Nid aeth i archwilio rhagor ar y sgrepan.

'Cryn ddewrder,' meddai toc, born yn siarad hefo fo'i hun. 'A dyfeisgarwch,' ychwanegodd beth yn uwch.

'Diolch, Uchben.'

'Rwyt ti wedi dangos cryn gryfder. Cryfder cymeriad a chryfder corff.'

'Diolch, Uchben.'

Roedd Tarje yn gallu edrych i'w lygaid, yn union fel y gwnaeth hefo'r Isben. Ond nid her oedd yr edrychiad y tro hwn.

'Ond i be wyt ti haws â chryfder os nad oes gynno fo ddim i'w wneud?' gofynnodd yr Uchben wedyn.

Ni wyddai Tarje sut i ateb.

'Mi fedrat fynd yn ôl?'

'I ble, Uchben?'

'I wersyll y gelyn gwyrdd.'

Petrusodd Tarje.

'Medrwn,' atebodd, yn ansicrwydd lond ei gorff.

'Faint ddudist ti oedd ynddo fo?'

'Yn y gwersyll? Tuag ugian.'

'A'r un ohonyn nhw'n disgwyl ymosodiad yr adag hon o'r flwyddyn, a byth o'r cyfeiriad yma.' Roedd o i'w weld yn ystyried, ac yn dal i edrych yn ddyfal ar Tarje. 'Dw i isio'r lle yna'n gyfa,' penderfynodd.

Cododd. Neidiodd Tarje ar ei draed.

'Stedda,' nodiodd yr Uchben. 'Os ydi hi'n warchodfa hwylus i'w hysbiwyr nhw mi fedrwn ninna wneud defnydd ohoni hefyd. Mi gei di ddangos y ffordd i gant o filwyr i ymrithio o flaen y gelyn gwyrdd a chipio'r lle.' Roedd ei lygaid yn loyw gan antur. 'Mi ofala i y byddi di'n gwisgo'r mwgwd eira gora a wisgodd neb erioed.'

Peth fel hyn oedd trefnu. Peth fel hyn oedd arwain. Roedd Tarje'n gorfoleddu. Mi gâi bob Isben weiddi hyd at grygni. Nid nhw fyddai'n arwain y milwyr. Nid nhw fyddai'n dringo'r rhaeadr ar flaen y fintai hefo'r Uchben ac yn dangos y ffordd i gyrraedd godre'r mynydd pigfain ac i fyny at y cwm crog. Pan fyddai o'n cael ei wneud yn Isben byddai'n cofio hyn. Ni fyddai angen iddo fo luchio'i awdurdod drwy floeddio a bygwth. Ond yna daeth y cwmwl.

'Maddeuwch i mi, Uchben.'

'Be?'

'Mae'r wlad rhwng dyffryn y rhaeadr a'r cwm crog yn

eang ac yn rhy ddigysgod. Mi fyddai ysbiwyr y gwisgoedd gwyrddion yn ein gweld ni.'

'I ba gyfeiriad y doist ti o'r cwm crog?' gofynnodd yr Uchben ar ei union.

'Yn union i'r de.'

'Debyg iawn.' Eisteddodd yr Uchben drachefn. 'Ac mi gadwaist ato fo, yn daclus a chyfrifol. Mi ddylai fod gen ti awgrym, felly.'

Roedd yr Uchben yn gofyn ei gyngor o. Roedd yr Uchben yn ymddiried ynddo fo, yn ymddiried yn ei farn. Doedd o ddim wedi gofyn cyngor yr Isben o gwbl, dim ond deud wrtho am fynd i wneud bwyd. Nid byd y milwr cyffredin oedd hwn. Nid byd gwatwar y gwell oedd hwn. Hwn oedd y byd yr oedd Tarje wedi'i fyw yn ei feddwl ac wedi ymbaratoi amdano yn ei feddwl o'r diwrnod cyntaf un. Dyma'r hyn yr oedd wedi bod wrthi'n ei ofer bwysleisio i'r lleill. A daeth y sioc â'i gweledigaeth.

'Mi fedrwn ymguddio a chysgu yn y coedlanna yn ystod y dydd a wynebu'r Seren Lonydd wrth deithio'r nos.'

Am y tro cyntaf, roedd yr Uchben yn gwenu.

'Campus.'

Hwn oedd y byd.

'Diolch, Uchben.'

'A'r peth cynta y bydda i'n 'i wneud ar ôl inni gipio'r gwersyll fydd rhoi dyrchafiad i ti, yng ngŵydd y lleill i gyd.'

Roedd Tarje'n crynu oddi mewn. Hwn oedd y byd.

5

'Mae'r ddau yna am y gora'n yfad yr iaith,' meddai Baldur wrth Aarne, newydd roi ei drwyn i mewn i weld Linus yn eistedd yn welw a llwyr fodlon ei fyd yn ei wely. 'Mae'n rhaid fod Aino wedi'i dysgu hi i'r bychan pan oedd o'n gorwadd.'

'Sut medar dynas uniaith ddysgu'i hiaith o'r dechra cynta i rywun diarth a hwnnw'n anymwybodol?' atebodd Aarne. 'Mae gen ti fwy o ddychymyg na hyd yn oed Aino.'

'Deud y gwir mae Aino.' Eisteddodd Baldur a thyrchu i'w gawl. 'Dydi hi ddim yn dychmygu petha. Ond choelith yr un ohonoch chi hynny.' Cymerodd lwyaid fwy swnllyd nag a fwriadai o'r cawl poeth. 'Mae o'n gwella 'tydi?' meddai ar ôl llwyaid arall ddistawach.

'Linus? Ydi. Mi ddaw drwyddi rŵan.'

'Ac roedd Aino'n deud 'i fod o'n gwybod fod yr hogyn arall wedi troi i'r gwinau er 'i fod o'n anymwybodol pan ddudodd y llall hynny wrtho fo y tro cynta.'

'Un ffaith fechan oedd honno, nid iaith gyfa. Nid ar 'i orwadd yn fa'ma mae Linus wedi dysgu dy iaith di, ond ar lin 'i fam.'

'O?' Rhoes Baldur y gorau i'r cawl am eiliad. Ni ddatgelodd ymateb arall. 'A'r llall?'

'Eyolf? Na. Ffliwc a dim arall ydi'r tebygrwydd. Ond welis i neb yn llowcio iaith cyn gyflymad ag o. Mi fyddai Nhad a Leif wedi gwirioni'u penna hefo fo. Ond mae'n ddigon posib dy fod yn perthyn i Linus,' ychwanegodd. Gadawodd i Baldur fwyta ychydig rhagor. 'Be 'di'r hanas?'

Roedd ymateb bychan Baldur yn dangos yn amlwg ei fod wedi rhoi'i feddwl yn llwyr ar rywbeth arall.

'Yr un deddfol?' gofynnodd, a'i lygaid yn dychwelyd i'r byd hwn. Cymerodd lwyaid arall cyn ateb. 'Mi aeth i lawr y cwm ac i'r tir maith. Mi'i goroesodd o a chyrraedd dyffryn y Tri Llamwr a mynd i lawr hwnnw gyda'r afon. Wn i ddim be 'di'i hanas o wedyn. Go brin 'i fod o wedi cael traffarth hefo'r tir, os na chafodd o fymryn wrth y rhaeadr ella.'

'Ro'n i wedi gweld gwedd benderfynol arno fo,' ategodd Aarne.

'Mi wyddost cystal â minna be ddigwyddith os cafodd o afael ar 'i fyddin ne' os cawson nhw afael arno fo,' ychwanegodd Baldur.

'Dw i wedi cymryd yn ganiataol o'r dechra fod hynny'n mynd i ddigwydd.'

'Roedd yn rhaid i mi ddŵad â nhw yma ne' adael iddyn nhw farw.'

'Does dim angan i ti ymddiheuro,' atebodd Aarne yn ei lais ffwrdd-â-hi gorau. 'Mi fyddwn ni'n barod.' Daeth golwg fymryn bach yn fwy pryderus arno. 'Linus ydi'r unig anhawster ar y funud. Go brin y bydd o wedi gwella digon.'

'Daeth Baldur ddim i ofyn digon i be. Doedd ganddo ddim diddordeb yn y manylion, dim ond yn y canlyniad. Gwyddai Aarne yntau nad oedd haws â gofyn iddo sut y llwyddodd i olrhain taith Tarje heb fynd ar ei gyfyl. Roedd sôn yma a thraw ei fod yn gallu trin y bleiddiaid a'r eryrod a bod eu symudiadau nhw'n datgelu pob math ar wybodaeth iddo. Roedd rhai'n mynnu ei fod yn gallu rheoli'r symudiadau. Yr unig beth oedd yn amlwg oedd bod ei wybodaeth yn ddi-feth ddibynadwy.

Daeth bonllefau bychan hapus o'r cyntedd. Ymhen ychydig eiliadau daeth bonllefau cyffelyb o'r gegin fwyta wrth i Linus gyrraedd y drws. Roedd Eyolf a Mikki hefo fo. Edrychodd Linus o'i amgylch.

'Lle fel 'ma sy 'ma?' gofynnodd dan wenu drwy'i welwedd.

Cododd Aarne ar ei union a brysio ato.

'Dw i wedi laru yn 'y ngwely,' meddai Linus drachefn, 'ac mae'r uchel rai wedi cytuno drwy groen 'u tina i adael i mi ddŵad yma i weld be dw i'n 'i golli.'

'Ydi'r creadur yma mewn cyflwr i galifantio hyd y lle?' gofynnodd Aarne i Mikki.

'Nac'di. Ond neith rhyw awran iddo gael 'i ginio ddim drwg.'

'Tyd 'ta. Croeso i blith y byw.'

Gwelodd Eyolf Mikki'n rhoi cip na allai o ei ddirnad ar Aarne ac Aarne yn rhoi un amnaid gynnil yn ateb cyn i Mikki fynd yn ôl drwy'r drws. Doedd Linus ddim ar feddwl sylwi ar bethau felly. Roedd golwg o ryddhad braf ar ei wyneb wrth iddo ddod at y bwrdd ac eistedd wrth ochr Baldur. Eisteddodd Eyolf gyferbyn, a daeth milwr â dysgliad helaeth o gawl a bara i'r ddau. Diolchodd Linus o'i grombil. Gwenai'r milwr.

'Dach chi i gyd yn glên,' meddai Linus wrth godi'i lwy. 'Pam nad oes neb yn gwarafun i mi wisgo'r gwinau a chitha i gyd yn filwyr?'

'Rydan ni i gyd wedi gweld petha,' atebodd Aarne yn dawel. 'Hidia befo am hynny rŵan. Deud ar d'union os byddi di'n teimlo'n rhy wan i aros yma.'

'Ella bydda i'n rhy wan i siarad.' Tyrchodd Linus i'w gawl. 'Oes 'na hanas o rywun arall wedi gwisgo'r gwinau yn ddeunaw oed?' gofynnodd wedyn.

'Dwyt ti ddim yn ddeunaw,' meddai Baldur. 'Mae'n gwestiwn gen i wyt ti'n bymthag. Welis i neb ysgafnach i'w gario.'

'Dw i'n cofio pob un diwrnod pen-blwydd ers pan ydw i'n dair oed,' atebodd Linus dan chwerthin. 'Dw i'n cofio rhai petha ers cyn hynny hefyd. Dw i'n ddeunaw.'

Doedd Baldur ddim yn chwerthin, nac yn gwenu.

'Wyt ti?' gofynnodd.

'Ydw debyg. Pam?'

Nid atebodd Baldur. Synhwyrodd Eyolf gyfrinach. Ond roedd wedi dod i nabod digon ar Baldur i wybod na chynigiai ddim o'i feddyliau ond o'i wirfodd. Roedd rhywbeth arall hefyd. Roedd Eyolf yn gorfoleddu am ei fod yn gallu dilyn y rhan fwyaf o'r sgwrs. Roedd wedi rhoi gorchymyn ffrom nad oedd Linus nac Aarne i newid iaith er ei fwyn o. Ac roedd yn amlwg fod Linus wedi gwirioni'i ben am ei fod yn cael siarad ei iaith am y tro cyntaf ers blwyddyn. Doedd dim pall ar ei barabl pan fyddai Aino neu Baldur neu Aarne hefo fo.

'Pam na fasat ti wedi deud wrtha i nad ein hiaith ni ydi dy wir iaith di?' gofynnodd Eyolf yn sydyn.

'Pam na fasat ti wedi gofyn?' atebodd Linus.

'Mae'r tinc yn llond dy lais di wrth siarad hefo Aino a'r ddau yma. Dydi o ddim yn'o fo wrth i ti siarad hefo ni. Ydi pawb yn dy gymdogaeth di'n 'i siarad hi?'

'Llai na'r hannar. Llai na chwartar ella. A dydi dy iaith di ddim gwerth tinc.'

Am y tro cyntaf, roedd Baldur yn gwenu.

'Tinc ai peidio, mae'n well i mi'i newid hi rŵan, er mwyn i Eyolf ddallt yn iawn yr hyn dw i am 'i ddeud,' meddai Aarne.

'Peidiwch,' meddai Eyolf.

'O'r gora.' Plygodd Aarne ymlaen a gostwng mymryn ar ei lais. 'Mae'n fwy na thebyg fod Tarje wedi dod o hyd i'w fyddin.' Siaradai'n ara deg, gan wylio Eyolf drwy'r adeg. 'Mae'n rhaid inni gymryd yn ganiataol felly 'u bod nhw ar 'u ffordd i drio'n goresgyn ni, ac mae hynny'n golygu eich bod chi'ch dau mewn mwy o beryg na neb arall yma. Fyddan nhw ddim isio dial arnon ni, dim ond ein lladd ni.'

Arhosodd, fel pe i chwilio am ymateb Eyolf. 'Wyt ti'n 'y nallt i hyd yma?'

'Ydw.'

'A phaid â meddwl am eiliad mai siarad ar ei gyfar mae Aarne,' meddai Baldur.

Doedd Aarne ddim wedi disgwyl porthwr. Trodd ei sylw at Linus.

'Os wyt ti'n meddwl fod Mikki ac Aino am adael i ti ystyried rhoi dy fywyd yn aberth dros dy egwyddor newydd ar ôl yr holl ymlafnio y maen nhw wedi'i wneud hefo chdi, ailfeddylia y munud yma.'

'Dydw i ddim yn bwriadu rhoi 'mywyd dros neb na dim cyn mynd adra i ddangos fy ngwinau i Mam a Dad,' atebodd Linus ar ei union. 'A mae gen i dasgan i chditha hefyd,' meddai wrth Eyolf.

'Be?' gofynnodd yntau, mewn mymryn o sioc.

'Dŵad hefo fi i chwilio am dad a mam Jalo. Deith 'na neb arall i ddeud wrthyn nhw, hyd yn oed tasai pawb ar y llong wedi'i weld o'n marw.'

'O'r gora,' penderfynodd Eyolf yn dawel am na fedrai feddwl am ddim arall i'w ddeud.

'Ymhle oedd Jalo'n byw?' gofynnodd Aarne.

'Rwla ar odre'r ucha o'r Pedwar Cawr. Fyddwn ni ddim yn hir yn dod o hyd i'w gartra fo.'

'Mae gen ti ddigon o amsar i gryfhau felly cyn cychwyn i fan'no beth bynnag,' meddai Aarne. 'Dewch chi ddim yn agos at yr un o'r Pedwar Cawr cyn y gwanwyn.'

'Does 'na ddim brys, os ydach chi'n fodlon ein cadw ni,' atebodd Linus.

Bwytasant am ychydig, bawb yn gori ar ei feddyliau. Yna cododd Linus ei ben.

'Am be dach chi'n meddwl?' gofynnodd i Aarne.

'Be?' gofynnodd Aarne, ymhell. 'O,' meddai wedyn, yn dal ymhell, 'mae pawb yn cael 'i feddylia o bryd i'w gilydd. Paid â phoeni am 'y meddylia i.' Gwenodd, braidd yn ddiysbryd. 'Nid dy daith arfaethedig di sy'n benbleth i mi, faint bynnag o her fydd hi i chi. Ond hyd yn oed tasai'r tywydd yn caniatáu mi fyddai'n rhaid i'r lleuad fod wedi llenwi ar ei sgawt uwch ein penna ni o leia ddwywaith cyn y medrat ti feddwl am fod yn ddigon cry i gychwyn. A be sy'n mynd i ddigwydd yma yn y cyfamser? Y tro cynta y llenwith y lleuad, ella na fydd y fyddin lwyd ddim wedi cychwyn, yn enwedig os byddan nhw'n ama ein bod ni ar ein gwyliadwriaeth. Ond does wybod be fydd wedi digwydd yma erbyn yr eildro.'

'Dw i'n ymgryfhau,' mynnodd Linus, heb herio. 'Dw i eisoes yn brafiach ac yn gryfach heb y gwely 'na.'

'Paid â rhuthro a phaid â dy dwyllo dy hun,' meddai Baldur.

Eto doedd Aarne ddim yn disgwyl porthwr.

'Welsoch chi Aino heddiw?' gofynnodd Linus yn y man, nid i droi'r stori.

'Naddo,' atebodd Aarne ychydig ymhell eto, a Leif yn dal yn llond ei feddwl.

'Mae hi'n deud fod yr eryr yn deud wrthi fod yn rhaid mynd.'

'Pa eryr?' gofynnodd Eyolf, yn dal i fod yn llawn o'r meddyliau cymysglyd a gâi bob tro y clywai sicrwydd syml naturiol Linus pan fyddai'n sôn am ei gartref neu'i deulu.

'Hwnnw sy'n gofalu nad awn ni ar gyfeiliorn, medda hi. Mae'r cogydd yn deud 'i fod o'n dŵad yma i gael busnês fach bob hyn a hyn.'

'I'n gwarchod ni i gyd?' gofynnodd Eyolf.

'Wyt ti ddim yn wfftio'r syniad?' gofynnodd Baldur iddo.

'Pam dylwn i wfftio'r deryn ddangosodd y lan i ni? A go brin mai'r un welson ni ydi hwn sy'n dod yma, prun bynnag.'

'Yr eryr ddaru ddangos eich picil chi i mi,' meddai Baldur, a sicrwydd Linus o'i oed yn dal i fod yn llond ei feddwl.

Rŵan roedd llygaid Linus ynghau. Roedd o'n gyndyn o gydnabod fod ei siwrnai o'i wely i'r gegin fwyta ac yn ôl yn deud arno. Doedd o ddim am gysgu chwaith oherwydd roedd yn rhy brysur yn helpu Aino i roi gwers iaith arall i Eyolf.

'O ble daethoch chi, Aino?' gofynnodd Eyolf ar draws saib yn y sgwrs, y ddau wedi distewi rhag ofn fod Linus am gysgu.

'O bobman. O'r tiroedd pell,' atebodd hithau ar ôl saib arall.

Doedd hi ddim mor hen â'r argraff a gawsai Eyolf pan welodd hi y tro cyntaf. Roedd hi wastad yn ei du, ei gwallt yn wyn, ond nid croen henaint oedd ar ei hwyneb. Nid llygaid hen wraig oedd ei llygaid. Roedd yr edrychiad cyntaf annirnadwy a roes hi arno'n dal i fod yn anarferol fyw i Eyolf, ac roedd yr hwiangerdd yr oedd hi'n ei chanu drannoeth yn dal i lenwi'i ben, er nad oedd o wedi'i chlywed hi'n ei chanu wedyn. Roedd Aarne yn dal i ddeud 'Aino druan' yn ei bryd, ond fyddai o fyth yn ehangu ar hynny.

'Pam daethoch chi yma?' gofynnodd Eyolf wedyn.

'Chwilio,' atebodd hithau'n dawel, ei llygaid ar wyneb Linus.

Doedd hi ddim am gynnig rhagor. Cadwai'r llygaid dwys eu sylw'n llwyr ar wyneb llonydd Linus.

'Chwilio am be?' gofynnodd Eyolf, yn gobeithio nad oedd ei gwestiwn yn ynfyd na busnesgar.

'Chwilio.'

Roedd wedi tynnu'i sylw oddi ar Linus, ac yn edrych unwaith eto i fyw llygaid Eyolf.

'Pa bryd y daethoch chi yma?' ceisiodd Eyolf drachefn.

Rŵan roedd hi'n edrych i lawr.

'Pan gafodd y tiroedd eu difwyno. Pan aeth y coedydd yn rhy beryg i'r anifeiliaid.'

Cododd ei golygon drachefn. Yna gafaelodd yn llaw Linus a'i chodi. Daeth gwên fechan ar wyneb Linus. Gwyddai ei bod wedi bod yn gafael ynddo gydol yr adeg y bu'n anymwybodol. Daliai i wneud hynny'n gyson ar ôl iddo ddod ato'i hun, yn union fel tasai o'n blentyn. Doedd wahaniaeth ganddo fo.

'Pam mae'r eryr yn deud fod yn rhaid mynd?' gofynnodd, ei lygaid ynghau o hyd.

'Nid yma mae'r gwaith bellach.'

'Pa waith?'

'Mae'n rhaid i ti wella.'

'Pa waith, Aino?'

'Mae'r terfysgoedd gerllaw. Mae'n rhaid mynd.'

'Mi fedrwn ni fynd hefo'n gilydd,' dechreuodd Eyolf.

'Mae'n rhaid i hynny ddigwydd,' meddai hithau ar ei draws.

Roedd ei sylw trist ar Linus eto, a gwyddai Eyolf nad oedd ganddo obaith am ateb a roddai iddo'r un mymryn o'i hanes hi'i hun gan Aino. Cododd.

'Mae'n well i ti gysgu,' meddai wrth Linus. 'Dw i am fynd i dorri coed hefo Baldur.'

'I fyddin Tarje gael bod yn gynnas,' atebodd yntau.

'Go brin, os dalltis i wynab Aarne.'

'Mi fydda i'n barod,' meddai Linus, ei lygaid ar agor.

'Gorffwysa,' meddai Aino, a mwytho'r llaw hefo'i llaw arall. 'Mi fydd arnat ti angan dy iechyd a dy gryfder.'

Aeth Eyolf. Daeth o hyd i Baldur yn myfyrio uwchben yr iard goed fechan yng nghefn y cwt mawr.

'Mae 'ma le i goedan, bellach,' meddai Baldur, 'i'r pren gael digon o amsar i sychu.'

'Fyddwn ni ddim yn 'i thorri hi i bobol ddiarth?'

'Mae hyn wedi digwydd o'r blaen,' oedd yr ateb didaro. 'Lwyddon nhw ddim bryd hynny. Dydyn nhw ddim yn bobol ddiarth i ti, prun bynnag, nac i'r bychan.'

'Mi fyddan nhw, mae arna i ofn.' Gafaelodd Eyolf mewn lli draws oedd â'i phwys ar ochr y cwt. 'Mi awn ni 'ta.'

Aethant i fyny. Cyn cyrraedd cwr y coed arhosodd Eyolf a throi.

'Rydach chi'n gwybod yr union ffordd yr aeth Tarje,' meddai.

Trodd Baldur. Pwyntiodd.

'Weli di'r mynydd pigfain acw? Mae o'n uwch na'i olwg oddi yma, a dydi o ddim yn un rhes hefo'r lleill chwaith. Mi gymrith dridia o dywydd braf i'w gyrraedd o ar droed. Mae 'na ddyffryn yn mynd gyda'i odre o tua'r de. Dilyn hwnnw ddaru o.'

'A'r ffordd honno y daw o â nhw yma?'

'Fydd gynno fo ddim dewis, fel y gwyddost ti.' Daliodd Baldur i syllu i'r pellter. 'Does 'na ddim i d'atal di rhag newid dy feddwl a mynd ar 'i ôl o i'w rhybuddio nhw. Dy ffrindia di sydd yn 'u mysg nhw,' ychwanegodd o glywed yr ebychiad anfwriadol.

Tynnodd Eyolf ei ddernyn gwinau o'i boced.

'Mae'n rhy hwyr,' meddai'n syml.

Prin glywed ei eiriau oedd Baldur.

'Doedd gen i ddim ffrindia byw ar ôl nes inni'n pedwar ryw dynnu at ein gilydd pan ddaeth Linus a Jalo i'r fei,' meddai Eyolf wedyn, a'i olygon ar y mynydd pell o hyd. 'Mae

Tarje wedi gorfod deud fy hanas i wrth yr Uchbeniaid. Tawn i'n dŵad o fewn golwg iddyn nhw ne'r fyddin mi fyddwn i'n gelain cyn cael gair o 'ngheg.' Trodd ac ailgychwyn tua'r coed. 'A hyd yn oed tawn i'n cyrraedd atyn nhw'n fyw, pa obaith fyddai gen i o ddylanwadu ar neb na dim? Ella bod Tarje'n gallu'i dwyllo'i hun.'

Trodd Baldur i'w ddilyn i'r goedwig. Roedd bonion coed yma a thraw, yn cadarnhau nad torri coed rywsut rywsut oedd yn digwydd. Dyfalodd Eyolf yn gywir mai torri'r coed mwyaf gwantan a wneid i gael tanwydd, gan adael y coed iach i dyfu. Roedd y coed oedd wedi disgyn ohonynt eu hunain yn cael eu gadael felly, er mwyn i drefn natur gael llonydd ac i'r boncyffion a'r brigau marw gyfoethogi a bywiocáu'r goedwig, er nad oedd llawer o arwyddion o hynny yr adeg hon o'r flwyddyn. Roedd mân frigau a changhennau'r coed a dorrid yn cael eu rhoi ar domen y tu draw i gytiau'r cŵn. Roeddan nhw'n hwylus i ddechrau tân pan fyddai angen hynny ond ni welai Eyolf pam y cedwid y domen mor fawr. Nid aeth i fusnesa ynghylch hynny fodd bynnag, a rŵan yn y goedwig gadawodd Baldur iddo ddewis y goeden fwyaf addas. Ni fu'r lli draws ddiwyd wrthi'n hir nad oedd y goeden yn gorwedd.

'Logia lled braich,' meddai Baldur.

Gafaelodd Eyolf drachefn ym mhen arall y lli.

'Cario'r rhein fyddwn ni?'

'Mae 'na gar llusg i'w nôl nhw.'

Dechreuasant lifio, y lli a'i dannedd newydd eu hogi yn torri'n braf drwy'r pren. Ond rhoes Eyolf y gorau iddi cyn cyrraedd hanner y toriad.

'Be sydd?' gofynnodd Baldur.

'Pryd, o ble, sut, pam, pwy?'

'Am be wyt ti'n sôn?'

'Aino, debyg.' Gwnaeth Eyolf ystum i ddechrau llifio drachefn, ond ailfeddyliodd. 'Be 'di'r hanas? Sut mae hi yma?'

'Rwyt ti mewn byd dyrys rŵan,' oedd ateb hamddenol Baldur.

'Does 'na neb i'w weld yn gwybod dim amdani. Ddudith hitha ddim byd clir. Mi ddudith Aarne 'Aino druan' o bryd i'w gilydd a'i gadael hi ar hynny. Mae o wedi addo deud 'i hanas hi wrtha i ond dydi o byth wedi mynd ati i wneud hynny.' Camodd dros y boncyff ac eistedd arno gan fod y coed yn cadw llawer o'r hin oer draw a'r llifio wedi cynhesu'i gorff. 'Be ydi'i hanas hi?'

'Ydi hi wedi deud rwbath y medrat ti lynu wrtho fo?' gofynnodd Baldur wrth eistedd wrth ei ochr.

'Dim ond 'i bod hi wedi crwydro'r tiroedd i chwilio tan iddi fynd yn rhy beryg iddi wneud hynny. Does 'na neb i ddeud chwilio am be. A rŵan mae hi'n deud bod yr eryr yn cyhoeddi bod yn rhaid mynd. Am be mae hi'n chwilio?'

'Yr hogyn,' meddai Baldur yr un mor hamddenol â chynt.

'Pa hogyn?'

'Hogyn y Chwedl meddai pawb yma ond fi. Ond mae o'n bod, a chymryd 'i fod o'n fyw o hyd. Nid o'r Chwedl y daeth y mab.'

'Mab pwy?'

'Ei mab hi'i hun, debyg. Amdano fo y mae hi'n chwilio.'

Rhuthrodd meddwl Eyolf at Jalo a gorchymyn Linus i chwilio am ei rieni.

'Ydi hi haws?' gofynnodd. 'Siawns na ŵyr hi be sydd wedi digwydd i'r meibion sydd ar goll.'

'Doedd hwn ddim yn ymladd,' meddai Baldur. 'Roedd o'n rhy ifanc hyd yn oed i'r byddinoedd. Am wn i, hefyd,' ailfeddyliodd. 'Rhyw ddeuddag oedd o, fymryn yn hŷn ella.

Ella bod y byddinoedd yn 'u cipio nhw yn yr oed hwnnw erbyn hyn, ond doedd 'na llwyd na gwyrdd wedi'i gipio fo.'

'Mi wyddoch amdano fo, felly?'

'Nid gwybodaeth nabod. Gwybodaeth greddf. Be sydd?' gofynnodd.

Roedd Eyolf wedi troi ei ben yn sydyn, a'i lygaid yn chwilio'r coed y tu ôl iddo.

'Meddwl 'mod i . . . meddwl bod 'na rwbath yna,' meddai.

'Mân synau'r goedwig yn heneiddio,' dyfarnodd Baldur.

Trodd Eyolf ei ben yn ôl. Roedd o'n gorfod ymdrechu mymryn i ganolbwyntio.

'Ydi'r reddf neu Aino'n deud rwbath arall am yr hogyn?' gofynnodd.

'Dim ond 'i fod o'n ddigon hen i helpu'i fam ac i gyfnewid straeon a hanesion ac yn rhy ifanc i offrymu'i waed.'

'Rydach chi'n sicr o'i fodolaeth o, felly?'

'Ydw i'n coelio Aino? Ydw.'

'Be am dad?'

'Mae hi wedi deud wrtha i ers y dechra 'i bod hi'n weddw. Rwyt ti'n ddistaw,' meddai ymhen ennyd.

'Rhyw flwyddyn ne' well cyn i mi gael 'y nhynnu i'r fyddin,' meddai Eyolf, yn cadw'i sylw ar y blawd lli newydd ar y ddaear o'i flaen, 'mi foddodd 'na hogan yn yr afon. Mi gafwyd 'i chorff hi yr un diwrnod ac roedd 'i mam hi yn y gladdfa pan oeddan nhw'n 'i rhoi hi yn 'i bedd. Gwta dridia wedyn roedd hi'n chwilio amdani. Mi ddaliodd i chwilio, yn taeru fod yr hogan yn fyw ac ar goll. Mi fu'n rhaid 'i rhoi hi mewn cadwyna yn y diwadd. Wn i ddim be ddaeth ohoni.'

'Roddodd Aino mo Baldur yn ei fedd.'

Aeth pob blawd lli a thoriad coedyn yn amherthnasol.

'Baldur oedd 'i enw fo?'

'Ia. Nid dyna pam dw i'n 'i choelio hi chwaith.'

'Dyna ddudodd hi pan welodd hi Linus gynta un,' meddai Eyolf, a'i lais yn llawn dychryn. Roedd yn ceisio cofio hynny o eiriau a fu y tro cyntaf i Aino ddod i'r stafell yr oedd Linus wedi'i gludo iddi pan ddaethant yno. Geiriau unigol oeddan nhw i gyd, a sgwrs yn amhosib. Ond rŵan gwyddai i sicrwydd mai dyna oedd hi wedi'i ddeud. 'Mae'n rhaid 'i bod hi'n credu mai Linus ydi o,' meddai.

'Beryg 'i bod hi.'

'Dyna pam roeddach chi'n 'i groesholi o ynglŷn â'i oed gynna.'

'Dim ond i gadarnhau.' Cododd Baldur. 'Tyd, ne' mi fydd hi'n dywyll arnon ni.'

Cododd Eyolf. Ailddechreuasant ar eu gwaith.

'Pa bryd aeth yr hogyn ar goll?' gofynnodd Eyolf.

'Lawar dydd yn ôl. Chei di ddim gwell atab na hyn'na gan Aino na neb. Rydw i'n 'i nabod hi ers tair blynadd a rhagor. Chwilio oedd hi bryd hynny, a llawar blwyddyn cyn hynny hefyd.'

'Oedd gynni rwbath 'blaw am 'i gobaith yn gefn?'

'Oedd, o bosib.' Gollyngodd Baldur ei afael ar logyn, ond dim ond am eiliad. 'Mae gynni hi stori am ryw ddyn yn dod o hyd i hogyn wedi'i frifo ac yn anymwybodol yr un fath ag yr aeth y bychan yma.' Nodiodd i lawr tua'r cytiau. 'Roedd hi'n deud mai udo bleiddiaid ddaru arwain y dyn at yr hogyn a'i fod o heb ddod ato'i hun am gyfnod hir iawn. Yn y diwadd mi aeth y dyn i ffwr' a'r hogyn hefo fo medda hi.'

'Heb bwt o sicrwydd mai'i hogyn hi oedd o.'

'Fasai hi ddim yn cytuno hefo chdi.'

Daliasant ati hefo'u llifio, ac Eyolf yn canolbwyntio ennyd ar sŵn y lli ac yn dychmygu am Aino'n cerdded y tiroedd.

'Mae hi'n chwilio am y ddau, felly,' meddai yn y man.

'Ella. Mae blynyddoedd.'

Torrodd y lli drwodd. Cododd Baldur i ystwytho mymryn ar ei gefn.

'Mae'n amhosib mai Linus ydi o,' meddai Eyolf wedyn wrth godi pen y logyn oedd newydd ei dorri a'i symud o'r neilltu. 'Mae o wedi brywela'i hunangofiant wrthan ni'n ddi-baid ers blwyddyn. Welis i neb mwy sicr o'i blentyndod.'

'Dyna fo, felly,' meddai Baldur, wedi derbyn. 'Mi lynwn ni at ein gwaith. Mae'n well gadael i Aino a'r bychan ddatrys 'u petha'u hunain.'

'Does dim angan datrys dim,' meddai Linus yn ddiweddarach.

Roedd y nos wedi cyrraedd a'r caeadau wedi'u rhoi dros y ffenestri ac yntau wedi cael codi eto a dod i eistedd o flaen y siambr dân fechan gynnes. Roedd Eyolf wedi dod ato ac wrthi'n asio dau ddarn o raff oedd wedi torri wrth iddi gael ei thynnu'n anfwriadol ar draws y lli pan oeddan nhw'n llusgo'r coed. Dechreuasai'r eira ddisgyn a lluwchio yn fuan wedyn ac roeddan nhw wedi methu cael dim o'r coed i lawr ac wedi gadael y car llusg yn y goedwig. Daethai Eyolf â'r rhaff hefo fo iddo gael rhywbeth i'w wneud fin nos a chan mai golau go wan oedd gan Linus yn ei stafell cafodd lusern gryfach o'r gegin.

'Dw i ddim yn meddwl 'i bod hi wedi credu o gwbwl mai fi oedd Baldur bach,' canlynodd Linus arni. 'Pan o'n i fwy ym myd yr hirgwsg na hefo chi, ro'n i'n tybio weithia 'i bod hi'n credu hynny pan oedd hi'n siarad 'i hiraeth wrtha i. Do'n i ddim am daeru a'i siomi hi a hitha wedi achub 'y mywyd i.'

'Mi wyddat am yr hogyn?' gofynnodd Eyolf.

'Rhyw fath o wybod,' ystyriodd Linus. 'Dim byd pendant.

Awgrym oedd pob sgwrs amdano fo, ac mae Aarne yn benderfynol mai dychmygu'i fodolaeth o mae Aino, ne'i bod hi'n meddwl am hogyn rhywun arall ne' fabi'r oedd hi wedi'i golli ella.'

'Mae o'n 'i nabod hi, mae'n debyg,' meddai Eyolf, heb lawer o argyhoeddiad yn ei lais. 'Dydi o ddim yn gwneud synnwyr i mi chwaith. Pam ddaru hi dy alw di'n Baldur?'

'Mi ddylai fod yn haws i ti atab hynny na fi. Doedd f'ymennydd bach i ddim ar gael, nacoedd?' Cododd Linus ben y rhaff wrth ei draed a chwarae mymryn hefo'r asiad at i mewn yr oedd Eyolf newydd ei wneud ar hwnnw hefyd gan ei fod wedi dechrau treulio ac yn bygwth ymddatod. 'Ella'i bod hi wedi dychmygu dod o hyd iddo fo ac ynta yn yr un cyflwr ag yr oeddwn i. Ne' ella'i bod hi'n dychmygu amdano fo felly a neb ar gael i'w ymgeleddu o.'

Astudiodd Eyolf ei waith am ennyd cyn ailafael ynddo.

'Dydi Aino'n deud dim byd nad ydi hi wedi'i ystyriad,' meddai.

'Ella bydd 'i meddwl hi'n ymagor yn well pan fyddwn ar ein taith.' Roedd Linus yn mynd â'i law yn nes at y siambr dân bob hyn a hyn i edrych pa mor agos y medrai fynd â hi heb losgi. 'Mae hi am ddŵad hefo ni i chwilio am dad a mam Jalo ar yr amod ein bod ni'n dau'n mynd hefo hi wedyn.'

'Ydi hi wedi ystyried y byddwn ni'n dau'n treulio gweddill ein hoes yn osgoi'r byddinoedd?' gofynnodd Eyolf, yn sylwi bod y llaw lân ger y gwres yn datgelu cryn dipyn o angen cryfhau eto. 'Ac os byddan nhw'n ein cael ni, y byddan nhw'n ei chael hitha hefyd?'

'Dw i ddim yn meddwl fod Aino'n un i boeni am betha felly.' Rŵan roedd gwên fechan ar wyneb Linus. 'Rwyt ti'n dda dy law, 'twyt?' meddai wedyn wrth astudio'r asiad ym mhen y rhaff ar ei lin.

'Amball beth o bryd i'w gilydd.'

'Mae Tarje hefyd, 'tydi? Mae'n rhaid i ti 'nysgu inna hefyd.' Daliodd i astudio'r asiad cywrain. 'Tasan nhw'n dy gael di am wisgo'r gwinau, mi fyddai 'na un crefftwr yn llai yn y tiroedd a phoenai hynny'r un iotyn arnyn nhw. Dwyt ti byth wedi deud wrtha i pam est ti â'r cwch i'r dwyrain a chditha'n gwybod mai i'r gorllewin yr oeddan nhw wedi gweld tir.'

'Pa ddewis oedd 'na? Roedd y llong ar ogwydd i'r dwyrain ac unwaith roedd y cwch yn y dŵr hwnnw oedd yr unig gyfeiriad diogel i obeithio mynd iddo fo.'

'Ddaru ti ddim troi'r cwch i'r gorllewin ar ôl i'r llong fynd i lawr.'

'Mwy na ddaru titha.'

Ysgwyd ei ben oedd Linus, y galar cynnil yn dychwelyd i'w wyneb am ennyd.

'Ddoi di ddim ohoni fel'na chwaith,' meddai, a'i feddwl yn gwibio ennyd at daith annelwig oedd i ddod, gan ddychmygu tŷ, gan ddychmygu wynebau. 'Mi est tua'r dwyrain am dy fod yn gwybod na fyddai dim mymryn o wahaniaeth gynnyn nhw faint o grefftwr oeddat ti cyn dy ladd di am wisgo'r gwinau. Mi est i'r dwyrain i gael llonydd i wisgo'r gwinau. Roeddat ti wedi penderfynu ymhell cyn y llongddrylliad. A phan godist ti Jalo o'r llong a'i roi i mi yn y cwch roeddat ti'n gwybod na ddeuai o drwyddi, waeth i ba gyfeiriad y bydden ni wedi mynd.'

'Na,' atebodd Eyolf, 'drifftio yn y nos a'r niwl oedd y cwch. Wyddwn i ddim i ba gyfeiriad oedd 'i drwyn o nes iddi wawrio. Mi fedrai cerrynt fod wedi'i droi o, am a wyddwn i. A ddaru mi ddim anobeithio am Jalo nes imi gl'wad 'i ochenaid o.' Astudiodd ei waith eto am ennyd. 'Ond rwyt ti'n iawn. Mae'n rhaid inni ddod o hyd i'w fam a'i dad o i ddeud wrthyn nhw.'

Rhoes Linus y rhaff i lawr, a chododd yn araf. Cerddodd yr un mor araf at ei wely.

''Tisio help?' gofynnodd Eyolf.

'Na. Dw i'n blino rŵan. Paid â mynd chwaith. Dw i'n laru ar 'y nghwmni fy hun.'

Aeth i'w wely. Gorweddodd ar ei hyd am ysbaid. Yna cododd ar ei eistedd.

'Pam na ddoi di â dy wely yma?' gofynnodd. 'Mae 'na ddigon o le yn y gongol 'na.'

'O'r gora. Faint bynnag fyddwn ni yma.'

'Ia.' Gorweddodd Linus yn ôl eto. 'Wedyn mi fydd yn rhaid i ni fynd hefo Aino. A mynd â'r gwinau ger bron y byd.'

'Rwbath i'w wisgo ydi'r gwinau, nid i'w frolio.'

'Mi wn i hynny.'

6

Daethant at yr aber ymhen tridiau. Doedd dim o'i le ar gof Tarje a chadwasai gofnod manwl o bopeth daearyddol y gellid ei gofnodi ar ei daith ddihangol. Byddai'n amhosib anghofio'r aber y daru ei nabod ar ei daith i'r gwersyll, prun bynnag. Roedd yr afon yn mynd i lawr ei dyffryn, hwnnw weithiau'n eang, dro arall yn gul a chreigiog. Yna, daith ddeuddydd o'r rhaeadr, deuai afon arall i'r dyffryn o gwm i'r gogledd, gan lifo'n gyfochrog â'r afon arall am hir cyn dolennu oddi wrthi a throi'n ôl i ymuno â hi ar waelod rhaeadr. Roedd yr uniad bron yn ddigon llydan i'w alw'n llyn, a hwnnw'n llawn adar o bob rhyw fath. Roedd gwyddau, gwyachod, corhwyaid a'r llygaid arian yn frith arno, yn gymysg â'r adar cysegredig.

Drwy drugaredd a thrwy ffawd doedd Tarje ddim wedi mynd ar goll yn ystod ei daith, a doedd ganddo ddim lle i gredu ei fod wedi mynd ar chwâl chwaith ac y gallasai fod wedi cael ffordd fyrrach at ei fyddin. Rŵan ar y daith yn ôl yn arwain y can milwr roedd o eisoes wedi dangos dau nyth o'i wneuthuriad ei hun i'r Uchben a'r Uchben wedi cynnil gymeradwyo'i ymdrechion a'i ddyfalbarhad. Doedd dim angen iddo wneud dim i'w gadw'i hun dros nos rŵan gan fod ganddyn nhw ddigon o bebyll a doedd o'n gorfod cario dim ar ei gefn chwaith ar wahân i'w sachyn a'i arf. Roedd ei droed hefyd wedi gwella'n llwyr. Cofiai weithiau am eiriau'r dyn a'i bwydodd yn y tŷ rhyfedd ger y rhaeadr, ond gwyddai fod bryd yr Uchben a'r can milwr yn llwyr ar goncro'r gelyn gwyrdd a chipio'r gwersyll. Fyddai ganddyn nhw ddim diddordeb mewn codi arswyd ar ddau unigolyn a hogan fach analluog. Ond roedd yn ei fwriad roi gwybod ymlaen llaw i'r ddau fod y fyddin yn dynesu, sut bynnag y llwyddai i wneud hynny.

Bu'n rhaid iddyn nhw lochesu am weddill y trydydd diwrnod uwchben yr aber gan fod storm wedi dod ar eu gwarthaf. Codasant y pebyll ar lannerch fechan y tu clyta i dwr o lwyni a threuliasant eu hamser yn canu, ar anogaeth y ddau Isben. Tybiai Tarje fod yr Isben mawr, hwnnw oedd wedi gweiddi arno a'i groesholi pan gyrhaeddodd y gwersyll, yn dal i'w lygadu'n ddrwgdybus, ac ysai am y dydd y byddai gwersyll y gelyn gwyrdd yn cael ei oresgyn ac yntau'n cael dyrchafiad. Oherwydd roedd wedi cael achlust fod yr Uchben am ei ddyrchafu'n Orisben yn syth, yn hytrach nag yn Uwchfilwr. Doedd Tarje erioed wedi clywed am neb yn cael dyrchafiad felly o'r blaen, a byddai hynny'n cau ceg yr Isben mawr. Nid ymunodd Tarje yn y canu.

Pan oedd yn dod i lawr y dyffryn, doedd ganddo'r un

achos i ystyried fod y daith yn llawer hwylusach i un milwr nag y byddai'r daith yn ôl i gant, a dim ond wrth weld yr oedi a'r straffaglu y sylweddolodd mor gul ac anwastad oedd y troedleodd a'r llwybrau yn rhannau anoddaf y dyffryn. Gwaethygid ambell anhawster gan un troed ar ôl y llall nes bod y milwyr olaf yn gorfod cael cymorth rhaff i'w oresgyn. Araf iawn fu taith y diwrnod cyntaf wedi'r storm, ac wrth iddi dywyllu ac i Tarje droi i edrych yn ôl o ben craig a gofiai, gwelodd ei fod wedi gwneud y daith mewn llai na hanner diwrnod ar ei ffordd i lawr y dyffryn. Pan grybwyllodd hynny mewn peth pryder wrth yr Uchben, yr unig ateb a gafodd oedd bod ganddyn nhw ddigon o fwyd.

Ymhen deuddydd a hanner wedyn gwelwyd colofn fwg.

Nid Tarje oedd yr un a'i gwelodd. Ar y pryd roedd o wedi dal yn ôl hefo'r Uchben i'w sicrhau eu bod yn dynesu at y rhaeadr ac y byddent wedi cyrraedd pen uchaf y dyffryn a'r tir eang erbyn nos. Rhedodd Gorisben at yr Uchben i ddeud y newydd. Roedd y can milwr eisoes wedi cael gorchymyn i lechu a brysiodd yr Uchben ymlaen a Tarje wrth ei sodlau. Amneidiodd yr Uchben ar yr Isben mawr a'r Gorisben a dau Uwchfilwr arall i ddod ato. Daeth Tarje ymlaen at yr Uchben.

'Mae'n iawn,' eglurodd. 'Mae 'na dŷ yna. Dim ond dyn a dynas a hogan fach sydd ynddo fo.'

'Sut gwyddost ti?' gofynnodd yr Isben mawr.

'Mi ge's fwyd yna.'

'Sut gwyddost ti mai tri sydd ynddo fo erbyn hyn?'

'Am 'i bod yn amlwg nad oes neb o fewn cyrraedd iddyn nhw. Mae'r tŷ'n rhy fach i ddal mwy prun bynnag. Mi gafodd y lleill i gyd 'u lladd a'u llosgi neu'u gadael i'r bwystfilod. Cymdogaeth gyfa wedi'i difa gan y gwyrddion.'

'Dowch,' meddai'r Uchben. 'A chditha,' meddai wrth Tarje.

Sleifiasant ymlaen o goeden i goeden. O dipyn i beth cynyddodd sŵn bwyell ar goedyn o'u blaenau. Aeth Tarje i'r tu blaen.

'Mi a' i ato fo,' meddai. 'Mae o'n 'y nabod i. Os ydi o wedi gweld un o ysbiwyr y gwyrddion mae o'n siŵr o ddeud wrtha i.'

'Rwyt ti yma i ddangos y ffordd inni,' meddai'r Isben mawr.

Rhoes amnaid gyflym ar y tri arall. Rhuthrodd y pedwar ymlaen. Roeddan nhw'n gafael yn y dyn cyn iddo gael cyfle i droi i'w hwynebu, ac yn plycian y fwyell o'i ddwylo a Gorisben yn tynnu'r cap oddi ar ei ben ac yn ei daflu ymaith. Roedd yr Isben mawr yn codi'r fwyell i'r entrychion ac yn hollti pen y dyn hefo hi a'r glec yn darfod bron cyn ei bod a'r gwaed a'r darnau o ymennydd yn saethu ac yn chwydu o'r pen a'r ddau afaelwr yn gollwng eu gafael ac yn rhoi hergwd i'r corff o'r neilltu.

'Tyd,' meddai'r Uchben wrth Tarje.

Roedd yn gafael yn ei fraich ac yn gorfod ei hysio ymlaen a Tarje wedyn yn camu dros y corff gan sathru'r eira coch a'r darnau ymennydd. Aeth y pedwar arall ymlaen i browla. Roedd yr Uchben yn dal i orfod hysio Tarje ymlaen. Daethant at y tŷ.

'Dynas a phlentyn ddudist ti?' gofynnodd yr Uchben.

Ni fedrai Tarje ateb.

'Tyd.'

Sleifiodd yr Uchben at y drws gan dynnu Tarje hefo fo. Gwrandawodd am ennyd. Yna dobiodd y glicied a chicio'r drws yn agored a gwthio Tarje i mewn o'i flaen.

Roedd yr hogan lân yn dal i eistedd o flaen y siambr dân, yn dal i siglo, yn dal i ganu.

O glywed y sŵn, trodd.

Daeth gwên adnabyddiaeth i'w hwyneb. Daliodd i ganu. Daliodd i siglo.

'Gwna dy waith,' meddai'r Uchben.

Roedd Tarje'n llonydd.

'Yn enw anrhydedd y meirw, deffra!'

Aeth yr Uchben heibio iddo at yr hogan. Daliai hi i ganu ac i wenu ar Tarje. Arno fo'r oedd hi'n gwenu cyn i boen ladd y wên ac i farwolaeth ladd y boen.

Cadwodd yr Uchben ei arf.

'Mae gen ti waith dysgu,' meddai.

Roedd Tarje'n llonydd.

'Llawar o waith dysgu,' meddai'r Uchben wrth gamu dros y corff. 'Mae gwarchod y gwan yn groes i drefn natur. Ydi'r blaidd yn ymlid y carw cry ac ynta'n gweld un gwan yng nghanol yr haid?' Rŵan roedd yn sefyll o flaen Tarje ac yn dal ei fys yn ei wyneb. 'Trefn natur ydi difa'r gwan, nid 'u gwarchod nhw. Fel yna mae bywyd yn ymgryfhau, drwy warchod y cry. Gwanhau popeth ydi gwarchod y gwan.' Tynnodd ddernyn crwn o'i boced a'i ddal o flaen wyneb Tarje. 'Rydw i'n gwisgo'r porffor.' Cadwodd y dernyn. 'Dysga di, ac mi gei ditha'i wisgo fo.'

Roedd llygaid Tarje ar gnwd o wallt melyn tonnog llonydd a dillad o liw glas awyr glir y gaeaf.

Daeth bloedd o'r tu allan, a gweiddi tyrfa'n ysu i'w chanlyn. Brysiodd yr Uchben i'r drws a thynnu Tarje ar ei ôl. Allan, ar gwr y coed, roedd y ddynes yn gwingo yng nghrafangau dau filwr a'r llais coeth yn ochneidio ac yn gweiddi galar a'r gweiddi hwnnw'n gymysg â gweiddi arall a chwerthin a dathlu.

'I lawr â hi!' gwaeddodd yr Isben mawr.

Taflwyd y ddynes i'r ddaear, a'r gwallt gwyn yn chwalu dros yr eira sathredig.

'Pwy ydi'r cynta?' gwaeddodd yr Isben arall.

'Codwch hi,' gorchmynnodd yr Uchben, 'i mi gael gweld sut un ydi hi.'

Gafaelwyd ynddi, a'i chodi. Roedd hithau'n dal i wingo ac i ochneidio. O'i blaen safai hogyn o filwr. Gwyddai Tarje nad oedd ond newydd gael ei bymtheg oed. Roedd yr hogyn yn edrych mewn arswyd ar yr hyn oedd yn digwydd o'i flaen. Gyda bloedd ogoneddus arall rhwygodd yr Isben mawr ddillad y ddynes oddi amdani. Llonyddodd hithau. Edrychodd yr hogyn o filwr yn yr un arswyd ar y bronnau noethion. Ond dim ond am eiliad y llonyddodd y ddynes. Gydag un ymdrech enfawr, ymryddhaodd o afael y ddau filwr oedd yn ei dal a rhuthrodd at yr hogyn. Gydag un waedd arall cipiodd yr arf o'i ddwylo a'i droi arni'i hun o dan ei bronnau noethion a syrthio yn farw i'r ddaear a'i gwallt hir glân yn disgyn fel amdo gwyn am esgidiau'r hogyn.

'Was yr eirth!' gwaeddodd yr Isben mawr uwch pob bloedd wrth ruthro at yr hogyn. 'Mi ddifethat ein hwyl ni, wnaet ti?'

Trodd yr hogyn a sgrialu nerth ei draed i'r coed.

'Ar 'i ôl o!'

Rhuthrodd yr Isbeniaid dros y corff a sathru'r gwallt gwyn i'r eira.

Tarje gafodd hyd iddo fo. Roedd yn ceisio llechu rhwng dwy goeden uwchben yr afon. Ddaru o ddeud dim, na gwneud yr un ymdrech i ddianc nac i feddwl, dim ond dal ei lygaid diobaith ar Tarje. Ddaru Tarje ddeud dim, dim ond dal ei arf yn ei law. Roeddan nhw ill dau'n llonydd.

'Fedri di wneud rwbath drosot dy hun?'

Rhoes yr Isben mawr hergwd i Tarje o'r neilltu. Brasgamodd heibio iddo a chodi'i arf. Cododd yr hogyn ei freichiau i guddio'i ben mewn ymdrech athrist i'w arbed ei hun. Roedd rhyw sŵn yn dod o'i enau. Gafaelodd yr Isben yn ei arddwrn a phlycian ei fraich i lawr. O'r tu ôl iddyn nhw daeth gwaedd awdurdodol yr Uchben.

'Dydi o ddim i gael ei ladd!'

Rhegodd yr Isben dros y lle.

'Sach,' meddai'r Uchben.

Roedd yr Isben wedi dod â'r hogyn o'r coed fesul hyrddiad. Clymwyd ei ddwylo o'r tu ôl iddo a chlymwyd ei draed. Daethpwyd â sach a rhoddwyd o ynddo a chlymu'r pen. Roedd dau filwr eisoes yn torri coeden ifanc addas i glymu deupen y sach wrth ei boncyff i hwyluso'i gario.

'Gofalwch na fydd o'n marw,' gorchmynnodd yr Uchben.

'Ydan ni am danio'r tŷ?' gofynnodd yr Isben mawr.

'Na.'

Ailgychwynasant ar eu taith. Bum diwrnod a dwy storm yn ddiweddarach, ychydig cyn toriad gwawr, cyraeddasant waelod y cwm crog. Ar doriad y wawr, roedd galwad y blaidd pell yn gliriach na galwad ceiliog.

7

Wedi bod yn gwylio yn eu hunfan o doriad gwawr drannoeth tan ganol y bore, roedd y rhan fwyaf o'r can milwr bron â fferru. Câi Tarje ei regi o bob cyfeiriad am iddo ddod â nhw i'r ffasiwn le, y rhegfeydd yn cael eu gwneud yng nghefn pob un o radd uwch na milwr ond nid yn ei gefn o. Doedd o ddim yn ymateb i'r sarhau.

Doedd na smic na symudiad. Doedd dim mwg yn codi o'r cyrn. Roedd eira newydd wedi cuddio pob ôl troed a doedd dim un newydd i'w weld. Daethai'r ychydig a fu'n amgylchu'r lle a'r coed o gwmpas yn ôl heb weld neb.

'Deg i fynd ymlaen,' meddai'r Uchben yn y diwedd. 'Peidiwch â malu dim os na fydd raid. Peidiwch â chyffwrdd mewn na bwyd na diod.'

Roedd Tarje'n un o'r deg. Roedd yr Uchben wrth ei ochr eto fyth wrth iddyn nhw sleifio at y cwt mawr. Doedd dim smic i'w glywed oddi mewn. Cyraeddasant y drws. Amneidiodd yr Uchben ar Tarje. Llyncodd yntau ei boer cyn rhoi ei law ar y glicied. Agorodd y drws yn ddidrafferth. Neidiodd yntau'n ôl i gysgod ochr y cwt, ond ni ddaeth na symudiad na sŵn o unman.

Aethant i mewn. Roedd drws pob stafell wedi'i gau, ond er hynny buan y gwelsant fod rhwydd hynt iddyn nhw chwilio fel y mynnent. Doedd neb ond nhw ar y cyfyl, ac roedd popeth fel tasai wedi'i adael ar y canol. Aeth yr Uchben at y siambr dân fawr yn y gegin fwyta a rhoi'i law arni a'i chael fymryn bach yn gynnes o hyd.

'Chwiliwch y cytia erill,' gorchmynnodd.

Chlywodd Tarje mo hynny. Roedd o wedi mynd i'r stafell lle bu Linus. Doedd dim ynddi i awgrymu'i dynged. Edrychodd mewn sobrwydd ar y gwely gwag. Clywodd rywun yn gweiddi fod yr Uchben am iddyn nhw chwilio am arfau hefyd. Arhosodd o ble'r oedd o, a dal i edrych ar y gwely gwag.

Cyn hir roedd yr Uchben yn y drws.

'Fan'na'r wyt ti?' meddai.

'Yn hon oedd Linus.'

'Mae o wedi marw ne' wedi mynd. Mae'r gwyrddion wedi ymadael un ac oll. Mi ddaru nhw ddyfalu'n gywir.'

Daeth yr Isben mawr i'r drws.

'Mae 'na bedair casgan fawr heb 'u hagor, Uchben,' cyhoeddodd yn hapus. 'Mi fyddai'n well gen i gael dathlu hefo'u gwaed nhw yn ogystal â'u diod nhw, ond gan fod y llwfrgwn wedi'i heglu hi am 'u bywyda diwerth mi fydd yn rhaid i ni fodloni ar y casgenni. Gawn ni'u hagor nhw, Uchben?' Trodd ei sylw at Tarje cyn aros am ateb. 'A mae o yma. Cachgïo ddaru dy ffrindia dewr, mi welaf.'

'Pwy sy'n deud nad ein harwain ni i fagl maen nhw?' gofynnodd Tarje, a'i lygaid yn herio llygaid yr Isben.

'Wyt ti'n credu hynny?' gofynnodd yr Uchben.

Gan yr Isben y cafwyd yr ymateb gweladwy, er na ddywedodd air. Doedd Tarje ddim fel tasai o wedi sylweddoli fod hyn wedi digwydd o'r blaen a bod Uchben yn gofyn ei gyngor o. Nid bodau i Uchben ymgynghori â nhw oedd y milwyr.

'Roedd deuddydd yn y lle 'ma'n ddigon i sylweddoli nad oedd yr Uchben yn ffŵl,' atebodd.

'Llyfwr gofidia,' poerodd yr Isben, yn dal i orfod cadw pob teimlad arall iddo'i hun. 'Beth am y casgenni, Uchben?'

'Wyt ti am eu hyfad nhw, wyt ti?'

'Nid fy hun, Uchben.'

'A phwy sy'n mynd i ddechra? Pwy sy'n mynd i brofi'r ddiod?' Arhosodd am ateb na ddaeth. 'Yr eira ydi'r ffynhonna yr adag yma o'r flwyddyn. Fedran nhw ddim gwenwyno hwnnw. Mi glywist Tarje'n deud nad ydi'u harweinydd nhw'n ffŵl.'

Ni fyddai Uchben fyth yn galw milwr cyffredin wrth ei enw. Nid oedd golwg sylweddoli hynny ar Tarje, ond erbyn hyn roedd cyhyrau gên yr Isben yn crynu.

'Ond mae'r casgenni heb 'u hagor, Uchben,' dadleuodd. 'Fedran nhw mo'u gwenwyno nhw heb 'u hagor nhw.'

'Be ydi dy farn di?' gofynnodd yr Uchben i Tarje.

'Fyddwn i ddim yn cyffwrdd dim o'r gasgan,' dechreuodd yntau.

'Heb i rywun arall 'i brofi fo'n gynta,' torrodd yr Uchben

ar ei draws. 'A taswn i wedi gadael i ti ddilyn dy reddf,' meddai'n fwriadol fuddugoliaethus wrth yr Isben, 'fyddai gynnon ni neb i'w brofi fo inni. Lle mae'r sach?'

'Allan.'

Roedd yr ateb yn surbwch.

'Be?'

'Allan, Uchben.'

'Tyd ag o i mewn.' Roedd y gorchymyn yn dawel fuddugoliaethus. 'A pharatowch danau i gynhesu'r lle 'ma.'

'O'r gora, Uchben.'

Aeth yr Isben, yn gorfod cadw'i deimladau iddo'i hun tra oedd o fewn clyw. Trodd yr Uchben at Tarje.

'Dda gen ti mohono fo, nac'di?' gofynnodd.

Dychrynodd Tarje. Roedd i filwr fynegi barn nad oedd yn ganmoliaethus am rywun uwch nag o yn destun dienyddiad.

'Nac'di,' atebodd.

Daeth y mymryn lleiaf o werthfawrogiad i lygaid yr Uchben.

'Hidia befo,' meddai. 'Dyna pam y byddi di'n dod yn ôl hefo ni fory. Rydw i am adael hannar cant yma, i'r lle fod yn gry. Mi fydd o a'r Isben arall yn aros, a phaid â phoeni am yr amsar rhwng rŵan a fory. Unwaith y bydd y casgenni wedi'u profi mi fyddwn ni'n dathlu cipio'r lle 'ma ac yn dathlu dy ddyrchafiad di. Rwyt ti wedi llwyddo, ac wedi llwyddo i'r fath radda fel nad Uwchfilwr na Gorisben fyddi di erbyn i'r casgenni ddechra llifo, ond Isben. Heb dy ddewrder di fyddai hyn ddim wedi digwydd o gwbl.'

Arhosodd. Roedd yn amlwg ei fod yn credu ei bod yn bryd i Tarje ddeud rhywbeth.

'Diolch,' sibrydodd Tarje.

'Ond mi wn i dy fod yn sylweddoli bod gen ti lawar o

waith dysgu eto.' Tynnodd y dernyn porffor o'i boced a'i ddangos. 'Rhyw ddydd. Tyd.'

Trodd yr Uchben a dychwelyd i'r gegin fwyta. Dilynodd Tarje o, a gweld fod y sach a'i lwyth yno eisoes, a dau filwr yn gafael ynddo. Roedd pedair casgen fawr wedi'u cario o'r storfa ac wedi'u gosod o dan y ffenest.

'Agorwch gasgan. Agorwch y sach,' meddai'r Uchben.

Roedd llygaid y pymthengmlwydd diobaith unwaith eto ar Tarje, a Tarje'n methu osgoi'r drem.

'Ydi o wedi cael bwyd?' gofynnodd yr Uchben.

'Newydd gael bara a chig, Uchben.'

'Rhowch ddiod iddo fo.'

Fedrai Tarje ddim edrych ar y ddau filwr yn gorfodi'r ddiod ar yr hogyn. Fedrai o ddim peidio chwaith. Roedd yr hogyn yn tagu gan yr orfodaeth i yfed.

'Ydi o wedi'i gael o i gyd?' gofynnodd yr Uchben.

'Do, Uchben.'

'Caewch y sach. Mi glywch os bydd rwbath yn digwydd.' Trodd at y ddau Isben. 'Mae 'na waith trefnu. A neb i gyffwrdd yn y casgenni cyn i mi ddeud. A neb i gyffwrdd yn y sach.'

Roedd y can milwr yn ormod i le mor fach, a doedd y llonydd yr ysai Tarje amdano ddim ar gael. Crwydrodd yn ddiamcan. Gwelodd ddau filwr yn y stafell molchi wrthi'n gwneud tân i gynhesu'r dŵr. Doedd dim posib cael ennyd mewn myfyr yno ac fe'i cafodd ei hun yn y stafell y bu'n cysgu ynddi. Doedd dim posib meddwl yma chwaith oherwydd roedd y stafell yn llenwi gan filwyr swnllyd, pob un erbyn hyn wedi anghofio'u bod wedi treulio'r rhan fwyaf o'r bore yn rhegi Tarje. Aeth o'r stafell a chrwydro'n gymysglyd ei ysbryd yma a thraw nes clywed gorchymyn fod pawb i ymgasglu y tu allan.

'Nid chdi,' meddai llais yr Uchben y tu ôl iddo.

Aethant i'r gegin fwyta.

'Agorwch y sach,' meddai'r Uchben. 'Ydi o'n iawn?' gofynnodd wedyn.

'Ydi, Uchben,' atebodd y milwr. 'Gyda'ch cennad, neith y ddiod 'na ddim drwg i neb, dim ond i'w penna nhw bora fory ella.'

Aeth yr Uchben at y sach. Gafaelodd yng ngwallt yr hogyn.

'Mae pob milwr yn 'y ngwarchodaeth i'n dal gafael ar 'i arf,' meddai.

''I gipio fo oddi arna i ddaru hi,' meddai'r llais bychan coeth ac argyfyngus. ''Che's i ddim cyfla. Dim rhybudd.'

'Caewch y sach.'

Rhoes yr Uchben sgwd i'r pen cyn ei ollwng. Amneidiodd ar Tarje.

'Tyd.'

Yna trodd yn ôl.

'Peidiwch â'i gau o. Dowch ag o allan. Mae isio i bawb weld hyn.'

Roedd galwad pell y blaidd yn glir.

Cododd Aarne fys cynnil i fynnu distawrwydd. Amneidiodd Mikki'r cadarnhad. Daeth galwad arall, yr un ffunud â'r cyntaf. Daeth penbleth i wyneb Eyolf wrth iddo yntau wrando yr un mor astud.

'Nid blaidd oedd hwnna,' dyfarnodd.

'Sut gwyddat ti?' gofynnodd Mikki, a'i werthfawrogiad yn llenwi'i wyneb i oresgyn popeth arall.

'Gwrando arnyn nhw fydda inna hefyd bob tro y bydda i'n 'u cl'wad nhw. Baldur oedd o?' gofynnodd.

'Pam Baldur?' gofynnodd Aarne.

'Mae Aino wedi awgrymu bod hynna'n un o'i gampa fo. Fo oedd o 'te?'

'Ia,' cytunodd Aarne. 'Mi fedrwn gychwyn. Picia i lawr i ddeud wrthyn nhw.'

'Rydan ni'n mynd yn ôl?' gofynnodd yntau.

'Ydan. Mae'n glir.'

Os oedd Aarne yn teimlo rhyddhad, meddyliodd Eyolf, doedd o ddim yn ei ddangos yn ei lais.

'Sut mae hynny'n bosib?' gofynnodd.

'Mi gei weld. Nhw oedd yn gofyn am waed.'

'Dos,' meddai Mikki, 'ne' mi fydd y bleiddiaid a'r adar yno o'n blaena ni. A thyd yn ôl ar d'union. Mi awn ni o'u blaena nhw.'

Dychwelodd Eyolf i'r guddfan. Doedd dim posib ei gweld o'r lle safai Aarne a Mikki a bron na fedrai ddeud y gallai rhywun dreulio gweddill ei oes yno heb i neb wybod am fodolaeth y lle. Roedd ar ochr cwm cul, drwy goed. Roedd y cwm ei hun bron yn gudd, oherwydd dim ond drwy goedwig y deuid ato, y goedwig y torrid tanwydd i'r gwersyll o'i chwr pellaf. Dim ond un noson y buont yno, er eu bod wedi paratoi am ragor. Roedd gwyliwr wedi gweld dau o filwyr llwydion yn cyrraedd gwaelod y cwm yn ystod y bore. Roeddan nhw wedi edrych o'u cwmpas ac i fyny'r cwm am ychydig cyn troi'n ôl i'r coed.

Roedd Linus wedi cael ei warchod fel babi gan ei fod ymhell o fod yn ddigon iach i wneud y daith. Cawsai gar llusg hynod o gyffordus ar ei daith i'r guddfan, ond roedd wedi mynnu cerdded byliau. Ar yr adegau hynny ceisiodd gan Aino fynd ar y car, ond gwrthwynebodd hi hynny'n ddi-lol bob tro. Roedd pawb wedi cerdded mewn un rhes a'r ddau olaf wedi chwalu eira ar yr olion hefo ysgubau o ganghennau pinwydd rhag ofn na fyddai'n bwrw rhagor, a'r chwaliad mor ysgafn fel nad oedd mymryn o'i ôl yntau chwaith. Roedd yn rhaid i Linus gerdded ambell dro prun bynnag, gan fod gwaith dringo a disgyn cyson. A disgyn yr oeddan nhw wedi'i wneud i'r guddfan, a honno mewn coed mor drwchus fel mai prin ddigon o le oedd rhyngddyn nhw i godi pebyll.

Rhoes Eyolf y neges a brysio'n ôl.

Heb gymdeithion na llwyth na chlaf roedd y siwrnai'n ôl i'r tri yn un gyflym. Mikki oedd yr un ar y blaen gydol yr adeg, yn mynd cyn gyflymed ag y caniatâi'i esgidiau eira, gan ddefnyddio'i ffyn fel sbardun drwy'r adeg.

'Pam mae o'n mynd mor gyflym?' gofynnodd Eyolf.

'Dw i ddim yn siŵr iawn,' atebodd Aarne gan chwythu mymryn. 'Mi gawn eglurhad gynno fo wedyn, siawns. Dydan ni ddim wedi gorfod gwneud peth fel hyn i warchod y lle o'r blaen. Ond rydan ni wedi darparu ar ei gyfar o hefyd. Rhaid ydi rhaid.'

Gwelsant y cyrff y munud y daethant o'r coed. Roeddan nhw ym mhobman hyd y lle, allan ac i mewn. Roedd ambell filwr bron wedi cyrraedd y goedwig cyn marw. Gwelodd Eyolf flaen tafod wedi glasu. Yna roedd yn rhuthro i lawr.

'Mae Tarje yma'n rwla!' gwaeddodd.

Dechreuodd chwilio'n argyfyngus ddi-drefn o gorff i gorff.

'Paid â chyffwrdd y cyrff!' gwaeddodd Mikki wrth ddynesu ato.

'Fasan nhw ddim yn gallu dod yma hebddo fo,' gwaeddodd Eyolf wedyn.

Daliodd i ruthro rhwng cyrff. Yna, wedi ymlâdd, pwysodd yn erbyn ochr y cwt. Neidiodd drachefn a rhuthro i mewn. Roedd cyrff dau Isben ar draws ei gilydd yn y cyntedd. Adnabu un. Rhuthrodd o stafell i stafell. Anwybyddodd orchymyn Mikki a chododd gorff oedd â'i ben i lawr yn y baddon agosaf at ddrws y stafell molchi.

'Paid â chyffwrdd!' meddai llais Mikki o'r tu ôl iddo.

'Dydi o ddim yma.'

Gollyngodd Eyolf y corff â'r tafod glas. Roedd wedi chwilio pob stafell, a dychwelodd allan a Mikki wrth ei sodlau. Roedd Aarne wedi cyrraedd. Pwysodd Eyolf drachefn yn erbyn postyn y drws.

'Y casgenni?' gofynnodd.

'Pan gyfri di'r cyrff mi weli na fydden ni fyth wedi llwyddo i oresgyn,' atebodd Aarne.

'Dw i eisoes wedi cyfri deg a phedwar ugian,' meddai Mikki ar ei draws. 'Dw i ddim yn cofio wynab Tarje'n ddigon da ond dw i ddim yn meddwl i mi'i weld o.'

'Roedd gynnon ni ddewis o wneud hyn ne' farw,' meddai Aarne. Trodd i wynebu Eyolf. 'A fasan nhw ddim wedi dy ladd di heb dy ddiberfeddu di'n gynta, a chyn gwneud hynny mi fasan nhw wedi tynnu un o dy lygaid di a'i dangos hi i'r llall. Ac i ti sylweddoli'n iawn yr hyn roeddat ti wedi'i wneud, mi fydden nhw wedi ymarfar hynny i gyd ar Linus yn gynta yn dy bresenoldab di. Paid â meddwl 'mod i'n cyfansoddi. Mi fyddai'n byddin ninna wedi gwneud yr un peth yn union i chi'ch dau.'

Prin wrando oedd Eyolf.

'Fedrai neb yn 'i iawn bwyll ddeisyfu marwolaeth Tarje,' meddai.

'Fedrai neb yn 'i iawn bwyll ddeisyfu marwolaeth neb,' atebodd Aarne.

'Ond mae gwenwyno'r ffynhonna yn y Chwedl. Roeddan nhw'n gwybod hynny.'

'Mae 'na lawar o betha yn y Chwedl. Pwy bynnag o'r trueiniaid yma a orfodwyd i gymryd llymaid i'w brofi, mi ddaliodd yn iach am ddigon o amsar iddyn nhw gredu fod y ddiod yn iawn.'

'Mi fydd yn rhaid llosgi'r cyrff,' meddai Miki. 'Fedrwn ni ddim gadael i'r adar a'r bwystfilod gael atyn nhw rhag ofn i'r gwenwyn gael 'i drosglwyddo. Mae o wedi mynd o'r stumoga i'r gwaed ac mi fydd yn dal yna. A dydi o ddim yn beth call cyffwrdd ynddyn nhw rhag ofn 'u bod wedi chwydu cyn marw. Mi allai hwnnw fynd ar dy ddwylo di ac wedyn i dy geg di.'

Os oedd Eyolf yn gwrando, doedd dim arwydd o hynny.

'Fyddan nhw ddim chwinciad yn cael cant arall yn 'u lle nhw,' meddai. 'Dyna ddudodd Linus ar y llong. Roedd o'n iawn, 'toedd?'

Dychwelodd i mewn. Roedd y cyrff ym mhobman. Camodd drostyn nhw, heb edrych mwyach ar yr wynebau. Roedd o wedi hen arfer â gweld cyrff wrth y dwsin prun bynnag a thestun tristwch neu oferedd neu ddifrawder oedd hynny ers tro, yn dibynnu gan mwyaf ar bwy oeddan nhw. Yn y gegin fwyta roedd y casgenni i gyd wedi'u troi, a chorff yn gorwedd dros un. Ar wahân i un Isben, doedd o ddim wedi adnabod yr un wyneb. Daliodd i grwydro o stafell i stafell. Roedd corff wedi swatio ar wely Linus. Ystyriodd ei symud, a chofiodd eiriau Mikki. Gadawodd iddo. Ymhen tipyn daeth Aarne ato, a gafael yn ei ysgwydd.

'Ochr isa i'r cwt,' meddai'n dawel.

Edrychodd Eyolf yn llawn ofn arno am ennyd. Nodiodd Aarne yn fyr.

'Dos,' meddai, yr un mor dawel.

Roedd llain fechan gysgodol dan gytiau'r cŵn. O fynd iddi, ni welid dim ond y cytiau a'r coed. Roedd yn lle di-fai i stelcian ac roedd blociau o goed wedi'u gosod yma a thraw hyd-ddi. Dynesodd Eyolf yn araf. Dim ond un corff oedd yno, a hwnnw'n gorwedd bron ar ganol y llain. Corff Uchben oedd o. Safodd Eyolf uwch ei ben am ennyd. Roedd ei dafod yntau'n las, a gwelodd Eyolf rywbeth yn dynn yn ei law. Plygodd, heb gyffwrdd. Dernyn o rywbeth o liw porffor oedd o. Roedd wedi clywed am hwnnw a'i arwyddocâd. Cododd, a dynesodd.

Eisteddai'n llonydd ar un o'r blociau, yn edrych rywle o'i flaen. Cliriodd Eyolf yr eira sych oddi ar flocyn cyfagos ac eistedd. Roedd corff yr Uchben y tu ôl iddyn nhw. Eira a choed oedd yr unig olygfa o'u blaenau.

'Mi anghofis yn fy nychryn,' meddai Eyolf toc. 'Fuost ti rioed yn un am y gasgan, naddo? Does dafn a feddwa chwannan wedi mynd i dy geg di rioed.'

Ni chafodd ateb.

'Mae Linus yn gwella,' meddai wedyn yn y man. 'Mi fydd yma ymhen dim. Mi geith o ddeud y newydd wrthat ti.'

Toc, gwelodd y tlws.

'Dangos,' meddai.

Daliodd ei law. Rhoes Tarje ei dlws newydd iddo, heb edrych arno.

'Isben,' meddai Eyolf. 'Chdi?'

Ni chafodd ateb.

Astudiodd Eyolf ychydig yn rhagor ar y tlws a'i roi'n ôl. Daliodd Tarje o yn ei law, heb edrych arno. Cadwai ei olygon llonydd o'i flaen.

'Dim ond un gair oedd gynni hi i'w ganu,' meddai toc.

'Pwy?' gofynnodd Eyolf.

Ni chafodd ateb.

'Oeddat ti'n nabod rhai ohonyn nhw?' gofynnodd.

Ysgydwodd Tarje ei ben fymryn.

'Dim felly,' meddai.

'Pam na ddoi di hefo Linus a fi i chwilio am dad a mam

Jalo?' gofynnodd Eyolf ar ei union wedyn. 'Rydan i am gychwyn unwaith y bydd Linus wedi cryfhau digon. Mae Aino am ddŵad hefo ni. Fyddai dim rhaid i ti roi'r gora i dy wisg. Mi fedrat fynd yn ôl wedyn a deud wrthyn nhw dy fod wedi bod ar goll ne' wedi colli dy go' ne' rwbath.'

Chafodd o ddim ymateb.

'Mi fyddai'n braf mynd hefo'n gilydd,' meddai wedyn. 'Mi fasa fo'n swcwr i'w dad a'i fam o; ein bod ni'n tri'n meddwl amdanyn nhw. Does 'na neb yn mynd i warafun dim i ti, nac i edliw dim,' meddai wedyn, o beidio â chael ateb eto fyth. 'Doedd gen ti ddim dewis ond dŵad â nhw yma.'

'Pymthag oedd o.'

'Pwy?'

'Mae'n rhaid i mi fynd.'

'Pwy, Tarje?'

Ni symudodd Tarje chwaith. Daeth sŵn a lleisiau o'r topiau.

'Mae Linus wedi cyrraedd,' meddai Eyolf. 'Wyt ti am ddŵad i'w gwarfod o?'

'Mae'n rhaid i mi fynd,' meddai Tarje drachefn.

'Nac'di, 'sti,' ceisiodd Eyolf dawel eto. 'Tyd hefo ni. Mi fydd hi'n beryclach arnat ti o bryd i'w gilydd ella ond mi fyddi'n ddedwyddach dy fyd.' Trodd fymryn ar ei ben i edrych ar yr Uchben marw. 'Dwyt ti ddim wedi dy eni i hyn. Does 'na neb wedi'i eni i hyn.' Roedd ei lais wedi codi, a gwasgai ei ddernyn gwinau yn ei boced yn dynn. Tynnodd o o'i boced, a syllu'n ddyfal arno. 'Twyll ydi'r duwia a'r dduwies wen,' meddai'n dawelach, 'twyll ydi'r dewiniaid a'r gwneuthurwyr gwyrthia. Twyll ydi'r Chwedl hefyd os wyt ti'n byw iddi.'

Roedd meddwl Tarje ar aderyn cysegredig yn cael ei ladd a'i fwyta, ar goeden gysegredig ifanc yn cael ei difwyno'n angheuol. Ond roedd y difwynwyr yn fyw o hyd. Gwasgodd yntau fymryn ar y tlws yn ei law.

Daeth Aarne heibio i'r cytiau ac i lawr atyn nhw. Cododd Tarje ei ben i roi cip arno, cyn rhoi'i drem yn ôl ar y coed a'r eira.

'Rydach chi am fy lladd i fel y lleill,' meddai wrth Aarne heb bwt o deimlad yn ei lais. Taflodd ei arf iddo. 'Dyma chi.'

'Mae 'na ddigon o gyrff yma fel mae hi,' atebodd Aarne. Cododd yr arf a'i roi'n ôl i Tarje. 'Cad o. Yr unig beth y gwna i'i ofyn ydi i ti beidio â'i godi fo at neb yma. Mi gei gadw dy wisg hefyd. Does 'na neb yma'n mynd i weld bai arnat ti am ddim. Dwyt ti ddim yn gaethyn.' Trodd i archwilio corff yr Uchben â'i lygaid. 'Pam daeth hwn i'r ochor yma i farw?'

'Dŵad â fi am gyngor am fod y dathlu'n rhy swnllyd i neb gl'wad neb,' atebodd Tarje, ac Eyolf yn synnu braidd ei fod yn gwneud hynny.

Yna cododd Tarje.

'Mae'n rhaid i mi'u claddu nhw.'

'Mi wnawn ni hynny,' meddai Aarne. 'Dos i mewn hefo Eyolf a cherwch at Linus. Rydan ni wedi'i roi o i orffwys oherwydd mae o ymhell o fod yn ddigon cry i gychwyn ar unrhyw daith. Cheith o ddim symud o'ma am o leia ddau leuad arall.'

Daeth gwaedd glir o'r gefnen uwchben y cytiau.

'Mae'r sach 'ma'n ysgwyd!'

Neidiodd Tarje. Rhuthrodd dros gorff yr Uchben a heibio i gytiau'r cŵn a thalcen y cwt uchaf. Gwelodd ddau filwr ar ben y gefnen yn datod cwlwm y sach. Llamodd atyn nhw.

'Wyddost ti pwy ydi o?' gofynnodd un o'r milwyr iddo, heb gymryd y sylw lleiaf o'i wisg.

Nid atebodd Tarje, dim ond rhuthro i geg y sach a'i rwygo'n agored.

'Mikki!' gwaeddodd y milwr. 'Gwaeddwch ar Mikki!'

Roedd gweflau'r hogyn yn las. Roedd yn crynu ac yn griddfan. Plygodd y milwr arall ato a'i godi ar ei eistedd.

'Wyt ti'n 'y nghl'wad i?' gofynnodd.

'Ydw.'

'Paid â phoeni am liw 'y ngwisg i. Na dychryn hefo hon.' Rhoes fys ei law rydd ar graith oedd yn ymestyn o'i dalcen i'w ên. 'Be ddigwyddodd i ti?' Troes at Tarje. 'Wyddost ti?' gofynnodd.

'Troi'r drol,' oedd yr unig ateb y medrai Tarje feddwl amdano.

Daeth Mikki. Roedd Eyolf wrth ei sodlau, ac Aarne, wedi colli'r gallu i redeg ar yr un cyflymder, yn dynesu orau y medrai.

'Peidiwch â rhoi'ch dwylo ar gyfyl eich cega na'ch wyneba,' gorchmynnodd Mikki cyn plygu at yr hogyn. 'Be 'di d'enw di?' gofynnodd.

'Bo.'

'Ge'st ti dy orfodi i brofi'r ddiod?'

'Do,' atebodd Tarje yn ei le.

'Faint ge'st ti?' gofynnodd Mikki.

Ond roedd yr hogyn yn edrych ar Tarje.

'Roeddat ti isio fy helpu i,' meddai wrtho yn ei lais bychan coeth. ''Toeddat? Yma heddiw ac wrth y coed.'

'Hidia befo am hynny,' meddai Mikki ar frys. 'Be ddigwyddodd hefo'r ddiod? Faint lyncist ti?'

'Mi dri'is adael iddo fo lifo o 'ngheg i heb iddyn nhw weld. Mi wyddwn i pam roeddan nhw'n 'i roi o i mi. Mi fedris chwydu rhywfaint ohono fo pan gaeon nhw'r sach. '

'Faint ydi d'oed di?'

'Pymthag,' meddai Tarje.

'Ia?' gofynnodd Mikki.

'Ia,' cytunodd yr hogyn ar ei union.

Roedd gweld cyrff ym mhobman yn newydd iddo fo. Roedd gwisgoedd gwyrddion yn newydd iddo hefyd. Roedd milwr gwisg werdd yn ei gynnal ac un arall yn ei gynorthwyo a'r rheini'n poeni yn ei gylch. Doedd peth felly ddim i fod. Ond roedd ei sylw'n cael ei hoelio ar y milwyr diarth yn cario cyrff o'r tir rhyngddo a'r cytiau odano.

'Oeddat ti'n iach cyn cael dy roi yn y sach 'ma?' gofynnodd Mikki.

'Oeddwn.'

Aeth ei sylw'n ôl at y cyrff. Roedd dau filwr i bob corff a menig am ddwylo pob un. Yna dychwelodd ei sylw diymadferth ar wyneb Tarje.

'O'r gora.' Roedd Mikki'n nodio'n fodlon. 'Mi chwydist ddigon mae'n rhaid. Tasat ti'n mynd i farw mi fasat wedi gwneud hynny bellach.' Cododd. 'Rhowch fenig cyn 'i ddadwisgo fo,' meddai wrth y ddau filwr. 'Mi fydd yn rhaid 'i folchi fo'n drwyadl heb 'i roi o yn y baddon. Mae o'n rhy wan i hynny a mae gynno fo wres. Peidiwch ag ymdroi wrth 'i folchi o a lapiwch o'n iawn yn 'i wely wedyn. Rhowch 'i ddillad o a'ch menig mewn sach i gael 'u llosgi, a cherwch ar eich union i'r baddona. Rhowch eich dillad eich hunain i gael 'u diheintio a rhowch ddigon o'r potyn llwyd yn y baddona.'

'Mae 'na ddigon o orchmynion yn fan'na am un diwrnod, Bo,' meddai'r milwr oedd yn cynnal yr hogyn. 'Oes gen ti glwyfa?'

''Y nghoes.'

'Be ddigwyddodd?'

Pwyntiodd yr hogyn at Tarje.

'Mi gafodd o 'i ddyrchafu'n Isben a mi ge's i gic gan yr Isben arall pan ddigwyddodd hynny. Be wnaethoch chi i'ch wynab?' gofynnodd, ei lais yn anghofio'i gyflwr ac yn mynegi busnesrwydd diniwed naturiol.

'Wnes i ddim byd iddo fo. Roedd 'na ddigon o filwyr erill ar gael i wneud hynny.'

'Ella y cewch chi'ch dau gymharu creithia,' meddai'r milwr arall. 'A dydi hwn ddim yn un sy'n chwilio am boblogrwydd, mae'n amlwg,' ychwanegodd gan nodio at Tarje. 'Tyd 'ta. Doro waedd os byddwn ni'n dy frifo di.'

Cododd y ddau filwr o o'r sach a'i gario'n ofalus rhyngddynt i'r cwt mawr.

'Oes gen ti rwbath i wrthweithio'r gwenwyn?' gofynnodd Aarne.

'Mi fedraf drio amball beth,' meddai Mikki. 'Wnân nhw ddim drwg iddo fo.'

'Wneith o ddim marw?' gofynnodd Tarje.

'Na, dw i bron yn sicr o hynny. Am be ddaru o droi'r drol?'

'Pawb ofn yr Isben,' oedd ateb ofnus Tarje.

'Dos hefo fo. Mae o'n dy drystio di a mae o angan rhywun. Os bydd arno fo isio siarad, siarad di am bopeth dan haul ond yr hyn sydd wedi digwydd iddo fo a'r hyn sydd wedi digwydd yma heddiw. Ella bydd o'n ffwndrus prun bynnag. Mae'n debyg y bydd 'i wres o'n codi eto.'

'Go brin 'i fod o'n sylweddoli be sydd wedi digwydd,' meddai Aarne.

'Da iawn chdi,' meddai Eyolf wrth Tarje.

'Be?' gofynnodd yntau.

'Roeddat ti yno pan oeddan nhw'n 'i roi o yn y sach. Doedd 'nelo chdi ddim â'r peth a doeddat ti ddim yn cymeradwyo. Dos ato fo rŵan. Tyd hefo ni wedyn.'

Petrusodd Tarje, dim ond am ennyd. Yna aeth i lawr.

'Wyt ti'n 'i nabod o'n ddigon da i wybod oes 'na beryg

iddo fo wallgofi'n sydyn?' gofynnodd Aarne ar ôl iddo fynd o'u clyw. 'Ne' mae'n well i ni fynd â'r arf oddi arno fo.'

'Go brin,' meddai Eyolf.

'Un arall i'w ymgeleddu,' meddai Aarne wrth Mikki wrth weld Bo'n cael ei gario drwy'r drws.

'Ac i d'atgoffa ditha.'

Nid atebodd Aarne. Prin wrando oedd Eyolf hefyd. Roedd wedi rhoi ei holl sylw i'r sach. Rŵan, a'r hogyn wedi'i gario i'r cwt gallai edrych o'i gwmpas ar y prysurdeb. Roedd pawb wrthi, a neb i'w weld yn dathlu nac yn cyhoeddi buddugoliaeth, dim ond gwneud eu gwaith. Deg o filwyr oedd yn cario'r cyrff. Roedd un arall yn chwilio ar ôl pob corff ac yn codi rhawiad fechan o unrhyw eira oedd wedi troi'i liw i sach. Y tu hwnt i'r cytiau roedd y domen frigau a mân ganghennau yn cael ei symud ychydig ymhellach, a'r cyrff yn cael eu gosod yn ei chanol bob hyn a hyn wrth iddi gael ei hailgodi. Cafodd y sach eira lliw ei daflu iddi hefyd.

'Dyna oedd diben y doman?' gofynnodd Eyolf. 'Roeddach chi wedi darparu hyn ers talwm?'

'Mewn lle fel hwn rhaid dychmygu pob digwyddiad a darparu ar 'i gyfar ora y medrwn ni,' atebodd Aarne. 'Fel y gweli di, mae hi'n hynny ne' farw.'

'Ac mi fydd toman newydd yn dechra cael ei chodi fory.'

'Bydd. Mae 'na un corff yn y llain,' galwodd ar ddau filwr a ddynesai.

'Maen nhw newydd fynd â fo,' atebodd un. 'Rydan ni wedi gorffan cario.'

'Rhywun hefo menig fynd â'r sach 'ma,' meddai Mikki. 'Beth am y casgenni?'

'Wedi mynd.'

'Pob manag i fynd hefyd, a chotia pawb oedd yn cario.'

'Mae'n well i ti fynd i mewn at Linus,' meddai Aarne wrth Eyolf.

'Does arna i ddim ofn gweld y tân,' meddai yntau.

'Dyna chdi 'ta. Oeddat ti'n nabod rhywun 'blaw Tarje?'

'Dim ond un o'r ddau Isben. Synnwn i damaid nad fo ddaru roi cic i'r hogyn.'

'Mae'n well i mi gael golwg ar 'i goes o, rhag ofn,' meddai Mikki. Cychwynnodd i lawr tua'r cwt. Yna arhosodd, a throi. 'Rwyt ti wedi caledu i'r lladdfeydd 'ma,' meddai wrth Eyolf.

'Dos i ymgeleddu'r hogyn,' atebodd Eyolf, yn gwybod fod trem ffwrdd-â-hi Mikki'n astudiaeth fanwl o'i wyneb a'i lygaid. ''Cha i ddim drwg effaith.'

Nodiodd Mikki'n fyr. Aeth.

'Mae'n well tanio rŵan tra bo'r awel o'n plaid ni,' meddai'r talaf o'r ddau filwr wrth godi'r sach a'i ddal oddi wrtho.

'O'r gora,' meddai Aarne.

Roedd cymysgedd o hen olew pysgod a hen saim wedi'i dywallt o gasgen ar bob corff wrth ei roi yn y domen, a thywalltwyd gweddill y gasgennaid yma a thraw hyd odre'r domen. Aeth Aarne i lawr at filwr oedd yn dod â ffagl dân o'r cwt mawr a chymerodd y ffagl oddi arno. Aeth Eyolf hefo fo at y domen. Doedd yr un corff yn y golwg. Daeth y lleill at ei gilydd a sefyll y tu ôl i Aarne. Camodd Aarne at y domen. Daliodd y ffagl ychydig yn uwch.

'Nid amharchwn y meirw tra bo cydnabod i alaru,' cyhoeddodd.

Taniodd.

Roedd gan Mikki lawer math o hylifau i ddiheintio, ac yn wahanol i'r elïau a'r ffisigau y byddai'n eu gwneud, ni châi lawer o drafferth i ddarbwyllo'r rhan fwyaf o'r defnyddwyr nad oedd cyfrinach arallfydol yn yr un ohonyn nhw gan nad oedd diheintyddion yn gwella unrhyw glwyf nac unrhyw salwch. Doedd deud hynny am y ffisigau a lyncid neu am yr elïau a daenellid ddim yn plesio pawb, ac roedd mwy nag un amheuwr yn ei weld yn beryg ac yn amau ar goedd tybed a oedd o yn ei iawn bwyll wrth iddo yn ei ryfyg ddryllio'r delwau a bod yn fwriadol ddibris o'r Chwedl, heb sôn am ymwrthod â'r cyfle i fod yn ddewin ac yn hanner duw. Ond roedd rhai'n benderfynol o gredu mai gwyrth a chyfrinach oedd sylfaen y diheintyddion hefyd, ac nid yr un hylif â hwnnw oedd yn creu pennau cleciog ar ôl ymgyfathrachu gormod â chynnwys arferol y casgenni. Byddai'n cymysgu hwnnw â gwahanol bethau eraill, yn dibynnu ar y defnydd a wneid o'r diheintydd. Defnyddiai haearn, brwmstan, yr arian aflonydd, cen oddi ar gerrig wedi hir lonyddu, rhisglau, dail a gwelltiach ymysg pethau eraill, a chyn amled â pheidio byddai olew o bigau a rhisgl a moch coed y binwydden wedi'i gynnwys er mwyn difa'r ogleuon eraill a gwneud yr hylif gorffenedig yn dderbyniol i ffroenau. Ac arogl y binwydden oedd yn llenwi pob ffroen yn y stafell fechan rŵan wrth i Linus orwedd i orffwyso ac i Tarje eistedd wrth yr erchwyn i gadw cwmni iddo ac i osgoi pawb arall ac i fethu peidio ag ystyried fod cant o gyrff ar domen dân o'i herwydd o. Cawsai'r stafell a phopeth ynddi ei golchi'n drwyadl cyn i Linus gael mynd iddi. Roedd y milwyr yn dechrau grwgnach fod Mikki'n codi bwganod wrth fynnu fod pob twll a chongl o'r cwt mawr i gael eu golchi a'u diheintio.

'Dyma fo,' cyhoeddodd Linus, yn llwyr sobr rŵan ar ôl hapusrwydd onest ailgyfarfod â Tarje. 'Hwn ydi 'ngwinau i. Deud y gwir ydw i, nid gofyn i ti drio dallt na chymeradwyo.'

Tynnodd gap wedi'i lifo'n winau o'i sachyn. Cynigiodd o i Tarje, ond ni wnaeth o yr un ymdrech i afael ynddo.

'Nid er mwyn sioe dw i'n 'i ddangos o i ti, ond i ti gael y gwir fel na fydd dim gofyn i ti gael dy demtio eto fyth i weld bai ar Eyolf,' meddai Linus, yn gwybod nad oedd wedi disgwyl mwy na'r tawedogrwydd rhythgar o du Tarje. Trodd y cap yn ei ddwylo, a'i gynnig eilwaith i Tarje. 'Cap Jalo. Hefo hwn dw i'n gwisgo'r gwinau.'

Rhythodd Tarje'n waeth ar y cap.

'Y gwir amdani ydi bod Jalo a fi wedi cynllunio hyn ers talwm,' meddai Linus, 'o'r dechra bron. Roeddan ni wedi penderfynu gwisgo'r gwinau ymhell cyn y llongddrylliad. Y noson honno roeddan ni wedi penderfynu deud wrth Eyolf a gofyn 'i gyngor o.' Trodd y cap yn araf yn ei law. 'Doeddan ni ddim am ofyn dy gyngor di,' gwenodd. Sobrodd. 'Fel hyn mae Jalo hefyd yn cael ei ddymuniad ac yn gwisgo'r gwinau. Wyt ti'n dallt?'

'Wyddwn i ddim fod gen ti iaith arall,' oedd ateb Tarje.

'Oes. Do'n i ddim yn ymwybodol 'i bod hi'n cryfhau 'mhenderfyniad i. Dyna pam mae f'edmygedd i o Eyolf yn sicrach.'

'Be ydi heinisk bana?' meddai llais o'r gwely arall.

Cododd Tarje ar ei union. Aeth at y gwely ond daeth yn ôl i gael y llusern. Aeth â hi at y gwely i gael golwg iawn ar Bo.

'Dangos dy dafod,' meddai.

Agorodd yr hogyn fymryn ar ei geg a dangos ei dafod.

'Mae o wedi clirio bron,' meddai Tarje.

'Dw i'n teimlo'n llawar gwell,' atebodd yntau.

'Ers pa bryd wyt ti'n effro?' gofynnodd Linus.

'Ers meitin. Dim isio tarfu ar eich sgwrs chi o'n i, nid isio busnesa.'

'Wyt ti'n dallt fod pawb ohonach chi wedi'i ladd ond Tarje a chditha?' gofynnodd Linus ar ei ben.

'Ydw. Be ydi heinisk bana?'

'Pwy oedd yn ei ddeud o?'

'Y ddynas.'

'Aino?'

'Ella. Hi oedd yn 'y mwytho i fel taswn i'n gath fach amddifad ac yn sychu 'nhalcan i pan oedd gen i wres. Roedd hi'n ysgwyd 'i phen ac yn deud hynny drosodd a throsodd. Be ydi o?'

'Cyrff oferedd.'

'O.' Rhoes ei law ar ei dalcen. 'Mae'r gwres wedi mynd dw i'n siŵr. Wyt ti'n meddwl y ca i fwyd?' gofynnodd i Tarje.

'Doro dy ben drwy'r drws a doro waedd,' meddai Linus wrth Tarje.

'Mi a' i i nôl peth i ti,' meddai Tarje.

Aeth at y drws a throi'n ôl ac eistedd a chuddio'i ben yn ei ddwylo.

Cododd Linus. Gwnaeth hynny braidd yn gyflym, yn anghofio eto pa mor wan yr oedd yn dal i fod. Gafaelodd yn y gwely am ennyd i ddadsimsanu. Yna rhoes ei law ar ysgwydd Tarje ac o glywed y sŵn bychan troes at y gwely arall. Roedd Bo'n wylo'n hidl.

8

Dim ond cwta noson a dreuliodd Tarje yn y warchodfa.

Ni throes ei droed y tro hwn. Daeth o hyd i bob un o'i lechfannau a'u hailddefnyddio. Tybiai ei fod wedi adnabod y cwr coedwig y tyfai'r goeden gysegredig ynddo hefyd ond nid aeth i chwilio. Daeth eryr i'w gyfarfod ar ei ffordd i lawr y cwm crog ac ni ddaru'i fygwth, dim ond troi uwch ei ben a mynd ar ei hynt i fyny'r cwm tua'r golofn fwg oedd yn dal i godi yn y pellterau uchel. Gwelodd anifeiliaid ac adar yn byw eu bywyd ac yn chwilio am eu bwyd yn yr eira, yn dalpiau bychan o fywyd oedd yn ymddangos dro cyn encilio a diflannu, gan adael y cwm yn wag yn ei eira. Roedd mwy o fywyd i'w weld yn eira'r tir eang hefyd y tro hwn a'r pnawn cyntaf gwelodd gnud o fleiddiaid yn y pellter yn gwledda ar garw. Roedd ceirw eraill i'w gweld yn awr ac yn y man yn palu'r eira i gael at y borfa odano. Pan oedd yn eistedd ar y boncyff y bu'n mwytho'i droed arno y tro cynt rhuthrodd glastorch heibio a cholli'r ras â'r llwynog. Gwleddodd y llwynog llwglyd yn ddiymdroi ar ei brae gan anwybyddu Tarje. Toc, wedi'i ddigoni, aeth â'r gweddill i'w gladdu at eto.

Pan gyrhaeddodd Tarje gwr y mynydd a'r afon a lifai o'r gorllewin trodd yn ôl i chwilio awyr bell y gogledd. Ni welai fwg mwyach. Yna, yn gwybod ei fod wedi edrych tuag at y lle am y tro olaf, cychwynnodd i lawr y dyffryn gyda'r afon. Dim ond un nod oedd ganddo. Gadawodd i hwnnw ei gynnal ar ei daith a chyn hir, mewn tipyn llai o amser nag ar ei daith gyntaf, daeth sŵn yr afon yn rhaeadru i'w glustiau.

Ar ben y rhaeadr uchaf daeth ofn arno. Arhosodd. Yna aeth ar ei fol a chropian ymlaen at yr ymyl. Doedd dim symudiad ond symudiad dŵr ac adar. Ond roedd arno ofn fod un arall o'r can milwr heb fynd i lymeitian ac wedi llwyddo i ddianc a dychwelyd at y fyddin. Roedd arno ofn fod y fyddin wedi cychwyn eto a'i bod wedi cyrraedd y cyrff i'w difwyno. Roedd arno ofn gweld y cyrff. Roedd arno ofn gweld corff y dyn a'r hanner pen yn edliw iddo. Roedd arno ofn.

O weld dim symudiad ond yr adar a'r dŵr swnllyd daeth ato'i hun yn raddol. Daeth amser yn ôl i fodolaeth a sylweddolodd na fyddai unrhyw filwr fyth wedi gallu dychwelyd at y fyddin a dod yn ôl drachefn hefo llwyth arall. Nid arno fo'r oedd y bai am yr hyn a ddigwyddodd i'r dyn. Cododd. Daeth yr afr i'r fei odano a dechrau pori'r pwt gwastad dieira rhwng y rhaeadr uchaf a'r canol, hynny o bori y medrai ei wneud ar le mor llwm ar dymor di-dwf. Edrychodd yntau ar ruthr y dŵr a gwrando eto ar ei sŵn am ychydig cyn cychwyn i lawr y graig graciog. Ni chymerodd yr afr sylw ohono.

Gwnaethai'r eira'i orau i guddio'r pechodau. Nid oedd na deryn na bwystfil na dim wedi tarfu ar gorff y ddynes, dim ond haen o eira wedi rhewi drosto. Safodd Tarje uwch ei ben am hir. Gwyddai na fedrai ei symud heb ddadmer rhywfaint arno gan fod peryg iddo ddatgymalu. Roedd yn rhaid iddo gladdu'r corff yn gyfa.

O bosib mai am fod y ddynes wedi disgyn ar ei chlwyf a'i chorff wedi cuddio'r archoll a'r gwaed ohono rhag tynnu sylw'r bwystfilod yr oedd wedi cael llonydd. Eto doedd hynny ddim yn gwneud synnwyr o gofio am ffroenau bleiddiaid. Aeth ymlaen. Pan ddaeth at y coed ar hanner eu torri gwelodd nad oedd bron ddim o gorff y dyn ar ôl, dim ond bwyell a darnau o ddillad a darnau o esgidiau a darnau o esgyrn. Roedd olion palfau newydd sbon yn yr eira o'u cwmpas. Trodd i edrych ar siâp y corff arall. Ni fedrai feddwl am unrhyw esboniad iddo fod wedi cael llonydd.

Aeth at y tŷ. Fo'i hun oedd wedi cau'r drws pan dynnodd yr Uchben o allan ar ei ôl ar sŵn gweiddi'r ddynes a gweiddi'r milwyr ac arswyd yr hogyn. Rŵan ni wyddai sut na pham y caeodd y drws, dim ond gwybod mai fo ddaru wneud hynny. Agorodd o a chamu i mewn. Safodd yno, a'i lygaid ar gnwd o wallt melyn tonnog llonydd a dillad o liw glas awyr glir y gaeaf.

Rhoes ei arf i lawr. Tynnodd ei sachyn a'i roi ar y bwrdd. Eisteddodd ar stôl, a dal i edrych ar y corff.

Roedd rhaw ymhlith y celfi y tu ôl i'r drws, a daeth o hyd i sachau yn y gornel y tu ôl i'r siambr dân. Gafaelodd yn y rhaw ac mewn dau sach ac aeth allan. Cliriodd gymaint ag y gallai o weddillion corff y dyn a'u rhoi mewn un sach. Rhoes weddillion y dillad a'r esgidiau yn y llall ac aeth ag o at yr afon, heibio i'r fan y safodd ynddi pan ddaethai'r Isben mawr heibio iddo i geisio lladd Bo ac at y ddwy goeden y safai Bo rhyngddynt pan oedd yn codi'i fraich athrist i geisio'i arbed ei hun rhag ergyd yr Isben. Edrychodd ar y dŵr prysur islaw. Ella bod Bo wedi ystyried neidio iddo, ond doedd Tarje ddim yn ei nabod yn ddigon da i wybod a oedd hynny'n bosib ai peidio. Siawns nad oedd Bo'n ddiogel bellach. Gwyddai Tarje na fyddai'r lleill yn cael unrhyw drafferth i'w berswadio i beidio â rhoi gwisg milwr o liw yn y byd amdano fyth eto. Cododd y sach a'i droi â'i ben i lawr a chyflwyno'i gynnwys i'r dŵr.

'Fedrwn i ddim mo'u hatal nhw,' meddai wrth weld yr afon yn hawlio'r gweddillion.

Roedd cwt bychan a drws cadarn iddo yng nghornel cefn y tŷ. Synnodd Tarje fymryn o weld fod clo arno. Daeth o hyd i'w allwedd ar silff yn y tŷ a phan agorodd y clo gwelodd fod y cwt tua hanner llawn o gigoedd yn hongian. Doedd yr ysbeilwyr ddim wedi ysbeilio popeth, os nad oedd y cigoedd wedi'u casglu i'r cwt ar ôl yr ymosodiad. Roedd digon o gig i bara tan y gwanwyn, ac ni fyddai'n dirywio cyn hynny.

Clodd y cwt a dychwelyd i'r tŷ. Roedd y corff wedi rhewi i'r llawr o flaen y siambr dân ond wrth annog rhaw odano gallodd ei ryddhau o glec i glec a symudodd o'n ofalus yn nes at y drws. Roedd y boen wedi'i rhewi i'r wyneb. Syllodd arno am hir cyn troi a dychwelyd at y siambr dân. Ni fu'n hir wedyn nad oedd gwres llesol yn dechrau llenwi'r tŷ. Cofiai arogl y baedd yn rhostio ac ymhen dim roedd ganddo ginio poeth yn cael ei baratoi. Doedd dim angen iddo gymryd penglogaid o fwyd gan ei fod wedi dod â'i lestr a'i fforc a'i lwy yn ei sachyn. Tra bu'r cig yn coginio rhoes bob desgil benglog yn un o'r sachau a mynd ag o allan ger y drws. Roedd cawsiau ymhlith y bwydydd yn y cwpwrdd yn y gornel gefn a chafodd gaws hefo'i gig. Wrth fwyta ni allai beidio ag edrych ar y corff. Ni allai wyro ei feddwl oddi ar y wên ar wyneb yr hogan wrth iddi ganu ei deunod bach iddo y tro cynt y bu wrth y bwrdd. Nid arno fo'r oedd y bai am ei thynged. Roedd yn pwysleisio hynny drosodd a throsodd wrtho'i hun. Pan ddychwelai at y fyddin byddai'n gofalu na fyddai neb dan ei oruchwyliaeth o'n cael gwneud fel y mynnon nhw â phobl ddiarfau.

Gorffennodd ei gig a'i gaws. Roedd potyn mawr ar waelod y cwpwrdd a hwnnw bron yn hanner llawn o geulad llugaeron mewn llaeth ewig a mymryn o suran. Cafodd ryw chwarter llond ei lestr ohono a hwnnw'n llawer mwy blasus na'r disgwyl. Ar ôl gorffen bwyta cododd yn ddiymdroi a dychwelyd allan gan gau'r drws ar ei ôl. Byddai'n rhaid iddo wrth gaib. Doedd yr un ymhlith y celfi yn y tŷ, a doedd torri bedd hefo bwyell a rhaw ddim yn mynd i fod yn hwylus iawn. Roedd y dyn wedi sôn am bawb wedi'i ladd ac am gladdfa, ond ni welsai Tarje yr un arwydd o'u bodolaeth ar ei ddwy siwrnai. Doedd o ddim wedi chwilio chwaith, dim ond wedi dilyn yr afon y tro cyntaf a dangos y ffordd i'r Uchben yr eildro.

Daeth o hyd i'r gweddillion. Roedd llwybr yn croesi at yr afon dipyn yn nes i lawr ac o ddilyn hwnnw oddi wrth yr afon daeth at y lle. Cyfrodd bymtheg o dai, tri wedi'u llosgi. Gwelodd olion tân heb gydio ar rai o'r lleill hefyd. Roedd popeth ynddyn nhw wedi'i falu. Ni welodd gyrff, dim ond darnau o ddillad ac ambell esgid yma a thraw. Ni welai siâp cyrff dan eira chwaith. Ond gwelodd gaib, a gwelodd y gladdfa. Aeth yno. Chwiliodd yma ac acw, ond roedd yn amlwg fod y dyn wedi cau ar ei ôl. Roedd wedi dod â'r sachaid penglogau hefo fo a thyllodd dwll iddo hefo'r gaib a'i gladdu. Wedyn safodd am hir, yn ystyried. Ofnai fod y ddau gorff yn rhy fregus i'w cario mor bell â hyn, ond roedd yn dymuno cael lle mwy addas i'w claddu prun bynnag.

Dychwelodd. Roedd llain fechan ddi-goed ger yr afon ychydig oddi wrth y tŷ i gyfeirad y rhaeadr. Cliriodd yr eira a dechreuodd geibio. Roedd y rhewdir yn fasach na dyfnder rhaw ac unwaith y cafodd drwy hwnnw ni fu'n hir nad oedd ganddo fedd digon dyfn. Aeth i'r tŷ. Roedd wedi bod yn ystyried drwy'r adeg y bu'n torri'r bedd a oedd am gladdu'r wisg las hefo'r corff. Rŵan wrth edrych arno eto penderfynodd beidio. Chwiliodd yn y gist o dan y gwely a chafodd ddilledyn addas, un o ddillad hir y ddynes y gallai lapio'r corff eiddil ynddo.

Tynnodd y dillad glas, oedd wedi dechrau dadmer yng ngwres y siambr dân. Torrodd gudyn o'r gwallt a'i gadw yn y dillad cyn eu rhoi yn y gist. Rhoes y dilledyn arall o amgylch y corff a'i glymu. Cariodd y corff allan i'r awyr oer a'i osod yn daclus yn y bedd.

'Â-mo,' sibrydodd.

Dychwelodd i'r tŷ i nôl bwced i gyrchu dŵr o'r afon. Roedd bwcedaid bron yn llond crochan ac ni fodlonodd nes tywallt y chweched crochanaid o ddŵr cynnes i dwb molchi oedd wrth ochr y siambr dân. Drwy redeg yn ôl ac ymlaen a thywallt y dŵr fesul bwcedaid dros y corff, llwyddodd i'w ddadmer. Brysiodd i orffen ei waith cyn i'r dŵr oeri a rhewi eto, ac o dipyn i beth dadmerodd y gwallt hir hefyd a gallodd Tarje ei dacluso yn ôl ar y pen. Llwyddodd i lapio'r corff mewn dau ddilledyn arall o'r gist. Penderfynodd beidio â mentro ei gario a llusgodd o'n araf tuag at y bedd a'i ollwng iddo yr un mor araf, a'i roi i orwedd yn dynn wrth ochr y corff bychan.

'Mae'n ddrwg gen i,' oedd yr unig beth y gallai ei ddeud.

Rhoes sach esgyrn y dyn yn y bedd a'i lenwi.

Roedd wedi llwyddo i wneud y gwaith i gyd ymhell cyn iddi ddechrau nosi. Ond roedd yn llwglyd eto, ac aeth i ddarparu pryd arall o fwyd iddo'i hun.

Llanwodd ei waedd y dyffryn. Sgrialodd y blaidd i gyfeiriad y rhaeadr. Wedi dod allan oedd Tarje i gymryd cip arall ar y bedd a'r peth cyntaf a welodd oedd y blaidd yn pawennu'r pridd. Rhedodd ar ei ôl gan ddal i weiddi. Diflannodd y blaidd i'r coed ac arhosodd Tarje. Doedd dim angen iddo ystyried. Dychwelodd i'r tŷ a rhoes fwcedaid arall o ddŵr i'w gynhesu. Aeth allan, ac ni chymerodd saib nes bod y bedd wedi'i orchuddio â cherrig bron at uchder ei ben-glin, y rhan fwyaf o'r cerrig wedi dod o'r afon a'i glan. Âi i gyrchu bwcedaid arall o ddŵr bob hyn a hyn i'r crochan er mwyn llenwi'r twb drachefn hefo dŵr cynnes, a dim ond wedi iddo orffen ei waith ar y bedd y dechreuodd deimlo effaith yr afon ar ei ddwylo a'i draed. Dychwelodd i'r tŷ a molchodd yn y twb a syllu drwy'r ffenest ar y nos yn dynesu. Wedi molchi a gwisgo amdano, taniodd lusern y tŷ a'i gosod ar y bwrdd cyn mynd allan i roi caead ar y ffenest. Os oedd cloeau wedi bod ar ddrysau'r tai eraill doeddan nhw ddim wedi bod o unrhyw werth, ond rhoes glo ar y drws yr un fath pan ddychwelodd i mewn. Setlodd am y noson yng nghanol ei feddyliau ac yng nghwmni cudyn o wallt melyn wedi'i lapio mewn dillad o liw glas awyr glir y gaeaf. Ymhen rhyw awr dechreuodd deimlo'r allan fawr yn galw, a chododd a datgloi'r drws a chamu i'r oerni am ennyd i ailbrofi'r unigrwydd. Roedd yr eira a'r coed a sŵn bychan yr afon a'r byd ac yntau. Dim arall. Neb arall. Roedd lleuad gefngrwm yn isel a choch mewn awyr glir uwch y rhaeadr. Syllodd arno nes iddo ddechrau oeri a dychwelodd i'r tŷ gan gloi ar ei ôl ac aeth i'w wely.

Y peth cyntaf a welodd pan agorodd y drws bore trannoeth oedd olion traed newydd yn yr eira.

Camodd yn ôl. Brysiodd i gipio'i arf oddi ar y llawr ac ymguddiodd y tu ôl i'r drws a cheisio sbecian allan orau y gallai. Toc, o weld dim ond yr olion a chlywed dim ond sŵn yr afon drwy'r coed mentrodd ddangos mwy arno'i hun. Hyd y gwelai, un pâr o esgidiau oedd wedi troedio'r eira. Roeddan nhw'n croesi olion ei draed ei hun o bryd i'w gilydd ac roedd yn amlwg eu bod yn llai o faint nag olion ei esgidiau o. Arhosodd ble'r oedd, gan edrych o'i gwmpas hynny a allai.

Cyn hir, aeth allan. Deuai'r olion o'r coed i fyny gyda'r afon, o gyfeiriad y tai a'r gladdfa, ond doedd dim arwydd bod eu perchen wedi dychwelyd yno. Deuai'r olion yn syth at y drws cyn troi a mynd i gyfeiriad y bedd newydd a'i gerrig. Roedd y bedd wedi cael llonydd. Troai'r olion cyn ei gyrraedd a mynd i'r coed tua'r afon. Doeddan nhw ddim yn dod yn eu holau. Dychwelodd Tarje i'r tŷ ar frys ac ymguddio eto y tu ôl i'r drws. Roedd yn fwy na thebyg fod rhywun yn ei wylio o'r coed.

Bu yno am hir. Roedd arno eisiau bwyd ond ni feiddiai droi ei gefn i fynd i wneud peth. Doedd dim crac y gellid sbecian drwyddo yn nghaead y ffenest chwaith nac ymyl y gellid sbecian heibio iddi. Doedd dim i'w wneud ond mentro eto. Camodd allan a llyfodd y llawr.

Roedd yr ymosodydd wedi sleifio drwy'r coed ac wedi croesi at y tŷ o olwg y drws ac wedi llechu yno. Dim ond camu allan ddaru Tarje nad oedd yn cael ei hyrddio i'r llawr.

Wrth iddo ddisgyn gwelodd gyllell yn plannu amdano ond roedd hyfforddiant a chyson ymarfer wedi cyflyru ei reddf a llwyddodd bron ar unwaith i blycian y gyllell o'r llaw a'i thaflu i'r tŷ. Doedd dim angen greddf arno i sylweddoli ar yr un amrantiad fod y dwylo a'r breichiau oedd wedi llwyddo i'w dynnu i'r ddaear yn rhai llawer ysgafnach a mwy dibrofiad na'r arfer. Bo ddaru ruthro i'w feddwl. Yr hyn a ruthrodd drwy'i feddwl yr un munud oedd nad oedd pwt o waedd yn dod o geg yr ymosodydd. Doedd peth felly ddim i fod. Ond dim ond rhuthro drwodd ddaru'r meddyliau. Roedd ei nerth a'i hyfforddiant o'n drech nag ysbryd a dycnwch yr ymosodydd, ond bu bron iddo gael ei drechu drachefn pan laciodd ei afael wrth sylweddoli mai hogan oedd hi. Gwasgodd hi ar lawr odano i geisio'i llonyddu.

'Paid!' gwaeddodd arni.

Ceisiodd hi ymryddhau. Ni ddeuai'r un ebychiad ohoni.

'Paid!' meddai Tarje drachefn, yn fwy ymbilgar.

Yna llonyddodd hi. Arhosodd o fel roedd o am ennyd cyn llacio'i afael. Gwelodd yr her yn ei llygaid, yn benderfynol o aros ynddyn nhw. Cododd ac eistedd ar riniog y drws. Lluchiodd ei arf i'r tŷ ac estynnodd law iddi i'w helpu i godi. Anwybyddodd hithau hynny.

'Does 'na ddim yn mynd i ddigwydd,' meddai o, yn llawer tawelach. 'Dw i ddim yn elyn i ti.'

Cododd hithau'n araf, heb dynnu'i llygaid oddi arno.

'Chdi ddaeth yma i orffan,' meddai.

Rhuthrodd arno eto, ond roedd yr eira o'i blaid y tro hwn. Llithrodd hi wrth ymosod gan ddifetha'i hymdrech a disgynnodd arno. Gafaelodd o'n gadarn ynddi unwaith yn rhagor.

'Paid,' ymbiliodd eto.

Yna wrth iddi roi'r gorau i'w gwingo roedd o'n rhythu

i'w llygaid ac ar y gwallt melyn oedd yn dangos fymryn o dan ei chap.

'Rwyt ti'n chwaer iddi,' meddai mewn dychryn.

'Chwaer?' gofynnodd hi.

'Yr hogan fach oedd yn gwenu ac yn canu Â-mo. Yr hogan fach yn y dillad glas.'

Doedd yr un arwydd o fygythiad rŵan.

'Sut gwyddost ti?' gofynnodd hi. 'Lle mae hi?' gofynnodd wedyn yn fwy argyfyngus.

Methodd Tarje. Ni fedrai wneud dim ond codi bys llipa tuag at y bedd.

Ni ddangosodd hi ymateb. Yn hytrach, cododd, a cherdded tuag at y bedd. Safodd uwch ei ben.

Cododd Tarje. Gadawodd ei arf ble'r oedd ac aeth at y bedd. Safodd wrth ochr yr hogan.

'Be wyddost ti?' gofynnodd hi.

'Mi fyddai'n dda gen i tawn i'n gwybod dim.'

Rhoes grynodeb orau y gallai o'r stori, gan ganolbwyntio'i sylw ar gerrig y bedd ac edrych arni hi o bryd i'w gilydd fel pe i chwilio ymateb. Roedd yn anodd ganddo gredu nad cyffes wrth gerrig oedd ei eiriau.

'Roeddan nhw wedi deud 'u bod nhw wedi lladd pawb,' meddai hi yn y diwedd. 'Roeddan nhw wedi deud nad oedd gen i neb i fynd yn ôl atyn nhw. Do'n i ddim yn disgwyl 'i gweld hi'n fyw. Ond do'n i ddim yn disgwyl hyn chwaith. Ella y byddai'n well tasai hi wedi'i lladd hefo Mam a'r lleill.'

Safasant yno'n dawel.

'Yr ochr yna mae hi,' meddai Tarje wedyn gan bwyntio i lawr at yr ochr bellaf oddi wrth yr afon.

Ni ddaru hi ymateb i hynny, dim ond dal i sefyll a dal i edrych.

'Be oedd ei henw hi?' gofynnodd o.

'Sini.'

'Be 'di d'enw di?'

'Louhi. A chditha?'

'Tarje. Oeddach chi'n perthyn i'r bobol 'ma? Pobol y tŷ 'ma?'

'Na.'

'Ddaru'r bleiddiaid ddim cyffwrdd yng nghorff y ddynas. Ond doedd 'na ddim o gorff y dyn ar ôl, dim ond asgwrn ne' ddau.'

'Roedd pobl yn deud fod Hannele yn gyfeilles i'r bleiddiaid.' Cododd ei phen ac edrych i fyny i gyfeiriad y rhaeadr. 'Roeddan nhw'n deud 'i bod hi'n mynd â bwyd i'r pothanod pan fyddai hi'n amau 'u bod nhw ar 'u cythlwng a'r cnud yn methu cael digon am fod y bobl wedi bod yn hela ac wedi dal gormod. Mi fyddai unrhyw un arall fyddai wedi mentro mor agos at y pothanod wedi cael 'i larpio. Ella'u bod nhw'n deud y gwir.' Trodd ato. 'Rydw i'n coelio dy stori di.'

'Mae'n ddrwg gen i.'

Trodd Tarje, a chychwyn yn ôl.

'Rwyt ti'n mynd yn ôl at dy fyddin,' meddai hi.

'Tyd i'r tŷ. Mi gawn ni fwyd tra byddwn ni'n cnesu digon o ddŵr i ti gael molchi yn y twb. Dw i wedi cadw tân dros nos ac mae 'na un crochanaid poeth yna'n barod.'

'Ogla'r tân ddaru ddeud wrtha i fod 'na rywun yn y tŷ.'

Troesant oddi wrth y bedd. Ond trodd Tarje'n ôl.

'Ddaru Sini ddim sylweddoli o gwbwl 'i bod hi'n mynd i gael 'i lladd. Roedd hi'n dal i wenu.'

Crynodd Louhi fymryn a throi tuag at y tŷ heb ddeud dim.

'Be 'di dy hanas di?' gofynnodd Tarje pan gyraeddasant y tŷ. 'O ble doist ti heddiw?'

'Doeddan nhw ddim yn lladd pawb,' atebodd hithau.

Cododd Tarje ei arf a'r gyllell oddi ar y llawr. Rhoes yr arf o dan y bwrdd a'r gyllell yn ôl iddi hi. Cadwodd hithau hi yn y wain ledr oedd ganddi am ei chanol cyn tynnu ei chap a'i daflu ar y bwrdd. Rŵan roedd hi yr un ffunud â'r hogan fach.

'Dy fywyd am dy gorff,' meddai o.

'Fel erioed.'

'Dianc wnest ti?'

'Torri dau wddw.' Agorodd ei chôt. Roedd gwaed hyd ei dillad. 'Nid 'y ngwaed i.' Tynnodd y gôt. 'Mi fedris ddwyn a chuddio'r gyllall 'ma.'

'Oeddat ti am 'i defnyddio hi arna i?'

'Nid heb dy fygwth di yn gynta.'

'Mae 'na ddillad yn y gist. Mi fyddai 'na fwy 'blaw 'mod i wedi claddu'r ddwy yn rhai ohonyn nhw. Do'n i ddim isio claddu dillad glas Sini.'

Tynnodd y gist o dan y gwely a'i hagor. Tynnodd y wisg las ohoni a'i hagor hithau. Daliodd y cudyn gwallt yn ei law a'i ddangos i Louhi cyn ei roi iddi.

'Am fynd â'r rhein hefo ti wyt ti?' gofynnodd hi.

Doedd o ddim wedi ystyried dim felly.

'Go brin,' atebodd yn ansicr. 'Do'n i ddim isio rhoi'r cwbwl yn y ddaear. Mi fydd yn rhaid i ni rannu llestr,' ychwanegodd ar fymryn o frys. 'Dw i wedi claddu'r pengloga oedd yma cynt.'

Rhoes Louhi ei chôt yn ôl amdani ac aeth allan a chroesi i'r coed. Dychwelodd ymhen ennyd a sachyn yn ei llaw. Edrychodd Tarje'n sobr arno.

'Llwydion oedd 'u gwisgoedd nhwtha hefyd,' meddai Louhi wrth dynnu llestr a llwy a fforc o'r sachyn.

9

'Pam ce'st ti dy dynnu i'r lol 'ma?' gofynnodd Linus.

'Cael 'y ngeni,' atebodd Bo.

'Naci, nid i'r fyddin, ond i'r ymgyrch yma.'

'Be wn i?'

Roedd golwg well arno eto. Dyfarniad Mikki oedd mai cyfuniad o weddillion y gwenwyn a llowcio'i fwyd fel blaidd a wnaeth iddo daflu i fyny drachefn. Roedd wedi bod mewn poenau a gwres bron gydol trannoeth ond daethai ato'i hun erbyn trennydd. Roedd pob bwyd wedyn yn cael ei fwyta'n llawer mwy cymedrol, ond daliai i gael ambell bwl o boen stumog digon i'w welwi. Roedd y cinio rŵan yn diflannu'n ddigon cyfrifol a derbyniol.

'Ar wahân i Tarje, nid y fenga oeddat ti, ond y fenga o ddigon,' meddai Aarne, oedd yn eistedd gyferbyn ag o ac yn cadw golwg arno ar orchymyn Mikki. 'Roedd hi'n amlwg fod pob un o'r lleill yn filwyr profiadol. Roedd pob un yn hŷn na Tarje.' Roedd o'n gofalu nad oedd ei lais fymryn yn groesholgar. 'Ddudodd 'na rywun wrthat ti pam oeddat ti'n cael dy gynnwys?'

'Fedran nhw ddim siarad, dim ond gorchymyn. Ydach chi'n Uchben?'

Aeth Aarne oddi ar ei echel braidd gan sydynrwydd y cwestiwn. Gwenai Linus. Roedd eisoes wedi cael digon o brofiad o Bo'n gofyn cwestiynau'n ddi-drefn a dihysbydd.

'Dydi'r rhengoedd a phwy sydd ynddyn nhw ddim yn berthnasol iawn mewn lle fel hwn,' atebodd Aarne yn annodweddiadol flêr.

'Dw i ddim yn meddwl eich bod chi'n Uchben, ne' fyddach chi ddim yn siarad heb sôn am gydfwyta hefo petha 'fath â fi.'

Gwenodd Eyolf yn daclus ddisgwylgar ar Aarne. Roedd yntau hefyd wedi dechrau cael blas ar y cwestiynu diddiwedd ac wedi dod i'r casgliad fod Bo yn ddi-feth un ai'n cysgu neu'n holi. Roedd ei bresenoldeb yn ychwanegiad digon derbyniol i'r lle. Unwaith y darfu mwg y domen ac i'r lludw a gweddillion mân yr esgyrn duon a byclau gwisgoedd gael eu claddu o'r golwg roedd rhyw sobrwydd a distawrwydd newydd wedi teyrnasu a sgyrsiau'n fwy hwyrfrydig i gael eu cynnal na chynt. Prin iawn oedd chwerthin a straeon, a'r sŵn amlycaf yn y gegin fwyta cyn amled â pheidio oedd sŵn llwyau a ffyrc ar lestri.

'Tawn i'n dychwelyd i'r gwersylloedd ne' i'r brwydro,' meddai Aarne yn ofalus a gwên yn ei lygaid yntau, 'mi fyddwn i'n Uchben.'

'Pam ydach chi'n gadael i mi'ch galw chi'n Aarne 'ta?'

'Am mai dyna ydi f'enw i.'

'Ydach chi wedi dienyddio rhywun rioed?'

Diflannodd y wên o lygaid Aarne.

'Naddo.'

'Ydach chi wedi gorchymyn dienyddio rhywun?'

'Naddo,' atebodd Aarne yn gyflymach fyth.

Roedd o wedi rhoi'r gorau i fwyta, ond daliai Bo ati fel tasai pwnc ei gwestiynau'n rhywbeth naturiol feunyddiol.

'Maen nhw'n deud fod y rhan fwya o'r Uchbeniaid yn cael mwy o wefr wrth orchymyn hynny nag wrth 'i wneud o,' aeth rhagddo, 'ac yn gwneud iddyn nhw deimlo'n llawar pwysicach na phan maen nhw'n lladd y gelyn.'

'Mae'n bosib dy fod yn iawn.'

Roedd Eyolf hefyd wedi rhoi'r gorau i fwyta.

'Pam wyt ti'n gofyn y petha yma?' gofynnodd.

'Roedd Nhad yn Uchben. Mi gafodd 'i ddienyddio.'

Diflannodd pob gwên.

'Gan bwy?' gofynnodd Aarne.

'Gan y lleill ar orchymyn yr Aruchben.'

Eto roedd ei lais fel tasai wedi hen arfer deud y stori. Dim ond fo oedd heb roi'r gorau i fwyta. Edrychai Linus mewn sobrwydd arno.

'Am be?' gofynnodd.

'Pwy a ŵyr? Mi ddaethon nhw ar ein gwartha ni heb rybudd yn y byd a mi ddaru nhw 'nghipio i i'r fyddin a deud mai buan iawn y byddwn i'n 'i ddiarddel o. Roedd 'na Isbeniaid yn cyngwystlan hefo'i gilydd sawl lleuad a gymerai hi i hynny ddigwydd.'

Roedd Eyolf yn ei astudio o'r newydd.

'Mi wn i pwy wyt ti,' meddai.

Rhoes Bo y gorau i roi ei sylw bwriadol ar ei fwyd. Cododd ei ben, y dagrau'n bygwth y munud hwnnw. Roedd Eyolf yn dal i'w astudio.

'Be sy gen ti'n gysylltiad?' gofynnodd Bo.

'Rwyt ti'r un wynab â dy dad, erbyn meddwl.'

'Roeddat ti'n ei nabod o?' gofynnodd Aarne.

'Oeddwn. Roedd o'n Uchben yn y gwersyll ro'n i ynddo fo tan ryw flwyddyn yn ôl.'

'Wyddost ti pam cafodd o'i ddienyddio?' gofynnodd Bo ar frys.

'Wyddost ti ddim?' gofynnodd Eyolf.

'Na. Doedd 'na neb i ddeud dim wrthan ni.'

'Nac oedd, debyg,' meddai Linus.

Roedd golwg ar goll braidd ar Eyolf.

'Deud y gwir wrtha i,' meddai Bo. 'Paid â chelu.'

'Mi ddaru o wrthod arteithio dau filwr oedd wedi gwisgo'r gwinau.' Doedd Eyolf ddim am osgoi'r llygaid ymholgar trist o'i flaen. 'Mi'u rhoddodd nhw yn un o'r celloedd a'u rhyddhau nhw ar y slei drannoeth. Roedd o wedi'u darbwyllo nhw i ddengid yn hytrach na chymryd 'u lladd. Mi ddarganfu'r lleill a'i gaethiwo fo. Ymhen ychydig ddyddia mi gyrhaeddodd yr Aruchben 'i hun ar gyfer y dienyddiad.'

'Dyna ddigwyddodd?' gofynnodd Bo.

'Ia. Che'st ti ddim math o achlust?'

'Na. Yr unig beth oeddan nhw'n 'i ddeud oedd bod 'i drosedd o y tu hwnt i ffieidd-dod. Diolch,' ychwanegodd yn dawel.

Dychwelodd at ei fwyd, y dagrau wedi ymddangos. Roedd Aarne yn canolbwyntio ar Linus, oedd wedi gwrando'n dawel drwy'r adeg a'i olygon ar y bwrdd o'i flaen.

'Wyt ti'n sylweddoli be wyt ti wedi'i wneud?' gofynnodd Aarne iddo.

'Mae'r cap yn y sachyn,' atebodd yntau.

Daliodd Linus ei law allan dan wyneb Eyolf. Deallodd Eyolf ac aeth i'w boced a thynnu'i ddarn addurn ohoni a'i roi iddo. Gafaelodd Linus yn dynn ynddo.

'Ydw,' meddai wedyn.

'Be 'di hwnna?' gofynnodd Bo, a chwilfrydedd sydyn yn trechu'r dagrau.

'Gwisgo'r gwinau,' meddai Linus.

'Mi wn i hynny. Hwnna dw i'n 'i feddwl,' meddai gan amneidio at yr addurn.

'Dim ond darn o rwbath,' atebodd Eyolf wrth ei dderbyn yn ôl a'i gadw yn ei boced. 'Hwnna ydi'r gwinau mwya cyfleus y medra i 'i gario.'

'Ga i 'i weld o?'

Aeth Eyolf i'w boced drachefn. Roedd y tri arall yn dawel tra bu Bo'n dwysystyried yr addurn. Doedd o ddim am ddeud bod ei fam wedi gwasgu darn bychan yn ei law wrth iddyn nhw fynd â fo i'r fyddin. Darn pres crwn oedd hwnnw, yr hebog mawr yn llond ei blu o hyder wedi'i gerfio ar un wyneb iddo a'r goeden gysegredig ar y llall. Roedd o wedi bod yn un o drysorau cain y teulu ers ymhell cyn ei eni o, ers ymhell cyn geni'i fam. Roedd wedi'i gario hefo fo drwy'r adeg. Roedd o'n rhy ifanc i wybod fod cyffelyb drysorau'n gwmni annatod a chyfrinachol i lawer milwr a bod mynd â nhw oddi arnyn nhw'n rhan anhepgor o bob cosb.

'Rwyt ti'n drist rŵan,' meddai Linus yn y man.

Ystyriodd Bo am ennyd. Sychodd weddill y dagrau, a dywedodd ei stori. Roedd yn cael hyder o dybio fod y dernyn addurn yn ei law o arwyddocâd hŷn a dyfnach na gwisgo'r gwinau i Eyolf hefyd. Gwyliai Linus Aarne drwy'r adeg.

'Oes gan Leif frodyr ne' chwiorydd?' gofynnodd pan dawodd Bo.

'Pam wyt ti'n gofyn?'

'Am eich bod chitha'n drist hefyd.'

Syllai Aarne ar y dernyn yn llaw Bo.

'Na,' meddai. 'Mi fu 'i fam o farw ar 'i enedigaeth o. Dim ond am flwyddyn y buon ni'n briod.' Gwrandawodd ar y distawrwydd newydd. 'Ella 'i fod ynta'n farw hefyd erbyn hyn.'

'Peidiwch â deud hynna,' meddai Eyolf. 'Ki mara po goþe.'

'Mae'n dda'ch cael chi yma,' atebodd Aarne.

Rhoes Bo y dernyn yn ôl i Eyolf. Wrth ei dderbyn sylwodd yntau nad oedd yn cofio iddo fod o'i feddiant o'r blaen. Roedd ar bawb angen ei gyfrinach fechan, waeth pa mor ddi-nod, rhyw gysylltiad, rhywbeth i gadarnhau. Gwasgodd o'n dyner cyn ei gadw yn ei boced.

Trodd Aarne ei sylw at Bo.

'Wela i ddim cysylltiad rhwng dienyddio dy dad a dy roi di yn yr ymgyrch i gipio fa'ma,' dechreuodd.

'Debyg iawn bod 'na gysylltiad,' torrodd Linus ar ei draws. 'Mi ddudoch chi'ch hun wrthan ni. Unwaith roeddan nhw wedi lladd tad Bo, roedd hi wedi canu arnyn nhw i ddial arno fo 'toedd? A doedd yr awydd i ddial ddim yn darfod, nac oedd? Mae'n rhaid cadw anrhydedd y Chwedl.'

'Mae hynny'n bosib,' cytunodd Aarne. 'Ddaru ti rwbath i wneud iddyn nhw benderfynu?' gofynnodd i Bo.

'Mi ddudis i wrth Isben am fynd i grafu'i din.'

'Be?' llefodd Linus.

'Tasan nhw heb wneud be ddaru nhw i Nhad mi fydda arna i 'i ofn o. Mi ataliodd yr Uchben nhw rhag 'y lladd i y tro hwnnw hefyd.'

'Yr Uchben yma?' gofynnodd Eyolf gan amneidio i rywle y tu allan.

'Ia. Mi roddodd fi mewn cell dywyll am dri diwrnod heb fwyd a dim ond mymryn o ddiod. Dyna'r pryd yr aethon nhw â'r tlws pres oddi arna i. Welis i mohono fo wedyn. Doedd gen i fawr ddim arall iddyn nhw'i ddwyn ac mi ge's i ddigon o amsar i sylweddoli 'u bod nhw wedi'i ddwyn o'n fwriadol ac na chawn i mohono fo'n ôl. Ro'n i'n dŵad o'r gell yn y bora ac yn cychwyn tuag yma yn y pnawn.'

'Heb wybod bod y sach yn gydymaith i ti,' meddai Eyolf. 'Sut bynnag y byddai hi wedi bod, yn hwnnw y basat ti wedi cyrraedd yma.'

'Mae hynny'n bosib hefyd,' ategodd Aarne. 'Ond wedi tridia heb fwyd fedrat ti ddim bod mewn cyflwr i gychwyn ar y fath daith.'

'Dydw i rioed wedi bod isio bod mewn cyflwr i wneud dim ond meindio fy musnas,' atebodd Bo.

Doedd neb yn sôn am bethau fel hiraeth. Gwyddai Bo nad oedd wiw i neb awgrymu'r gair na'r teimlad. Doedd o ddim wedi cael neb tua'r un oed â fo'n gydymaith i gydswcro chwaith a thybiai weithiau mai oherwydd ei gefndir ac oherwydd ei dad oedd hynny, nid ei fod yn gori ar y peth. Doedd dim llawer o gyfeillgarwch i'w weld rhwng neb arall chwaith prun bynnag. Dim ond yma'r oedd o wedi cael rhywbeth tebyg i hynny. Ond rŵan roedd sôn am ei dlws wedi codi hiraeth disyfyd arno a doedd wahaniaeth ganddo a ganfyddai neb hynny ai peidio.

'Oedd yr Isben gafodd gyngor gen ti'n un o'r ddau oedd yma?' gofynnodd Eyolf ar draws ei feddyliau.

'Na. Roedd hyd yn oed y rhein yn glên o'u cymharu â hwnnw. Mae arna i 'u hofn nhw rŵan hefyd,' meddai ar ei union wedyn wrth Aarne, ei lais yn llawn angerdd sydyn. 'Dydw i ddim yn mynd yn ôl.'

'Tasat ti'n ddigon gwirion i fod isio mynd, chaet ti ddim,' atebodd yntau.

'Mae hi wedi canu arna i i fynd adra hefyd 'tydi?'

'Ydi, mae arna i ofn. Mae'n rhy beryg i ti feddwl am deithio. Lle mae dy gartra di?'

'Ar lan Llyn Helgi Fawr.'

'Fan'no? Dwyt ti ddim mwy na rhyw dri diwrnod o daith o gartra Aino felly. Oes gen ti deulu?'

'Mam a phedair chwaer.' Roedd yn dyheu am afael yn ei addurn a'i wasgu'n dynn yn ei law. 'Mi wn i 'u bod nhw wedi mynd i guddiad.' Roedd yn cau'i law am yr addurn nad oedd. 'Wn i ddim be ddaw ohonyn nhw.'

'Paid â digalonni,' atebodd Aarne. 'Mae 'na lawar yn yr un twll. Mae 'na ddigon wedi methu ond mae 'na fwy wedi llwyddo i gynnal 'i gilydd. Mae'r rheini'n gryfach na'r byddinoedd.'

'Paid â phoeni be wneith Tarje chwaith,' meddai Eyolf. 'Os eith o'n ôl at y fyddin a deud yr hanas, neith o ddim cymryd arno dy fod yn fyw, hyd yn oed os gofynnan nhw.

Am y tro cynta yn 'i oes,' ychwanegodd, 'mi ddwedith glwydda.'

'Ga i aros yma?' gofynnodd Bo, a'i lais yn dangos nad rhuthro i'w feddwl oedd y cwestiwn wedi'i wneud. 'Mae Mikki wedi deud y medra fo wneud hefo gwas.'

'Mae Mikki'n gweithio ar ran y fyddin werdd,' pwysleisiodd Aarne.

'Dydi o bwys gen i. Mi ddaru o wella Linus a fi. Doedd o ddim yn sbio ar liwia.'

'Dyna chdi, felly,' meddai Aarne. Cododd. 'Os na fydd Aino am dy herwgipio di, dyma dy gartra di nes byddi di'n penderfynu rwbath arall o dy wirfodd.'

'Be dach chi'n 'i wneud yma? Pam mae Mikki yma? Be mae o'n 'i wneud pan mae o ddim yn rhoi ffisig i mi?' gofynnodd yntau.

'Be wyt ti'n 'i feddwl, be 'dan ni'n 'i wneud yma?' gofynnodd Aarne.

'Y lle 'ma. Be sydd yma i'w wneud o mor bwysig?'

'Fawr ddim.'

'Gewch chi'ch dienyddio os dudwch chi?'

'Na.' Doedd Aarne ddim am wenu. Eisteddodd drachefn. 'Gwylfa ydi hi a dim mwy na hynny. Mae gan dy fyddin di...'

'Does gen i ddim byddin.'

'Na. Mae gan y fyddin lwyd rai cyffelyb. Y ffordd y byddai pawb yn disgwyl iddyn nhw ddod i drio goresgyn y tiroedd ydi drwy'r tir eang y daru ti 'i groesi ar dy ffordd yma.'

'Y sach ddaru'i groesi o.'

'Ia debyg.' Cododd Aarne fymryn o ael ar Eyolf a Linus. 'Ond y ffordd honno ac i'r dwyrain fyddai'r ffordd y disgwylid ymosodiad. Ond rydan ni yma i gadw golwg rhag ofn iddyn nhw chwilio am ffyrdd eraill mwy annisgwyl ac anhygyrch trwy'r tiroedd ucha. Mae fa'ma'n ganolfan hwylus i anfon gwŷr i wylio'r tiroedd a'r symudiada, nid bod llawar o symud yn debygol o ddigwydd yr adag hon o'r flwyddyn. Ffwlbri mawr o eithriad oedd yr ymgyrch a ddaeth â chdi yma mewn sach.' Cododd eto. 'Does dim rhaid i ti dy gadw dy hun i dy stafall. Mae pobman yma ar gael i ti. Rwyt ti'n rhydd. Yr unig ddisgyblaeth arnat ti ydi dy synnwyr tegwch di dy hun a dy synnwyr cyffredin di dy hun. Dw i'n credu y medrwn ni ymddiried yn y rheini.'

Trodd i fynd, ond doedd holi Bo ddim ar ben.

'Os nad oes 'na neb wedi mynd yn ôl i ddeud, sut fyddan nhw'n gwybod be ddigwyddodd yma?' gofynnodd.

'Mae Tarje wedi mynd yn ôl,' meddai Linus.

'Ac os na chyrhaeddith o, mi fyddan nhw'n siŵr o ddallt be sydd wedi digwydd pan welan nhw na fydd neb arall yn dychwelyd chwaith,' meddai Aarne.

'Be mae Mikki'n 'i wneud yma 'ta?' ailofynnodd Bo. 'Pam mae arno fo angan gwas?'

'Am fod rhai o'r mwyna y mae o'u hangan ar gyfar 'i waith ar gael yma. Rydan ni mewn cysylltiad cyson â'n byddinoedd ein hunain hefyd ac mae cyflenwadau o elïau a ffisigau'n mynd iddyn nhw bob tro. Cael Mikki yma'n wastadol ydi'r dull mwya hwylus o ddarparu. Dyma fo. Mi gei di ofyn iddo fo rŵan.'

Aeth Aarne o'r stafell, gan fynd heibio i Mikki oedd yn dod drwy'r drws. Edrychodd Mikki ar lestr Bo.

'Orffennist ti?' gofynnodd.

'Do.'

'Dyma chdi.' Rhoes ffiol fechan iddo. 'I lawr â fo.'

Yfodd Bo'n ddi-lol a gorffen hefo mymryn o stumiau.

'Chdi ddaru wneud y gwenwyn hefyd?' gofynnodd.

'Na.'

'Mae Aarne am adael i mi ddŵad atat ti i weithio.'

'Da iawn. Mi gei wneud dy foddion dy hun wedyn.' Amneidiodd Mikki at y ffenest. 'Ac mae'n ddigon braf i Linus a thitha wisgo amdanoch yn gynnas a mynd allan i'r haul am ysbaid.'

Allan, roedd Linus a Bo am y gorau'n anadlu rhyddhad a llygaid Bo'n busnesa ym mhob rhyw fan. Roedd Eyolf wedi dod hefo nhw, rhag ofn. Dringasant tuag at y goedwig uwchben y cytiau ac o'u gweld yn dynesu cododd hebog a hedfan dros y cytiau i wylfa arall gyferbyn.

'Dacw fo, yli,' meddai Eyolf gan bwyntio at y mynydd pigfain ymhell i'r de. 'Mae Baldur yn deud mai heibio i odre hwnna y byddech chi wedi dŵad, ac yn ôl Aarne rhyw hannar diwrnod o daith sydd 'na rhwng godre'r mynydd a'r rhaeadr y clywist ti'i sŵn o yn fuan ar ôl cael dy roi yn y sach.'

'Ffordd daethon ni yma?' gofynnodd Linus.

'Oeddat ti mor ddrwg â hynny?' gofynnodd Eyolf.

'Oeddwn debyg. Dw i'n cofio Baldur yn 'y nghodi i a dim byd arall.'

Pwyntiodd Eyolf at y gefnen i'r dde odanyn nhw.

'Dros honna a ffor'cw,' meddai gan symud ei fraich i gyfeiriad y gogledd heibio i'r goedwig y tu cefn iddyn nhw.

'Lle oedd y goelcerth?' gofynnodd Bo.

Pwyntiodd Eyolf i lawr fymryn oddi wrth y cytiau.

'Fan'na.'

'O.'

'Mi gladdon ni hynny oedd yn weddill wrth ei hochr hi.'

'Pob dylni a phob dyhead yn ddiwahân,' meddai Linus. 'Ella bod 'na dlws ym mhocad un ohonyn nhw yn barod i gael ei lifo'n winau. Ddaeth 'na unrhyw lais drwy'r sach i dy glust ti'n cynnig rhyw gysur ne' anogaeth?' gofynnodd i Bo.

'Naddo. Dw i'n siŵr y basai Tarje wedi gwneud. Rhy beryg iddo fo, mae'n rhaid.'

Prin wrando oedd Eyolf.

'Dy dlws di,' meddai wrth Bo.

'Be oedd?' gofynnodd Bo.

'Roedd y cerfiada'n gywrain arno fo?'

'Oeddan. Go brin fod Mam yn ystyriad be'r oedd hi'n 'i wneud pan roddodd hi o i mi. Fûm i rioed fwy o ofn colli dim.'

'Wedi'i ddwyn o oddi arnat ti, mi fasai gofyn i neb fod yn ynfytyn i'w luchio fo hyd yn oed i dy sarhau di?'

'Mi faswn i feddwl.'

'Pwy aeth â fo oddi arnat ti?'

'Un o'r Isbeniaid. Mi gymrodd yr Uchben o oddi arno fo.'

'A'i gadw fo?'

'Am wn i.'

'Peidiwch â chrwydro i'r goedwig. 'Rhoswch yn yr haul.'

Brysiodd Eyolf i lawr. Daeth o hyd i Mikki yn ei weithdy.

'Fyddai darn pres wedi toddi yn y goelcerth?' gofynnodd.

'Mae'n dibynnu ar ble'n union fyddai o,' atebodd Mikki. 'Tasa fo yng nghanol y gwres ucha mi fyddai'n beryg amdano fo. Tasa fo wedi disgyn i'r gwaelod a chael 'i orchuddio gan ludw mi fyddai 'na well gobaith. Pam?'

'Dau Uchben anhunanol y gwn i amdanyn nhw. Mae un yn byw yma ac mae'r llall wedi'i ddienyddio. Mi fyddai pob Uchben arall wrth eu bodda'n dwyn eiddo hwnnw. Rydan ni newydd losgi un ohonyn nhw.'

'Am be wyt ti'n sôn?'

'Mi fentra i 'y mywyd fod yr Uchben wedi cadw addurn Bo iddo fo'i hun ac wedi dŵad ag o hefo fo. D'o 'mi bâr o hen fenig. Dw i am ailagor claddfa'r goelcerth a chwilio yn y lludw.'

'Wyt ti wedi chwilio'r sacha?' gofynnodd Mikki.

'Pa sacha?'

'Maen nhw hefo'i gilydd yn y cwt ucha.'

Ychydig oriau wedyn roedd Bo'n swatio yn ei wely ac yn gafael yn dynn yn ei dlws â'i gerfiadau cywrain ac yn gadael i'w ddagrau tawel ddisgyn ar y gobennydd cynnes.

Tarje, hwiangerdd yn cael ei chanu gan Aino uwchben Linus anymwybodol, gair nas gwyddai'n cael ei ganu drosodd a throsodd gan ferch na wyddai o pwy oedd hi ac nas gwelodd erioed ond ei fod yn sicr o'i bodolaeth. Hynny oedd yn dryblithdod parhaol ym meddwl Eyolf. Wyddai o ddim pam roedd yr hwiangerdd yn dal i fynnu lle mor gry. Pan ofynnodd i Aino pam nad oedd hi wedi canu i Bo wrth ei ymgeleddu fel y gwnaethai i Linus atebodd hi nad oedd wedi cael cyfle gan fod Bo'n siarad drwy'r adeg yn ei wres. Er na ddeallai hi air o'i eiddo roedd yn amau ar oslef ei lais mai cwestiynau oedd y rhan fwyaf o'r siarad.

'Oeddat ti'n gyfarwydd â Tarje cyn dy helynt?' gofynnodd Eyolf i Bo.

'Mi wyddwn i mai fo oedd wedi dŵad yn ôl o ryw longddrylliad a bod yr Uchben wedi'i blesio'n arw hefo fo,' atebodd Bo, yn dal i anwylo'i addurn a hanner addoli Eyolf. 'Tarje oedd yn dangos y ffordd iddyn nhw pan oeddan ni ar ein taith yma. Mi ddaru siarad hefo fi ryw unwaith ne' ddwy. Roedd 'na lyn yn llawn adar ar geg dwy afon. Mi gawson ni sgwrs wrth ochor hwnnw. Doedd gan neb arall ddiddordab yn y lle, am 'wn i. Roedd ynta hefyd yn methu dallt pam o'n i wedi 'nghynnwys i ddŵad hefo nhw.'

'Mi welist ti o'n cael ei wneud yn Isben?'

'Do.'

'Sut oedd o'n ymddwyn?'

'Doedd 'na ddim golwg hapus arno fo. Roedd yr Uchben yn gorfoleddu llawar mwy. Roedd Tarje'n edrach arna i yn amal. Arna i'r oedd o'n edrach, nid i 'nghyfeiriad i. Mi wyddwn i fod arno fo isio fy helpu i yr adag honno hefyd. Oedd o'n gwybod be ddigwyddodd i Nhad?'

'Oedd,' ystyriodd Eyolf.

'Ella bod yr Uchben ne' un o'r lleill wedi deud wrtho fo pwy o'n i.'

'Ella. Glywist ti rywun yn canu?'

'Do, debyg. Os oeddan ni'n cael ein cadw yn y pebyll oherwydd y tywydd roeddan ni'n gorfod canu fel yn y Chwedl. Chlywson nhw'r un nodyn o 'ngheg i.'

'Na, nid hynny.'

'Be 'ta?'

'Dynas, ne' hogan ella, yn canu un gair. Mae'n rhaid 'i bod hi'n canu'r un gair hwnnw drosodd a throsodd.'

'Naddo. Chlywis i ddim byd felly.'

'Ydi o'n boen gen ti atab?'

'Na. Dal ati os ydi o'n bwysig.'

'Be ddigwyddodd ddiwrnod yr helynt? Tria gofio hynny fedri di.'

'Pam wyt ti'n gofyn hyn?' gofynnodd Linus, gydag awgrym o gerydd yn ei lais.

Allan oeddan nhw eto, yn llyfu diwrnod arall o haul y gaeaf ac yn mynd am dro ar hyd y llwybr y daethai Baldur â nhw y tro cyntaf. Roedd Linus yn teimlo fod Eyolf yn dechrau croesholi braidd, ond roedd Bo'n swnio'n ddifater i hynny.

'Nid y lladdfa yn fa'ma oedd ar feddwl Tarje pan welis i o,' meddai Eyolf, 'ac nid 'i feddwl o'n gwrthod yr hyn oedd o flaen 'i lygaid o oedd yn gyfrifol am hynny. Roedd 'na rwbath arall wedi'i ddarnio fo cyn iddo fo ddod ar gyfyl fa'ma. Pymthag oed, un gair i'w ganu. Bo ydi'r pymthag. Chwilio am y llall ydw i. Ydw i'n dy frifo di?' gofynnodd i Bo.

'Na. Tua chanol y bora oedd hi. Pan welson ni'r golofn fwg a chael gorchymyn i swatio, mi aeth yr Uchben a Tarje a rhyw un ne' ddau arall ymlaen tuag at y tŷ.'

'Un tŷ ar ei ben ei hun?'

'Dim ond un welis i. Mi laddwyd y dyn oedd yn torri coed cyn iddo fo droi, meddan nhw. Welis i mo hynny, dim ond gweld 'i gorff o. Wedyn mi aeth Tarje a'r Uchben i'r tŷ. Roedd yr Uchben yn pwnio Tarje ymlaen. Mi welis i hynny.'

'Aeth 'na neb arall i'r tŷ?'

'Na. Y peth nesa oedd y ddynas yn cael ei llusgo o'r coed gerfydd 'i gwallt a'i lluchio hyd y lle. Roedd 'na weiddi a chwerthin a mi welis i Tarje'n cael 'i blycian o'r tŷ gan yr Uchben. Y munud nesa roedd dillad y ddynas yn cael 'u rhwygo oddi arni a hitha'n cipio fy arf i ac yn lladd 'i hun a disgyn ar 'y nhraed i, a'r Isben yn gweiddi ac yn rhuthro ata i. Mi redis. Tarje ddaeth o hyd i mi. Roedd o isio fy helpu i wedyn hefyd. Dyna'r cwbwl a wn i. Wyt ti rywfaint nes i'r lan?'

'Na.'

Rhoes Eyolf y gorau i'r holi. Roedd Aarne wedi awgrymu ella ei fod wedi camddallt ac mai rhywbeth arall oedd ar feddwl parlysog Tarje y diwrnod hwnnw, ond doedd Eyolf ddim am ystyried hynny. Roedd ymweliad anwirfoddol Tarje wedi gadael ei ôl ar Linus hefyd ac roedd yntau'n poeni lawn cymaint am ei hynt. Ond roedd Eyolf mor anniddig nes iddo benderfynu mynd i chwilio am y tŷ y tu hwnt i'r rhaeadr ac roedd mor argyhoeddedig y deuai o hyd i rywun neu rywbeth yno nes methu cadw'r syniad iddo'i hun, a buan iawn oedd ei feddyliau a'i fwriad yn wybyddus drwy'r lle.

'Mi fyddai'n dda gen i tasai Baldur yma,' meddai.

'I fynd â thi ar dy daith,' meddai Linus anfoddog.

'Tawn i'n cael 'i gyngor o. Mae'n debyg 'i fod o'n gyfarwydd â'r lle. Nid fo ddaru alw'r rhaeadr yn Tri Llamwr. Mae 'na bobol yn byw yn y cyffinia, felly, a'u hynafiaid nhw sydd wedi rhoi'r enw arno fo. Does 'na ddim enw ar y cwm crog nac ar gwm y guddfan. Roedd Aarne wedi clywed am y Tri Llamwr cyn iddo fo ddŵad yma er nad oedd o rioed wedi bod yno. Ac mae cydwybod cadarn Tarje wedi cael y fath ysgytwad ymhlith y bobol sy'n byw gerllaw nes bod pob briwsyn o hyder fu gynno fo rioed wedi chwalu.'

'Does gen ti ddim sicrwydd o hynny chwaith,' meddai Linus.

Rhywbeth yn debyg oedd ymateb pawb, er nad oeddan nhw'n dadlau llawer ag Eyolf gan nad oeddan nhw'n nabod Tarje.

'Be sydd mor bwysig yno?' oedd Mikki wedi'i ofyn iddo.

'Tarje,' oedd Aarne wedi'i ateb yn ei le.

'Doedd y pedwarawd yn y cwch ddim yn gyfuniad mor rhyfadd felly, nac oedd?' meddai Mikki.

'Mae Tarje'n dal i wybod mai milwr ydi o i fod,' meddai Eyolf.

'Mi wyddost nad ydi hi'n adag o'r flwyddyn i deithio, os nad oes raid i ti,' meddai Aarne wedyn.

'Fydd dim gofyn i mi gychwyn ar y slei cyn y plygain.'

'Na fydd. O gael tywydd, mi ddylat weld y rhaeadr mewn tri neu bedwar diwrnod.'

Roedd Aino yr un mor anfoddog â Linus am ei fwriad.

'Ddaw dim daioni i ti o fynd,' meddai.

'Dw i wedi rhoi'r gora i chwilio am ddaioni ers blynyddoedd,' meddai yntau.

'Mi yrraf yr eryr i'th warchod,' meddai hi, 'ac i ofalu y byddi'n dychwelyd.'

Aeth o rhagddo i wneud ei drefniadau. O'i weld mor benderfynol, deddfodd Aarne fod yn rhaid iddo fynd â dau filwr hefo fo, dau oedd wedi hen arfer teithio'r eira a'i stormydd.

'Mae Tarje wedi mynd ar 'i ben ei hun ddwyaith,' atebodd yntau.

'Mae 'na ddau'n mynd hefo chdi,' dyfarnodd Aarne.

Roedd llawer mwy na dau'n gwirfoddoli. Roedd Eyolf yn rhy ddiolchgar i allu deud fawr ddim.

'Aros nes bydda i wedi cryfhau digon, ac mi ddo i hefo chdi,' meddai Linus, yn methu cadw siom o'i lais.

'Does wybod be fydd wedi digwydd iddo fo erbyn hynny. Mi fydda i'n ôl ymhell cyn y medrat ti fod yn barod i gychwyn. Fedra i ddim addo dod ag o hefo fi chwaith.'

'Os na fydd o yno, paid â mynd ymhellach i chwilio amdano fo.'

'Sut fasat ti'n dod o hyd iddo fo wedyn? Fasat ti ddim yn gwybod ble i fynd,' meddai Bo.

'Os na fydd y tŷ'n penderfynu drosta i mi ddo i'n ôl ar fy union.'

Gan fod y mynydd pigfain yn fynegbost mor amlwg, yr unig gyfarwyddiadau yr oedd angen i Aarne eu rhoi iddo oedd sut i fynd i lawr o'r cwm crog os na fyddai'r un o'r ddau lwybr yn y golwg. Ganol y prynhawn cyn y bore yr oedd am gychwyn, gwelodd Aino'n sefyll ar y gefnen. Roedd â'i bys i fyny yn yr awyr, ac osgo gwrando arni.

'Negesydd ydi'r awel,' meddai wrtho. 'Paid â mynd.'

'Mi ddof â Tarje yn ôl,' meddai yntau.

'Mae 'na wynt yn y pellter, gwynt na fydd o blaid neb.'

Trodd Eyolf ei olygon tua'r de, i ddychmygu'i swrnai. Gwyddai fod Tarje ac yntau'n gyfartal o ran gallu ac nid oedd yn poeni gormod am y siwrnai ei hun, yn enwedig gan y byddai ganddo gymdeithion. Yna sylwodd ar y pellter maith.

'Ylwch,' meddai'n frwd.

'Be weli di draw?' gofynnodd Aino.

'Yr haul,' atebodd. 'Dim ond ar y mynydd pigfain mae o'n taro. Mae 'na un twll bach yn y cymyla, ylwch. Dydi o ddim yn tywynnu ar y lleill o gwbl. Maen nhw dan gysgod. Ylwch gwych.'

Ond roedd Aino'n syllu'n ddwys ar y mynydd pell yn ei haul ac yn ysgwyd ei phen.

'Mae'r fflamau ar eu ffordd,' meddai.

'Pa fflamau?'

'Does dim da i ddod yma. Mae'r fflamau ar eu ffordd.'

Trodd Aino, a mynd.

Aeth Eyolf i'w wely'n gynnar. Gwrandawodd ar wynt yn codi o'r de-ddwyrain, y gwynt yr oedd Aino wedi'i rybuddio rhagddo. Daliodd i wrando arno, a phenderfynu mai blaenffrwyth storm ar ei ffordd heibio i'r gogledd oedd o. Roedd o wedi arfer â blaenffrwythau cyffelyb adra. Toc, daeth Bo i'w wely, yn fodlon ei fyd newydd. Daeth Linus ar ei ôl, yn annodweddiadol anfoddog ei fyd. Buont yn sgwrsio am ychydig. Gefn nos deffrôdd Eyolf. Roedd y gwynt yn clecian. Swatiodd. Os llwyddodd y can milwr i ddod trwy'r coed ar ochr y cwm crog yn hytrach nag i fyny tir agored y cwm gallai yntau fynd i lawr drwy'r coed hefyd ac osgoi'r gwynt wyneb a'r stormydd.

Bore trannoeth dim ond awgrym o gytiau'r cŵn a welid o dan yr eira.

'Storm ora'r blynyddoedd,' meddai Linus. 'Dw inna isio gweld Tarje hefyd, ond nid ar dy draul di.'

'Mae'n rhaid i mi fynd yno yn hwyr neu'n hwyrach,' meddai yntau. Doedd arno ddim ofn ildio am y tro. 'Mae'n debyg y byddi di wedi cryfhau digon i ddŵad hefo fi cyn y medra i feddwl am gychwyn eto.'

'Os cawn ni fynd gan Aino,' atebodd Linus.

10

Bu Tarje'n ddigon hirben i redeg yn ôl drwy'r coed. Rhuthrodd i'r tŷ. Doedd dim golwg o Louhi. Rhuthrodd allan a dilyn yr olion mwyaf newydd drwy'r coed gyferbyn â'r tŷ. O fynd drwy'r rheini deuid at lannerch fechan wastad a di-goed ger yr afon, yn lle cysgodol a hawdd stelcian ynddo. Roedd Louhi'n mynd yno'n aml, ac am a wyddai Tarje mynd yno i fwrw galar oedd hi, mynd yno i gael llonydd. Âi yntau yno hefyd yn ei dro. Ychydig yn is i lawr roedd y coed a'r codiad tir y ceisiodd Bo ei loches ddiobaith ynddo.

Yno'r oedd hi. Safai'n llonydd ar lan yr afon, ei threm ar y dŵr a dim arall.

'Mae'r gwyrddion yma. Tyd!'

Rhedodd Tarje yn ôl i'r tŷ heb aros am ymateb. Cythrodd i'r rhaw a rhofiodd ei llond o eira. Aeth ag o i mewn a'i dywallt i'r siambr dân a chau arno. Aeth i nôl rhawiad arall. Roedd effaith honno'n llawer llai swnllyd. Rhedodd Louhi i mewn.

'Lle maen nhw?' gofynnodd.

'Maen nhw wedi mynd i chwilio'r tai. Mae gynnon ni amsar.'

'Faint ohonyn nhw sy'na?'

'Ymhell dros gant. Ella bod 'na chwanag yn dŵad ar 'u hola nhw.'

Roeddan nhw wedi bras baratoi. Louhi oedd wedi penderfynu aros ac roedd wedi deud wrth Tarje ddibenderfyniad y câi wneud fel y mynnai. Roeddan nhw wedi ystyried be fyddai'n bosib tasai'r digroeso'n galw heibio. Yng nghefn y tŷ roedd y coed yn drwchus gyda llecynnau mwy agored a chreigiog yma a thraw, ond yn ddigon hawdd eu hosgoi i'r neb a ddymunai ymguddio, ac yn y pen draw gwelid ochr y dyffryn yn codi'n graig. Doedd na llwybr na thir agored i gyrraedd y graig ac roedd y ddau wedi penderfynu y byddai ei godre'n guddfan cystal â'r un. Y cynllun oedd gwagio'r tŷ tasai'r amser ar gael i wneud hynny a rhoi golwg mor ddiddefnydd â phosib iddo.

Dechreuasant. Rhoes Louhi'r dillad gwely yn y gist tra bu o'n mynd â'r stolion. Daeth tynged Hannele yn llond ei meddwl wrth iddi weld ei dillad yng ngwaelod y gist. Ella bod Hannele hefyd yn ei gorffennol wedi cael profiad o'i llusgo ymaith gan filwyr, ac mai dyna pam roedd hi wedi troi arf yr hogyn arni'i hun pan gafodd byddin Tarje afael arni. Ella eu bod nhw wedi dangos corff ei gŵr iddi cyn ei lluchio i'r ddaear i'w threisio. Ella eu bod nhw wedi gweiddi wrthi mai dyna fyddai'i thynged hithau hefyd wedi iddyn nhw orffen hefo hi. Roeddan nhw'n cael cymaint o hwyl hefo artaith geiriau ag yr oeddan nhw hefo artaith corff. Doedd Louhi ddim am ailbrofi. Doedd yr un milwr i fynd â hi eto a doedd hi ddim am droi arf neb na'i chyllell arni'i hun i osgoi hynny chwaith. Rhoes y dillad eraill i gyd yn y gist. Erbyn i Tarje ddychwelyd roedd hi wedi llenwi sach hefo mân bethau'r tŷ hefyd.

'Mi fydd hon yn haws rhwng dau,' meddai Tarje gan afael yn un o ddolenni'r gist.

Rŵan roedd o'n drawiadol sicr ohono'i hun. Doedd Louhi ddim wedi gweld dim tebyg i hynny o'r blaen ynddo. Hyd yma yr hyn a welsai hi oedd y pendroni a'r gogor-droi yn llond ei fywyd. Roedd o wedi deud ei fod wedi bod mewn brwydrau ond o'r hyn a welai, wyddai hi ddim be fedrai o'i wneud yn eu canol nhw ac yntau heb benderfyniad o fath yn y byd yn ei gyfansoddiad. Ond rŵan yn ddisyfyd roedd Tarje'n arweinydd.

'Mi awn ni â'r petha erill yn gynta,' meddai hi. 'Mae'r cig i fynd i hon.'

Doedd dim sŵn i'w glywed, a chychwynasant tua'r coed a'r guddfan yn llond eu hafflau o ddodrefn. Gofyn amdani fyddai rhuthro gan fod y tir o dan y coed mor anwastad, yn lympiog a thyllog ac yn hawdd troi troed neu faglu arno. Wrth droi ei ben bob hyn a hyn roedd Tarje'n dechrau cydnabod fod mwy o ofn yn ei grombil o nag yn llygaid Louhi. Daliai i wrando am synau eraill ond doedd neb yn agos, a phob tro y dychwelai i'r tŷ rhoddai rawiad arall o eira ar ben y siambr dân i'w chael mor oer â phosib. Cyn hir dim ond y gist oedd heb gael ei chludo i'r guddfan.

'Cad y drysa'n gorad,' meddai Louhi pan oeddan nhw'n gwagio'r cwt cig.

Byddai olion newydd pawennau o flaen drws y cwt bron yn foreol os oedd eira newydd wedi disgyn yn ystod y nos ac roeddan nhw wedi penderfynu o'r dechrau na fyddai ganddyn nhw ddewis ond cadw'r cigoedd yn y gist. Roedd hi'n llawn a throm i'w chario i'r guddfan. Ond fe'i cafwyd yno. Dychwelasant i'r tŷ gwag a thaflasant rywfaint o'r dodrefn o'r domen y tu allan i mewn blith draphlith. Doedd ganddyn nhw ddim gobaith o ddileu'r olion traed o flaen y tŷ ac aethant ati i'w gwneud yn waeth. Roeddan nhw wedi gofalu cadw at un llwybr yn y cefn a sgubodd Tarje eira newydd dros yr olion yno wrth ymgilio.

''Dawn ni ddim i'r guddfan,' meddai, 'ne' fydd gynnon ni'r un ffor' o ddianc os dôn nhw o hyd i ni.'

Aethant i ymguddio ychydig i'r de o'r tŷ lle'r oedd y coed

yn fwy trwchus nag unman. Doedd dim i'w wneud wedyn ond gwrando.

Ni chlywid dim. Arhosodd y ddau yn llonydd, bob un yn llechu wrth goeden, heb feiddio siarad. Y tro cynt ni chawsai Louhi rybudd. Y tro cynt roedd y rhuthro wedi'i wneud gefn nos a chydnabod wedi'u lladd cyn iddyn nhw gael cyfle i ddeffro. Y tro cynt roedd tai wedi'u troi'n goelcerthi a'u trigolion oddi mewn, a phlant wedi'u lluchio'n fyw i ganol y fflamau, neu dyna'r oedd y milwyr wedi'i weiddi yn ei chlust wrth iddi gael ei defnyddio gan eu cyrff drosodd a throsodd. Y tro cynt oedd hynny. Doedd o ddim i ddigwydd eto. Nid oedd galar ar ei hwyneb rŵan, dim ond cyllell yn ei llaw.

Roedd hi wedi deud yr hanesion yma wrth Tarje.

Aeth cryn dipyn o amser heibio cyn iddyn nhw glywed lleisiau.

Swatiasant yn nes fyth yn erbyn eu dwy goeden, er nad oedd posib i neb eu gweld. Gwrandawsant, ond roeddan nhw'n rhy bell i glywed geiriau dealladwy. Doedd dim o fudd i'w gael o sbecian chwaith. Daliasant i wrando'n ddisymud ar y lleisiau, ond cyn hir aeth dyhead yn drech na Tarje. Rhoes ei fys dros ei wefusau ar Louhi ac amneidio arni i aros ble'r oedd a daeth o'i guddfan. Sleifiodd o goeden i goeden gan gadw golwg fanwl ar y tir odano yn ogystal ag ar y coed o'i flaen. Dynesodd yn raddol gan gymryd mwy o bwyll rhwng coed wrth i'r lleisiau ddod yn gliriach. Roedd bron yn sicr ei fod yn cyrraedd cwr y coed lle gallai weld yr hyn oedd yn digwydd. Yna'n sydyn daeth sŵn rhyfedd o'r tu ôl iddo. Wrth iddo lamu troi, disgynnodd yr Isben gwyrdd wrth ei draed a llaw Louhi dros ei geg a'i chyllell yng nghefn ei wddw.

Rhythodd Tarje ar yr Isben yn rhoi un gic ddiarwybod cyn llonyddu a marw. Roedd ei law hanner ffordd at ei wddw, ond heb gyrraedd. Roedd ei arf yn dynn yn ei law arall. Cododd Louhi a thynnu'i chyllell o'r gwddw. Dim ond prin sylwi ddaru Tarje ar yr ysgydwad pen bychan a roes hi arno. Dychwelodd hyfforddiant i deyrnasu a cheisiodd o sbecian rhwng y coed rhag ofn bod rhagor o'r gwyrddion i'w gweld ond roedd Louhi'n ysgwyd ei phen drachefn. Trodd ei olygon yn ôl ar y corff odano.

'Wyt ti wedi lladd rhywun erioed?' gofynnodd hi.

Chwilio o'i amgylch oedd Tarje.

'Mae'n well i ni fynd ag o i fan'na,' meddai'n gyflym, gan amneidio at lecyn mwy agored a hafn fechan rhwng cerrig mawr ar un ochr iddo y tu ôl i Louhi. 'Mi fyddan nhw'n chwilio amdano fo. Mae o'n Isben.'

Roedd o wedi plygu at y corff wrth siarad. Trodd o i gael gafael mwy hwylus ynddo. Rŵan roedd yr wyneb i gyd yn y golwg. I'r ddau fel ei gilydd roedd o'n hen ŵr, dros ei ddeugain oed a hynny o wallt oedd dan ei gap wedi dechrau gwynnu. Roedd ganddo graith ar ei dalcen ac un arall ar ei law dde. Rhoes Tarje ei ddwylo o dan ei geseiliau i'w godi a gafaelodd Louhi yn ei draed a chafodd ei hanner cario, hanner llusgo i'r hafn. Gorchuddiasant o ag eira a dal i wneud hynny dros ei wyneb nes i wres y corff ddechrau colli'r dydd a'r eira aros heb ddadmer. Dalient i glywed lleisiau.

Yn teimlo'r hen hyder yn dechrau gorchfygu'r ansicrwydd, dynesodd Tarje at gwr y coed. Cyn hir gwelodd gefn y tŷ a chyrcydodd y tu ôl i goeden. Wrth sbecian gwelai olion traed yn yr eira yn y cefn, ond doeddan nhw ddim yn dod at y coed. Deuai'r lleisiau o'r ochr arall. Doedd dim llawer ohonyn nhw i'w clywed a thybiai Tarje mai carfan fechan wedi'i hanfon i chwilio oedd yno. Daeth Louhi ato a swatio wrth ei ochr. Nid oedd wedi'i chlywed yn dynesu y tro yma chwaith. Yna daeth llais clir ymhellach draw.

'Mae 'na raeadr yna. Dim byd arall.'

Gwelodd ddau yn dod o gyfeiriad y rhaeadr a swatiodd drachefn. Daeth bloedd.

'Dowch! Pawb yn ôl!'

'Amsar setlo'r sach!' gwaeddodd llais arall.

Cymeradwywyd hynny gan chwarddiadau. Gwelodd Louhi yr olwg o ofn yn rhuthro i wyneb Tarje. Dechreuodd ddeall.

Gadawsant i ddistawrwydd deyrnasu cyn symud.

Roedd rhywfaint o'r dodrefn yr oeddan nhw wedi'u taflu i'r tŷ wedi'u symud, ond doedd dim difrod wedi'i wneud. Roedd tipyn o olion traed o gwmpas y bedd ond roedd yntau wedi cael llonydd hefyd.

'Dw i'n mynd ar 'u hola nhw,' meddai Tarje.

'I be?' gofynnodd Louhi.

'Mae gynnyn nhw rywun mewn sach. Dw i'n mynd i . . . Mi welis i 'i lygaid o pan oeddan nhw'n 'i roi o yn'o fo.'

Trodd, a mynd.

Ymhen dim roedd Louhi wrth ei ochr.

'Faint o obaith sy gen ti i achub pwy bynnag sydd yn 'u sach nhw?' gofynnodd.

'Wn i ddim. Dw i ddim am aros yma i wneud dim ond cachgïo.' Arhosodd. 'Dos yn d'ôl. Mae'n rhy beryg.'

'Na wnaf.'

Cyn hir clywsant leisiau. Ymhellach draw na'r llwybr a âi o'r afon i'r tai roedd lleindir gweddol eang ger yr afon. Roedd yn amlwg ar y milwyr oedd yn ymlacio arno eu bod yn fodlon fod y dyffryn wedi'i archwilio a bod pob gochel ar ben. Roedd llwythi o goed a brigau a gweddillion mân lwyni wedi'u cynnull i ganol y llain ar gyfer coelcerth ac roedd yn amlwg hefyd fod y milwyr am dreulio'r nos yno. Yna daeth Isben oddi wrth y gweddill ac aros a chylchu'i ddwylo o amgylch ei geg.

'Jaakko!' gwaeddodd.

Trodd yn ôl a dychwelyd at y lleill. Teimlodd Tarje bwniad yn ei ystlys. Roedd Louhi'n amneidio i gyfeiriad yr afon. Roedd sach fymryn yn aflonydd ar ei glan yn is i lawr. Er nad oedd o ymhell o'r coed doedd dim posib ei gyrraedd heb fynd i ganol y fyddin werdd.

Chwiliodd Tarje'r tir amhosib rhwng y sach a nhw. Heb fath o ateb o hwnnw, chwiliodd yr awyr. Doedd dim gobaith am eira. Amneidiodd ar Louhi a phwyntio drwy'r coed i gyfeiriad yr afon gerllaw. Brysiodd yr ychydig gamau tuag yno, a Louhi wrth ei sodlau. Roedd y llif yn arafu a'r afon yn ymledu i fynd drwy'r llain, ond doedd dim posib cyrraedd y sach a chadw o'r golwg yr un pryd, hyd yn oed wrth fynd drwy'r dŵr. Roedd milwyr yn rhy agos at y sach prun bynnag.

'Un o'u milwyr nhw'u hunain sydd ynddo fo?' gofynnodd Louhi.

'Chlywis i rioed am neb o'r gelyn yn cael 'i roi mewn sach, gan y fyddin lwyd beth bynnag. Ond mi fedar fod yn wisgwr gwinau.'

'Ro'n i'n meddwl nad oedd y rheini'n werth 'u hachub.'

'Dw i wedi gweld y llygaid yn mynd i'r sach.' Roedd yn dal i chwilio pobman. 'Nid fel hyn mae gwneud prun bynnag,' meddai wedyn, 'i neb.'

'Yr unig obaith sy gynnon ni felly ydi'r nos,' meddai Louhi, hithau hefyd yn chwilio'r tir am syniadau. 'Mi fasan ni'n gallu dŵad â'r un arall 'na yma a'i roi o yn y sach yn lle hwn,' cynigiodd. 'Doedd o ddim yn drwm iawn.'

'Amhosib,' meddai Tarje ar unwaith. 'Bron yn amhosib,' ailfeddyliodd. 'Os na fyddan nhw wedi gwneud rwbath iddo fo cyn nos mi fyddan nhw'n i roi o mewn paball. Wnân nhw ddim mo'i adael o allan i rewi. Mae honno'n farwolaeth rhy ddi-boen.'

Chwiliodd yr afon drachefn. Aeth unrhyw waredigaeth o fan'no'n amherthnsaol wrth i filwr gamu dros y sach a mynd i sefyll wrth y lan i edrych ar y dŵr. Roedd o'n edrych i fyny ac i lawr yr afon, ac yn y man tybiodd Tarje mai edrych oedd o ac nid chwilio am ddim. Ella mai dyheu ei ennyd o lonydd gyda'i hiraeth oedd o. Trodd y milwr ei ben a syllu ar y sach. Ni symudai. Trodd ei olygon yn ôl ar y dŵr. A thybiodd Tarje ei fod yn deall. Roedd o wedi dyheu droeon am fynd at sach Bo i fynegi swcwr neu anogaeth, er na wyddai pa eiriau y medrai eu deud wrtho. Ond roedd gwarchodaeth wastadol ar sach Bo. Dim ond yn y dathlu yr oedd o wedi bod heb neb yn ei warchod, ar ei ben ei hun ar frig y gefnen. Roedd yn amlwg nad oedd y gwyrddion yn gweld gwarchod y sach yma drwy'r adeg yn orchwyl angenrheidiol. Daliai'r milwr llonydd i syllu ar y dŵr.

'Dw i ddim yn meddwl bod hwnna'n ffrindia garw hefo'i fyddin,' meddai Louhi.

'Fedrwn ni ddim manteisio ar hynny hyd yn oed os nad ydi o,' atebodd Tarje. 'Yr unig beth y medra i 'i wneud ydi trio sleifio ar ôl iddi ddechra t'wllu os bydd o'n dal yna.' Am ennyd roedd yntau wedi ystyried y demtasiwn i ymddiried yn y milwr llonydd, ond gwyddai mai am nad oedd yr un syniad arall yn dod iddo roedd hynny. Roedd yn dechrau anobeithio a gwylltio. 'Cheith hyn ddim digwydd pan fydda i'n Aruchben,' cyhoeddodd.

Daeth gwaedd arall o'r llain.

'Isben Jaakko!'

Roedd y llais yma'n uwch a mwy treiddgar na'r un cynt.

'Ân nhw i chwilio amdano fo?' gofynnodd Louhi.

'Deith 'na ddim digon ohonyn nhw.'

Trodd y milwr a roddodd y waedd yn ôl at y lleill.

'Does 'na neb am fynd,' meddai Tarje.

'Be fasai'n digwydd tasai 'na rwbath yn tynnu'u sylw nhw o'r ochra 'cw?' gofynnodd Louhi gan amneidio tuag at ochr y dyffryn gyferbyn â'r llain.

'Fel be?'

'Twrw. Sgrechian. Faint fasai'n mynd i chwilio?'

Chafodd Tarje ddim cyfle i ateb nac ystyried. Roedd Isben wedi mynd i sefyll uwchben y sach. Roedd ei lais yn diasbedain.

'Codwch y pebyll! Tacluswch y goelcerth! Y nos hon y llosgid y sacha yn y Chwedl!'

Daeth bonllefau o gymeradwyaeth yma a thraw. Plygodd yr Isben a chodi un pen i'r sach.

'Mae'n noson llosgi'r sacha!' gwaeddodd wrtho.

Gollyngodd y sach yn ddilornllyd a buddugoliaethus i gyfeiliant rhagor o fonllefau unigol. Trodd at y milwr llonydd a deud rhywbeth wrtho. Ni chlywai Louhi na Tarje'r geiriau ond roedd yn amlwg mai cerydd oedd o. Dychwelodd y milwr at y lleill a'r Isben yn dal i geryddu wrth gerdded y tu ôl iddo. Dechreuodd prysurdeb newydd. Roedd Tarje yn fferru mewn anobaith.

'Mae'n rhaid inni'i gael o o'na,' meddai Louhi.

'Fel hyn roeddan nhw'n dy drin di,' meddai Tarje.

Cododd ei lygaid i edrych arni. Methodd. Edrychodd drachefn ar y sach. Trodd, ac edrych eto i lygaid Louhi. Llwyddodd.

'Dy fyddin di oedd honno,' meddai Louhi, heb edliw.

'Mi wn i.'

Daliodd i allu edrych i'w llygaid.

'Chawn ni'r un syniad arall,' meddai hithau wedyn. Caeodd ei chôt yn dynnach amdani. 'Paid â phoeni amdana i. Mi fedra i guddiad yn yr ochra 'na oddi wrth fil ohonyn nhw, waeth faint o olion traed fydd 'na yn yr eira.' Caeodd ei chap. 'Paid â disgwyl cl'wad dim yn fuan chwaith. Mae'n mynd i gymryd dipyn o amsar i mi gyrraedd y lle iawn a gwneud digon o stomp ar yr eira.'

'Be fydd yn digwydd?'

'Twrw. A phaid â disgwyl amdana i'n ôl yma. Pedair cnoc ar gaead y ffenast os bydd hi'n hwyr arna i'n cyrraedd. Paid â phoeni os na fedri di gael popeth yn ôl i'r tŷ cyn nos.'

Gyda'r cyffyrddiad ysgafnaf fu erioed ar ei ysgwydd, roedd hi wedi mynd.

Cyffyrddiad bychan o ymddiriedaeth a deimlodd Tarje. Dychrynodd braidd. Doedd dim felly wedi digwydd o'r blaen. Gwnaeth iddo lawn sylweddoli'i gyfrifoldeb. Er mwyn Louhi, roedd yn rhaid iddo agor y sach a'i wagio a'i daflu unwaith ac am byth i'r afon a mynd â phwy bynnag oedd ynddo fo hefo fo i hynny o ddiogelwch oedd posib i undyn ei gael.

Troes ei sylw at ei waith. Os oedd cynllun Louhi'n mynd i lwyddo byddai'n rhaid iddo fo gael at y sach heb adael olion ei draed i'r gwyrddion eu gweld. Yr unig ddewis felly oedd gwely'r afon. O ran symud doedd yr un anhawster, ond ni fyddai'n bosib iddo sychu a chynhesu'i draed wedyn heb gynnau tân yn y tŷ. Gan fod y milwyr wedi chwilio hyd at y rhaeadr fydden nhw ddim yn dod i fusnesa yno eto ac roedd yn ddiogel i Louhi ac yntau ddychwelyd i'r tŷ a chludo'r dodrefn yn ôl iddo, ond byddai gofyn i'r nos guddio'r mwg rhag llygaid y gelyn gwyrdd cyn y gellid gwneud tân ynddo.

Arhosodd, yn syllu i bobman yn ei dro. Doedd yr un dewis arall. Roedd yr aflonyddu cynnil ysbeidiol a wnâi'r sach yn swcro'r bwriad. Fyddai traed gwlyb ac oer am weddill y dydd golau ddim yn rhoi'r farwol iddo, dim ond iddo beidio ag aros yn llonydd ynddyn nhw. Nid cosb oedd y sach, dialedd oedd o. Châi hyn ddim digwydd pan fyddai o'n Aruchben.

Ella bod ganddo ddewis arall. Ystyriodd. Roedd y ddau oedd wedi bod yn gweiddi i geisio sylw'r Isben marw wedi gwneud hynny o'r un lle fwy na heb. Byddai olion eu traed nhw hyd y fan. Yr unig ddrwg oedd y byddent yn mynd tua chanol y llain yn hytrach nag at y sach, a byddai gofyn iddo fo ddilyn yr olion i'w gyrraedd ac i ddianc wedyn. Ni fedrai wneud hynny a'i wisg lwyd amdano.

Nid ystyriodd. Ciliodd, a rhedodd yn ôl tuag at y tŷ. Aeth i'r coed. Dilynodd olion eu traed a daeth i'r hafn ar ei union. Tyrchodd yn yr eira. Tynnodd y cap gwyrdd oddi ar y pen marw. Tynnodd y gôt. Ailgladdodd y corff yn yr eira a dychwelyd i'r tŷ. Gwisgodd amdano ddillad y gelyn gwyrdd.

Roedd wedi clywed llawer sgrech yn ei dro, ond dim tebyg i hon. Cael a chael i gyrraedd yn ôl ddaru o nad oedd y sŵn yn diasbedain o'r ochrau. Un sgrech hir, yn cynyddu ac yna'n gostwng a chynyddu drachefn. Yna tair o sgrechiadau byrion, pob un yn uwch na'r llall. Yna roedd brig coeden yn ysgwyd. Ymhen dim roedd sgrechiadau eraill, a hwnnw'n sŵn arall, yn ddigon gwahanol i Tarje sylwi na allai fod yn sicr a fedrai nabod llais Louhi ynddyn nhw ai peidio.

Atebodd y sgrechiadau eu diben. Aeth y llain yn gythrwfwl. Roedd brig coeden arall yn ysgwyd. Rhuthrodd y rhan fwyaf i gyfeiriad y coed. Yr un ennyd brysiodd Tarje ar hyd yr olion traed i gyfeiriad canol y llain, a dilyn yr olion cyntaf oedd ar gael wedyn i gyfeiriad y sach.

'Gofalwch am y sach!'

Trodd fymryn ar ei gorff i gyfeiriad y waedd a chodi'i law. Yn y pellter gwelai frig coeden arall eto'n ysgwyd. Prysurodd ymlaen. Roedd y sgrechiadau'n dal yn eu hanterth, un ar ôl y llall, ac fel taen nhw'n symud tua'r de drwy'r adeg. Roedd y sach yn aflonyddu. Plygodd ato a rhwygo'i ben hefo'i gyllell. Am y tro cyntaf yn ei fywyd roedd yn diolch mai gwisg werdd a welai odano.

'Paid â dychryn,' meddai wrth y milwr gwelw.

Rhoes gip o'i ôl ond doedd neb yn edrych tuag ato. Gafaelodd yn y milwr i'w godi ar ei eistedd a thynnodd y rhwymyn oddi ar ei geg. Tybiai mai tua'r un oed ag o'i hun oedd o, fymryn yn fengach ella. Roedd golwg ar goll yn llwyr arno, ond doedd yr un archoll i'w weld. Roedd ei edrychiad arno yn union yr un fath ag un Bo a gafaelodd Tarje yn ei ysgwydd am ennyd i'w swcro a theimlo'n ffŵl yr un munud. Rhoes gip arall o'i ôl cyn torri'r rhwymynnau oedd am arddyrnau a thraed y milwr a'u taflu i'r afon rhag i neb weld olion ei gyllell arnyn nhw. Roedd y sgrechian o'r coed yn parhau'n ddi-dor.

'Fedri di symud?'

'Medraf, dw i'n meddwl,' atebodd llais braidd yn wantan.

'Tyd 'ta. Cod.'

Rhoes gymorth iddo ddod o'r sach, a dal i afael ynddo i'w sadio. Unwaith y gwelodd ei fod yn gallu sefyll heb wegian aeth â'r sach at y dorlan a'i luchio i ganol yr afon a chreu digon o lanast yn yr eira ar y dorlan cyn neidio'n ôl.

'Ydyn nhw i gyd yn dy nabod di?' gofynnodd.

'Y rhan fwya.' Roedd yn dal i syllu yr un mor anobeithiol ag yr oedd Bo wedi gwneud. 'Be sy'n digwydd?'

'Cad y tu ôl i mi.' Trodd Tarje ei olygon tuag at ganol y llain rhag ofn bod rhywun yn eu gwylio. Trodd yn ôl. 'Paid â dangos dy wynab os medri di beidio. Tria frysio.'

Dechreuodd frasgamu, ond gwelodd ar unwaith fod yn rhaid iddo arafu rhywfaint. Edrychodd i gyfeiriad y coed, ond gwyddai na welai ddim arall yn y lle y deuai'r sgrechiadau ohono. Roedd bron yn sicr fod Louhi'n ei weld a'i nabod o. Roedd yn amlwg iddo hefyd na allai fynd yn ôl yr un ffordd.

'Mae'n rhaid i ni fynd ymlaen i'r coed,' meddai. 'Fedri di fynd yn gyflymach?'

'Mi dria i.'

Rhoes Tarje gip arall o'i amgylch cyn tynnu'i gap i ddangos ei ben i'r coed am ennyd. Roedd yn sicr fod Louhi'n gallu'i weld. Ailwisgodd y cap a brysiodd ymlaen. Cyrhaeddodd y ddau y coed ac yn fuan wedyn darfu'r sgrechiadau.

Roedd sgrechian a bodlonrwydd buddugoliaeth hefo'i gilydd yn deimlad rhyfedd. Rŵan wedi i'r ddau fynd o'r golwg i'r coed a neb ar eu holau roedd Louhi'n ceisio cadw'r rhyddhad o'i sgrechiadau. Roedd yr amser byr rhwng i Tarje dynnu'i gap yn y pellter i gadarnhau iddi pwy oedd o ac iddo fynd o'r golwg i'r coed hefo'r milwr arall yn dynn y tu ôl iddo wedi bod yn annioddiefol. Rhoes y gorau diolchgar i'r sgrechian wedi ennyd o sbecian a gwleddodd ennyd arall ar y llwyddiant.

Roedd yn rhaid i ennyd fod yn ddigon. Dychwelodd i'r lle'r oedd wedi creu'r stomp fwyaf ar yr eira. Byddai'r traed eraill yn creu mwy o stomp arno ac yn ei gwneud hithau'n fwy diogel fyth. Dringodd. Ni ddeuai'r un fyddin o hyd iddi yng nghuddfan ei choeden. Ymbaratôdd i aros.

Roedd hi wedi cynorthwyo i achub milwr. Rŵan yng nghlydwch ei chuddfan oedd hi'n dechrau sylweddoli hynny. Y tro cynt nid oedd y gallu i ystyried yn bod yng nghanol y gweiddi a'r chwerthin wrth danio a'r sgrechiadau. Am a wyddai hi roedd y bloeddio bryd hynny'n gyfansawdd, a phob milwr yn gyfrannwr i'r arswydo, pob un mor frwd â'i gilydd. Ac am a wyddai hi roedd pob milwr yn y gwersyll y llusgwyd hi iddo'n gyfrannwr llon a'r un mor frwd i'r defnydd a wnaed o'i chorff wedyn. Ar ôl hynny dial ar bawb oedd yn llond ei meddwl. Ond pan glywodd yr Isben yn gweiddi'i fygythiad am y goelcerth uwchben y sach ger yr afon gwelodd mai dim ond dyrnaid o'r milwyr eraill oedd yn rhoi eu cefnogaeth lafar iddo. Bloeddiadau unigol o gymeradwyaeth oeddan nhw. Ond ella, meddyliodd wedyn, mai'r rhai distaw oedd y rhai mwyaf brwd dros losgi a lladd. Ni wyddai hi. Doedd ganddi hi mo'r profiad na dim arall i allu meddwl yn glir ar bethau fel hyn. Ella, meddyliodd wedyn, mai hunan-dwyll oedd gallu meddwl yn glir ar bethau fel hyn prun bynnag.

Ond roedd Tarje wedi gallu gwneud hynny. Doedd o ddim wedi ystyried pa liw oedd gwisg y milwr yn y sach am nad oedd hynny'n berthnasol ganddo. Fo oedd yn iawn hefyd, meddyliodd. Doedd dim gwahaniaeth pa liw oedd gwisg neb, boed yn crynu mewn sach neu'n crochlefain uwch ei ben, oherwydd doedd hwyl ar draul dioddefaint ddim yn dewis ei liwiau.

Toc roedd siarad milwyr odani a hwnnw'n dychryn dim arni. Arhosodd ble'r oedd.

Roedd y ddau wedi cerdded drwy'r coed ac wedi cyrraedd y llwybr rhwng y tai a'r afon a thir cyfarwydd cyn i Tarje deimlo'n ddigon diogel i ddechrau holi.

'Be 'di d'enw di?' gofynnodd

'Pentti.'

'Faint ydi d'oed di?'

'Dipyn. Wn i ddim.' Ysgydwodd y milwr fymryn ar ei ben, mewn anobaith neu ddifrawder. Ni wyddai Tarje prun. 'Wn i ddim.'

'Wyt ti wedi cael dy fwydo heddiw?'

'Do dw i'n meddwl.'

Doedd o ddim am ddeud chwaneg. Dal i aros y tu ôl oedd o a braidd yn gyndyn yr olwg o gerdded ochr yn ochr nac o ddeud dim ohono'i hun heb sôn am holi fel Bo. Rŵan ar y tir cyfarwydd roedd Tarje'n llawer mwy sicr ohono'i hun.

'Mae'n iawn rŵan,' meddai. 'Chwilio amdanat ti i lawr yr afon wnân nhw os chwilian nhw o gwbwl. Be wnest ti?'

'Chwerthin am ben y Chwedl. Dw i'n meddwl. Ella rwbath arall.' Roedd o fel tasai fo'n siarad hefo fo'i hun. 'Wn i ddim.'

Ni wyddai Tarje beth i'w wneud â hynny.

Gwasgu'i gefn yn erbyn y drws ddaru Pentti pan welodd Tarje'n diosg y dillad gwyrdd ac yn ailwisgo'i wisg ei hun.

'Wyt ti'n ddigon cry i helpu i gael y lle 'ma i drefn cyn daw Louhi'n ôl?' oedd unig ymateb Tarje.

Roedd wedi hen nosi a'r dodrefn yn ôl yn y tŷ a Pentti wedi cael molchiad a phryd o fwyd poeth cyn i'r pedair cnoc fechan bendant ddod ar gaead y ffenest. Pan ddeffrôdd Louhi bore trannoeth y peth cyntaf a welodd oedd bod Tarje wedi mynd.

11

'Does gynnon ni ddim yn erbyn dy winau di,' meddai Hente, y milwr hynaf, a hwythau ar gyrraedd y coed o dan y cytiau.

'Chi fyddai'n diodda gynta,' meddai Eyolf. 'Os gwelwn ni rywun, dydw i ddim yn dangos fy ngwinau heb iddo fo ddangos ei winau o i mi yn gynta ac i minna fod mor sicr ag y medra i fod y gwinau hwnnw'n ddilys. Dydw i ddim yn gwisgo'r gwinau ar draul neb arall.'

'Dyna chdi 'ta,' atebodd Hente'n ddidaro. 'Dowch.'

Aethant ymlaen. Roedd yn rhaid mynd drwy'r coed i fynd tua'r de a'r cwm crog a phawb â'i lwybr oedd hi gan nad oedd tramwyo cyson i'r cyfeiriad hwnnw. Ond doedd y goedwig ddim yn cynnig unrhyw anhawster gwerth sôn amdano a doeddan nhw ddim yn gorfod bod yn llawer arafach nag wrth dramwyo'r tiroedd agored a'u llwybrau. Chwiliai llygaid Eyolf yma a thraw am olion o'r fyddin lwyd, ond ni welodd ddim a chredai ei bod wedi sleifio i'w thynged drwy gadw ymhellach i mewn i'r goedwig.

Roedd Hente'n tynnu at ei ddeugain, a chan hynny roedd y ddau arall yn ddigon bodlon ei drin fel arweinydd y fintai. Roedd Loki, y milwr arall, yn nes at oed Eyolf, heb gyrraedd ei ddeg ar hugain, yn dawel fel Baldur wrth natur. Nhw ill dau oedd wedi bod yn ymgeleddu Bo pan y'i darganfuwyd yn y sach. Gan Hente'r oedd y graith ar ei wyneb ac roedd wedi cymryd peth amser i Eyolf sylweddoli mai amdani hi y byddai Hente'n sôn pan fyddai'n cyfeirio at y lleuad fain.

'Dim ond gobeithio nad ydw i'n mynd â chi ar daith ofer,' hanner ymddiheurodd Eyolf unwaith yn rhagor pan ddaethant i olwg pen ucha'r cwm crog.

'Ydi o ddim yn beth anarferol braidd i wisgwr gwinau boeni am filwr?' gofynnodd Loki mewn rhyw lais ffwrdd-â-hi wrth iddo archwilio hynny o'r cwm oedd yn y golwg.

'Tarje ydi o,' atebodd Eyolf.

'Ia, debyg,' meddai Loki, yr un mor ffwrdd-â-hi.

'Y Tarje a ddywedodd dy hanas di a dy winau wrth ei Uwchbeniaid,' meddai Hente.

'Roedd hynny cyn iddo fo weld y driniaeth gafodd Bo,' atebodd Eyolf, 'a chyn i ryw ddigwyddiad ger ryw dŷ 'i falu fo. Roedd o a'i sicrwydd mor racs â'i gilydd wedyn.'

'Dyna fo felly,' cydnabyddodd Hente. 'Os ydi dy sicrwydd di'n gyfa mi awn ni i chwilio amdano fo.'

Gwyddai Eyolf mai ysgol brofiad yn ddiamau oedd ffynhonnell argyhoeddiad Hente fod Tarje wedi achwyn. Noson y llosgi a Tarje'n dal i grynu mymryn a chuddio'i ben yn ei ddwylo bob hyn a hyn a Linus yn ceisio'i orau i'w gysuro, roedd digwyddiadau'r dydd wedi dechrau deud ar Eyolf hefyd ac roedd wedi dod atyn nhw ac wedi mynd i eistedd ar ei wely. Roedd Bo wedi cael bwyd ac wedi mynd yn wael drachefn ac Aino wedi prysuro yno i'w ymgeleddu, a chyn hir roedd Linus, wedi hario, yn cysgu. Yna roedd Tarje wedi deud. Cyffes dawel ddirdynnol ei fod wedi sôn wrth yr Uchben am y gwinau, ac roedd ei lais wrth droi'n sibrwd ar ddim yn dangos ei fod yn rhy drist i ymddiheuro. Fydd dim rhaid i mi ddeud wrtho fo, na fydd? oedd unig ymateb Eyolf. Roedd o wedi ceisio cael Tarje i ehangu rhywfaint ar ei brofiadau ac ar ei stori ond yr unig ymateb a gâi oedd ysgydwad pen cynnil ac athrist bob hyn a hyn. Ymhen ychydig oriau roedd Tarje wedi mynd drachefn, ac roedd Eyolf wedi cadw'r gyffes iddo'i hun, heb adael hyd yn oed i Linus gael gwybod. Gwyddai rŵan na fyddai Linus chwaith ddim mymryn dicach wrth Tarje.

Cyn hir daethant i dir agored y cwm a throesant yn ôl ar eu hunion heb i neb orfod deud dim. Roedd y chwipwynt a ruthrai i fyny'r cwm yn deifio'u hwynebau yn ddidrugaredd a doedd dim dewis ond cilio rhagddo. Aethant i lawr drwy'r coed gan fynd cyn belled iddyn nhw ag oedd ei angen rhag cyrion y gwynt. Ni welai Eyolf olion neb wedyn chwaith.

Ond o dipyn i beth roedd rhywbeth arall. Am ychydig tybiai Eyolf mai dal i chwarae ei stori y noson cynt oedd o, dal i fyw honno. Roedd bron bawb yn cymdeithasu yn y gegin fwyta a straeon plentyndod wedi dechrau llifo.

Toc gofynnodd Aarne i Eyolf am stori o'i blentyndod o. Roedd wedi bod yn dawel am ysbaid. Yna dechreuodd ei stori amdano'i hun yn mynd ar siwrnai hir ar gar llusg. Ni ddywedodd o ble nac i ble. Roedd fel tasai o'n gyndyn o danio i'w stori, ond daeth yn amlwg wrth iddo fynd ymlaen mai petruso i ystyried oedd o. Cyn mynd ymhell ar y car llusg roedd wedi dod yn ymwybodol o gyd-deithiwr. Roedd o'n sicr o'i fodolaeth oherwydd yn y coed i'r dde iddo'r oedd o drwy'r adeg, yn arafu hefo'r car llusg, yna'n cyflymu drachefn hefo fo, ond byth yn rhoi'r argraff ei fod ar frys, faint bynnag fyddai cyflymdra'r cerbyd. A'r peth cryfaf oedd y reddf yn deud wrtho nad oedd dim i'w ofni. Doedd beth bynnag oedd o ddim yn beryg. Roedd wedi tybio unwaith neu ddwy iddo'i weld rhwng y coed, er na fedrai roi siâp iddo. Ac wrth i Eyolf fynd ati i ddisgrifio'r coed, yr awyr, y daith a'r olygfa, daeth yn amlwg fod yn rhaid iddo gydnabod nad stori plentyndod oedd hi. Roedd hyn wedi digwydd pan oedd o'n cael ei gludo i'r fyddin am y tro cyntaf. Oes gen ti ddim stori gynharach? oedd Aarne wedi'i ofyn iddo. Honna'r ydw i'n ei chofio gliriaf, atebodd yntau ar ôl pwl arall o ddistawrwydd.

Ond rŵan roedd yn dechrau cael yr un teimlad eto. Nid chwarae stori oedd hyn. Roedd y teimlad yn rhy gryf i hynny. Daliodd ychydig yn ôl a throdd ei ben yn gyflym. Nid oedd dim i'w weld ond y coed a'r eira. Chwiliodd am siâp, chwiliodd am symudiad, gwrandawodd am sŵn aderyn neu anifail yn bradychu presenoldeb rhywun neu rywbeth arall, ond doedd dim. Eto roedd rhyw sicrwydd yn y teimlad. A doedd o ddim yn deimlad i godi na dychryn nac ofn. Chwiliodd yr awyr, yn cofio am sicrwydd Aino a'i heryr, ond roedd presenoldeb dibryder y dyrnaid o adar mân rhwng y coed yn dangos nad oedd yr un eryr na hebog ar y cyfyl. Aeth ymlaen. Ymhen dim roedd o'n cydgerdded unwaith yn rhagor wrth ochr Loki.

'Os down ni o hyd iddo fo, neith o ddim ond cymryd y goes eto,' meddai Loki.

'Rwyt ti'n gwneud i mi deimlo'n euog,' atebodd Eyolf.

'Mae hyn yn well na sefyllian yn y cytia,' meddai Loki. 'Paid â phoeni.'

'Isio gweld yr hyn welodd o dw i,' meddai Eyolf. 'Isio gwybod be ddigwyddodd.'

'Mae 'na stori yn y teulu,' meddai Hente hamddenol, 'fod brawd i 'nhaid wedi syrthio i'w farwolaeth o ben y Tri Llamwr. Mae 'na stori arall mai cael 'i daflu i'w farwolaeth ddaru o, ac un arall mai cael 'i ladd ar ben y rhaeadr a chael 'i daflu i'r afon ddaru o. Pan awgrymis i'n llefnyn fod y tair stori'n gywir, un i bob Llamwr, mi ge's gurfa. Ond y tro nesa i mi gl'wad y stori roedd fy nehongliad i wedi trechu. Roeddan nhw wedi llwyddo i'w addasu o rywfodd neu'i gilydd, a hwnnw wedi'i liwio glywyd fyth wedyn. A'r unig reswm am fodolaeth fy namcaniaeth newydd i oedd 'mod i wedi laru cl'wad y stori.' Arhosodd a throi at Eyolf. 'Oes gen ti deulu call?'

'Na,' gwenodd Eyolf. Sobroddꜱ 'Does gen i ddim teulu. Mi fu Nhad farw ychydig cyn i mi gael 'y nhynnu i'r fyddin. Roedd o'n hen.'

'A dy fam?'

'Na.' Rhoes gip arall o'i ôl. 'Ydi tynged brawd dy daid yn rheswm dros i ti ddŵad ar y daith yma?' gofynnodd.

'Ydi debyg,' atebodd Hente.

'Mae gen ti gysylltiad â'r ardal felly?'

'Na. Crwydrwr tiroedd oedd y brawd. Ond rydw i wedi dychmygu'r rhaeadr ganwaith.'

'Mae 'na raeadr uwchben 'y nghartra i,' meddai Loki. 'Mae

posib mynd i guddiad y tu ôl iddo fo. Mae'n fyd arall yng nghanol y twrw a dim i'w weld ond mur o ddŵr yn disgyn. I fan'no'r es i i guddiad pan oeddan nhw'n hel milwyr, ond roedd 'na un ohonyn nhw'n gwybod am y lle a mi ge's fy llusgo o'no. Paid byth â rhoi dy ffydd mewn rhaeadra,' ychwanegodd.

Doedd gan Hente nac Eyolf sylw i'w wneud am hynny. Aethant ymlaen.

Doedd y chwipwynt ddim yn cyrraedd y coed o dan y warchodfa, dim ond ei ias, a safai Aino yn llonydd yn ei ganol, yn syllu ar olion traed yn yr eira. Doedd dim eira newydd wedi dod i'w gorchuddio, ond roedd rhai wedi'u chwalu gan olion diweddarach, olion pawennau llydan yn anelu i'r un cyfeiriad a'r rheini hefyd wedi rhewi.

'Rhein ddim dychryn chi?' clywodd lais Bo y tu ôl iddi.

'O ble doist ti?' gofynnodd hithau.

'Gweld chi yn coed.' Roedd yn meddwl am ei eiriau ac am y rhai nesaf. 'Llithrig yma.' Roedd yn siarad hefo'i ddwylo hefyd rhag ofn nad oedd ei eiriau'n ddigon cywir. Plygodd i astudio'r olion a'u mesur hefo'i fawd a'i fys bach. 'Peidio torri coes,' ychwanegodd wrth godi. 'Eyolf dim cynt dychwelyd.'

Linus yn hytrach na hi oedd yn gyfrifol fod Bo'n brwd ddysgu'u hiaith. Doedd hi ddim yn poeni llawer am drefn ei eiriau ar hyn o bryd, oherwydd roedd o'n llwyddo ym mhob sgwrs i gyfleu'r hyn roedd arno isio'i ddeud yn ddi-feth fwy na heb.

'Does dim angan i ti ddychryn o weld y rhein,' meddai hi, gan amneidio at olion y pawennau.

'Nhw gwarchod o hefyd?'

Roedd Aino'n tawel werthfawrogi diniweidrwydd y cwestiwn.

'Mi ddaw yn ei ôl,' meddai, 'a'r ddau arall. Tyd rŵan. Chwara teg i ti am feddwl amdana i. Ond mi fedra i edrach ar f'ôl fy hun.'

Dychwelasant, ochr yn ochr.

'Be sy'n digwydd, Aino?' gofynnodd Bo yn sydyn, ond ei lais yn dangos nad cwestiwn munud hwnnw oedd o.

'Popeth na ddylai ddim digwydd,' atebodd hithau.

'Casáu brwydro. Pam maen nhw'n gwneud? I be?'

'Fasan nhw ddim yn derbyn fy atab i.'

'Pawb yma casáu brwydro hefyd. Ond pawb yn filwyr. Pam?'

'Dydi'r dewis ddim gan bawb.'

Arhosodd Bo. Tynnodd ddarn bychan o bren o'i boced.

'Casáu Chwedl.' Dangosodd y pren iddi. 'Gwisgo'r gwinau.'

'Tyd rŵan,' meddai hithau. 'Mi fydd pob dim yn iawn i ti.'

Gwasgodd ei arddwrn fymryn cyn ailgychwyn.

'Dychymyg 'ta ffaith ydi'r gora?' gofynnodd Eyolf bedwar diwrnod yn ddiweddarach.

'Ffaith, debyg,' atebodd Hente. 'Mae unrhyw beth yn well na dychymyg teulu ni.'

Roedd eu lleisiau'n swnio'n fach. Safent ar ben y rhaeadr uchaf, wedi dynesu'n ochelgar nes iddyn nhw fod yn fodlon nad oedd neb arall ar y cyfyl. Cymysgedd o fodlonrwydd a rhywfaint o bryder oedd yn mynd drwy Eyolf o gyrraedd yno, cymysgedd yr oedd wedi hen arfer ag o bellach. Hwn oedd y prawf swnllyd fod dyfaliad Baldur a stori Bo'n cydasio, a hwn oedd yn cadarnhau nad oedd ganddo syniad be oedd i ddod. Ar wahân i hanes y lladdfa ger y tŷ, disgrifiadau o dirwedd fwy na heb oedd stori Bo rhwng cychwyn efo'r fyddin a'i roi yn y sach, a doedd hynny'n cynnig nac yn datrys dim. Ac erbyn hyn roedd ei hyder y deuai at ryw fath o ateb yn y tŷ yn gwanio, a go brin fod rheswm dros obeithio y deuai o hyd i Tarje yno, o ystyried. Yna roedd ei feddwl ar gant o filwyr yn crafangu i fyny'r graig. Syllodd. Nid oedd dim o'u hôl.

'Sut daethon nhw â Bo i fyny hon mewn sach?' gofynnodd Loki, yn meddwl yr un peth a'i lygaid yn chwilio'r graig odano.

'Grym ewyllys,' meddai Hente.

'A'r addewid i gael dial ar ei ddiwadd o,' ategodd Eyolf. 'Mi wneith hwnnw wyrthia. Mae o yna eto,' ychwanegodd.

Doedd o ddim wedi bwriadu deud hynny, yn uchel beth bynnag.

'Be?' gofynnodd Loki, yn chwilio'r rhaeadr a'r graig a'r tir yn y gwaelod.

Gwyddai Eyolf fod yn rhaid iddo ateb.

'Yr eryr.'

Doedd o ddim wedi chwilio'r awyr o gwbl. Dangosai wyneb sydyn amheus Loki ei fod yntau hefyd yn gwybod hynny. Cododd ei ben i chwilio'r awyr. Gwelai'r eryr fry yn y pellter y tu ôl iddyn nhw. Roedd Eyolf wedi sôn yn ystod eu taith am eiriau Aino a'i ffydd yn yr eryr, ac roedd hynny wedi arwain at drafodaeth fywiog a lamai i mewn ac allan yn wastadol o'r pwnc, gyda Hente a Loki braidd yn amheus o'r egwyddor ac Eyolf yn methu barnu.

'Beidio dy fod yn gadael i Aino feddwl yn dy le di?' gofynnodd Loki.

'Wn i ddim,' atebodd Eyolf, yr unig ateb y medrai ei roi.

'Tasai hi wedi deud y byddai 'na ddyn eira hefo sgidia eira am 'i ddeutroed a glastorch bob ochor i'w ben o'n glustia'n dy ddilyn di i dy warchod di, mi fyddai hi'n haws rhoi coel arni hi,' meddai Hente, yntau hefyd wedi troi i chwilio'r awyr.

'Ydi'r rhaeadr 'ma'n mynd i dy ben di?'

'Does 'na ddim gormodadd o eryrod ella,' aeth Hente rhagddo, 'ond go brin bod 'na brindar. Dydi hwnna ddim yn rwbath anghyffredin,' meddai gan bwyntio draw i gyfeiriad yr eryr.

'Ond mae o yna,' meddai Eyolf, yn teimlo'n rhyfedd am ei fod yn gorfod gweiddi bron, a hynny'n anghydnaws â'r gymysgedd oedd yn chwyrlïo drwy ei feddwl. 'Dowch 'ta. Mi'i triwn ni hi.'

Cododd ei bwn a'i roi ar ei gefn. Llaciodd y ddau arall eu hysgwyddau cyn rhoi eu pynnau hwythau ar eu cefnau ac aeth Hente ymlaen at ymyl y graig a chychwyn i lawr, yn amlwg yn hen gyfarwydd â'r gorchwyl. Gadawodd Loki iddo ddisgyn tipyn cyn cychwyn ar ei ôl. Rhoes Eyolf gip arall i gyfeiriad yr eryr pell. Hofran oedd o, nid hedfan. Roedd rhyw deimladau'n llenwi ei feddwl, teimladau na fedrai roi llun na siâp iddyn nhw, ac Aino lond eu canol. Ella mai Loki oedd yn iawn a'i fod o'n gadael i Aino feddwl yn ei le bob tro y gwelai eryr a'i fod yn colli'r gallu i feddwl amdano dim ond fel unrhyw aderyn arall. Nid eryr, ailfeddyliodd heb wybod pam. Nid unrhyw eryr ar hap, ond yr eryr. Dyna oedd yn gywir.

'Be dw i'n 'i wneud yma?' gofynnodd yn uchel.

Trodd, ac aeth i lawr y graig.

'Mae'n well i ni gymryd pwyll rŵan,' meddai Hente pan gyrhaeddodd Eyolf y gwaelod. 'Os ydi stori Bo'n gywir mae'r tŷ 'na'n lled agos.'

Roedd Eyolf yn dal i syllu ar y rhaeadrau.

'Fydd Tarje ddim yna,' meddai.

Trodd Loki ato.

Sut gwyddost ti?' gofynnodd.

'Greddf.'

'Anghofia hynny am funud,' meddai Hente. 'Cadwch yn effro, a chadwch yn ddistaw.'

Aethant ymlaen. Gwelsant y mwg yn fuan ar ôl iddyn nhw droi i ganlyn yr afon.

Swatiasant y tu ôl i goed. Rhoes Hente fys dros ei geg. Crymanodd ei fraich chwith i ddangos ei fod o am fynd ar gylch. Cychwynnodd, gan sleifio o goeden i goeden. Dynesodd Eyolf a Loki tuag at y mwg yr un mor wyliadwrus. Yna roedd Loki'n rhoi pwniad bychan i Eyolf ac yn pwyntio o'i flaen. Roedd siâp diamheuol bedd a'i gerrig o dan haen o eira o fewn ychydig gamau iddyn nhw.

Mwya sydyn daeth merch o'r coed o ochr yr afon. Neidiodd yn ei braw o'u gweld a'r eiliad nesaf roedd cyllell yn ei llaw.

'Paid â dychryn,' ymbiliodd Eyolf, yn clywed ei lais yn llawn cymaint o ddychryn â dim a âi drwy'r ferch, 'dydan ni ddim ar berwyl drwg.'

'Be dach chi'n 'i wneud yma?' gofynnodd hithau yn gyflym. 'Pentti!' gwaeddodd.

'Dim ond chwilio ydan ni,' meddai Eyolf wedyn, yn teimlo fod ei eirau'n ddi-glem o annigonol.

'Chwilio am be?'

Daeth milwr gwisg werdd o'r coed y tu ôl i'r ferch. Cododd yntau y fwyell yn ei law.

'Pwy ydach chi?' gofynnodd.

'Rydan ni'n chwilio am filwr o'r enw Tarje,' meddai Eyolf. 'Llwyd ydi'i wisg o . . .'

'Be 'di d'enw di?' gofynnodd y ferch ar ei draws.

'Eyolf. Mae Tarje'n fy nabod i.'

'Profa fo.'

'Fasat ti ddim wedi gofyn i Eyolf am 'i enw tasat ti ddim yn gwybod am Tarje,' meddai Loki, mor ddigyffro ag y dywedodd ddim erioed.

Cododd y ferch ei chyllell ychydig yn uwch.

'Cad dy glyfrwch i chdi dy hun,' meddai wrth Loki. 'Be sy gen ti i'w ddeud?' gofynnodd i Eyolf.

Roedd Loki wedi codi hyder Eyolf.

'Bo,' meddai. 'Sach, Linus, Jalo, llongddrylliad, cwch, lladd aderyn cysegredig, cant o gyrff ar domen dân, merch ne' hogan fach yn canu un gair drosodd a throsodd.' Aeth i'w boced. Tynnodd ei addurn a'i ddangos. 'Gwisgo'r gwinau.'

Roedd y gyllell ychydig yn is.

'Paid â phoeni am liw gwisg Loki,' meddai Eyolf, 'na'i fod o'n cyd-deithio hefo gwisgwr gwinau. Os ydi Tarje yma wêl o ddim ond cyfeillgarwch o'n tu ni, fel y gŵyr o'n burion.'

'O'r gora.' Rhoes y ferch ei chyllell yn ei gwain. 'Dydi o ddim yma ac wn i ddim ble mae o.'

'Ond mae gen ti dy stori amdano fo?'

'Oes.' Trodd at ei chydymaith. 'Wyt ti'n fodlon iddyn nhw ddod i'r tŷ?' gofynnodd iddo.

'Mae 'na un arall hefo ni,' meddai Eyolf ar frys. 'Mae o wedi mynd i'r coed. Hente!' gwaeddodd.

'O'r gora,' meddai'r cydymaith. 'Louhi ydi hi, Pentti ydw i,' meddai wedyn. 'Does 'na neb arall yma, neb o fewn dyddia lawar o deithio. Dowch.'

'Be ydi hanas y bedd 'ma?' gofynnodd Loki.

'Mae o ynghlwm wrth hanas Tarje,' meddai Louhi. 'Mi ddaeth yma'n unswydd i'w dorri fo.' Dynesodd. 'Mae'r hogan oedd yn canu ei gair bychan yn fan'na,' meddai wedyn gan bwyntio.

'Roeddat ti'n perthyn iddi,' meddai Loki.

'Be?' gofynnodd hithau mewn ychydig o ddychryn.

'Mae tristwch dy lais di'n dangos hynny.'

'Dowch.'

Trodd Louhi oddi wrth y bedd. Aethant i'r tŷ, ac Eyolf a Loki'n gwerthfawrogi'r cynhesrwydd y munud hwnnw. Daeth Pentti heibio iddyn nhw a mynd i'r gornel bellaf i gadw'i fwyell.

'Y rheswm am y wisg ydi mai dyma'r unig ddillad sy gen i,' meddai wrth Eyolf. 'Os gwyddost ti am Bo, mi wyddost am y sach. Mi fûm inna mewn un hefyd. Louhi a Tarje ddaru 'nhynnu fi ohono fo. Dillad ydi'r rhein,' ychwanegodd gan afael ennyd yn ei gôt, 'dim arall. Gwna fel y mynnot ti,' meddai wedyn wrth Loki.

'Does 'na ddim deunydd barnwr ar neb na dim yno i,' atebodd Loki.

Daeth Hente i mewn.

'Dyma Louhi a Pentti,' meddai Eyolf wrtho. 'Maen nhw'n gwybod hanes Tarje,' ychwanegodd, a sŵn dathlu'n llond ei lais. 'Dydi'n siwrnai ni ddim yn ofer.'

Ond doedd Hente'n cymryd dim sylw. Roedd Pentti newydd droi i'w wynebu.

'Tawn i'n sugno'r fleiddast!' ebychodd Hente, yn rhythu ar Pentti. 'Chdi!'

Rhythu'n ôl a chochi ac ysgwyd ei ben oedd Pentti.

'Rwyt ti'n 'y nabod i, debyg!' ebychodd Hente drachefn.

'Na,' meddai Pentti, y gair yn crynu braidd.

'Paid â'u malu nhw.' Trodd Hente at Eyolf. 'Be ddudist ti oedd ei enw fo?' arthiodd.

'Pentti,' meddai Eyolf, fel tasai o newydd gael cerydd.

'Pentti?' Trodd Hente eto at Pentti. 'Dim ond yn y Chwedl maen nhw'n cael newid 'u henwa. Ond dibris oeddat ti ohoni hi, 'te? A hynny ger bron y bobol anghywir bob gafael. Mynnu cael meddwl dy betha dy hun a'u cyhoeddi nhw waeth pwy oedd yn gwrando, yn union fel dy dad. Dyna pam y buo rhaid i mi dy lusgo di oddi wrth dy farwolaeth. Dyna sut ce's i hon.' Trodd ei wyneb fymryn i'r ochr i ddangos. Rhoes fys ar ei graith. 'Y lleuad fain oedd pris d'achubiaeth di!' gwaeddodd. 'Wyt ti'n 'y nabod i rŵan 'ta, y llibin bach anniolchgar?'

Roedd Pentti'n fud. Roedd Louhi wedi codi'i chyllell unwaith yn rhagor, ond er ei ddychryn llwyddodd Eyolf i roi bys ataliol ar ei llaw. Ni chymerai Hente'r sylw lleiaf o hynny. Roedd Loki hefyd wedi dychryn braidd ac edrychai'n ddigon hurt ar Hente.

'Ac nid Pentti ydi d'enw di, naci?' gwaeddodd Hente wedyn.

Eisteddodd Pentti. Rhoes un edrychiad anobeithiol ar Louhi cyn rhoi ei benelin ar y bwrdd a phwyso'i dalcen ar ei law.

'Naci,' ildiodd.

Eisteddodd Hente. Rhoes law gyfeillgar ar ysgwydd Pentti.

'Dyna ni,' meddai, ei lais hamddenol fel tasai o heb weiddi'r un gair erioed, 'dim ond hynna oedd angan i ti 'i ddeud.' Trodd at Louhi. 'Oes gen ti wrthwynebiad i Loki ddangos 'i ddawn fel cogydd i chi'ch dau? Dydan ni ddim wedi cael bwyd poeth wedi'i wneud yn iawn ers dyddia lawar. Mae gynnoch chi fwyd yma decini?'

'Mi wneith Louhi a minna fwyd i chi,' meddai Pentti, a bygwth codi.

Roedd llaw Hente ar ei ysgwydd eto.

'Aros ble'r wyt ti. Mae gen ti chydig o waith siarad.'

12

Doedd Linus ddim wedi sylweddoli fod ganddo'r ddawn nes iddo ddechrau ei harfer. Pan ddaru Eyolf fanteisio ar y tywydd a mynd ar ei daith, roedd Linus wedi dechrau c'noni ar ei ôl y munud hwnnw. Y pnawn ar ôl i Eyolf ymadael cyrhaeddodd Baldur ar ei sgawt ac yn ôl ei arfer darganfu waith. Pan oedd Eyolf wedi mynd i'r cwt uchaf i chwilio am addurn Bo roedd o wedi gweld sachyn moethus yr Uchben ar ei union a doedd o ddim wedi gorfod busnesa dim yn y sachau eraill. Gan nad oedd neb wedyn wedi mynd i'w hagor a didoli'u cynnwys aeth Baldur ati i wneud hynny gyda chymorth parod Linus. Doedd Linus ddim wedi bod yn y cwt o'r blaen a chyn hir roedd ei sylw'n cael ei dynnu gan ddernyn o bren derw yn y gornel, dernyn na wyddai neb pam ei fod wedi'i roi yno. O dipyn i beth dechreuodd Linus weld y posibilrwydd ynddo, a hynny'n cryfhau gan lenwi'i ben wrth i'r pnawn fynd rhagddo. Gyda'r nos, wedi cael cadarnhad gan Aarne nad oedd defnydd i'r coedyn, dechreuodd yn betrus arno. Ymhen deuddydd roedd siâp yr eryr eisoes yn datblygu.

'Pam eryr?' gofynnodd Aarne.

'Am fod Aino'n credu ynddo fo,' meddai yntau.

'Wyddwn i ddim dy fod yn gerfiwr,' meddai Aarne wedyn.

'Pwy sy'n deud 'mod i? Ella bydd o'n llanast erbyn nos fory.'

'Go brin. Rwyt ti wedi gwneud hyn o'r blaen,' meddai Bo, yn gafael yn y cerflun a'i fwytho o un pen i'r llall hefo un bys.

'Ffidlan,' atebodd yntau. 'Mae Dad yn gallu cerfio a mi fyddwn i'n trio'i ddynwarad o. Roedd o'n gwneud petha cywrain, a finna'n bodloni ar wneud petha hawdd hefo'r sbarion, siapia pysgod ne' betha symlach.' Cymerodd y cerflun yn ôl gan Bo a'i ddal hyd braich i dderbyn trem ei feirniadaeth. 'Ond hyd yn oed os bydd hwn yn llwyddiant,' meddai wedyn, bron yn swnio'n ddigalon, 'fydd 'na ddim defnyddiol wedi dod o 'nwylo i, na fydd? Fydd o'n ddim ond addurn.'

'Ers pa bryd mae'n rhaid i bopeth fod yn ddefnyddiol?' chwyrnodd Aarne. 'Siawns nad oes 'na le i gynnyrch dy ddawn a dy ddychymyg creadigol di hyd yn oed mewn lle fel hwn. Yn enwedig mewn lle fel hwn,' ailfeddyliodd.

Ond roedd Linus yn benderfynol o wneud rhywbeth ymarferol i dalu am ei le, a thrannoeth cafodd gyfle i wneud hynny yn y pnawn. Cafodd ganiatâd yn berwi o amodau gan Mikki i gynorthwyo Baldur dorri coed, a chanlyniad teirawr o'r lli draws a'r fwyell oedd blinder a dim mymryn o boen. Roedd o wedyn wedi cynorthwyo i gau caeadau'r ffenestri am y nos. Roedd o cyn falched o'r gorchwyl hwnnw â'r un, oherwydd roedd cau'r caeadau'n dynodi clydwch a chynhesrwydd, gan wneud y lle'n ddiddos a chartrefol a rhoi naws ddiogel iddo. Roedd o'n dod i werthfawrogi mwy a mwy ar hynny ac yn dod i sylweddoli nad dymuniad i fynd i gongl oedd o, nid dymuniad i osgoi antur. Nid antur oedd y brwydro, prun bynnag. Roedd Eyolf wedi dyrnu hynny i'w pennau o'r dechrau cyntaf, nid bod angen iddo wneud dim o'r fath. Roedd hyd yn oed Tarje wedi cytuno nad antur oedd rhedeg yn ddall a chibddall a phenddall ar ôl yr un oedd o'i flaen ac o flaen yr un oedd o'i ôl gan weiddi synau diystyr a direswm a gobeithio nad oedd nac arf na charreg na saeth yn anelu tuag ato. Nid antur oedd arswydo rhag gwg Uchben ac Isben, na dirmygu Uwchfilwyr a Gorisbeniaid a'u sgrechiadau. Antur oedd dilyn Aino heb wybod i ble. Antur oedd gadael i Aino fod â'i ffydd yn yr eryr a'r bleiddiaid. Arwain at warineb oedd antur. Roedd Linus yn gobeithio fod Aarne a phawb yn y warchodfa'n credu hynny hefyd, prun a oeddan nhw'n sylweddoli hynny ai peidio. Doedd y byddinoedd a'r brwydro fyth yn destun sgwrs na siarad wrth fwyta nac wrth weithio, dim ond pan fyddai'r angen iddyn nhw fod, a dyna pam byddai'r cymdeithasu gyda'r nos yn ddiddan i'r neb a'i mynnai, yn llawn straeon a chaneuon. Roedd Linus yn hapus braf yn ei ganol, yn gallu gwrando a cherfio yr un pryd a brwd gyfrannu ambell stori plentyndod fel ar y noson cyn i Eyolf fynd ar ei daith. Roedd stori Eyolf y noson honno'n dal i fod yn anarferol fyw ym meddwl Linus ac am ryw reswm roedd distawrwydd Eyolf cyn dechrau'i stori ac wedyn ar ei diwedd hefyd yr un mor fyw yn ei feddwl. Gwyddai ei fod yntau wedi bod yr un mor ddistaw, ac ni wyddai pam.

Ond rŵan roedd wedi blino'n braf ac yn rhannu'r bwrdd swper hefo Baldur.

'Be wyddoch chi am Baldur bach?' gofynnodd Linus.

'Llai nag a wyddost ti mwya tebyg,' atebodd Baldur, 'ar wahân i un peth.'

'Be?' gofynnodd Linus eiddgar.

'Mi fyddai'n amhosib iddo fo feddwl mwy o'i fam nag yr wyt ti'n 'i feddwl ohoni.'

'O.' Roedd Linus wedi disgwyl cyfrinach newydd. 'Mae hi'n deud y gwir 'tydi?'

'Am y Baldur bach, chadal titha? Ydi.'

'Rydach chi wedi bod yng nghanol dega o stormydd eira,' meddai Linus yn y man wrth dorri torth yn ei hanner a rhoi un darn i Baldur.

'Do. Pam?'

'Yr unig ffordd o oroesi peth felly ydi troi'ch cefn arni

hi. Pan mae hi'n storm o'r iawn ryw dydi plygu pen i'w chwarfod hi'n dda i ddim. Os ydach chi'n 'i hwynebu hi, mae'r eira'n cael 'i chwythu i'ch ffroena chi ac yn eich mygu chi. Os ydach chi'n agor eich ceg i anadlu, mae 'na fwy o eira fyth yn cael 'i hyrddio i'ch corn gwddw chi i'ch mygu chi'n waeth, a waeth i chi heb â thrio anadlu trwy gadach oherwydd mi fydd o wedi clogio mewn chwinciad. Mae'n rhaid troi cefn arni hi a chwilio am gysgod. Dyna'r unig obaith.'

Rhoes Baldur ei sylw yn ôl ar ei fwyd.

'Nid i roi gwers i mi'r wyt ti'n deud hyn,' meddai.

'Mi ddiflannodd Baldur bach mewn storm eira, medda Aino, ac o'r ffordd y disgrifiodd hi'r diwrnod a'i hardal wrtha i mi fyddai'r storm yn chwythu i'w wynab o os oedd o'n 'nelu am adra. Roedd hi'n gymaint o storm, ddaru'r eira ddim sefyll mewn unrhyw drwch o sylwedd ar lawr gwlad. Roedd o'n cael 'i hyrddio i luwchio yn erbyn y coed a'r creigia. Pan aethon nhw i chwilio am Baldur bach drannoeth doedd ôl na pherson nac anifail yn yr eira oedd wedi aros ar lawr wrth i'r storm ostegu. Doedd 'na ddim cysgod i'w gael wrth unrhyw graig a ddaru'r hogyn ddim cerddad hefo'r storm oherwydd mynydd sydd y tu hwnt i'r coed ym mhen ucha'r cwm, medda Aino. A does dim dringo ar hwnnw yn yr ha, heb sôn am aea a'i stormydd, medda hi. Felly mi aeth Baldur bach i'r goedwig oedd yn gyfochrog â'i daith o tuag adra. Does dim gwaith chwilio'r coed ar ochor ddwyreiniol y cwm yn ôl Aino, a thua'r gorllewin yr aeth o a mynd ar goll yn y goedwig honno. Mi ddaru'r gymdogaeth i gyd chwilio'r goedwig yn ogystal, a doedd dim ôl yno chwaith. A go brin fod dillad a sgidia at ddant unrhyw fwystfil yn y goedwig honno mwy na mewn unrhyw goedwig arall y pen yma i'r Chwedl. A phan ddaru'r eira ddadmar yn y gwanwyn doedd na chorff na dilledyn nac olion i'w gweld ar odre'r un graig yn y cyffinia oedd wedi bod dan orchudd drwy'r gaea. Mae Aino wedi pwysleisio hynny wrtha i drosodd a throsodd. Ydw, dw i'n 'i choelio hi. Mi aeth Baldur bach i'r goedwig yn fyw, ac mi aeth ohoni'n fyw, ella hefo cymorth y dyn hwnnw y mae Aino'n argyhoeddedig o'i fodolaeth.'

'Dydan ni ddim llawar haws o wybod hynny,' meddai Baldur.

'Mi wn i am be dw i'n sôn,' meddai Linus. 'Mi es i ar goll mewn coedwig, er nad o'n i ymhell o adra pan es i iddi. Mi fûm i ynddi am ddau ddiwrnod. Merchaid yn gweithio ddaeth o hyd i mi, ne' fi iddyn nhw. Cl'wad 'u lleisia nhw ddaru mi. Ella bod gynnoch chi'r reddf sy'n eich atal chi rhag mynd ar gyfeiliorn pan ydach chi'n tramwyo drwy goedwig. Doedd gen i ddim. Doedd 'na'r un dim i awgrymu cyfeiriad. Mi gymeris i bron i ddiwrnod cyfa i gyrraedd adra drannoeth, a hynny heb fynd ar gyfyl y goedwig. Ac mae'n sicr 'mod i'n hŷn nag oedd Baldur bach pan ddiflannodd o. Ro'n i'n un ar bymthag.'

'Mae dy fwyd di'n oeri, y prepiwr,' meddai Baldur. 'Dw i'n coelio Aino'n adrodd yr hanas,' ychwanegodd gan syllu ennyd ar Linus yn aildyrchu i'w fwyd. 'Dydi hynny ddim yn golygu 'mod i'n rhannog yn 'i hyder hi 'i fod o'n fyw o hyd.'

'Mae'n rhaid iddo fod yn fyw ne' aros heb 'i ddarganfod,' meddai Linus.

Ni wnaeth Baldur sylw o hynny.

'Wyt ti'n sylweddoli mai'r hyn rwyt ti newydd 'i ddeud yn dy stori ydi mai ffliwc fyddai dod o hyd i dy gorff di tasat ti wedi digwydd marw yng nghanol y coed?' gofynnodd.

'Nid o anghenraid.'

'Ffliwc fyddai hi. Ac mae'n ddigon posib mai coedwig gyffelyb 'i maint a'i natur oedd yr un yr aeth yr hogyn i lochesu ynddi. Mae'n amhosib chwilio coedwig felly'n drwyadl. Mi fyddai gofyn 'i gwagio hi goedan wrth goedan, lwyn wrth lwyn.'

'Dydach chi ddim yn ffyddiog felly.'

'Dydw i ddim wedi styriad ydw i'n ffyddiog ai peidio. Ki mara po goþe oedd y gri uwch dy ben di pan oeddat ti'n gorwadd. Dydi rwbath amgenach na gobaith gwan a difeddwl ddim yn beth doeth ym mhob achos.'

'Ydach chi wedi deud hynny wrth Aino?'

'Callia'r clap.'

'Mae hi'n meddwl y byd ohonoch chi.'

'Ella'i bod yn well iddi fod fel hyn.' Roedd llygaid Baldur yn synfyfyriol drist. 'Mae 'na brydferthwch yn 'i gobaith hi. Mae 'na brydferthwch yn 'i hyder hi yn yr eryr. Wyt ti am roi dy eryr iddi hi?'

'Os bydd arni'i isio fo.' Roedd yn amlwg ar wyneb Linus nad oedd wedi ystyried hynny. 'Os bydd hi, mi fydd yn rhaid i mi wneud un arall. Mae Aarne yn gwneud silff i ddal hwn i bawb gael ei weld o medda fo.'

'Er mwyn i chi'ch dau fod yn fyw yn 'i feddwl o pan fyddwch chi ac Aino wedi mynd.'

'I be mae o isio gwneud hynny?' gofynnodd Linus.

'Wyt ti fel postyn, d'wad?' Tynnodd Baldur ei sylw oddi ar ei fwyd. 'Ar wahân i Mikki a'r bychan diarth,' dechreuodd.

'Mae'n haws deud Bo,' gwenodd Linus wrth dorri ar ei draws.

'O ia. Mae pawb arall yma yn nes at oed Aarne 'i hun nac at eich hoedran chi. Mae o wrth ei fodd hefo chi'ch dau a'r bychan arall am eich bod chi'n nes at oed Leif. Hefo chi mae Leif yn fyw iddo fo. Pam wyt ti'n meddwl 'i fod o'n treulio cymaint o'i amsar yn eich cwmni chi? Pan mae o hefo chi mae'i hiraeth o'n waeth ond yn filgwaith melysach.'

'Ddaru mi ddim meddwl am hynny,' meddai Linus yn dawel. Chwaraeodd fymryn hefo darn o gig cyn ei dorri a'i fwyta. 'Be dach chi'n 'i feddwl o'i stori o?' gofynnodd.

'Pa stori?'

'Mi ddudodd wrth Eyolf mai dod yma o'i wirfodd ddaru o, ac nid cael 'i hel yma am biso'n gam.'

'Che's i rioed argraff wahanol,' meddai Baldur.

'Dydach chi ddim yn y fyddin. Tasai Aarne wedi dod yma o'i wirfodd a heb sathru ar gorn yr un Uchben na'r Aruchben, mi fyddai o'n gwybod lle mae Leif. Mi fyddai'r Uchbeniaid erill yn gofalu am hynny. Maen nhw i gyd yn cael pob gwybodaeth berthnasol gynted fyth â phosib, yn enwedig am 'u teuluoedd nhw'u hunain. Mae 'na negeseuon yn mynd o un gwersyll i'r llall fyth a beunydd, ar wahân i yma. Mi fentra i fod Aarne wedi deud 'i farn wrth rywun ne' rywrai a doedd o na'i farn ddim yn plesio o gwbwl. Dyna pam mae o yma.'

'Mi dderbynia i'r hyn wyt ti'n 'i ddeud,' atebodd Baldur ar ôl eiliad o ystyried, 'mi wyddost fwy am y petha yma na fi. Diolch am hynny,' ychwanegodd. 'Bron bob tro dw i'n dod yma dw i'n cael achos i werthfawrogi eto fyth pam 'mod i'n cadw'n glir oddi wrth bobol a'u petheuach.'

''Dan ni'n bobol,' gwenodd Linus. 'Dach chi'n dod aton ni.'

'Mae'r rhein yn wahanol,' atebodd Baldur toc.

'Mae'n rhaid 'u bod nhw,' cytunodd Linus, yn difrifoli wrth i'r geiriau ei atgoffa o rywbeth arall. Ystyriodd am eiliad cyn mynd ymlaen. 'Mi ddudodd Eyolf wrtha i fod Aarne wedi deud wrth Tarje y bora ar ôl i chi ddŵad â ni yma nad ydach chi rioed wedi gwisgo dillad milwr o liw yn y byd ac nad oes gynnoch chi mo'r diddordab lleia un yn y byddinoedd a'r brwydro.'

Dim ond nodio ddaru Baldur i gytuno.

'Ac eto roeddach chi ar flaen y gad yn ein helpu ni pan ddaeth y fyddin lwyd yma i drio goresgyn. Eich galwada blaidd chi oedd yn rhoi pob negas oedd 'i hangan i Aarne. Doedd arno fo angan neb arall medda fo. Pam oeddach chi'n gwneud hynny a chitha rioed wedi bod yn filwr a heb unrhyw ddiddordab yn y rhyfela?'

Rhoes Baldur y gorau i'w fwyd er mwyn plygu ymlaen i bwysleisio.

'Dw i newydd ddeud wrthat ti. Mae'r rhein yn wahanol.'

Eisteddai Aarne yn y gornel ger y siambr dân, wrthi'n ddiwyd yn gwneud mwgwd eira newydd, a Linus gyferbyn yn cerfio. Deuai sŵn y sgwrsio a'r adloniant o'r gegin fwyta bob hyn a hyn drwy'r drysau caeëdig, a bodlonai'r ddau ar sgwrs bytiog gan adael iddi fynd a dod wrth ei phwysau. Roedd ei deirawr efo'r fwyell yn dechrau deud ar Linus ac roedd o wedi penderfynu peidio ag aros yn y gegin fwyta. Doedd o ddim am fynd i'w wely chwaith.

'Dw i wedi bod yn siarad amdanoch chi yn eich cefn hefo Baldur,' meddai yn y man.

Roedd wedi bod yn ystyried am dipyn a ddylai ddeud ai peidio cyn sylweddoli nad oedd angen iddo wneud hynny.

'Mae'r rhan fwya o'r Uchbeniaid yn ymhyfrydu o wybod fod y milwyr a'r Isbeniaid yn deud petha cas yn 'u cefna nhw,' atebodd Aarne. 'Oeddach chi'ch pedwar ddim yn gwneud yr un fath?'

'Roeddan ni'n tueddu i roi'n meddylia ar betha oedd â gobaith i'n cadw ni'n gall.'

Roedd o'n gyndyn o frolio, ond roedd siâp da ar yr eryr erbyn hyn, ac wrth aros ennyd i astudio'i waith eto fyth roedd o'n dechrau sylweddoli faint roedd o wedi'i ddysgu yn ddiarwybod wrth wylio'i dad, ac wrth feddwl am hynny roedd hiraeth yn dechrau ailafael. Roedd yn hen bryd i Eyolf ddychwelyd.

'Be oedd yn dod â fi i'ch sgwrs chi?' gofynnodd Aarne.

'Leif. Ddaru chi ddim deud y gwir i gyd wrth Eyolf.'

'O?'

'Ddaru chi ddim deud pam y daethoch chi yma o'ch gwirfodd. Ddaru chi ddim deud pam nad ydi'r Uchbeniaid yn yr un o'r gwersylloedd y mae Leif wedi bod ynddyn nhw'n gofalu eich bod chi'n cael gwybod 'i hynt o. Mae 'na lawar o Uchbeniaid nad ydyn nhw'n poeni'r un hadan am 'u plant os ydyn nhw yn y fyddin. Dydach chi ddim yn un o'r rheini. Mae 'na Uchbeniaid sy'n ddigon balch os ydi'u plant nhw'n cael 'u lladd yn y brwydro am fod aberthu'r plant yn dyrchafu'r tada. Dydach chi ddim yn un ohonyn nhwtha chwaith, mae hynny'n ddigon siŵr.'

Roedd Aarne wedi rhoi'r gorau i'w fwgwd.

'Waeth i chi ddeud ddim,' meddai Linus.

'Ers pa bryd mae'r syniada yma yn dy ben di?' gofynnodd Aarne.

'Y diwrnod y daeth Baldur yn ôl,' atebodd Linus ar ei union, 'pan welis i sachyn yr Uchben yn y cwt ucha, a'i gymharu hefo'r sacha erill. Wedyn meddwl am y bywyd roedd yr Uchbeniaid yn 'i gael ar y llong a'r bywyd roeddan ni'n 'i gael arni, a chofio am y driniaeth roedd Uchben gwael yn 'i chael a'r un roedd milwr gwael yn 'i chael. Doedd milwr oedd wedi gadael hannar 'i berfadd ar ôl yn y brwydro yn ddim o'i gymharu ag Uchben oedd yn tisian. Mwya'n y byd o'n i'n meddwl am y peth, roedd hi'n dod yn amlwg nad am eich bod chi mor wahanol iddyn nhw y daethoch chi yma. Wel, nid oherwydd hynny yn unig.'

Roedd Aarne yn dawel, yn dal i edrych arno.

'Hefo pa Uchben arall drwy'r holl diroedd y byddwn i'n gallu siarad fel'ma?' gofynnodd Linus wedyn.

'Rwyt ti o'i chwmpas hi,' meddai Aarne, yn rhoi ei sylw'n ôl ar y mwgwd a sŵn yr ildio'n llond ei lais.

'Be ddigwyddodd?'

'Mi wnes i ama doethineb cynnal ymgyrch fawr ar y fyddin lwyd, a deud petha braidd yn gry wrth ddadla. Ro'n i'n bur styfnig, yn benderfynol, yn rhy lac 'y nhafod. Mi gynhaliwyd yr ymgyrch.'

'Ac mi ddaru'r fyddin werdd golli.'

'Mi ddaru'r fyddin werdd ennill.'

Bron nad oedd llais Aarne yn ffwrdd-â-hi. Trodd ei olygon drachefn ar Linus.

'Be ddigwyddodd wedyn?' gofynnodd Linus. 'Cwmni'r ffrindia brolgar ac edliwgar yn mynd yn annioddefol?'

'Na. Llai nag un o bob deg o'r milwyr oedd yn 'y ngofal i ddaeth yn 'u hola, ac roedd mwy na hannar y rheini wedi'u clwyfo.'

'Hynny ydi,' meddai Linus heb orfod meddwl, 'mi'ch anfonwyd chi a'ch milwyr o flaen pawb arall i'r lle gwaetha a hynny pan oedd y fyddin lwyd ar 'i chryfa. Dyna'u ffordd nhw o ddial arnoch chi am feiddio'u hama nhw ar goedd.'

'Pawb â'i farn am hynny. Mae dy feddwl di'n chwim.'

'Dim felly,' meddai Linus. 'Dyma'r math o sgwrs yr oeddan ni'n ei chynnal i dynnu ar Tarje gydwybodol ac i gadw'n hargyhoeddiad ein hunain a thrio cadw'n gall. Deillio o brofiad Eyolf fyddai'r sgwrs fel rheol. Doedd dim angan llawar o ddychymyg i ehangu arni hi.'

'Mae pawb yma'n gwybod yr hanas,' meddai Aarne bron ar ei draws. 'Dydw i rioed wedi cuddiad dim oddi wrth neb.'

'A dyma chi'n cynnig dod yma?'

'Ia. Mae Leif wedi hyfforddi fel traciwr. Mi fydda fo'n

ddelfrydol i le fel hwn ac mi ofynnis a fyddai o'n cael dod hefo fi. Mi gawn ni afael arno fo ac mi'i gyrrwn o ar dy ôl di, meddan nhw.'

'A welsoch chi fyth mohono fo.'

'Naddo.'

Astudiodd Linus ei eryr. Yma yng nghlydwch y stafell fach a chaeadau'r ffenest yn eu cadw rhag y bygythiadau doedd dim angen chwilio am ddim i geisio cadw'n gall. Dyna fyddai'r eryr wedi bod hanner blwyddyn ynghynt tasai o wedi cael pren a chyfle i feddwl. Ond Aarne oedd yn iawn. Doedd dim rhaid i bopeth fod yn ddefnyddiol. Am y tro cyntaf ers blwyddyn roedd yn teimlo ei fod yn gwneud rhywbeth, a hwnnw o werth. Doedd o ddim yn gori yn ei fodlonrwydd chwaith. Yng nghanol y clydwch a'r tawelwch, roedd o wedi dechrau cael pyliau o dybio mai ymguddio'r oedd o. Ers rhai dyddiau cyn i Eyolf ymadael, roedd o'n cael pyliau o gredu ei bod yn ddyletswydd arno i fynd i gyhoeddi'r gwinau drwy'r tiroedd, i bawb gael gwybod, i bawb gael ei wisgo, fel na fyddai neb ar ôl ond Isbeniaid llwyd ac Isbeniaid gwyrdd ac Uchbeniaid llwyd ac Uchbeniaid gwyrdd i ymladd yn erbyn ei gilydd. Be fyddai'n digwydd wedyn, tybed? Roedd o wedi bod yng nghanol pum brwydr, a doedd ganddo'r un syniad beth oedd yn digwydd na beth oedd wedi digwydd, dim ond fod Jalo ac Eyolf a Tarje ac yntau'n fyw ar eu diwedd. Ond doedd o ddim wedi gweld yr un Uchben yng nghanol y brwydrau. Ar yr adegau o feddwl fel hyn roedd yn teimlo mai llechu a dim arall oedd o. Roedd o'n ei weld ei hun wedyn yn mynd a chyhoeddi a chael ei ddal a'i roi mewn sach fel Bo, a chael ei gario na wyddai i ble nac am ba hyd. Ni wyddai sut y medrodd Bo oroesi'r profiad. Amheuai mai rŵan yr oedd ei brofiadau'n dechrau deud arno, oherwydd wrth i'r dyddiau ddirwyn ymlaen roedd Bo wedi dechrau cael pyliau tawel iawn, a'r rheini wedi cynyddu braidd ers i Eyolf ymadael. Gadael llonydd iddo a chydwerthfawrogi'r angen fyddai Linus. Doedd o ddim wedi sôn wrth Bo am y pyliau a gâi yntau o deimlo dyletswydd i gyhoeddi'r gwinau hyd y tiroedd. Doedd o ddim wedi sôn wrth Eyolf chwaith. Roedd yn hen bryd i Eyolf ddychwelyd. Ailafaelodd Linus yn ei gerfio, yn y gobaith fod Eyolf a'i ddau gydymaith yn swatio yn eu pabell ar eu taith yn ôl. Châi Eyolf ddim bod ar goll fel Leif.

'Pam nad ewch chi i chwilio amdano fo?' gofynnodd.

'I ble, hogyn?' gofynnodd Aarne, a sŵn laru tadol yn ei lais. 'Mae pawb sydd mewn cysylltiad â'r byddinoedd yn holi amdano fo cyn dychwelyd yma. Fedra i ddim cynnig gwell fy hun.'

'Oedd pob un o'r Uchbeniaid yn eich erbyn chi? Oes 'na'r un ohonyn nhw'n barod i gydnabod eich bod chi'n cael eich trin fel baw?'

'Go brin 'mod i'n destun sgwrs bellach,' atebodd Aarne.

Daeth Bo i mewn. Eisteddodd. Rhoes Aarne a Linus un cip ar ei gilydd.

'Be sy'n bod, Bo?' gofynnodd Aarne.

'Be?' meddai yntau yn ddigon di-ffrwt.

'Y pylia tawal a dwys 'ma sy'n llenwi mwy a mwy o dy amsar di. Rydan ni yma i wrando, 'sti. Does 'na neb yma heb 'i hiraeth.'

'Dw i'n gwingo o hiraeth ers pan ydw i wedi dechra gwneud hwn,' meddai Linus gan godi'r eryr fymryn.

'Mae gan y rhan fwya sydd yma rywun ne' rywrai nad ydyn nhw'n gwybod be 'di'u hanas nhw,' aeth Aarne ymlaen. 'Paid â bod ofn deud. Does 'na neb yma'n mynd i wfftio dim.'

'Dw i'n 'i chael hi'n braf,' dechreuodd Bo, a rhoi'r gorau iddi.

'Rwyt ti'n haeddu 'i chael hi'n braf,' meddai Linus. 'Paid â theimlo'n euog am hynny.'

'Dydi Mam a'r genod ddim,' atebodd Bo, ei lais yn fwy pendant. 'Mi ddylwn i fod yn 'u helpu nhw. Nid bod yn anniolchgar ydw i,' ychwanegodd, yr ymbil yn llond ei lais.

'Naci debyg,' meddai Aarne. Rhoes ei fwgwd o'r neilltu cyn plygu ymlaen. 'Mae'n amlwg i bawb yma dy fod o deulu clòs. Bron nad ydi'r ffor' rwyt ti'n anadlu'n dadlennu hynny. Mae Linus yr un fath â chdi. Yn wahanol i Eyolf, sy'n dadlennu dim, mae Linus yn cyhoeddi natur ac agosatrwydd 'i deulu o hefo'i straeon. Rwyt titha'n gwneud yr un peth yn union hefo dy ddistawrwydd.'

Arhosodd ennyd, ond nid oedd Bo am ymateb, dim ond cadw'i olygon ar y mwgwd wrth ochr Aarne.

'Os wyt ti'n dymuno hynny,' aeth Aarne ymlaen, 'mi fedrwn ni fynd â chdi yn ôl i dy gartra, ne' ble bynnag mae dy deulu di'n ymguddio.'

Cododd Bo ei lygaid ar ei union a sythu mymryn yn ei gadair. Ceisiodd Aarne roi gwên fechan gysurlon ar yr ymbil yn y llygaid.

'Fydd hi ddim yn hawdd,' pwysleisiodd, 'ond mi fedrwn ni 'i wneud o. Yr unig amod ydi na chei di fynd ar dy ben dy hun.'

'Mi geith ddŵad hefo ni,' meddai Linus fel tasai popeth wedi'i drefnu ers hydoedd. 'Mi awn ni ag o. Rhyw bedwar diwrnod o daith sy 'na rhwng 'y nghartra i a chartra Aino. Mi fydd Bo'n ddigon agos at adra wedyn, bydd?'

'Fydd taith yr un ohonoch chi'n hawdd,' atebodd Aarne. 'Mi fydd 'na waith osgoi byddinoedd ymhell cyn cyrraedd cartra neb, ac wedyn hefyd ella. Ond paid â phoeni am hynny,' meddai wrth Bo. 'Yr unig beth mae isio i ti 'i styriad ydi fedri di aros hefo dy fam a dy chwiorydd tasat ti'n mynd yn ôl, a gallu byw hefo nhw heb i'r fyddin ddod yno i dy gipio di eto.'

'Medraf.'

'Mae dy bendantrwydd di'n swnio braidd yn beryg,' ymatebodd Aarne.

'Mi wn i y medra i. Do'n i ddim yn barod amdanyn nhw y tro blaen.'

'Mae'r dialedd wedi dŵad i ben,' meddai Linus. 'Os oes 'na Uchbeniaid yn dal i feddwl am dad Bo, maen nhw'n credu fod Bo wedi'i ladd yn fa'ma hefo'r lleill a 'dân nhw ddim i chwilio amdano fo.'

'Ydi, mae hynny o dy blaid di,' cytunodd Aarne. 'Be ydi barn Mikki? Ydi o'n gwybod?'

'Ydi.' Eisoes roedd sŵn mwy calonnog yn llais Bo. 'Mae'n fwy na thebyg y basa fynta isio gwneud yr un peth medda fo. Roedd o isio i mi siarad hefo chi.'

'A dyna chi,' meddai Linus wrth Aarne. 'Yn ôl i'r hen drefn. Neb i'w warchod ac i ddwyn eich bwyd chi. Ond mi'i gwelwch chi hi'n rhyfadd yma heb Aino.'

'Mae 'na dipyn i fynd tan hynny,' atebodd Aarne. 'Mae llwybra Tarje ac Eyolf yn lled hwylus ac at 'i gilydd yn bosib 'u tramwyo yr adag yma o'r flwyddyn. Mi fasai'ch llwybra chitha hefyd tasai 'na ddim byddinoedd yn berwi hyd y tiroedd a tasach chi ddim isio mynd i chwilio am gartra'r hogyn ddaru farw yn y cwch. Ond mi fydd yn rhaid i chi fynd tua'r gogledd ar lwybra erill ac fel dudis i o'r blaen dydyn nhw ddim yn llwybra'r gaea. Peidiwch â meddwl mai mynd am dro fyddwch chi pan ddaw'r gwanwyn chwaith. Mi fyddwch chi'n symud yr union un adag ag y bydd y byddinoedd yn symud, ac mi ellwch fentro y bydd 'na un ne' ddwy ar eich llwybra chi hefyd bryd hynny. Mi fydd 'u hosgoi nhw'n fwy na digon o waith i chi.'

Am y tro cyntaf ers rhai dyddiau, roedd gwên ar wyneb Bo.

'Mi'n cadwith ni'n effro,' meddai.

13

Ella mai am fod y ddau'n meddwl yn union fel ei gilydd yr aeth Linus at Aino a'i chofleidio. Derbyniodd hi hynny heb gyffroi dim, a gwasgu a rhwbio mymryn ar ei gefn i gadarnhau. Doedd neb wedi'i chofleidio ers blynyddoedd lawer, na hi wedi cofleidio neb, ond doedd dim yn newydd nac yn ddiarth yn y profiad. Roedd wedi para am rai eiliadau hirion cyn i Linus roi cusan ar ei boch a gollwng ei afael.

'Mi geith Eyolf wneud hynna i chi hefyd pan ddychwelith o,' meddai, 'yn iawndal am ein cadw ni'n dau ar binna.'

'Mae o'n cael ei warchod,' meddai hithau.

Ddaeth Eyolf ddim y diwrnod hwnnw chwaith. Roedd y caeadau wedi'u rhoi dros y ffenestri ac roedd y nos yn gymylog a dileuad. Roedd eryr Linus wedi'i orffen ac yntau wedi penderfynu gyda chymorth Aarne a Bo mai newid yn hytrach na gwella fyddai unrhyw ddefnydd arall o'r gyllell arno. Ond roedd y chwiw wedi gafael ac unwaith y teimlodd nad oedd ganddo ddim i'w wneud a'r nos hir o'i flaen, aeth Linus i'r cwt uchaf a'i lusern hefo fo i gyrchu pren addawol arall oedd wedi mynd â'i sylw. Wrth iddo gau'r drws ar ei ôl a'r pren newydd o dan ei gesail disgynnodd y llusern o'i afael a diffodd. Plygodd i'w chodi ac aros yn ei unfan i werthfawrogi'r tywyllwch tan i'r oerfel ddechrau gafael. Roedd wedi gwneud hynny bob cyfle a ddeuai ers pan oedd yn blentyn. Byddai wrth ei fodd pan fyddai'r nos yn ddudew, a dim golau tŷ na chaban na seren i'w gweld. Iddo fo, nid peth i godi ofn oedd tywyllwch, a dyna pam y byddai'n cael cerydd am gymeradwyo yn y lleoedd anghywir pan fyddid yn deud y straeon dychrynllyd am y nos anhrugarog. Yma yn y warchodfa roedd caeadau'r ffenestri'n ffitio mor dynn nes nad oedd dim golau'n treiddio drwodd gyda'u hymylon, a doedd na siâp na chysgod i'w gweld yn unman, dim ond y tywyllwch. Tasai byddin neu ei hysbiwyr yn crwydro'r nos yn y dirgel gallent fynd heibio i'r cytiau heb eu gweld.

Ymbalfalodd ei ffordd yn ôl yn araf a dechrau distaw chwibanu un o'r hwiangerddi yr oedd Aino wedi bod yn ei chanu iddo pan oedd ar ei orwedd. Câi hwyl wrth geisio dyfeisio rhesymau dros iddi ganu hwiangerddi iddo, yn hytrach na chaneuon eraill neu ganeuon o'r Chwedl. Erbyn iddo gyrraedd drws y cwt mawr a'i agor roedd sŵn ei chwibanu wedi cynyddu'n ddiarwybod iddo. Agorodd y drws. Safai Aino yn y cyntedd yn union o'i flaen, fel tasai hi wedi bod yn disgwyl amdano.

'Be wyt ti'n 'i wneud?' gofynnodd ei llais argyfyngus.

'Dim ond nôl darn o bren i ddechra ar rwbath arall,' atebodd yntau, yn methu deall y braw.

'Chwibanu yn y tywyllwch!'

'Pwt o hwiangerdd. Dim byd mawr.'

'Dim byd mawr? Denu'r ysbrydion drwg!'

Roedd yr argyfwng yn ei llais wedi cynyddu a'i llygaid dwys yn ei archwilio o mewn pryder. A chofiodd yntau y munud hwnnw am y straeon a'r gorchmynion a'r ceryddon am gymeradwyo yn y lleoedd anghywir i'r rheini hefyd.

'Dw i'n cyfarch y tywyllwch hefo fy chwiban,' meddai'n ysgafn, yn gwenu'n braf i geisio tawelu'i hofn.

'Ddaw dim daioni o chwibanu yn y tywyllwch,' ychwanegodd Aino'n daer.

'Dw i wedi gwneud o'r blaen, droeon.'

'Ac wedi diodda,' torrodd hithau ar ei draws.

'Nid oherwydd hynny, Aino.' Clodd y drws ar ei ôl. 'Pam nad ydach chi yn eich stafall?'

'Dy weld yn mynd allan ddaru mi.'

Yna sylwodd Linus ar ei dillad. Rhythodd am eiliad ar y siaced feddal amdani.

'Rydach chi'n gwisgo'n groes.'

'Be?' gofynnodd hi.

'Mae'ch siaced chi y tu chwithig allan.'

'Mae hi'n nos,' dadleuodd hithau, yr un mor daer â chynt.

Yna cofiodd Linus eto. Edrychodd ar Aino gydag edmygedd o'r newydd.

'Ydi, Aino,' ategodd, 'yn nos dywyll.'

Roedd o wedi anghofio'n llwyr am yr arfer hwnnw hefyd, rhywbeth arall o fyd bygythiol yr ysbrydion oedd wedi bod yn destun llawer chwarddiad arall a llawer cerydd arall.

'Does 'na neb yn gwneud hynna adra,' ychwanegodd. 'Dw i'n cofio amball un yn 'i wneud o, ond neb o tŷ ni. Dw i ddim yn cofio gweld Nain na Taid na Nain Gloff yn 'i wneud o chwaith.'

'Mae'r ysbrydion drwg yn barod amdanon ni,' pwysleisiodd hithau. 'Mae'n rhaid 'u cadw nhw draw. A dyma titha'n 'u denu nhw hefo dy chwibanu, yn union fel tasat ti ddim yn credu yn 'u bodolaeth nhw.'

'Dw i wedi cael blwyddyn yn y brwydro a'r ymlid a'r cuddiad a'r cropian,' sobrodd yntau, a mwytho mymryn ar ei bren newydd. 'Does gen i ddim i gredu ynddo fo bellach. Does gen i na choelion nac ofergoelion.'

'Mi ddôn nhw ar ein gwartha ni prun a ydan ni'n credu ynddyn nhw ai peidio os na wyliwn ni rhagddyn nhw,' meddai hithau. 'Tyd rŵan,' meddai'n anwylach, 'tyd i nôl diod bach hefo fi. Mae gen i ddiod medd cynnas neith les i ti.

Mae dy groen llyfn di'n dal yn welw a chditha'n dal i feddwl dy fod yn gryfach nag wyt ti.'

Aethant, ochr yn ochr. Aethant i mewn i stafell fechan Aino, ac eisteddodd Linus a'i gwylio'n tywallt rhagor o fedd o botel bridd dywyll i badell fechan ar ben y siambr dân. Yna astudiodd ei bren. Doedd y siâp ddim yn ei gynnig ei hun i eryr nac i unrhyw aderyn arall. Bodiodd y pren drosto, a'i droi i'w fodio drachefn, yn gadael i'w fysedd chwilio am siâp ac awgrym. Yna cododd o i'w astudio'n well. Tynnodd ei gyllell o'i gwain.

'Be fydd hwnna gen ti?' gofynnodd Aino wrth roi ei gwpan iddo.

'Mi geith y gyllall rwydd hynt arno fo i ddechra, i weld be ddaw.'

Roedd y medd cynnes yn ei gynhesu drwyddo. Roedd Aino wedi mynd i eistedd, i'w wylio o a'r pren a chymryd llymaid bob yn ail. Cosodd yntau fymryn ar y pren hefo blaen y gyllell.

'Aino.'

'Be?' gofynnodd hi.

'Mae arna i isio bod mor sicr â chi fod Baldur bach yn fyw o hyd, a chymryd nad ydi o wedi'i gipio gan y byddinoedd.' Edrychai i'w llygaid wrth ddeud hyn. 'Mae arna i isio bod mor sicr â chi 'i fod o wedi dod o'r goedwig honno yn fyw.'

'Mi aeth o'r goedwig. Mae o'n fyw.'

'Gobeithio ydi hynna, Aino.'

'Mae'r goedwig yn eang.' Roedd hi fel tasai'n siarad efo hi'i hun. 'Mae hi'n dywyll, yn ddilwybr, yn llawn clogwyni, yn llawn peryglon.' Cododd ei chwpan. Yfodd. Cadwai ei golygon rywle tua'i thraed. 'Llawn peryglon.'

'Ac eto rydach chi'n ffyddiog.'

'Does ar sicrwydd ddim angan ffydd.'

Roedd wedi codi'i llygaid unwaith yn rhagor.

'Pam aethoch chi oddi cartra i chwilio amdano fo ac aros oddi cartra wedyn? Sut gwyddoch chi na ddychwelodd o ar ôl i chi adael, a'i fod o yno o hyd ella?'

Ni chafodd ateb.

'Roedd Baldur – Baldur mawr – yn meddwl eich bod chi'n credu mai fi oedd o pan ddois i yma,' meddai Linus wedyn.

Ni wnaeth Aino sylw o hynny chwaith.

'Tan ddechrau'r ha canlynol,' meddai hi yn y man, 'roedd pawb oedd yn mynd i'r cymdogaetha cyfagos yn dychwelyd hefo'r neges nad oedd neb wedi dod o hyd i blentyn coll nac wedi gweld plentyn crwydrol chwaith, nac wedi cael straeon am fwyd yn cael 'i ddwyn ar y slei gan blentyn a allai fod ar grwydr. Mae'r cymdogaetha hynny i gyd i'r de ac i'r dwyrain. Mae'r gogledd a'i beryglon yn anhygyrch. Mae'r gorllewin yn llawn llynnoedd ac yn ddibobol. Mae'r goedwig yn ymestyn i'r ardaloedd rhwng y gogledd a'r gorllewin, yr ardaloedd i gyfeiriad dy gartra di a thu hwnt, a dim ond i'r cyfeiriad hwnnw y gallai o fod wedi mynd.'

'A mi aethoch chitha y ffordd honno.'

'Do.'

'Ar eich pen eich hun.'

'Ia.'

'Gobaith oedd hynny, Aino, nid sicrwydd.'

'Ia, ar y pryd,' atebodd hithau yn y man, fel tasai wedi cymryd yr eiliadau hirion o ddistawrwydd i ori ar y pendantrwydd caredig yn llais Linus.

'Sut aeth o'n sicrwydd, Aino? Be am y dyn hwnnw?'

'Wedi deuddydd o grwydro a dilyn llwybra'r anifeiliaid,' atebodd hithau, a'i llais yn synfyfyriol, 'mi ddois i gwm ym mhen draw'r goedwig, cwm llawar culach ac anos 'i dramwyo na'r cwm uwch ein cartra. Roedd o fwy i'r gorllewin na'r ardaloedd i gyfeiriad dy gartra di. Roedd cymdogaeth ar 'i waelod ac mi ge's fy nerbyn ganddyn nhw, er nad oedd ond tri ohonyn nhw i gyd yn siarad ein hiaith ni. Nhw ddudodd wrtha i am y dyn o'r coed.'

'Pwy oedd o?' gofynnodd Linus am fod Aino wedi tewi unwaith yn rhagor.

'Roedd o'n byw ar 'i ben 'i hun, yn unig, daith hannar diwrnod o'r gymdogaeth,' atebodd hithau, yn canolbwyntio ar y gwpan fechan yn ei llaw. 'Roedd ganddo fo wraig a mab oedd wedi cael 'u lladd gan ysbeilwyr lai na blwyddyn ynghynt. Mi fyddai'r mab tua'r un oed â Baldur. Ar y pryd roedd y dyn wedi gwrthod pob cymorth i dorri bedd i'r ddau, ac wedi mynnu'u claddu nhw ger y tŷ yn hytrach na'u cario nhw i'r gladdfa, ond unwaith y daru o'u claddu nhw mi wyddai na fedrai aros yno mwyach. Roedd y bedd a'i greulondeb yn rhy agos ato fo.'

'Pwy wêl fai arno fo?' meddai Linus ymhen ychydig am fod Aino wedi tewi eto fyth, yn union fel tasai hi wedi bod yn dyst i'r gladdedigaeth a'r galar. 'Be ydi'r cysylltiad â Baldur bach?' gofynnodd wedyn.

'Un dydd cyn i'r dyn gychwyn ar 'i daith i chwilio am 'i gartra newydd,' meddai hi ymhen ennyd, fel tasai hi'n rhoi'r galar o'r neilltu am ychydig, 'a hitha ar fin nosi, mi ddaeth dau flaidd i udo uwchben 'i dŷ. Roedd yr udo mor wahanol, mor daer, nes iddo fynd allan a gweld fod y bleiddiaid yn galw am 'i sylw, y naill ar ôl y llall. Wrth iddo fo ddynesu mi welodd yr hogyn yn anymwybodol wrth 'u traed. Roedd y bleiddiaid wedi'i gario fo ne'i lusgo fo yno o waelod y graig y disgynnodd o arni ne' o'i phen hi. Mi ymgeleddodd o'r hogyn, ora y gallai o, y nos honno cyn mynd i chwilio am gymorth trannoeth. Doedd 'na neb yn coelio'i stori nes iddo ddangos y gôt iddyn nhw, a honno'n llawn o ôl dannadd y bleiddiaid a dim mymryn o waed arni.'

'Nhw oedd yn deud hyn wrthach chi?'

'Ia.'

Gwelai o ar wyneb Aino nad oedd fymryn o wahaniaeth ganddi am yr awgrym oedd yn llond ei gwestiwn. Ond roedd yn rhaid iddo ddal ati.

'Dydi 'nghartra i a'r gymdogaeth ddim yn rhy enwog am ormodadd o straeon o'r math yna am fleiddiaid,' cynigiodd.

'Dydi dy gartra di ddim yn rhy enwog am i blentyn ynddo ryddhau blaidd o fagl chwaith, goelia i,' atebodd Aino ar ei hunion.

Aeth Linus oddi ar ei echel yn braf.

'Baldur bach?' gofynnodd, yr anghrediniaeth yn fwrlwm yn ei lais.

'Doedd o ddim yn gwybod 'mod i'n 'i wylio fo,' meddai Aino. 'Mi fuo fo'n siarad hefo'r blaidd am hannar y bora i'w ddofi fo ddigon cyn gafael yn 'i goes o i'w rhyddhau hi o'r magl. Blaidd ifanc oedd o, prin flwydd. Mi lyfodd 'i glwyf ac i ffwrdd â fo. Fi welodd hynny. Nid stori ydi honna. Pan ddaeth yr helwyr yno i ladd y blaidd, yr unig beth gawson nhw oedd magl yn ddarna hyd y lle.'

'Faint oedd 'i oed o'n gwneud hyn?' gofynnodd Linus, yn dal i fethu cadw'i amheuaeth iddo'i hun.

Ond doedd wahaniaeth gan Aino.

'Ar drothwy 'i dair ar ddeg. Ar ôl hynny yr aeth o ati i falu pob magl y deuai o ar eu traws,' aeth ymlaen. 'A phob anifail ac aderyn nad oedd yn cael 'i ddal i gael 'i fwyta ne' 'i ddofi i hela, roedd o'n 'u rhyddhau nhw ac yn malu'r magla wedyn.'

'Doedd 'na ddim prindar menter ynddo fo felly,' meddai

Linus, yn penderfynu nad oedd waeth iddo dderbyn am y tro. 'Be ddigwyddodd wedyn?'

'Pan aeth rhai o'r bobl yn ôl hefo'r dyn mi ddaru nhw anobeithio am yr hogyn. Roedd 'i gyflwr o mor ddrwg, ac roedd 'na archollion ar 'i wyneb ac un arall mawr ar ochr 'i ben. Ond mi ddaliodd y dyn ati i'w ymgeleddu o, dal ati am leuada lawer cyn iddo ddechra dadebru. A phan ddaeth o ato'i hun, mi fu'n rhaid i'r dyn 'i ailddysgu o i siarad, i fwyta, i gerddad, popeth. Dyna ddywedwyd wrtha i.'

'A be wedyn?'

'Pan ddaeth y gwanwyn a'i ddyddia tyner mi ailafaelodd y dyn yn 'i fwriad o fynd i ffwrdd, ac mi aeth â'r hogyn hefo fo. Prin wedi ailddysgu cerddad oedd o, meddai'r bobol. Doedd 'na ddim golwg sylweddoli dim arno fo, meddan nhw. Doedd o ddim hyd yn oed yn cofio'i enw. Roedd y dyn wedi'i ddilladu o yn nillad 'i fab ac wedi penderfynu 'i fod o'n gwella ac y byddai o'n iawn.'

'Chawsosch chi ddim enw iddo fo felly?'

'Mi ddwedodd y dyn wrthyn nhw y byddai o'n rhoi enw arno fo os na ddeuai'r hogyn i gofio.'

'Ddaru o ddim deud be?'

'Naddo. Cyn i neb gael gwybod dim mwy, roedd y ddau wedi mynd. Ond Baldur oedd o.'

Rŵan roedd greddf Linus yn dechrau deud wrtho ei fod yn clywed y gwir. Roedd y sicrwydd tawel a lanwai holl gorff Aino fel tasai o'n newid ei hwyneb, bron fel tasai o'n ei gwneud yn fengach yr olwg. A dyma fo'n teimlo ei fod yn gyfarwydd â'r sicrwydd. Yr un sicrwydd yn union oedd arno fo'i isio wrth wisgo'r gwinau, yr un sicrwydd ag oedd gan Eyolf. Teimlodd hyder newydd. Byseddodd ei bren, y syniad yn ymgrynhoi. Roedd stori Aino'n wir.

'Mi fedrwn fynd yn ôl yno a'u holi nhw'n dwll,'

cynigiodd. 'Maen nhw'n siŵr o fod yn cofio. Ella'u bod nhw'n gwybod erbyn hyn i ble'r aeth y ddau. Ella'u bod nhw wedi dychwelyd. Ella nad oedd croeso i'r dyn yn unman arall a'i fod wedi darganfod fod yn well ganddo fo'r coed a'u profedigaeth.'

'Na,' meddai Aino.

'Sut gwyddoch chi?'

'Na.'

Roedd hi'n ysgwyd ei phen yn araf, ac o bosib yn deud y gair wrthi'i hun. Aeth yn ddistawrwydd eto, distawrwydd hir. Roedd Linus yn fodlon iddo bara. Fedrai o ddim dychmygu am ddistawrwydd yn mynd yn annifyr yng nghwmni Aino. Gadawodd lonydd iddi fyw ei sicrwydd.

'Faint yn ôl oedd hyn?' gofynnodd toc.

Gwyddai nad oedd Aarne na Baldur na neb arall wedi cael ateb pendant i hynny, a doedd o ddim yn disgwyl un ei hun. Ond fe'i cafodd.

'Un mlynadd ar ddeg.'

Cafodd Linus fymryn bach o sgytwad. Yn ei sgyrsiau hefo Eyolf a Baldur, meddwl am gyfnod fel pum neu chwe mlynedd oedd o wedi'i wneud, am mai dyna fyddai'n egluro dyfaliad Baldur ei bod hi wedi credu mai Baldur bach oedd yn anymwybodol o'i blaen pan oedd hi ar ei phrysuraf yn ymgeleddu.

Ond roedd Aino'n dal ati â'i hatgof.

'Roedd y lleuad yn llawn y noson honno yn union fel y noson y cyrhaeddoch chi'ch tri yma. A'r noson honno hefyd roedd y cymyla a'r storm a'r coed yn atal 'i lewyrch rhag cyrraedd unrhyw lwybr a fyddai wedi bod ar gael i'w droedio.'

Syllai ar ei chwpan fechan wrth ail-fyw. Cododd ei llygaid i edrych ar Linus.

'Mi fuoch chi'n crwydro'r tiroedd am tuag wyth mlynadd felly?' meddai yntau.

Ddaru hi ddim ateb. Cododd a thynnu'r badell fechan oddi ar y siambr dân. Ail-lanwodd y ddwy gwpan.

'Dyma ti.'

'Diolch. Chi sy'n gwneud y medd 'ma?'

'Ia.'

Yfodd Linus fymryn a chanolbwyntio arno i werthfawrogi'r blas unwaith yn rhagor. Ond dim ond am eiliad y gallai hynny bara. Roedd meddwl am Aino'n crwydro'r tiroedd am gyhyd, yn gwrthod popeth ond gobaith, yn dechrau ei syfrdanu o'r newydd. Roedd arno isio bod yn rhan o'r gobaith. Astudiodd ei bren o'r newydd.

'Mi ŵyr Dad am amball flaidd sydd wedi byw am dros bymthang mlynadd,' meddai toc. 'A does 'na ddim deunydd cyfansoddwr na malwr awyr ynddo fo.'

'Fydd hi ddim yn hir rŵan cyn y byddi di'n 'i weld o eto,' meddai Aino, hefo'r un sicrwydd ag y dywedai bopeth.

Fyddai arni hi ddim ofn unrhyw fyddin. Roedd gwybod y byddai hi'n gydymaith iddyn nhw ar y daith hir oedd o'u blaenau yn dechrau llonni Linus, a bellach teimlai yntau hyder newydd a chryfder newydd yn ei gorff. Roedd o'n barod i gychwyn. Roedd o'n dyheu am gychwyn.

Erbyn hyn roedd y gyllell wedi dechrau ar ei gwaith.

'Be wyt ti am 'i wneud o hwnna?' gofynnodd Aino ymhen hir a hwyr.

Cododd Linus y pren oddi ar ei lin a'i astudio eto.

'Blaidd.'

Daliodd ati i weithio. Roedd siâp y pren yn awgrymu cadernid, yn awgrymu hyder. Byddai'r blaidd yn sefyll yn syth, yn effro i'w gynefin. Daliodd y pren o'i flaen eto. Gwelodd y patrwm. Gwelodd y siâp. Ailddechreuodd.

Yna, yn sydyn, peidiodd. Rhythodd ar y llawr o'i flaen. Yna cododd ei lygaid i edrych braidd mewn syfrdandod ar Aino. Ond dim ond cymryd llymaid arall o'i diod medd ddaru hi, a chanolbwyntio am ennyd ar ei flas.

14

'Dydi o ddim yn beth call gweiddi yn y nos hyd yn oed mewn lle mor anghysbell â hwn,' meddai Aarne.

'Ofn ysbrydion sydd arnoch chi,' gofynnodd Bo, ''fath ag Aino?'

'Naci'r twmffat.'

Daeth galwad blaidd arall o rywle lled bell yn y coed odanyn nhw. Safai criw bychan o filwyr ar y gefnen uwchlaw'r cytiau, ac Aarne a Linus a Bo yn eu canol, y ddau ieuenga'n methu cuddio'u brwdfrydedd. Atebodd milwr wrth ochr Linus y galwad a Bo'n methu osgoi'r demtasiwn i roi dwy law ar ei ysgwydd i'w longyfarch. Roedd hen hapusrwydd rhyw blentyndod yn bygwth ailymddangos.

'Egwyddor bwysica'r math o fywyd yr ydan ni'n 'i fyw ac yr wyt ti yn 'i ganol ydi peidio â gadael i neb ond dy bobol dy hun wybod ble'r wyt ti yn y nos,' meddai Aarne wedyn wrth Bo, 'a'r ffordd ora o wneud hynny ydi'i gwneud hi'n reddf a chadw ati ble bynnag yr wyt ti.'

'Ac wyt ti wedi styriad ymatab y fyddin lwyd o weld nad oes 'na'r un o'r fintai a anfonwyd yma wedi dychwelyd?' gofynnodd y milwr oedd wedi gwneud y galwad. 'Mae'n fwy na phosib fod 'na ysbiwyr hyd y tiroedd a'r coedwigoedd yn trio darganfod 'u hynt nhw.'

Cyn iddo ddeud dim arall daeth galwad uchel o'r coed y tu cefn iddyn nhw ac un arall wedyn ymhell i'r gorllewin.

'Mae'r bleiddiaid iawn yn cael y gora arnoch chi,' meddai Linus.

'Ydyn m'wn,' meddai Aarne, 'mae'n rhaid iddyn nhw gael ymuno. Dyna'u hawl nhw decini. Oes deunydd tylluan ynot ti?' gofynnodd i Bo.

'Be dach chi'n 'i feddwl?'

'Fedri di wneud sŵn tylluan i dwyllo pob dyn?'

'Medraf.'

'Pan ddaw'r udiad nesa gan Hente, atab di o fel tylluan. Os pasi di'r prawf mi gei ddal ati i'w tywys nhw yma hefo dy sŵn.'

'Ydi hi'n arferol i bobol ddychwelyd yma wedi iddi dwllu?' gofynnodd Linus.

'Na. Maen nhw un ai wedi dod yn llawer cyflymach ddoe a heddiw ne' mae 'na rwbath wedi'u dal nhw'n ôl heddiw.'

'Be fasai'n digwydd tasai'n storm o wynt?' gofynnodd Bo. 'Fasan nhw ddim yn ein cl'wad ni.'

'Dim ond pabellu dros nos.'

Daeth galwad arall o'r coed oddi tanynt a theimlodd Bo bwniad bychan ar ei ysgwydd. Cylchodd ei ddwylo am ei geg.

'Cofia fod angan iddyn nhw dy gl'wad di,' meddai Aarne.

Roedd y galwad wedi'i ymarfer drwy blentyndod. Treiddiodd yn glir drwy'r coed.

'Ardderchog,' dyfarnodd Aarne. 'Aros eiliad. Rŵan,' meddai wedyn.

Rhoes Bo ei ail alwad.

'Un eto. Aros. Rŵan.'

Rhoes y trydydd.

'Dyna chdi,' meddai Aarne. 'Rwyt ti wedi cyhoeddi mai tylluan ac nid blaidd fydd yn 'u tywys nhw yma. Maen nhw wedi galw bum gwaith. Chei di ddim ateb rŵan os na fydd gynnyn nhw rwbath i'w gyhoeddi ne'u bod nhw mewn rhyw gaethgyfla. Cyfra i rwbath rhwng deg ar hugian a hannar cant rhwng pob galwad. Paid â bod yn gyson.'

Roedd Bo'n anghofio'n braf ei bod yn rhewi'n gorn.

'Oedd y galwada cynta'n cadarnhau fod y tri yn iawn?' gofynnodd Linus.

'Oeddan,' atebodd Aarne. 'Doeddan nhw ddim yn cyhoeddi oes gynnyn nhw rywun hefo nhw,' ychwanegodd i ateb y cwestiwn nas gofynnwyd. 'Eu galwad nesa fydd yn gwneud hynny, os daw 'na un. Ond os ydi Tarje hefo nhw,' ychwanegodd, 'wyt ti'n meddwl yr arhosith o?'

'Nac'dw,' atebodd Linus ar ei ben. 'Ond mi fyddai'n braf cael 'i weld o a chael sgwrs hefo fo heb y llanast oedd yma ac ynddo fo y tro dwytha.'

Galwodd Bo. Atebwyd o'n ebrwydd gan ddau udiad byr, ac un arall hwy.

'Mae gynnyn nhw ddau hefo nhw,' meddai'r milwr oedd wedi gwneud y galwadau blaidd wrth Aarne, 'dau ddiarth.'

'Fasan nhw'n galw Tarje'n ddiarth?' gofynnodd Linus.

'Na fasan.'

'Ella mai dau o'r sgowtiaid ydyn nhw,' cynigiodd Bo.

'Na,' meddai'r milwr.

'Dau gaethyn? Ysbiwyr y llwydion?'

'Na.'

'Dyna chi 'ta, rwbath i edrach ymlaen ato fo,' meddai Aarne a throi i lawr at y cwt mawr. 'Rhowch waedd os bydd rwbath anarferol.'

'Ro'n i'n meddwl nad oeddan ni i fod i weiddi,' meddai Bo.

'O ble daeth hwn 'dwch?'

Aeth Aarne i lawr. Daliodd Bo hapus ati â'i orchwyl, yn llygad y nos i Eyolf, yr un oedd wedi dychwelyd ei addurn iddo, ac i Hente a Loki, y ddau oedd wedi edrych ar ei ôl pan oedd yn glasu gan wenwyn. Am y tro cyntaf ers iddo gael ei gipio i'r fyddin, roedd ganddo gyfeillion. Cyfrodd.

Ymhell i lawr yn y coed symudai'r pump yn un rhes, un y tu ôl i'r llall, a Hente'n arwain. Roedd yn pwyo'r ddaear o'i flaen hefo'i ddwy ffon cyn pob cam, ond er hynny'n cael ambell gam gwag ac yn bygwth llithro neu faglu ar y tir di-ddal rhwng y coed. Roedd ei lygaid wedi cynefino digon â'r tywyllwch i weld coeden ychydig eiliadau cyn y byddai wedi mynd ar ei ben iddi. Roedd Eyolf y tu ôl iddo, a Tarje'n dal i fod yn llond ei feddwl, hynny'n gymysg â sylweddoli nad oedd Linus a Jalo a Tarje ac yntau wedi bod oddi wrth ei gilydd am gyhyd ers dros flwyddyn. Roedd Louhi yn y canol, yn fodlon ei bod yn dewis dyfodol diogelach fel hyn nag wrth aros yn y tŷ, a'r tu ôl iddi roedd calon ei chydymaith yn curo'n gyflymach nag arfer wrth iddo gynhyrfu ar y dyfodol oedd funudau o'i flaen. Deuai Loki yn olaf, yn gwrando'r nos lawn cymaint â'i cherdded. Roedd y pump yn fferru gan yr arafwch, ond roedd addewid o gynhesrwydd a bwyd poeth ac ager yn chwarae ar gyrff a gwelyau cyffyrddus yn goresgyn pob amheuaeth a phob anghysur. Daeth cri tylluan eto.

'Dw i ddim yn cofio i mi gl'wad tylluan dywys mor ifanc â hon o'r blaen,' meddai Hente. 'Mae'n dda bod y cybia yna ne' mi fyddwn yn cael 'y nhemtio i droi'n ôl.'

'Mae Linus yn ddynwaredwr di-fai,' meddai Eyolf. 'Wn i ddim am Bo.'

'Mae Aarne wedi rhoi'r gorchwyl i un ohonyn nhw yn sicr.'

Daliasant ati, ac o dipyn i beth daeth cri'r dylluan yn nes ac yn nes wrth i'r tir odanyn nhw fynd yn fwy serth ac anodd ac i'r galon y tu ôl i Louhi fynd i guro'n drymach a thrymach. Ac yna, wrth fynd heibio i goeden arall drwchus, a'i lygaid chwilgar yr un mor effro i'r nos, gwelodd Hente siâp y cwt mawr i'r dde o'i flaen ac wrth iddo droi i gyhoeddi'i lawenydd wrth y lleill daeth y gri glir olaf i'w clustiau heb ddim i'w phylu.

'Mae o'n 'i ôl, Aino,' meddai Linus, wedi mynd yn unswydd i chwilio amdani.

'Paid â'i flino fo heno,' meddai hithau.

'Maen nhw wedi dod â dau arall hefo nhw. Mae'r hogan tua'r un oed â fi. Mae'r llall yn filwr, gwisg werdd.'

'Nac'dw,' meddai llais diarth y tu ôl iddo yn eu hiaith nhw, yn glir a chroyw yng nghanol bwrlwm y cyntedd.

Trodd Linus, ei sioc a'i chwilfrydedd yn gymysg. Roedd golwg gynhyrfus braidd ar yr un diarth a safai o'i flaen. Safai Eyolf wrth ei ochr, a Linus y munud hwnnw'n gweld golwg sobrach ar ei wyneb nag y tybiai y dylai fod arno.

'Be sydd?' gofynnodd. 'Tarje?'

'Na, mae Tarje'n iawn hyd y gwn i,' atebodd Eyolf. 'Welson ni mono fo, dim ond cael 'i hanas o. Pentti oedd hwn tan i Hente gael gafael ynddo fo,' meddai am ei gydymaith, gan adael i Linus ac Aino edrych mor ddiddeall â'i gilydd. 'Tyd,' meddai wrtho.

Cychwynnodd Eyolf tuag at stafell Aarne, ond ataliodd Linus o. Pwyntiodd at Aino. Edrychodd Eyolf arni am eiliadau hirion cyn mynd ati a'i chofleidio a rhoi un gusan ymollyngol ar ei boch.

'Dyna welliant. Hen bryd hefyd,' meddai Linus.

Ni ddywedodd Aino air, dim ond derbyn y cofleidiad. Daliodd Eyolf hi hyd braich cyn ei gollwng. Dyna pryd y sylwodd ei bod yn gwisgo'i siaced y tu chwithig allan. Am eiliad daeth yr atgof ohoni yn ei chwfwl y tro cyntaf iddo'i gweld yn anarferol fyw iddo. Daeth yr hwiangerdd yn ôl yr un mor fyw, nid ei bod byth ymhell i ffwrdd. Am eiliad teimlai eu bod ill dau'n treiddio dyfnderoedd meddyliau'i gilydd a'i bod hi'n gweld y cwbl ac yntau'n gweld dim. Trodd at Linus a'i gofleidio yntau a gadael i ddyrnod bychan ar ei ysgwydd gyfleu popeth arall. Yna heb air o'i ben aeth at ddrws stafell Aarne. Agorodd o ac aeth i mewn. 'Daeth ei gydymaith ansicr ddim ar ei ôl, ond safodd yn y cyntedd, yn edrych i lawr, yn gwybod fod Aino a Linus yn ei astudio mewn sobrwydd. Ar y funud ni wyddai Linus beth i'w ddeud wrtho. Roedd Aino'n sibrwd geiriau anghlywadwy. Cyn pen dim dychwelodd Eyolf i'r cyntedd.

'Dos,' meddai, a rhoi dyrnod bychan arall ar ysgwydd.

Prin glywed y gair þakka ddaru Eyolf. Doedd ei wyneb yn datgelu dim wrth iddo droi tuag at Aino a Linus, gan adael i'w gydymaith fynd i mewn at Aarne.

Safai Aarne ar ganol y llawr.

'Ac rwyt ti . . .' dechreuodd.

Methodd.

'Dydw i ddim yn mynd yn ôl, Dad. Ddudodd Eyolf nad ydw i ddim yn mynd yn ôl atyn nhw?'

Ysgydwodd Aarne ei ben.

'Naddo,' meddai, 'dim ond deud . . . deud . . . sach . . . Tyd yma.'

Roedd dwylo a dillad un yn gynnes braf, a dwylo a dillad y llall yn rhewllyd. Ond doedd Aarne ddim am ollwng.

'Dw i ddim yn dy gofio di'n crynu o'r blaen.'

Ni fedrai Aarne yngan gair.

'Mae 'na hogan hefo ni. Louhi. Mae hi am ddŵad adra hefo fi. Does 'na ddim iddi yn y Tri Llamwr bellach. Dim ond bedd, a fedar hi wneud dim hefo hwnnw ond edrach arno fo. Mi fedar hi alaru a hiraethu hebddo fo.' Gwasgodd fymryn mwy arno. 'Tyd hefo ni, Dad. Tyd adra hefo Louhi a fi.'

Ni ddywedodd Aarne air, dim ond dal i afael.

'Does gynnyn nhw ddim hawl arnat ti, Dad. Does gynnyn nhw ddim hawl ar neb. Sut medran nhw fod â hawl ar undyn byw pan mae rhywun yn gorfod newid 'i enw er mwyn cael rhywfaint o lonydd oddi wrthyn nhw? Tyd hefo ni.'

Gollyngodd Aarne ei afael.

'Mi ddaru Eyolf ymbil hynna ar Tarje,' meddai.

'Mae'n dda na ddaru o ddim gwrando. Tarje a Louhi ddaru 'nhynnu fi o'r sach.'

'Ai o f'achos i ce'st ti dy roi ynddo fo?'

Doedd Leif ddim wedi meddwl am hynny. Ystyriodd.

'Ia fasai atab Hente,' atebodd. Sobrodd. 'Mae Eyolf wedi deud popeth a fedra fo amdanat ti wrtha i, a be ddudist ti tasat ti'n cl'wad 'mod i am wisgo'r gwinau.' Daeth at ei dad a'i gofleidio eto, ond dim ond am ennyd. 'Sut fath o Uchben sy'n gallu deud peth felly, Dad? Tyd hefo ni.'

Roedd cymharu'i gilydd yn anochel. Credai Leif ei fod yn gweld llygaid sicrach a thawelach na'r tro diwethaf iddo'u gweld. Ni welai ôl heneiddio, ond doedd o ddim wedi gweld digon ar ei dad i'r cof gadw digon o fanylion perthnasol. Rŵan ni wyddai pam y dylai fod wedi bod mor dawel gynhyrfus ac ofnus gydol eu taith o'r tŷ. Gwelai Aarne sobrwydd newydd, gwelai lygaid wedi cael gormod braidd o brofiad i'w hoed.

'Wyt ti am wisgo'r gwinau?' gofynnodd ar ddiwedd y distawrwydd bychan.

'Dydi o ddim gwahaniaeth gen i. Mae pob egwyddor wedi mynd hefo'r dŵr a'r gwaed. Waeth gen i wneud, waeth gen i beidio. Yr unig beth dw i isio ar y funud ydi dillad yn lle'r nialwch yma.'

'Mae 'ma ddigon o ddillad i ti. Mi awn ni i nôl rhai.'

Agorodd y drws yn ddirybudd a daeth Bo i mewn.

'Leif ydi o?' gofynnodd.

Daeth gwaedd Hente o'r cyntedd cyn i Aarne fedru ateb.

'Leif? Mae'r baddona a'r ager yn barod amdanon ni.'

'Leif wyt ti!' gwaeddodd Bo.

'A thylluan wyt titha, medda Eyolf,' atebodd Leif. 'Diolch iti.' Arhosodd ennyd. 'Mae Eyolf wedi deud y stori arall wrtha i.'

'Mae o newydd ddeud un wrtha inna hefyd. D'o 'mi ddangos lle mae'r baddon i ti.'

Gyda chip arall ar Aarne, trodd Leif. Daeth Hente i'w cyfarfod yn y drws.

'O,' meddai.

Gadawodd i'r ddau fynd. Nodiodd yn fyr ar Aarne cyn troi a mynd ar eu holau.

'Oeddach chi wedi anobeithio amdano fo?' gofynnodd Bo.

'Gofyn hynna i dy fam,' meddai Aarne.

'Dydi hi ddim yn anodd dychmygu'r gola mewn amball dwllwch, felly?'

'Gofyn i Aino.'

Roedd y pum crwydryn wedi bod yn y baddonau ac wedyn wedi ymlacio yn yr ager am ymhell dros awr cyn mynd i gael bwyd, a phawb ond Leif yn straea yn ymollyngol braf wrth chwarae efo'r ager a'i grafu'n ddioglyd oddi ar eu cyrff. Daethai Bo at Aarne a gofyn ar ei ben iddo prun ai llonydd 'ta cwmni oedd o'n ei ddymuno. Dim ond amneidio arno i ddod i mewn ddaru Aarne.

'Ydach chi wedi cyfarfod Louhi?' gofynnodd Bo wedyn.

'Do. Lle mae hi rŵan?'

'Mae hi'n cael bwyd hefo Aino.'

'O. Ydi hi'n 'i dallt hi?'

'Mae Eyolf hefo nhw'n symud o un iaith i'r llall. Dach chi wedi clywed 'i hanas hi?'

'Louhi? Do.'

'Fasach chi wedi . . . na fasach.'

'Faswn i be?'

'Dim.' Gwridodd Bo. 'Roedd be o'n i'n mynd i'w ofyn yn sarhad arnach chi.'

'Hidia befo.' Roedd Aarne yn rhy ddryslyd i gymryd llawer o sylw nac i geisio dyfalu dim. Sylwodd fod Bo'n mwytho dernyn bychan o bren yn ei law. 'Be 'di hwnna sy gen ti?'

Dangosodd Bo'r dernyn.

'Mae Linus wedi cerfio gwinau newydd i mi. Hwn dw i am 'i gadw.'

'Paid â gwneud sioe ohono fo. Cofia am dy fam a dy chwiorydd.'

'Mi wna i.' Arhosodd ennyd, a phlymio. 'Roedd Leif yn deud mai wedi cael 'i fagu gan 'i fodryb a'i ewyrth mae o, am eich bod chi yn y fyddin a'i fam o wedi marw.'

'Ia. Roedd 'i daid o'n magu llawar arno fo hefyd.'

'Eich tad chi, felly?'

'Ia.'

'Ydi o'n fyw o hyd?'

'Ydi gobeithio.'

'Ac mae'r lle a'r gymdogaeth yn ddiogel, medda Leif. Mae o am fynd yn ôl yno hefo Louhi, ac am fyw yno.'

'Hynny sy ora, mae'n debyg.'

'Ydach chi am fynd hefo nhw?'

Dychrynodd Aarne gan naturioldeb y cwestiwn.

'Mi gewch chi wybod am eich tad felly, siŵr,' aeth Bo ymlaen. 'Waeth i chi fynd ddim. Does arnoch chi ddim i'ch gwisg nac i'r Aruchben na neb, nhw na'u Chwedl na'u clwydda. Dewch chi ddim yn ôl i ymladd 'u brwydra nhw bellach, na wnewch? Yn enwedig ar ôl be sydd wedi digwydd. Nid y fyddin lwyd roddodd Leif mewn sach.'

Doedd dim angerdd yn ei lais wrth ddeud hynny. Teimlodd Aarne ei fod yn dechrau dirnad dau brofiad.

'Mae pawb yma wedi bod yn dda wrtha i 'sti,' ceisiodd.

'A chitha wrthyn nhwtha, ac wrthon ninna,' atebodd Bo, yn argyhoeddedig nad oedd dadl ohoni. 'Penodwch Hente'n Uchben yn eich lle. Mi fydd 'i agwedd o yr un mor gall.'

'Dw i ddim yn meddwl y byddai Hente'n gwerthfawrogi llawar ar y cynnig yna.'

'Penodwch rywun arall 'ta, ne' gadwch iddyn nhw wneud hynny 'u hunain. Mae 'ma ddigon ohonyn nhw.' Daliodd ei winau newydd hyd braich i'w edmygu eto. 'Mi fyddan nhw i gyd yn gweld eich colli chi, ond fydd 'na neb yn gwarafun i chi fynd, yn enwedig o ddallt be ddigwyddodd i Leif.'

'Does dim rhaid iddyn nhw gael gwybod am hynny,' meddai Aarne. 'Mi fedra fo wneud iddyn nhw feddwl 'i fod o a fi'n chwilio am gydymdeimlad.'

'Rhy hwyr. Dw i wedi gofalu 'u bod nhw i gyd yn gwybod. Os ydi'r fyddin lwyd ne'r fyddin werdd yn dymuno rhyfal yn erbyn 'u milwyr eu hunain, mae isio i bawb gael gwybod hynny.'

'Dydi pawb ddim wedi cael dy brofiad di i allu meddwl. Ond gor-ddeud braidd ydi hawlio mai rhyfal yn erbyn y milwyr ydi'r sacha.'

'Rhyfal yn erbyn unrhyw ddyhead fyddai'n dod iddyn nhw i feddwl 'ta. Yr un peth.'

Daeth Leif ac Eyolf i mewn cyn i Aarne gael cyfle i ateb hynny. Roedd golwg yr un mor sobr ar y naill fel y llall. Cododd Bo.

'Mi a' i, i chi gael llonydd,' meddai.

'Diolch i ti am dy gwmni,' meddai Aarne.

'Paid â mynd,' meddai Leif. 'Waeth i titha gael gwybod hefyd.'

Gwelai Aarne y sobrwydd newydd o hyd, y llygaid wedi cael gormod o brofiad i'w hoed. Ac wrth i lygaid Bo fynegi'i werthfawrogiad o'r ymddiriedaeth gwelodd yr un peth yn ei lygaid yntau hefyd. Doedd nac Uchben nac Aruchben wedi cael hyfforddiant mewn rhywbeth fel hyn.

'Gwybod be?' gofynnodd.

Eisteddodd Leif ar erchwyn gwely'i dad. Rhoes Bo bwniad bychan i Eyolf i fynd i eistedd ar y gadair y bu o arni ac aeth i eistedd ar y gwely wrth ochr Leif. Tynnodd ei winau o'i boced a'i ddangos iddo.

'Mi wneith Linus un i chditha hefyd os wyt ti'n dymuno,' meddai.

'Gaf weld,' atebodd Leif.

'Be ydi dy negas di?' gofynnodd Aarne.

'Do'n i ddim yn sicr tan rŵan,' meddai Leif, 'tan nes gwelis i'r lle 'ma.'

'Sicr o be?'

'Mae'r Uchbeniaid wedi perswadio'r Aruchben i ddod â'r drefn yn y lle yma i ben.'

'Be wyt ti'n 'i feddwl, trefn?'

'Mae 'na rai wedi achwyn,' meddai Eyolf.

'Am be?'

'Mi wyddost yn iawn, Dad,' meddai Leif.

'Na wn i.'

'Gwyddost. Gweini Uchbeniaid o'n i cyn imi gael fy rhoi yn y sach. Ro'n i'n gwrando ar 'u sgyrsia a'u trafodaetha nhw drwy'r adag heb gymryd arna. Tua diwadd yr ha mi ddechreuodd un wylfa arbennig ddod yn destun siarad di-baid iddyn nhw. Wyddwn i ddim am ble'r oeddan nhw'n sôn, na phwy oedd yn gyfrifol amdani hi. Ro'n i'n cael pylia o ama y galla fo fod yn rhywun fel chdi, ond dim ond rhyw feddylia gwibiog oedd y rheini. Wyddwn i ddim oeddat ti'n fyw, prun bynnag. 'Hwnna' oedd y peth 'gosa at enw oedd yr Uchben oedd yn gyfrifol am y wylfa yn ei gael. Be wyt ti'n 'i ddisgwyl hefo hwnna'n gofalu amdani oedd yr hoff ddyfarniad. Magwrfa rebeliaid a darpar Wineuod ydi hi meddan nhw.'

'Chlywis i rioed y fath lol,' meddai Aarne.

'Naddo?' gofynnodd Bo ddiniwed.

'Pob un milwr yn ddiwahân yn galw'r Uchben wrth 'i enw,' meddai Eyolf, 'a'r Uchben yn gweithio yng nghanol y milwyr mor ddiwyd â'r un ohonyn nhw, yn clirio eira, torri coed, rhannu bwyd. Yn siarad hefo nhw fel tasan nhw'n fodau call, am mai dyna ydyn nhw. Yn gofalu fod y milwyr cyffredin yn byw bywyd mor gyffyrddus a glân â'r Aruchben bron. Yn dangos yr un parch tuag at y milwr distatla ag y mae'n 'i ddangos tuag ato'i hun. Pa well meithrinfa i anufudd-dod?'

'Dydw i rioed wedi gorfod disgyblu neb yma,' meddai Aarne.

'Dyna'r gyffes ora y medrid 'i chael dy fod yn fethiant llwyr,' meddai Leif. 'Fawr ryfadd 'u bod nhw am ddod â'r drefn yn y lle 'ma i ben a chael rhywun arall yn dy le di.'

Dechreuodd Aarne ddeud rhywbeth, ond doedd o ddim am gael y cyfle.

'Pan glywis i Eyolf yn disgrifio'r lle 'ma,' torrodd Leif ar ei draws, 'mi ddechreuis ama mai am fama'r oeddan nhw'n sôn. Mi ddiflannodd pob amheuaeth pan aeth Bo â fi i'r folchfa, a phan welis i'r parwydydd a'r llawr a phopeth arall ynddi hi.'

'Nid fi ddaeth â'r graig a'i gosod hi yn y ddaear y tu ôl

i'r gefnen 'na,' atebodd Aarne yn dawel. 'Nid un o dduwia'r Chwedl ydw i. Nid fi ddaru ddeddfu fod yn rhaid i'r graig hollti'n llyfn a hwylus ac addas ar gyfer lloria.'

'Ond chdi fanteisiodd ar hynny. Chdi welodd y posibiliada a gweithredu'n llawn arnyn nhw, a hynny er mwyn pawb ac nid er dy fwyn dy hun. Ai dyna swyddogaeth Uchben? Be ddigwyddodd i'r egwyddor o gadw'r anwar yn anwar?'

'Heb sôn am egwyddor ryfadd croesawu'r gelyn fel gwesteion,' ategodd Eyolf.

'Tasai gofyn eich trin chi'ch tri fel gelynion pan ddaethoch chi yma,' atebodd Aarne, 'nid Baldur fyddai wedi dod â chi.'

'Nid Baldur, pwy bynnag ydi o, fydd yn dod â'r Uchbeniaid a'u cymdeithion yma,' meddai Leif. 'Am hynny mae isio ti feddwl.'

'Mae'n rhaid i chi fynd o'ma rŵan,' meddai Bo. 'Mae'n rhaid i chi fynd rŵan,' ailadroddodd, yn llawer mwy taer.

'Paid â chynhyrfu, hogyn,' meddai Aarne yn hamddenol.

'Roedd 'na awgrym arall yn cael 'i luchio ymhlith yr Uchbeniaid,' meddai Leif, 'os awgrym hefyd, sef bod y sgowtiaid oddi yma'n gwneud ati i gadw'r byddinoedd ar wahân hefo gwybodaeth ffug yn hytrach nag adrodd ar union leoliadau'r fyddin lwyd. Ymhen dim hwnnw oedd y prif gyhuddiad debyg iawn.'

'Syniad anfarwol,' cyhoeddodd Bo yn frwd i gyd, yn anghofio'i daerineb. 'Mae o'n wir, siŵr,' ychwanegodd. 'Chi ddaru feddwl am hynny 'te? Dyna'r eglurhad ar eich agwedd chi at bawb yma. Dyna pam cafodd Eyolf a Linus a minna groeso ac ymgeledd gynnoch chi.'

'Mae dy ben llawen di'n rhydd i feddwl,' atebodd Aarne, 'ac i ddychmygu.'

'Ydi, diolch i chi.'

'Pwy fedar brofi ne' wrthbrofi peth fel'na, prun bynnag?' gofynnodd Aarne wedyn. 'Mae'r tric yna braidd yn hen.'

'Ella'i bod hi'n haws profi sylw arall oedd yn bownsian hyd y lle o un Uchben i'r llall,' atebodd Leif. 'Faint o'r milwyr sydd wedi bod yma yn dy gyfnod di sydd wedi dychwelyd i'r brwydro?' gofynnodd.

'Sgowtiaid ydyn nhw,' atebodd Aarne.

'Fydd hwnna ddim yn atab digon cyfleus i'r croesholi,' meddai Eyolf, 'fel y gwyddoch chi'n burion. Rhowch eich dwy law dros eich bron a deud fod Hente ne' Loki'n mynd i ufuddhau i rywun ne' i ryw orchymyn y byddan nhw'n anghytuno hefo fo byth eto.'

'Fedar rhywun roi 'i ddwy law dros 'i fron a deud na wnân nhw ddim?'

'Gofyn i'r gwybedyn agosa,' meddai Leif. 'Mae hi wedi darfod amdanat ti yn y lle yma. Mae'n bosib y bydd yr Aruchben yn dod yma hefo'r Uchbeniaid, fel y gwyddost ti'n iawn, yn well na fi. Paid ag aros iddyn nhw ddwâd. Tyd hefo ni.'

'Mae'n rhaid i bawb gael gwybod am hyn,' meddai Aarne yn sydyn.

'Y prawf terfynol, os bu un erioed,' meddai Leif.

Doedd neb am ateb hynny.

'Pam ce'st ti dy roi mewn sach?' gofynnodd Aarne yn y man, am fod pawb wedi tawelu ennyd.

'Am ddeud yng nghlyw yr Uchben mwya gwastad drwy'r holl diroedd mai'r lle gora i'r Chwedl oedd i fyny'i thin 'i hun ac mai dyna'r lle gora i bob Uchben diffaith y gwyddwn i amdanyn nhw hefyd. Ro'n i wedi cael diferyn o fedd ar y pryd, wedi'i ddwyn o barlyrau'r Uchbeniaid. Dim ond yn fanno'r oedd o i'w gael.'

'Ac roedd yn rhaid i ti gael deud hynny?'

'Clywch pwy sy'n gofyn. Ond dyna ddudis i. Mae'n debyg y dylai rhywun chwilio am egwyddor gadarnach i fynd i sach er 'i mwyn.'

'Mae annog y Chwedl i fynd am dro i fyny'i thin 'i hun yn egwyddor hen ddigon cadarn,' meddai Bo.

'Am faint fuost ti ynddo fo?' gofynnodd Aarne i Leif.

'Dyddia. Wn i ddim. Ro'n i wedi ffwndro'n llwyr.' Roedd unrhyw wamalrwydd oedd wedi bod yn ei lais wrth sôn am y medd wedi diflannu. 'Does gen i fyth yr un syniad be ddudis i wrth Tarje pan ddaru o fy rhyddhau i a phan oeddan ni'n cerddad trwy'r coed.'

Tawodd. Roedd Bo hefyd yn syllu at y llawr. Gadawodd y ddau arall lonydd iddyn nhw.

Leif darfodd ar y distawrwydd.

'O dy herwydd di y newidis i f'enw,' meddai wrth ei dad. 'Ro'n i'n ama.'

'Doeddan nhw'n gwneud dim ond dy ddifrïo di bob tro'r o'n i mewn clyw, yn deud y petha mwya ffiaidd amdanat ti. Roeddan nhw'n dial arna i am betha nad oeddan nhw'n bod. Erbyn y diwadd doedd gwybod fod pob dim yr oeddan nhw'n 'i ddeud yn gelwydd noeth o gymorth yn y byd. Mi ge's i lond bol ar y gwatwar ac mi aeth hi'n horwth o helynt. Mi waeddis i bob dim oedd ar 'y meddwl i, pob dim oedd wedi bod ar 'y meddwl i ers pan o'n i'n llefnyn. Mae'n debyg y byddwn i wedi cael fy lladd 'blaw i Hente ddod i'r fei.'

'Hente?' gofynnodd Bo syfrdan.

'Ia. Un da ydi o 'te?' atebodd Leif. Sobrodd. 'Pan ofynnis i iddo fo oeddat ti'n gwybod am yr helynt,' meddai drachefn wrth Aarne, 'mi ddudodd o 'i fod o wedi penderfynu peidio ag enwi neb, dim ond deud wrthat ti mai wrth achub milwr o sgarmas waedlyd ymhlith cydfilwyr y cafodd o 'i graith. Roedd o wedi cael ar ddallt ar 'i ffor' yma y tro cynta un na wyddat ti fy hynt i a dy fod yn poeni. Mi gaeodd 'i geg oherwydd doedd ynta chwaith yn gwybod fy hynt i erbyn hynny.'

'Fasai waeth iddo fo fod wedi deud, ddim,' meddai Aarne.

'Na na. Calla dawo,' meddai Eyolf.

'Ond sut medrat ti ddatrys dim wrth newid dy enw a chditha'n dal yn 'u canol nhw?' gofynnodd Bo.

'Mi aethon ni i frwydr yn fuan wedyn.' Cymerodd Leif y dernyn gwinau oedd yn dal i gael ei fwytho gan Bo i'w astudio'n well. 'Go brin mai drwy ddigwyddiad y ce's i 'nhaflu i'r lle gwaetha. Mae hyn ddwy flynadd ne' well yn ôl,' meddai wedyn fel tasai o wedi gwneud ei orau i roi'r hanes o'i gof. 'Mi ge's 'y nghlwyfo, a'r peth nesa a wyddwn i oedd bod pawb yn farw o 'nghwmpas i. Fedrwn i ddim ond edrach arnyn nhw. Roedd pen un oedd wedi bod yn 'y ngwatwar i lond 'i geg ar ochr ffos a'i gorff o yr ochor arall yn nes i lawr. Fedrwn i wneud dim ond edrach ar hwnnw chwaith. Mi ddaru mi hannar cerddad a hannar cropian am weddill y diwrnod nes i mi ddod at lwyth o filwyr erill, yn sbaena hyd y lle ac yn llyfu'u clwyfa. Roeddan nhw i gyd yn ddiarth, o ryw faes arall. Mi ge's fy ymgeleddu gynnyn nhw, a phan welis i fod pawb hyd y lle'n ddiarth hefyd mi ddudis i mai Pentti oedd f'enw i. Roedd hynny'n fwy na digon gynnyn nhw ac mi ge's lonydd.'

Tawodd. Aeth yn ddistawrwydd drachefn. Daliai Leif i astudio'r cerfiad gwinau bychan. Gobeithiai Bo y byddai'n ei gadw yn ei boced heb feddwl. Trodd ei sylw at Aarne.

'Dudwch rŵan fod gynnoch chi reswm dros beidio â mynd hefo nhw,' meddai.

'Dudwch rŵan fod gynnoch chi ddewis,' meddai Eyolf.

'Ac mi fedrwch chi fynd ag un arall hefo chi hefyd,' meddai Bo.

'Pwy?' gofynnodd Aarne.

'Baldur, debyg. Os bydd trefn y gwersylloedd yn cael 'i gorfodi ar fa'ma, fydd 'na ddim croeso iddo fo yma. A'r hyn sy'n sicrach ydi na fydd o'n dymuno bod croeso iddo fo yma. Be wneith o wedyn?'

'Byw 'i fywyd,' atebodd Aarne. 'Does arno fo ddim angan bwyd llwy gan neb.'

'Mae Linus yn deud nad ydi hi mor syml â hynny,' meddai Bo. 'Mae o'n deud fod Baldur yr un mor gyfrifol â chi am yr hyn sy'n digwydd yn y lle 'ma ac am agwedd pawb yma. Nid ymwelydd achlysurol ydi o o gwbwl, medda Linus.'

'Wyt ti wedi cwarfod Linus a'i ddychymyg?' oedd cwestiwn Aarne i Leif.

'Ai dyna ydi dy atab di i Bo?' gofynnodd Leif.

'Dydi Baldur erioed wedi bod yn filwr,' meddai Aarne.

15

'Aros!'

Rhusiodd Tarje. Roedd y llais bron yn ei glust. Y munud nesaf roedd dwylo'n dod o'r coed ac yn gafael amdano ac yn cipio'i arf a'i ffyn oddi arno. Gydag un ymdrech wyllt plyciodd yntau ei fraich dde'n rhydd a thynnu'i dlws o'i boced.

'Isben Tarje,' cyhoeddodd a phlycian ei fraich arall yr un mor ddilornllyd o afael y milwyr. Trodd at y ddau oedd wedi gafael ynddo a dal y tlws o dan eu trwynau cynhyrfus. 'Isben Tarje,' ailadroddodd.

'Lle mae dy wisg di?' gofynnodd yr Isben oedd wedi gweiddi.

'Nid mewn gwersyll llawn gwisgoedd y ce's i ddyrchafiad. Ar ddiwadd ymgyrch yn cael 'i harwain gan Uchben Olle.'

Tybiodd Tarje iddo weld rhywbeth fel ofn yn dod i lygaid yr Isben.

'Chdi wyt ti, felly?' gofynnodd.

'Be wyt ti'n 'i feddwl?'

Ni chafodd ateb. Amneidiodd yr Isben ar y milwr oedd yn dal arf Tarje a brysiodd hwnnw i'w roi'n ôl iddo. Gwelai Tarje ragor o filwyr chwilfrydig yn troi tuag atyn nhw ychydig draw, ac ambell un yn rhyw fygwth dynesu. Wedi clywed lleisiau oedd o wrth dramwyo trwy goedlan, ac wedi dynesu'n raddol. Roedd tir cliriach o'i flaen rŵan a gwelai gyrion pabell i'r dde y tu cefn i'r milwyr eraill.

'Mae'n well i ti gael gwisg newydd cyn mynd ger bron yr Uchbeniaid,' meddai'r Isben, a'r ansicrwydd yn dod i'w lais yn ogystal â'i lygaid. 'Mae golwg y ddaear arnat ti. Wyt ti wedi cael bwyd?'

'Mi fyddai pryd poeth yn dderbyniol.'

'I ffwrdd â chdi!' gorchmynnodd yr Isben gan ddal ei fys wrth drwyn milwr oedd bron mor ifanc â Bo.

Trodd y milwr a dechrau rhedeg trwy'r eira tua'r gwersyll.

'Tyd,' meddai'r Isben.

Cychwynasant, ond daeth yn amlwg ar unwaith fod yr Isben yn dal yn ôl, gan adael i'r ddau filwr arall fynd o'u blaenau. Wrth ddynesu at y gwersyll a gweld chwaneg o bebyll a milwyr, syllai Tarje o'i amgylch trwy'i flinder. Roedd yn amlwg mai gwersyll byddin ar ei thraed oedd o. Roedd milwyr hyd y lle a phob un yn syllu'n chwilfrydig tuag ato. Dechreuodd yntau fynd yn ansicr ei hun. Yna yng nghanol y pebyll gwelodd bolyn wedi'i guro i'r ddaear ac Isben marw wedi'i glymu â'i ben i lawr arno ac olion artaith ar ei gorff a'r eira'n ddugoch odano. Trodd at yr Isben.

'Mae'n well i mi ddeud wrthat ti fod dy hanas di a dy ymgyrch wedi cyrraedd yma o dy flaen di,' meddai hwnnw'n ddistaw, a'r cynnwrf yn ei lais o hyd.

'Sut mae hynny'n bod?' gofynnodd Tarje.

'Mae gofyn i ti fod yn ofalus.'

Arhosodd Tarje am chwaneg, ond doedd dim i'w gael. Aethant ymlaen, ond daliai'r Isben yn ôl o hyd oddi wrth y ddau filwr arall.

'Fedri di gadw cyfrinach a pheidio â 'mradychu fi?' gofynnodd.

'Be felly?' gofynnodd Tarje amheus. 'Medraf,' meddai wedyn ar frys mawr.

'Dydw i na neb arall ond yr Uchbeniaid i fod i wybod hyn, felly cau dy geg. Ond mae'r Uchbeniaid yn gwybod dy fod wedi rhyddhau caethyn oedd gan Uchben Olle mewn sach ar ôl i bawb ond chdi gael 'u gwenwyno. Maen nhw'n gwybod fod y ddau oedd ar y llong hefo chdi'n fyw o hyd a bod un a'r llall hefyd mwya tebyg wedi gwisgo'r gwinau a dy fod wedi treulio'r pnawn a'r nos hefo'r ddau pan gafodd pawb arall 'i wenwyno. Maen nhw'n cymryd yn ganiataol dy fod wedi ymadael heb 'u lladd nhw.'

Arhosodd Tarje.

'Paid â meddwl troi'n ôl,' rhybuddiodd yr Isben.

'Sut medar yr Uchbeniaid wybod hynny?' gofynnodd Tarje. 'Pwy wyt ti?' gofynnodd wedyn.

'Sut medran nhw wybod? Cad y gyfrinach eto, ond nid chdi oedd yr unig un na ddaru ddim cyffwrdd y casgenni yn y lle 'na. Mi ymguddiodd y llall yn y coed pan welodd o be oedd wedi digwydd, ac mae'n debyg iddo weld popeth. Mi arhosodd yn y coed dros nos a mi welodd o chdi'n mynd i lawr rhyw gwm ben bora trannoeth.'

'Welis i neb,' protestiodd Tarje. 'Mi fasai'n amhosib i mi beidio â'i weld o'n 'y nilyn i drwy'r tir eang.'

'Mi ddychwelodd yr achwynwr ryw ffordd arall felly, 'ndo? Ella'i fod o'n gyfarwydd â'r tiroedd.'

'Sut gwyddai o am Eyolf a Linus prun bynnag?'

'Roedd 'na rai yr oeddat ti'n eu nabod cynt yn yr ymgyrch, oedd?'

'Un ne' ddau.'

'Roedd hwn yn eich nabod chitha felly, toedd?'

'Be wna i?' gofynnodd Tarje. Doedd o ddim wedi bwriadu'r cwestiwn, ond penderfynodd yr un eiliad nad oedd angen iddo gywilyddio. Roedd yr Isben yn hŷn ac yn amlwg yn llawer mwy profiadol na fo. 'Pam wyt ti'n deud y petha 'ma wrtha i?' gofynnodd wedyn.

'Roeddan ni'n ffrindia,' oedd unig ateb yr Isben.

Prin weld yr amnaid a roes tuag at yr Isben marw ar y polyn a wnaeth Tarje. Rhoes gip arall ar y polyn. Roedd yn nes ato erbyn hyn a gwelai lawer mwy o ôl artaith ar y corff. Sylwodd ar filwr yn arafu i rythu ar y polyn, yna'n prysuro ymlaen fel tasai arno ofn i rywun ei weld.

'Pa bryd lladdwyd o?' gofynnodd Tarje.

'Heddiw. Ganol y bora.'

'Be ddaru o?' gofynnodd.

Chafodd o ddim ateb am eiliad.

'Mae'r lle 'ma'n . . . mae'r dyddia 'ma'n . . . mae'r oes 'ma . . .'

Tawodd yr Isben drachefn.

'Maen nhw'n gwybod hanas yr alarch hefyd, yr hyn ddudist ti wrth Uchben Olle,' meddai yn y man. 'Mae'r rhein,' dechreuodd wedyn, 'mae'r lle 'ma . . . yn un peth mi gollodd o'r ddwy ffon eira oedd gynno fo mewn cwymp,' meddai gan amneidio at yr Isben marw. 'Mi dorrodd ddwy newydd o ganghenna'r goeden gysegredig a mi ddaru nhw ddefnyddio hynny fel esgus. Y ffaith amdani oedd 'i fod wedi mynd yn rhy barod 'i dafod hefo'r gwir ac wedi bygwth gwrthryfela a thynnu llawar o'r rhai ifanc 'ma i'w ganlyn. Dyna pam mae o yn fan'na. Roedd rhywun yn deud na fyddai Uchben Olle wedi gweithredu fel hyn a gwneud hynna iddo fo. Ydi hynny'n wir?'

'Fydda fo ddim wedi defnyddio'r goeden fel esgus.' Penderfynodd Tarje fentro. Roedd arno angen cyfaill bellach. 'Mi wnes i fwgwd eira hefo'i rhisgl hi. Doedd dim gwahaniaeth gan Uchben Olle. Mi helpodd fi i guddio hynny oddi wrth y lleill.'

'Pam mae'r Uchbeniaid gora'n cael 'u lladd?' Nid arhosodd yr Isben am ateb. 'Gofala be wyt ti'n 'i ddeud wrth y rhein.'

Awr yn ddiweddarch safai Tarje yn ei wisg newydd ger bron dau Uchben.

'Ble buost ti gyhyd?' oedd cwestiwn cyntaf yr Uchben ar y dde, yn amlwg yr hynaf o'r ddau.

'Chwilio am fy myddin, Uchben. Pan ddois i'n ôl i safle'r gwersyll gynt doedd dim ond 'i olion i'w weld, a'r cytia wedi'u malu un ac oll.'

'Be ddigwyddodd i'r ymgyrch?'

'Mi yfodd pawb ond fi wenwyn o gasgenni, Uchben. Ro'n i wedi awgrymu nad oedd hynny'n beth doeth.'

Doedd Tarje ddim yn sicr pa mor newydd oedd hynny i'r Uchben na pha mor ddidwyll oedd y mymryn o ddwfnystyriaeth a ddaeth i'w lygaid.

'Onid Uchben Olle fyddai'n dyfarnu ynglŷn â doethineb yfed o gasgenni?' gofynnodd wedi'r saib y gwyddai Tarje ei bod yn fwriadol.

'Ia, Uchben.'

'Nid chdi, felly?'

'Na, Uchben.'

'Oedd gen ti barch tuag at Uchben Olle?'

'Fo ddaru fy nyrchafu fi'n Isben cyn i bawb ddechra yfed, Uchben.'

Daeth saib fechan arall. Teimlodd Tarje fod yr Uchben yn pendroni a oedd wedi cael ateb i'w gwestiwn, ond penderfynodd nad oedd am ychwanegu ato heb ysgogiad. Roedd yr Uchben arall yn edrych arno'n wastadol, mor wastadol nes gwneud i Tarje dybio nad oedd yn symud amrant.

'Ac mi fu pob un milwr farw heblaw amdanat ti?'

'Do, Uchben.'

'Oedd pawb wedi ymddwyn yn foddhaol cyn i hyn ddigwydd?' gofynnodd yr Uchben arall.

Roedd llais hwn yn galetach nag un y llall, yn llawn bygythiad croesholi.

'Mi gafodd 'na hogyn 'i roi mewn sach, Uchben,' atebodd Tarje ar ei union.

'Pa bryd?'

'Rai dyddia cyn i ni gyrraedd y warchodfa, Uchben.'

'Doedd nod ei ymgyrch ddim yn bwysicach na disgyblaeth yng ngolwg Uchben Olle, felly. Ac roedd 'na un milwr yn tybio y gallai o gredu'n wahanol.'

'Mi gafodd 'i roi mewn sach am rwbath na fedrai o fod yn gyfrifol amdano oherwydd 'i fod yn ddibrofiad, Uchben.'

Deuai Tarje'n raddol argyhoeddedig nad oedd yr awr a gawsai i molchi a chael dillad newydd a bwyd ac amser i feddwl ddim wedi'i gwastraffu, ond doedd o ddim am gymryd dim yn ganiataol chwaith. Roedd yn llawer rhy beryg i feddwl am ddechrau ymlacio, a daeth hynny'n amlwg yn union wrth i'r Uchben ieuengaf blygu ei ben fymryn yn nes ato.

'Wyt ti'n amau doethineb Uchben?'

'Mi gafodd 'i roi mewn sach am rwbath na fedrai o fod yn gyfrifol amdano oherwydd 'i fod yn ddibrofiad, Uchben.'

'Ac roeddat ti'n gwybod yn well, oeddat ti?'

'Mi gafodd 'i roi mewn sach am rwbath na fedrai o fod yn gyfrifol amdano oherwydd 'i fod yn ddibrofiad, Uchben.'

'Fedri di ddeud rwbath arall?' gwaeddodd yr Uchben ieuengaf.

'Be ddigwyddodd i'r sach?' gofynnodd yr Uchben arall cyn i Tarje orfod ateb.

'Mi roddwyd y ddiod i'r hogyn cyn pawb arall, Uchben, ond ddaru nhw ddim aros digon i weld y canlyniad cyn dechra yfad 'u hunain.'

'A be ddigwyddodd i'r sach wedyn?'

'Mi ddarganfuwyd fod yr hogyn yn fyw, Uchben.'

'Ac mi'i tynnwyd o o'r sach?'

'Do, Uchben.'

'Oeddat ti'n gyfrannog yn y gwaith hwnnw?'

'Oeddwn, Uchben.'

Gwelodd Tarje'r ymateb. Teimlodd yr hyder newydd.

'Mi fyddai hyn yn groes i orchymyn Uchben Olle?'

'Mi gafodd yr hogyn 'i roi mewn sach am rwbath na fedrai o fod yn gyfrifol amdano oherwydd 'i fod yn ddibrofiad, Uchben.'

'Welist ti bolyn y tu allan 'na?' gofynnodd yr Uchben ieuengaf mewn llais addfwyn gan bwyntio ac amneidio y tu hwnt i Tarje.

'Mi gafodd yr hogyn 'i roi mewn sach am rwbath na fedrai o fod yn gyfrifol amdano oherwydd 'i fod yn ddibrofiad, Uchben.'

'Be ddigwyddodd i'r . . . Be wyt ti'n 'i feddwl, 'hogyn'?'

gofynnodd yr Uchben hŷn, eto cyn i'r llall gael cyfle i ddeud dim.

'Pymthag oed, Uchben.'

'Be ddigwyddodd iddo fo?'

'Mi awd ag o i gael 'i ymgeleddu, Uchben. Roedd o wedi chwydu ne' drio chwydu'r ddiod, ac mae'n debyg mai dyna oedd wedi'i gadw'n fyw tan hynny. Ond mi fu farw yn ystod y nos.'

'Wyt ti'n siŵr?'

'Ydw, Uchben.'

'Welist ti'r corff?'

'Do, Uchben.'

'Be wnaethon nhw hefo fo?'

'Mae'n debyg iddyn nhw'i losgi o drannoeth fel y lleill, Uchben. Roeddwn i wedi mynd.'

Nodiodd yr Uchben hŷn yn fyr. Doedd Tarje ddim am ymlacio.

'A be am dy ffrindia di?' gofynnodd yr Uchben hŷn yn llawer cyflymach na'r un cwestiwn arall yr oedd wedi'i ofyn.

'Ffrindia, Uchben?'

'Dy gydfilwyr. Y ddau oedd hefo chdi yn y cwch pan oroesoch chi'r llongddrylliad. Mi ddudist o'r blaen fod un wedi gwisgo'r gwinau a bod y llall ar 'i wely anga wedi iddo ladd yr aderyn cysegredig.'

'Mae'r ddau'n fyw, Uchben.'

'Mi dreulist amser hefo nhw?'

'Do, Uchben.'

'Oedd y llall wedi gwisgo'r gwinau hefyd?'

'Doedd digwyddiada'r dydd ddim yn annog sgwrs na thrafodaeth ar unrhyw beth, Uchben. Ac ar ôl cael 'i lusgo yn 'i waeledd i ryw guddfan oedd gan y gelyn gwyrdd mewn coedwig uwchlaw'r wylfa a'i lusgo'n ôl wedyn doedd Milwr

L Rhif Pymtheg o Seithfed Rheng Maes Trigain ddim mewn cyflwr i gynnal unrhyw fath o sgwrs weddill y diwrnod hwnnw.'

'Ond mi dreulist ran helaeth o'r dydd a'r nos yng nghwmni o leiaf un gwisgwr gwinau ac un arall oedd wedi lladd a bwyta'r aderyn cysegredig.'

'Do, Uchben.'

'A ddaru ti ddim mo'u lladd nhw.'

'Naddo, Uchben.'

'Ddaru ti chwilio am gyfle i'w lladd nhw?'

'Naddo, Uchben.'

Roedd wedi deud hynny ar ei union hefyd. Doedd Tarje ddim yn cofio iddo fod heb ofn o'r blaen. Doedd o ddim yn gorfoleddu.

'Pam?'

'Roeddan ni wedi achub bywyda'n gilydd ormod o weithia yn ystod y cyfnod rhwng i ni ddod yn gyfarwydd â'n gilydd a'r llongddrylliad, Uchben.'

Chafodd hynny mo'i ateb. Daliai Tarje i sefyll yn syth, yn edrych o'i flaen heb gymryd arno'i fod yn gallu dirnad pob ymateb. Rŵan roedd yn dechrau teimlo bod ei ddillad newydd yn ychwanegu at ei hyder. Ac roedd y diolch i gyd i Isben diarth nad oedd erioed wedi cyfarfod ag o tan awr ynghynt. Doedd o ddim wedi meddwl gofyn iddo am ei enw.

Roedd y ddau Uchben wedi rhoi cip ar ei gilydd, ac wedi amneidio.

'O'r gora.' Llais yr Uchben ieuengaf oedd hwn, fymryn yn amheus, ond yn llai bygythiol o dipyn na chynt. 'Rwyt ti'n dallt nad ydi peth fel hyn yn rwbath i'w gymeradwyo?'

'Ydw, Uchben.'

'A bod pen draw ar rwbath fel cyfeillgarwch.'

'Oes, Uchben.'

'Mi fedrat fynd yn ôl?'

'I ble, Uchben?'

'I wersyll y gelyn gwyrdd.'

'Medrwn, Uchben.'

'A'r tro yma, ella y byddan nhw'n ddigon call i dderbyn dy gyngor di am gasgenni.'

Bu bron i Tarje â mynd oddi ar ei echel. Ond credai iddo lwyddo i guddio hynny. Doedd hwn ddim yn gwestiwn, a phenderfynodd nad oedd angen iddo ateb.

'Mi elli fentro na fyddwn ni'n mynd yno yr un ffordd ag yr aethoch chi y tro dwytha,' meddai'r Uchben hŷn. 'Mi fedrwn ni drefnu i gyrraedd yno drwy ffordd arall unwaith y byddwn ni wedi cael disgrifiad manwl gen ti o ble'n union y mae'r gwersyll o ddyffryn y Tri Llamwr.'

Mi ddylai pwy bynnag ddaeth yma o 'mlaen i i achwyn fod yn gwybod hynny, meddyliodd Traje mewn mymryn o benbleth. Ond ni chymerodd arno.

'A mi fydd 'na dipyn mwy na chant y tro yma,' aeth yr Uchben hŷn yn ei flaen, 'a fydd 'na'r un ohonyn nhw am gyffwrdd unrhyw gasgan chwaith. A mi elli fentro hefyd na fydd dim mymryn o angan i ni fynd â sach hefo ni.'

'Na fydd, Uchben.'

'A fydd 'na'r un gwisgwr gwinau y down ni ar 'i draws o'n cael 'i gyfarch na'i groesawu fel hen gyfaill,' meddai'r Uchben arall.

Doedd hwn ddim yn gwestiwn chwaith, ond roedd yn mynnu cael ei ateb.

'Na fydd, Uchben.'

'Dyna ti,' meddai'r Uchben hŷn, 'mi roith Isben Ahti di ar ben y ffordd ynglŷn â'r drefn yma a threfnu dyletswydda i ti.'

'Diolch, Uchben.'

Trodd Tarje, a mynd. Plethodd yr Uchben hŷn ei freichiau.

'Ella bod 'na ddyfodol i hwn,' meddai.

'Synnwn i damaid,' meddai'r llall.

'Diolch,' sibrydodd Tarje wrth fynd heibio i'r Isben ger yr agoriad ym mhen pellaf y babell.

Daeth yr Isben allan hefo fo.

'Paid â meddwl dy fod wedi dod drwyddi,' meddai. 'Mi fyddan nhw'n cipio'r gwersyll ac yn lladd pawb yno ar wahân i dy ddau fêt. Mi fyddan nhw'n dod â'r rheini atat ti.'

16

Wrth i'r dyddiau ddirwyn ymlaen roedd y siom a deimlai Tarje am nad oedd Ahti ymhlith y deucant yn gwaethygu. Daethai i sylweddoli'n fuan iawn yn yr ychydig ddyddiau a dreuliodd yn ei wersyll newydd cyn cychwyn ar yr ymgyrch mai dim ond hefo fo y gallai siarad yn gall a sôn am yr hyn oedd yn ei gorddi a'r hyn a gynhaliai ei ddycnwch. Ar y dechrau doedd Ahti ddim yn rhy frwd ei wrthwynebiad i roi drwgweithredwyr mewn sach os dyna oedd eu haeddiant, ond chafodd Tarje ddim llawer o drafferth i gysylltu artaith y sachau ag artaith Isben marw â'i ben i lawr ar bolyn. Ond yna roedd Ahti'n deud wrtho ei fod yn gwybod na fyddai o'i hun yn cael ei anfon ar yr ymgyrch am nad oedd o'n plesio rhyw lawer. Pan welodd Tarje fod y milwyr oedd wedi'u dewis ar gyfer yr ymgyrch yn cael cadarnhad trwy eu llygaid eu hunain fod sachau'n cael eu cynnwys yn y cyfarpar, roedd wedi troi at Ahti mewn anobaith mud.

'Hynna o goel fedri di'i roi arnyn nhw,' oedd sylw Ahti,

yn amneidio i gyfeiriad tri Uchben. 'A mi elli fentro hefyd y bydd o leia un o'r sacha 'na wedi'i ddefnyddio cyn i chi gyrraedd pen eich taith, ne' ella yn fuan wedi i chi gyrraedd a lladd pawb ond dau. Gofala nad chdi fydd ynddo fo.'

'Ond roeddan nhw wedi pwysleisio,' dechreuodd Tarje, a methu.

'Oeddan, debyg.' Roedd llais Ahti'n ffwrdd-â-hi, wedi ildio. 'Ond mae'n rhaid cyflawni'r bygythiada. Mae'n rhaid 'u gweithredu nhw'n gyson a chadw'r ofn i fynd. Os nad ydyn nhw'n gwneud hynny, mae'r bygythiada'n troi'n adloniant yn hwyr neu'n hwyrach. Mi ddysgi ditha ryw ddiwrnod.'

Dyna'r olwg olaf a gafodd Tarje arno cyn cychwyn. Wrth iddo orffen ei eiriau roedd Ahti'n cael gorchymyn gan Uchben i fynd i oruchwylio cosb ym mhen arall y gwersyll. A thybiodd Tarje iddo weld yn llygaid yr Uchben fod gwahanu Ahti oddi wrtho fo ar yr union adeg honno'n fwriadol. Wedi ychydig gamau trodd Ahti'n ôl a gwelodd Tarje'r gair gofala yn ymddangos ar ei wefusau. Sylwodd ar yr Uchben yn rhythu ar ei ôl am ennyd cyn troi ar ei sodlau a mynd. Ymhen ychydig funudau wedyn roeddan nhw ar eu taith.

Nid chwilio am gyfeillion oedd o wrth wrthod arthio ar y milwyr. O dipyn i beth daeth i sylweddoli nad dilyn ei benderfyniad cynt oedd o chwaith. Nid peidio ag arthio'n fwriadol oedd o. Doedd y reddf i wneud hynny ddim ynddo fo. Roedd meddwl am wneud hynny'n gwneud iddo deimlo'n ffŵl. O dipyn i beth daeth i ystyried mai dyna un rheswm nad oedd Ahti wedi cael dod hefo nhw, oherwydd doedd Tarje ddim wedi'i glywed yntau'n arthio ar yr un milwr chwaith. Ac os medrai dau beidio, gallai mwy beidio. Hynny oedd yn ei gynnal.

Roedd angen rhywbeth i'w gynnal. Gwelodd yn fuan mor

fwriadol oedd y dewis o filwyr ar gyfer yr ymgyrch, gan nad oedd bosib cael sgwrs â'r un o'r pedwar Isben arall oedd yn y fintai heb i honno fod yn llawn casineb at bawb a phopeth a hynny heb bwt o ystyriaeth ar ei gyfyl. Gwelodd hefyd nad oedd neb agos mor ifanc â Bo yn rhan o'r fintai. Roedd hynny'n rhyddhad. Doedd yr un Uchben yn ymgyfathrachu â neb arall o gwbl heblaw am weiddi gorchmynion i'r Isbeniaid bob hyn a hyn. Roedd y Gorisbeniaid yn arthio ac yn bygwth yn waeth yn eu tro a'r Uwchfilwyr yn waeth fyth yn eu tro. Roedd Tarje'n ddiarth i bron bob milwr ond doedd hynny ddim yn eu hatal rhag edrych arno â chasineb nad oedd yr ymdrech i'w guddio'n ddim ond truenus, a hynny dim ond am ei fod yn Isben. Neu ella, meddyliodd wedyn, am ei fod yn Isben ifanc, yn fengach na bron bob un o'r milwyr. Roedd Tarje'n digalonni o funud i funud.

Ac wrth iddo ddigalonni deuai rhybudd Ahti i'w golbio fwy a mwy. Hyd yma roedd wedi bod yn lled ddibryder ynglŷn â hynny. Roedd yn hyderus ei fod wedi nabod digon ar Aarne i wybod y byddai o'n gwneud ati i ddiogelu Eyolf a Linus unwaith y byddai'n darganfod neu'n amau fod y fyddin lwyd ar ei sgawt unwaith yn rhagor, a chymryd nad oedd y ddau ac Aino eisoes wedi cychwyn ar eu hynt i chwilio am rieni Jalo. A byddai Aarne yn gofalu fod Bo yr un mor ddiogel. Ond o ddydd i ddydd digysur ac yntau'n dod i sylweddoli mai pan oedd o ar ei ben ei hun yr oedd ei gwmni'i hun orau ac mai unigrwydd gwahanol a gwaeth oedd unigrwydd yng nghanol y dorf, deuai'r amheuon a'r ofn yn eu sgil i'w lenwi. Doedd Aarne na neb arall yn ddewin. Doedd dim gorchymyn o'r Chwedl nac o unman arall yn gorfodi fod yn rhaid i Aarne na neb yn y warchodfa ddarganfod mewn pryd fod y fyddin lwyd ar eu gwarthaf unwaith yn rhagor. A byddai'r fyddin lwyd yn llawer mwy gochelgar y tro hwn. Ond beth bynnag a ddigwyddai, doedd Tarje, meddai wrtho'i hun drosodd a throsodd a throsodd, ddim yn mynd i ladd neb nad oedd ganddo wisg werdd am ei gorff ac arf yn ei law. Hyd yn oed pan oedd yn mynd i lawr y cwm crog y tro cyntaf hwnnw, a'i ddirmyg tuag at Eyolf ar ei gryfaf, doedd ystyried ei ladd ddim wedi bod ar gyfyl ei feddwl. A rŵan gwyddai rywbeth newydd sbon, mai dirmyg tuag at y gwinau oedd ganddo, nid tuag at ei wisgwr. Hunan-dwyll oedd pob tybiaeth arall.

Gwyddai y byddai Eyolf a Linus yn lladd eu hunain cyn y byddai o'n cael ei orfodi i'w lladd.

Gobeithiai y byddai Eyolf a Linus yn lladd eu hunain cyn y byddai o'n cael ei orfodi i'w lladd.

Gwyddai fod y fath feddyliau'n hurt. Gwyddai fod y fath feddyliau'n hunanol. Doedd dim i'w wneud ond gohirio'r boen a gobeithio.

Yna, un bore, ar ei thoriad hi, roedd galwad y blaidd pell yn gliriach na galwad ceiliog.

Heb sicrwydd, câi Aarne byliau o gredu ei bod yn bosib mai rhywle arall oedd testun sgyrsiau'r Uchbeniaid yr oedd Leif wedi bod yn clustfeinio arnyn nhw, ac nid y warchodfa. Gwyddai a chydnabyddai mai lol oedd y pyliau un ac oll, ond daliai i'w cael yr un fath. Daeth hynny i ben pan gafodd y cadarnhad. Roedd un o'r sgowtiaid oedd wedi bod hwnt ac yma am flwyddyn a rhagor wedi dychwelyd a'r un stori ganddo yntau. Ac roedd o wedi clywed Aarne yn cael ei enwi.

Doedd dim syndod chwaith fod geiriau Eyolf a Leif yn wir. Pan roddodd Aarne y neges ger bron pawb, buan iawn y daethpwyd i gytundeb ynglŷn ag un peth. Doedd neb am fyw bywyd yng nghysgod Uchben arall. Doedd neb am ddychwelyd i'r brwydro chwaith, hyd yn oed tasai Aarne yn dal i fod yn Uchben arnyn nhw yn yr ymgyrchoedd. O dipyn i beth ymrannodd y milwyr yn garfanau heb angen anghytgord. Roedd un garfan am ddychwelyd, bawb i'w gynefin, a charfan arall nad oedd cynefin o werth ar ôl gan yr un o'i dilynwyr yn penderfynu aros hefo'i gilydd a chodi preswylfan newydd iddi'i hun, a byw bywyd y gwinau heb ei wisgo, yng ngeiriau Bo. 'Does dim o'i le yn hynny, nac oes?' meddai wedyn.

Aethpwyd ati'n ddiymdroi i ddechrau gwagio'r cytiau a chludo popeth nad oedd ei angen ymaith i guddfan oedd ryw ddwyawr o daith car llusg o'r warchodfa. Daethai Baldur ar ei sgawt a bu yntau cyn brysured â neb yn gwagio a chario tan iddo beidio â dychwelyd ar ôl un o'r teithiau car llusg heb roi rheswm i neb. Wrth i'r gwaith fynd rhagddo y dechreuodd syniad arall gael ei wyntyllu ymhlith y milwyr. Pan ddaeth i glustiau Aarne dychrynodd braidd cyn ei anghymeradwyo heb betruso. Doedd o ddim llawer haws, ac ymgryfhâi'r syniad o awr i awr ac o berson i berson hyd y fan. Wrth gerfio, roedd meddwl Linus yn gweithio'n llawer cyflymach na'i gyllell a phan roddwyd y caeadau dros y ffenestri am y nos rai diwrnodau wedi i'r clirio ddechrau, daeth at Aarne a'i flaidd hefo fo, a siâp hwnnw'n dechrau plesio erbyn hyn. O dderbyn bellach fod y drefn ar ben, cadwai Aarne ei deimladau a'i feddyliau iddo'i hun, hynny o feddyliau clir oedd ganddo. Roedd ganddo sicrwydd o fewn rheswm i'w dynged o'i hun, ond ofnai ar yr un gwynt mai hunanoldeb oedd sylweddoli a gwerthfawrogi mai fo oedd yr unig un yn y lle oedd â chysylltiad beunyddiol ag un o'i deulu. Doedd neb yn gallu dewis ei feddyliau fodd bynnag, ac roedd yn ddigon balch o weld Linus yn dod ato.

'Roedd y cytia yma o'ch blaen chi, ond eich creadigaeth

chi ydi'r lle 'ma o un pen i'r llall,' meddai Linus heb drafferthu chwilio am gyfarchiad arall.

'Hyd yn oed tasai hynny'n wir, dydi o ddim yn gyfiawnhad i losgi'r lle,' atebodd Aarne.

Erbyn hyn roedd yntau'n dechrau dod i arfer â'r syniad, ac yn teimlo'n gryfach a diogelach ei anghymeradwyaeth.

'Mae gynnon ni well syniad o'r hannar erbyn hyn,' ymatebodd Linus.

'Dydi hynny ddim llawar o gamp.'

'Os ydach chi'n deud.' Roedd Linus yn amlwg yn llawn werthfawrogi'r cerydd. 'Mae'n debyg eich bod chi â'ch bryd ar greu lle call yma cyn i chi rioed 'i weld o, pan glywsoch chi eich bod chi'n cael eich hel yma o'r ffordd,' aeth ymlaen. 'Ond pan ddaru chi sylweddoli nad oedd Leif am gael dod yma mi aethoch ati i droi'r lle i'ch gweledigaeth gyda mwy o fwriad a phenderfyndod na sydd gan y fleiddast i warchod 'i phothan.'

'Mae dy ben byrlymus ditha'n rhydd i greu fel y mynno.'

'Dydi gweld y gwir ddim yn llawar o greu. Nid pawb sy'n cael dial a gwareiddio yr un pryd.'

'Be ydi'r syniad newydd 'ma 'ta?' gofynnodd Aarne, yn gwybod nad oedd fymryn haws â dadlau.

'Mynd â phopeth o'r folchfa hefyd, y llawr a'r parwydydd a'r cwbwl, i gadw'r diolch i chi ar gof. Ac wedyn, ar ôl clirio pob dim o werth, rhoi'r lle 'ma yng ngofal y fflama. Maen nhw'n benderfynol na chaiff yr hen drefn nac unrhyw drefn arall o greadigaeth y rhai a'ch gyrrodd chi yma ac a roddodd Bo a Leif mewn sach halogi'r lle.'

'Dy air di 'ta gair rhywun arall ydi hwnna?'

'Gair pawb, a syniad pawb.'

'Llwyd oedd gwisg Bo, prun bynnag.'

'Pa wahaniaeth? Llai na deuddydd o daith sydd rhwng

fa'ma a'r lle newydd, meddan nhw,' aeth ymlaen pan welodd nad oedd Aarne am ymateb. 'Ydach chi wedi bod yno?'

'Do, unwaith.'

'Mae Baldur yn deud na wêl yr un fyddin fyth mohonyn nhw yno. Ydi o'n deud y gwir?'

'Mae o mor anhygyrch a diogel ag unrhyw le y gwn i amdano fo.'

'Baldur sy'n trefnu hyn i gyd felly?'

'Fo ddaru awgrymu'r lle.'

'Fan'no mae o'n byw, 'te? Pan mae o ddim yma.'

'Ia.' Roedd golwg synfyfyriol ar Aarne. 'Mi fyddan nhw'n mynd i dipyn o drafferth.'

'Be? I godi lle newydd?'

'Fydd o'n dda i ddim iddyn nhw na neb arall pan ddaw'r brwydro i'w derfyn.'

'Pa derfyn? O ia,' cofiodd Linus yn sydyn, 'roedd Aino'n deud y basach chi'n hoffi mynd â'r eryr 'na ddaru mi'i wneud hefo chi.'

'Mi faswn i'n gwerthfawrogi'n arw.'

'Dydi i o ddim mor dda â hynny.'

'Ydi, mae o. A hyd yn oed tasa fo ddim, mi hoffwn i 'i gael o.'

'Mae Aino wedi ffansïo hwn.' Cododd Linus y blaidd fymryn ond roedd ei feddwl yn crwydro i faes arall. 'Ydach chi wedi gweld Mikki? Mae o wedi penderfynu mynd hefo chi. Mae o am ddychwelyd adra.'

'Ydi o?'

'Wyddoch chi pam?'

'O'i nabod o, mae gynno fo amryw o resyma a phob un mor bendant a di-droi â'i gilydd. Dydw i ddim yn synnu.'

'Mi ddudodd y sgowt wrtho fo nad ydi'r rhan fwya o'r milwyr yn gwybod am fodolaeth y meddyginiaetha y mae o'n 'u gwneud. Mae'r Uchbeniaid yn 'u cadw nhw i gyd at eu defnydd 'u hunain a'r Isbeniaid, ac ella amball Orisben ne' Uwchfilwr sy'n digwydd perthyn ne' blesio. Neb arall.'

'Dyna'r drefn yn y rhan fwya o wersylloedd,' oedd ateb Aarne.

'Ia,' sylweddolodd Linus, ei barch yn cynyddu eto fyth, 'ym mhob un ohonyn nhw bellach, synnwn i damaid.' Ailddechreuodd gerfio. 'Fyddwch chi'ch pedwar ddim yn mynd yr un ffordd â ni, felly?' gofynnodd.

'Na. Mi fyddwn ni'n mynd tua'r gorllewin a chitha am y gogledd-ddwyrain. Mi fydd yn rhaid i chi fynd y ffordd honno am ddyddiau lawer i fynd heibio i'r Pedwar Cawr cyn troi tua'r de.'

'Mae hynny'n dipyn o gerddad wast tydi? Oes 'na ddim posib dringo dros un o'r Pedwar Cawr ne' fynd rhyngddyn nhw?'

'Dim ond yn y Chwedl, os na fedri ditha dyfu adenydd.'

'Mi wna i gropian y ffordd arall felly. Mae'r adenydd sydd yn y Chwedl yn dangos ei bod yn well 'u gadael nhw i'r adar.'

'Mae popeth yn dŵad i'w derfyn, debyg,' meddai Aarne.

'Be dach chi'n 'i feddwl?'

'Dim ond agwedd pobol at betha, am wn i.'

Daeth galwad blaidd byr a sydyn o rywle tua'r gefnen. Cododd Aarne ar unwaith a brysio o'i stafell gan amneidio ar Linus. Brysiodd yntau y tu ôl iddo. Datglôdd Aarne y drws allan a'i agor. Ymhen eiliad daeth Baldur i'r golwg. Daeth i mewn a chaeodd Aarne ar ei ôl.

'Be sydd?' gofynnodd.

'Paid â chymryd bod gen ti fwy na thridia i orffan gwagio'r lle 'ma a mynd,' atebodd Baldur. 'Mae'r fyddin lwyd ar 'i ffordd.'

'Ymhle?' gofynnodd Linus a sylweddoli yr un munud na fyddai arwyddocâd i unrhyw ateb a gynigiai Baldur iddo.

'Hidia di befo ymhle. Maen nhw'n dŵad.'

'Galwa bawb i'r gegin,' meddai Aarne wrth Linus.

Brynhawn trannoeth roedd y dyrfa wedi ymgynnull ohoni'i hun heb i neb orfod awgrymu na gorchymyn dim.

'Mi wna i, os ydi'n well gen ti beidio,' cynigiodd Hente.

'Na,' meddai Aarne, heb wneud yr un ymdrech i gadw'i dristwch o'i lais.

'Does dim angan i ti ddifaru dim,' meddai Leif.

Nid atebodd Aarne. Cymerodd y ffagl dân ac aeth â hi at ddrws y cwt mawr. Taflodd hi i mewn ar y llawr oedd yn wlyb gan olew.

17

Daeth y storm ar eu gwarthaf gwta awr wedi iddyn nhw gychwyn. Gan fod peryg i Aarne a Louhi a Leif a Mikki ddod i gyfarfod â rhai o flaenwyr y fyddin lwyd ar ei hymgyrch neu hyd yn oed â'r fyddin ei hun, roeddan nhw wedi gorfod rhoi'r gorau i'r bwriad o fynd i'r gorllewin a'r ffordd fyrraf tuag adref a phenderfynodd Aarne mai tua'r gogledd ac ar gylch wedyn fyddai'r ffordd ddoethaf iddyn nhw ei thramwyo. Golygai hynny ddeuddydd a darn o gydgerdded ag Aino a'i chriw bychan hi. Aethai pawb arall i'w ffordd ei hun, ond roedd Eyolf a Linus rŵan yn tramwyo'r un llwybrau ag y daethai Baldur â nhw ar hyd-ddynt. Gyda llai o ddŵr yn yr afon ac yntau'n llawer llai blinedig na'r tro cynt, roedd Eyolf wedi croesi'r sarn y gwlychodd arni y tro cynt yn ddidrafferth, ac wrth weld Aino'n ei chroesi yr un mor ddidrafferth daeth mymryn o gywilydd arno.

Am ychydig daliasant ati drwy'r storm, yn ddigon bodlon o'i gweld gan ei bod yn cyfyngu gorwelion, nid yn gymaint eu gorwelion nhw, ond gorwelion unrhyw ysbïwr y byddai'r fyddin lwyd wedi'i anfon ymhell o'i blaen, pa mor annhebygol bynnag a fyddai i'r rheini fod yn y rhan hon o'r tiroedd. Roedd darparu trwyadl wedi bod. Roedd gan bawb ei glogyn gwyn i roi dros ei ddillad, clogyn llaes a chwfwl dwfn iddo guddio pennau a wynebau'n llwyr, rhag y stormydd a rhag busneswyr. O aros yn llonydd yn yr eira, byddent bron yn amhosib eu gweld heb i neb ddod yn agos atyn nhw. Roeddan nhw wedi penderfynu gwisgo'r clogynnau cyn cychwyn, pan oedd y fflamau'n dechrau gafael yn y cytiau. Doedd neb am ddeud dim wrth wylio'r tanau rhag tarfu ar feddyliau Aarne, a fo oedd y cyntaf i wisgo'i glogyn a throi cefn ar y fflamau. Ond chafodd o mo'i ffordd ei hun a chael mynd y munud hwnnw chwaith, oherwydd roedd pawb arall yn dymuno deud ei ffarwel ei hun wrtho, a fo a'i griw oedd yr olaf i adael, a'r cytiau bellach yn clecian.

Rŵan, rhwng y pyliau o fân siarad wrth deithio câi pawb lonydd yng nghanol ei feddyliau'i hun. Doedd Bo a Linus yn meddwl am ddim ond am hiraeth yn dod i'w derfyn ac roedd eu sgwrs brysur yn orlawn o'u cartrefi. Roeddan nhw'n cadw'u lleisiau'n ddigon isel ac yn cadw fymryn yn ôl oddi wrth y gweddill oherwydd doedd yr un o'r ddau'n dymuno i Louhi orfod dioddef wrth wrando ar eu parabl. Cydgerddai hi ag Aino, a Leif rhwng y ddwy'n cyfieithu yn ôl yr angen. Yng nghanol y pyliau o sgwrsio ceisiai Louhi greu dyfodol i oresgyn hiraeth a thristwch bedd wrth afon. Gan nad oedd ganddi ddim o'i heiddo'i hun i'w gario ar wahân i'w sach cysgu a'i dogn o fwyd roedd hi wedi mynnu cario pethau eraill, gan gynnwys eryr Linus. Yr unig un heb syniad o ddyfodol oedd Eyolf, yn annodweddiadol dawel ac yn fodlon gwrando ar Aarne a Mikki'n cloriannu'r storm. Roedd Eyolf ar y daith am ei fod yn dilyn gorchymyn Aino, a hwnnw wedi dod gan yr eryr meddai hi. Doedd waeth ganddo dderbyn hynny ddim, hynny a dilyn gorchymyn trist Linus i chwilio am fam a thad Jalo. Yn ôl Aarne, byddai unrhyw gymdogaeth ar odre'r uchaf o'r Pedwar Cawr ar ei ochr ddwyreiniol, a gorchwyl Eyolf fyddai deud yr hanes pan ddeuent o hyd i'r teulu. Yna, yn nhrefn cartrefi, byddai'n mynd â Linus adref, yna Aino, yna Bo. Yna, dim. Gallai ddychwelyd adref, i dŷ gwag a digymydog, yn anghysbell ar ochr bryn anghysbell, os oedd y tŷ yno o hyd. Gallai yr un mor hawdd aros hefo Aino neu Bo i roi cymorth iddyn nhw nes codai rhywbeth arall. Doedd dim mymryn o raid i ddyfodol gwag fod yn un digalon.

Daliasant ati i ddyfalbarhau, ond o dipyn i beth aeth y storm yn drech na nhw. Roedd y tir yn ddi-goed a doedd dim dewis ond codi un o'r ddwy babell wen yng nghysgod prin ychydig lwyni a phawb wasgu iddi i gadw'u hunain mor gynnes ag oedd modd.

'Mae'n beryg mai yma y byddwn ni am weddill y dydd a'r nos,' meddai Aarne.

'Os ydi'r storm 'ma'n cyrraedd y llwydion maen nhwtha'n gorfod llechu hefyd,' meddai Leif. 'Mae'n well i ni gadw'n nerth nag ymlafnio.'

'Ydi,' cytunodd ei dad. 'Dydw i ddim wedi profi cymdeithas y pebyll ers blynyddoedd. Pwy ydi'r cynta?'

'Mi gewch chi wneud unrhyw beth ond canu,' meddai Bo.

'Ga i lafarganu o'r Chwedl i ti?' gofynnodd Linus a chwerthin am ben y dwrn a arhosodd drwch blewyn o'i drwyn.

'Pam na chrëwch chi Chwedl newydd?' gofynnodd Mikki. 'Chwedl y Gwinau.'

'Ia,' cytunodd Bo frwd, 'lle mae'r duwia'n gaeth a diallu a phawb yn chwerthin am 'u penna nhw a lle mae'r alarch yn cael 'i rhostio i bob pryd a'i thaflu i'r llygod gan y distatla a dim cyfrinach o gwbl mewn nac eli na ffisig na choedan na charrag, ond bod y cyfrinacha i gyd yng ngreddfa'r bleiddiaid a'r eryrod. Dim ond y cyfrinacha hynny sydd o unrhyw werth. Hoffech chi hynny, Aino?'

Roedd wedi anghofio am funud nad iaith Aino'r oedd yn ei siarad. Ond chafodd o ddim cyfle i gyfieithu.

'Pam na cha i ganu gen ti?' gofynnodd Louhi.

'Mi gei di, siŵr' atebodd ar unwaith.

Arhosodd, yn eiddgar, ond eto ddim yn sicr ai tynnu coes oedd Louhi. Am eiliad, roedd hi i'w gweld yn ystyried, yn cadw'i golygon i lawr, fel tasai'n gwrando ar wynt y storm. Yna, yn cadw'i golygon i lawr o hyd, dechreuodd ganu. Â-mo oedd gair cyntaf ei chân, yn cael ei ganu'n dawel fel tasai'n air bregus, yr â yn cael ei dal yn hir, a'r mo yn llawer byrrach, ddwy dôn yn is. Cân am hogan fach yn cael ei deffro ganol y nos a'i chodi i wrando ar y lloer oedd hi, ac Eyolf yn clywed rhyw debygrwydd yn naws yr alaw i'r un roedd Aino wedi'i chanu i Linus y bore cyntaf hwnnw. Roedd y llais yn swnio'n drist, ond eto nid tristwch oedd ynddo. Roedd y lleuad wedi galw'r hogan fach o'i chwsg ac wrth iddi syllu arno a siarad hefo fo a'i holi gwelai ofnau mawr y dydd yn mynd yn fychan ger bron ei lewyrch a'i lonyddwch, ac roedd y llewyrch a'r llonyddwch yn deud wrthi yn ei dro nad oedd dim i'w ofni, gan fod y dydd newydd yn ymguddio yng nghesail y lleuad a chyn hir byddai ei oleuni mawr yn goleuo'r byd i gyd i wneud pawb ym mhobman yn hapus. Yna roedd yr hogan fach yn dychwelyd i'w gwely, i gysgu tan y wawr newydd yn ddedwydd a bodlon ei byd.

'Pan fydd petha wedi dod yn ôl i drefn a Mam a'r genod

yn iawn ac yn ddiogel, mi ddo i draw i'ch gweld chi,' meddai Bo ar ddiwedd y distawrwydd a ddilynodd y gân fechan, 'a mi fydd yn rhaid i ti ganu honna i mi eto. Wnei di hynny?'

'Gwnaf,' atebodd Louhi, ei llais bron yn sibrwd.

'Mi fydd yn haws i ni ddod atat ti,' meddai Leif. 'Ac mi ddown. Cheith y pellteroedd ddim cadw'r un ohonon ni oddi wrth ein gilydd,' meddai wedyn.

Gobeithiai Eyolf fod Aino am ganu, fod alaw Louhi wedi codi'r awydd ynddi hithau. Ond tawel oedd Aino. Tawel oedd pawb. Dechreuodd Eyolf hymian yr alaw oedd wedi bod yn llond ei ben ers y bore cyntaf hwnnw. Ymhen dim rhoes y gorau iddi. Ailddechreuodd, yn canu'r geiriau, bron wrtho'i hun, ond roedd pawb yn ei glywed. Y frân yn cuddio'i chyw, rhag iddyn nhw ddod. Y llwynoges yn cuddio'r cenau, rhag iddyn nhw ddod. Y fleiddast yn cuddio'r pothan, rhag iddyn nhw ddod; y fam yn cuddio'r plentyn rhag iddyn nhw ddod. A dod a wnaethant yn drystfawr. A mynd a wnaethant yn waglaw.

'Pryd dysgoch chi'r geiria iddo fo?' sibrydodd Linus wrth Aino.

Ysgwyd ei phen ddaru Aino.

Gwaethygu ddaru'r storm, a doedd dim llawer o waith penderfynu ei setlo hi yno yng nghysgod y llwyni am weddill y dydd a'r nos. Ni chodwyd mo'r babell arall chwaith, a chysgodd pawb yn ei gilydd fel anifeiliaid mewn ffau, ond nid cyn i Eyolf sylweddoli'n sydyn fod y gwynt wedi gostegu a'r storm wedi cilio neu ddarfod, a dyna pryd cafodd y teimlad unwaith yn rhagor, mor gryf a byw ag y daethai o gwbl. Roedd rhyw bresenoldeb, yno, allan, yn agos a pherthnasol. A doedd o ddim yn beryg; doedd dim mymryn o angen dychryn na phoeni o'i herwydd. Ond dim ond am ychydig eiliadau y parodd y tro hwn. Cododd ei ben a throi i chwilio wyneb Aino, ni wyddai pam, ond roedd yn rhy dywyll. Swatiodd yn ôl.

Bore trannoeth pan stwyriodd Eyolf gwelodd fod Aarne ac Aino wedi mynd allan. Sleifiodd o'i sach cysgu cyn ddistawed ag y medrai.

'Mi fedrwn ni deithio,' cyfarchodd Aarne o.

'Da hynny.'

Edrychodd Eyolf o'i gwmpas. Uwchben, gwelai awyr glir a'r sêr yn gwanio wrth i'r wawr gyrraedd. Ni welai gwmwl i atal haul, ac wrth iddi oleuo câi olwg gliriach nag oedd bosib y diwrnod cynt ar y tir o'i amgylch ond ni welai ddim i'w atgoffa ei fod wedi bod yno o'r blaen ac ni synnai. Ni synnai chwaith am na welai olion ar yr eira o amgylch y babell ar wahân i olion newydd traed Aino ac Aarne ac yntau. Os oedd unrhyw bresenoldeb y tu allan i'r babell y noson cynt wedi gadael ei ôl ar lawr, roedd eira tawel y nos wedi'i orchuddio a'i ddileu.

Roedd Aarne hefyd yn syllu o'i gwmpas gan astudio'r tir a'r awyr.

'Dw i fymryn tawelach fy meddwl,' meddai Eyolf.

'Am be?' gofynnodd Aarne.

'Nad ein dyfodiad ni'n tri a'r hyn ddaru Tarje sy'n gyfrifol am hyn. Roedd eich gweledigaeth chi'n mynd i gael 'i therfynu prun bynnag. Ac felly mae'r ymgyrch y gorfu i Tarje druan ledio'r ffordd iddi hi yn fwy ofer fyth. Mae'n amlwg mai fo sy'n gorfod ledio'r ffordd y tro yma hefyd os dychwelodd o atyn nhw.'

'Go brin,' meddai Aarne. 'Dydyn nhw ddim yn dod yr un ffordd â'r tro blaen. Ŵyr Tarje mo'r ffordd y tro yma. Ond fo a chdi'n sy'n gyfrifol am ddod â Leif i roi'r rhybudd i mi. Mi gei fod yn dawelach fyth dy feddwl.'

Edrychodd Eyolf o'i gwmpas eto. Roedd mynyddoedd,

bryniau, coed, afon neu ddwy, ffynnon neu ddwy ella, craig ambell fynydd neu fryncyn neu gefnen yn hollti'n llyfn a hwylus. Dim arall, ar wahân i'r bywyd oedd yma erioed ac yn eiddo iddo'i hun. Dim arall i neb.

'Be wnewch chi o hyn i gyd, Aino?' gofynnodd.

'Wnes i ddim o'u petha nhw erioed,' atebodd hithau.

Roedd ei golygon ar awyr y dwyrain, lle'r oedd yr haul ar fin ymddangos. Edrychodd Eyolf hefo hi. Gwelodd yr eryr yn y pellter. Trodd ei wyneb at Aino i chwilio am yr eglurhad. Ond doedd dim i'w gael.

Roedd sŵn bychan y tu ôl iddo, a throdd. Dynesai Louhi.

'Be welwch chi?' gofynnodd hi.

'Wn i ddim,' meddai Eyolf. 'Dyfodol o ryw fath ella. Wyt ti'n difaru?'

'Difaru be?'

'I ti ein gweld ni o gwbwl. Cwestiwn call i'w ofyn ben bora.'

'Ofer ydi pob difaru,' atebodd hithau. 'A dydw i ddim.'

'Be fasat ti wedi'i wneud?'

'Tasach chi heb ddod? Tasai Leif heb gael ei roi mewn sach? Tasai Tarje'n ddigydwybod? Pwy a ŵyr? Mi faswn yn dal i fod wedi dod yn ôl i chwilio, chwilio am Mam a Sini, chwilio am rywun oedd yn fyw. Wn i ddim be arall. Wyt ti wedi lladd rhywun erioed?' gofynnodd ar yr un gwynt.

Dychrynodd Eyolf.

'Beryg 'mod i,' atebodd mor onest ag y gallai. 'Neb diarfa chwaith hyd y gwn i.'

'Wnei di ddim eto.'

'Gobeithio ddim.'

Daeth Aarne atyn nhw.

'Be fasai wedi digwydd tasai'r Uchbeniaid wedi dod ar

eich gwartha chi'n ddirybudd?' gofynnodd Eyolf i chwilio am bwnc arall.

'Mi fyddwn i wedi atab pob cwestiwn a dadla pob dadl.'

'Ddôn nhw i chwilio amdanoch chi?'

'A chymryd y medran nhw gyrraedd yno, sut medran nhw wybod be sydd wedi digwydd? Sut medran nhw wybod bod neb yn fyw? Ella bydd y fyddin lwyd yn codi gwylfa o'r newydd yno.'

Daeth yr haul o'r tu hwnt i'r codiad tir i weddnewidio'r lle.

'Mi baratown ni fwyd, ac mi awn ar ein taith,' meddai Aarne.

'Dacw nhw,' meddai Aarne.

'Tri wela i,' meddai Bo.

'Mae'r un ucha 'cw'n cuddio'r pedwerydd. Mae'r pedwar ar fymryn o dro. O'r ochr arall maen nhw i'w gweld ora.'

Roeddan nhw wedi bod yn tramwyo drwy goedwig ar godiad tir ac wedi cyrraedd cefnen glir. I'r chwith roedd blaen cwm bychan yn mynd i lawr i goed. Ymhell o'u blaenau fymryn i'r gogledd-ddwyrain, ddyddiau lawer o deithio, roedd tri chopa uchel y tu hwnt i fân fryniau a choedwigoedd. Roeddan nhw yng ngolwg tri o'r Pedwar Cawr. Edrychai Eyolf yn sobr ar y copa uchaf, yr un deheuol o'r tri. Y tu hwnt i hwnnw roedd tŷ.

'Mi fydda i yno hefo chdi'n deud,' meddai llais Linus wrth ei ochr.

'Mynydd Horar ydi'r un acw,' meddai Aarne gan bwyntio at y copa oedd i'r gogledd o'r ddau arall.

'Hwnnw?' gofynnodd Bo. 'Y prentis bwbach hwnnw? Pwy yn 'i iawn bwyll fyddai isio bod yn gawr os mai petha 'fath â hwnnw ydyn nhw?' Rhythodd i'r pellteroedd ac ar gopa llydan y mynydd, copa dipyn lletach na'r ddau arall. 'Fedris i rioed odda'i hen straeon ylwch chi fi o.' Roedd casineb ifanc lond ei drem. 'Sarhad ar fynydd.'

'Hidia di befo am hynny rŵan,' atebodd Aarne, yn gweld y dathlu braf yn llygaid Eyolf a Linus. 'Waeth gen i be roi di'n enw arno fo ond i chi ofalu 'i fod o yn y golwg gymaint ag y medrwch chi, fel y medrwch chi ofalu fod pob llwybr rydach chi'n 'i ddewis yn 'i gadw fo rywfaint i'r dde i chi. Mae'n rhaid i chi anelu tua'r gogledd drwy'r adag o hyn ymlaen nes dowch chi o fewn cyrraedd i Horar a mae'n rhaid i chi fynd heibio iddo fo ar yr ochor ogleddol.'

Sylwodd Eyolf ar yr olwg amheugar a ruthrodd i lygaid Aino.

'Peidiwch â mynd i'r drafarth o chwilio am unrhyw ffordd arall i fynd heibio iddo fo,' pwysleisiodd Aarne, yntau hefyd wedi gweld llygaid Aino. 'Does 'na'r un yn bod, dim ond i'r eryrod. Ac os bydd Horar i'r chwith i chi neu'n syth o'ch blaena pan fyddwch chi ar eich taith mi fyddwch yn anelu at drafferthion a mi fydd yn rhaid i chi droi'n ôl. Paid â phoeni,' meddai wrth Aino, 'dewch chi ddim yn rhy bell.'

'Ddaw dim da o'r tiroedd diddadmar,' meddai hithau'n derfynol.

'Fydd dim gofyn i chi fynd cyn bellad â hynny, debyg,' atebodd Aarne. 'Does dim dewis,' pwysleisodd wedyn, yn amlwg wedi gwneud hynny o'r blaen, 'mi fydd y tiroedd deheuol yn berwi gan fyddinoedd. Fyddai gynnoch chi ddim gobaith mynd trwyddyn nhw. Mae'n rhaid i chi fynd ffor'ma.'

''Dawn ni ddim yn rhy bell, Aino,' meddai Eyolf.

'Be 'di enwa'r tri arall 'ta?' gofynnodd Bo'n groesholgar.

'Oliph ydi'r ucha 'cw,' meddai Aarne.

'Ydi hwnnw'n plesio?' gofynnodd Linus yn obeithiol.

'Mi wneith y tro,' meddai Bo. 'Be 'di'r lleill?' gofynnodd i Aarne.

'Corr ydi'r un canol, ac Ymir sydd y tu hwnt iddyn nhw. Ydi'r rheini'n iawn gen ti?'

'Mi gân wneud.'

'Pan ddowch chi at y mynydd,' aeth Aarne yn ei flaen, yn dechrau teimlo hiraeth yn barod am onestrwydd llafar Bo, 'a dal i fynd tua'r gogledd nes bydd 'i gopa fo union i'r dwyrain o'ch llwybr, mi welwch ddyffryn llydan yn plygu hefo'i odre fo. Peidiwch â gweiddi yn eich llawenydd o weld y dyffryn, oherwydd mi fydd yn ddigon posib y bydd byddinoedd yno. Mi fydd 'na ysbiwyr yn sicr. Mi fedrwch dramwyo'r dyffryn gyda godre gogleddol Horar ac mi fydd yn iawn i chi droi tua'r de i ddyffryn arall pan fyddwch chi wedi mynd yn ddigon pell i weld y Pedwar Cawr hefo'i gilydd. Dowch,' ychwanegodd, yn gofalu cadw'r un llais, 'mi gawn ni fwyd cyn ymwahanu.'

Cawsant bryd distawaf eu taith.

'Edrycha di ar ei ôl o,' meddai Aino wrth Leif.

'Fydd 'na ddim ymwahanu eto.'

Roedd dwylo'n cofleidio dwylo, cyrff yn cofleidio cyrff. Cafodd Bo gusan gan Louhi a wnaeth iddo wrido. Ond daeth ato'i hun mewn eiliad a rhoes gusan orlawn yn ôl iddi.

'Mi welwn ein gilydd eto,' meddai Leif, yn gafael yn nwy ysgwydd Bo.

Dim ond amneidio ddaru Bo.

Doedd Aarne ac Aino erioed wedi meddwl am gofleidio cyn hyn.

'Chdi oedd fy sbardun i,' meddai Aarne. 'Chdi oedd fy sicrwydd i.'

'Does dim a wnest ti'n ofer,' meddai hithau.

'Þakka,' meddai Eyolf wrth Aarne.

Dim ond hynny y medrai ei ddeud.

Dwrn bob un ar ysgwydd oedd ffarwel Linus a Mikki.

'Y cynta i briodi fydd yn gwadd pawb,' dyfarnodd Aarne. 'Siwrnai iach i chi bob un.'

Trodd, a lediodd y ffordd i Louhi a Leif a Mikki. Ymhen dim roeddan nhw wedi mynd o'r golwg i'r coed.

'Mi awn ni 'ta,' meddai Eyolf.

Doedd o ddim wedi bwriadu i'w lais fod yn gryg. Codasant eu pynnau, braidd yn gyndyn o gychwyn.

'Ydach chi rioed wedi bod trwy'r tiroedd yma, Aino?' gofynnodd Linus, newydd droi ei olygon oddi ar lwybr y pedwar arall.

'Na. Drwy'r tiroedd is y cefais i fy arwain, cyn iddyn nhw gael 'u taenu â gwastraff gwaed.'

'Welsoch chi'r byddinoedd?'

'O bell. A hefyd o agos.'

'Welsoch chi frwydr?'

'Hynny hefyd o bell ac agos.'

'Oedd 'na bwrpas iddyn nhw?'

'Mae gynnon ni ddigon o waith meddwl am yr hyn sydd o'n blaena ni. Dowch.'

Aethant ymlaen, o hyd braidd yn gyndyn. Roedd y tirwedd yn dal i fod yn lled drugarog a'r haul erbyn hyn yn taro'n gynnes, a'r gwanwyn yn dechrau galw. Roedd naws dadmer lond yr awyr a'i sŵn i'w glywed weithiau. Tyfai coed neu lwyni hyd at gopa ambell fryncyn. Roedd cyrion coedwig i'w gweld yn y pellter ond byddai'n rhaid iddyn nhw ddod yn llawer nes ati cyn darganfod a fyddent yn gorfod mynd iddi. Dyfalai Eyolf y byddent yn cyrraedd ei chwr o gwmpas y machlud.

'Fuost ti mewn brwydr?' gofynnodd Linus i Bo.

'Do, unwaith,' atebodd Bo, fymryn yn ffrwcslyd, a'i feddwl yn llawn o rywbeth arall. 'Fuost ti?'

'Dipyn mwy nag unwaith. Pump i gyd dwi'n meddwl.'

'Oeddat ti'n meddwl am bwrpas pan oeddat ti yn 'u canol nhw?' gofynnodd Bo ar ei union wedyn.

'Ro'n i'n rhy brysur yn bod yn ufudd. Fedrai 'na'r un syniad na meddwl arall gael cyfle i flaendarddu.'

Yna'n sydyn roedd Bo'n rhoi'i law ar ei fraich i'w dawelu.

'Sefwch yn ddistaw,' meddai wrth y ddau arall.

Pwyntiodd o'i flaen ac i'r dde odanyn nhw. Roedd yr elc blwydd yn canolbwyntio'n llwyr ar gael at y borfa dan yr eira.

'Mi'i cymra i o,' meddai Bo. 'Dw i wedi arfar adra,' ychwanegodd, fymryn yn daer. ''Rhoswch chi yma.'

Ddaru o ddim aros am ateb. Cuddiodd ei ben yn ei gwfwl gwyn a chychwynnodd yn araf tuag at yr elc gan gwmanu mwy a mwy wrth ddynesu. Daliai'r elc i bwyo'r eira, yn cymryd dim sylw o'r byd o'i amgylch. Yna cododd ei ben yn sydyn a throi tuag at Bo, ond roedd Bo wedi aros, yn belen wen ar yr eira. Wedi ennyd o lonyddwch ailafaelodd yr elc yn ei orchwyl. Syllodd y tri arall ar Bo'n dynesu tuag ato gyda gofal gwir heliwr. Yna gwelsant y clogyn gwyn yn ymledu rhywfaint a'r eiliad nesaf roedd yr arf yn plannu i wddw'r elc. Erbyn i Eyolf a Linus gyrraedd ato dan redeg roedd yn farw.

'Pwy ddaru dy ddysgu di?' gofynnodd Eyolf.

'Mam, siŵr. Doedd Nhad ddim ar gael, nac oedd?'

Buan iawn y blingwyd ac y torrwyd yr elc. Erbyn y byddai'i gig wedi magu blas, byddai eu storfa arall o bysgod sych gan mwya wedi prinhau. Dosbarthwyd y cig rhwng y sachau ac ailgychwynasant ar eu taith, a'r tri arall yn teimlo hyder newydd lawn cymaint â Bo. Ymhen tipyn trodd Bo ei ben.

'Ylwch,' cyhoeddodd.

Yn y pellter gwleddai dau flaidd ar weddillion ei helfa. Troellai cigfrain uwch eu pennau, a rhai'n glanio bob hyn a hyn yn eu gobaith.

'Wyt ti wedi bwyta cigfran?' gofynnodd Eyolf i Bo.

'Do.'

'Er gwaetha'r Chwedl?'

'Oherwydd y Chwedl. Mi ddaru 'chwaer hyna a minna ladd cigfran ryw bnawn a'i bwyta hi. Doedd o ddim gwerth y draffarth chwaith.'

'Pam oherwydd y Chwedl?' gofynnodd Linus.

'Am fod Nhad wedi gorfod rhoi'i fywyd i'r fyddin.'

'Be sy 'nelo hynny â'r peth?'

'Pob dim, siŵr,' atebodd Bo'n syml, a Linus yn ei weld yn ateb dim.

'O ia,' ychwanegodd Bo ar unwaith wrth Eyolf a rhyw benbleth yn llond ei lygaid, 'ro'n i wedi meddwl gofyn, hefyd.'

'Be?' gofynnodd Eyolf.

'Wyddost ti chdi'n deud sut cafodd Nhad 'i ddienyddio.'

'Ia?'

'Be ddigwyddodd i'r ddau wisgwr gwinau?'

'Mi driwn ni obeithio'r gora, ia? Chafodd y fyddin ddim gafael arnyn nhw beth bynnag. Wel, nid i mi wybod.' Teimlai Eyolf ei fod yn gallu cyd-fyw'r rhyddhad oedd yn disodli'r penbleth yn y llygaid o'i flaen. 'Tyd,' ychwanegodd, yn ddisyfyd sicrach o ddyfodol, 'rydan ni yn yr amlwg braidd. Gad y bleiddiaid i'w gwledd a'r cigfrain i'w sbarion.'

Aethant ymlaen, a Linus hefyd yn teimlo rhyw ysgafnder newydd o glywed geiriau Eyolf, er yn dal i bendroni mymryn ynglŷn â dull Bo o resymu. Yn ôl ei harfer ni ddatgelai Aino ddim. Cyn hir pwyntiodd Bo at Fynydd Horar.

'Mynydd Aarne,' cyhoeddodd. 'Mae unrhyw un sy'n 'i alw o'n unrhyw beth arall yn gorfod cerddad ar 'i ddwylo.'

'Be oedd enw dy dad?' gofynnodd Aino.

'Haldor.'

Ymhen ychydig gamau, roedd Bo wedi dal yn ôl. Roedd wedi tynnu'i addurn pres cain o'i boced, ac yna bron heb yn wybod iddo'i hun roedd wedi aros. Dim ond aros yno ar ochr dyffryn diarth, yn astudio'r cyfarwydd. Arafodd y lleill yn eu tro, ac aros, gan adael iddo. Yna, o sylweddoli fod y tri'n aros amdano, rhoes Bo'r addurn yn ôl yn ei boced. Ailgychwynasant ar eu taith.

18

'Wrth gwrs,' meddai'r Uchben hŷn, 'does gynnon ni mo'r profiad sydd gen ti o ymgyfathrachu hefo Uchbeniaid y gelyn gwyrdd.'

'Nid ffŵl sy'n gofalu am y warchodfa yma, Uchben,' ailadroddodd Tarje.

'Ella y dylen ni fod yn ddiolchgar fod Isbeniaid yn dangos y fath barch tuag at Uchbeniaid,' meddai'r Uchben ieuengaf. 'O bob rhyw fath,' ychwanegodd.

'Nid arna i mae'r bai am nad oes gen i dystion 'mod i wedi deud hyn o'r blaen, Uchben,' meddai Tarje. 'Nid fi ddaru lapio'u cyrff nhw mewn briga sychion a'u tanio nhw.'

'Rwyt ti wedi rhoi dy gyngor,' meddai'r Uchben hŷn. 'Dos.'

'Nid fi ddaru hyfforddi'r gwyrddion i ddynwarad bleiddiaid chwaith, Uchben.'

'Dos!'

Aeth Tarje, a diflannu heibio i'r sach aflonydd i'r llonyddwch agosaf.

'Beidio'i fod o'n mynd yn ormod o lanc?' gofynnodd yr Uchben ieuengaf. 'Ella y byddai'n well tasai Olle wedi gadael iddo fo ddod o'i glytia cyn rhoi dyrchafiad iddo fo.'

'Os oes 'na gymhlethdod, mi fydd yn 'i ddatrys 'i hun,' meddai'r Uchben hŷn.

Allan, roedd Tarje wedi laru anobeithio. Allan, yn unigedd y coed, roedd yn dal i geisio gwrthsefyll y casgliad yr oedd wedi dod iddo ddyddiau ynghynt, yn dal i wybod na fedrai ei wadu. Byddai Aarne wedi gwrando. Ella y byddai wedi anghytuno, ond byddai Aarne wedi gwrando. Roedd Tarje wedi dod i'r casgliad mai unig ddrwg Aarne oedd ei fod yn gadael i'w barch at egwyddorion ac at bobl fynd dros ben llestri.

Ond gwyddai y byddai Aarne wedi gwrando. Fyddai Aarne ddim wedi difrïo'i amheuon o am y galwadau blaidd oedd wedi'u clywed ddydd a nos wrth iddynt ddynesu at eu cyrchfan. Fyddai Aarne ddim wedi dirmygu ei ymdrechion o i wahaniaethu rhwng galwadau a'i gilydd, rhwng y cysefin a'r dynwarediadau, na dirmygu ei gred fod posib fod y dynwarediadau wedi dod i ben ers rhai dyddiau. Erbyn hyn roedd Tarje'n sicr nad oedd hynny wedi digwydd y tro cynt, a bod y dynwarediadau wedi treiddio drwy'r tir drwy'r adeg bryd hynny. Credai Tarje fod paratoadau Aarne yn wahanol iawn y tro hwn, ond roedd yn sicr ei fod yn barod am ddyfodiad byddin lwyd i'w warchodfa am yr eildro. Bellach roedd Tarje wedi rhoi'r gorau i geisio cyfleu hynny wrth neb. Doedd fawr o angen iddo wneud hynny bellach, fodd bynnag, oherwydd roeddan nhw o fewn diwrnod i derfyn y daith.

Drwg Aarne, meddyliodd drachefn, oedd ei fod yn

ymwybodol o'i wendidau am fod y gwendidau'n fwriadol. Heb y gwendidau, gwisg werdd ai peidio, byddai Aarne yn Uchben cyfrifol, yn Uchben na fyddai cywilydd ar neb ei efelychu. Pan ddeuai o'n Uchben, meddyliodd Tarje am y tro cyntaf, byddai'n cofio gwendidau Aarne. Nid drwg i gyd oedd ymgyfathrachu â'r gwyrddion.

Yn hwyr bnawn trannoeth daethant at y warchodfa.

Cau'i geg yn dynn ddaru Tarje. Roedd rhybudd Ahti'n llond ei ben ac roedd ei angen. Y peth cyntaf a wnaeth oedd chwilio am gyrff llosg, ond doedd yr un i'w weld a gwyddai wedyn beth oedd wedi digwydd. Roedd milwyr yn cicio yma a thraw ymysg y gweddillion ond lludw a godai, nid mwg. Sylwodd Tarje ar weddillion y folchfa a chafodd y cadarnhad. Fyddai'r baddonau ddim wedi llosgi, na'r llawr. Ond doeddan nhw ddim yna. Caeodd ei geg yn dynn. Yna sylweddolodd fod y coed y tu ôl iddo'n wag. Roedd y milwyr un ac oll yn busnesa o amgylch gweddillion y warchodfa neu wedi mynd i chwilio dros y gefnen ac i gyrion y coed uchaf.

Ciliodd. Brysiodd yn ôl i ganol y coed y daethant drwyddyn nhw. Roedd yno sach.

'Fa'ma wyt ti?'

Neidiodd. Roedd wedi edrych o'i gwmpas yn frysiog cyn rhoi ei arf ar y ddaear a phlygu at y sach gan dynnu'i gyllell o'i gwain yr un pryd. Ni wyddai o ble daethai'r Uchben ieuengaf ar ei warthaf.

'Ia, agor o,' meddai'r Uchben.

Petrusodd Tarje am ennyd, yna agorodd y sach hefo'i fysedd. Wyddai o ddim oedd yr Uchben wedi gweld ei gyllell ai peidio. Ond roedd o wedi gweld nad oedd Eyolf a Linus ar gael. Tynnodd Tarje geg y sach i lawr dros y pen. Odano roedd milwr a golwg hen ŵr arno, hen ŵr â llygaid gwylltion. Roedd y llygaid yr un mor wyllt cyn iddyn nhw fynd i'r sach, yn datgelu bryd hynny hefyd nad oedd ganddyn nhw fawr o syniad o'r hyn oedd yn digwydd.

'Tynna'r rhwymyn 'na oddi ar 'i geg o.'

Cododd Tarje'r pen a datglymu'r rhwymyn, yn teimlo arswyd newydd yn rhuthro i'r corff. Ceisiodd ei lygaid dawelu'r ofn yn y llygaid eraill a cheisiodd ar yr un pryd oresgyn ei gynnwrf ei hun. Tynnodd y rhwymyn yn rhydd a'i luchio. Tynnodd ddernyn o glwt crwn o geg y milwr a'i luchio yntau.

'Ia, waeth i ti 'u lluchio nhw ddim,' meddai'r Uchben, yn anwybyddu'r sŵn tagu oedd bron yn chwydu a ddechreuodd ddod o geg y milwr, a hwnnw wedyn yn troi'n riddfan. Arhosodd ennyd. 'Torra flaen 'i drwyn o a stwffia fo i'w geg o.'

'Na wnaf.'

Daeth y ddeuair ar eu hunion. Daeth y ddeuair ar eu hunion am mai Louhi a lanwodd feddwl Tarje.

'Be ddudist ti?' ebychodd yr Uchben, yn anwybyddu'r sŵn argyfwng a ddaeth i'r griddfan odanyn nhw.

Cododd Tarje. Edrychai i fyw llygaid yr Uchben. Doedd Isben dan gerydd ddim i fod i wneud rhywbeth felly.

'Na wnaf.'

Cododd yr Uchben ei arf.

'Torra'i drwyn o!'

'Na wnaf.'

Roedd y pen yn y sach yn ysgwyd hynny a fedrai a'r straen o geisio ymryddhau o'r rhaff am y dwylo a'r breichiau yn stumio'r wyneb a'r llygaid yn mynd yn fwy a mwy gwyllt. Dechreuodd yr arf chwifio.

'Torra fo!'

'Na wnaf.'

'Na wnei di?'

Louhi oedd yn llond meddwl Tarje wrth i'r Uchben ddechrau ei ruthr. Ond doedd dim o natur cysylltiadau ar ei feddwl wrth i'r Uchben gyrraedd a'i arf o'i flaen. Am nad oedd ei arf gan Tarje, dim ond rhuthro oedd yr Uchben. Ac am na fyddai Isben na neb arall yn ystyried taro'n ôl yn erbyn Uchben na gwneud dim ond yr ymdrech leiaf i'w warchod ei hun, dim ond rhuthro oedd yr Uchben. A phan gyrhaeddodd llafn cyllell Tarje ei wddw a phlannu i mewn iddo ddaru o wneud dim ond disgyn ar ben y milwr a marw.

Wedyn, ar ôl plycian y sach oddi ar gorff y milwr a thorri'i rwymau hefo'r gyllell waedlyd a gwthio corff yr Uchben o'r neilltu, y dechreuodd Tarje grynu. Ni sylwodd ar y milwr yn simsanu o goeden i goeden gan faglu a disgyn ar ei liniau bron bob yn ail gam nes iddo gael ei draed dano rywfaint. Ond pan ddaeth o hyd i'w draed daeth o hyd i'w lais hefyd.

'Lladd yr Uchben! Mae o wedi lladd yr Uchben!'

Roedd ei lais yn mynd yn fwy o sgrech wrth iddo faglu rhedeg tuag at y milwyr a gweddillion y warchodfa. Roedd Tarje wedi fferru a'i gefn yn erbyn coeden.

'Lladd! Lladd yr Uchben!'

Roedd milwyr yn rhedeg tuag at y milwr ac yntau'n dal i sgrechian. Rhuthrodd Isben o'u canol a rhoi cic iddo yn ei geilliau. Disgynnodd ar ei wyneb i'r eira.

'Sut daeth hwn yn rhydd?' gwaeddodd yr Isben. Plygodd ato, a'i droi. 'Lle daeth y gwaed 'ma?' gwaeddodd wedyn, yn anwybyddu symudiadau truenus ceg yn chwilio am anadl.

Daeth dau Isben arall yno a chodi'r milwr a'i archwilio.

'Does gynno fo'r un archoll.'

'Dowch! I'r coed!'

Hyrddiwyd y milwr yn ôl i'r eira a'i adael yno'n lluch

dafl. Ciliodd Tarje a sleifio o goeden i goeden nes cyrraedd gyferbyn â'r gefnen, yn ddigon pell o lwybr y fintai drwy'r coed. Arhosodd ger coeden, ynghudd y tu ôl iddi. Ai gwir y gwirion ar gael ei ennyd o ryddid, ai achwyniad i geisio ffafr maddeuant oedd gwaedd y milwr, doedd dim gwahaniaeth. Roedd y waedd wedi'i rhoi, ac ymdrech Tarje'n ofer. Byddai'r milwr yn cael ei roi'n ôl yn y sach, a byddai ei geg unwaith eto'n llawn a thynn rhag y gwallgofrwydd. Fyddai dim gobaith o'i ryddhau eto. Ac ni fedrai Tarje fynd ato rŵan. Arhosodd, dim ond aros, ynghudd y tu ôl i'r goeden.

Roedd hon yn goeden gysegredig.

Ni fedrai weld i'r coed lle'r oedd yr Uchben. Ni welai'r milwr a gafodd ei eiliad o ryddid ofer chwaith gan ei fod wedi'i amgylchu gan y milwyr eraill oedd wedi rhuthro tuag yno.

'Mae o wedi'i ladd!' Roedd y bloeddiadau i'w clywed yn glir o'r coed. 'Mae o wedi lladd Uchben Anund!'

Gwelodd Tarje yr Uchben hŷn yn ymddangos o ganol o dorf ac yn brysio i fyny at y coed. Ymhen ychydig dychwelodd. Rhoes arwydd â'i freichiau a chiliodd y dorf oedd wedi amgylchu'r milwr. Cododd yr Uchben hŷn ben y milwr gerfydd hynny o wallt oedd ganddo. Trywanodd ei lygad dde â'i arf. Daeth gwaedd o ing o enau Tarje, ond dim ond fo'i hun a'i clywodd. Cododd yr Uchben yr arf i ddangos y gwaed. Roedd distawrwydd. Ysgydwodd yr arf. Bloeddiwyd cymeradwyaeth. Trywanodd yr Uchben y llygad arall. Cododd ei arf drachefn. Bloeddiodd rhagor o filwyr. Amneidiodd yr Uchben at Isben, a daeth hwnnw ymlaen, yn cario bwyell drom. Cododd hi uwch ei ben a heb rwysg o fath yn y byd daeth â hi i lawr. Cododd hi wedyn a daeth â hi i lawr drachefn. Y trydydd tro aeth ar ei liniau, a chan afael yng nghanol y fwyell fel tasai'n gorffen torri pric tân oddi ar goedyn cyndyn, torrodd yn ysgafn i orffen cael pen y milwr yn rhydd oddi ar ei gorff. Cododd yr Uchben y pen a'i ddangos ennyd cyn ei daflu tuag at draed y milwyr eraill. Roedd pawb yn llonydd. Gwylltiodd yr Uchben a rhoes arwydd cyflym â'i arf. Dechreuodd y milwyr gicio'r pen o'r naill i'r llall a gweiddi cymeradwyaeth i bob cic. Syllodd yr Uchben arnyn nhw am ennyd cyn troi a dychwelyd i'r coed, a'r Isben hefo fo. Yn unig gyferbyn â'r gefnen y safai arni pan welodd filwyr gwisgoedd gwyrddion yn dod allan o gwt leuadau lawer ynghynt bellach, pwysai Tarje ei gorff yn dynn yn erbyn coeden gysegredig, ei wisg newydd yn batrymog gan waed Uchben.

19

'Dach chi'ch dau'n gymaint o wlanenni â'ch gilydd,' meddai Linus wrth Aino ac Eyolf.

'Dangos y graith 'na,' gorchmynnodd Eyolf.

'Ia, dangos,' ategodd Bo ddwys mewn llais bumgwaith ei oed.

Daethai un o arwyddion pendant eraill y gwanwyn i ddarfu'n ddidrugaredd ar eu taith a gwneud i Linus lithro a rowlio i lawr dibyn a dod i lonyddwch disymwth yn erbyn boncyff coeden gwella'r galon a godai yng nghanol pentwr o greigiau bychain. Roedd y glaw'n genlli, yn union fel tasai'n dial am ei fod wedi gorfod disgyn fel eira gydol y misoedd cynt a nhwtha'n croesi dyffryn digysgod oedd yn berwi o hafnau ac yn amlwg yn llawn o fân nentydd yn y tymhorau tyner. Dan draed roedd yn llanast, a'r eira sych yn troi'n dawdd ac yn rhew gwlyb a Linus wrth ledio'r ffordd wedi diflannu o olwg y lleill yn llawer mwy dirybudd na dechreuad y glaw.

Bo oedd wedi credu iddo weld ceg ogof gryn dipyn o'u blaenau ar yr ochr dde iddyn nhw ac roedd Linus wedi dechrau brysio tuag yno. O deimlo'r boen yn ei ochr daeth ofn arno ei fod wedi ailagor y briw oedd bron wedi mynd yn graith wrth iddo wella, ond gobeithiai'r gorau am mai uwch ei phen y teimlai boen. Ni ddywedodd ddim amdani pan lwyddodd i ddychwelyd at y lleill wrth ddal i fynd yn ei flaen a dringo ochr dynerach ei natur na'r dibyn. Pan gyraeddasant y graig gwelsant fod yno ogof ddigon mawr i gysgodi ynddi, ac unwaith y llaciodd y glaw a pheidio ymhen yr awr, llwyddodd y pedwar i hel digon o briciau a hen ganghennau i wneud tân. Roedd niwlen uwchben yn bygwth disodli'r glaw ac ni fyddai mwg yn cyrraedd llygaid pell. Ond yna roedd gwelwedd newydd Linus wedi gwneud i'r tri arall ofni'r gwaethaf.

Dynesodd Linus at y tân a chodi'i grys, yn cymryd arno mai er mwyn heddwch y gwnâi hynny. Dechreuodd Aino ac Eyolf archwilio, a rhoes yntau ochenaid fechan o ryddhad pan welodd y graith yn gyfa. Roedd mymryn o gochni o'i chwmpas ond roedd hwnnw yno ers y dechrau ac yn graddol wanio. Roedd sgriffiadau newydd uwch ei phen.

'Anadla'n ddwfn,' meddai Eyolf.

Gwnaeth hynny. Teimlodd fysedd Eyolf yn bodio o amgylch y sgriffiadau.

'Brifo?'

'Na. Mae fy 'senna i'n gyfa. Coedan gwella'r galon a chynhesu cyrff ydi hi, nid coedan malu esgyrn.'

'Ella na fydd y nesa ddim mor drugarog,' meddai Bo daer. 'Cym bwyll.'

'Wedi'r fath orchymyn, pwy fedar beidio?'

'Cym bwyll,' ailadroddodd Bo.

Aeth Eyolf at ei sachyn a thyrchu ynddo. Tynnodd ddau botyn ohono, un llwyd ac un du.

'Mae arna i ofn fod hwn yn oer,' gwenodd yn anhrugarog drwy ei ryddhad wrth dynnu byseddaid o eli o'r potyn llwyd. 'Mae isio i hwn fynd ar dy graith di bob deg diwrnod, medda Mikki. Waeth i ni ddechra heddiw ddim. Mae'r llall i fynd ar y sgriffiada 'na. Cad dy brotestiada tan hwnnw.'

Dim ond tynnu'i fol i mewn ddaru Linus wrth deimlo'r oerni.

'Ydi hi'n brifo?' gofynnodd Eyolf wrth rwbio'r graith.

'Mae dy gwestiwn di'n sarhad ar Mikki ac Aino, iachawyr gora'r tiroedd.'

'Chei di ddim ledio eto nes byddi di wedi gwella'n llwyr,' gorchmynnodd Bo wrth dynnu byseddaid o eli o'r potyn arall. 'Mi wna i hwn,' meddai wedyn, 'dw i wedi arfar.'

Tynnu'i wynt ato ddaru Linus wrth deimlo'r eli ar ei sgriffiadau. Ond yna roedd yn rhyfeddu braidd o deimlo tynerwch y rhwbiad.

'Hefo pwy wyt ti wedi arfar?' gofynnodd.

''Y chwaer fawr. Dw'n i'n cael dwrn os ydw i'n brifo'r mymryn lleia ar y bladras.'

'Gei di groeso gynni hi?'

'Mi gaf fy mwytho'n ddiatal am ddiwrnod. Wedyn mi fydd hi'n lluchio gorchmynion a cheryddon fel peli eira.'

Bellach roedd y tân yn clecian yn braf a'r dillad yn sychu.

'Ydi'r elc yn barod i'w fwyta?' gofynnodd Bo.

'Dyddiau lawer yn rhy gynnar i'w flas o fod ar ei ora,' meddai Aino, 'ond laddith o mohonon ni. Mi fydd yn wledd fach.'

'Mi'i cymrwn ni o 'ta. Wedi'i droi 'ta wedi'i ferwi?' gofynnodd Eyolf.

'Berwa fo. Mi fydd yr un mor flasus.'

Datglymodd Eyolf y cawg bychan oddi ar bwn Aino a'i lenwi hefo eira glân ac aeth Aino ati i dorri a pharatoi'r cig a'r tri arall yn llygadu'n awchus. Uwchben, gwaniai a diflannai'r niwlen yn gyflym gan adael awyr orlawn o gymylau gwynion trwchus blith draphlith a darnau hyderus o lesni gwanwyn cynnar yma a thraw.

'Dw i am fynd i sbaena,' meddai Bo.

Rhoes ei glogyn gwyn yn ôl amdano a chychwyn tuag at fryncyn fymryn i'r dde iddo. Ymhen dim roedd Linus wrth ei ochr.

'Mae'r eli 'ma'n lleddfol,' meddai Linus.

'Cofia nad ydi Mikki yma i wneud dim byd arall i ti,' meddai Bo. 'Yli,' meddai wedyn, ag argyfwng sydyn yn ei lais.

'Be?'

'Mynydd Aarne.' Pwyntiai i'r gogledd. 'Mae'r dyffryn 'ma'n mynd â ni i'r dwyrain,' meddai, a'r pryder yn amlwg. 'Mi aeth y glaw â ni ar gyfeiliorn.'

'Ella,' meddai Linus, yn rhannu dim o'r pryder. Astudiodd y tir cam y daethant ar hyd-ddo. 'Y dyffryn sydd wedi troi i'r dwyrain debyg. Doedd gynnon ni ddim dewis.'

'Os na fydd o'n troi tua'r gogledd yn o fuan mae'n well i ni ddringo ohono fo y cyfla cynta gawn ni.'

'Gawn weld. Mae'n debyg nad oeddan ni i fod i ddŵad ar hyd hwn,' meddai wrth edrych yn ôl tua'r gorllewin. 'Mi gollon ni lwybr arall yn rwla. Ella y byddai'n well i ni fynd yn ôl i chwilio amdano fo.' Trodd ei olygon i'r cyfeiriad arall. Doedd yr un arwydd fod y dyffryn am droi tua'r gogledd. Yna sythodd. 'Yli.'

Roedd argyfwng newydd yn ei lais yntau. Pwyntiai i'r pellter a throdd Bo i edrych. Yna trodd ar ei union i roi cri tylluan a chiliodd Linus ac yntau'n reddfol oddi ar gopa'r bryncyn. Daeth pen Eyolf i'r golwg yn y gwaelod ac amneidiodd Bo arno'n gyflym. Brysiodd Eyolf tuag atyn nhw a phwyntiodd Linus drachefn. Codai colofn fwg o ganol coed yn y pellter. Trodd Eyolf ei ben yn ôl ar unwaith. Roedd llai o fwg yn dod o'u tân nhw erbyn hyn ac roedd yn fflamio'n braf. Chwiliodd eto.

'Yng nghanol y coed mae o,' dyfarnodd Linus. 'Go brin 'u bod nhw'n gallu gweld mwg hwn.'

'Ne' fo,' meddai Eyolf. 'Tân bach un dyn ydi o ella. Dydi o ddim yn un ar gyfar torf.'

'Os na fydd o. Ella mai ar ddechra mae o. Ac yli lle mae'r mynydd.'

'Troi'n ôl ydi'r calla,' meddai Bo.

'Lawr!'

Cyrcydodd y tri ar amrantiad. Draw yn y pellter gwelid symudiadau ger y coed.

'Milwyr ydyn nhw?' gofynnodd Bo, ei lais wedi gostwng yn reddfol.

'Anodd deud 'tydi?' meddai Eyolf ymhen ennyd. 'Mi fedran fod yn helwyr, ne' ella bod 'na gymdogaeth yna yng nghanol y coed.'

'Ne'r Uchbeniaid gwyrdd ar 'u ffordd i ddisodli Aarne,' meddai Linus. Trodd ei ben i astudio'r mwg o'u tân nhw. 'Mae'r mwg yma i'w weld,' meddai wedyn. 'Mae'n amlwg 'u bod nhw'n rhy brysur i edrach tuag yma. Faint welwch chi?'

'O leia saith,' atebodd Bo.

'Os gwelwch chi nhw'n aros yn llonydd yn sydyn hefo'i gilydd ac yn cilio wedyn, mi fyddan nhw wedi gweld y mwg 'ma,' meddai Eyolf. 'Mae'n well i mi fynd i ddeud wrth Aino.'

Dychwelodd i lawr. Daliodd y ddau arall i syllu i'r pellter. Gwelsant nad oedd y mwg draw yn cynyddu.

'Wyt ti'n gyfa ar ôl dy godwm?' gofynnodd Bo.

'Ydw, debyg,' atebodd Linus. 'Pam?'

'Oes gen ti ffansi busnesa? Tasan ni'n sleifio gyda'r ochor

'na i'r bryn acw,' meddai gan bwyntio beth ymlaen, 'mi fyddai'n haws inni gael rhyw syniad o be ydyn nhw. Mi fyddwn ni'n ôl erbyn bydd y cig yn barod.'

'Fedrwn ni ddim cadw golwg arnyn nhw wrth fynd.'

'O ia.' Arhosodd Bo ennyd. 'Mi a' i 'ta. Gwna'r dylluan os bydd angan.'

Ddaru o ddim aros am ateb. Aeth i lawr ochr arall y bryncyn a phrysuro ymlaen, ei ben ar goll yn ei gwfwl. Wrth ei weld yn mynd cafodd Linus bwl arall o lonyddu mewn gwerthfawrogiad. Roedd yn cael y pyliau'n rheolaidd a dirybudd a phob un yr un mor gryf â'i gilydd. Cawsai un wrth weld Bo'n hela'r elc. Fedrai o ddim peidio ag ystyried a fedrai o wneud yr un peth gyda'r un brwdfrydedd tasai o wedi'i glymu mewn sach am ddiwrnodau bwygilydd. Ac ar amrantiad gwyddai na fyddai'n ffarwelio â'r tri arall pan gyrhaeddai adref. Byddai c'noni diddiwedd ac annioddefol yn anochel o adael i'r lleill fynd tua'u cartrefi'u hunain ac yntau'n aros adref heb wybod eu hynt. Yr unig beth call i'w wneud fyddai iddyn nhw i gyd aros yn ei gartref o am ychydig i ddadflino, ac yna iddo yntau fynd hefo nhw i ddanfon Aino adref, ac yna fynd ymlaen hefo Eyolf i ddanfon Bo adref. Wedyn byddai Eyolf yn gorfod penderfynu. Roedd ar Linus isio bod hefo fo yn y penderfyniad. Ond ella, meddyliodd drachefn unwaith yn rhagor, y byddai'r penderfyniad wedi'i wneud ynghynt. Yr un eiliad rhoes yr ystyriaeth ynfyd honno o'r neilltu eto fyth.

'Be mae nacw'n 'i wneud?'

Daethai Eyolf yn ôl heb i Linus ei glywed.

'Mae o am fynd at y bryn pella 'cw iddo fo fedru busnesa'n well. Gad iddo fo.'

Troes Eyolf ei olygon at y coed a'r mwg yn y pellter.

'Rhyw newid?'

'Na, dim ond dal i forgruga hyd y lle. Does 'na ddim golwg beryg arnyn nhw, o fa'ma 'te.' Trodd Linus i astudio'r dyffryn tua'r gorllewin. 'Mae'n rhaid i ni fynd yn ôl prun bynnag. Rydan ni'n llawer rhy bell i'r dwyrain. Mi fyddai'n well i ni gychwyn yn syth ar ôl cael bwyd.'

Roedd Eyolf yntau wedi troi i astudio.

'Mae'n beryg fod hyn yn mynd i ddigwydd droeon,' meddai. 'Ella mai'r peth gora o hyn ymlaen fydd codi'r baball a chysgodi os na fydd y tywydd yn caniatáu inni weld i ble 'dan ni'n mynd.' Trodd yn ôl. 'Os ydan ni am 'i chychwyn hi ar ôl bwyd wela i ddim llawar o bwrpas i Bo fynd i'r straffîg o ddringo'r bryn 'na.'

'Mae o wedi rhoi 'i fryd ar fynd i'w ben o. Waeth i ni adael iddo fo ddim.'

Mynd ddaru Bo. Pan gyrhaeddodd odre'r bryncyn trodd ei ben i edrych a welai Linus. Tasai'r ddau lwmpyn gwyn ger copa'r bryncyn arall yn llonydd byddai'n llawer anos iddo'u gweld heb iddo fod yn chwilio amdanyn nhw. Troes yn ôl yn fodlonach ei fyd a dechrau dringo. Roedd yn orchwyl lled hawdd a buan y gwelodd nad oedd siâp y bryncyn hwn mor daclus yr ochr arall ac nad oedd copa pendant iddo fel y llall. Roedd llawer mwy o bantiau a chlogwyni bychan yr ochr honno. Roedd bryncyn cyffelyb ger ei gartref, wedi bod yn lle delfrydol i chwarae a chwarae cuddiad arno. Bu wrthi am ychydig yn cofio a chymharu a ffidlan edrych o'i amgylch. Yna rhoes ei sylw ar y mwg pell a'r symudiadau o flaen y coed. Craffodd. Roedd o leiaf ddau o'r bobl bell yn llai na'r lleill ac roedd bron yn sicr mai plant oeddan nhw. Tynnodd ei gwfwl i wrando, rhag ofn y clywai leisiau, ond roedd y pell yn dal i fod yn rhy bell ac ailwisgodd ei gwfwl. Roedd ei siwrnai wedi bod yn werth y drafferth ac roedd bron yn sicr nad oedd ganddyn nhw ddim i boeni yn ei gylch. Meindio'u busnes oedd y bobl draw. Ar fin ymlacio'r oedd o a throi'n ôl pan neidiodd dau ddyn o gysgod clogwyn o'i flaen a'u gwalltiau'n chwifio gan eu naid a'u harfau wedi'u codi o'u blaenau.

'Mae'n iawn mae'n iawn mae'n iawn!' gwaeddodd a chodi'i freichiau gan agor ei ddwylo'n ddiarwybod nes bod ei ffyn eira'n clecian disgyn wrth ei draed. 'D-d-dw i ddim yn beryg,' meddai wedyn, heb syniad be'r oedd o'n ei ddeud wrth y ddau oedd yn cyhoeddi bygythiad eu harfau mor ddiamwys ac oedd, iddo fo, yn hen ddynion. 'Mae'n iawn,' trystiodd drachefn. 'Wir rŵan. Bo ydw i.'

Doedd gan yr un o'r ddau wisg milwr amdano. Yn llond ei argyfwng, tybiai Bo ei fod yn gweld dymuniad i fod yn garedig yn llygaid un o leiaf. Doedd dim llawer o lygaid y llall i'w gweld drwy eu culni. Ac wrth edrych arnyn nhw gwyddai eu bod wedi bod yn llechu amdano o'r eiliad y cychwynnodd o'r bryncyn draw.

'Be wyt ti'n 'i wneud yma? Faint ohonoch chi sy 'na?' arthiodd yr un â'r llygaid main drwy locsyn mawr coch oedd yn bygwth dechrau gwynnu.

'Pedwar.'

'O leia rwyt ti'n deud y gwir,' meddai'r llall mewn llais tawelach, yn amlwg yn ei astudio o'i gorun i lawr.

'Gwir be?'

Roedd yr arfau wedi'u gostwng.

'Paid â dychryn,' meddai'r ieuengaf.

'Braidd yn hwyr 'tydi? Ydach chi isio bwyd?' rhuthrodd Bo eto. 'Mi laddis i elc y diwrnod o'r blaen ac mae Aino wrthi'n 'i ferwi o. Mae gynnon ni dân yng ngheg yr ogo. Mae 'na hen ddigon i chi.'

'Be ydach chi'ch pedwar yn 'i wneud yma?' gofynnodd y locsyn unwaith yn rhagor, yn llwyddo'n braf i guddio gwên a phob bygythiad wedi diflannu o'i lais.

'Ar goll braidd. Mynd adra ydan ni, bawb i'w gartra'i hun, ond mae'n rhaid i ni fynd i'r gogledd a heibio i'r Pedwar Cawr i wneud hynny, a wedyn mynd i gyfeiriad y de. Pwy ydach chi felly? Be ydi'ch enwa chi?'

'Dagr ydw i,' meddai'r locsyn, ei lais yn dyfnhau wrth fynd yn fwy hamddenol, 'ac Efi ydi o.'

'O ia.' Pwyntiodd Bo tuag at y coed a'r mwg yn y pellter. ''Nelo chi rwbath â'r rhei'cw?'

'Hidia di befo am hynny am eiliad,' meddai Efi, oedd i'w weld dipyn yn fengach a golwg llawer mwy direidus yn ei lygaid. 'O ble daethoch chi yma?'

'Gwarchodfa Aarne, i'r de ffor'cw.' Canolbwyntiai Bo ei sylw ar Efi am ei fod yn plesio'n well. 'Mae o wedi'i thanio hi rhag yr ellyllon o bob lliw. Ylwch be sy gen i.' Lluchiodd ei gwfwl yn ôl ac ysgwyd mymryn ar ei ben i gael ei wallt yn rhydd. Datododd ei gôt yn y gwddw a thynnodd gerflun o hebog mawr oedd yn hongian wrth garrai am ei wddw a'i ddangos. 'Gwisgo'r gwinau,' cyhoeddodd yn ddi-lol.

'Be 'di hwnnw d'wad?' gofynnodd Dagr, yn ymestyn mymryn ar ei wddw ac yn agor mwy ar y llygaid i astudio'n well.

'Be, ydach chi ddim yn gwybod?'

'Chlywis i rioed am y fath beth. Pam mae'r hebog mawr druan wedi'i lifo'n winau gen ti?'

'Mi ge's i 'nghipio i'r fyddin a mi...'

'Chdi?' gofynnodd Efi.

'Ia.'

'Paid â'u creu nhw, rŵan,' meddai Dagr, yn glên i gyd. 'Prin wedi dŵad oddi ar fron dy fam wyt ti, os wyt ti hefyd.'

'Ydw, ers dau leuad a darn. Mi fu'r tri ohonon ni'n filwyr yn yr hen ddyddia, Linus ac Eyolf a minna. Gwisgwr gwinau ydi milwr sy'n rhoi'r gora iddi a sy'n gwrthod ymladd i'r un o'r byddinoedd ac yn gwrthod 'u gwerthoedd nhw un ac oll a phob un egwyddor y maen nhw'n ymladd drosti hi, pob un yn ddiwahân.'

'Gwarad ni rhag cilddant yr arth! Lle ce'st ti'r fath eiria, hogyn?'

'Nid gynnyn nhw. Mi roddodd y fyddin fi mewn sach. Wyddoch chi lle mae'r Tri Llamwr?'

'Be wyddost ti am y Tri Llamwr?' gofynnodd Efi ar frys gwyllt.

Gwelodd Bo fod agwedd ac osgo'r ddau'n newid yn llwyr, yn ysu am ei eiriau.

'O flaen tŷ yn ymyl y rhaeadr y ce's i fy rhoi mewn sach,' meddai. 'Roeddan nhw wedi lladd y dyn a'r ddynas.'

'Disgrifia hi,' gorchmynnodd Dagr ar ei draws.

'Y ddynas?'

'Ia.'

'Nhw ddaru'i lladd hi er mai hi ddaru droi fy arf i arni'i hun a disgyn wrth 'y nhraed i a'r gwallt hir hwnnw, ofnadwy o hir a glân hwnnw'n chwalu dros fy sgidia i. Welwch chi fai arna i'n gwrthod gwneud dim â nhw?'

Chafodd hynny mo'i ateb.

'Tyd,' meddai Efi, gan godi ffyn Bo a'u rhoi iddo. 'Mi awn ni â chdi'n ôl at dy gyfeillion. Does dim angan i chi fod ofn y bobol acw,' ychwanegodd, gan amneidio i gyfeiriad y coed pell.

'Well i mi ddeud wrth y lleill fod pob dim yn iawn.'

Trodd Bo i wynebu'r bryncyn arall. Rhoes gri tylluan bedair gwaith, pob cri o amrywiol hyd. Arhosodd ychydig eiliadau cyn rhoi un arall hwy fyth.

'Roedd yr un ola 'na'n deud wrthyn nhw am roi mwy o elc i ferwi,' meddai.

'Chlywi di ddim gormod o dylluanod yn galw yr adag

yma o'r dydd,' meddai Dagr, eto'n cadw'i wên iddo'i hun. 'Cofia hynny os bydd gen ti elyn yn gwrando.'

'Pam oeddach chi'n gofyn i mi ddisgrifio'r ddynas?'

'I wneud yn sicr dy fod yn deud y gwir.'

'Roeddach chi'n 'i nabod hi felly?'

'Oeddan.'

'Roedd Louhi'n deud mai Hannele oedd ei henw hi. Sut oeddach chi'n 'i nabod hi?'

'Louhi ddudist ti?'

Credai Bo fod rhywbeth tebyg i amheuaeth yn llais Dagr. 'Ia.'

'Faint arall o bobl y lle sy'n fyw?' gofynnodd Efi.

'Neb, yn ôl Louhi. Roedd hi'n deud bod 'i chwaer fach hi wedi cael 'i lladd am ganu.'

'Be oedd enw'r chwaer fach?' gofynnodd Dagr.

'Sini, dw i'n meddwl. Mae'r rhan fwya o'r tai'n gyfa medda Eyolf.'

'Pwy ydi Eyolf?'

'Dacw fo. Mae Linus hefo fo.' Pwyntiai Bo at y ddau lwmpyn gwyn oedd i'w gweld yn glir ar ben y bryncyn ger yr ogof erbyn hyn. Chwifiodd ei ffon i gadarnhau ac yna gwelodd y ddau'n cychwyn i lawr tuag atyn nhw. 'Ylwch be gafodd o'n ôl i mi.' Tynnodd ei addurn o'i boced a'i ddangos i'r ddau. 'Hwn ge's i gan Mam pan oeddan nhw'n 'y nghipio i i'r fyddin. Mi ddaru nhw'i ddwyn o oddi arna i.'

'Hidia befo nhw,' meddai Dagr. 'Mi'i ce'st ti o'n ôl. Ac mae'r tai ger y Tri Llamwr yn dal yn gyfa?'

'Ydyn, meddan nhw. Welis i mohonyn nhw. Be ydach chi'n 'i wneud mewn lle fel hyn?' gofynnodd Bo wedyn. 'Ydach chi rioed yn byw yma?'

'Trwy orfodaeth,' atebodd Dagr, a rhyw dristwch yn ei lais yn ei ddyfnhau fwyfwy. 'Mae llawar o betha drwy orfodaeth.'

'Ydach chi'n rhan o'r bobol acw?' gofynnodd Bo gan amneidio'n ôl i gyfeiriad y coed.

'Ydan.'

'Oes 'na blant yn 'u canol nhw? Dw i bron yn siŵr i mi weld rhai gynna.'

'Oes.'

Rhyw amneidio chwilfrydig oedd pawb ar ei gilydd pan ddaeth Eyolf a Linus o fewn cyrraedd.

'Dagr ac Efi,' cyhoeddodd Bo. 'Dw i'n meddwl 'u bod nhw'n nabod Louhi. Roeddan nhw'n nabod pobol y tŷ. Eyolf a Linus,' cyhoeddodd drachefn.

'Mae'n ymddangos y medrwn ni'ch croesawu chi aton ni,' meddai Eyolf. 'Mi gawn ni ddeud ein straeon dros fwyd.'

Cael cip ar y tawelwch yn llygaid Aino wrth iddi weld y ddau ddiarth wnaeth gadarnhau i Linus nad oedd dim i bryderu yn ei gylch. Ac wrth fwyta'u cig newydd ger gwres y tân, cawsant stori. Roedd pymtheg o drigolion rhan uchaf y gymdogaeth ger y Tri Llamwr wedi clywed dadwrdd y fyddin wrth iddi ymosod ar y tai cyntaf ac wedi llwyddo i ddianc gyda hynny o'u heiddo ag oedd bosib iddyn nhw'i gario ar eu cefnau, ac wedi crwydro ddyddiau lawer nes cyrraedd y dyffryn hwn a setlo yn y coed lle gwelid y mwg. Roeddan nhw wedi codi caban i'w cadw'n fyw dros y gaeaf, a phawb gan gynnwys y chwe phlentyn oedd yn eu mysg wedi llwyddo i oroesi. Bo oedd y person cyntaf iddyn nhw'i weld ers y gyflafan.

'Ydw, dw i'n nabod Louhi,' meddai Dagr ar ôl cael crynodeb o stori'r lleill. 'Dw i'n ewyrth iddi.'

'Mi fedrwch fynd yn ôl os medrwch chi odda'r atgofion,' meddai Eyolf. 'Mae'n debyg fod eich cynefin chi'n fwy toreithiog na fa'ma, a siawns na chewch chi lonydd rŵan.

Y fyddin lwyd oedd hi,' meddai wedyn. 'Pam ddaru nhw ymosod?'

'Does neb a ŵyr,' meddai Efi.

'Oeddan nhw'n dial am rwbath?' gofynnodd Linus.

'Am anadlu'r oeddan nhw'n dial ar y dyn,' meddai Bo, oedd hyd yma wedi bod yn dawel ei werthfawrogiad ei fod yn cael rhannu'i helfa hefo dieithriaid clên. 'Mi wn i gymaint â hynny. Fuost ti mewn byddin?' gofynnodd i Efi.

'Chawson nhw ddim gafael yno i, a chân nhw ddim,' atebodd yntau.

'Pendantrwydd braidd yn beryg ydi hynna. Dyna ddudodd Aarne wrtha i.'

'Pwy ydi Aarne?'

''I fynydd o ydi nacw. Dyna pwy ydi Aarne.'

'Ydach chi wedi crwydro ymhellach?' gofynnodd Eyolf. 'Mae'n rhaid i ni fynd heibio i'r mynydd ac i'r gogledd ohono fo. Dydan ni ddim yn siŵr iawn ffor' i fynd.'

'Mae'r gaea wedi'n hatal ni rhag crwydro,' atebodd Dagr, 'a does dim angan i ni fynd ymhell am fwyd prun bynnag. Mae'r tiroedd yma'n ddiarth i ninna hefyd.'

'Ewch chi'n ôl?' gofynnodd Linus.

'Mi gawn ni ystyried hynny hefo'n gilydd yn y caban heno,' meddai Efi. 'Mae'n debyg yr awn ni. Pam dylan ni ildio'n cynefin? Pam dylan ni orfod edrach ar ein plant yn gwegian cario pynnau cymaint â nhw'u hunain ar eu cefna? Pwy sydd i ddeud nad oes gynnon ni hawl i fyw yn ein cartrefi? Pwy ydyn nhw i ddeud wrth neb ble i fyw ne' ble i farw?'

'Wyt ti am wisgo'r gwinau?' gofynnodd Bo.

Roedd hi'n fore trannoeth ar y pedwar yn ailgychwyn. Roedd Dagr ac Efi yn benderfynol o fynd â nhw'n ôl i'w caban a'u stwffio i mewn iddo iddyn nhw gael pryd arall o gigoedd poeth o helfa'r caban a rhannu profiadau a chynghorion a chysgu'r nos. Gan ei fod yn nes at oed y plant na'r un o'r tri arall chafodd Bo ddim llawer o lonydd ganddyn nhw a gorfu iddo fo fod yn storïwr a chwedleuwr a chyflyrwr dibaratoad. Yr hoff stori oedd Chwedl y Gwinau, lle'r oedd ar yr Isbeniaid ofn pob morgrugyn a lle'r oedd y bloeddwyr yn cuddiad rhag y blodau rhag ofn i'r awel siglo'r petalau a lle'r oedd y bygythwyr yn crynu rhag y lemingiaid newyddanedig a'r Aruchben yn dathlu'r tymhorau drwy gael potas pig y dryw a chynffon llyg fel prif wledd y flwyddyn. Roedd Bo wedi gofyn i Aino ddeud stori wedyn ond doedd yr un o'r pymtheg yn deall ei hiaith, a dim ond ysgwyd ei phen ddaru hi pan ofynnodd Bo iddi ganu 'ta. Doedd hi ddim ar goll chwaith gan fod Linus wrth ei hochr yn cyfieithu, ac roedd o bron yn sicr mai ei chymeradwyaeth hi i'r syniad a wnaeth i deuluoedd y caban benderfynu dychwelyd i ddyffryn y Tri Llamwr ac i'w cartrefi.

Trannoeth, wedi ffarwelio, aeth y pedwar i'w ffordd ar ôl gorfod taer addo ymweld â dyffryn y Tri Llamwr os byddent yn y cyffiniau, sut bynnag y byddai hynny'n digwydd, meddyliodd Eyolf. Dychwelasant ar hyd y dyffryn a heibio i'r ogof a dal i gerdded gan gadw at ei ochr ogleddol wrth chwilio am lwybr neu fwlch y medrent droi tua'r gogledd ar hyd-ddo. Doedd yr un i'w weld, dim ond clogwyni neu goed yn pentyrru uwch bennau'i gilydd ar lethrau oedd yn amlwg bron yr un mor serth. Daliasant i fynd, a llawr y dyffryn yn dod i'r golwg bob hyn a hyn wrth i'r eira ddadmer a sŵn ddechrau dod o'r nentydd. Dringodd Eyolf i ben bryncyn bychan i chwilio am ryw fath o drefn a gwelodd eu bod wedi dychwelyd digon ar hyd y dyffryn i Fynydd Aarne fod i'r gogledd-ddwyrain o'r lle y safai. Dyna oedd enw'r mynydd gan y pedwar bellach.

Daeth Linus ato.

'Mi fedar Aino gadw'i chyfeiriad mewn coed medda hi,' meddai. 'Fedra i ddim. Fedri di?'

'Ella na fydd angan. Mae 'na doriad i'w weld yn fan'cw,' atebodd Eyolf gan bwyntio i'r chwith o'i flaen. 'Mi fedar fod yn gwm crog, neu'n ddyffryn sy'n grog yn y pen yma. Mae'n werth rhoi cynnig arno fo, 'nelo hynny o waith dringo sy 'na.'

'Mi'i triwn ni hi 'ta. 'Dan ni'n tin-droi braidd fel hyn.'

Cychwynasant. Doedd y llethr ddim cynddrwg â'i olwg ond doedd wiw i neb ddringo o dan y llall gan fod cerrig rhydd dan draed a'r rheini'n beryg o rowlio ar ddim. Synnai Eyolf o weld mor rhwydd y dringai Aino a phenderfynodd nad oedd hynny'n ddim ond y prawf diangen o'r blynyddoedd o chwilio a wnaethai, a'i sicrwydd yn ei chynnal. Sicrwydd felly oedd gwisgo'r gwinau, ailadroddodd wrtho'i hun eto fyth.

O dipyn i beth aeth y dringo'n haws gan fod y llethr yn graddol fynd yn llai serth a sadiach dan draed, a Bo oedd y cyntaf i gyrraedd man lle medrai weld yn rhesymol bell o'i flaen. Yr eiliad nesaf roedd ar ei fol ar y ddaear ac yn troi at y lleill ac yn arwyddo'n wyllt arnyn nhw â'i fraich. Eyolf oedd yr agosaf ato a chrafangiodd ato. Pwyntiodd Bo ymlaen a gafael yn ysgwydd Eyolf a phwyso arni i'w gadw i lawr yr un pryd.

'Milwyr,' meddai, y gair yn fwy o siâp ceg nag o sibrwd.

'Faint?'

'Dim syniad. Mae 'na baball.'

'Pa mor bell?'

'Digon agos i'n cl'wad ni'n siarad. Y gwyrddion ydyn nhw.'

'Ydyn nhw'n syth o'n blaena ni?'

'Ydyn.'

Cuddiodd Eyolf ei ben yn ei gwfwl gwyn cyn ei godi'n raddol. Un babell a welodd ac roedd hi fymryn ymhellach oddi wrthyn nhw na'r argraff sydyn a gawsai gan eiriau Bo. Roedd Uchben a phedwar milwr yn stwna hyd y fan, ond roedd yn amlwg fod lle i fwy na phump yn y babell. Yna gwelodd ben Linus yn codi wrth ei ochr ar yr un perwyl. Cip brysiog a roes Linus a phlygodd y ddau'n ôl at Bo ac Aino.

'Be wnawn ni?' gofynnodd Eyolf.

'Mi ddudodd Aarne fod hyn yn mynd i ddigwydd yn amal,' meddai Linus. 'Waeth i ni ddechra'u hosgoi nhw rŵan mwy nag eto.'

'Mae'n wast llwyr ar draed i fynd yn ôl i lawr,' cytunodd Bo. Amneidiodd tua'r chwith. 'Mae'n rhaid i ni fynd drwy'r coed.'

'Ella bod 'na filwyr ynddyn nhw,' meddai Eyolf.

'Mi gymrwn ni'n ganiataol fod 'na rai, i ni gael ymarfar,' meddai Linus.

'Dyma ydi teithio y dyddia hyn,' meddai Aino. 'A tasach chi'n gwrando ar y byd o'ch cwmpas mi fyddai o wedi deud wrthach chi fod 'na filwyr yn agos.'

'Sut hynny?' gofynnodd Linus ar frys mawr.

'Dydi'r bleiddiaid ddim yn galw. Maen nhw'n cadw ymhell.'

Ystyriodd Eyolf ei geiriau am eiliadau hirion. Roedd rhywun wedi deud y geiriau hynny o'r blaen. Edrychodd i'w llygaid. Unwaith yn rhagor, teimlai ei bod hi'n gweld y cwbl ac yntau'n gweld dim.

'Dowch 'ta,' meddai.

20

Swatiodd y pedwar y tu ôl i bwt o lwyn tlodaidd, yr unig guddfan oedd ar gael. Edrychodd Eyolf yma a thraw i chwilio hyd ochrau'r dyffryn tra cadwai'r tri arall eu sylw parod ar yr hyn oedd o'u blaenau. Roeddan nhw newydd ddod heibio i fymryn o dro yn y dyffryn pan welsant fyddin werdd arall eto fyth o'u blaenau'n ymbaratoi am y nos, a'r pebyll eisoes wedi'u codi. Roedd y ddau gyfarfyddiad cyntaf â'r milwyr, bedwar a phum diwrnod ynghynt, wedi bod yn rhesymol rwydd eu trin gan fod y coed ar gael, ac Aino oedd wedi ledio'r ffordd i osgoi'r milwyr y ddau dro, ei thawelwch wrth symud drwy'r goedwig yn reddfol. Ond roedd y dyffryn y daethant iddo ganol y bore hwn mor gul a'i ochrau mor serth a chreigiog nes ei fod yn debycach i geunant na dim arall, a'r unig ddewis oedd iddyn nhw pan welsant y fyddin newydd oedd mynd ar eu cwrcwd i lechu y tu ôl i'r llwyn neu droi'n ôl a cherdded hanner y diwrnod i gael cuddfan o unrhyw werth.

'Mae'n amhosib,' meddai Linus, yntau wedi troi i astudio'r ochrau. 'A tasan ni'n mynd yn ôl mi fydd yn dywyll cyn medrwn ni ddod o hyd i guddfan.'

'Os awn ni'n ôl mi fyddwn yn dal i fod rhwng dwy fyddin ac yn yr un caethgyfla,' meddai Aino. 'Does dim amdani y tro yma ond aros tan ddiwedydd.'

'A be wedyn?' gofynnodd Bo. 'Mynd drwyddyn nhw?'

'Rydw i wedi gwneud hynny o'r blaen,' meddai hithau.

'Be, mynd trwy fyddin gyfa?'

'Mae'r nos yn gallu cynorthwyo'r sawl sy'n ei pharchu.'

'Mae'n debyg ein bod ni wedi cael ein difetha,' meddai Eyolf. 'Mi aeth y ddau dro dwytha heibio braidd yn ddidraffarth.'

'Mi arhoswn nes bydd pawb yna ynghwsg,' meddai Aino.

Llwyddasant i gael tamaid o fwyd yng nghysgod y llwyn. Bellach roedd gwisgo'r clogynnau gwynion yr un mor beryg â pheidio gan fod y rhan fwyaf o'r eira ar lawr gwlad yn prysur ddadmer neu wedi dadmer hyd at yr esgyrn. Ond erbyn hyn roedd Mynydd Aarne yn daclus i'r dwyrain a'r dyffryn yn mynd bron gyda'i odre a chredai Eyolf y byddent yn dod i'r dyffryn arall y soniodd Aarne amdano o fewn diwrnod arall o deithio. Rŵan, wrth orfod aros cyn teithio, roedd bod yn llonydd a dadflino yn cael ei wrthweithio braidd gan yr oerfel a ymledai trwyddynt wrth i'r pnawn fynd rhagddo.

'Mae o'n syniad 'tydi?' meddai Bo.

'Be?' gofynnodd Eyolf.

'Osgoi byddin drwy fynd drwy'i chanol.'

'Oes arnat ti ofn?'

'Oes, debyg. Di o'm ots.'

O dipyn i beth, daeth nos. Uwchben, roedd y cymylau boliog ar wasgar, y rhan fwyaf tua'r de a'r gorllewin ac yn cuddio lleuad denau, ond roedd awyr y gogledd yn serog fwy na heb.

'Ylwch,' meddai Bo gan bwyntio'n syth o'i flaen a'i lais yn llon.

'Be weli di?' gofynnodd Linus.

'Y Seren Lonydd. Mae'r dyffryn 'ma'n anelu'n syth at y gogledd. Os bydd y cymyla 'ma o'n plaid ni mi arbedith hi ni rhag mynd igam ogam. Dim ond anelu'n ôl ati hi bob tro y byddwn ni'n gorfod osgoi pebyll.'

Tybiodd Linus iddo glywed Aino'n tynnu'i gwynt ati.

'Mi glywis syniada gwaeth,' meddai Eyolf.

Roedd Aino wedi cymryd golwg fanwl ar y tir rhyngddyn nhw a'r gwersyll yn ystod y llechu ac ni welsai ddim o natur magl. Ond dyfarniad dydd golau oedd hwnnw, pan oedd llygaid ar gael i ledio. Roedd hi hefyd wedi ceisio cael rhyw fras amcan o leoliad y pebyll ond hyd y gwelai roeddan nhw wedi'u codi blith draphlith ar draws y dyffryn.

'Mae'n rhaid i ni aros awr eto,' meddai.

'Mi fyddwn ni wedi rhewi,' meddai Bo.

'Symud rywfaint pan fydd arnat ti angan.'

Erbyn i'r awr fynd rhagddi roedd pawb wedi hen ddechrau fferru, a Bo wedi laru cerdded yn ei unfan gan nad oedd hynny'n llawer o gymorth iddo gadw'i wres. Doedd astudio'r sêr ddim llawer o gymorth chwaith, na'r sgyrsiau tawel a hwythau ond prin weld ei gilydd.

O'r diwedd roedd osgo ymbaratoi ar Aino.

'Mae'n rhaid i ni fynd y tu ôl i'n gilydd,' meddai. 'Gafael di yno i,' meddai wrth Eyolf, 'gafael di yn Eyolf,' meddai wrth Bo, 'a gafael di yn Bo,' meddai wrth Linus. 'Rhowch bob troed lle bu troed y llall.'

Cychwynasant. Cyn iddo gael cyfle i roi ei gam cyntaf teimlodd Bo law gadarn anogaeth ar ei ysgwydd a gwerthfawrogodd hi'n llawn. Roedd Aino ar y blaen, yn symud ei ffon yn araf bach o'r naill ochr i'r llall gam neu ddau o'i blaen cyn mentro troed, a'i llygaid parod yn craffu orau y medrent i'r tywyllwch. Roedd y tri arall yn eu tro'n dynwared pob cam o'i heiddo, ac felly, heb smic, yr aethant ymlaen yn araf nes i Aino aros a phlygu i'r ddaear. Edrychodd i fyny o'i blaen a gwelodd amlinell bendant pabell yn cuddio'r sêr. Cododd.

'Dyma ni,' sibrydodd wrth Eyolf.

'Dw i wedi stopio crynu,' sibrydodd Bo wrth Linus, 'dw i'n meddwl.'

A heb smic yr aethant ymlaen ar eu taith drwy'r gwersyll llonydd. Bob tro y deuai Aino o fewn cam i babell neu raff, troai at Eyolf a sibrwd i'w rybuddio i droi a throsglwyddai yntau'r neges i Bo. Roedd cryndod yn dechrau troi'n antur i Bo a deuai hynny'n amlwg hyd yn oed yn y tywyllwch wrth iddo yntau drosglwyddo'r neges i Linus yn ei dro. Gwerthfawrogai Aino, gwaethaf hi yn ei dannedd, gyngor Bo i anelu at y Seren Lonydd ar y cyfle cyntaf bob tro yr oedd newydd osgoi pabell. Y drwg mwyaf oedd nad oedd ganddyn nhw'r un syniad o faint y fyddin na nifer y pebyll oedd i'w hosgoi. Wrthi'n gobeithio'r gorau oedd Eyolf pan arhosodd Aino'n stond. Deuai llais aneglur o babell yn agos iawn i'r chwith. Atebwyd o gan lais arall yr un mor aneglur.

'Daliwch i fynd', meddai llais Aino yng nghlust Eyolf.

Aethant. Dalient i glywed y lleisiau bob hyn a hyn. Yna aeth yn dawel drachefn, a chyn hir, plygodd Aino unwaith yn rhagor. Ni welai'r un amlinell o'i blaen. Cododd, a dal i fynd am dipyn cyn aros drachefn.

'Dyna ni, siawns,' meddai.

'Doedd gen i ddim ofn,' meddai Bo. 'Oedd,' ailfeddyliodd, 'pan ddaeth y llais 'na. Dim ond yr adag honno.' Ystyriodd am ennyd. 'Does gynnon ni ddim dewis rŵan, nac oes?' aeth ymlaen. 'Mae'n rhaid i ni ddal ati nes daw'r wawr.'

'Os cawn ni guddfan iawn lle medrwn ni wneud tân, mi arhoswn tan bora trennydd, i ddadflino'n iawn,' meddai Linus.

'Wneith hynny ddim drwg i ni,' ategodd Aino. 'Ddaw dim da o deithio'r nos tua'r gogledd.'

'Dowch 'ta,' meddai Eyolf.

Aethant ymlaen fel cynt, a dal i fynd yn araf ddirwystr gan gadw'r Seren Lonydd yn union o'u blaen. Roeddan nhw'n cadw'n ddistaw, rhag ofn, a Bo'n prysur ddod i'r casgliad mai'r cyfarfyddiad yma â byddin oedd y gorau o'r tri am mai hwn oedd yr un mwyaf rhyfygus. Daliasant ati, bawb yn ei fodlonrwydd tawel, a chyn hir roeddan nhw'n gallu rhoi'r gorau i afael yn ei gilydd a dilyn un ar ôl y llall gan fod y lleuad wedi dod i'r fei i roi'r mymryn lleiaf o olau i'r dyffryn gwag, digon iddyn nhw weld ble'r oeddan nhw'n rhoi eu traed.

Bo oedd y cyntaf i fethu dal.

'Mi fyddai arwyr a duwia'r Chwedl wedi gorfod dewino'u ffordd drwy'r fyddin ac wedi gorfod troi eu hunain yn fwganod ne'n gathod ne'n dylluanod ne' rwbath,' cyhoeddodd, 'y nialwch diffaith ag ydyn nhw. Fuo dim rhaid i ni wneud hynny. Mae argyhoeddiad Aino'n well na'u rhyfeddoda diddim nhw.'

'Mi gawn ni gredu be fynnon ni,' meddai Eyolf, 'ond fyddai hi ddim yn ddrwg i ni ochel rhag mynd yn ormod o lancia. Mae 'na wanwyn o deithio o'n blaena ni.'

'Hen ddigon o amsar i ti weithio ar Chwedl y Gwinau,' meddai Linus.

'Be dach chi'n 'i feddwl o'r Chwedl, Aino?' gofynnodd Bo. 'Yr hen beth arall 'no dw i'n 'i feddwl,' ychwanegodd. 'Eu Chwedl nhw.'

'Ai cwestiwn i'w ofyn gefn nos mewn mangre ddiarth ydi hwnna?' gofynnodd hithau.

'Ia,' atebodd yntau. 'Nid y nos sy'n codi ofn, na'r bwystfilod na thiroedd diddadmar y gogledd pell. Rhei'cw sy'n codi ofn,' meddai gan bwyntio'n ôl. 'Be ydach chi'n 'i feddwl ohoni?' gofynnodd wedyn am nad oedd Aino am ateb.

'Mae'n dibynnu pa ddefnydd sy'n cael 'i wneud ohoni,' atebodd hithau.

'O, ia.'

Doedd Bo ddim yn sicr iawn sut i drin yr ateb hwnnw. Tasai'n mynd i hynny, meddyliodd wedyn, fyddai o fyth yn sicr iawn sut i drin llawer o atebion Aino i'w gwestiynau.

'Dydi hwnna ddim yn rhyw atab gwych iawn chwaith, nac'di?' meddai yn y man. 'Dydach chi ddim yn deud llawar, nac'dach?'

'Ella'i bod hi 'sti,' meddai Linus.

'Ia. Os wyt ti'n deud.'

Aethant ymlaen. Oriau wedyn, a phawb yn dechrau hario, dechreuodd amlinell y mynydd i'r dde iddyn nhw ddod i'r golwg yn raddol bach. Dechreuodd y sêr wanio, ond roedd y mynydd yn cadw'r wawr o'r dyffryn am dipyn. Cyn hir, a'r llygaid yn flinedig a'r sêr yn gwanio fwyfwy a'r dyffryn yn graddol ddatgelu'i hun, gwelsant eu bod o fewn ychydig gamau i'w ochr ddwyreinol.

'Mae gynnon ni goed,' meddai Linus. 'Mae gynnon ni guddfan.'

Ni welsai Bo mo'r goleuadau mor glir a dawnsiog â hyn o'r blaen. Fel rheol byddai'n eu hanwybyddu os na fyddai rheswm dros gymryd sylw ond y nos hon roedd y goleuadau fel tasan nhw'n gwneud ati i gyd-ddathlu â phedwar oedd wedi osgoi byddinoedd neu rannau o fyddinoedd deirgwaith mewn chwe diwrnod. Am y tro roedd Bo'n ddigon parod i gredu hynny wrth iddo wylio'r goleuadau'n ymhyfrydu o gael defnyddio'r awyr gyfan i wneud eu gorchest wyrddlas a dim i ddod rhyngddo fo a nhw gan eu bod hwy ill pedwar erbyn hyn ar dir oedd yn uwch na'r coed a phob rhwystr, ac o fewn cyrraedd y dyffryn a âi â nhw heibio i ochr ogleddol Mynydd Aarne. A chyflog yr ymlacio am ddydd a nos yn eu cuddfan yn y coed y tu ôl i'r lle y safai rŵan oedd ysblander yr awyr.

'Dydyn nhw ddim fel hyn adra,' meddai Bo pan ddaeth y lleill ato, ac yntau'n dal wedi'i lygad-dynnu'n llwyr gan y goleuadau. 'Welis i rioed mohonyn nhw fel hyn. Ai am ein bod ni lawar mwy i'r gogledd y maen nhw fel'ma?'

'Ella, ne' mae'n digwydd bod yn noson iddyn nhw,' meddai Linus.

'Paid â chymryd dy hudo gynnyn nhw,' rhybuddiodd Aino.

'Pam, Aino?' gofynnodd Bo, yn awchus gan ddieithrwch y syniad. 'Ylwch prydferth ydyn nhw. Nid mellt ydyn nhw. Dydyn nhw ddim yn beryg.'

'Maen nhw'n beryclach na'r mellt.'

'Pam, yn enw gwallgofrwydd Horar?'

Arhosodd Aino eiliad neu ddwy cyn ateb.

'Maen nhw'n tramwyo trwy dywyllwch y ceugant ac yn chwarae yn ei ehangder diderfyn er mwyn denu'r anwyliadwrus,' meddai, a sŵn y rhybudd yn dwysáu ei llais. 'Maen nhw'n dynfa i hudo'r edmygydd difeddwl a'i ddwyn yn nes atyn nhw ac yn nes at y tir tywyll lle nad oes na gwawr na machlud, a dal i'w ddenu a'i dynnu ymlaen ac ymlaen i'r gwegni mawr lle nad oes dychwel ohono.'

'Mae hwnnw'n bell iawn, Aino,' meddai Linus, 'yn llawar pellach nag yr ydan ni'n mynd.'

'Os ydi o'n bod,' meddai Bo.

'Paid â rhyfygu, hogyn,' meddai Aino'n gyflym. 'Mae o'n bod,' mynnodd. 'Paid â rhyfygu i gredu'n wahanol.'

'Ond does dim gofyn mynd hannar cyn bellad â hynny i osgoi'r un fyddin,' meddai Linus, yntau hefyd yn dechrau gwerthfawrogi mwy nag y cofiai iddo'i wneud o'r blaen ar y symudiadau, a rhybudd Aino'n dechrau dod â llawer rhybudd arall blith draphlith o ddyddiau'i blentyndod i'w gof.

'Mae Hynafgwr ein cymdogaeth ni'n deud mai'r Seren Lonydd sy'n gollwng y goleuada i drio denu pobol a'u cipio nhw iddi'i hun,' meddai Bo, yn diarwybod rannu'r profiad. 'Hulpyn. Oes gen ti Hynafgwr yn dy gymdogaeth di?' gofynnodd i Linus.

'Oes, debyg.'

'A'r un mor gall?'

'Mor gall â siafins y binwydden. Mae'n rhaid 'u bod nhw i gyd yr un fath ym mhob cymdogaeth.'

'Rwyt ti'n dawal iawn,' meddai Bo wrth Eyolf.

'Be?' gofynnodd Eyolf, yn stwyrian. 'O,' meddai, a'i gadael hi ar hynny.

Daliasant i syllu, er bod Aino'n llawn anniddigrwydd wrth wneud hynny. Erbyn hyn roedd y lliwiau'n dechrau amrywio, yn mynd yn wyrdd golau a bron yn wyn yma a thraw, a chochni fel tasai'n petruso cyn ei gynnig ei hun drwy ganol y lliwiau eraill. Yna neidiodd i'r amlwg, mor hyderus â'r un lliw arall, a daeth â melyn a phiws i'w ganlyn, y cwbl yn dod ac yn gwibio ac yn darfod ac yn ailgychwyn a'r llygaid odanyn nhw'n gweld dim ond lliwiau fyrdd yn dawnsio a gwibio fel y mynnent mewn rhyddid llwyr.

'Noson dda heno,' meddai Linus.

'Paid â gwirioni,' rhybuddiodd Aino drachefn.

'Edrychwch yn iawn,' meddai Bo wrth unrhyw un oedd yn barod i wrando. 'Does 'na'r un o'r goleuada 'na wedi tarddu o'r Seren Lonydd. Does na chawr na duw o'r Chwedl nac unman yn 'u harwain na'u rheoli nhw. Nhw a neb arall bia'r deud. Does 'nelo'r Seren Lonydd ddim â nhw.'

'Mae honno yr un mor beryg,' meddai Aino, 'yr un mor dwyllodrus i bawb sy'n mynnu dynesu ati.'

'Nac'di siŵr,' meddai Bo. 'Dim ond dangos y ffordd i'r neb a'i myn mae hi. Ylwch y gwaith da ddaru hi'i wneud neithiwr.'

'Ddaw dim llwydd o geisio dal y Seren Lonydd,' pwysleisiodd Aino. 'Peidiwch â chymryd eich llygad-dynnu ganddi hi na hudoliaeth y goleuada,' ailadroddodd. 'Dowch. Mi fydd diwrnod maith o deithio eto fory.'

Trodd, a dychwelyd i'w babell gudd, y babell oedd bellach wedi'i llifo'n llwydwyrdd disylw gan ei bod wedi dechrau dangos allan braidd yn ei lliw gwyn. Ond roedd gorffwyso drwy'r dydd wedi dadflino'r tri arall a doedd gan yr un unrhyw awydd i droi cefn ar ysblander y goleuadau.

'Mae syniada Aino'n wych, 'tydyn?' meddai Bo. 'Dipyn gwahanol i glebran Hynafgwyr. Meddylia am redag ar ôl y goleuada ac ar ôl y Seren Lonydd a diflannu i ddirgelwch tywylla'r Gogledd, byth i ddychwelyd. Rwyt ti'n ddistaw iawn,' ychwanegodd unwaith yn rhagor bron ar yr un gwynt wrth Eyolf. 'Roedd Aino wedi penderfynu gadael y warchodfa cyn i mi ddod yno 'toedd?' meddai wedyn o beidio â chael dim ond ebychiad cynnil dadlennu dim o du Eyolf.

'Oedd,' atebodd Eyolf.

'Pam?'

'Pam ddaru hi benderfynu mynd?'

'Ia. Mi ddudodd Baldur wrtha i 'i bod hi wedi bod yn y warchodfa am dair blynedd heb sôn dim am ymadael, a mwya sydyn dyma hi'n penderfynu mynd. Wyddost ti pam?'

'O bosib am 'i bod hi wedi gweld y cyfle pan ddaeth Linus a fi yno, a phan ddaru hi ddallt ein bod ni'n dau'n byw bron yn yr un tiroedd â hi. Am wn i,' meddai Eyolf wedyn yn dawelach.

'Naci,' meddai Linus, yn dal i syllu ar y goleuadau, wedi'i ddal lawn cymaint â Bo. 'Am fod yr eryr wedi deud wrthi. Dyna pam mae hi yma. Yr eryr a'r blaidd a dirgelion peryg a diddatrys y Gogledd maith. Rheini ydi byd Aino. Rheini ydi'r sicrwydd.'

'Pwy ydi'r rhein?' gwaeddodd yr Isben ar Aino.

'Tri sy'n gwybod nad ydi hi'n fyddar,' atebodd Eyolf.

'Paid â thrio dangos dy hun yn glyfar hefo fi ne' mi fyddi'n gweld dy ben yn rowlio i'r gwaelod 'na o dy flaen di a'i phen hitha ar d'ôl di!' gwaeddodd yr Isben drachefn.

'Pwy wyt ti'n 'i fygwth, y sgrapyn blwydd?' gwaeddodd Bo.

'Mi ddechreua i hefo chdi'r chwynoglyn!' gwaeddodd yr Isben yn ôl a dynesu gan godi'i arf.

Gafaelodd Eyolf yn Bo a'i dynnu'n ôl yn gyflym. Trodd ei gefn ar yr Isben a'r milwyr am eiliad.

'Dim gair am y gwinau,' sibrydodd wrtho fo a Linus.

Trodd yn ôl i wynebu'r Isben. Roedd o wedi aros, ac wedi gostwng ei arf rywfaint. Cododd Eyolf ei galon. Yn ôl y llygaid a edrychai'n ôl arno, gwelsai lawer Isben dylach. Cynnwrf yn hytrach nag ofn a deimlai o'i hun, ond dechreuai weld bai arno'i hun am adael i'r fintai neidio o'u blaenau mor ddirybudd, er na welai wedyn sut medrai fod ganddo unrhyw ddewis. Newydd ddod i olwg dyffryn llydan ar odre gogleddol y mynydd oeddan nhw, ac afon fywiog yn llifo ar hyd-ddo tua'r gorllewin. Roedd yn amlwg mai hwn oedd y dyffryn yr oedd Aarne wedi sôn amdano ac roeddan nhw wedi cychwyn i lawr tuag ato pan neidiodd y deuddeg milwr gwisgoedd gwyrddion o'u blaenau o gysgod craig a'u harfau'n barod.

'Pam nad ydi'r rhein yn y fyddin gen ti?' gofynnodd yr Isben i Aino, gan godi mymryn ar ei arf eto. 'I ble wyt ti'n mynd â nhw?' gofynnodd wedyn cyn i neb gael cyfle i ymateb. Arhosodd eiliad am yr ateb na ddaeth ac yna cododd ei arf i'r entrychion a rhoes ei law chwith ar draws ei fron. 'Yn enw'r Aruchben,' cyhoeddodd, 'rydw i'n cymryd y tri yma yn filwyr yn y fyddin werdd, fel y bônt i ufuddhau i . . .'

'Ac ers pa bryd wyt ti'n cael llefaru yn enw Aruchben Gunnarr a bygwth torri pen Finna, ei chwaer o?' torrodd Eyolf ar ei draws, heb yr awgrym lleiaf o awdurdod yn ei lais.

Tarje a'i stori oedd yn gyfrifol am y weledigaeth ddisyfyd. A'r eiliad honno roedd rhyw reddf yn deud wrth Eyolf ei bod yn mynd i lwyddo. Aeth cynnwrf drwy'r milwyr a daeth golwg ofnus ar lawer wyneb. Daeth arf yr Isben i lawr, ond arhosodd y llaw chwith fel roedd hi a throdd y sicrwydd yr oedd y gorchymyn wedi'i greu yn y llygaid yn ddychryn eu llond. Ond cyn iddo fedru ymateb rhagor roedd Linus yn anwybyddu ymateb y milwyr gan ei fod wedi cael syniad sut i ehangu mymryn ar y weledigaeth.

'Ac ers pa bryd wyt ti'n cael bygwth gwneud yr un peth i Egil, ei nai o a mab y ddynes Finna?' gofynnodd yr un mor hamddenol ag Eyolf. 'Paid ag ateb rŵan,' ychwanegodd, 'mi gei gyfle i feddwl am dy atebion wrth ddod hefo ni, ac mi gei di 'u rhoi nhw i Aruchben Gunnarr dy hun. Oherwydd dyna fydd raid i ti.'

'Heb sôn am orfod deud wrtho fo pam ddaru ti fygwth torri pen Rúni, fy nghefnder, a'r un y mae Aruchben Gunnarr wedi ymddiried diogelwch fy mam a minna iddo er mwyn ein dwyn yn ddiogel ato,' torrodd Bo i mewn, yn neidio dros ei ben i'r demtasiwn a dim arall, gan na wyddai o ble daeth syniad Eyolf nac atodiad Linus.

Edrychai'r Isben o un i'r llall, ond dychwelai ei sylw ar lygaid digynnwrf Aino. Yn ei brofiad o ac yn ôl pob synnwyr, byddai'r cyffredin wedi cynhyrfu'n lân. Wrth ddal i edrych i'r llygaid ni welai ddim ond y tawelwch nas ceid yn ei brofiad o ond gan urddas. Iddo fo, doedd dim yn fyrbwyll wrth fentro i'r casgliad mai dim ond yr anghyffredin, rhywun fel perthynas agos i'r Aruchben, a fedrai ddangos tawelwch fel hyn ger bron bygythiad. Roedd croen glân ei hwyneb hefyd yn cadarnhau nad crwydraig oedd hi. Ond wedyn, meddyliodd, nid fel hyn y byddai pobl felly'n crwydro'r tiroedd.

'Lle mae'ch gosgordd chi?' gofynnodd.

'Gosgordd?' ailadroddodd Eyolf yn ei lais syn gorau. 'Yn y dyddiau yma? Pa well ffordd o udganu o'n blaena i'r fyddin lwyd? Mi dynnai Clychau Copor y Chwedl lai o sylw. Pam wyt ti'n meddwl fod y ddynes Finna wedi gwisgo dillad cyffredin fel y rhain i deithio'r tiroedd er mwyn cludo'i neges gyfrin i'w brawd a bod y mab Egil wedi'i wisgo yr un mor gyffredin?' gofynnnodd.

'Dydi'r Isben ddim yn ein coelio,' meddai Linus.

'Ddudis i mo hynny,' atebodd yntau. 'Sut ydach chi'n disgwyl i neb yn ei iawn bwyll ragweld peth fel hyn?'

'Ia, erbyn meddwl,' cytunodd Linus ystyriol. 'Medrwn, mi fedrwn ni gytuno hefo chdi ar hynna. Dangos y prawf iddo fo,' meddai wrth Bo. 'Dy dlws di,' sibrydodd.

Tynnodd Bo ei dlws o'i boced a chymerodd Linus o oddi arno. Aeth at yr Isben.

'Dyma ni, yli. Dyma i ti harddwch.' Dangosodd y tlws sgleinus iddo, yn cymryd arno anwybyddu'r llygaid o'i flaen yn mynd yn fwy. 'Yli,' meddai'n ddistawach, mewn llais cyfrinach, 'y goeden gysegredig. Pryd gwelist ti gerfiad mor gain o'r blaen? Ac yli yma.' Trodd y tlws. 'Yr hebog mawr. Arwyddlun Aruchben Gunnarr ei hun, yr un mor gain. Cad y gyfrinach,' ychwanegodd yn ddistawach fyth. 'Chdi ydi'r unig un y tu allan i'r teulu i gael gweld hwn. Paid byth â chymryd arnat wrth neb.' Pwysodd y tlws yn erbyn ei fron i bwysleisio. 'Oes arnat ti isio prawf arall?' gofynnodd.

Cyn i'r Isben gael meddwl daeth galwad blaidd pur fygythiol o'r coed rhyngddyn nhw a'r mynydd. Stwyriodd y milwyr un ac oll a pharatoi eu harfau, a daeth golwg gynhyrfus ar lawer wyneb a golwg ofnus ar ambell un. Atebwyd y galwad gan alwadau eraill, eto'n fygythiol, a chynyddodd yr ofn ar yr wynebau, a chynyddu fwyfwy wrth iddyn nhw weld osgo gwrando braf yn dod ar y pedwar wyneb o'u blaenau heb i'r un roi unrhyw arwydd i'r llall.

'Mae dy fyddin di i lawr y cwm cul i'r de,' meddai Eyolf wrth yr Isben, yn gadael i'w eiriau ddatgelu pa mor ddibryder oedd o o glywed y bleiddiaid. 'Mi ddaru ni'i chwarfod hi echdoe ar ein ffordd tuag yma. Roedd 'na un arall daith dridia i'r de iddi a chriw o sgowtiaid daith ddiwrnod o'i blaen hitha. Does dim angan i ti na'r dynion yma ochel rhag y llwydion ar eich taith i lawr y dyffryn. Welwch chi'r un, na'r un ysbïwr llwyd chwaith. Ond paid â phoeni. Mi weli ddigon o'r fyddin lwyd wedyn, lai na phymthag diwrnod oddi yma bellach.'

Daeth galwadau eraill, yn nes ac ychydig mwy i'r dwyrain na'r lleill, a bellach roedd llawer mwy o chwyrnad yn y sŵn.

'Mi fyddwn ni'n mynd i lawr y dyffryn yma tua'r gorllewin gyda'r afon,' meddai Eyolf yr un mor hamddenol â chynt. 'Fiw i mi ddeud mwy wrthat ti, ne' mi fydd 'y nghroen inna ar y parad gan Aruchben Gunnarr, perthyn ai peidio. Mi fedri di werthfawrogi hynny siawns.'

Rhoes yr Isben gip arall ar dawelwch a sicrwydd llygaid Aino. Doedd Bo ddim wedi rhoi cyfle iddo ddarganfod ei bod hi wedi cael cyfieithiad tawel ganddo o bopeth o bwys oedd wedi'i ddeud, a doedd hithau ddim wedi rhoi'r awgrym lleiaf nad oedd yn deall bron yr un gair a ddywedwyd gan neb.

'O'r gora,' meddai'r Isben, ychydig yn frysiog.

Plygodd ei ben ger bron Aino. Amneidiodd hithau'r derbyniad.

'Cymerwch bwyll,' meddai'r Isben. 'Gan na wn i mo'ch llwybr, fedra i ddim mo'ch cynghori.'

'Paid â phoeni,' meddai Eyolf. 'Dos at dy fyddin. Rydan ni eisoes wedi dod o bell ac wedi osgoi popeth oedd angan i ni'i osgoi.'

Daeth galwad arall, eto'n nes, eto'n fwy bygythiol.

'O ble ce'st ti'r syniad?' gofynnodd Bo edmygus unwaith y gwelodd yr olaf o'r milwyr yn diflannu.

'Stori gan Tarje,' atebodd Eyolf, 'pan oeddan ni'n cyfnewid straeon ar y llong un noson. Stori'i dad o am yr un math o dwyllo mewn digwyddiad hollol wahanol i un heddiw. Stori o'i ddychymyg o'i hun ac unman arall oedd hi, ond roedd Tarje, wrth gwrs, yn anghymeradwyo. Eto mi ddaru o'i deud hi wrthan ni.'

'Baldur oedd y blaidd cynta 'na?' gofynnodd Bo wedyn, gan edrych tua'r coed yn llawn gobaith.

'O ble dôi Baldur i fa'ma heddiw, hogyn?' gofynnodd Aino.

'Pwy oedd o 'ta?'

'Blaidd, debyg,' meddai Linus. 'Mae'r rheini'n gallu dynwarad bleiddiaid a Baldur o bryd i'w gilydd. Mae 'na sôn yn y Chwedl am dylluanod yn gallu dy ddynwarad di hefyd.'

'Blaidd oedd o,' cytunodd Aino wrth roi un o'i gwenau prin ar fytheirio Bo, 'a neith o ddim byd i ti. Dowch, mi deithiwn ymlaen. Rydan ni'n rhy agos at y byddinoedd.'

Roedd Aino mor awyddus i fynd cyn belled ag y medrai oddi wrth brofiad y bore fel y gorfu i'r tri arall fodloni ar fwyta'u prydau ar eu traed weddill y diwrnod gan ddal ati i deithio. Roedd y dyffryn yn fwy didramgwydd na'r un rhan arall o'r siwrnai hyd hynny ac erbyn i haul gwan y pnawn hwylio i fachlud o'u cefnau roeddan nhw'n gytûn eu bod wedi croesi o leiaf ddwywaith cymaint o dir ag mewn unrhyw ddiwrnod arall. Cawsant guddfan hwylus mewn coed ger yr afon am y nos a thra bu'r lleill yn codi'r babell ac yn hel deunydd tân, dychwelodd Linus i'r tir agored ac at yr afon i chwilio am fwyd. Ychydig iawn o'r elc oedd ar ôl bellach ac roedd ambell lastorch bob hyn a hyn wedi ymestyn rhywfaint arno. Fel arall byddai wedi gorffen ers dyddiau. Cafodd helfa ddidrafferth, a newydd gynnau'r tân oedd Eyolf pan ddychwelodd i'r guddfan, yn cario eog bras yn un llaw ac yn llusgo carw gerfydd ei goes hefo'r llall.

Aeth Eyolf ati ar unwaith i baratoi'r eog ac wrth iddo longyfarch pawb unwaith yn rhagor am siwrnai'r dydd clywodd sŵn o'i ôl. Trodd ar ei union. Daeth milwr o'r coed mor ddi-lol â tasai'n hen gydnabod.

'Mae'n iawn,' cyfarchodd nhw a thaflu'i arf o'i flaen. 'Dim ond fi sy 'ma a dydw i ddim yn beryg.'

'Pwy wyt ti?' gofynnodd Eyolf.

'Roeddat ti hefo'r lleill bora,' torrodd Linus ar ei draws.

'Oeddwn. Fedrwch chi sbario rhywfaint o fwyd?'

'Be wyt ti'n 'i wneud yma?' gofynnodd Eyolf. 'Pam ddaru ti ein dilyn ni?'

'Cael gorchymyn i wneud hynny ar y slei,' meddai'r milwr. 'Mi fedrwch ddyfalu pam, debyg. Peidiwch â gweld bai ar yr Isben. Doedd gynno fo ddim dewis, er ei bod hi'n amlwg nad ydach chi'n beryg i neb. Do'n i ddim yn synnu chwaith mai ffor'ma y daethoch chi ac nid mynd i'r gorllewin hefo'r afon.' Edrychodd o'i gwmpas. 'Braidd yn bell a thywyll i ddychwelyd heno a does gen i ddim paball. Ffansi rhannu?'

Heb aros am ateb, aeth ar ei gwrcwd o flaen y tân a rhwbio'i ddwylo yn ei gilydd uwch ben y fflamau oedd yn dechrau cydio. Yna tynnodd ei gap a'i osod ar lawr yn ei ymyl. Rhoes ei law drwy wallt coch anarferol o drwchus. Tybiai Eyolf ei fod tua'r un oed â Loki. Dechreuai ddod yn amlwg ei fod yr un mor hamddenol hefyd. Rhoes ei ddwylo uwchben y fflamau drachefn a'u rhwbio.

'Mi flinga i'r carw i chi,' meddai. 'Dydw i ddim isio bod yn gardotyn. Meili ydi f'enw i, gyda llaw.' Daliodd i rwbio'i ddwylo yn ei gilydd yn ddi-frys. 'Ers pa bryd mae gan Aruchben Gunnarr chwaer?' gofynnodd wedyn.

21

Daeth yr haul i dywynnu'n gryfach ar eu pabell ben bore trannoeth. Roedd Aino'n falchach o'i weld na neb arall.

'Mi awn ni gynted fyth ag y medrwn ni,' meddai wrth Eyolf, yntau wedi codi allan y munud y cafodd ei ddeffro gan ei siffrwd bychan hi wrth iddi ymlithro o'r babell. 'Dydi'r tiroedd hyn ddim yn lleoedd i stelcian ynddyn nhw.'

Gafaelodd Eyolf yn ei phenelin a'i thywys oddi wrth y babell.

'Dydw i ddim yn siŵr iawn ydi'r cydymaith yn un i stelcian hefo fo chwaith,' meddai. 'Dw i'n meddwl ein bod ni'n gytûn ar hynny, tydan?'

'Pam wyt ti'n deud hynny?'

'Doeddach chi ddim i'ch gweld yn fodlon iawn eich byd yng ngolau'r llusern 'na neithiwr. Ydach chi'n 'i nabod o?'

'Nabod?' gofynnodd hithau ar unwaith. 'Welis i rioed mo'no fo o'r blaen. Sut meddyliet ti am y fath gwestiwn?'

Daeth sŵn y tu ôl iddyn nhw cyn i Eyolf orfod ateb. Bo fyddai'r mwyaf hwyrfrydig o idlio'i gwsg fel rheol, ond nid felly'r bore hwn. Daeth atyn nhw.

'Mi wn i am be dach chi'n sôn,' oedd ei gyfarchiad rhannu cyfrinach. 'Hwn 'te?' meddai gan amneidio at y babell. 'Wyddoch chi am be o'n i'n meddwl neithiwr?' aeth ymlaen, yn cadw'i lais yn ddigon isel. 'Mae o reit hen 'tydi?'

'Meili?' gofynnodd Eyolf.

'Ia.'

'Deg ar hugian, os ydi o,' meddai Eyolf.

'Wel dyna fo. Os ydi o'n perthyn i'r Aruchben, pam nad ydi o byth wedi cael dyrchafiad ac ynta yn y fyddin ers deng mlynadd? Mi ddyla fo fod yn Isben beth bynnag bellach, dylia?'

'Ella,' meddai Eyolf, heb fod yn rhy argyhoeddedig.

'Chdi sydd wedi bod yn deud hynny am y bobol a'u perthnasa. Does 'na ddim ella ohoni. Felly mae'n bosib fod hwn yn deud clwydda a bod gan yr Aruchben 'na chwaer. Os ydi o'n gwybod nad oes gynno fo'r un, pam na ddaru o ddeud hynny wrth yr Isben y munud hwnnw bora ddoe? Mi fasa hynny ynddo'i hun yn destun dyrchafiad iddo fo.'

'Mae 'i fod o wedi peidio o'i blaid o felly 'tydi?' atebodd Eyolf. 'Mae'n bosib mai dod o'r un gymdogaeth â'r Aruchben y mae o. Ella mai trio creu argraff mae o wrth ddeud 'i fod o'n perthyn.'

'Byddwch chi'n ddoeth hefo fo,' meddai Aino cyn troi a mynd i fywiogi'r tân oedd wedi mudfygu gydol y nos.

'Ydach chi'n gweld chydig bach gormod o fêl yn y wên?' gofynnodd Bo iddi.

'Byddwch chi'ch tri'n ofalus.'

'Hynny ydi, peidio â dangos ein gwinau,' meddai Bo.

Ni chafodd ateb i hynny.

'Mae arddel y gwinau beth bynnag a ddigwydd yn gwegian gan anrhydedd pan mae o'n cael 'i wneud yn y meddwl ne' ger bron cynulledifa o gyffelyb fryd, 'tydi?' aeth

Eyolf ymlaen, yn siarad lawn cymaint efo fo'i hun ag efo'r ddau arall. 'Roedd y syniad o'i gyhoeddi fo ger bron pawb o fewn clyw yn syniad cynhyrfus o heriol yn y gwersylloedd ac ar y llong. Mae hi rom bach gwahanol hyd y tiroedd.'

'Peidiwch â chymryd eich rheoli gan argyhoeddiada pobol erill,' meddai Aino.

'Dyna ddudodd Aarne fwy na heb,' atebodd Eyolf. 'Be ddudodd o wrthat ti y noson cyn i ni gychwyn?' gofynnodd i Bo.

'Bod gwahaniaeth rhwng dewrder a ffwlbri.'

'Oes debyg,' meddai Eyolf. 'Mae o wedi'i ddeud o ganwaith. Mi awn ni i nôl dŵr.'

Cododd Bo'r cawg molchi a chododd yntau'r cawg coginio, ac aeth y ddau at yr afon, oedd yn llydan a throellog yn y rhan hon o'r dyffryn. Roedd y lli'n dipyn mwy ewynnog yma hefyd, yn llifo rhwng creigiau tywyll a thros gerrig gan greu pyllau a throbyllau yma a thraw. Doedd dim llawer o syndod fod Linus wedi cael eog mor ddidrafferth y noson cynt. Roedd olion ei draed yn y gro o hyd.

'Pan a' i adra,' meddai Bo wrth lenwi'i gawg, 'dw i am godi baddondy ager llawar gwell na'r un sydd gynnon ni, un yr un fath yn union ag un Aarne.'

'Wyt ti'n dda dy law?' gofynnodd Eyolf.

'Gawn ni weld. Maen nhw wedi dangos i mi sut mae gwneud un a'i gael o i weithio. Mi wn i lle ca' i brenia wedi'u sychu i wneud y parwydydd a'r fainc. Matar bach fydd 'u llyfnu nhw os bydd angan. Ddoi di draw i helpu?'

'Mi fydda i'n dod draw prun bynnag, unwaith y bydd Aino adra,' meddai Eyolf, yn dal i gael ei synnu gan allu Bo i ofyn pob cwestiwn fel tasai'r un mwyaf naturiol hyd y tiroedd. 'Dw i wedi addo i Aarne ac Aino na chei di ddim mynd yr un cam o'r ffordd ar dy ben dy hun.'

'Fydda i ddim ar 'y mhen fy hun. Mae Aino wedi deud y bydd y blaidd a'r eryr yn 'y ngwarchod inna hefyd.'

Tawodd. Llonyddodd. Edrychai ar lif yr afon.

'Be sydd?' gofynnodd Eyolf.

'Mae hon yr un fath yn union â'r afon arall 'no.'

'Pa afon?'

'Honno'r o'n i'n sefyll uwch 'i phen hi cyn y sach.'

Daeth Eyolf ato a gafael yn ei ysgwydd.

'Tyd. Paid â gori. Mae'r dyddia hynny ar ben.'

Dim ond nodio ddaru Bo. Trodd ei gefn ar yr afon a chodi'i gawg. Pan ddychwelasant roedd Linus a Meili wedi dod o'r babell, a Linus yn brywela'n hapus hefo Aino. Os oedd ganddo amheuaeth am Meili, ni ddangosai hynny.

'Mi awn ni i chwilio am sgodyn i ni gael boliad iawn cyn cychwyn,' meddai. 'Wyt ti'n dŵad?' gofynnodd i Meili.

Aethant, a Meili'n rhoi cyfarchiad boreol cyfeillgar braf i Eyolf a Bo wrth fynd heibio.

'Mi dynna i'r baball 'ta,' meddai Eyolf.

Aeth ati, a chais Bo'n llond ei feddwl. Roedd y syniad o gael cynnig dyfodol pendant, waeth faint am ba hyd, yn un newydd iddo. Wyddai o ddim be i'w wneud hefo fo, er nad oedd dim o gwbl o'i le ar y syniad o gynorthwyo Bo i godi'i folchfa. Wrth glywed Meili'n ei gyfarch roedd y demtasiwn o gyhoeddi'r gwinau wrtho wedi dod i'w feddwl unwaith yn rhagor, fel y bu ar adegau y noson cynt cyn iddo ddechrau ar ei amheuon. Doedd y gwinau ddim yn rhywbeth i'w frolio, ond doedd o ddim yn rhywbeth i'w gadw ynghudd chwaith, amheuon neu beidio, meddyliodd wedyn. Ond ei waith o ar hyn o bryd oedd cael y tri arall adref mor gyflym a didramgwydd ag oedd modd. Yr unig beth cyfrifol i'w wneud cyn hynny felly oedd cau ei geg. Prun bynnag, meddyliodd eto fyth, roedd pawb oedd yn golygu unrhyw beth iddo'n gwybod ei fod yn gwisgo'r gwinau. Daliodd ati â'i waith.

Erbyn i Linus a Meili ddychwelyd, dau dorgoch gan un a brithyll gan y llall, roedd y cawg molchi wedi'i dynnu oddi ar y tân a'r cawg bwyd yn ddŵr berw at ei hanner yn barod am y pysgod. Roedd Bo wedi tynnu'i grys ac yn molchi'n ddiwyd heb gymryd sylw o neb. Roedd newydd ddowcio'i wyneb yn y cawg a'i ysgwyd yn ôl ac ymlaen ynddo gan chwythu swigod yr un pryd. Cododd ei ben a'i ysgwyd drachefn gan rwbio'i lygaid i'w clirio. Pan agorodd nhw y peth cyntaf a welodd oedd Meili'n rhythu arno.

Nid arno fo chwaith. Un o nodweddion y lliw gwinau'r oedd Linus wedi'i gael gan Aarne i orffen yr hebog mawr crefftus oedd yn hongian wrth ei garrai am wddw Bo oedd nad oedd dŵr yn amharu arno, ac roedd Bo wrth ei fodd am hynny gan nad oedd angen iddo'i dynnu cyn molchi, er y byddai'n gwneud hynny gan amlaf. Gan nad oedd Meili yno i'w atgoffa am ei eiriau o'i hun am beidio â dangos y gwinau ychydig funudau ynghynt roedd wedi'u gollwng o'i feddwl ac roedd y garrai a'i hebog am ei wddw o hyd. Ar hwnnw'r oedd Meili'n rhythu.

'Rwyt ti'n gywir,' sylweddolodd Bo ar ei union. 'Mae o yna, ac yna y bydd o.'

'Be sydd?' gofynnodd Eyolf.

Yna sylweddolodd yntau. Aeth i'w boced ar unwaith.

'Mae o'r un lliw â hwn,' meddai wrth Meili, gan ddangos ei ddarn addurn bychan iddo. 'Be wnei di?'

Dim ond dal i rythu a wnâi Meili.

'Ro'n i wedi rhyw feddwl deud wrthat ti,' dechreuodd Linus. 'Dyma fo yli,' meddai wedyn cyn tyrchu i'w sachyn a thynnu cap Jalo ohono a'i wisgo. 'Does 'na ddim angan i ti wybod mwy amdanon ni. Mi geith yr Isben 'na weiddi ar 'i

Aruchben ac yn 'i enw fo nes bydd o'n asio i'r Chwedl cyn y gwêl o'r un ohonon ni'n tri'n ymuno â'i fyddin o na'r un arall, waeth be fo'i lliw hi.'

'Gwisgo'r gwinau! Deud hynna am y Chwedl!' Roedd arf Meili'n crynu wrth ei ochr. Bron nad oedd yn siarad efo fo'i hun. Doedd o ddim yn edrych ar neb, dim ond cadw'i sylw ar y ddaear rywle wrth eu traed. 'Gwallgofiaid ydach chi! Rydach chi'n waeth na'r bwystfilod!'

Trodd, a brysiodd ymaith. Dechreuodd redeg. Ymhen dim roedd o'r golwg. Brysiodd Eyolf ar ei ôl nes dod i'r tir agored i weld ai rhedeg tua'r gorllewin a thuag at ei fyddin oedd o am ei wneud. Ond troi tua'r dwyrain ddaru o, a mynd nerth ei beglau i fyny gyda'r afon. Trodd Eyolf a brysio'n ôl. Pan ddychwelodd roedd Bo wedi rhoi'i grys yn ôl amdano.

'Wnes i ddim meddwl,' meddai, yn rhyw hanner ymddiheurol a rhyw hanner gyfiawnhau'i hun.

'Hidia befo' meddai Eyolf. 'Mae o wedi mynd i fyny'r dyffryn. Mae'n amlwg fod 'na fyddin o'n blaena ni.'

'Mi baratown y pysgod,' meddai Aino. 'Does 'na'r un tric yn mynd i lwyddo y tro nesa.'

'Mi awn ni i chwilio am ddihangfa tra bydd y pysgod yn berwi,' meddai Eyolf.

Dychwelodd tua'r tir agored, a Linus ar ei ôl. Ymhen dim roedd Bo hefo nhw.

'Paid â phoeni,' meddai Linus wrtho, 'doedd waeth i ni ddod i'w nabod o fel'na ddim.'

'A tasa fo heb weld dy winau di,' meddai Eyolf, 'fyddai'r sicrwydd bod 'na fyddin o'n blaena ni ddim gynnon ni. O'r gora 'ta,' ychwanegodd o gyrraedd y tir agored, 'be wnawn ni?'

Doedd Aarne ddim wedi cyfleu nac awgrymu cymaint o waith cerdded oedd ar y dyffryn hwn. Bellach roedd copa'r mynydd fymryn i'r de-orllewin iddyn nhw, ond dim ond prin ei weld o oeddan nhw gan fod y dyffryn yn ddwfn a'i ochr ddeheuol erbyn hyn yn glogwyni, a choed i'w gweld ar eu pennau hwnt ac yma. Roedd gofyn mynd bron at yr afon i weld copa'r mynydd o gwbl a doedd dim golwg o'r tri chopa arall.

Aeth Bo oddi wrthyn nhw a mynd yn ôl i lawr y dyffryn rywfaint gan ddynesu at glogwyn. Astudiodd o. Yna dychwelodd.

'Ydi'r rhaff yn ddigon hir i gyrraedd y goeden acw?' gofynnodd gan bwyntio at goeden ar ben y clogwyn yr oedd newydd ei astudio.

'Mi ddylai fod,' meddai Eyolf.

'Mi ddringa i i fyny at y goeden a chlymu'r rhaff yn'i hi. Mi fedra i weld o fan'no ydi'n bosib tramwyo'r topia. Os ydi hi mi fedra i'ch tynnu chi i fyny.'

'Wyt ti'n ddringwr?' gofynnodd Linus.

'Digon da i gyrraedd nacw'n gyfa.'

'Mae'n werth cael golwg,' meddai Eyolf.

'Fedrwn ni ddim bod ymhell iawn o'r dyffryn fydd yn mynd â ni i'r de,' cynigiodd Linus, yn mynd ar flaenau'i draed i geisio gweld yn well. 'Os ydi hi'n bosib dringo ar hytraws drwy'r coed ar y topia 'na ffor'cw,' meddai gan bwyntio fymryn i'r de-ddwyrain, 'mi ddown uwch 'i ben o cyn nos, siawns.'

'Mi gawn ni fwyd,' meddai Eyolf, a chychwyn yn ôl at y coed. 'Roedd o'n ddigon call i beidio â'n bygwth ni 'toedd,' meddai wedyn.

'Ond dim digon call i gymryd arno nad oedd o ddim wedi gweld 'y ngwinau i chwaith,' meddai Bo.

'Ella nad oedd o rioed wedi gweld gwinau o'r blaen,' meddai Linus.

'Sut medar o ddeud wrth 'i fyddin 'i fod o heb ddeud wrth yr Isben bora ddoe 'i fod o'n gwybod ein bod ni'n deud clwydda?' gofynnodd Bo.

'Fydd dim angan iddo fo os dôn nhw ar ein traws ni,' meddai Eyolf.

Dychwelasant at Aino.

'Mi fedar fod yn llawn peryglon,' meddai hi pan glywodd am gynllun Bo. 'Mi fedar fod yn rhy anodd, yn amhosib.'

'Medar, ond fydd o ddim peryclach na cherdded y dyffryn 'ma.' Cymerodd Linus lond ei geg o frithyll. 'Mae gan greigia a cheunentydd a chorsydd a chlogwyni hawl i fod yn beryg.'

'O'r gora.' Roedd golwg digon pryderus ar Aino o hyd. 'Os medrwn ni gerddad y topia, cymerwch yn ganiataol y bydd milwr yn ymguddio y tu ôl i bob coedan yn fan'no hefyd. Dim ond trwy ymogelyd mae cerddad y coedwigoedd y dyddia hyn.'

'Dim ond trwy ymogelyd mae anadlu y dyddia hyn,' meddai Bo.

Er ei fod wedi arfer, cafodd Bo dipyn mwy o drafferth i ddringo'r graig nag yr oedd wedi'i ragweld. Roedd wedi llwyddo i berswadio Eyolf a Linus nad oedd diben iddyn nhw fentro'n ddiangen gan y byddai'r rhaff ar gael i'w cynorthwyo. Pan ddaeth at y ddraenen ddu a dyfai bron ar yr ymyl a chael ei draed dano ar ben y clogwyn gafaelodd yn ei boncyff a cheisio'i ysgwyd. Gwelodd ar unwaith fod y goeden yn ddigon cadarn wrth ei gwreiddiau a chlymodd y rhaff am y boncyff. Cerddodd ychydig gamau i archwilio'r tirwedd a phenderfynodd bron ar ei union fod modd ei dramwyo. Doedd ganddo mo'r amser i stwna prun bynnag a dychwelodd at y goeden a rhoi'r arwydd. Daeth y pynnau i fyny fesul un a daeth Aino ar eu holau. Cynorthwyodd

Eyolf a Linus hi gyfuwch ag y cyrhaeddai eu breichiau a Bo uwchben yn tynnu'n araf yn y rhaff drwy'r adeg. Roedd ei llygaid hi yr un mor dawel a digyffro ag arfer wrth fentro rhywbeth nad oedd hi erioed wedi'i wneud o'r blaen a rhyfeddai Bo wrth eu gweld. Daliodd i dynnu'n araf a hithau'n ei gynorthwyo orau y medrai hefo'i thraed ar y graig. Troes ei ryddhad yn chwarddiad llawen wrth weld ei braich yn troi am y boncyff. Dim ond gwên fechan oedd ganddi hi i'w ateb.

Rhoesant eu pecynnau ar eu cefnau'n ddiymdroi unwaith y daeth pawb i fyny ac i Bo ddatod y rhaff a'i lapio. Roedd y camau cyntaf yn ddigon didramgwydd ond o un caethgyfle i'r llall yr aethant yn fuan iawn, rhwng creigiau a thyllau a chlogwyni a hafnau a llwyni tyn. Yr unig waredigaeth bron bob tro oedd dringo a bu'r rhaff ar waith ddwywaith wedyn. Roedd arnyn nhw ofn defnyddio'r fwyell rhag creu sŵn a rhag creu symudiad y gellid ei weld o bell. Ond llwyddent i fynd yn fras i'r cyfeiriad yr oedd Linus wedi'i awgrymu a chymerent eu cysuro o wybod na ddeuai'r un fyddin na'r un milwr i chwilio amdanyn nhw i le fel hyn ac nad rhag milwyr roedd gofyn ymogelyd yma. Yn y diwedd, wedi rhai oriau, daethant i dir fymryn mwy caregog a thrugarog ac o dipyn i beth roedd y coed o'u hamgylch yn dechrau teneuo.

'Ylwch be wela i,' meddai Bo yn sydyn.

Roedd wedi cyrraedd cwr y coed ac wedi aros. Daeth y lleill ato. Gwelsant ar unwaith eu bod wedi dringo'n llawer uwch na'u bwriad. Roedd llethr caregog yn disgyn o'u blaenau a phytiau o greigiau mwy yn codi yma a thraw hyd-ddo. Yn uwch i fyny, cuddid y cerrig a'r creigiau gan eira yr holl ffordd i gopa'r mynydd ac ymhell odanynt gwelent ddyffryn culach na'r un yr oeddan nhw wedi dringo ohono'n ymestyn tua'r de. Disgynnai'r llethr i'r dyffryn, heb na choeden na llwyn ar ei gyfyl. Ond nid ar hwnnw'r oedd sylw Bo. Roedd yn ddigon agos at y llethr i weld o'i amgylch ac wrth edrych tua'r de gwelai gopaon gwyn trawiadol.

'Y Pedwar Cawr,' cyhoeddodd. Astudiodd nhw fesul un, ac yna'r oedd teimlad o fod wedi cydgyflawni'n llenwi'n sydyn trwy'i gorff. 'Yn union fel dudodd Aarne. Ydach chi wedi'u gweld nhw o'r blaen, Aino?'

'Naddo,' atebodd hi. 'Mae'r tiroedd yma'n ddiarth, a diarth fyddan nhw.'

'Mi gewch chi ymlacio rŵan. Mi fyddwn ni'n mynd tua'r de.'

'Mi fydd yn ddigon buan i ymlacio pan weli di dy gartra yn gyfa a dy fam a dy chwiorydd yn iach.'

'Ond mi ddown i gymdogaetha cyn bo hir. Mi fydd yn iawn arnon ni wedyn.'

'Yn ôl!'

Digwydd tynnu'i sylw oddi ar ysblander y pedwar copa ddaru Linus a throi ei olygon i'r dyffryn islaw. Roedd milwyr wedi ymddangos bron yn union odanyn nhw ynddo. Ciliodd y pedwar i'r coed ar unwaith, a sbecian. Cyfrodd Eyolf naw, ond roedd yn amlwg fod mwy na hynny yno. Clywent ambell floedd, ond dim o werth. O dipyn i beth daeth rhagor o filwyr i'r golwg, rhai o'r coed o'r ochr arall, nes eu bod ar wasgar hyd y lle.

'Maen nhw'n chwilio amdanon ni,' meddai Linus.

'Fuo fo ddim yn hir yn cael gafael arnyn nhw,' meddai Eyolf.

'Fo ydi nacw?' gofynnodd Bo, yn pwyntio at filwr oedd yn amlwg yn siarad ag Uchben ac Isben fymryn ar wahân i'r lleill ym mhen uchaf hynny o'r dyffryn oedd yn y golwg iddyn nhw.

'Mi fedar fod,' meddai Eyolf wrth graffu.

'Ia, Meili ydi o,' meddai Linus, yntau'n craffu. Trodd ei sylw'n ôl ar y llethr a rhoi cip yn ôl i'r coed. 'Be wnawn ni?'

'Ddôn nhw ddim cyn uchad â hyn i chwilio am neb,' meddai Eyolf. 'Rydan ni'n ddigon diogel am rŵan. Mi gymrwn ni fwyd.'

'Chwilio rhag ofn maen nhw hefyd 'te?' meddai Bo wrth agor ei sachyn. 'Am a wyddan nhw, ella'n bod ni wedi croesi'r afon ne' wedi dychwelyd yr un ffor' ag y daethon ni.'

'Paid â chymryd dim yn ganiataol,' meddai Aino.

Bwytasant weddill y pysgod a thameidau o gig, a dal i gadw golwg ar y dyffryn bywiog. Yn ddiarwybod i'w gilydd, roedd Bo a Linus yr un mor siomedig am eu bod, yn groes i bob rhybudd, wedi meddwl am yr adeg y byddent yn dod i olwg pedwar copa'r Pedwar Cawr fel hyn, yn daclus yn eu hanner cylch, fel yr arwydd terfynol o lwyddiant, ac mai'r cyfan fyddai ei angen wedyn fyddai holi pa ffordd i'w dilyn pan ddeuent at gymdogaethau wrth fynd tua'r de. Roedd casineb ifanc Bo'n berwi ar y symudiadau odano.

'Os bydd raid i ni fod yma drwy'r dydd, be wnawn ni heno?' gofynnodd Eyolf i dorri ar draws ei feddyliau.

'Cerddad ne' sefyll yn fa'ma i rynnu,' meddai Linus. 'Chodai'r un o'r duwia baball mewn lle fel hwn.'

'Mi fydd 'na leuad bychan i ni gerdded,' meddai Aino, 'ond nid dros y cerrig rhyddion 'ma.'

'Na thrwy lond gwersyll o filwyr,' meddai Eyolf. 'Os ydi'r rheicw'n mynd i aros yna heno, mi fydd 'na rai'n cadw gwyliadwriaeth drwy'r nos a nhwtha'n ama ein bod ni o gwmpas.'

'Mi fywiwn ni mewn gobaith am weddill y dydd, felly,' meddai Linus. 'Ydach chi'n brifo ar ôl y fath ddringo, Aino?' gofynnodd.

'Nac ydw.'

Roedd llygaid parod Aino eto'n chwilio, eto'n paratoi am deithio'r nos a hithau'n dawelach ei byd am na fyddai'r un llwybr bellach yn arwain tua'r gogledd. Ond o'r hyn a welai, nid cerrig rhydd oedd y peryg i gyd i'r neb a geisiai fynd i lawr y llethr. Yma a thraw roedd o i'w weld yn llawer rhy serth i'w gerdded hefyd.

'Fyddai cymwynas y lleuad llawn ddim yn ddigon i droedio hwn,' meddai yn y man.

'Rydan ni'n gallu penderfynu, 'tydan?' atebodd Bo. 'Dydi'r rhei'cw ddim yn gallu gwneud hynny,' meddai gan amneidio tuag at lawr y dyffryn. 'Os ydan ni'n sownd yn fa'ma, 'dan ni'n dal i fod yn rhydd, 'tydan?'

'Digon gwir, fwcedwr hanner llawn,' meddai Eyolf, a phwl newydd o hyder yn saethu drwyddo. ''Sgin ti ryw syniad?'

'Beth am drio mynd i lawr yn ara deg hefo'r coed 'ma? Ella bod 'na le digon gwastad i godi paball arno fo rwla tua'r canol 'na, neu'n is. Mae gynnon ni ddigon o gig oer tan fory, 'toes? Fyddai ddim rhaid inni gael tân.'

'Mae peryg mewn mynd yn is,' meddai Aino. 'Dydyn nhw ddim wedi rhoi'r gora i chwilio.'

'Fedrwn ni wisgo'r clogynna gwynion a chroesi'r eira 'cw 'ta?' gofynnodd Bo wedyn, yn benderfynol o gael syniad.

'Mae'r clogynna i'w gweld pan maen nhw'n symud,' meddai Linus. 'Mae'n beryg fod yr eira wedi rhewi hefyd. Ac mae'n rhy serth yna.'

'Ac mi fyddai ein pynna ni i'w gweld,' ategodd Eyolf.

'Syniad nesa, os gwelwch chi'n dda,' meddai Bo.

'Dy syniad cynta di,' meddai Linus. 'Hwnnw ydi'r calla.'

'Mynd i lawr hefo'r coed?'

'Ia. Ne' aros yma drwy'r nos. Does 'na ddim dewis arall. Dim ond gobeithio fod y coed yn cyrraedd y gwaelod yr ochr yma hefyd.'

'Mi arhoswn ni am ryw awr i weld ddaw 'na chwanag ohonyn nhw o'r ochra,' meddai Eyolf. 'Mi awn ni i lawr wedyn, os medrwn ni.'

Roedd Aino'n amneidio cytundeb.

Roedd eu hawr bron ar ben pan ddaeth y milwyr. Nid o'r coed y daethant, ond ar hyd y dyffryn o'r de, ddegau ohonyn nhw i lenwi'r dyffryn a daeth yn amlwg ar unwaith eu bod yn ymbaratoi i wersylla yno. Doedd dim angen i'r un o'r gwylwyr yn yr uchelderau gydnabod ei siom.

'Y blaenfilwyr oedd y lleill 'ma felly,' meddai Eyolf yn y man. 'Dyna pam maen nhw wedi stelcian yn fan'na drwy'r pnawn.'

'Os ydi hi'n bosib i ni fynd i lawr i'r gwaelod hefo'r coed,' meddai Linus, 'mi fyddai'n well inni wneud hynny cyn nos a thrio croesi'r dyffryn pan fydd hi'n ddigon tywyll. Mi fedrwn guddiad yn y coed yr ochr arall, ne' ella fynd drwyddyn nhw a mynd heibio i'r gwersyll.'

'Mi awn ni,' penderfynodd Eyolf.

'Dach chi isio i mi fynd yn gynta a gwneud y dylluan?' gofynnodd Bo.

'Na. Mi gadwn ni hefo'n gilydd. A neb i droi'i droed.'

Cychwynasant. Gwelsant ar unwaith fod y tir odanyn nhw'n fwy twyllodrus na cherrig rhydd y llethr. Roedd gofyn i bob cam gael ei phrofi drwy roi pwys graddol ar droed, rhag creu sŵn lawn cymaint ag ofn anaf. Roedd pob coeden yn gyrchfan saib a gorfu iddyn nhw fynd ar draws neu ar hytraws fwy nag unwaith i osgoi ambell glogwyn bychan neu lethr rhy serth. Tan yr aeddfedrwydd gorfodol, coed ar lethr i Bo oedd neidio a dringo a gweiddi a chwerthin wrth wibio drwy'r awyr ar ben rhaff. Roedd yr un peth wedi bod yn wir i Linus hefyd yn ei dro. Roedd o'n cofio chwarae milwyr mewn coed fel hyn.

Roeddan nhw bron â chyrraedd y gwaelod ac yn dod at lwyni yr oedd modd llechu y tu ôl iddyn nhw pan ddaeth clec uwch eu pennau a sŵn rhwygo'n ei gorffen. Disgynnodd milwr wrth eu traed a thamaid helaeth o frigyn ar ei ôl. Linus oedd yr agosaf ato ac ar ôl cip gwyllt o'i amgylch rhuthrodd yn reddfol ato a phlannu'i law dros ei geg. Am eiliad wrth weld y gwallt coch tybiodd mai Meili oedd o. Chwiliodd y tri arall yr un mor wyllt o'u hamgylch ac at i fyny, ond ni welsant yr un symudiad arall. Cododd Eyolf law rybuddiol a sleifiodd ymlaen yn is lle medrai weld rhywfaint o'r dyffryn. Roedd y dernyn hwnnw'n wag a doedd dim cythrwfwl i'w glywed. Dychwelodd at y lleill. Gwingai'r milwr mewn poen a llaw Linus dros ei geg o hyd.

'Dw i ddim yn meddwl bod 'na neb arall hefo fo,' meddai Eyolf.

'Wyt ti'n ddigon call i beidio â gweiddi?' gofynnodd Linus iddo.

Nodiodd y milwr fwy na'r angen a phwyntio i gyfeiriad ei goes. Cododd Linus ei law'n araf, yn barod i'w rhoi'n ôl ar yr arwydd cyntaf o waedd. Ond dim ond griddfan a ddeuai o'r geg.

'Rwla 'blaw dy goes yn brifo?' gofynnodd Linus wedyn.

Ni chafodd ateb am eiliad. Chwiliodd am waed.

''Y nhroed,' meddai'r milwr yn ei hanner llais.

Plygodd Eyolf ato a gafaelodd yn ei goes i geisio sythu'r corff cam. Daeth gwaedd fechan o boen. Rhoes Eyolf y gorau iddi ar ei union.

'Rwyt ti wedi'i thorri hi,' dyfarnodd heb betruso. 'A dy droed hefyd ella.' Cododd. 'Be oeddat ti'n 'i wneud yma?'

'Cwestiwn calla'r blynyddoedd,' meddai Bo, yn dal i chwilio o'i gwmpas ac i fyny at ganghennau'r coed. 'Go brin dy fod di haws â chael atab prun bynnag.'

Plygodd Eyolf at y milwr.

'Fedran ni wneud dim i ti.' Trodd at Aino. 'Be wnawn ni?'

'Wnawn ni mo'i adael o yma,' meddai Aino.

'Na,' cytunodd Eyolf. 'Be 'ta?'

''I gario fo hefo ni i ganol y dyffryn,' cynigiodd Bo, yn cadw'i lais yn dawel fel nad oedd y milwr yn ei glywed a rhag ofn ei fod yn deall yr iaith. 'Unwaith y byddwn ni wedi diflannu, mi geith weiddi am help.'

'Mae gofyn inni allu'i drystio fo i wneud hynny,' atebodd Eyolf.

'Mi geith Aino a Linus groesi'n gynta heb iddo fo wybod, ac unwaith y byddan nhw wedi cyrraedd yr ochor arall mi awn ni'n dau ag o lle medar y lleill 'i weld o, a chymryd arnon mai yn ôl at yma y byddwn ni'n dod. Mi awn ni gyda'r ochr wedyn a chroesi ymhellach draw. Os gweiddith o i achwyn mi ân nhw i chwilio'r ochr yma.'

'Wela i ddim gwell cynllun,' meddai Aino.

'O'r gora 'ta,' meddai Eyolf. 'Mi wnawn ni'i brynu o hefo mymryn o fwyd a chael sgwrs fach hefo fo.'

Ddwyawr yn ddiweddarach dychwelodd Linus o'r dyffryn tywyll i gwr y llwyni.

'Mae'n dawal,' meddai, 'a maen nhw wedi diffodd y goleuada i gyd.'

'Cerwch 'ta,' meddai Bo.

Heb air, gafaelodd Aino yn ei arddwrn a rhoi gwasgiad bychan iddo. Cwmanodd Linus a hithau, a chychwyn ar eu taith wyliadwrus ar draws y dyffryn. Roedd braidd gormod o leuad gan Aino a cheisiodd gwmanu mwy a phrysuro ymlaen. Dychwelodd Bo i ochr arall y llwyni at Eyolf.

'Wedi mynd,' meddai'n ddistaw.

'Mae hwn mewn gwres,' meddai Eyolf. 'Tyd,' meddai

wrth y milwr, 'mi awn ni â chdi rŵan. Cyfri i gant a wedyn gweiddi am gymorth. Wyt ti'n addo?' gofynnodd wedyn, a'i lais fymryn yn fwy llym.

'Ydw,' atebodd y milwr.

'Cofia y byddwn ni yn fa'ma os byddi di'n meddwl am wneud unrhyw dric.'

'Wna i ddim.'

Roedd poen ac argyfwng yn llond ei lais.

'O'r gora.'

Cododd Eyolf o mor ofalus ag y medrai, a daeth Bo i'r ochr arall iddo, a chariodd y ddau o rhyngddyn nhw i'r tir agored o gysgod y llwyni. Rhoesant o i lawr yn araf, a'i droi ar ei ochr. Heb air, dychwelasant y tu ôl i'r llwyn.

'Tyd 'ta,' meddai llais cyflym Eyolf.

Rhedodd y ddau'n ddistaw ac yn eu cwman y tu ôl i'r llwyni am ychydig cyn troi i groesi. Wrth gadw'u golwg tua'r gwersyll gwelsant fod y milwr wedi dechrau crafangio ymlaen wysg ei ochr. Prin ei weld o oeddan nhw, ac roedd y ddau wedi cyrraedd canol y dyffryn cyn i'r waedd ddod o geg y milwr.

'Gwineuod! Gwineuod! Mae'r Gwineuod yma! Gwineuod!'

Arhosodd Bo'n stond. Ond yr un eiliad roedd llaw Eyolf yn gafael ynddo ac yn ei hyrddio ymlaen.

22

'Peth fel hyn ydi o felly 'te,' meddai Bo.

'Be?' gofynnodd Linus.

'Gwisgo'r gwinau. Naci, nid hynny chwaith,' ailfeddyliodd. 'Dim ond isio bod adra,' ychwanegodd, a'i lais yn bygwth cracio. 'Be sydd o'i le ar hynny? Dim ond isio bod lle dw i'n gwybod pwy ydw i a phwy 'di pawb arall a nhwtha'n gwybod pwy ydw i a phwy 'di pawb arall, a bod yn rhydd i fod yno ne' i fynd. Dim ond hynny. Does 'na ddim llonydd na hawl i wneud cyn lleied â hynny, nac oes?'

'Paid â gwangalonni, ne' nhw fydd pia chdi ble bynnag y byddi di,' meddai Aino.

'Dydw i ddim.'

Cafodd Bo bwl arall o grynu, a rhwbiodd Linus ac Aino fwy ar y ddwy blanced oedd am ei gorff. Yr ochr arall i'r tân chwifiai Eyolf ddillad Bo yn ôl ac ymlaen ger y fflamau i'w sychu, gan osgoi'r mwg a mynd mor agos ag y meiddiai heb i'r dillad fygwth llosgi. Wrth ledio'r ffordd ddiwedd y pnawn ger glan afon fywiog a darddai gan mwyaf o rewlif rhwng Mynydd Aarne a Mynydd Corr roedd Bo wedi syrthio dros ei ben i bwll, a hwnnw â haen denau o rew dros ei wyneb ac yn dwyllodrus o bell o lan yr afon. Gyda chymorth y lleill roedd wedi crafangio ohono'n ddigon rhwydd ond chwipiai awel rewllyd y gogledd ar hyd y dyffryn a doedd dim dewis ond rhyfygu i gynnau tân yn y dernyn tir mwyaf annadlennol oedd modd dod o hyd iddo a cheisio sychu a chynhesu Bo cyn gyflymed ag y gallent, gan obeithio na welai neb mo'r mwg ac y gellid diffodd y tân cyn i'w fflamau oleuo'r gwyll. O'i gynnau, doedd waeth iddyn nhw fanteisio ar y tân ddim, meddai Eyolf, a rhoi seigiau o gig carw yn y cawg coginio i'w berwi.

'Nid gwangalonni ydw i,' aeth Bo yn ei flaen. 'Isio peidio â gorfod poeni ble mae'r un milwr ydw i, a hynny tra bydda i. Aros adra os dw i isio, mynd os dw i isio.'

Cleciai ei ddannedd yn ei gilydd. Roedd blinder hefyd yn dechrau dweud yn waeth arno fo nag ar y lleill. Ychydig iawn o gwsg a gawsai'r pedwar y noson cynt gan fod oriau wedi'u treulio'n straffaglian drwy dywyllwch y coed i osgoi'r fyddin a mynd heibio iddi. Roedd y fyddin wedi bod o gymorth annisgwyl iddyn nhw efo'i thwrw a'i ffaglau tân yng nghythrwfwl y milwr anafus, gan eu bod yn gallu gweld y goleuadau a chadw cyfeiriad taclus wrth sleifio drwy'r goedwig. Ond ni chawsant godi'r babell, dim ond ei dadlapio a'i defnyddio fel planced a mynd i gysgu yn dynn yn ei gilydd, a chodi wedyn ar ei thoriad hi a'i heglu hi drachefn tua'r de gydag ochr y dyffryn a chysgod y coed nes i'r rheini ddarfod a chraig bron yn syth ddod yn eu lle. Deuai'r afon at y graig ond roedd sarn gadarn i'w chroesi ychydig ynghynt, sarn oedd yn amlwg o wneuthuriad pobl yn hytrach na natur. Roedd olion traed byddin o ddeutu'r afon ond doedd dim i'w weld yn symud o'u blaenau ar wahân i'r adar ac ambell anifail. Wrthi'n llongyfarch ei gilydd i gyfeiliant cadarnhaol yr afon ryw awr yn ddiweddarach oeddan nhw pan ddisgynnodd Bo o'r golwg.

'Tyd hefo fi,' meddai Bo wedyn wrth Linus, gan geisio ysgwyd y clecian o'i ddannedd. 'Mi awn ni i grwydro ar ôl gorffan gwneud y folchfa i Mam. Mi awn ni i edrach be sydd yn y Gogledd. Dw i ddim yn coelio'u straeon nhw na'u Chwedl nhw. Dydyn nhw ddim wedi bod yno'u hunain prun bynnag. Mi fentra i nad oes 'na ddim yn y Gogledd pell ond tiroedd gwag wedi rhewi a dyfroedd wedi rhewi a mi fentra i mai'r unig beryg sydd yno ydi oerni a phrindar cynhaliaeth.'

'Mae'r hogyn 'ma mewn gwres,' meddai Aino argyfyngus.

'Nac dw i ddim.'

'Wyt. Wyddost ti ddim be'r wyt ti'n 'i ddeud.'

'Gwn. Does arnoch chi ddim ofn y bleiddiaid am eich bod chi'n 'u nabod nhw a nhwtha'n eich nabod chitha drwy reddf. Os ydi hynny'n wir am y bleiddiaid mi fedra fo fod yn wir am yr eirth hefyd a phob creadur arall sydd gan y

Gogledd i'w gynnig. Dowch hefo ni i chi gael gweld drosoch eich hun.'

'Rhwbia fwy arno fo,' meddai Aino wrth Linus gan wneud hynny'i hun. 'Dy betha di ydi hyn,' ychwanegodd a'i llais yn llawn cerydd, 'gwrando gormod arnat ti mae o wedi'i wneud o'r dechra, chdi a dy amheuon. Mwydro'i ben hefo dy syniada di a dy ddibristod di o bob gwirionedd y mae o o'r naill ddydd i'r llall.'

'Does ar hwn ddim angan neb i danio'i feddwl o,' atebodd Linus gan guro mymryn ar gefn Bo wrth rwbio.

'Nac oes bellach, a chditha wedi hen wneud dy waith,' atebodd hithau.

Rhoes Linus winc fechan ar Bo, ond roedd Bo ormod yn ei bethau ei hun i sylwi.

'Tasa 'na ddim milwyr i'n hatal ni rhag crwydro ble mynnon ni a'n hatal ni rhag gwneud dim ond bwyta ac anadlu mi fasan ni'n gallu mynd i'r Gogledd pell a mi fasan ni'n gweld wedyn mai celwydd ydi'r cwbwl,' meddai, a chryndod newydd disyfyd yn hawlio ei holl gorff am eiliad. 'Dyna pam mae'r byddinoedd yn bod. Nid i frwydro yn erbyn 'i gilydd.'

'Taw rŵan,' ymbiliodd Aino. 'Mi gei di gig poeth blasus mewn eiliad, a mymryn o fedd cynnas. Mi ddaw hwnnw â chdi atat dy hun.'

'Pan awgrymis i wrth Leif mai am ddwyn medd yr Uchbeniaid y cafodd o 'i roi mewn sach, mi ddudodd nad oedd o wedi meddwl am hynny. Roedd dwyn oddi ar y mawrion yn hytrach nag oddi ar 'i debyg yn hau hada rhy beryg.'

'Gwna rwbath, wir,' meddai Aino wrth Eyolf.

'Does dim angan,' atebodd yntau. 'Dim ond deud y gwir mae o.'

'Dwyt titha ddim mymryn gwell, nac wyt?' ceryddodd Aino.

Rhoes Eyolf gam tuag atyn nhw a rhoi ei law ar dalcen Bo.

'Mae o'n iawn, siŵr,' meddai. 'Daliwch i rwbio.' Dychwelodd at ei waith a bodio crys Bo a'i ddal wedyn wrth ei foch. 'Mae hwn braidd yn damp o hyd.'

'Ddoi di hefo ni?' gofynnodd Bo.

'Wyt ti ddim yn meddwl ein bod ni wedi teithio digon eisoes?'

'Teithia o raid ydi'r rhein. Dydan ni ddim wedi cael prawf o ddim. Mae isio profi'u clwydda nhw, a chyhoeddi hynny fel cyhoeddi'r gwinau.'

'Choelian nhw monot ti, tasat ti'n 'u trochi nhw yn dy brawf.'

'Rhyngddyn nhw a'u petha am hynny. Mi fyddwn ni'n gwybod. Dowch hefo ni, Aino. Mi wnawn ni gywain gwybodaeth. Hynny roith y farwol i'r byddinoedd.'

Dal i ysgwyd pen a dal i rwbio ddaru hi.

Daeth sŵn. Trodd y pedwar eu pennau a'r un munud cafodd arf ei daflu i'r ddaear o'u blaenau. Daeth pen Meili i'r golwg. Arhosodd. Yna daeth ymlaen a sefyll o'u blaenau. Roedd golwg ddiobaith arno.

'Does 'na neb hefo fi,' meddai, yn dal ei ddwylo allan.

Eyolf oedd y cyntaf i ddod ato'i hun. Brysiodd heibio iddo heb gymryd sylw ohono i chwilio'r llwyni yr oedd newydd ddod trwyddynt.

'Be wyt ti'n 'i wneud yma?' gofynnodd Linus, yn fwrlwm o ddirmyg dibaratoad.

Dynesodd Meili. Arhosodd.

'Mae . . .' dechreuodd.

Methodd. Safodd yn llonydd, yn rhythu ar y tân. Cododd ei olygon am ennyd i roi cip ar Aino a Bo, cyn gostwng ei lygaid yn ôl at y tân. Daeth Eyolf yn ôl, ac ysgwyd ei ben ar Linus.

'Be wyt ti?' gofynnodd Linus wedyn, 'milwr, ysbïwr, sgowt, 'ta dim ond catffwl?'

Ni chafodd ateb.

'Be sy wedi digwydd?' gofynnodd Eyolf. 'Pam doist ti yma?'

'Maen nhw wedi'i ladd o.' Roedd llais Meili'n annaturiol, yn llawn cryndod ac yn methu derbyn yr hyn roedd yn ei ddeud. 'Roeddan ni'n ffrindia. Mi dduthon i'r fyddin yr un diwrnod â'n gilydd, hefo'n gilydd.'

'Pwy?' gofynnodd Eyolf.

'Fenris. Y milwr y daethoch chi â fo o'r coed neithiwr. Fi oedd y cynta i'w gyrraedd o pan ddaru o weiddi a mi ddaru ni 'i gario fo i'r gwersyll. Chafodd o ddim ond prin orffan 'i stori, nad oedd o'n farw.'

Roedd ei grynu'n cynyddu. Rhoes y gorau i siarad.

'Be ddigwyddodd iddo fo?' gofynnodd Linus.

Am eiliad roedd Meili fel tasai'n gyndyn o ateb.

'Mi ddudon nhw mai gwenwyn wedi'i stwffio i'w ddiod o gynnoch chi ddaru'i ladd o,' meddai ar ôl ennyd, 'ond mi welis i waed ac wrth 'i archwilio fo wedyn ar y slei mi welis i archoll ar 'i wegil o, o dan 'i wallt o.' Roedd ei lais yn dechrau mynd yn fwy o ruthr. 'Roedd mendio'i goes o'n ormod o draffarth gynnyn nhw.'

'Be oedd yr archoll?' gofynnodd Eyolf.

'Cyllall fain drwy'i wddw. Hawdd 'toedd? Llaw sydyn dros 'i geg a'i drywanu o cyn iddo fo gael cyfle i ystyried dim. Doedd dim ots amdano fo, nac oedd? Peidiwch â gweld bai arno fo am weiddi,' ychwanegodd cyn i neb gael ymateb, 'ella'i fod o'n credu bod gynno fo well siawns o gael triniaeth wrth achwyn. Tasach chi yn y fyddin eich hunain mi fasach yn gwybod sut le sy 'na.'

Roedd Bo wrthi'n prysur gyfieithu'r truth i Aino. Daeth Eyolf ati.

'Mi fedar fod yn ddidwyll, mi fedar beidio,' meddai hi cyn bod angen iddo ofyn dim iddi.

'Mi driwn ni eto 'ta,' meddai Bo. Trodd at Meili a llacio'r blanced oedd amdano. Gafaelodd yn ei gerflun a'i ddangos iddo. 'Yli,' meddai, 'mae o gen i o hyd ac yma y bydd o. Mi gei ddygymod â hynny pa gyflwr bynnag wyt ti ynddo fo,' ychwanegodd. 'Fel arall, waeth i ti 'i heglu hi ddim.'

'Do'n i rioed wedi gweld gwinau o'r blaen,' atebodd Meili, yn chwilio am eiriau, yn methu deall un mor ifanc yn ymateb mor ddigyffro i'w stori, 'rioed wedi gweld neb yn 'i wisgo fo. Wyddwn i ddim, wyddwn i ddim oedd o'n wir... wyddwn i... Dychryn ddaru mi,' ychwanegodd, beth yn ddistawach, 'dyna pam... dychryn,' meddai wedyn.

'Dyna chdi 'ta,' meddai Eyolf. 'Mae pawb yn dychryn weithia, debyg. Yli, gwna rwbath o fudd yn hytrach na chrynu.' Rhoes gôt Bo iddo. 'Helpa i sychu'r dillad 'ma i Bo gael gwisgo amdano cyn inni gael bwyd. Be 'di dy fwriad di?' gofynnodd wedyn. 'Pam wyt ti yma?'

'Dw i'n mynd adra,' atebodd Meili ar ei union, 'ac adra y bydda i. Dw i ddim yn mynd i...'

Methodd.

'Gweld y mwg ddaru mi,' meddai wedyn yn llywaeth.

'Wyt ti am wisgo'r gwinau?' gofynnodd Bo. 'Mi wneith Linus un gwerth chweil i ti erbyn bora fory.'

'Gad lonydd i'r creadur gael meddwl,' meddai Eyolf, wrth weld wyneb Meili.

'Does gynnon ni ddim lliw,' meddai Linus, a chodi mymryn o ael ar Aino wrth weld Meili'n canolbwyntio'n drylwyr ar y gôt yn ei ddwylo.

'Dw i'n gwerthfawrogi hyn,' meddai Meili ben bore trannoeth, yn rhuthro fel taeog i roi pob cymorth hefo popeth oedd yn cael ei wneud.

'Be?' gofynnodd Linus.

'Dw i'n gwerthfawrogi eich bod chi... doedd dim raid i chi 'nghoelio i a 'nerbyn i, a minna wedi gwneud yr hyn wnes i.' Rhoes y gorau i'w waith am ennyd. 'A dw i'n gwerthfawrogi eich bod chi wedi mentro.'

'Mentro be, d'wad?' gofynnodd Bo.

'Dod â Fenris o fewn cyrraedd yn hytrach na'i adael o ynghanol y coed, er 'i fod o'n trio'ch dal chi. Fedrai neb ond yr Uchbeniaid ragweld 'i dynged o.'

Dychwelodd Eyolf atyn nhw o'r llwyni.

'Mae'n dawal,' meddai. 'Mi fedrwn fynd.'

'Wyt ti'n iach?' gofynnodd Linus i Bo.

'Ydw, debyg.' Amneidiodd Bo arno a chiliasant fymryn, a chymerodd Bo arno dynhau clymau eu pecynnau. 'Be wyt ti'n 'i feddwl?' gofynnodd.

'Be?'

'Ydi hwn yn deud y gwir?'

Plygodd Linus i chwarae hefo cwlwm pecyn Aino.

'Mae o'n gwylio pob symudiad a phob ceg, tydi?' meddai. 'Mae Aino'n anniddig.'

'Mi gerddwn ni â'n llygaid yn gynta felly. Tyd.' Cododd Linus. 'Paid â theimlo'n euog am fod yn amheus chwaith.'

'Do'n i ddim ar feddwl gwneud.'

Cychwynasant. Teimlai Bo fod gofyn i'r amnaid a roes ar Eyolf fod yn un ar y slei hefyd. Winc fechan a gafodd yn ôl.

Roedd y dyffryn yn culhau yn fuan wedi iddyn nhw gychwyn, a chyn hir roedd wedi troi'n geunant, a dim ond creigiau diddringo ar ei ochr ddwyreiniol yn codi o'r afon. Roedd llwybr uwch ei phen ar yr ochr arall, wedi'i dorri i mewn i'r ochr o bryd i'w gilydd, a digon o ôl tramwyo arno. Roedd Linus a Bo wedi mynnu arwain a chyn amled â pheidio gallai'r ddau wneud hynny ochr yn ochr a chael Aino i gydgerdded hefo nhw. Dim ond weithiau roedd y llwybr yn mynd mor gul a pheryg fel bod un yn gorfod dal yn ôl i ddilyn y llall. Roedd yn galed dan draed drwy'r adeg ac er bod digon o ôl tramwyo ar y llwybr doedd o ddim yn cadw olion traed pendant. Roedd Bo fymryn yn siomedig am hynny oherwydd roedd wedi cynnig y posibilrwydd bod Meili wedi anfon rhywun i lawr y dyffryn o'i flaen, a chwiliai Linus ac yntau'n ddyfal am ryw olion newydd a awgrymai hynny. Yn y cefn, troai Eyolf ei ben yn ôl yn bur aml, heb boeni llawer a oedd hynny'n gwneud i Meili deimlo'n anniddig. Roedd yr arfer hwnnw'n hanfod o'u dull o deithio o'r dechrau, prun bynnag.

'Ffor'ma y doist ti hefo dy fyddin?' gofynnodd ar ôl astudio'r ceunant a'r llwybr o'i ôl unwaith yn rhagor.

'Na,' atebodd Meili ar unwaith. 'O'r dwyrain ar hyd y dyffryn y daethon ni. Roedd hannar y fyddin wedi mynd ar gylch ac wedi dod iddo fo ymhellach draw. Yr hannar arall ddaeth ffor'ma, y rhai y daru chi 'u hosgoi echnos.'

'Ond ffor'ma yr ei di adra?'

'Ia. Dydw i ddim ymhell. Godre Mynydd Ymir.'

'O?' Dechreuodd Eyolf deimlo cynnwrf, a hwnnw'n rhoi popeth arall o'r neilltu am ennyd. 'Oes 'na gymdogaeth ar odre Mynydd Oliph?'

'Oes.'

'Wyt ti'n gyfarwydd â hi? Y bobol sy'n byw wrth odre'r mynydd?'

'Rhai ohonyn nhw. Ne' mi o'n i.'

'Wyddost ti am deulu hefo hogyn o'r enw Jalo?'

'Na,' atebodd Meili ar ôl ennyd o ystyried. 'Dim fel'na.'

'Doedd gynno fo ddim brawd na chwaer. Mi fasa fo'n ddeunaw oed.'

Ysgydwodd Meili ei ben.

'Na. Mi fasa fo'n rhy ifanc i mi 'i gofio fo. Dw i oddi cartra ers deng mlynadd, drosodd. Pwy ydi o, felly? Be ydi enwa 'i dad a'i fam o?'

'Dim syniad.'

Rhoes Eyolf fymryn o'r hanes iddo. Yn araf bach, dechreuai ei amheuon gilio, a bron nad oedd yn barod i dderbyn fod Meili'n ddiffuant.

Darfod ddaru'r ceunant wedi rhyw ddwyawr arall o deithio, er bod Bo'n cynnig mai ymagor oedd o. Roeddan nhw wedi dod uwchben dyffryn yn ymledu o'u blaenau, ei ochrau'n serth o'r ddwy ochr, a godre Myndd Corr yn ymwthio iddo ar yr ochr orllewinol beth ffordd i lawr o'u blaenau gan ei gulhau drachefn a chyfyngu'u golygfa. Codai mynyddoedd o'r dyffryn hyd y gwelent ar ei ochr ddwyreiniol, yr un agosaf atyn nhw'n bentyrrau trawiadol o dafelli trwchus o graig dywyll, a'r cwbl yn gogwyddo tua'r gogledd-orllewin. Troellai'r afon ar wely llawn cerrig, a'r rheini'n dangos mai llif gweddol fychan oedd ynddi ar hyn o bryd. Cyd-droellai'r llwybr ar ei glan gorllewinol a diflannu hebio i Fynydd Corr. Prysgwydd a chorddrain rhwng mân greigiau oedd llawr y dyffryn gan mwya. Erbyn hyn roedd yr haul o'u blaenau i oleuo'r dyffryn yn braf gan wneud i graig dywyll godre anferth Mynydd Corr ymddangos yn dywyllach yn y cysgod.

'Mae'r dyffryn yn ymagor yn llydan i dir gwell unwaith yr awn ni heibio i Corr yn fan'cw,' meddai Meili gan bwyntio o'i flaen, a golwg fymryn bodlonach ei fyd arno erbyn hyn, 'ac mi welwch chi Fynydd Oliph yr holl ffordd i'w gopa wedyn a Mynydd Ymir i'r de.'

'Lle mae'r gymdogaeth?' gofynnodd Eyolf, yn teimlo'r cynnwrf yn cryfhau unwaith yn rhagor.

'Cadwch i'r gorllewin unwaith yr ewch chi heibio i Fynydd Corr. Mi ddowch at y tai mewn rhyw ddwyawr. Mi fydd 'na ddigon o'r dydd ar ôl i chi holi o gwmpas.'

'Fyddi di ddim yn dod hefo ni?' gofynnodd Eyolf.

'Na. Mi a' i ymlaen. Mi gyrhaedda i adra yng ngolau'r lleuad.'

'Oes gen ti deulu?' gofynnodd Linus.

'Os ydyn nhw'n 'y nghofio i.'

'Dw i'n synhwyro diffuantrwydd rŵan,' meddai Bo'n dawel wrth Aino wrth gyfieithu iddi.

Cychwynasant yn yr un drefn i lawr y llwybr, a Linus a Bo'n dal i chwilio am olion tramwyo newydd rhag ofn. Roedd y llwybr wedi troi'n serth yn sydyn, ac roedd angen cadw golwg yn amlach arno a chanolbwyntio'n llwyr arno'n aml, a châi llygaid lai o gyfle i chwilio'r dyffryn o'u blaenau wrth fynd i lawr iddo. Digwyddiad oedd i Aino a Linus godi'u llygaid yr un pryd pan oeddan nhw bron hanner y daith i lawr.

Arhosodd y ddau ar eu hunion, a gafaelodd Linus yn Bo iddo aros.

'Welist ti o?' gofynnodd.

'Gweld be?'

'Mi welsoch chi o,' meddai Linus wrth Aino.

'Do. Tyd yn ôl fymryn a dal i edrach.'

Cymerodd y ddau ychydig gamau araf yn ôl, gan syllu dros yr afon tuag at ysgwydd fechan oedd yn gostwng o ben pellaf y mynydd tafellog, bron gyferbyn â'r fan roedd godre Mynydd Corr yn ymwthio i'r dyffryn.

'Na,' meddai Aino. 'Dydi o ddim i'w weld rŵan. Mae'n bosib bod 'na rywun yn ein gwylio ni,' meddai.

'Lle maen nhw?' gofynnodd Bo.

'Y tu ôl i'r ysgwydd acw.' Amneidiodd Aino ymlaen at yr ysgwydd gan ddal i syllu tuag ati, ei hwyneb yn benbleth i gyd. 'Mi ddisgleiriodd yr haul ar rwbath,' ychwanegodd wrth Eyolf, 'dim ond am eiliad. Ond roedd o'n rwbath pendant.'

'Be sydd?' gofynnodd Meili.

'Ddaru 'na rywun fynd i lawr y dyffryn o dy flaen di ddoe?' gofynnodd Linus ar ôl egluro iddo.

'Welis i neb.'

'Oedd y fyddin i gyd wedi dod i'r gwersyll?'

'Oedd, am 'wn i.'

'Be wnawn ni?' gofynnodd Bo. 'Dydan ni ddim yn troi'n ôl, nac'dan? Be am yr ochor 'ma?' gofynnodd wedyn gan astudio'r llethr a godai ychydig gamau oddi wrth y llwybr ar y dde. 'Mi fedrwn ni droi'n ôl nes byddwn ni o'r golwg,' ailfeddyliodd, 'a chwilio am ffor' dros y topia fel daru ni y diwrnod o'r blaen, a mynd i lawr ochor arall y mynydd.'

'Mae'r ochr bella'n rhy serth,' meddai Meili. 'Mae'r graig yn sythach nag y mae hi yn fan'cw.'

'Ella nad ydyn nhw'n ein gwylio ni,' cynigiodd Eyolf. 'Ella mai helwyr ne' bysgotwyr ydyn nhw, wedi mynd i fan'na am damaid o fwyd.'

'Dydyn nhw ddim yn bysgotwyr,' meddai Meili. 'Mae 'na lyn helaeth heibio i Fynydd Corr.'

'Os ydyn nhw wedi bod yn ein gwylio ni, maen nhw wedi'n gweld ni ers meitin,' meddai Bo, yn dal i chwilio'r ucheldir uwchben y llwybr. Trodd i roi cip arall tua'r ysgwydd. 'Ella mai milwyr ydyn nhw a bod un ohonyn nhw'n barod i wisgo'r gwinau ac wedi manteisio ar yr haul i'n rhybuddio ni.'

'Mi est ti'n bell iawn i gael honna,' meddai Linus.

'Mae'n anodd i ddamcaniaeth fod yn ffwlbri y dyddiau hyn,' meddai Aino.

'Mae peth fel'na'n amhosib siŵr,' meddai Meili pan gafodd gyfieithiad.

'Pam?' gofynnodd Eyolf. 'Mae dy hanas di'n dangos mai'r gyfrinach fwya y medr unrhyw filwr digyfaill ei chario ydi'r gwinau.'

Roedd Meili i'w weld yn meddwl am hynny.

'Ydi, ella,' oedd ei ateb ansicr yn y man.

'Wyt ti'n siŵr na wyddost ti pwy sy 'na?' gofynnodd Linus.

'Ydw!'

'O'r gora. Paid â chynhyrfu.'

'Ylwch,' meddai Eyolf.

Daethai dau i'r golwg o'r tu hwnt i'r ysgwydd draw. Roedd yn amlwg fod un yn ifanc, a gwelsant fod y llall yn cario anifail ar ei gefn. Cychwynnodd y ddau i lawr gan anelu ar hytraws at lan yr afon. Tybiai Eyolf mai gafr farw oedd yr anifail.

'Gobeithio y bydd blas ar 'u helfa nhw,' meddai Bo.

Aethant i lawr, neb yn fodlon datgelu'n llawn ei ryddhad. Erbyn iddyn nhw gyrraedd y gwaelod a'r dyffryn gwastatach roedd y ddau o'u blaenau wedi mynd o'u golwg.

Gwta awr yn ddiweddarach dim ond nodio ddaru Meili wrth ddiolch a ffarwelio cyn croesi sarn a mynd tua'r de a Mynydd Ymir. Troai'r afon i'r gorllewin ac i wely fymryn yn llai caregog cyn arllwys i lyn a welid draw. Aethant ymlaen gyda'i glan, bawb yn ei fyd ei hun.

'Ella'i fod o'n iawn yn y bôn,' meddai Linus beth amser yn ddiweddarach, 'ond dw i'n teimlo'n brafiach hebddo fo.'

'Gobeithio fod gynno fo deulu ar ôl i wybod pwy ydi o,' meddai Bo.

Tawel oedd Eyolf.

'Mae gan Jalo deulu 'toes?' meddai Linus. 'Mi fyddwn ni i gyd yno 'sti,' meddai wedyn wrth Eyolf.

Daethant at y llyn. Roedd yn llyn eang, a glan o ro o'i amgylch bron hyd y gwelent yn dangos nad oedd yn llawn. Roedd fymryn yn donnog gan yr awel a siglai adar arno yma a thraw, yn glanio a chodi, a sŵn cadarnhaol eu walpian oedd yr unig sŵn a glywid ar wahân i sŵn bychan bach mymryn o donnau ar y gro. Yn nes draw ar eu hochr nhw siglai cwch bychan wrth raff a'i daliai ger y lan. Syllasant ar y llyn ac o'u hamglych, a'r un yn siŵr iawn beth i'w deimlo o weld eu bod o'r diwedd o fewn cyrraedd cymdogaeth, er mai'r cwch oedd yr unig arwydd o hynny o'r lle y safent. Ymhen ychydig daeth alarch i'r golwg o ochr arall y cwch a dynesu i fusnesa.

'Sut flas sydd arnyn nhw?' gofynnodd Bo.

'Iawn, am wn i,' atebodd Eyolf. 'Gwydn braidd. Seimlyd. 'Dawn i ddim ymhell iawn i chwilio am un.'

Disgwyliai Bo am gerydd gan Aino am ofyn ei gwestiwn, ond ni ddaeth yr un. Trodd, a cherddodd oddi wrth y llyn i fyny'r ochr dipyn i weld ymhellach, yn ei deimlo'i hun yn ysgafndroed. Edrychodd draw i gyfeiriad godre Mynydd Oliph. Dychwelodd i lawr ar ei union.

'Mae 'na dai a phobol yn y pen ucha 'cw,' meddai.

'Mi awn ymlaen,' meddai Aino.

Roedd Linus yn dawel a llonydd, yn cadw'i olygon yn gyfan gwbwl ar y dŵr.

Ymhen ychydig gwelsant golofn fwg dipyn i'r dde o'u blaenau, ac wedi mynd heibio i dro gwelsant dŷ bychan ychydig bellter oddi wrth y llyn a'i do yn amlwg newydd gael ei aildywarchu. Roedd dyn y tybient ei fod tua'r un oed â Meili a hogan oedd i'w gweld tua blwyddyn neu ddwy'n fengach na Bo wrthi'n dechrau blingo gafr oedd yn hongian oddi ar gangen wrth ochr y tŷ a bytheiad ifanc yn chwarae ac yn neidio wrth eu traed. Rhoddodd y ddau'r gorau i'w gwaith i'w gwylio a swatiodd y ci ger traed y dyn a dechrau cyfarth. Arhosodd Bo'n stond. Aeth ei holl sylw ar wallt yr hogan. Roedd yn hir. Roedd yn syth. Roedd yn lân. Roedd yn union fel gwallt y ddynes. Melyn oedd o, ond roedd haul gwanwyn yn ei wneud yn oleuach. Cyrhaeddai at ei chluniau, yn union fel y byddai gwallt y ddynes wedi gwneud tasai o wedi cael llonydd. Daliodd Bo i syllu. Teimlai dynfa. Teimlai gysylltiad. Rhoes ei bwn i lawr a heb ymgynghori â neb cododd law ar y ddau a brysiodd atyn nhw.

'Da bo'ch helfa,' cyfarchodd, yn dal i deimlo'r dynfa.

Roedd yn amlwg eu bod yn dad a merch. Roedd y dyn yn dal ac yn llydan, a'i wallt byrrach yntau bron yr un mor syth â gwallt yr hogan, ac yn felyn dipyn tywyllach.

'Pwy wyt ti ac i ble'r ei di a dy gymdeithion?' gofynnodd y dyn, a Bo'n penderfynu mai cwestiwn dyn clên oedd o. 'O ble doist ti?' gofynnodd wedyn cyn i Bo gael cyfle i ateb.

'O'r gogledd ac o'r de cyn hynny,' meddai, yn teimlo'n gadarnhaol braf, 'a dw i â 'mryd ar gyrraedd Llyn Helgi Fawr gynted ag y medra i. Wyddoch chi lle mae hwnnw? Mi fodlonith Linus o weld glannau Afon Cun Lwyd ac mi fydd Aino adra pan welith hi Lyn Sigur,' aeth ymlaen cyn rhoi cyfle i'r dyn ateb chwaith. 'Wyddoch chi lle mae'r rheini? Mae Eyolf am ddod hefo fi.'

'Mae'r tri ymhell i'r de, leuad taclus o deithio,' meddai'r dyn, a rhyw awgrym o wên fel gwenau Dagr ac Efi yn ei lygaid.

''Dan ni wedi teithio mwy na hynny eisoes.'

'Wyt ti? Wel mae golwg digon iach arnat ti o wneud hynny.'

Tynnodd y dyn ddernyn o sach oddi ar frigyn y tu ôl iddo a sychu'i ddwylo ynddo a throi ei sylw ar y tri arall wrth iddyn nhw ddynesu. Roedd y ci bach yn bygwth neidio i gael gafael yn yr afr a dychwelodd yr hogan at ei gwaith a'i hel ymaith, gan ddal i gadw'i sylw ar y pedwar. Daeth yn amlwg ar unwaith ei bod yn hen law ar ei gwaith. Aeth Bo ati a dechreuodd ei chynorthwyo heb fynd i'r drafferth o ofyn, gan afael yn y croen a'i dynnu i lawr yn araf a gwthio'i ddwrn rhwng y croen a'r corff i'w ryddhau. Roedd yn amlwg fod y cymorth yn dderbyniol gan yr hogan wrth iddi hithau dynnu mewn cytgord yr ochr arall ond doedd hi ddim am ddeud dim wrtho a throai ei phen yn aml i edrych ar y tri arall. Roedd ei llygaid yn hyderus dawel wrth iddi edrych a chanolbwyntio ar ei gwaith bob yn ail, a gwyddai Bo wrth eu gweld mai felly y byddai'r llygaid eraill wedi bod hefyd.

'Bo ydw i. Be 'di d'enw di?' gofynnodd.

'Edda,' atebodd hithau ar unwaith.

'A Helge ydw i,' meddai'r dyn gan amneidio'i gyfarchiad ar y tri arall wrth iddyn nhw gyrraedd. 'Be wnewch chi yng ngheseilia'r Pedwar Cawr?' gofynnodd, a rhoi'r sach yn ôl ar y brigyn. 'Os ydach chi am fynd i'r lleoedd mae'r hogyn 'ma newydd sôn amdanyn nhw mi ddylech fod wedi croesi Sarn yr Ych ar Afon Borga Fach heibio i ben y llyn ffor'cw i fynd tuag at Fynydd Ymir ac Afon Borga Fawr,' meddai gan bwyntio tua'r dwyrain ac yna tua'r de.

'Rydan ni yma i chwilio am rieni hogyn o'r enw Jalo, gafodd 'i dynnu i'r fyddin lwyd,' meddai Eyolf. 'Deunaw oed. Unig blentyn 'i rieni. Wyddoch chi amdanyn nhw?'

Ni chafodd ateb am ennyd. Roedd Helge i'w weld fel pe'n astudio wyneb Linus.

'Pan ddoi di i'r tro nesa yn y llyn,' atebodd ar ôl ei ennyd o astudio, a phwyntio i'r gorllewin tuag at Fynydd Oliph a'i lais fel tasai'n ystyried rhywbeth arall, 'mi weli dŷ tebyg i hwn. Anwybydda fo,' pwysleisiodd, 'a phob llais ac ystum a glywi di oddi mewn ne' oddi allan iddo fo.' Rhoes gip arall ar Linus. 'Y tu ôl i hwnnw mae tŷ arall fymryn yn uwch i fyny. Hwnnw ydi dy gyrchfan di. Yno mae'r rhieni a'r hen wraig yn byw.' Rhoes gip eto fyth ar Linus. 'Yno y byddi di'n deud dy newydd drwg.'

Cododd Bo ei ben.

'Be dach chi'n 'i feddwl?' gofynnodd mewn mymryn o ddychryn.

'Os oes gynnoch chi reswm amgenach i gyrchu'r tŷ, pam nad ydi'r hogyn Jalo hefo chi?' ymatebodd Helge. Troes ei sylw ar Aino. 'Rwyt ti'n dawel, wraig,' meddai wrthi. 'Os nad ydi'r rhain yn blant i ti, be wnei di yn 'u mysg nhw?'

'Nid hon ydi'i hiaith,' meddai Linus. 'Ond heb Aino, fydden ni ddim wedi bod haws â chychwyn. Chi'ch dau welson ni'n mynd heibio i Fynydd Corr yn gynharach a'r afr ar eich cefn?' gofynnodd.

'Cywir dy sylw.' Ystyriodd Helge ennyd eto. 'I ffwrdd â chi rŵan. Rhowch eich pynnau i lawr a cherwch i ollwng yr hyn sy'n codi poen arnoch a dowch yn eich holau yma. Mi gewch fwyd a chysgod dros nos.'

Cyfieithiodd Eyolf i Aino.

'Þakka,' meddai hi wrth Helge a rhoi'i dwy law iddo.

'Rydan ni'n derbyn eich caredigrwydd,' meddai Eyolf.

Cychwynasant. Cododd Helge ddau bwn a chychwyn mynd â nhw at y tŷ.

'Da dy waith,' meddai wrth Bo wrth fynd heibio. 'Dos di hefo nhw. Mi orffennwn ni'r afr rŵan.'

Braidd yn gyndyn oedd Bo am eiliad. Yna penderfynodd fod gofyn iddo yntau fel Aino fod yn gefn i Eyolf a Linus, ac aeth. Trodd i godi'i law unwaith eto, ac ar amnaid fechan gan Aino, daliodd yn ôl hefo hi fymryn oddi wrth y ddau arall. Doedd Eyolf na Linus ddim yn sylwi ar hynny. O gael cadarnhad o fodolaeth, a'u bod mor agos, mor fyw ac agos, doedd dim ella ohoni rŵan. Heb yn wybod i'r naill a'r llall, roedd y ddau wrthi'n chwilio, yn chwilio am y geiriau cyntaf, yn chwilio am y deud. Y tu ôl iddyn nhw roedd Aino a Bo hefyd yn anarferol ddistaw.

'Mi anghofis i ofyn be 'di enwa tad a mam Jalo,' meddai Eyolf yn sydyn.

'Dyna fo, felly,' meddai Linus. 'Mi gawn ni wybod gynnyn nhw'u hunain.'

Daethant at y tro yn y llyn, yn rhy fuan. Gwelsant y ddau dŷ. Doedd neb y tu allan i'r un o'r ddau. Aethant heibio i'r cyntaf, ond ni chlywsant ddim. Yna gwelsant ben yn ymddangos o ochr y tŷ, fel tasai'n ceisio ymguddio wrth eu gwylio. Daeth pen dynes wrth ei ochr yn yr un ystum. Aeth y pedwar ymlaen heb gymryd arnyn. Yna daeth y ddynes i'r golwg. Rhedodd ar eu holau a chyrraedd Bo. Daliodd ei dwrn yn ei wyneb, ysgyryngodd, a rhedodd yn ei hôl. Gafaelodd Eyolf yn ysgwydd Bo a'i dynnu ymlaen.

'Cofia'r gorchymyn,' meddai.

'Pam fi?' gofynnodd Bo. 'Be wnes i iddi hi?'

'Ella cawn ni eglurhad wedyn.'

Daethant at yr ail dŷ.

Agorodd y drws a safodd dyn o'u blaenau.

Teimlodd Eyolf ei hun yn mynd oddi ar ei echel. Nid dyn fel hwn oedd o i fod. Roedd gwedd dipyn yn hŷn ar hwn na'r person yr oedd o wedi'i greu ac wedi ceisio cyhoeddi'r newydd iddo fo beunydd beunos. Roedd fymryn yn fyrrach hefyd, a mymryn yn dewach.

'Pwy ydach chi?' gofynnodd mewn llais braidd yn rhy awdurdodol. 'Be wnewch chi yma?'

'Oes gynnoch chi fab o'r enw Jalo?' gofynnodd Eyolf.

Nid dyna oedd y bwriad. Yr hyn yr oedd wedi'i gynllunio beunydd beunos oedd cyflwyno'r tri arall a fo'i hun cyn cynnig y neges.

'Pam wyt ti'n gofyn cwestiwn fel'na?' gofynnodd y dyn.

Yna edrychodd i lygaid Linus.

'Dowch heibio,' meddai.

Aeth i mewn o'u blaenau heb edrych a oeddan nhw am ei ddilyn. Aeth Eyolf i mewn, a Linus bron wrth ei ochr. Caeodd Aino'r drws ar ei hôl ac arhosodd Bo betrus a hithau yno. Roedd bwrdd o dan ffenest ar y chwith, ac ochr mochyn wedi'i halltu'n barod i gael ei thorri arno. Eisteddai dynes dipyn fengach na'r dyn yn y gornel o flaen y bwrdd. Edrychai ar Linus; arno fo a neb arall. Eisteddai hen wraig yn y gornel gyferbyn, yn edrych arnyn nhw'n llawn drwgdybiaeth. Roedd silff uwch ei phen y tu ôl iddi a sylwodd Eyolf am ennyd ar gi copr ar ei chanol. Roedd yn gerflun gyda'r ceinaf a welsai erioed, yr ysgythriadau arno'n grefftwaith ac yn gynnyrch meddwl, ac amser, a gallu. Roedd ei hyd gymaint â throed dyn, ei ben wedi'i droi'n ôl i dderbyn y gynffon hir a droellai rhwng y coesau ôl ac i fyny'i ochr i'w geg. Byddai'n drysor i bob teulu y gwyddai Eyolf amdano. Roedd naws hynafol ynghlwm ag o, fel tasai wedi bod yn eiddo i'r teulu am genedlaethau.

Aeth y dyn at y siambr dân ar y pared gyferbyn â'r drws a throi i'w hwynebu a chymryd anadl ddofn a gweladwy wrth sgwario braidd o'u blaenau. Aeth Eyolf fwy oddi ar ei echel, ond erbyn hyn roedd Linus yn sefyll wrth ei ochr.

'Pam mae Jalo wedi'ch anfon chi yma?' gofynnodd y dyn. 'Pwy ydach chi?' gofynnodd wedyn.

'Mae arna i ofn bod Jalo wedi marw,' meddai Eyolf.

Roedd wedi bod mor rhwydd â hynny i'w ddeud.

Er hynny, teimlodd Eyolf ei grombil yn rhoi wrth iddo glywed ei eiriau ei hun. Ond ni chafodd gyfle i ori ar hynny. Gwelodd y dyn yn sythu o'i flaen ac yn edrych ar yr hen wraig cyn rhoi ei ddwy law am ei gilydd o'i flaen. Nid edrychodd ar y ddynes arall ac ni welodd ei llygaid yn dwysáu wrth iddi ddal i edrych i lygaid Linus.

'Mae fy mab i wedi rhoi ei fywyd yn aberth i buro'r tiroedd,' meddai'r dyn.

'Puro'r tiroedd,' ategodd yr hen wraig, bron fel tasai'n llafarganu.

Ni ddangosodd y dyn na hithau unrhyw ymateb arall. Yn ei ddychryn edrychodd Linus ar y ddynes fenga. Gwelodd yn ei llygaid mai hi oedd mam Jalo. Ni ddaeth yr un gair o'i cheg, dim ond dal i edrych arno fo.

'Mi fuon ni mewn llongddrylliad,' aeth Eyolf yn ei flaen, ac unrhyw hyder a fagodd o'i ddatganiad cyntaf wedi diflannu, 'ac mi anafodd Jalo'i ben wrth i'r llong rwygo ar graig. Ddaeth o ddim ato'i hun.'

'Mae'r tiroedd yn burach o waed fy mab i,' aeth y dyn yn ei flaen.

'Bodder y gwyrddion yn y gwaed,' ategodd yr hen wraig.

Roedd Bo wedi gafael yn llaw Aino.

'Daethoch yma o feysydd y brwydro a'r cyflafanau i gyhoeddi dewrder eithaf fy mab i,' meddai'r dyn, yn edrych bellach i lygaid Eyolf.

'Roeddan ni'n gwybod na ddeuai 'na neb arall yma i ddeud,' ceisiodd Eyolf.

Methai Linus â thynnu'i lygaid oddi ar fam Jalo. Doedd dim ymateb symudol ganddi, dim ond dal a dal i edrych i'w lygaid o.

'Roeddach chi'n cydfrwydro â fy mab i?' gofynnodd y dyn.

'Roedd Jalo ymhlith y gora,' ceisiodd Eyolf eto.

'Roeddach chi'n gydfilwyr i fy mab i?'

'Oeddan,' atebodd Eyolf.

Yn narlun beunydd beunos, roedd tad wedi gafael yn y fam, neu wedi methu, mam wedi gafael yn y tad, neu wedi methu. Yn narlun beunydd beunos, roedd geiriau cysur a chydymdeimlad yn llenwi'r lle. Rhoes Eyolf gip sydyn ar fam Jalo. Ond dim ond ar Linus yr edrychai hi. Rhoes gip ar yr hen wraig. Edrychai hi'n syth o'i blaen. Credai Eyolf fod ei llygaid wedi meinio beth.

Dim ond eiliad neu ddwy oedd y distawrwydd.

'Rydach chi wedi cyflawni'ch gorchwyl yma,' cyhoeddodd y dyn. 'Ewch yn ôl heb ymdroi i barhau â'r ymgyrch fawr.'

'I ddifa pob gwyrdd,' ategodd yr hen wraig.

Roedd dyrnau ceimion yn dynn ar ei harffed.

'Dydan ni ddim yn mynd yn ôl,' llwyddodd Eyolf i ddeud, gan ddychryn braidd o glywed ei lais yn gadarn.

'Mi ewch yn ôl,' meddai'r dyn, yn gorchymyn. 'Mi ewch yn ôl heddiw. Mae ar y tiroedd eich angan chi.'

'Yn ôl,' meddai'r hen wraig.

Daliai mam Jalo i edrych ar Linus, arno fo a neb arall.

'Dydan ni ddim yn mynd yn ôl,' ategodd llais clir Bo o'r drws. 'Dydan ni ddim yn mynd yn ôl i gael ein dirmygu am fod yn ufudd a chael ein lladd am beidio.'

'Be ydi dy siarad di?' gofynnodd y dyn. 'Be ydi dy wegi di? Bydd yn filwr fel fy mab i. Mi gei di ddysgu siarad wedyn.' Trodd ei sylw'n ôl ar Eyolf a Linus. 'Mi ewch yn ôl. Mi ewch yn ôl fel y medrwch chitha aberthu'ch bywyda fel y gwnaeth fy mab i,' cyhoeddodd.

'Aberthu dros be?' gofynnodd Bo fel ergyd a gollwng ei afael ar law Aino.

'Aberthu dros be?' ailofynnodd y dyn, heb edrych ar Bo. 'Dros lanhau a phuro'r tiroedd o'r gwyrddion,' cyhoeddodd, a'i lais bron yn waedd. 'Dros y gwir! Ewch!'

Daeth Bo yn ei flaen gan agor ei gôt. Gwnaeth Aino rywfaint o ymdrech i'w rwystro ond gwthiodd ei llaw ymaith. Agorodd ei grys a stwffio at ochr Eyolf. Dangosodd.

'Gwinau,' cyhoeddodd yntau.

Daeth sŵn rhwng ebychiad a gwaedd o gyfeiriad yr hen wraig. Trodd Linus ei ben i edrych ar y dyn. Roedd o'n rhythu'n waeth ar Bo nag yr oedd Meili wedi gwneud. Daeth sŵn arall rhwng ebychiad a gwaedd o gyfeiriad yr hen wraig, ond torrwyd ar ei draws y tro hwn.

'Y newyddion am fy mab i'n cael eu halogi gan wisgwr gwinau!' meddai'r dyn, ei lais a'i gorff yn crynu, ei lygaid wedi'u hoelio ar yr hebog mawr wrth ei garrai am wddw Bo. Caeodd ei ddau ddwrn wrth ei ochr. 'Cerwch allan!' bloeddiodd. 'Gwineuan hyd y tiroedd y daru fy mab i dywallt ei waed er eu mwyn, y gelachod diddim ag ydach chi!' bloeddiodd wedyn, ei ddyrnau wedi'u codi fry. 'Allan, Wineuod y Fall!'

'Gwineuod!' darnsgrechiodd yr hen wraig, a'r dyrnau ceimion yn codi.

Troesant. Cafodd Linus un cip arall ar y llygaid ar ei lygaid o. Aethant allan.

Daeth gwaedd o'r drws.

'Pob melltith sydd gan Horar Fawr ei hun i'w rhoi, boed iddo'u rhoi nhw arnoch chi!'

Aethant. Ni throdd neb i edrych yn ôl.

Gwelodd Helge ar unwaith fod helynt wedi bod. Dywedodd Eyolf gynhyrfus yr hanes a dangosodd ei winau. Ymateb cyntaf Helge oedd amneidio ar Edda, a chododd hithau a brysio i gyfeirad cartref Jalo, ond gan wau ei ffordd yno rhwng llwyni yn hytrach na dilyn llwybr glan y llyn.

'Tasat ti wedi dangos dy winau ynghynt mi fyddwn wedi gallu dy rybuddio di,' meddai Helge wrth Eyolf.

'Be am fam Jalo?' gofynnodd Linus daer.

'Ia,' oedd ochenaid Helge. 'Amora druan.'

'Amora ydi enw Mam,' meddai Bo. 'Peidiwch â deud mai Haldor ydi enw'r dyn 'na,' meddai wedyn, a'r pryder yn llenwi'i lais.

'Na, nid Haldor,' atebodd Helge.

'Ydi hi'n rwbath 'blaw caethas yn y tŷ 'na?' gofynnodd Linus.

'Pan mae'r drws wedi'i gau fedrwn ni wneud dim ond dyfalu.'

'I ble mae Edda wedi mynd 'ta?' gofynnodd Bo. 'Oes isio i mi fynd hefo hi?' gofynnodd wedyn.

'Na,' meddai Helge. 'Go brin y bydd hi'n hir.'

Roedd wedi agor yr afr a thynnu'r ymysgaroedd. Roedd bwcedaid o ddŵr glân a chadach o dan y gangen. Eto, heb fynd i'r drafferth o ofyn, aeth Bo ati i olchi'r corff.

'Pwy ydi'r beth loerig 'na yn y tŷ arall 'ta?' gofynnodd.

'Be ddaru hi?' gofynnodd Helge, a mymryn o ddireidi'n dod i'w lygaid.

''Y mygwth i hefo'i dwrn. Do'n i ddim hyd yn oed yn edrach arni hi.'

'Paid â chymryd atat. Chdi oedd yr hawdda 'i fygwth.' Roedd y direidi wedi diflannu o lygaid Helge. 'Dydi'r druanas ddim yn yr un byd â ni.'

Nid aeth Bo i ori llawer am hynny oherwydd ymhen ychydig roedd y gwallt melyn i'w weld yn sboncio tuag atynt rhwng y llwyni.

'Maen nhw wedi cychwyn,' meddai Edda wrth ei thad pan ddaeth i'r golwg.

'Dos di â nhw,' meddai Helge wrthi. 'Cerwch hefo hi,' meddai wrth Eyolf a Linus a Bo.

'I ble?' gofynnodd Eyolf.

'Mi gewch weld. Cadwch ynghudd ac yn dawel. Mi wneith y wraig Aino a minna'r bwyd. Does dim rhaid inni ddallt iaith y naill a'r llall i wneud hynny.'

Amneidiodd Edda ar y tri a chychwyn ar beth brys, gan anelu rhwng llwyni y tu ôl i'r tŷ i gyfeiriad cwm oedd i'w weld draw rhwng Mynydd Corr a Mynydd Oliph.

'I lle wyt ti'n mynd â ni?' gofynnodd Eyolf.

'I'r Llyn Cysegredig. Mae tad Jalo a'i nain o wedi cychwyn tuag yno.'

'I be?' gofynnodd Bo.

'Llyn Cysegredig ydi o 'te,' atebodd hithau gan droi tuag ato. 'Sgynnoch chi'r un yn eich cymdogaeth chi?'

'Dim hyd y gwn i,' meddai Bo. 'Dw i'n byw ar gyrion y gymdogaeth. Fydda i ddim yn cymryd llawar o sylw. Be'n union ydi o, felly?'

'Llyn Cysegredig, siŵr.'

'O.'

'Maen nhw'n mynd i ofyn rwbath iddo fo.'

'Be? Siarad hefo'r llyn?'

'Mae Dad isio i chi weld be sy'n digwydd a be mae tad Jalo'n mynd i'w ddeud rhag ofn y byddwch chi mewn peryg.'

'Ydi'r llyn yn bell?' gofynnodd Eyolf.

'Na.'

Edrychodd Linus yn gyflym o'i amgylch. Gwelodd doeau tŷ Jalo a'r un odano.

'Ydi'r ddau wedi mynd at y llyn?' gofynnodd.

'Do,' atebodd Edda.

'Lle mae mam Jalo? Aeth hi hefo nhw?'

'Naddo. Fasai hi ddim yn mynd hefo nhw. Mae Dad yn deud nad ydi hi'n un i gredu.'

'Dw i'n mynd ati hi,' meddai Linus. 'Gwna'r dylluan os bydd angan,' meddai wrth Bo.

Trodd heb air arall a brysio i gyfeiriad y toeau draw. Aeth Edda ymlaen gan ledio'r ffordd rhwng llwyni a Bo'n dal i weld gwallt arall wrth ei dilyn. Cyn hir roedd Edda'n rhoi arwydd a bys dros ei cheg. Pwyntiodd. Beth pellter i'r chwith gwelsant dad Jalo a'r hen wraig yn dynesu'n araf, fo'n gafael yn ei braich. Siaradai'r ddau'n ddi-baid ac ar draws ei gilydd. Roedd gan yr hen wraig ffon yn ei llaw arall, a honno'n taro'r ddaear gydag awdurdod cadarn ar bob cam a roddid. Amneidiodd Edda drachefn a phwyntio i'r dde. Dilynodd Eyolf a Bo hi ac ymhen dim roedd y tri'n llechu y tu ôl i lwyn uwchben llyn go fychan.

'Mae o'n ddyfn yn y pen pella 'cw,' meddai Edda. 'Swatiwch,' meddai wedyn ar ei hunion.

Dynesai'r lleisiau, a gwelsant dad Jalo a'r hen wraig yn dod heibio i dro ar lwybr a ddeuai at lan y llyn. Darfyddai'r llwybr ger craig wastad a ymestynnai rywfaint i'r llyn, fel glanfa o waith natur. Cleciai'r ffon ar y graig. Roedd gan dad Jalo sachyn yn ei law arall.

'Maen nhw'n mynd i offrymu,' meddai Edda.

'Offrymu be?' gofynnodd Eyolf.

'Beth bynnag sydd yn y sach 'na.'

Rhoes tad Jalo y sachyn i lawr a phlygodd ato. Tynnodd y ci copr a welsai Eyolf ar y silff ohono.

'Mam Jalo bia hwnna,' meddai Edda, y brotest yn llond ei llais. 'Mae hi'n meddwl y byd o hwnna. Hi bia pob dim sydd yn y tŷ prun bynnag, a'i theulu hi o'i blaen hi. 'U tŷ nhw oedd o.'

'Wyt ti'n ffrindia hefo nhw?' gofynnodd Bo.

'Dim ond hefo Amora. Dŵad â'r hen ddynas hefo fo ddaru tad Jalo, medda Dad. Neith o ddim offrymu hwnna siŵr,' meddai wedyn, yn canolbwyntio'i sylw'n llwyr ar yr olygfa islaw. 'Wn i be mae o'n mynd i'w wneud,' penderfynodd yn obeithiol. 'Mae o'n mynd i'w olchi o yn y Llyn Cysegredig fel y bydd y tŷ a phob dim sydd ynddo fo wedi'u llnau'n lân hefyd.'

'Ydan ni mor wrthun â hynny?' gofynnodd Bo.

'Mae'n dda na ddudodd Linus wrthyn nhw fod Jalo â'i fryd ar wisgo'r gwinau hefyd,' meddai Eyolf.

'Maen nhw'n barod,' sibrydodd Edda a rhoi llaw ar fraich Eyolf i'w dawelu.

Gwelsant y ddau islaw yn cerdded yr ychydig gamau at ymyl y graig, ac yna'n sefyll yn syth. Rhyddhaodd tad Jalo ei law oddi ar fraich yr hen wraig.

'Oliph!' galwodd ei lais clir ac uchel wrth iddo godi'r ci copr uwch ei ben â'i ddwy law.

'Mae o'n mynd i'w offrymu o,' sibrydodd Eyolf.

'Ella ddim,' sibrydodd Edda'n ôl.

'Horar!' galwodd llais crasach yr hen wraig yn uwch, gan godi'i ffon. 'Horar Fawr!'

'Ella bod arno fo isio i'r awel 'i llnau o cyn 'i roi o yn y dŵr,' sibrydodd Edda wedyn. 'Mae hynny'n digwydd weithia.'

'Pura fy nhŷ i!' galwodd tad Jalo.

'Difa bob Gwineuyn!' galwodd yr hen wraig. 'Lladder y Gwineuod!'

'Tôn gron y tiroedd,' sibrydodd Eyolf.

'Oliph!' gwaeddodd tad Jalo, a chrygni'n dechrau bygwth gan y waedd, 'dilea bob arwydd a phob cof am Wineuod yn fy nhŷ i! Pura fy nhŷ i!'

'Horar!' gwaeddodd yr hen wraig, ei llais yn prysur fynd mor gryg ag o gras, 'na foed i garreg lefn o wely afon gael ei rhoi dros galon farw yr un Gwineuyn!'

'Na foed i Gloch Haearn yr Angau gnulio mewn claddfa o'u plegid!' cydwaeddodd y tad.

'Boed i'r Gwineuod gael eu llosgi yn y fflamau difaol fel na bo dim o'u gweddill yn y tiroedd!'

'Anfon y deheuwynt i chwythu mwg eu cyrff uwchlaw'r tiroedd i'r tywyllwch eithaf!'

Fflachiodd adlewyrchiad yr haul oddi ar y ci copr am ennyd cyn iddo ddiflannu o dan y dŵr cyn belled oddi wrth y lan ag y caniatâi nerth bôn braich tad Jalo ei daflu.

Lledodd dwyfraich i'r entrychion.

'Pura fy nhŷ i!'

'Difa!'

Am yr eildro roedd Eyolf yn syfrdan. Gwasgai ei ddarn addurn gwinau bychan yn dynn yn ei law. Roedd Bo yntau wedi llacio'i grys a gafaelai yr un mor dynn yn ei hebog mawr. Roedd ei fraich arall dros ysgwydd Eyolf, a'i ddwrn wedi'i gau mewn arwydd difygythiad o gydargyhoeddiad a dyfalbarhad. Doedd ganddo neb i wneud hynny hefo fo cynt.

Ond roedd Edda'n brysur yn llacio carreg odani ac yn ei gosod ar y ddaear yn union o'i blaen ac wedyn yn dal ei llaw wrth ei thrwyn gan ei hanelu'n syth dros darddiad y cylchoedd a ffurfiai yn y dŵr, a'i llygaid yn dilyn y bys drosodd i ochr arall y llyn.

Ni ddeuai'r un gair o geg mam Jalo. Ond roedd ei dwy law yn gafael yn dynn am law Linus. Roedd yntau'n neidio'n ffrwcslyd o un peth i'r llall wrth ddeud yr hanes, ond câi'r hanes ei ddeud. Gwyddai ei fod yn deud y pethau pwysig.

'Jalo oedd o,' meddai hi yn y diwedd, 'Jalo oedd o.'

Roedd ei llais yn dlws. Mor wahanol, meddyliodd Linus, i'r ddau lais arall.

Yna daeth cri'r dylluan yn glir i'w glustiau. Cododd. Tynnodd ei law ymaith yn dyner a rhoi ei ddwy law am y dwylo eraill gyda'r un tynerwch.

Trodd yn y drws. Daliai hi i edrych arno. Aeth.

23

Safai pedwar llonydd yn syllu ar yr awyr. Doedd yr un cwmwl i guddio'r un seren. Doedd dim lleuad i wanio'r sêr. Doedd dim goleuadau dawnsiog i anniddigo Aino. Doedd dim ochrau dyffryn i gulhau golygfa. O un pen i'r awyr i'r llall roedd Llwybr Gwyn yr Adar mor dawel brydferth a thrawiadol ag erioed, mor ddi-hid o ddigwyddiadau'r dydd ag erioed. Islaw, roedd y tir yn nhywyllwch nos a dim i ddatgelu adladd digwyddiadau'r dydd.

Doedd hi ddim yn ymddangos fod cynllunio na pharatoi o fath yn y byd wedi bod. Hynny ddaru ddychryn Eyolf lawn cymaint â dim arall. Dim ond dwy fyddin yn digwydd taro yn erbyn ei gilydd, a dyna hi. Ella mai felly'r oedd hi bob tro, meddyliodd wedyn. Doedd o erioed wedi gallu meddwl fel hyn o'r blaen, oherwydd hwn oedd y tro cyntaf iddo fo fod uwchben brwydr, yn gwneud dim ond gwylio. Doedd yr un gair wedi dod o enau'r un o'r pedwar wrth iddyn nhw sefyll yno yn eu cuddfan, yn gwylio, yn methu peidio â gwylio.

Cawsai'r pedwar rybudd mewn da bryd i fynd o'r golwg. Gwaedd oedd wedi'u deffro a chan nad oedd eu cuddfan yn un gwerth sôn amdani gorfu iddyn nhw'i heglu hi a chropian drwy brysgwydd i fyny ochr y mynydd a godai i'r gorllewin gan sbecian bob hyn a hyn ar y fyddin werdd yn dynesu yn y pellter odanyn nhw. Roedd gofyn i'r cropian fod yn araf rhag ysgwyd y llwyni a thynnu sylw'r rhai islaw ond o leiaf llwyddent i gropian ar hytraws a mynd tua'r de wrth esgyn. Wedi dwyawr neu ragor o'r dringo malwennaidd daethant i hafn fechan lle medrent ymguddio a sbecian ohoni. O uchder yr hafn gellid gweld dyffryn arall yn troelli o'r de-ddwyrain ac yn ymuno bron yn union odanyn nhw â'r un yr oeddan nhw newydd ddringo ohono. Ymhen dwyawr a rhagor wedyn, a hwythau'n ddigon bodlon eu byd am y tro yn eu cuddfan, daeth y fyddin lwyd i fyny'r dyffryn troellog. A dyna hi.

'Mi fuon ni'n gwneud hynna,' meddai Linus toc, yn dal i chwilio'r awyr, yn dal i weld y llygaid er gwaetha digwyddiadau'r dydd. 'Mynd i'w chanol hi dim ond i drio dod o'no'n fyw.'

'Do,' oedd ateb syml Eyolf.

Roedd ei addurn gwinau bychan yn ei law, a mwythai o bron yn ddiarwybod wrth syllu ar y sêr.

'Maen nhw wedi mynd rŵan,' meddai Bo, 'hynny sydd ar ôl ohonyn nhw. Maen nhw wedi mynd i chwilio am y cyfle i wneud yr un peth yn union y tro nesa. Wedyn mi fydd 'na lai fyth ar ôl i wneud yr un peth yn union y tro wedyn.'

'Mi gawn fynd o'ma fory ryw ben gobeithio,' meddai Linus, yn dal i chwilio'r awyr, yn dal i weld llygaid mam Jalo, yn dal i weld ei distawrwydd, yn dal i weld ei llonyddwch.

'Gawn weld,' meddai Eyolf.

Roedd Aino wedi deud y byddai'n rhaid iddyn nhw aros yn eu cuddfan am ran helaeth o drannoeth hefyd gan fod peryg i'r crwydrwyr ysbail ddod i'r dyffryn i hel eu tamaid. Llwythi gwyllt oedd y crwydrwyr ysbail a ddilynai'r byddinoedd ar y slei. Unwaith y byddai'r ymladd wedi dod i'w derfyn a gweddillion y fyddin orchfygol wedi hel ei phac, sleifiai'r crwydrwyr ysbail o'u cuddfannau i ysbeilio'r cyrff a gorffen y lladd os oedd angen. Roedd Aino'n rhybuddio eu bod yn beryclach na'r byddinoedd.

'Mi fûm inna mewn peth fel'na un waith hefyd,' meddai Bo toc. 'Do'n i ddim hyd yn oed yn gallu meddwl am drio dod o'no'n fyw.' Syllodd i'r tywyllwch islaw cyn ailgodi'i olygon. 'Ylwch,' meddai â mymryn mwy o frwdfrydedd yn ei lais gan bwyntio i'r gogledd-ddwyrain, 'mae'r Seren Grwydrol Goch wedi codi. Doedd hi ddim yna gynna. Ylwch gwych ydi'i lliw hi.'

Doedd dim angen iddyn nhw godi'u pennau gan fod y newydd-ddyfodiad mor isel yn yr awyr, a'r cochni'n cyferbynnu'n glir â'r amrywiadau cynnil yn lliwiau'r sêr eraill. Ar un wedd roedd yn addas o bosib ei bod wedi dod i'r golwg oherwydd roedd rhai'n deud mai hon oedd y seren oedd yn gyrru'r tiroedd i frwydro, er mwyn iddi gael sugno'r gwaed iddi'i hun i gadw'i lliw. Cyn i'r nos fynd heibio byddai wedi cyrraedd uwchben y dyffryn a'i gyrff.

'Dw i ddim yn 'u coelio nhw,' meddai Bo.

'Sgwn i am be mae hwn yn sôn?' gofynnodd Eyolf, yn ysgafn ei lais am y tro cyntaf y diwrnod hwnnw. 'Mae'r Chwedl yn deud mor bwysig ydi iddi gadw'i lliw,' ychwanegodd.

'Dyna fo felly 'te?' meddai Bo'n derfynol. 'Nid y Seren sy'n 'u defnyddio nhw. Nhw sy'n defnyddio'r Seren.'

'Dowch,' meddai Aino. 'Rydan ni yma ers meitin. Ddaw dim lles i na daear nac awyr i chi rynnu yn fa'ma.'

Linus oedd y cyntaf i droi. Daeth at Aino a'i chofleidio'n dynn.

Roedd wedi gwneud hynny droeon ers y diwrnod y

daethant o gymdogaeth Jalo. Doedd o ddim yn aros am gyfle i fod ar ei ben ei hun hefo hi cyn gwneud hynny chwaith. Byr ac angerddol oedd y cofleidiad y tro hwn. Gollyngodd hi, a mynd i'r babell heb ddeud dim nac edrych ar neb. Aeth Bo ar ei ôl, yr un mor dawel. Safodd Aino ac Eyolf ble'r oeddan nhw am ychydig, yn dal i wylio'r sêr.

'Be ddigwyddodd i'ch gŵr, Aino?' gofynnodd Eyolf. 'Nid cael 'i ladd fel hyn gobeithio.' Bron nad oedd argyfwng sydyn yn ei lais. 'Nid gan arfa'r byddinoedd.'

Trodd hi ato. Cymerodd rai eiliadau i ateb.

'Na. Gwaeledd. Mi fu farw yn ei wely yn y bora bach.'

'Oedd o'n hen?'

Eto cymerodd Aino rai eiliadau i ateb.

'Os ydi pymthag ar hugian yn hen.'

'Hynny?'

'Ia.'

'Roedd hyn cyn i Baldur bach fynd ar goll.'

Eto roedd hi'n petruso cyn ateb.

'Oedd.'

'Wn i ddim faint oedd oed 'Nhad pan fuo fo farw,' meddai Eyolf wedi ennyd arall o dawelwch. 'Roedd o'n fwy na dwywaith cymaint â hynny, dw i'n siŵr. Dach chi wedi'i chael hi, Aino.'

'Dygymod sydd raid. Tyd rŵan.'

Aethant i'r babell. Roedd Linus a Bo eisoes wedi swatio.

'Mae'n debyg y medren ni ddeud wrth dad Jalo ein bod ni wedi dychwelyd i faes y gad,' meddai Eyolf wrth fynd i'w sach cysgu.

'Ryw ddydd mi fydd y dyn bach hwnnw'n Hynafgwr,' meddai Bo.

Dyna'r unig sylw a wnaed am hynny. Bo oedd y cyntaf i gysgu.

Ryw dro gefn nos deffrodd Aino. Bob tro y deffroai teimlai ei bod yn barod i wneud hynny ers meitin a theimlai ei bod yn dechrau mynd yn rhy hen i gwsg pabell. Sŵn cwyno a stwyrian Bo yn ei gwsg oedd wedi ei deffro. Gwrandawodd arno a gadael iddo am ychydig, ond mynd yn fwy anniddig a wnâi o gan fwmblian yn annealladwy. Roedd ambell air clir yng nghanol y mwmblian, ond gan mai yn ei famiaith y deuai'r rheini ni ddeallai hi mohonyn nhw. Wrth i'r stwyrian waethygu rhoes ei llaw ar ei ben a mwytho'i wallt yn araf ysgafn i geisio'i gael i lonyddu. Yna'n ddisymwth aeth ei lais a'i fwmblian yn fwy argyfyngus a mwythodd hithau'n gadarnach, ac yntau erbyn hyn yn dechrau ysgwyd ac yn ceisio dod o'i sach.

Rhoes floedd. Rhoes floeddiadau. Yna rhoes un floedd arall ddirdynnol.

'Tyd! Deffra!' meddai Aino gan ei ysgwyd a'i godi ar ei eistedd. 'Deffra rŵan hyn!'

'Be sy'n digwydd?' gofynnodd Eyolf.

'Mae'r hogyn 'ma mewn hunllef. Tyd rŵan, Bo. Mae pob dim yn iawn. Yma'r wyt ti. Yma hefo ni.'

'Aino.'

'Ia, ni sy 'ma. Mae pob dim yn iawn.' Tynnodd o ati. 'Dyna chdi.'

Ben bore trannoeth safai'r pedwar uwchben dyffryn tawel llawn cyrff. Doedd yr un crwydrwr ysbail i'w weld, ond dyfalai Aino ei bod yn ddigon cynnar i hynny. Doedd ganddyn nhw ddim tanwydd, a chig carw oer oedd pryd cyntaf y dydd. Wedi'r olwg arferol ar y byd o'u cwmpas ac ar yr awyr uwchben, cymerodd Eyolf a Linus saig o gig bob un a mynd i fyny'r graig uwchben yr hafn i fusnesa wrth fwyta.

'Paid â gori uwchben y cyrff,' meddai Aino wrth Bo, o'i

weld yn dal i sefyll yn ei unfan, yn dal i edrych ar y dyffryn islaw.

'Nid gwyrddion na llwydion ydyn nhw, naci?' meddai yntau. 'Nid dyna ydi neb.'

Prin ei glywed oedd Aino.

'Beth bynnag oedd o ne' ydi o,' aeth yntau ymlaen, 'nid gwyrddyn ydi Meili chwaith. Meili ydi o, 'te?'

'Dydi'r arfau ddim yn gweld pobol.'

'Nid Gwineuyn ydw i, naci? Bo ydw i.'

'Tyd o'ma rŵan.'

Trodd Bo. Aeth at Aino a gafael ynddi. Tynnodd hithau o ati, i geisio cysuro'r tristwch ymholgar a welai yn y llygaid a thawelu'r cynnwrf yn ei gorff. Rhoes ei llaw ar ei wegil a'i dynnu'n dynnach ati. Buont felly am eiliadau hirion.

'Wyt ti'n well rŵan?' gofynnodd hi wedyn.

'Edda,' meddai yntau.

'Hunllef,' meddai hi. 'Does 'na ddim ystyr iddyn nhw. Dim ond y meddwl yn drysu ar y funud. Dydyn nhw ddim yn arwydd. Ddaw dim drwg i Edda na'i thad.'

'Os ydach chi'n deud hynna mae'n rhaid 'i fod o'n wir.'

'Doedd 'na ddim eira yno i ddechra arni i'r un milwr fedru sathru gwallt neb iddo fo a ddaw 'na ddim eto tan y gaea. A does 'na neb ond Edda a'i thad yn gwybod ein bod ni wedi bod hefo nhw o gwbwl prun bynnag. Ddaw dim drwg iddyn nhw o'ch achos chi'ch tri.' Gwasgodd fymryn arno eto. Daliai i deimlo'r cryndod. 'Dydi dy hunllef di'n datgelu dim ond dy gyflwr cythryblus di dy hun. Paid â gweld bai arnat ti dy hun am hynny chwaith. Tyd rŵan.'

Roedd Bo ychydig bach yn gyndyn o ollwng, ond mi ddaru. Ond daliai i gadw'n dynn wrthi. Yna, heb gymryd golwg arall ar y dyffryn odanyn nhw, aeth y ddau i fyny'r graig at Eyolf a Linus.

'Paid â 'nychryn i ganol nos eto, y twmffat,' meddai Linus.

'Wyt ti'n iawn, greadur?' gofynnodd Eyolf.

Amneidiodd Bo.

'Be welwch chi?' gofynnodd.

'Mae gynnon ni ddewis o ddau ddyffryn,' atebodd Eyolf. 'Be wnawn ni, Aino?' gofynnodd.

'Drycha ar y byd o d'amgylch,' meddai hithau ar ôl ennyd o astudio.

'Ffor'cw,' dyfarnodd Bo a phwyntio tuag at y dyffryn ar y dde cyn i Eyolf na Linus gael cyfle i feddwl. 'Mae'n amlwg 'tydi?'

'Pam?' gofynnodd Eyolf.

'Cigfrain,' meddai Bo, yn dal i bwyntio. 'Cigfrain yn dilyn y bleiddiaid a'r bleiddiaid yn cael llonydd i fod yna. Does 'na ddim byddin yna.'

'Mae dy fam wedi gwneud gwaith da arnat ti,' meddai Aino.

'Mi gewch chi ddod hefo ni i ddeud hynna wrthi'ch hun,' atebodd Bo. 'Choelith hi mohona i.'

'Mi'i triwn ni hi 'ta,' meddai Eyolf ar ôl dwyawr arall o dawelwch a llonyddwch yn y dyffryn islaw.

Aethant. Roedd Eyolf a Linus wedi clywed straeon am fyddinoedd yn gadael rhai milwyr ar ôl i fynd i'r afael â chrwydrwyr ysbail, gan eu difa un ac oll pan ddeuent i'r fei, yn ddynion, merched a phlant. Gan hynny roedd y daith o'r hafn ac ymlaen gan ddisgyn yn raddol i'r dyffryn yn un fwy gwyliadwrus na'r arfer. Ni welsant na milwr na chrwydrwr ysbail a gadawsant y milwyr marw i'r adar a'r bwystfilod a'r dyffryn.

Dridiau'n ddiweddarach daethant o goedwig ddidramgwydd at afon fechan fywiog a mynydd beth pellter o'u blaenau. Rhoes Eyolf ei bwn i lawr ar ei union a brysio at yr afon. Plygodd a chymryd llond ei ddwy law o ddŵr. Blasodd o, ac ystyried y blas. Blasodd drachefn. Cododd a sychodd ei ddwylo yn ei gôt. Trodd at y lleill a phwyntio'n ôl.

'Mynydd Tarra,' cyhoeddodd. 'Rydw i o fewn cyrraedd adra.' Edrychodd o'i amgylch. 'Rhyw unwaith y dois i cyn uched â hyn, ond Mynydd Tarra ydi o. Mae 'na sarn i ni 'i chroesi yn y gwaelod 'cw.'

Cododd ei bwn. Roedd rhyddhad cyflawni'n ei lenwi. Dim ond dilyn yr afon i lawr a chroesi'r sarn i bwt o ddyffryn a droai tua'r dwyrain hefo'r afon a byddai ar diroedd cyfarwydd llencyndod.

'Dowch,' meddai, 'mi awn ni i weld ydi'r tŷ yna o hyd.'

Ac yno, wrth groesi'r sarn a nabod y cerrig a nabod eu siâp a chofio ar amrantiad chwimdra'i dad yn ei chroesi hyd yn oed pan oedd wedi mynd yn hen ŵr, y dechreuodd Eyolf feddwl tybed pa mor hen oedd ei dad pan fu farw. Rhyw dynnu coes swil a deud 'dipyn hŷn na chdi' fyddai ei ateb bob tro y gofynnai Eyolf iddo am ei oed, a chafodd o fyth ateb. Ella nad oedd ei dad yn gwybod, meddyliodd wedyn. Ella ei fod yn un o'r myrdd pobl nad oedd ganddyn nhw syniad am eu hoed, y bobl nad oeddent yn cyfri'r blynyddoedd, dim ond eu byw.

Doedd o ddim wedi meddwl mai ei dad fyddai'n rhuthro i'w gof wrth wybod ei fod o'r diwedd ar ei diroedd cyfarwydd.

Aethant i lawr y dyffryn cul, ac Eyolf yn teimlo rhyw ysgafnder braf wrth ddangos ambell bwll sgota gwell na'i gilydd, neu le da i lechu wrth hela. Cofiai'r llwyni, cofiai'r coed prin.

'Dim ond heibio i'r ysgwydd acw,' meddai yn y man.

Roedd y tŷ yno o hyd, ar ei ben ei hun tlodaidd ar godiad tir ar ochr ogleddol y dyffryn, a Mynydd Tarra'n codi o'i gefn. Gellid camu o dir y mynydd ar ei do. Ond nid hynny na'r un atgof a dynnodd sylw Eyolf.

'Mae 'na rywun ynddo fo,' meddai.

Codai ychydig fwg o'r cefn. Arhosodd Eyolf, a chwilio ar unwaith am arwyddion eraill o ddefnydd i'r tŷ. Doedd yr un i'w weld.

'Teulu, ella?' cynigiodd Bo.

'Does gen i ddim teulu,' atebodd Eyolf, 'dim ond Nhad a fi oedd yma.'

'Mi awn ni i fusnesa 'ta,' meddai Linus.

Dynesodd y pedwar nes cyrraedd dan y tŷ. Roedd y drws wedi'i gau, a thyllau go fawr i'w gweld yn ei waelod. Roedd y llwybr bychan a arferai fynd at y drws yn las, a dim ôl tramwyo arno. Yr unig arwydd o fywyd oedd y mwg.

'Tisio i mi fynd i fyny?' gofynnodd Linus.

Agorodd y drws cyn i Eyolf ateb. Daeth dynes allan a rhedeg i lawr atyn nhw, gan godi mymryn ar ei gwisg â'i llaw chwith, a'i gwallt melyn glân yn bownsian hefo'i chamau. Doedd hi ddim i'w gweld yn llawer hŷn na fo, tybiodd Eyolf, ychydig dros ei deg ar hugain ella. A rhuthro ato fo ddaru hi.

'Lle mae hi, lle mae hi?' gofynnodd, gan afael â'i dwy law yn ei freichiau. 'Dduthoch chi â hi hefo chi? Lle mae hi?'

'Lle mae pwy?' gofynnodd Eyolf, yn ceisio'i llonyddu. 'Am be wyt ti . . . Paiva?' gofynnodd, 'Paiva wyt ti?'

'Lle mae Hilja fach gynnoch chi?'

Roedd y gobaith oedd lond y llais yn troi'n ymbil argyfyngus a'r cryndod yn llenwi'r corff. Edrychodd Eyolf mewn peth anobaith ar y tri arall a rhoi ei ddwyfraich amdani a rhoi ei sylw i gyd arni hi.

'Paiva, wyt ti'n 'y nghofio i? Eyolf ydw i.' Arhosodd ennyd

yn y gobaith o gael ymateb. 'Wyt ti'n 'y nghofio i'n byw yma hefo Nhad? Steinn. Wyt ti'n 'i gofio fo?'

Daeth adnabyddiaeth i'w llygaid.

'Eyolf,' meddai, ei llais wedi tawelu ar ei union a throi'n hiraethus, a'i chorff yn dechrau llonyddu. Rhoes un mwythiad i'w foch. 'Lle buost ti, Eyolf bach? Pam nad ydi Hilja hefo chdi?'

Tynnodd Eyolf hi'n dynnach ato am eiliad.

'Mae Hilja yn 'i bedd, Paiva. Mi aethon nhw â hi i'w bedd ar ôl iddi foddi yn yr afon. Rwyt ti'n cofio hynny 'twyt?'

'Peth rhyfadd na fasat ti wedi dod â Hilja fach hefo chdi.'

Roedd y tynerwch yn llais Eyolf wedi'i llonyddu. Mwythai ei gôt. Edrychodd unwaith eto drwy hiraeth yn syth i'w lygaid.

'O leia maen nhw wedi dy ryddhau di o'r cadwyna ynfyd 'na,' meddai Eyolf.

Gwelodd yr arswyd yn rhuthro i lygaid Bo.

'Dowch i mi rannu 'mwyd hefo chi,' meddai hi. 'Mae 'na ddigon o fwyd yn y tŷ. Mi fydd 'i angan o pan ddaw Hilja fach yn ôl. Mi fydd hi'n byta llond 'i bol.' Gollyngodd ei gafael ar Eyolf a throi tua'r tŷ. 'Dowch rŵan.'

Tynnodd Eyolf ar ei hôl, a gafaelodd yntau amdani eto wrth fynd i'r tŷ. Arhosodd y tri arall ble'r oeddan nhw, yn methu gwybod beth i'w wneud, nes iddo amneidio arnyn nhw o'r trothwy. Clywai Linus yn cyfieithu i Aino.

Aeth i mewn. Ar wahân i'r drws, roedd y tŷ'n daclus, a'r dodrefn yn union fel y gadawsai nhw y tro diwethaf iddo gau'r drws arnyn nhw. Yn ystod ei wyth mlynedd o fyddina doedd o ddim wedi meddwl llawer amdanyn nhw. Gweiddi ei dad yn ei boenau olaf ar ei wely oedd gliriaf yn ei gof. Anaml y byddai neb yn galw, yn bennaf oherwydd swildod ei dad. Dim ond hefo fo yn y tŷ yr oedd yn peidio â bod yn ddyn swil. Roedd yn ddiarth rywfodd gweld dynes yn y tŷ.

'Ers pryd wyt ti'n byw yma, Paiva?' gofynnodd.

'Dim ond fi sy 'ma. Ond mi fydd Hilja fach yn gwybod lle i gael hyd i mi.'

Daeth Aino i'r drws ac amneidiodd Paiva arni i ddod at y siambr dân. Daeth hithau ymlaen a rhoi ei dwy law iddi. Derbyniodd Paiva'r ddwy law a rhoi cusan ar ei boch. Aeth Eyolf at y drws i'w astudio. Roedd hwnnw mewn cyflwr gwaeth o'i weld yn iawn, y preniau wedi'u malu rywdro ac wedi dechrau pydru. Doedd y postiau fawr gwell. Roedd sach wedi'i hoelio o'r tu fewn i'r drws uwchben ac o amgylch y tyllau.

'Oes 'na neb i drwsio'r drws i ti?' gofynnodd. 'Rwyt ti'n rhynnu pan mae'n wynt.'

'Oes 'na drwsio arno fo?' gofynnodd Linus, a mynd ar ei liniau i astudio'r drws yn iawn. 'Mi fyddai gwneud un newydd yn llai o straffîg,' dyfarnodd heb orfod archwilio bron ddim.

'Mi wnawn ni un iddi,' meddai Eyolf. Croesodd i'r gornel ger y siambr dân a chodi ael gynnil ar gwestiwn dieiriau Aino a chymryd arno anwybyddu'r gwerthfawrogiad newydd yn llygaid Bo cyn plygu i lusgo cist oedd o dan y setl a'i hagor. 'Mae'r celfi yma o hyd.'

'Lle cawn ni goed?' gofynnodd Linus.

'Siawns na chawn ni rai yn y gymdogaeth. Paid â gwneud bwyd rŵan, Paiva,' meddai wrth ei gweld yn tynnu caead y gasgen gig gyfarwydd. 'Newydd gael peth ydan ni. Mi rannwn ni hefo'n gilydd pan ddown ni'n ôl.' Dychwelodd i'r drws. 'Waeth i ni fynd rŵan ddim,' meddai wrth Linus a Bo.

'Aros i mi fesur y drws,' meddai Bo.

Aeth allan, ac i ochr y tŷ. Dychwelodd bron ar ei union a brigyn o ddraenen ddu yn ei law. Aeth at y drws a thorrodd y brigyn i ffitio'r lled. Mesurodd ddau hyd y brigyn at i fyny a chrafu rhicyn bychan ynddo ar y trydydd mesuriad i gael yr uchder. Amneidiodd Eyolf ar Aino a daeth hithau allan.

'Wnewch chi aros hefo hi tra byddwn ni'n chwilio am goed, Aino?' gofynnodd.

'Gwnaf,' meddai hithau'n drist.

'Mae'n well i ti aros hefo hi i fod yn gyfieithydd,' meddai Eyolf wrth Bo.

'Dyna o'n am 'i wneud prun bynnag,' meddai yntau. 'Pwy roddodd hi mewn cadwyna?' gofynnodd wedyn, ei lais yn dangos ei ddychryn.

'Roeddan nhw'n deud nad oedd 'na ddewis,' meddai Eyolf. 'Roedd hi'n curo ar ddrysau tai gefn nos ac yn gweiddi am yr hogan. Doedd neb yn cael llonydd.'

'Welist ti hi?'

'Be?'

'Yn 'i chadwyna?'

'Naddo.' Rhannodd yntau'r distawrwydd bychan a ddilynodd. 'Peidiwch â'n disgwyl ni'n ôl am ryw deirawr. Mi fydd Paiva'n iawn hefo chi, ond wn i ddim be gewch chi'n stori gynni hi. Syrthio i'r afon ddaru'r hogan fach. Naw oed oedd hi. Mi welis i 'i chorff hi pan oeddan nhw'n 'i gludo fo o'r afon. Ro'n i yn y gladdfa pan oeddan nhw'n 'i rhoi hi yn y bedd. Roedd Paiva yno hefyd, yn sibrwd wrthi'i hun drwy'r adag ac yn gwneud dim ymdrech i rwbio'i dagra.' Arhosodd. 'Codwch 'i chalon hi, ond peidiwch â chodi'i gobeithion hi.'

'Lle mae'r tad?' gofynnodd Aino.

'Mi ddiflannodd cyn i'r hogan gael 'i geni, meddan nhw.'

'Mi awn ni ati hi 'ta,' meddai Bo.

Aeth i mewn hefo Aino. Aeth Eyolf a Linus i lawr gyda'r afon, ac Eyolf yn cyfuno ehangu ar stori Paiva â storïau bychain eraill am fannau cyfarwydd ar y daith.

'Mae dy hiraeth di ar ben rŵan,' meddai Linus, yn sylwi ar y brwdfrydedd tawel wrth i'r storïau gael eu deud.

Doedd Eyolf ddim wedi meddwl am beth felly. Rhoes gip sydyn ar y dyffryn o'i flaen, rŵan bron fel pe o'r newydd. Doedd o ddim wedi gweld hiraeth felly'n berthnasol iddo'i hun. Roedd yn amlwg o'r dechrau fod ar Linus hiraeth am ei deulu a'i gymdogaeth a'i holl fywyd; roedd yn amlwg fod yr un peth yn wir am Bo. Mae'n debyg, meddyliodd, fod ar Jalo hiraeth am ei fam ac am ei gymdogaeth. Fedrai o ddim meddwl dim arall am Jalo. Ond amdano'i hun, ystyriodd, hiraeth am ryddid oedd arno fo, nid am le. Hiraeth am dŷ gwag fyddai hiraeth fel hiraeth Bo a Linus, a chan fod ei dad yn cadw i'w aelwyd bron drwy'r adeg doedd tynfa'r gymdogaeth ddim wedi bod mor gryf.

'Fydd hi ddim yn hir rŵan cyn y gweli di dy deulu chwaith,' atebodd.

'Fyddi di'n dod yn d'ôl yma?' gofynnodd Linus wedyn.

'Dw i ddim wedi meddwl, rywsut.'

'Be wnaet ti hefo Paiva? Gadael iddi fyw hefo chdi?'

'Dw i ddim wedi meddwl,' atebodd.

Cafodd y tŷ ei ddrws newydd. Talodd Eyolf a Linus am y coed sychion â'u llafur parod. Croeso tawel a chlên gafodd Eyolf hyd y gymdogaeth a chan na soniodd neb am y rhyfela, ar wahân i'w grybwyll, ni ddangosodd ei winau i neb. Pan ddeuai'r plantos ato i chwilio am straeon antur dim ond deud wrthyn nhw am beidio â mynd a wnâi.

'A sut maen nhw'n mynd i lwyddo i wneud hynny?' gofynnodd Linus.

'Fedra i ddim deud dim byd arall wrthyn nhw,' atebodd yntau.

'Pera i Bo fynd â nhw i gyd i'r Gogledd pell a sefydlu

cymdogaeth yno a chael Ieuengwr i groesawu pob dieithryn i gymdogaeth ddiogel gynta'r bydoedd. Y peth nesa weli di fydd y byddinoedd yn cyrraedd i grafu pawb o'no. Mi wyddost hynny'n well na fi.'

'Fedra i ddim deud dim byd arall wrth y rhein,' meddai Eyolf drachefn. 'Pa obaith fyddai gan 'y ngeiria i yn erbyn y bygythiada a'r arfa?'

'Mae'n rhaid inni ddŵad drwyddi, 'sti,' atebodd Linus yn y man.

Distaw braidd oedd yntau o hyd, yn gweld y llygaid ble bynnag yr edrychai.

Ailgychwynasant ar eu taith ymhen wyth diwrnod, a'r drws a'r postiau newydd wedi'u gorffen ac wedi'u taenu â phyg y binwydden i'w harbed rhag y tywydd. Roedd yr wythddydd wedi bod yn ddyddiau o orffwys yn llawn cymaint â dim arall. Doedd dim posib gwneud dim â Paiva ond gadael iddi. Roedd yn amlwg nad oedd yn cael unrhyw drafferth i ymgynnal a phan gychwynasant roedd hi'n argyhoeddedig mai mynd i chwilio am Hilja yr oeddan nhw. Roedd Bo wedi dod yn ffrindiau hefo hi ymhell cyn i Eyolf a Linus ddychwelyd y diwrnod cyntaf yn llond eu hafflau o goed. Ond roedd wedi dychryn eilwaith o weld ei heiddgarwch wrth iddi redeg atyn nhw unwaith yn rhagor pan ddychwelasant. Roedd ei addfwynder wedyn wrth iddo geisio'i chael ar ddeall nad oedd Hilja am ddychwelyd yn synnu'r ddau arall braidd, nid Aino chwaith. Roedd o wedi cynnig mynd hefo hi i'r gladdfa ond ni chymerai hi'r un sylw, dim ond dal i aros am Hilja a dal i fod yn ffrindiau hefo fo.

Ganol pnawn yr ail ddiwrnod ar ôl iddyn nhw gychwyn daethant i dir agored a mân fryncynnau yma a thraw hyd-ddo. Tu hwnt i'r tir a choedwig arall gryn bellter i'r de-ddwyrain gwelid copa Mynydd Frigga, y mynydd y tarddai Afon Cun Lwyd o'i lethrau. Roedd gwynt lled gryf i'w hwynebau wrth iddyn nhw groesi'r tir, ond un o wyntoedd cynnes y gwanwyn oedd o ac roedd yn ddigon dymunol. Gwelid cymdogaeth ymhell i'r gorllewin ond fel arall roedd y tir yn eiddo i'r anifeiliaid.

Roedd yn llai o drafferth dringo'r bryncyn olaf rhyngddyn nhw a'r coed na'i osgoi ac aethant i fyny. Y munud y cyrhaeddodd Bo ac Eyolf y copa rhoes Bo ei law ar fraich Eyolf a phwyntio. Cerddai rhywun ymhell o'u blaenau tua'r coed.

'Milwr llwyd,' meddai Bo. 'Be mae o yn 'i wneud mewn lle fel hyn? Dydan ni ddim yn ôl yn 'u canol nhw gobeithio.'

Doeddan nhw ddim wedi gweld yr un arwydd o fyddin na milwr ers y frwydr y buont uwch ei phen ddyddiau lawer ynghynt.

'Na,' meddai Eyolf, yn craffu. 'Dydi hwn ddim yn ... mae golwg unig arno fo. Mae 'i osgo fo, mae 'i gerddediad o ...'

Heb yr un gair arall lluchiodd ei bwn ar y ddaear a llamodd i lawr y bryncyn.

'Tarje!'

Gwaeddodd â'i holl egni. Rhedodd. Arhosodd a chylchu'i ddwylo o gwmpas ei geg.

'Tarje!'

Ond roedd y gwynt yn ei erbyn. Rhedodd.

'Tarje!'

Rhedodd. Y tu cefn iddo roedd Linus hefyd yn rhedeg.

'Tarje!'

Ond ni chlywai'r milwr unig mohono. Daliodd i gerdded tua'r coed, yn edrych i unman ond yn syth o'i flaen. Safai Aino a Bo ar ben y bryncyn, yn ei wylio'n mynd ac yn cyrraedd y goedwig ac yn mynd iddi ac o'u golwg, heb wybod fod neb yn gweiddi arno o'r pellter ac yn ceisio'i ddilyn.

Ymhen yr awr, yn cario'r pedwar pwn, daeth Aino a Bo o hyd i'r ddau'n eistedd ar garreg ar gwr y goedwig. Ni chododd y naill na'r llall ei ben. Ymhen ychydig cododd Linus ac aeth at Aino a'i chofleido. Ni ddywedodd yr un gair.

Ni symudai Eyolf. Ni chodai ei ben.

'Mi fethis i.'

24

Machludodd haul trannoeth cyn i Eyolf gydnabod nad oedd Tarje am ddod i'r fei ac mai ofer oedd meddwl am chwilio amdano. Roedd Bo wedi ceisio cynnig rhyw fath o gysur y gallai Tarje fod yn cyfeirio'i gamau tuag adref ond gwrthodai Eyolf y syniad hwnnw gan nad dyna'r math o filwr oedd Tarje. Roedd dyfalu diddiwedd a di-fudd sut y daeth i fod yno y diwrnod cynt a gorfu i daith y dydd fod yr un mor wyliadwrus â phan oeddan nhw'n osgoi'r byddinoedd gweladwy. Ond ni welsant yr un milwr arall na'r un arwydd o fyddin ac wedi diwrnod o gerdded glan Afon Cun Lwyd a'r haul yn taro'n anarferol o boeth, daethant o hyd i ogof dda i dreulio diwedydd a nos ynddi. Yn barotach i dderbyn fod Tarje wedi gwir ddiflannu, ac yn gwybod y byddai o'i hun adref mewn deuddydd gyda gobaith, dechreuai Linus godi'i galon.

'Mi fasai'n dda tasai'r hen ddynas 'na'n marw, i fam Jalo gael llonydd,' meddai Bo, newydd swatio yn ei sach cysgu, ac yn llwyddo unwaith yn rhagor i lefaru meddyliau rhywrai eraill.

'Paid â deud peth fel'na, hogyn,' meddai Aino.

'Unwaith y byddai honno o dan y pridd du mi fyddai holl fawredd a dewrder y dyn bach bach 'na'n diflannu'n gynt na llgodan ym mhig yr eryr. Mi fyddai mam Jalo'n rhydd wedyn.'

'Sut eith o'n Hynafgwr felly?' gofynnodd Eyolf. 'Roedd o am gael y dyrchafiad hwnnw gen ti y diwrnod o'r blaen.'

'Dad-ddyrchafiad, y lembo. A sôn am yr aelwyd o'n i. Rhyngddo fo a'i betha y tu allan iddi.'

Swatiodd. Ond ailfeddyliodd.

'Sgwn i be 'di hanas Aarne bellach,' meddai.

'Maen nhw i gyd adra erbyn hyn,' meddai Aino.

'A Mikki?'

'Ydi.'

'Sut gwyddoch chi?'

'Am eu bod nhw.'

'Ydach chi'n gyfarwydd â'r tiroedd hynny hefyd?' gofynnodd Linus. 'Fuoch chi'n 'u crwydro nhwtha?'

'Do. Roedd gan y pedwar dipyn llai o daith na ni i gyrraedd adra.'

'Ydi'r cymdogaetha'n ddiogel?' gofynnodd Bo. 'Roedd Leif yn deud 'u bod nhw.'

'Be 'di peth felly?' gofynnodd Linus.

'Paid titha â gwangalonni chwaith,' meddai Aino, 'a chditha mor agos i dy gartra.'

'Dim ond gofyn o'n i.'

'Dw i am fynd yno i edrach amdanyn nhw,' meddai Bo.

'Mi fyddi di'n brysur felly, rhwng pob dim,' meddai Eyolf. 'Wyddost ti lle maen nhw'n byw?'

'Na wn i, eto,' atebodd Bo.

'Da iawn wir,' meddai Linus. 'Sut wyt ti am fynd yno, felly?'

'Mi geith ddringo i gopa mynydd 'i hoff gawr a gweiddi,' meddai Eyolf. 'Ella clywith Aarne o. Ne' ella y bydd Horar Fawr yn teimlo'n glên ac yn rhoi cyfarwyddyd iddo fo sut i fynd yno.'

'Rwyt ti'n cerddad ar dy drwyn drwy'r dydd fory,' meddai Bo gan geisio a methu rhoi swadan iddo. 'Mi ewch chi â ni, gwnewch Aino?'

'Cysga, greadur,' atebodd hithau.

Ond roedd hi'n ddedwydd. Am y tro cyntaf, clywai ysgafnder yn sgwrs y tri. Am y tro cyntaf, clywai ryddid digyfrifoldeb yr oedd gan eu hoed hawl iddo. Roedd hi wedi bod yn chwilio amdano yn eu hymddiddan o'r dechrau.

'Mae Louhi am ganu i mi. Mae hi wedi addo. Dw i'n mynd yno,' meddai Bo.

Swatiodd yn ddyfnach. Rhoes ei sylw ar gochni bychan y tân yn mudlosgi ger ceg yr ogof. Yn y sach wrth ei ochr gorweddai Linus yn llonydd. O glywed geiriau Bo am nain Jalo a'i dad, gwyddai rŵan nad oedd y llygaid wedi gwarafun iddo wisgo'r gwinau. Gwyddai rŵan yr hyn oedd yn y llygaid. A gwyddai rŵan ble'r oedd cartref Jalo, a sut i fynd yno. Gallai fynd, a chael siarad eto hefo'i fam, hi a neb arall, a deud wrthi yn daclusach na'r tro blaen sut yn union y bu Jalo farw, a sut y bu fyw ei flwyddyn. Châi'r tra-arglwyddiaethwyr ddim bod yn gyfrannog na bod yno'n gwrando y tro nesaf chwaith. Yn fodlonach ei fyd o glywed geiriau Bo, setlodd i gysgu.

Chafodd o ddim gwneud hynny chwaith, nid y munud hwnnw. O'r sach yn ei ymyl daeth nodau cân. Unwaith yn rhagor roedd y frân yn cuddio'i chyw a'r llwynoges yn cuddio'r cenau a'r fleiddast yn cuddio'r pothan. Ac am ryw reswm roedd y geiriau'n fwy addas yn nhywyllwch ogof.

'Mi wnei di ganwr,' oedd sylw Bo, 'ond dw i isio cl'wad Louhi hefyd.'

'Mi arhoswn ni yma am heddiw,' meddai Aino ben bore trannoeth.

'Pam?' gofynnodd Bo.

Daliodd Aino ei llaw allan i'r dydd mwll.

'Mi ddaw'r mellt ar ein gwartha ni cyn pen dim.'

Dechreuodd y dafnau breision ddisgyn wrth iddyn nhw orffen bwyta. Ciliasant i'r ogof a daeth y storm ar ei hunion gan ddod â'r mellt hefo hi. Roedd y fellten gyntaf yn rhesymol bell i'w gweld, a'i tharan yn cadarnhau hynny, ond roedd yr ail a ddaeth yn union wedi taran y gyntaf mor agos fel bod ei tharan hi'n clecian yr un eiliad, yn un ffrwydrad drwy'r ogof a thrwy glustiau a phennau. Ciliasant fwy fyth i mewn ac aros yn llonydd, eu cyrff yn erbyn y graig a'u dwylo dros eu clustiau er mwyn i'w pennau gael cyfle i ddadebru. Dim ond y glaw a welid allan. Ni ddaeth yr un fellten arall mor agos â'r ail, ond roeddan nhw'n dal i fod yn agos ac ambell daran yn dal i fod yn fyddarol yn yr ogof, hyd yn oed wrth iddyn nhw roi dwylo dros eu clustiau ar fflachiad pob mellten. Yna, rhwng dwy fellten, a'r glaw yn dal i bistyllu'n ddiarbed, ymddangosodd blaidd socian yng ngheg yr ogof a dod i mewn ar ei union.

'Peidiwch â dangos unrhyw fath o gynnwrf,' rhybuddiodd Aino.

'Gawn ni wirioni?' gofynnodd Bo, yn prysur wneud hynny eisoes.

Safodd y blaidd i edrych arnyn nhw cyn ysgwyd y glaw oddi ar ei gorff. Edrychodd arnyn nhw drachefn. Trodd, a mynd at yr ochr a sefyll yno i wylio'r glaw yn disgyn yn unionsyth.

'Pam ydach chi'n anniddig, Aino?' gofynnodd Linus ymhen ychydig. 'Y blaidd?'

'Naci debyg.'

'Y storm? Ddisgynnith yr ogof 'ma ddim ar ein penna ni. Ddaw dim gwaeth na'r daran fawr 'na bellach.'

'Mae isio gochel rhag y mellt a'r t'rana.'

'Dyna'n union 'rhyn 'dan ni'n 'i wneud.'

'Nid cysgodi. Gochel.'

'Mi rown ni hynny yng ngofal y blaidd,' meddai Eyolf.

'Paid â gwamalu,' meddai Aino.

'Ella nad o'n i ddim,' atebodd yntau.

Ymhen yr awr, a'r blaidd yn dal i sefyll o'u blaenau ac yn cymryd dim sylw ohonyn nhw, darfu'r storm yn union fel y dechreuodd. Gwrandawsant ar y tawelwch rhyfedd am ychydig, ac yna aeth y blaidd allan heb edrych yn ôl a throi i fynd i fyny gyda'r afon. Brysiodd Bo i geg yr ogof i ddilyn ei hynt. Ond trodd ei ben yn gyflym i'r cyfeiriad arall. Gwrandawodd. Amneidiodd ar y tri i ddod ato.

'Mae 'na rywun yn tabyrddu,' meddai. 'Gwrandwch.'

Gwrandawsant. Clywid curiadau o'r pellter. Prin i'w clywed oeddan nhw, yn gymsyg â sŵn llif newydd yr afon, ond roeddan nhw'n guriadau pendant a chyson.

'Mae Nain Gloff yn gwneud hynna,' meddai Linus, a golwg hapusach arno nag a welsai'r lleill ers dyddiau lawer.

'Gwneud be?' gofynnodd Bo.

'Curo'r drwm ar fellt a th'rana.'

'I be?'

'I gadw'r ysbrydion drwg draw.'

'Maen nhw'n marchogaeth y mellt,' meddai Aino, a'i llygaid yn chwilio'r awyr. 'Maen nhw'n gymdeithion i bob taran, yn llechu y tu ôl iddyn nhw. Wyddost ti mo hynny?' gofynnodd i Bo.

'Os ydi hynna o'r Chwedl hefyd peidiwch â disgwyl i mi 'i goelio fo.'

'Dydw i ddim yn sôn am y Chwedl.'

'Mae gynnon ni well gêm, prun bynnag,' meddai Bo, yn gwenu ar y cerydd. ''Dan ni'n dyfalu i faint y medrwn ni gyfri rhwng pob melltan ac mae'r gosa ati ar ddiwedd pob storm yn cael mwy o gig.'

'Mae'r curo 'na ar ein llwybr ni,' meddai Eyolf. Cymerodd gip ar yr awyr ac anadlodd yn ddwfn. 'Mae'r storm wedi darfod. Mae'r aer wedi clirio.' Edrychodd eto uwchben. Roedd awyr las a phwt o awel yn prysur ddisodli'r myllni llwydaidd. 'Waeth i ni fynd ddim. Mi gawn ni weld pwy sy 'na.'

Cychwynasant, ychydig yn eiddgar. Cryfhâi'r curo rywfaint ac yn fuan wedyn gwelsant dŷ. Roedd hwn yn llawer tlotach i'w weld na thŷ Eyolf, â'i do angen tywyrch newydd a cherrig wedi disgyn o'i furiau. Daeth rhyw hanner dwsin o eifr i'r golwg o'i gefn. Agorodd y drws yn sydyn a daeth dyn lled fychan a thenau allan, yn farf at ei fogel ac yn cario drwm ac yn ei waldio. Edrychodd i'r awyr a dal i waldio. Edrychodd o'i flaen. Darfu'r curo y munud hwnnw.

'Pwy ydach chi? I ffwrdd â chi!' gwaeddodd heb aros eiliad. 'Cerwch o'ma'r ceriach!' gwaeddodd wedyn.

Rhuthrodd yn ôl i'r tŷ a chau'r drws yn glep.

'Gan bwyll, greadur,' gwaeddodd Eyolf yn ôl. 'Dydan ni ddim yma i wneud drwg i neb, dim ond mynd heibio.'

Agorwyd cil y drws.

'Peidiwch chi â meiddio rhoi cam gwybedyn tuag yma! Fydda i ddim yn gyfrifol am be ddigwyddith i chi!'

Rhoddai ei lais yr argraff nad oedd gofyn iddo weiddi i neb ei glywed. Dechreuodd ci gyfarth o'r tŷ.

'Mi ollynga i'r ci arnach chi! Mi'ch llarpith o chi!'

'Does dim isio i chi gynhyrfu,' gwaeddodd Eyolf wrth i'r cyfarth fynd yn waeth.

O glywed sŵn bychan wrth ei ochr, troes. Am y tro

cyntaf ers cantoedd roedd Linus yn chwerthin, yn ysgwyd chwerthin yn dawel rydd.

'Ac i fa'ma daeth o,' meddai.

'Pwy?'

'Dw i'n ymbil arnoch chi!' crefodd y dyn eto o ganol y cyfarth. 'Cliriwch hi, ne' fydd 'na ddim ond gwaed ar ôl ohonoch chi!' Rhoes ei ben allan. 'Yn enw fflam y gannwyll, cerwch o'ma!'

'Aros eiliad,' gwaeddodd Linus a dal i chwerthin.

Agorwyd y drws led y pen.

'Lladda nhw!'

Rhuthrodd ci bugail allan yn gyfarth di-baid a llamu tuag atyn nhw. Ciliodd Aino a Bo gam bychan greddfol. Â'r un reddf paratôdd Eyolf i roi gwaedd neu gic. Ond roedd Linus yn dal i chwerthin.

'Ucha'i gyfarthiad, sala'i frath.' Plygodd i dderbyn y ci a lledodd ei freichiau. 'Tyd yma, gefndar y cidwm.' Neidiodd y ci arno i lyfu'r mwythau. 'Ddaru'r hen storm 'na godi styrbans arnat ti? Hidia befo, mae hi wedi darfod, wedi mynd.' Daliodd ei ben yn ôl i astudio'r ci yn well. 'Faint wnei di? Blwydd? 'Toes graen arno fo?' meddai wrth y lleill, yn dal i fwytho'r blew duon hardd. 'Ylwch glân ydi o.' Cododd, ond ni châi lonydd gan y ci. 'Ond dyna fo. Mae'i fistar o wedi gofalu fod graen ar y cŵn rioed.'

'Rwyt ti'n 'i nabod o?' gofynnodd Eyolf.

'Os oes nabod arno fo.' Edrychodd Linus ar yr wyneb yn y drws. 'Hwn ydi gŵr Nain Gloff. Ne' hwn oedd gŵr Nain Gloff tan iddi roi cic iddo fo o dan 'i din. A mi laniodd o yn fa'ma, ylwch. Mae hwn yn daid i mi, Oliph Fawr a'n cadwo. Dowch.'

Cychwynnodd at y tŷ, a'r ci'n pwyso yn erbyn ei goesau ac yn neidio am ei fwythau. Daeth Eyolf a Bo gam neu ddau ar ei ôl. Arhosodd Aino ble'r oedd hi.

'Perthynas a chyfeillion yn digwydd mynd heibio,' meddai Linus wrth yr wyneb bygythiol o'i flaen, yn dechrau ei gofio'n well. 'Dim angan iti boeni. Dos at dy fistar,' meddai wrth y ci a rhoi mwythiad bychan iddo.

Aeth y ci, yn ufudd. Gwelodd Linus yr wyneb y tu ôl i'r locsyn yn tynhau.

'Roeddat ti i fod i'w lladd nhw,' meddai hwnnw wrth y ci, yn siarad drwy'i ddannedd ac yn ofer geisio cadw'r sgwrs yn gyfrinach rhynddo fo a'r ci. 'Fasai waeth i mi ddisgwyl cael y 'ngwarchod gan boer leming ddim.'

Swatiodd y ci wrth ei draed a dechrau dyhefod yn fodlon.

'Mi wyddost pwy ydw i?' gofynnodd Linus.

Cododd y dyn ei lygaid siomedig. Edrychodd ar Linus.

'Be 'di o bwys gen i pwy wyt ti? Pwy wyt ti felly?'

'Linus, Taid. Y gair yna'n swnio'n rhyfadd hefo hwn,' ychwanegodd wrth Eyolf, heb wneud yr un ymgais i ostegu'i lais.

Astudiodd y dyn wyneb Linus yn fanylach.

'Chdi 'di hogyn y brebwl Armo 'na?' gofynnodd.

'Un ohonyn nhw.'

'Fedar o siarad heb arthio?' gofynnodd Eyolf.

'Waeth iddo fo arthio ddim, hynny o synnwyr gei di ohono fo,' atebodd Linus.

'Be wyt ti'n 'i wneud yma?' gofynnodd ei daid. 'Pam nad wyt ti'n ymladd?'

'Wedi rhoi'r gora iddi. Dydw i ddim yn credu yn 'u petha nhw.'

'Oes 'na rwbath wyt ti a dy furgyn tad yn credu ynddo fo?'

'Anadlu a churiad y galon.'

'Gormod o gachgi wyt ti, 'fath â'r gweddill ohonyn nhw.' Astudiodd y dyn wyneb Eyolf am ennyd. 'Pwy 'di'r swbach yma sydd hefo chdi?'

'Eyolf ydi hwn. Dydi o ddim wedi cael y fraint o berthyn iti. Mi dreulith weddill 'i ddyddia mewn galar.'

'Pam nad ydi hwn yn ymladd?'

Ond roedd yn colli diddordeb yn ei gwestiwn cyn gorffen ei ofyn. Rhythai heibio i ysgwydd Eyolf ar Aino.

'Chdi?' gofynnodd. 'Chdi wyt ti?'

'Sut dyfaloch chi?' gofynnodd Bo, a chael pwniad gan Eyolf.

'Chdi wyt ti!' dyfarnodd y dyn, gan godi dwrn. 'Be wnei di yma, fudrogan?'

'Mi wyddom be wnei di yma,' atebodd Aino gan ddynesu.

Trodd Linus ati.

'Rydach chi'n 'i nabod o?' gofynnodd.

'Nabod?' gwaeddodd ei daid cyn i Aino gael cyfle i ateb. 'Dw i yn 'i nabod hi? Y peth gwaetha fuo ar 'y mhen i rioed fu 'i nabod hi.'

Daliodd Linus Bo'n ôl.

'Wyt ti rioed yn meddwl na fedar Aino drin hwn, ar ôl popeth mae hi wedi'i wneud?' gofynnodd. 'Gad iddo fynd trwy'i betha,' ychwanegodd. 'Mi fyddi di'n gwybod pa mor gall ydi Nain Gloff ddiwrnod cyfa cyn iti'i chwarfod hi.' Nid ar hynny oedd ei feddwl chwaith. 'Sut ydach chi'n nabod hwn, Aino?'

Doedd Aino ddim am gael cyfle i ateb.

'Codi dy drwyn ar y dyn oedd wedi'i ddewis yn ŵr iti!' Ysgydwodd y taid ei ddwrn drachefn. 'Pwy roddodd hawl i chdi fynd hyd y lle i gymryd dy ddyn dy hun, os dyna galwit ti'r cyw morgrugyn 'na roddodd 'i facha arnat ti? Pwy roddodd hawl i chdi anwybyddu pob gorchymyn? Pwy roddodd hawl i chdi a dy ddyn hel eich pacia a gadael pawb pan ddaeth hi'n amsar iti osgoi'r defaid a'r ŵyn?'

'Pwy fyddai am fagu plentyn o fewn cyrraedd i ti?'

gofynnodd Aino. 'Roedd hi braidd yn hwyr ar dy wraig di'n darganfod hynny, yn ôl yr hyn ddalltis i. Ond darganfod ddaru hi, a doedd hynny'n ddim colled i'r un o'i phlant hi nac i neb arall.'

'Sut gwyddoch chi'r petha 'ma, Aino?' gofynnodd Linus, pob gwamalrwydd wedi darfod.

'Sut gŵyr pob gwiddon 'i phetha?' gwaeddodd ei daid. 'Mae dy fod yn cydgerddad hefo hi'n dangos mai seran o'r un clwstwr wyt titha.'

'Be sydd o'i le ar seran?' gofynnodd Bo.

Ni chymerodd y taid sylw ohono.

'Be ydach chi'n 'i wneud yma?' gwaeddodd wedyn. 'Pwy gyrrodd chi yma?'

'Dim ond mynd heibio i fynd adra,' atebodd Linus. 'Be wyddwn i mai yma'r oeddat ti'n byw? Tasai pawb o dy gwmpas di'n cael yr un parch a gofal â dy gŵn di, ond dyna fo,' ailfeddyliodd, 'be mae neb haws? Mi awn ni,' meddai wrth y lleill gan wneud ystum o anobaith. 'Yli digyffro ydi'r ci,' meddai wedyn wrth Bo. 'Mae o wedi hen arfar, yli. Mae hwn yn bugunad hefo fo'i hun ne' hefo'r geifr drwy'r dydd.'

'Ar draws pob dim,' meddai Bo'n sydyn wrth y taid yn ei lais gobeithiol gorau, 'sut mae'i dallt hi am lymad o laeth gafr? Dim ond dŵr 'dan ni wedi'i gael ers diwrnoda.'

'Cer i odro dy nain, yr adfwl!'

'Dowch,' meddai Aino.

Gafaelodd yn Bo a'i dywys heibio i'r dyn a heibio i'r tŷ. Nid edrychodd ar y dyn.

'Dudwch, Aino,' meddai Linus wedi i'r bytheirio pell o'u hôl dawelu.

'Fel roeddat ti'n deud, dydi hwnna ddim gwerth trafferthu hefo fo,' oedd ei hateb. A dim ond hynny.

'Pam methodd mam Jalo lle llwyddodd Nain Gloff?' gofynnodd Linus wedyn ymhen hir a hwyr.

'Dim ond am ddau funud y gwelist ti hi,' atebodd Aino. 'Pwy sy'n deud 'i bod hi'n dymuno llwyddo, yn dy ffordd di o weld petha? A phrun bynnag, sut gwyddost ti pa mor abl ydi hi fel cymeriad i wneud yr un peth ag a wnaeth dy nain, hyd yn oed tasai hi'n dymuno gwneud hynny?'

Ystyriodd Linus y geiriau am hir. Roedd ei nain yn ddynes gadarn, a phob gair yn cael ei lefaru wrth ei feddwl, neu dyna a gredai o. Doedd gan fam Jalo ddim geiriau, dim ond edrychiad. Ella mai gwan oedd hi o ran cymeriad, neu ofnus, neu lywaeth. Neu ella mai doeth oedd hi. Doedd neb diarth a wyddai.

'Mi fyddai hi'n dymuno,' meddai yn y diwedd.

Wedi dechrau gweld y llygaid eto oedd Linus. Dyna oedd yn gyfrifol am ei gwestiwn, nid ymgais i gael Aino ateb ei gais cynharach yn anfwriadol. Roedd wedi gobeithio y byddai Aino wedi cynnig eglurhad ohoni'i hun ar ei hadnabyddiaeth o'i daid, ac yn bwysicach, ei adnabyddiaeth o ohoni hi, ond dim ond dal i gerdded ymlaen oedd hi, yn sgwrsio'n bytiog ac yn ateb cwestiynau mynych Bo gan osgoi'r cwestiynau pwysig yn ei dull arferol.

'Ylwch be sy yn fan'cw,' cyhoeddodd Bo cyn hir.

Safai blaidd ar ben carreg yn eu gwylio. Roedd y garreg o flaen coedlan o binwydd sythion ac ambell frigyn cam yn eu canol. Roedd yn garreg anferth, cyn daled â'r un ohonyn nhw, a mwsog yn tyfu arni yma a thraw ac yn gorchuddio'r rhan fwyaf o'r ochr a'u hwynebai hwy. Cawsai ei hollti'n ddwy, bron yn ei chanol, gan binwydden a dyfai drwyddi, ac roedd digon o le ar ei phen i'r goeden a'r blaidd. Ni symudodd o'u gweld, dim ond aros yno mor llonydd â'r garreg ei hun.

'Hwn welson ni bora?' gofynnodd Linus.

'Go brin,' atebodd Bo. 'Roedd hwnnw'n fengach, dw i'n meddwl, ac mi aeth y ffor' arall prun bynnag.'

Aethant ymlaen, gan roi cip yn ôl bob hyn a hyn. Roedd y blaidd yno o hyd, yn gwylio, yn dal i wylio nes iddyn nhw fynd o'r golwg. Cerddasant, a llygaid Eyolf er gwaethaf pob rheswm yn chwilio pobman a welai. Roedd rheswm, ac roedd gobaith. Ac ar Tarje unig oedd ei feddwl pan ddaethant i ddôl hyfryd cyn y machlud a phenderfynu codi'u pabell arni am y nos.

'Mi fyddan ni adra fory,' meddai Linus, yn eistedd ger y tân o flaen y babell a thywyllwch y nos o'u hamgylch. 'Mi gawn ni ager, a gorffwys, a gwledd wrth y byrddau. Wedyn mi gysgaf dri lleuad.'

'Rwyt ti wedi dal y daith yn dda,' meddai Aino.

'Ydi dy graith di'n dy boeni di?' gofynnodd Bo.

'Na.'

Pwyodd Linus y tân i gael ei weld yn gwreichioni. Yna griddfanodd.

'Be sydd?' gofynnodd Eyolf.

'Mi ddaw'r hulpyn Hynafgwr 'na draw i 'nghroesawu fi adra a 'nghanmol i a deud wrtha i am ddal ati i ymladd dros y tiroedd a brolio'i hun nes bydd o'n glafoerio.'

'Paid â bod ofn chwerthin.'

'Mi fyddai dangos y gwinau iddo fo'n wast llwyr ar gyhyra. Mae o wedi crwydro'r holl diroedd a mwy, ond dydi o rioed wedi gweld dim ond yr hyn sydd o flaen 'i lygaid o ar y funud.'

'Fel 'na maen nhw i gyd,' meddai Bo. 'Mi ddaru'n Hynafgwr ni'i benodi'i hun yn dân-gludwr pan oedd o'n fengach, medda Mam. Ymhen rhyw leuad ne' ddau roedd o wedi penderfynu na fedrai neb arall yn y gymdogaeth wneud tân, fel gwneud. Mi fasach feddwl y byddai pawb wedi rhynnu i farwolaeth wrth bob tân arall. Erbyn meddwl,' meddai wedyn, 'mae 'na rwbath yn reit debyg ynddo fo i dad Jalo.' Ystyriodd ennyd, a'i sylw ar Linus synfyfyriol yn hel ambell bric yn ôl tuag at y tân hefo'i ffon. 'Nid wedi dychryn oedd hwnnw, naci?' ychwanegodd.

'Pwy a ŵyr?' atebodd Eyolf. 'Tasan ni'n mynd yn ôl yno rŵan, ella y basan ni'n ei gael o'n crio ddydd a nos ar ôl Jalo.'

'Ydach chi'n meddwl hynny, Aino?' gofynnodd Bo.

'Nid galar un ydi galar pawb,' meddai hi.

'Dydi hwnna ddim yn galaru,' dyfarnodd Bo. 'Mae o wedi dangos rwbath arall inni hefyd,' meddai wedyn, o beidio â chael ymateb.

'Be?' gofynnodd Linus.

'Os ydi'r Oliph 'na, pwy bynnag ydi o a faint bynnag o gawr ne' o dduw ydi o, yn ddigon diffaith i rheina sgrechian arno fo i'n difa ni a phawb sydd ddim yn plesio, mae'r mynydd ucha 'na o'r Pedwar Cawr yn haeddu gwell enw.'

'Ac mae'r enw newydd gen ti eisoes, debyg,' meddai Eyolf.

'Mynydd Aino.'

Dim ond sŵn bychan y tân oedd i'w glywed am ennyd.

'Wel dyna fo,' meddai Eyolf. 'Dathlu bod Aino wedi gorchfygu'r Gogledd.'

'Paid â gwamalu,' atebodd hithau.

Yn groes i'w ofnau, teimlai Bo'n gadarnhaol braf wedi gwneud ei gyhoeddiad a gweld nad oedd Eyolf na Linus ddim am ei wfftio.

Pwyodd Linus y tân eto.

'Aino,' meddai, ei lygaid yn astudio'r gwreichion.

'Be?' gofynnodd hi.

'Waeth i chi ddeud rŵan ddim. Mi fydd yn rhaid i chi

ddeud fory. Sut oeddach chi'n nabod y taid call 'na sy gen i, a sut oedd o'n eich nabod chi?'

'Be ydach chi'n 'i berthyn iddo fo?' gofynnodd Eyolf.

'Ydach chi rioed yn perthyn?' gofynnodd Bo, a dechrau chwerthin, a dal ati nes ei fod yn siglo.

'Tasach chi ddim yn perthyn, fyddai o ddim wedi mynd i'r fath sterics am eich bod chi wedi priodi y tu allan i'r gorchymyn,' meddai Eyolf.

'Pwy sy'n gwneud gorchmynion?' gofynnodd Aino, a rhoi llaw ar ysgwydd Bo i geisio'i atal.

'Y tad os ydi o'n deyrn, y fam os ydi hi'n deyrn. Y mab hynaf os nad ydi'r tad ar gael a'r fam yn ddiniwad, ne' os nad ydi'r fam ar gael chwaith.' Bron nad oedd Eyolf yn siarad hefo fo'i hun.

'Nid perthyn, naci?' torrodd Linus ar ei draws, 'perthyn yn agos, 'te? Mae gofyn eich bod chi'n perthyn yn agos iddo fo fynd i'r fath sterics am eich bod chi wedi priodi y tu allan i'r gorchymyn, 'tydi? Fo oedd yn rhoi'r gorchymyn, 'te?' meddai, ei lais yn codi yn reddfol. 'Aino, be ydach chi'n 'i berthyn iddo fo?'

'Fo oedd yr hyna. Fi oedd y fenga. Ddaru mi rioed deimlo'n agos ato fo.'

Rhoes Bo y gorau i chwerthin.

'Ydach chi'n deud y gwir?' gofynnodd iddi, yn dyfal chwilio'i hwyneb yng ngolau'r fflamau. 'Ydach chi'n chwaer iddo fo?'

'Mi ddaethom o'r un groth.'

'Ers pryd ydach chi'n gwybod?' gofynnodd Linus.

'Gwybod 'mod i'n chwaer iddo fo?'

'Gwybod eich bod chi'n perthyn i mi. Nid heddiw, naci?'

'Na. Ers pan oeddat ti'n gorwadd.' Rhoes ei sylw ar fflamau'r tân o'i blaen. 'Does gen ti ddim syniad mor falch o'n i o dy gl'wad di'n enwi dy deulu ac yn sôn mor hapus am dy gartra a dy fagwraeth.'

'Pam na fasach chi wedi deud 'ta?'

'Be wyddwn i be oedd neb o dy deulu di'n 'i feddwl ohona i, ar wahân iddo fo?'

'Ond sonis i'r un gair amdano fo pan o'n i'n deud wrthach chi am Nain Gloff. Roedd hi'n amlwg nad oedd o'n rhan o'r teulu felly, 'toedd?'

'Oedd, i ti.'

Tawodd Linus. Rhoes bwyad arall i'r tân, a syllu ar y gwreichion newydd yn codi, yn ymwasgaru, yn diffodd. Roedd Aino'n perthyn iddo. Iddo fo.

Rhoes Linus ei law ar ysgwydd Bo a phwyntio at dŷ yn y pellter.

'Dacw fo. Dw i adra.'

'Dw i adra, Aino,' ailadroddodd.

Roedd yn ddyffryn eang, a thir da i'w deimlo dan draed. Troai'r afon i'r dwyrain ac i lyn prysur gan adar a chychod arno ac ar ei lan. Roedd tai ar lan ogleddol yr afon, a phobl yn gweithio'r tir a goruchwylio'r anifeiliaid yma ac acw. Roedd y tŷ'r oedd Linus wedi pwyntio tuag ato ychydig o'r neilltu ac ymhellach oddi wrth yr afon. Gwelent ddau ifanc wrthi'n ddyfal ar ryw orchwyl o flaen y tŷ.

'Idar a Karl,' meddai Linus, yn dal i bwyntio, ''y nau frawd bach.' Gafaelodd yn Aino a'i chofleidio. 'Dw i adra, Aino.'

'Dos di 'ta,' meddai hithau. 'Mi ddown ni ar d'ôl di.'

'Na. Mae'n rhaid i chi'ch tri ddod hefo fi. Oedd yr hen ddyn ynfyd 'na'n edliw rwbath i wneud i chi fod ofn eich teulu? Peidiwch â chymryd sylw ohono fo,' meddai cyn iddi gael cyfle i ateb. 'Dowch.'

Aethant. Fel pob darn o dir newydd y deuai iddo, chwiliai llygaid Eyolf i'w bellafoedd am filwr unig yn ei wisg Isben yn cerdded na wyddai neb i ble. Yn lled agos atyn nhw roedd hogyn yn danfon anner tuag at ddôl ger yr afon gan chwifio ffon yn ei law. Pan welodd nhw, arhosodd i edrych ar y pedwar. Yna cododd ei ffon ar Linus a chododd Linus ei law yn ôl.

'Mae o'n beth braf, 'tydi?' meddai Bo, yn aros.

'Be?' gofynnodd Eyolf, a'i feddwl o hyd ar filwr crwydrol.

''Run fath â phan oeddan ni yng nghymdogaeth Jalo a dy gymdogaeth di. 'Dan ni'n gweld llwyth o bobol ddiarth a does dim rhaid i ni fynd i guddiad i benderfynu be i'w wneud.' Anadlodd yn ddwfn, yn ei theimlo'n anadl rhyddid. 'Mae pawb yma'n cael llonydd, Aino,' meddai. 'Dydi'r bygythwyr ddim ar y cyfyl.'

'Nac'dyn, gobeithio. Peidied nhw â throi'r tiroedd yma'n diroedd dihenydd,' atebodd hithau.

'Does dim rhaid i'r bobol arswydo. Does dim rhaid i'r anifeiliaid fod ofn cyfebru. Mi ddylai pob cymdogaeth fod fel hon.'

'Cyn y lleuad nesa mi fyddi wedi gweld cymdogaeth ar lan Llyn Helgi Fawr,' meddai Eyolf. 'Mi fydd yn rhaid i ti ddechra gweithio wedyn,' gwenodd.

Roedd Linus yn brysio.

'Idar! Karl!'

Daethai o fewn clyw. Cododd y ddau wrth y tŷ eu pennau. Lluchiodd Linus ei bwn ar y ddaear a chwifio dwy law. Rhedodd. Rhedodd un o'r ddau arall tuag ato. Rhedodd y llall at ddrws y tŷ cyn ei ddilyn. Daeth dynes i ddrws y tŷ a dechrau rhedeg ar eu holau.

'Mae mam Linus yn cael dod allan,' meddai Bo. 'Hen bryd i'r hen ddynas afiach 'na farw.'

'Sut meddyliet ti am hynna rŵan?' gofynnodd Aino, y cerydd eto'n llond y cwestiwn.

'Amlwg, 'tydi?'

Gwyliodd y tri y croeso, y brawd canol yn gymedrol, llaw ar ysgwydd a siarad brwd, ond y brawd ieuengaf yn cymryd wib a neidio. O bell roedd o i'w weld yr un ffunud â Linus.

'Dowch yn eich blaena!' gwaeddodd Linus arnyn nhw wedi i bedwar wyneb fod yn dynn yn ei gilydd gan yr holi a'r siarad di-baid am rai munudau.

Aethant, ac Eyolf yn cario pwn Linus. Wrth iddyn nhw ddynesu daeth mam Linus i'w cyfarfod. Gwelodd Eyolf ei theulu yn ei hwyneb.

'Croeso i chi,' meddai hi, 'ac i titha, Fodryb.'

'Ifanc oeddat ti pan welis i di ddwytha,' atebodd Aino, yn ei hastudio heb fusnesa. 'Doeddat ti ddim yn bedair ar ddeg.'

'Ond ddaru ni rioed 'i goelio fo,' meddai hithau. 'Tyd â dy bwn i mi.'

Ond daeth y brawd ieuengaf heibio iddi a chymryd y pwn ei hun a straffaglio mynd ag o at y tŷ. Aethant ar ei ôl. Wrth iddyn nhw gyrraedd, daeth dyn o'r cefn a bwced yn ei law ac roedd yn amlwg ar ei wyneb wrth iddo ddod heibio i dalcen y tŷ nad oedd wedi disgwyl gweld cymaint o gynulleidfa o'i flaen. Roedd yn amlwg hefyd na fedrai yntau mwy na'i wraig fyth wadu'i deulu. Linus wedi heneiddio mymryn oedd yr wyneb a welai'r tri diarth o'u blaenau.

Amneidiodd y tad beth yn swil fel cyfarchiad digonol.

'Dw i adra, Dad,' meddai Linus, yn symlach a hapusach na dim a ddywedodd erioed.

'Hwda.' Rhoes ei dad y bwced iddo. 'Dos i odro. Mi ga inna orffan y ffos 'na.'

Amneidiodd yn fyr drachefn ar y tri cyn troi a dychwelyd i gefn y tŷ.

Gwên fechan ar y bwced.

'Dw i adra.'

Prin glywed y geiriau oedd y lleill.

Cyfarfyddiad

'Mae 'na obaith felly, 'toes?' meddai Bo wrth Linus. 'Os ydi dy gymdogaeth di'n gallu trefnu i rybuddio pawb yng ngwrthgefn yr Hynafgwr a'i lyfwyr pan mae'r byddinoedd yn dod i chwilio am ragor, mi fedrai pob cymdogaeth wneud hynny. Mi fasai wedi canu arnyn nhw i gael milwyr wedyn.'

'Mi fyddwn i'n filwr, gorfodaeth neu beidio,' meddai Eyolf, yn syllu eto ar y tirwedd o'i flaen.

'Pala fwy arnyn nhw,' meddai Bo.

'Dyna ddudodd Tarje.'

'Pa bryd?'

'Pan oedd Aarne yn trio'i gael o i gallio. Roedd hynny'n fwy o waith yr adag honno.'

'Tarje'n deud hynny?'

'Ia.'

Sgwrs ddioglyd oedd hi wedi bod, picio i ambell bwnc a'i adael, a'r pedwar yn ymlacio am ychydig a chael mymryn o fwyd yng nghysgod craig ar ben cwm serth yr oeddan nhw newydd ddringo ohono. I'r dwyrain ac i'r de o'u blaenau roedd ucheldir agored a digysgod yn gorffen mewn mynyddoedd diddringo. Disgynnai llechwedd hawdd ar hytraws tua'r gorllewin at gyrion uchaf coedwig. Honno, yn ôl Aino, oedd y goedwig olaf i fynd trwyddi cyn cyrrraedd Cwm yr Helfa a Llyn Sigur.

'Waeth i ni anobeithio ddim, felly, na waeth?' meddai Bo.

'Paid â gwneud hynny,' meddai Aino, 'a chditha o fewn ychydig ddyddia i dy gartra.'

'Sôn am y tiroedd o'n i.'

'A finna hefyd.'

Ystyriodd Bo. Unwaith yn rhagor roedd gwaith trin ar ateb Aino.

'Paid â chymryd dy hudo i gredu y bydd hi'n ha diddiwadd arnat ti pan gyrhaeddi di adra,' meddai Eyolf wrtho. 'Mae gen ti un ugian mlynadd o dy flaen o wardio rhag y casglwyr milwyr.'

'Mi fedra i ddygymod â hynny,' atebodd Bo. Ystyriodd eto. 'Wyddost ti pam?'

'Wel...'

'Am dy fod di wedi cael 'y nhlws yn ôl i mi. Am y medra i fynd â fo'n ôl i Mam a'i ddangos o iddi, a'i roi o'n ôl iddi i'w gadw yn y lle y dylai o fod wedi bod o'r dechra cynta.'

'Chadwith hynny mohonyn nhw draw.'

'Mi wn i hynny.' Tynnodd y tlws pres o'i boced a'i ddal yn gadarn yn ei law. 'Ond dydi hwn ddim yn mynd o'n tŷ ni byth eto. Ac os a' i, o 'ngwirfodd y bydda i'n mynd, gwnaed nhw be fynnon nhw.' Cadwodd y tlws. 'Dw i wedi bod yn meddwl hefyd,' ychwanegodd, 'sgwn i be 'di hanas Meili? Pam fyddai'i deulu o'n anghofio amdano fo? Sut medran nhw wneud hynny?'

'Gor-ddeud oedd o, ella,' meddai Eyolf, yn cael pwl arall o werthfawrogi'r hyder wrth ei ochr ac yn deisyfu'r un diffuantrwydd. 'Dal i feddwl am y llall. Be oedd 'i enw o?'

'Fenris,' atebodd Linus.

'Nid am hyn'na y cafodd hwnnw 'i ladd, naci?' meddai Bo. 'Nid am 'u bod nhw'n rhy ddi-feind i'w wella fo.'

'Na,' meddai Aino.

'Am 'i fod o wedi cael cymorth gynnon ni, 'te? Cymorth gan y Gwineuod.'

'Ia.'

'Roeddach chi'n gwybod hynny o'r dechra, 'toeddach?'

Nid atebodd Aino hynny. Aeth pawb yn dawel.

'Ni ddaru ladd Fenris felly, 'te?' meddai Bo.

'Dechreua feddwl fel'na a ddoi di byth i ben â hi,' meddai Aino. 'Dowch,' stwyriodd, 'ne' fydda i ddim adra cyn nos.'

Cychwynasant.

'Rydach chi wedi bod dros y tiroedd yma o'r blaen, felly?' gofynnodd Linus i Aino.

'Unwaith.'

'Lle mae Cwm yr Helfa a Llyn Sigur?'

'Y tu hwnt i nacw.' Pwyntiodd Aino at y mynydd oedd â'i gopa gwyn i'r de-ddwyrain o'r mynydd oedd o'u blaenau. 'Mynydd Agnar ydi hwnna. Does dim dringo arno fo. Mi awn ni drwy'r coed.'

Aethant i lawr y llechwedd wedi i Eyolf aros i roi cip arall ar yr ucheldir ac i lawr y cwm y daethant ohono. Ni fedrai beidio â chwilio. Cerddai Bo hefo fo, wedi gadael i Aino a Linus fynd ychydig o'u blaenau.

'Ei di'n ôl i dy gymdogaeth ar ôl bod yn was bach i mi?' gofynnodd Bo iddo ar ganol y llechwedd.

'Gaf weld.'

'Be tasat ti'n priodi ac isio mynd yn ôl i'r tŷ? Be fasai'n digwydd i Paiva?'

'Cheith hi ddim bod yn ddigartra. Does dim haws na chodi tŷ.'

Deuai'r geiriau'n hawdd, ond rywfodd ni fedrai Eyolf deimlo arwyddocâd iddyn nhw. Roedd rhywbeth yn eu hatal rhag bod yn fyw a pherthnasol. Ella bod hiraeth am le'n arwain at deimladau mwy pendant y gellid ehangu'n ddiatal arnyn nhw, meddyliodd eto, ac mai dyna pam roedd Linus a Bo'n gallu parablu mor braf am eu cartrefi. Hiraeth am ryddid oedd hiraeth am ryddid a dyna fo.

Roedd y Chwedl yn sôn am hiraeth am le. Hyd y gwyddai o, doedd hi ddim yn sôn am hiraeth am ryddid. A rhyddid i Paiva oedd cael byw yn y tŷ, i ddisgwyl, a chael llonydd i ddisgwyl.

Ond doedd hwnnw ddim yn rhyddid o fath yn y byd.

'Cheith hi ddim bod yn ddigartra,' meddai drachefn.

Ychydig gamau odanyn nhw roedd Linus wedi aros.

'Mewn faint cyrhaeddwn ni Gwm yr Helfa?' gofynnodd.

'Tair neu bedair awr ond i ni beidio â mynd ar goll,' atebodd Aino.

'Wyddoch chi y cwm cul hwnnw y sonioch chi amdano fo pan aethoch chi i chwilio am Baldur bach?'

'Hwnnw â'r gymdogaeth ar ei waelod?'

'Ia. Yn y goedwig yma mae o?'

'Mae hi'n goedwig eang. Mae'r cwm cul fwy i'r cyfeiriad acw,' dangosodd gan bwyntio ymhell dros y coed.

'Mi gymsoch ddeuddydd i gyrraedd hwnnw meddach chi. Chwilio'r goedwig oeddach chi felly, 'te?'

'Fyddwn i ddim wedi cyrraedd y cwm fymryn ynghynt. Ehangder y goedwig ydi'r rheswm nad oes 'na gysylltiad rhwng y ddwy gymdogaeth. Dydi hi ddim yn un i dramwyo drwyddi.'

'Pam aethoch chi y ffordd honno yn hytrach na dod at yma 'ta?'

'Cael fy arwain.'

A hynny oedd i'w gael.

'Tyd,' ychwanegodd hi, wedi ailgychwyn, 'ne' chyrhaeddwn ni mo'r goedwig, heb sôn am y cwm.'

Aethant ar ei hôl, bawb am ennyd yn ei feddyliau'i hun. Cyn mynd i'r goedwig, trodd Eyolf yn ôl unwaith yn rhagor i edrych i fyny'r llechwedd.

'Dydi o ddim yna,' meddai Linus.

Aino oedd yn ledio'r ffordd drwy'r goedwig. Roedd hi wedi bod yno o'r blaen. Doedd dim llwybr ar gael, ond llwyddent i fynd. Doedd dim i anelu ato, ac uwchben roedd yr awyr yn unffurf a heb lewych haul i awgrymu cyfeiriad, ond doedd dim golwg petruso o gwbl ar Aino, a rhyfeddai Linus o weld hynny. Dal i fynd oedd hi. Y tro diwethaf iddi droedio rhwng y coed hyn, dros bum mlynedd ar hugain ynghynt a chwmni arall ganddi bryd hynny, roedd yn rhoi ei llaw ar ei bol bob hyn a hyn. Roedd yr un mor hyderus y tro yma â'r tro hwnnw.

Welodd hi mo Eyolf yn aros.

'Mae o yma,' meddai o.

'Tarje?' gofynnodd Bo, yn aros yn stond hefo fo.

'Naci.'

Gwyddai Eyolf nad oedd haws â chwilio.

'Be 'ta?' gofynnodd Bo.

'Mae o yma.'

Gwyddai nad oedd haws â deud. Troi ddaru o, a chwilio. Chwiliodd Linus a Bo hefyd, heb yr un syniad o'r hyn yr oeddan nhw i fod i'w weld, ond roedd Aino'n bodloni ar edrych arnyn nhw. Ni welent ddim ond coed a daear islaw ac awyr uwchben.

'Mae o yma,' meddai Eyolf wedyn. 'Mae o'n dod hefo ni.' Trodd at Aino. 'Be sy'n digwydd, Aino?'

'Paid â meddwl fod yn rhaid i'r byd o d'amgylch atab pob un o dy gwestiyna.'

Ailgychwynnodd hi.

'Un o'r petha anweledig 'ma felly, ia?' gofynnodd Bo, heb fod yn rhy argyhoeddedig. 'Os dyna ydi o, mi fasai'r Chwedl yn cynnig mai duw'r coed sy'n gydymaith i ti,' ychwanegodd wrth gychwyn drachefn ar ôl Aino.

Dim ond ysgwyd ei ben ddaru Eyolf.

'Paid â dechra credu yn hwnnw ne' fydd 'na ddim diwadd arni hi,' aeth Bo yn ei flaen. 'Mi fydd wedi dy ddal di yn 'i fagl a dy wasgu di ynddo fo am dy oes. Mi fyddi'n treulio dyddia dy henaint yn Hynafgwr, yn llafarwichian y Chwedl o un pen i'r dydd i'r llall i laru pawb yn llonydd. Be dach chi'n 'i feddwl o'r duw coed ffansi 'ma, Aino?' gofynnodd.

'Paid ditha â gadael i dy feddwl drin popeth mewn ffor' mor bendant, hogyn,' atebodd hithau.

'O ia,' ymresymodd yntau. 'Dydi duw'r coed ddim 'fath â'r ysbrydion, nac'di? Mae'r rheini'n bendant gynnoch chi. Ac os oes 'na rai drwg mae'n rhaid bod 'na rai da. Rheini sy'n ein harwain ni drwy'r coed 'ma?'

'Does ar Aino ddim angan nac ysbryd na duw'r Chwedl na dim i'w harwain hi yn fa'ma,' meddai Linus, 'mwy nag yn unlla arall.'

'Dyna'r o'n i'n trio'i ddeud 'te?' atebodd Bo.

Distaw oedd Eyolf. Gwyddai bellach nad oedd haws â gwrando na chwilio, dim ond derbyn.

Daliasant ati. Anelu i ddod i Gwm yr Helfa tua'i waelod oedd Aino, ond pan ddaethant iddo ymhen rhai oriau a haul cynnes gwanwyn wedi dod i daro arno a'r defaid a'r geifr dof wedi cael ei feddiannu drachefn wedi'r eira a'r hirlwm, gwelodd Aino eu bod wedi dod iddo'n llawer uwch, yn llawer nes at y ddau drum ar ei ben uchaf.

'Be 'di hwn?' gofynnodd Bo. Plygodd, ac archwilio'r gwellt odano. Plygodd Eyolf hefo fo. Rhyddhaodd Bo ddarn o haearn rhydlyd o'r tir a'i godi. Rhyddhaodd un arall, ac un arall wedyn. Cymharodd y tri.

'Hen fagl blaidd,' meddai, yn dal i astudio. 'Ylwch, Aino, mae rhywun wedi'i falu o ryw dro. Nid wedi dod oddi wrth ei gilydd mae o.'

Cododd Eyolf. Syllodd ar y darnau yn llaw Bo. Edrychodd ar Aino. Roedd ei llygaid hi mor dawel a sicr ag erioed.

Syllodd drachefn ar y darnau. Syllodd o'i gwmpas. Syllodd drachefn ar Aino.

'I lle mae hwnna'n mynd eto?'

Roeddan nhw wedi dod beth ffordd i lawr y cwm cyn i Linus sylwi nad oedd Eyolf wedi dod hefo nhw. Trodd, a gwelodd ei fod wedi mynd i fyny. Safai ar y trum uchaf, dim ond sefyll yno'n llonydd.

'Wêl o mo Tarje yn fan'na, debyg.'

'Gad iddo fo,' meddai Aino. 'Dowch.'

Aethant i lawr. Daeth Bo o hyd i weddillion rhydlyd eraill. Cofiodd Linus stori Aino am Baldur bach yn malu a gwenodd arni'n fwrlwm o werthfawrogiad braf. Doedd dim angen iddi hi ddeud dim, dim ond amneidio. Trodd Linus eto i chwilio'r cwm a gwelodd fod Eyolf wedi eistedd ar y trum uchaf. Gwelodd o'n troi ei ben yn gyflym tuag at y coed y tu ôl iddo. Roedd eryr uwchben.

Daethant i waelod y cwm ac at lan Llyn Sigur. Ymhellach draw ar hyd y lan roedd cymdogaeth.

'Hon ydi hi?' gofynnodd Bo. 'Ydach chi adra?'

'Ydw,' atebodd Aino.

Troai llwybr bychan i'r chwith cyn cyrraedd y gymdog-aeth, gan fynd ar damaid o gylch at dŷ yn ei ben draw.

'Dyma ni,' meddai Aino.

Cychwynnodd tuag at y tŷ.

'Well i mi aros am Eyolf,' meddai Linus, 'ne' fydd gynno fo ddim syniad ble'r ydan ni.'

'Tyd,' meddai Aino, 'mi ddaw.'

Aethant at y tŷ.

'Mae 'na rywun wedi bod yn edrach ar ôl hwn,' meddai Linus.

'Oes,' meddai Aino. 'Cymdogion da. Mi rois i oriad yn eu gofal nhw.'

Rhoes ei phwn i lawr. Agorodd ei sachyn, a thynnu goriad o boced fechan oedd wedi'i gwnio i'w ochr.

'Dyma fo'r llall.'

Agorodd y drws.

'Yn union fel y gadawis i o,' meddai. 'Cymdogion da. Dowch. Rhowch eich pynnau i lawr a mi awn ni i ddeud wrth y cymdogion ein bod ni yma. Mi gawn ni gig a llysia gynnyn nhw ac mi wnawn ni fwyd, cystal â'r hyn gawson ni yn dy gartra di, gobeithio,' meddai wrth Linus. 'Ia, rho fo ar y bwrdd,' ychwanegodd.

Roedd Linus wedi agor ei sachyn ac wedi tynnu'r blaidd ohono. Roedd y cerflun wedi'i orffen pan oedd y pedwar yn cael eu hychydig ddyddiau o seibiant yng nghartref Linus, ac wedi cael sêl bendith dawel ei dad. Rhoes y blaidd ar y bwrdd. Roedd pawen y troed de blaen yn troi fymryn at allan, yn cadarnhau hyder a chadernid a hawl i gynefin.

'Mi geith un ohonoch chi wneud silff iawn i'w ddal o,' meddai Aino. 'Dowch rŵan.'

Aethant allan i'r haul, a chaeodd Bo'r drws ar ei ôl. Ar waelod y llwybr chwiliodd Linus lannau'r llyn i weld a oedd Eyolf yn stelcian yn rhywle.

'Lle mae o?' gofynnodd.

'Mi ddaw.'

Aeth Aino a Bo tuag at y tai eraill, a chychwynnodd Linus ar eu holau, gan droi'i ben yn ôl bob hyn a hyn. Nid oedd olwg o Eyolf.

Ymhen rhyw hanner awr, dychwelodd y tri, a Linus a Bo'n llond eu hafflau o gigoedd a llysiau a thorthau. Cariai Aino gostrelaid o fedd.

'Mi gaeis i'r drws ar f'ôl,' meddai Bo wrth ddod ar hyd y llwybr bach.

Erbyn hyn roedd y drws yn gilagored. Aethant i mewn.

Safai Eyolf yno. Dim ond sefyll, yn edrych arnyn nhw, yn edrych arnyn nhw heb ddeud dim. Roedd drws y cwpwrdd yn ei ymyl yn agored.

Aeth Aino ato.

'Dos i'r cefn i nôl coed i wneud tân i gynhesu'r lle 'ma ac inni gael cinio poeth,' meddai.

Cadwodd y darn bychan yn ôl yn y cwpwrdd a chau'r drws. I fyny ar ben y cwm, glaniodd hen eryr ar y trum uchaf a rhoi un gipdrem o'i amgylch cyn mynd ati i drwsio'i blu.

Dymuna'r awdur ddiolch i Wasg Gomer am
gomisiynu'r nofel hon, ac yn arbennig i
Elinor Wyn Reynolds am ei chymorth parod.
Diolch yr un mor arbennig i Dr Sian Owen.